CONFESSIONS
D'UNE ACCRO DU SHOPPING

DU MÊME AUTEUR

Sophie Kinsella :

Confessions d'une accro du shopping, Belfond, 2002 ; rééd., 2004 ; Pocket, 2004
Becky à Manhattan, Belfond, 2003 ; Pocket, 2005
L'accro du shopping dit oui, Belfond, 2004 ; Pocket, 2006
Les Petits Secrets d'Emma, Belfond, 2005 ; Pocket, 2008
L'accro du shopping a une sœur, Belfond, 2006 ; Pocket, 2007
Samantha, bonne à rien faire, Belfond, 2007
L'accro du shopping attend un bébé, Belfond, 2008 ; Pocket, 2009
Lexi Smart a la mémoire qui flanche, Belfond, 2009

Madeleine Wickham *alias* Sophie Kinsella :

Un week-end entre amis, Belfond, 1995 ; rééd., 2007 ; Pocket, 1999
Une maison de rêve, Belfond, 1999 ; rééd., 2007
La Madone des enterrements, Belfond, 1999 ; rééd., 2008 ; Pocket, 2002
Drôle de mariage, Belfond, 2001 ; rééd., 2008

Vous pouvez consulter le site de l'auteur
à l'adresse suivante :
www.sophiekinsella.com

SOPHIE KINSELLA

CONFESSIONS D'UNE ACCRO DU SHOPPING

Traduit de l'anglais
par Isabelle Vassart

belfond
12, avenue d'Italie
75013 Paris

Titre original :
THE SECRET DREAMWORLD OF A SHOPAHOLIC
publié par Black Swan Books,
a division of Transworld Publishers Ltd, Londres.

Si vous souhaitez recevoir notre catalogue
et être tenu au courant de nos publications,
vous pouvez consulter notre site internet :
www.belfond.fr
ou envoyer vos nom et adresse,
en citant ce livre,
aux Éditions Belfond,
12, avenue d'Italie, 75013 Paris.
Et, pour le Canada,
à Interforum Canada Inc.,
1055, bd René-Lévesque-Est,
Bureau 1100,
Montréal, Québec, H2L 4S5.

ISBN 978-2-7144-4581-0

À mon amie et agent, Araminta Whitley.

ENDWICH BANK
1 Stallion Square
Londres W13HW

Mademoiselle Rebecca Bloomwood
Apt 4
63 Jarvis Road
Bristol BS1 0DN

Le 6 juillet 1997

Chère Mademoiselle Bloomwood,

Félicitations ! Vous venez d'obtenir votre diplôme de l'université de Bristol et devez être fière de votre réussite.
À la banque Endwich, nous sommes également fiers de la confiance que nous témoignent nos clients, grâce à nos comptes personnalisés qui répondent à toutes les attentes. Nous sommes particulièrement satisfaits de notre politique à long terme, élaborée pour de jeunes diplômés comme vous.
En conséquence, nous vous offrons, Mademoiselle Bloomwood, une autorisation de découvert sans frais de 2 000 livres, valable les deux premières années de votre vie professionnelle. Si vous décidez d'ouvrir un compte chez nous, cette autorisation sera disponible immédiatement[1]. Je souhaite sincèrement que vous profitiez de cette offre exceptionnelle et j'espère avoir le plaisir de vous compter bientôt parmi nos clients. Pour cela, il vous suffit de nous retourner le formulaire ci-joint, dûment complété, dans les plus brefs délais.
Encore une fois, félicitations !
Veuillez agréer, Mademoiselle, l'expression de nos salutations distinguées.

Nigel Fairs
Directeur marketing diplômé

ENDWICH – PARCE QUE NOUS PRENONS SOIN DE VOUS

1. Offre soumise à conditions.

ENDWICH BANK
Fulham Branch
3 Fulham Road
Londres SW6 9JH

Mademoiselle Rebecca Bloomwood
Apt 2
4 Burney Road
Londres SW6 8FD

Le 10 septembre 1999

Chère Mademoiselle Bloomwood,

Suite à mes lettres du 3 mai, du 29 juillet et du 14 août, vous n'êtes pas sans savoir que votre autorisation de découvert sans frais se termine le 19 septembre 1999. Je vous ai également informée que vous aviez considérablement dépassé la limite autorisée de 2 000 livres.

Votre solde est actuellement débiteur de 3 794,56 livres.

Veuillez avoir l'amabilité d'appeler mon assistante Erica Parnell et de fixer un rendez-vous afin que nous discutions de ce problème.

Je vous prie d'agréer, Mademoiselle, l'expression de mes salutations distinguées.

Derek Smeath
Directeur

ENDWICH – PARCE QUE NOUS PRENONS SOIN DE VOUS

ENDWICH BANK
Fulham Branch
3 Fulham Road
Londres SW6 9JH

Mademoiselle Rebecca Bloomwood
Apt 2
4 Burney Road
Londres SW6 8FD

Le 22 septembre 1999

Chère Mademoiselle Bloomwood,

Je suis désolé d'apprendre que vous vous êtes cassé la jambe.

Quand vous serez rétablie, veuillez avoir l'amabilité de téléphoner à mon assistante Erica Parnell et de prendre rendez-vous pour que nous discutions de votre découvert permanent.

Je vous prie d'agréer, Mademoiselle, l'expression de mes salutations distinguées.

Derek Smeath
Directeur

ENDWICH – PARCE QUE NOUS PRENONS SOIN DE VOUS

ENDWICH BANK
Fulham Branch
3 Fulham Road
Londres SW6 9JH

Mademoiselle Rebecca Bloomwood
Apt 2
4 Burney Road
London SW6 8FD

Le 17 novembre 1999

Chère Mademoiselle Bloomwood,

Je suis désolé d'apprendre que vous avez une mononucléose.

Quand vous serez rétablie, veuillez avoir l'amabilité de téléphoner à mon assistante Erica Parnell pour prendre rendez-vous afin de discuter de votre situation.

Je vous prie d'agréer, Mademoiselle Bloomwood, l'expression de mes salutations distinguées.

Derek Smeath
Directeur

ENDWICH – PARCE QUE NOUS PRENONS SOIN DE VOUS

1

Tout va bien. Pas de panique. Surtout *pas de panique.* Après tout, ce n'est qu'une facture de carte bancaire. Un bout de papier et quelques chiffres. C'est fou comme quelques chiffres peuvent vous fiche la trouille.

Par la fenêtre, je regarde un bus descendre Oxford Street tout en m'adjurant d'ouvrir cette enveloppe blanche posée sur le fouillis de mon bureau. Ce n'est qu'un bout de papier, me dis-je pour la énième fois. Et je ne suis pas idiote, que je sache. Je connais le montant exact de ce relevé. Enfin presque. Il y en a environ pour… deux cents livres. Trois cents peut-être. Oui, plutôt trois cents. Trois cent cinquante maxi.

Je ferme à moitié les yeux et commence à calculer le total. Il y a le tailleur de chez Jigsaw, et le dîner avec Suze chez Quaglino. Et aussi ce somptueux tapis rouge et jaune. Il coûtait deux cents livres. Mais il en valait vraiment la peine. Tout le monde l'a admiré. Enfin, Suze l'a admiré. Soit dit en passant, le tailleur était soldé à 30 %, j'ai donc réalisé des *économies*.

J'ouvre les yeux pour prendre l'enveloppe. Au moment de toucher le papier, je me rappelle mes nouveaux verres de contact. Quatre-vingt-quinze livres. Pas donné ! Mais que suis-je censée faire, marcher dans le brouillard ? Et, bien entendu, pour ces nouvelles lentilles, j'ai dû acheter des produits nettoyants, un petit étui sympa et un eye-liner hypoallergénique. On arrive donc à... quatre cents livres ?

Clare Edwards, ma collègue, lève les yeux de son courrier. Comme tous les matins, elle range ses lettres en piles bien nettes, qu'elle entoure d'un élastique avec une étiquette : « Réponse immédiate », « Réponse moins urgente »... C'est bien simple, Clare Edwards me dégoûte.

— Ça va, Becky ?

— Super, dis-je d'un ton dégagé.

Le cœur léger, j'introduis ma main dans l'enveloppe, mais la laisse là. Mes doigts restent crispés autour de la facture tandis que, comme chaque mois, je caresse mon rêve secret.

Voulez-vous connaître mon rêve secret ? Il est apparu à la suite d'un article que j'ai lu dans le journal sur un micmac entre cartes bancaires. Cette histoire m'a tellement plu que j'ai découpé l'article et que je l'ai collé sur la porte de ma penderie. Voici : deux relevés ont été intervertis et, tenez-vous bien, chaque destinataire a payé la facture de l'autre sans s'en rendre compte. Ils ont *payé sans même vérifier*. Depuis, mon vœu le plus cher est qu'il m'arrive la même chose. Qu'on envoie à une mémé de Cornouailles ma facture monstrueuse et qu'elle la règle sans la regarder. De mon côté, je recevrai la sienne – 4,98 livres correspondant à l'achat de trois boîtes de pâtée pour chat – que j'acquitterai rubis sur l'ongle. Ce n'est que justice, après tout.

Un large sourire irradie mon visage. Ce mois-ci, j'en suis persuadée, mon rêve secret va se réaliser. Mais quand je retire enfin le relevé de son enveloppe sous le regard inquisiteur de Clare, mon sourire faiblit puis disparaît complètement. Ma gorge se noue. La panique, sans doute.

La feuille est noire d'écritures. Une série de noms familiers se bousculent sous mes yeux, j'ai l'impression de traverser un centre commercial en miniature. J'essaie de saisir ces noms, mais ils bougent trop vite. J'arrive à lire : Thorntons. Les chocolats Thorntons ? Qu'est-ce que je pouvais bien fabriquer là ? Je suis censée suivre un régime. Ce relevé est *faux*. Ce n'est pas le mien. Je ne peux pas avoir dépensé tout cet argent.

Pas de panique ! hurle une voix intérieure. Le tout est de ne pas s'affoler. Il me suffit de lire chaque ligne, lentement, une par une. J'inspire à fond et m'oblige à me concentrer en commençant par le début.

WH Smith (c'est bon. Tout le monde a besoin de papier à lettres).
Bottes (idem).
Verres de contact (indispensables).
Oddbins (vin. Indispensable).
Our Price (*Our Price* ? Ah ! oui. Le nouvel album des Charlatans. Bon, il me le fallait absolument).
Restaurant Bella Pasta (dîner avec Caitlin).
Oddbins (vin. Indispensable).
Esso (essence. Ça ne compte pas).
Restaurant Quaglino (cher, mais ça ne se reproduira pas).
Prêt-à-manger (cette fois, je n'avais plus de liquide).
Oddbins (vin. Indispensable).
Rugs to Riches (qu'est-ce que c'est ? Ah ! oui, le tapis. Ce tapis à la noix).
La Senza (lingerie sexy pour le rendez-vous avec James).
Agent provocateur (lingerie encore plus sexy pour le rendez-vous avec James. Pfft ! Comme si j'en avais besoin).
Body Shop (cette brosse spéciale pour la peau dont *je ne peux* me passer).

Next (ce chemisier blanc plutôt nul, mais il était en solde). Millets…

Je suis coupée dans mon élan. Millets ? Je ne vais jamais chez Millets. Le front plissé par la perplexité, je fixe le relevé en réfléchissant. Et soudain, la vérité éclate. C'est évident : quelqu'un a subtilisé ma carte.

Oh ! mon Dieu ! Moi, Rebecca Bloomwood, j'ai été victime d'un vol. Maintenant, tout est clair. On a fauché ma carte de crédit et imité ma signature. Qui sait combien de fois elle a été utilisée ? Pas étonnant que mon relevé soit couvert de chiffres ! Quelqu'un a fait des folies dans tout Londres avec ma carte en pensant pouvoir s'en tirer comme ça.

Mais comment est-ce possible ? Je fouille dans mon sac à la recherche de mon portefeuille, l'ouvre et tombe sur ma carte de crédit qui me crève les yeux. Je la prends et la regarde intensément. On doit l'avoir piquée, utilisée *et remise en place*. Il s'agit sans doute d'une personne de ma connaissance. Mais qui ?

Je jette un coup d'œil soupçonneux autour de moi. En tout cas, ce n'est pas très malin. Se servir de ma carte dans ce magasin ! C'est presque risible.

Je m'exclame à haute voix :

— Je n'ai jamais mis les pieds chez Millets !

— Bien sûr que si, me répond Clare.

— Quoi ?

Je me retourne vers elle, agacée d'avoir été interrompue.

— Non, je n'y vais jamais.

— C'est bien là que tu as acheté le cadeau de départ de Michael, non ?

Je la regarde et mon sourire s'efface. Zut alors ! Bien sûr. L'anorak bleu pour Michael. Ce foutu anorak.

Quand Michael, notre rédacteur en chef adjoint, est parti il y a trois semaines, j'ai proposé d'aller acheter son cadeau. J'ai emporté l'enveloppe kraft bourrée de billets et de pièces et j'ai choisi un anorak (vous pouvez me faire confiance, c'est son genre). À la dernière minute, je m'en souviens maintenant, j'ai décidé de payer avec ma carte de crédit et de garder pour moi tout ce liquide bien pratique.

Je me revoyais, comme si c'était hier, ranger les quatre billets de cinq livres avec soin dans mon portefeuille, puis mettre à part les grosses pièces et enfin verser la menue monnaie au fond de mon sac. Parfait, avais-je pensé. Je n'aurai pas à retirer du liquide. J'avais cru que ces soixante livres dureraient une éternité.

Qu'en avais-je fait ? Je ne pouvais pas avoir dépensé soixante livres comme ça, sans m'en rendre compte !

— Un problème ? demande Clare en se penchant.

Ses yeux de fouine me passent aux rayons X à travers ses lunettes. Elle sait fort bien que je suis en train de détailler ma facture de carte Visa.

— Non, rien, dis-je en tournant la première page de mon relevé.

Mais elle m'a déstabilisée. Au lieu de me comporter comme d'habitude – regarder ce qui est à payer immédiatement et ignorer le total –, je lis le montant final.

Neuf cent quarante-trois livres soixante-trois. C'est marqué noir sur blanc. Je contemple cette somme en silence pendant trente secondes, puis fourre le relevé dans son enveloppe. Vous savez quoi ? Je ne me sens pas du tout concernée par ce bout de papier. Peut-être que si je le laissais tomber négligemment derrière mon ordinateur, il disparaîtrait. Les femmes de ménage le balaieraient et je prétendrais ne l'avoir jamais reçu. On ne peut pas me faire régler une facture que je n'ai jamais reçue, tout de même !

Je compose déjà une lettre dans ma tête. « Monsieur le Directeur général de Visa, votre lettre m'a désorientée. De quelle facture parlez-vous ? Je n'en ai jamais reçu de votre société. Votre ton ne m'impressionne pas et, je vous avertis, je vais écrire à Anne Robinson de *L'Union nationale des consommateurs.* »

Ou alors, je partirai à l'étranger.

— Becky ?

Je redresse la tête et constate que Clare m'observe, intriguée.

— As-tu terminé l'article sur la Lloyd ?

— Presque.

C'est faux, bien sûr. Comme elle me surveille, je me sens obligée d'ouvrir le fichier à l'écran, juste pour prouver ma bonne volonté. Mais cette demeurée continue à m'épier.

« Les épargnants peuvent bénéficier d'un accès immédiat », je recopie mot à mot un communiqué de presse placé devant moi. « Le compte offre aussi différents taux d'intérêt pour ceux qui investissent plus de 5 000 livres. »

Je tape le point final, j'avale une gorgée de café et je tourne la première page du communiqué de presse.

Au fait, c'est mon travail. Je suis journaliste dans un magazine financier. Je suis payée pour expliquer aux lecteurs comment gérer leur budget.

Évidemment, ce n'est pas la carrière de mes rêves. On ne me fera jamais croire que l'on est conseiller financier par vocation. Les gens vous raconteront qu'ils ont « atterri » dans le conseil financier. Ils mentent. Ce qu'ils veulent dire, c'est qu'ils n'ont pas trouvé de boulot de journaliste plus intéressant. En clair, cela signifie qu'ils ont posé leur candidature au *Times*, à *L'Express*, à *Marie-Claire*, à *Vogue*, à *QG* et à *Loaded*, et que chaque fois on leur a répondu d'aller se faire voir ailleurs.

Alors, ils ont commencé à solliciter un emploi au *Mensuel de la métallurgie*, à la *Gazette des fromagers* et à *Comment placer votre argent ?* Ils ont fini par être embauchés comme assistant de rédaction au niveau le plus bas, sur une base de salaire inexistante, et ils en ont été reconnaissants. Depuis, ils écrivent sur le métal, le fromage ou l'épargne parce qu'ils ne connaissent rien d'autre. J'ai moi-même débuté dans un magazine au titre accrocheur de *Périodique des placements privés*. J'ai appris à recopier un dossier de presse, à hocher la tête d'un air inspiré pendant les conférences et à poser des questions destinées à convaincre tout le monde que je maîtrise mon sujet à fond. Un an et demi plus tard, tenez-vous bien, j'ai été recrutée par des chasseurs de tête pour *Réussir votre épargne*.

Bien entendu, je ne connais toujours rien à la finance. Les gens qui attendent à l'arrêt de bus en savent plus que moi sur le sujet. Les enfants en âge d'entrer à l'école aussi. J'effectue ce travail depuis trois ans maintenant et je m'attends toujours à être démasquée.

Quand Philip, le directeur, m'appelle en début d'après-midi, je sursaute de frayeur.

— Rebecca ? J'ai à vous parler.

Il me fait signe d'approcher. Sa voix me semble tout d'un coup plus basse, une voix de conspirateur, et il me sourit comme s'il était sur le point de m'annoncer une bonne nouvelle.

Mon Dieu ! Ça y est ! Il doit s'agir de ma promotion. Il sait fort bien que mon salaire est injustement inférieur à celui de Clare et il a décidé de me promouvoir au même échelon. Ou même de me faire grimper plus haut. Et il va m'en informer de manière discrète afin qu'elle ne soit pas jalouse.

Le visage illuminé d'un large sourire, je me lève et traverse les quelques mètres qui me séparent de son bureau. J'essaie de rester calme, mais je planifie déjà tout ce que je vais m'acheter avec mon nouveau salaire. D'abord le manteau redingote de chez Whistles, puis des bottes noires à talons hauts de chez Pied-à-Terre. Ensuite, je partirai peut-être en vacances. Et je réglerai cette fichue facture de carte Visa d'un seul coup. Soulagée, je me sens légère. J'étais sûre que tout s'arrangerait.

— Rebecca ?

Il me fourre une carte sous le nez.

— Je suis dans l'incapacité d'assister à cette conférence de presse, mais elle sera certainement intéressante. Pouvez-vous y aller ? Elle se déroule chez Brandon Communications.

Mon visage se décompose. Il n'y a ni promotion ni augmentation. Quelle trahison ! *Pourquoi* m'a-t-il souri de cette façon ? Il devait bien savoir qu'il encourageait mes plus folles espérances ! Pauvre type !

— Ça ne va pas ?

— Si, si, tout va bien, dis-je entre mes dents.

Devant moi, mon nouveau manteau et mes bottes à talons hauts disparaissent comme par enchantement. Pas de promotion, mais une conférence de presse sur... Je jette un coup d'œil à la carte : un nouveau fonds commun de placement. Comment peut-on en toute honnêteté trouver ça intéressant ?

— Vous l'inclurez dans la rubrique des *news*, ajoute Philip.

— Parfait, dis-je, en haussant les épaules.

Et je tourne les talons.

2

Je n'ai qu'un achat indispensable à faire sur le chemin de la conférence de presse : il s'agit du *Financial Times*. Le *FT* est de loin le meilleur accessoire pour une fille. Il possède les avantages majeurs suivants :

1° Il a une belle couleur.

2° Il coûte seulement 85 pences.

3° Si vous entrez dans une pièce avec ce journal sous le bras, les gens vous prennent au sérieux. Munie du *FT*, vous pouvez parler des choses les plus superficielles et au lieu de vous considérer comme une idiote, vos interlocuteurs pensent que vous êtes une vraie intellectuelle, aux centres d'intérêts variés.

Lors de mon entretien d'embauche à *Réussir votre épargne*, je suis arrivée avec le *Financial Times* et l'*Investor's Chronicle*, et pas une seule fois on ne m'a interrogée sur la finance. Si ma mémoire est bonne, nous avons passé notre temps à discuter de villas de vacances et à dire des horreurs sur les autres rédacteurs en chef.

Je m'arrête donc au kiosque à journaux et j'achète un numéro du *FT* que je glisse soigneusement sous mon bras tout en contemplant mon reflet dans la vitrine de Denny and George.

Pas mal. Je porte ma jupe noire de chez French Connection, un T-shirt blanc uni Knickerbox, un petit cardigan angora de chez M&S, qui a l'air de sortir de chez agnès b., ainsi que mes nouvelles chaussures à bout carré Hobbs. Et encore mieux, bien que personne ne la voie, j'étrenne ma superbe nouvelle petite culotte brodée de boutons de rose jaunes, assortie au soutien-gorge. De toute ma tenue, ces dessous sont ce que j'ai de plus beau. Pour être franche, je souhaiterais presque me faire renverser par une voiture afin que tout le monde puisse les admirer.

Cette habitude de détailler tous les vêtements que je porte, comme pour une page de mode, remonte à mon adolescence, lorsque je lisais *Just Seventeen*. Dans chaque numéro, ils arrêtaient une fille dans la rue, la photographiaient et dressaient la liste de ses vêtements. « T-shirt Chelsea Girl, Jeans Top Shop, Chaussures empruntées à une amie. » Je dévorais ces pages avec avidité, et, même maintenant, j'enlève l'étiquette d'un vêtement s'il ne sort pas d'un magasin branché. Comme ça, si on m'arrêtait dans la rue, je pourrais toujours faire comme si j'ignorais d'où il vient.

Bref, je suis là à m'extasier sur mon image, en espérant presque qu'un journaliste de *Just Seventeen* surgisse avec un appareil photo, quand soudain mon regard se fige. Mon cœur cesse de battre. Dans la vitrine de Denny and George, un panneau discret vert foncé indique en caractères crème : SOLDES.

Je le fixe et mon cœur s'emballe. C'est impossible ! Denny and George ne peuvent pas faire des soldes. Ça ne s'est jamais vu. Leurs écharpes et pashminas sont si convoités qu'ils les vendraient le double sans problème. Tous les gens que je connais rêvent de posséder une écharpe de chez eux. (Excepté mon père et ma mère, évidemment. Ma mère estime que si vous n'en trouvez pas au Monoprix, c'est que vous n'en avez pas réellement besoin.)

J'avale ma salive, fais deux pas en avant et pousse la porte de la boutique. La sonnette retentit et la blonde sympa qui tient le magasin lève les yeux. J'ignore son nom, mais je l'ai toujours bien aimée. Contrairement aux autres vendeuses snobinardes, elle se fiche que vous regardiez pendant des heures des vêtements dont le prix est au-dessus de vos moyens. En général, je passe une demi-heure à baver devant les écharpes de Denny and George, puis je file chez Accessorize acheter une bricole pour me remonter le moral. J'ai un plein tiroir de succédanés de Denny and George.

— Salut, dis-je en essayant de rester calme. Vous… vous faites des soldes ?

— Oui.

La fille blonde sourit.

— C'est plutôt inhabituel pour nous.

Je parcours la pièce des yeux et aperçois des rangées d'écharpes soigneusement pliées. Au-dessus de chacune d'elles, une petite étiquette vert foncé indique : « – 50 % ». En velours imprimé, soie ornée de perles ou cachemire brodé, toutes arborent la signature discrète « Denny and George ». Il y en a partout. Par où commencer ? La panique me gagne.

— Je crois que vous avez toujours aimé celle-ci, dit la vendeuse sympa en retirant de la pile placée devant elle une écharpe gris-bleu chatoyante.

Mais oui ! Je m'en souviens. Son velours soyeux est imprimé d'un bleu plus pâle, parsemé de perles irisées. En la regardant, je sens d'invisibles fils m'attirer vers elle. Je dois la toucher. Je dois la porter. Je n'ai jamais vu une étoffe aussi belle. La fille retourne l'étiquette. « 340 livres soldé 170. » Elle s'approche, drape l'écharpe autour de mon cou et je contemple mon reflet dans la glace.

Aucun doute. Il me faut cette écharpe. Il me la faut. Elle rend mes yeux plus grands, ma coupe de cheveux plus chic ; je suis transformée. Elle ira avec tout. Les gens parleront de moi comme de la fille à l'écharpe Denny and George.

— Si j'étais vous, je sauterais sur l'occasion, déclare la vendeuse en souriant. C'est la dernière.

Je l'agrippe involontairement.

— Je la prends, dis-je dans un souffle, je la prends.

Tandis qu'elle la dispose sur du papier de soie, j'ouvre mon portefeuille d'un geste automatique pour sortir ma carte Visa. Mes doigts ne rencontrent que le cuir nu. Étonnée, je marque un temps d'arrêt et commence à fouiller toutes les poches en me demandant si je l'ai rangée avec un ticket de caisse ou si elle est cachée derrière une carte de visite… Et là, dans un éclair, je me souviens. Elle est sur mon bureau.

Comment puis-je être aussi stupide ? Laisser ma carte Visa sur mon bureau ! Où avais-je la tête ?

La blonde sympa glisse l'écharpe dans une boîte vert foncé Denny and George. Mon cœur bat à tout rompre. Que faire ?

— Comment désirez-vous payer ? demande-t-elle aimablement.

Le visage en feu, je bégaie :

— Je viens de me rendre compte que j'ai oublié ma carte de crédit au bureau.

— Oh ! dit la vendeuse, et ses mains s'immobilisent.

— Pouvez-vous la mettre de côté ?

Elle prend un air dubitatif.

— Combien de temps ?

— Jusqu'à demain ?

Au secours ! Elle fait la moue. Ne comprend-elle donc pas ? Je suis désespérée.

— Je crains que ce ne soit impossible. Nous ne réservons pas les articles soldés.

— Alors, jusqu'à ce soir, dis-je rapidement. À quelle heure fermez-vous ?

— Six heures.

— Six heures !

Un mélange de soulagement et d'excitation s'empare de moi.

Tu peux y arriver, Rebecca ! Je vais à la conférence de presse dont je me sauve au plus vite, puis saute dans un taxi pour retourner au bureau, récupère ma carte Visa en racontant à Philip que j'ai oublié mon carnet et reviens ici acheter l'écharpe.

— Pouvez-vous la réserver jusque-là ?

Mon ton est suppliant.

— S'il vous plaît, *s'il vous plaît ?*

Elle se laisse fléchir.

— D'accord. Je la mets derrière le comptoir.

— Merci, dis-je dans un souffle.

Je me précipite hors du magasin et descends la rue à toute vitesse en direction de Brandon Communications. Je prie intérieurement pour que la conférence de presse soit courte et que les questions ne s'éternisent pas. S'il vous plaît, mon Dieu, faites que j'aie cette écharpe.

En arrivant chez Brandon Communications, je commence à me détendre. Après tout, j'ai trois bonnes heures devant moi et mon écharpe est en sécurité derrière le comptoir. Personne ne va me la voler.

Un panneau dans le hall d'entrée indique que la conférence sur les Investissements Foreland en Extrême-Orient a lieu dans la suite Artémis et un homme en uniforme dirige tout le monde au bout du couloir. C'est du sérieux ! Évidemment, il n'y aura pas l'atmosphère électrique d'un plateau de télévision, style journalistes de CNN sur des charbons ardents. Mais il s'agit tout de même d'un événement assez important dans notre petit monde ennuyeux.

Quand je pénètre dans la pièce, une foule de gens se presse déjà et des serveuses se faufilent en présentant des petits fours. Les journalistes se jettent sur le champagne comme s'ils n'en avaient jamais bu auparavant ; quant aux attachées de presse, elles affichent leur air méprisant habituel en buvant de l'eau à petites gorgées. Un serveur m'offre une coupe de champagne : j'en prends deux. La première, je la bois tout de suite, et la seconde, je la garderai sous ma chaise pour les moments barbants.

J'aperçois au loin Elly Granger, de *L'Investisseur Hebdo*. Coincée par deux hommes en costume, elle hoche la tête, les yeux perdus dans le vague. Elly est géniale. Embauchée par *L'Investisseur Hebdo* depuis seulement six mois, elle a déjà postulé quarante-trois autres emplois. Son rêve, c'est de diriger la rubrique beauté d'un magazine ; le mien, c'est de prendre la place de Fiona Phillips sur GMTV. Parfois, quand nous sommes ivres mortes, nous décidons que si dans trois mois nous n'avons pas trouvé un travail plus excitant, nous quittons nos boulots. Mais la pensée de manquer d'argent, ne serait-ce que quelques semaines, est presque plus terrifiante que celle d'écrire sur les plans de retraite pour le restant de mes jours.

— Rebecca, je suis ravi que vous ayez pu venir.

Je lève les yeux et m'étrangle presque en avalant mon champagne de travers. C'est Luke Brandon, le grand patron de Brandon Communications, qui me regarde intensément ; il semble lire en moi comme dans un livre ouvert.

Je ne l'ai rencontré qu'à de rares occasions et ne me suis jamais sentie très à l'aise avec lui. Pour commencer, il a une réputation effrayante. Tout le monde le considère comme un génie, même Philip, mon patron. Il est parti de rien et Brandon Communications est devenue l'agence de relations publiques la plus importante du secteur bancaire à

Londres. Récemment, un magazine le classait parmi les chefs d'entreprise les plus doués de sa génération. Cet article mentionnait aussi son QI phénoménal et sa mémoire visuelle. (J'ai toujours détesté les gens possédant une mémoire visuelle.)

Mais ce n'est pas tout. Quand il me parle, ses sourcils sont toujours froncés, comme s'il savait que je jouais un rôle. À mon avis, il m'a percée à jour. Obligé. Le célèbre Luke Brandon ne se contente pas d'être un génie, il a également le pouvoir de lire dans les pensées. Lorsque je hoche la tête d'un air intelligent devant un graphique ennuyeux, il sait qu'en réalité mon esprit est absorbé par un superbe haut noir de chez Joseph et que je calcule si je peux m'acheter le pantalon assorti.

— Vous connaissez Alicia, n'est-ce pas ? s'enquiert Luke en m'indiquant la blonde impeccable qui l'accompagne.

Il se trouve que je ne connais pas Alicia. Mais c'est inutile. Les filles de Brandon C. – comme on les appelle – sont toutes les mêmes : leur élocution est parfaite, elles sont très élégantes, mariées à des banquiers et n'ont aucun sens de l'humour.

— Rebecca, demande Alicia froidement en saisissant ma main, vous travaillez à *Réussir votre épargne*, n'est-ce pas ?

— Tout à fait, dis-je sur le même ton.

— C'est très gentil de votre part d'être venue aujourd'hui, je sais que vous autres journalistes êtes terriblement occupés.

— Pas de problème. Nous aimons assister au maximum de conférences de presse pour suivre de près l'actualité de l'industrie.

Ma réponse m'enchante. J'arrive presque à y croire.

Alicia acquiesce gravement comme si tous mes propos s'avéraient d'une importance capitale.

— Dites-moi, Rebecca, que pensez-vous des nouvelles d'aujourd'hui ?

Elle désigne le *FT* coincé sous mon bras.

— C'est une sacrée surprise, vous ne trouvez pas ?

Mon Dieu, de quoi parle-t-elle ?

— C'est intéressant, sans aucun doute, dis-je en souriant.

Il faut que je gagne du temps. Je jette un coup d'œil circulaire à la recherche d'un indice, mais n'en décèle aucun. Qu'est-il arrivé ? Les taux d'intérêt ont-ils grimpé ?

— Je trouve que ce sont de mauvaises nouvelles pour l'industrie, déclare Alicia, imperturbable. Mais, bien sûr, vous devez avoir votre propre opinion.

Elle me regarde dans l'attente d'une réponse. Je sens mes joues s'empourprer. Comment vais-je m'en sortir ? Je me promets de lire dorénavant les journaux tous les matins. Il n'est pas question de me faire piéger de cette façon une autre fois.

— Je suis d'accord avec vous. Ce sont de très mauvaises nouvelles.

Ma voix s'étrangle. J'avale une rapide gorgée de champagne et prie pour qu'il y ait un tremblement de terre.

— L'aviez-vous prévu ? demande Alicia. Je sais que les journalistes ont toujours une longueur d'avance.

— Je… je l'ai certainement vu arriver.

Je suis sûre d'avoir l'air convaincant.

— Et cette rumeur au sujet de Scottish Prime et Flagstaff Life.

Elle me dévisage avec intensité.

— Pensez-vous qu'il y ait vraiment des chances que cela se concrétise ?

— C'est… c'est difficile à dire.

Je reprends une gorgée de champagne. Quelle rumeur ? Bon sang ! Va-t-elle enfin me laisser tranquille ?

Je commets alors l'erreur de lever les yeux sur Luke Brandon. Il me considère, le visage empreint d'une expression bizarre. Oh ! merde ! Il *sait* que je n'ai aucune idée de ce dont on parle.

— Alicia, Maggie Stevens viens d'arriver, pouvez-vous…

— J'y vais.

Entraînée comme un cheval de course, elle commence à se diriger vers la porte.

— Alicia ! ajoute Luke.

Elle se retourne aussitôt.

— Je veux savoir qui s'est planté sur ces chiffres.

— Oui, répond-elle d'une petite voix avant de tourner les talons.

Nous voilà seuls. Il me donne la chair de poule. Je ferais mieux de partir en courant.

— Bien. Il faut que je…

Mais Luke Brandon se penche vers moi et déclare tranquillement :

— SBG a annoncé qu'il rachetait la banque Rutland.

Bien sûr ! Je me rappelle maintenant avoir entendu quelque chose à ce sujet aux nouvelles du matin.

— Vous ne m'apprenez rien, dis-je avec arrogance. Je l'ai lu dans le *FT*.

Et avant qu'il ait le temps d'ajouter quoi que ce soit, je me sauve pour aller parler à Elly.

La conférence de presse ne va pas tarder à commencer. Elly et moi nous faufilons vers les derniers rangs pour prendre deux sièges côte à côte. J'ouvre mon bloc-notes, écris « Brandon Communications » en haut de la page et griffonne des fleurs sur le côté. Quant à Elly, elle compose le numéro de téléphone de son horoscope sur son portable.

Je bois une gorgée de champagne et m'installe confortablement dans mon fauteuil, prête à me détendre. Écouter des conférences de presse ne sert à rien. Toutes les informations se trouvent dans le dossier de presse et vous pouvez toujours broder plus tard sur ce qui s'est dit. Au moment où j'envisage de sortir mon vernis Hard Candy, certaine que personne ne le remarquera, la tête de l'affreuse Alicia surgit devant moi.

— Rebecca, téléphone pour vous. Votre rédacteur.

— Philip ? dis-je stupidement.

Comme si j'avais le choix entre plusieurs rédacteurs.

Alicia me dévisage, dédaigneuse, et m'indique un téléphone sur une table. Elly me lance un regard interrogateur auquel je réponds par un haussement d'épaules. C'est la première fois que Philip m'appelle pendant une conférence de presse.

Excitée et fière de mon importance, je me dirige vers le fond de la pièce. Il y a peut-être une urgence au bureau : Philip a flairé un scoop et m'envoie suivre une piste à New York.

— Allô, Philip ?

Je regrette aussitôt d'avoir prononcé ces mots banals. Un simple « ouais » aurait eu un effet beaucoup plus impressionnant et dynamique.

— Rebecca, écoutez, je suis désolé de vous importuner, mais je souffre d'une migraine et je vais rentrer chez moi.

— Oh ! dis-je, perplexe.

— Je me demandais si vous pouviez me faire une petite course.

Une course ? À qui pense-t-il avoir affaire ? S'il veut du paracétamol, une secrétaire ira le lui acheter.

Je tente de le décourager.

— Je crains que ce soit impossible. Je suis coincée ici.

— Une fois que vous aurez terminé, bien sûr. La commission d'enquête parlementaire sur la Sécurité sociale publie son rapport à cinq heures. Pouvez-vous aller le chercher ? Vous rendre directement de votre conférence de presse à Westminster n'est pas difficile.

Quoi ? Je fixe le téléphone, horrifiée. Non, je ne peux pas aller chercher ce fichu rapport. Je dois récupérer ma carte Visa et prendre mon écharpe.

— Clare n'est pas disponible ? Je pensais rentrer au bureau et finir ma recherche sur – sur quoi suis-je censée écrire ce mois-ci ? – les plans d'épargne logement.

— Clare assiste à un briefing à la City. Et Westminster se trouve bien sur le chemin de votre quartier branché ? (Philip ne rate jamais l'occasion de plaisanter sur Fulham. Tout ça parce qu'il habite à Harpenden.) Vous n'avez qu'à sauter du métro pour chercher le rapport, puis le reprendre pour rentrer chez vous.

Comment m'en sortir ? Je ferme les yeux et calcule rapidement. Encore une heure ici. Puis je file au bureau récupérer ma carte Visa, fonce chez Denny and George acheter mon écharpe et me précipite à Westminster pour le rapport. Je devrais y arriver.

— D'accord, je m'en occupe.

Je reviens m'asseoir au moment où les lumières baissent. Les mots « Perspectives d'avenir en Extrême-Orient » apparaissent sur l'écran. Une série colorée de photos de Hong Kong, de Thaïlande et d'autres endroits exotiques se succèdent. En temps normal, ces clichés me feraient penser aux vacances. Mais aujourd'hui, je n'arrive pas à me détendre, ni même à me moquer de la nouvelle fille de *Portfolio Week*, qui essaie désespérément de tout noter et posera sans doute cinq questions à la fin, persuadée que c'est indispensable. Mon écharpe m'accapare trop l'esprit. Et si je n'arrivais pas à temps ? Et si quelqu'un offrait une somme plus élevée ? La vendeuse reviendrait-elle sur sa promesse ? Cette seule pensée me donne des sueurs froides.

Lorsque les photos de Thaïlande disparaissent pour céder la place à d'ennuyeux graphiques, une inspiration subite me traverse l'esprit. Bien sûr ! Je paierai l'écharpe en liquide. Personne ne refuse des espèces. Ma carte de retrait automatique m'autorise à tirer cent livres, je n'ai donc plus besoin que de soixante-dix livres et l'écharpe est à moi.

Je déchire un morceau de papier de mon bloc, j'écris : « Peux-tu me prêter vingt livres ? » et le remets à Elly qui écoute toujours son portable en cachette. Je me demande ce qui la passionne autant. Pas encore son horoscope, tout de même ! Elle lit mon mot, hoche la tête et répond : « Je peux pas. La foutue machine a avalé ma carte. Vis actuellement de Chèque-Restaurant. »

Bon sang ! J'hésite puis griffonne : « Et ta carte de crédit ? Je te rembourse, parole d'honneur. Au fait, qu'est-ce que tu écoutes ? »

Je lui passe la page et soudain la lumière se rallume : la présentation est achevée. Je n'en ai pas écouté un seul mot. Les gens remuent sur leur siège et une attachée de presse commence à distribuer une brochure luxueuse. Elly termine son appel et me sourit.

— Les prédictions amoureuses, répond-elle en tapant un autre numéro. Elles sont vraiment très précises.

— Un tas d'imbécillités, oui ! Je ne comprends pas comment tu peux croire à ces bêtises. Et tu te dis journaliste financière ?

— Non, et toi ?

Nous nous mettons à pouffer de rire, mais une vieille teigne d'un quotidien national se retourne, furieux.

— Mesdames et messieurs.

Une voix perçante nous interrompt et je lève les yeux. C'est Alicia debout au premier rang. Je ne peux m'empêcher de remarquer qu'elle a de très belles jambes.

— Comme vous pouvez le constater, les plans d'épargne exotiques Foreland représentent une approche tout à fait nouvelle de l'investissement.

Elle parcourt la pièce des yeux, rencontre mon regard et sourit froidement.

Je chuchote à l'oreille d'Elly avec mépris :

— Tu parles de plans d'épargne exotiques ! Ce sont plutôt les prix qui sont exotiques, dis-je en indiquant le prospectus. Tu as vu combien ça coûte ?

(Je commence toujours par consulter les prix. Comme je regarde toujours l'étiquette en premier.)

L'oreille collée à son portable, Elly roule des yeux pour montrer son assentiment.

— Investir avec Foreland, c'est la plus-value assurée, continue Alicia de sa voix snob. Les Investissements Foreland vous offrent davantage.

— Davantage de frais, davantage de pertes, dis-je à voix haute sans m'en rendre compte et l'assistance éclate de rire.

C'est gênant ! Et maintenant Luke Brandon me regarde, lui aussi. Je baisse les yeux et fais semblant de me plonger dans mes notes.

Pour être franche, je me demande pourquoi je feins de prendre des notes. Dans notre magazine, nous ne publions que le boniment du dossier de presse. Les Investissements Foreland réservent chaque mois une énorme double page de publicité, et l'année dernière ils ont emmené Philip en voyage d'étude (ha ! ha ! ha !) en Thaïlande, de sorte que nous ne pouvons rien dire sur eux, excepté qu'ils sont merveilleux.

Tandis qu'Alicia poursuit son discours, je me penche vers Elly.

— Écoute, dis-je à voix basse, peux-tu me prêter ta carte de crédit ?

— Totalement épuisée, répond-elle d'un air contrit. J'ai atteint ma limite. Pourquoi penses-tu que je vis de Chèques-Restaurant ?

— Mais j'ai besoin d'argent ! Je suis désespérée ! J'ai besoin de vingt livres !

J'ai parlé trop fort et Alicia interrompt son speech pour déclarer :

— Peut-être auriez-vous dû investir dans les Placements Foreland, Rebecca.

Tout le monde pouffe de rire.

Certains se tournent vers moi pour me regarder bouche bée, et je les dévisage en retour, blême de colère. Ce sont tous des confrères, après tout. Ils devraient me soutenir. Que font-ils de la solidarité syndicale ?

Je n'ai jamais vraiment pris la peine d'adhérer au NUJ, le syndicat des journalistes. Mais ce n'est pas une raison !

— Pourquoi avez-vous besoin de vingt livres ? me demande Luke Brandon.

— Je… Ma tante, dis-je d'un ton de défi. Elle est à l'hôpital et je voudrais lui acheter un cadeau.

Le silence règne dans la pièce. Puis, à mon grand étonnement, Luke Brandon met la main dans sa poche, en retire un billet de vingt livres et le donne à un type du premier rang qui hésite, puis le fait passer derrière lui. La chaîne continue, le billet circule de main en main et se dirige vers moi comme un fan au concert se fraie un chemin dans la foule. Au moment où je le prends, les applaudissements crépitent dans toute la salle. Je vire à l'écarlate.

— Merci, finis-je par articuler, gênée. Je vous rembourserai, bien sûr.

— Mes meilleurs vœux de rétablissement à votre tante, répond Luke Brandon.

— Merci.

Je jette un coup d'œil à Alicia et ressens une petite pointe de triomphe. Elle a l'air complètement découragée.

Pendant la séance des questions-réponses, les gens s'esquivent discrètement pour rentrer à leur bureau. D'habitude, je choisis ce moment-là pour aller prendre un café et faire du lèche-vitrine. Mais pas aujourd'hui. Aujourd'hui, je décide de tenir le coup jusqu'à la dernière question assommante sur les montages fiscaux. Puis je remercierai Luke Brandon en personne pour son geste adorable, bien qu'embarrassant. Ensuite, j'irai chercher mon écharpe. Hourra !

Mais à mon grand étonnement, peu après les premières questions, Luke Brandon se lève, glisse à voix basse quelques mots à Alicia et se dirige vers la porte.

Quand il passe devant moi, je marmonne un « merci », mais je ne suis pas sûre qu'il entende.

De toute façon, qu'importe ! J'ai les vingt livres et c'est tout ce qui compte.

Sur le trajet du retour, le métro s'arrête sans raison apparente dans un tunnel. Cinq minutes passent, puis dix. C'est bien ma veine ! En général, je ne rêve que de ça, car j'ai une excuse pour rester plus longtemps loin du bureau. Mais aujourd'hui, je me conduis comme un homme d'affaires stressé souffrant d'un ulcère. Je tapote des doigts, soupire et scrute anxieusement l'obscurité.

Pourtant, je sais bien que j'ai le temps d'arriver chez Denny and George avant la fermeture et que, dans le cas contraire, il est improbable que la fille blonde vende mon écharpe à une autre cliente. Mais cette possibilité existe. Tant que je n'aurai pas cette écharpe entre les mains, je serai incapable de me détendre.

Lorsque le métro se remet enfin en marche, je m'enfonce dans mon siège et pousse un grand soupir en regardant l'homme blême et silencieux assis à ma gauche.

— Dieu merci ! Je n'en pouvais plus.

— C'est contrariant, admet-il, impassible.

— Ils ne se rendent vraiment pas compte ! C'est vrai, certaines personnes ont des choses très importantes à faire. Je suis très pressée.

— Je suis moi-même assez pressé, répond-il.

— Si ce métro n'avait pas redémarré, je ne sais pas ce que j'aurais fait.

Je hoche la tête.

— On se sent si… impuissant !

— Je suis tout à fait d'accord avec vous, réplique-t-il avec véhémence, ils ne réalisent pas un seul instant que certaines personnes – il me désigne d'un geste de la main – ne se déplacent pas pour le plaisir. Il est essentiel que nous arrivions à temps.

— Absolument ! Où allez-vous ?

— Ma femme est en train d'accoucher. C'est notre quatrième.

— Oh ! fais-je, interloquée. Eh bien… Dites donc. Félicitations. J'espère que vous…

— La dernière fois, elle a mis une heure et demie, explique-t-il en épongeant son front moite. Et je suis dans ce métro depuis déjà quarante minutes. Enfin, on avance maintenant.

Il hausse légèrement les épaules, puis me sourit.

— Et vous ? Qu'avez-vous d'urgent à faire ?

Nom d'un chien !

— Je… je… vais à…

Je m'arrête sans grande conviction et éclaircis ma voix. Mon visage s'empourpre. Impossible d'avouer à cet homme que mon urgence consiste à aller chercher une écharpe chez Denny and George.

Je dis bien, une écharpe. Il ne s'agit même pas d'un tailleur, d'un manteau ou d'un autre article de valeur.

— Ce n'est pas si important que ça.

— Je ne vous crois pas, rétorque-t-il gentiment.

J'ai l'impression d'être une affreuse gamine. Dieu merci, c'est mon arrêt. Je me lève d'un bond.

— Bonne chance ! J'espère de tout cœur que vous arriverez à temps.

Dans la rue, je suis prise d'une bouffée de honte. Peut-être aurais-je dû donner mes cent vingt livres à cet homme pour son bébé au lieu d'acheter cette écharpe inutile. À la réflexion, qu'y a-t-il de plus important ? Des vêtements ou le miracle d'une nouvelle vie ?

En méditant sur cette question, je me trouve très profonde et philosophe. Je suis même si absorbée que je manque rater l'embranchement. Mais je relève la tête à temps, tourne le coin de la rue et ressens un choc : une fille s'avance dans ma direction, un sac Denny and George à la main. Mon esprit se vide.

Ciel !

Si c'était mon écharpe ?

Et si elle avait exigé ce modèle et que la vendeuse le lui eût vendu, persuadée que je ne reviendrais pas ?

Je me dirige vers le magasin à grandes enjambées. Au moment où j'ouvre la porte, l'angoisse m'empêche presque de respirer. Que ferai-je si mon écharpe a disparu ?

Mais la fille blonde sourit en m'apercevant.

— Bonsoir ! Votre écharpe vous attend.

— Oh ! merci ! dis-je soulagée en m'écroulant mollement contre le comptoir.

J'ai l'impression d'avoir effectué le parcours du combattant. Je pense que le shopping devrait figurer dans les risques cardio-vasculaires. Mon cœur ne bat jamais aussi fort que lorsque je vois un panneau « soldé à 50 % ».

Je répartis l'argent en billets de dix et vingt livres et j'attends, fébrile, tandis que la vendeuse se baisse derrière le comptoir pour prendre la boîte. Elle la glisse dans un épais sac de luxe à poignées en corde vert foncé et me le tend. J'ai envie de fermer les yeux.

Ah ! cet instant ! L'instant où vos doigts se replient autour des poignées d'un sac lisse et brillant et que toutes les choses splendides se trouvant à l'intérieur vous appartiennent. À quoi le comparer ? C'est comme ne pas manger à sa faim plusieurs jours de suite puis se bourrer de toasts chauds au beurre. C'est comme se réveiller et réaliser que c'est le week-end. Ou comme un orgasme. Tout le reste est expulsé de votre esprit. C'est du plaisir à l'état pur.

Je sors du magasin, sur un petit nuage. J'ai une écharpe Denny and George ! J'ai une écharpe Denny and George ! J'ai…

— Rebecca !

Une voix masculine interrompt mes pensées. Je lève les yeux et j'ai un haut-le-cœur. C'est Luke Brandon.

Il est là, planté devant moi, les yeux rivés sur mon sac. Je sens l'énervement me gagner. Ma parole, que fait-il ici sur le trottoir ? Les gens comme lui ont un chauffeur ! Ne devrait-il pas foncer vers une réunion financière ultra-importante ou un autre truc de ce genre ?

— Vous avez pu l'avoir ? demande-t-il en fronçant légèrement les sourcils.

— Quoi ?

— Le cadeau de votre tante.

— Ah ! oui. Oui, je… je l'ai.

— C'est ça ?

Il désigne mon sac du doigt.

J'ai les joues en feu.

— Oui, finis-je par dire. J'ai pensé qu'une… une écharpe serait une bonne idée.

— C'est très généreux de votre part. Denny and George.

Il lève les sourcils.

— Votre tante doit être une personne élégante.

— C'est vrai.

Je m'éclaircis la voix.

— Elle est aussi très créative et originale.

— Je n'en doute pas, réplique-t-il, puis il marque un temps d'arrêt. Comment s'appelle-t-elle ?

Mon Dieu. J'aurais dû m'enfuir en le voyant, quand j'avais encore une chance. À présent, je suis tétanisée. Aucun prénom féminin ne me vient à l'esprit.

— Erm… Ermintrude.

— Tante Ermintrude, répète Luke pensivement. Eh bien, faites-lui mes amitiés.

Il prend congé d'un signe de tête et s'éloigne. Je le suis des yeux, perplexe. Ai-je été crédible ? Je n'en mettrais pas ma main au feu.

3

Quand je pénètre dans l'appartement, Suzanne s'exclame :

— Denny and George ! Becky, tu n'es pas raisonnable.

— Oui, je me suis acheté une écharpe, dis-je, un sourire fendu jusqu'aux oreilles.

— Montre-moi, montre-moi ! s'écrie Suze en s'extirpant du sofa.

Elle s'approche et commence à tirer sur les poignées du sac.

— Je veux la voir, viiite !

Voilà pourquoi j'adore partager un appartement avec Suze. Julia, mon ancienne colocataire, m'aurait dit, le front plissé : « Denny et qui ? » Ou : « C'est cher pour une écharpe. »

Suze, elle, me comprend. Si c'est possible, elle est pire que moi.

Mais elle peut se le permettre. À vingt-cinq ans (nous avons le même âge), elle reçoit toujours de l'argent de poche de ses parents. Ils appellent ça une « allocation » qui semble provenir d'une rente familiale, mais si vous voulez mon avis, c'est purement et simplement de l'argent de poche. Pour ses vingt et un ans, ses parents lui ont offert un appartement à Fulham et elle y habite depuis, travaillant parfois, se la coulant douce le reste du temps.

Elle a (très) brièvement occupé un emploi dans les relations publiques. C'est à cette occasion que je l'ai rencontrée, lors d'un voyage de presse à Guernesey. En fait, elle bossait pour Brandon Communications. Sans être mauvaise langue, Suze le reconnaît d'ailleurs elle-même, elle était nulle. Elle avait complètement oublié quelle banque elle était censée promouvoir et parlait de façon enthousiaste d'un des concurrents. Le banquier concerné était de plus en plus en colère tandis que tous les journalistes se tordaient de rire. Cette histoire lui a valu quelques ennuis et c'est alors qu'elle a décrété n'être pas faite pour ce métier. (Formulé différemment : Luke Brandon l'a virée dès qu'ils sont arrivés à Londres. Une autre raison de ne pas l'aimer.)

En tout cas, nous nous étions drôlement bien amusées à boire comme des trous jusqu'aux premières lueurs de l'aube et nous sommes restées en contact après. Aussi, quand Julia est partie avec son directeur de thèse (elle cachait bien son jeu, celle-là), Suze m'a suggéré d'emménager avec elle. Je sais qu'elle me demande un loyer beaucoup trop bas, mais je n'ai jamais insisté pour payer plein pot, car je ne pourrais pas me le permettre. Vu les prix de l'immobilier, mon salaire me rapproche plus d'Elephant and Castle que de Fulham. Comment des gens normaux peuvent-ils vivre dans des endroits aussi horriblement chers ? C'est un mystère.

— Bex, ne me fais pas languir ! supplie Suze.

Elle plonge ses longs doigts avides dans le sac. Je le lui retire rapidement avant qu'elle ne le déchire : il va aller rejoindre derrière ma porte les autres sacs griffés dont je me sers quand j'ai besoin de frimer. (Dieu merci, Denny and George n'ont pas imprimé de sacs spéciaux indiquant « Soldes ». Je hais les magasins qui font ça. À quoi ça sert d'avoir un sac chic avec « Soldes » écrit en gros dessus ? Et pourquoi pas « radin » tant qu'on y est ?)

Avec une lenteur étudiée, je retire la boîte vert foncé, enlève le couvercle et déplie le papier de soie. Ensuite, presque religieusement, j'élève l'écharpe dans les airs. Elle est magnifique. Plus belle encore que dans le magasin. Je la drape autour de mon cou et souris d'un air stupide.

— Oh ! Bex, elle est splendide ! murmure Suze.

Pendant un instant, nous restons silencieuses. Nous communions avec un être supérieur : le Dieu du shopping.

C'est alors que Suze gâche tout en déclarant :

— Tu peux la porter ce week-end, pour sortir avec James.

— Non, dis-je irritée, en enlevant l'écharpe. Je ne le verrai pas.

— Pourquoi ?

— C'est fini.

Je tente un haussement d'épaules désinvolte.

— Vraiment ? demande Suze en écarquillant les yeux. Je n'étais pas au courant !

— Je sais, dis-je en fuyant son regard dévoré de curiosité. C'est un peu… gênant.

— Tu l'as plaqué ? Mais tu n'avais même pas encore couché avec lui !

Dans l'excitation, sa voix devient plus aiguë. Elle meurt d'envie de connaître la suite. Ai-je vraiment envie de la lui raconter ? J'envisage un instant de tout garder pour moi mais à quoi bon ?

— C'est bien ça le problème.

Suze se penche vers moi.

— Bex, de quoi parles-tu ?

Je prends une inspiration profonde.

— Il ne voulait pas.

— Il n'avait pas envie de toi ?

— Si. Il…

Je ferme les yeux tant j'ai du mal à y croire.

— Il ne veut pas faire l'amour avant le mariage.

— Tu plaisantes !

En ouvrant les yeux, je découvre l'expression horrifiée de Suze. On dirait qu'elle vient d'entendre la pire des insanités. Elle répète d'un ton suppliant :

— Tu plaisantes !

J'arrive à sourire faiblement.

— Pas du tout. C'était assez embarrassant. En fait, je… je lui ai sauté dessus et il m'a repoussée.

Les souvenirs horribles et humiliants que j'avais réussis à refouler jusque-là ressurgissent. J'ai rencontré James à une soirée il y a quelques semaines et nous abordions le cap crucial du troisième rendez-vous. Après un délicieux dîner au restaurant – il avait insisté pour payer – nous étions revenus à son appartement et nous nous étions retrouvés sur le canapé à nous embrasser.

Bon. Que *devais-je* penser ? Nous étions là, et (qu'on ne s'y trompe pas) si son esprit disait non, son corps disait sans aucun doute possible oui, oui, oui. Donc, en jeune fille moderne, j'ai tendu la main vers la fermeture Éclair de son pantalon et commencé à la baisser. Quand il m'a rejetée, j'ai cru que c'était un jeu, et j'ai continué, de façon encore plus enthousiaste.

À la réflexion, j'ai mis du temps à comprendre qu'il ne jouait pas. En fait, il a dû me gifler pour se débarrasser de moi, même si, après, il était très embêté.

Suze me dévisage, incrédule. Puis elle éclate de rire.

— Il a dû te repousser ? Bex, tu es une dévoreuse d'hommes !

— Ne dis pas ça ! Il s'est montré très compréhensif. Il m'a demandé si j'étais prête à l'attendre.

— Et tu as répondu : « Tu te fous de moi ! »

— Ouais, un truc de ce genre.

Je détourne les yeux.

Emportée par mon élan, je me rappelle avoir défié James : « Je parie que tu n'arriveras pas à me résister. » Les yeux débordant de désir, je me souviens lui avoir déclaré d'une voix rauque : « Avant la fin de la semaine, tu viendras frapper à ma porte. »

Eh bien, la semaine est passée, et il ne s'est toujours pas manifesté. Ce qui, quand on y pense, n'est pas très flatteur.

— Mais c'est affreux ! s'exclame Suze. Que fait-il de la compatibilité sexuelle ?

— Sais pas. Je suppose qu'il est prêt à prendre le risque.

Suze se met à pouffer de rire.

— Et tu as vu son…

— Non ! Il ne m'a pas laissée approcher !

— Mais tu as pu le sentir. Comment était-il ?

Les yeux de Suze brillent malicieusement.

— Il doit être minuscule. En se mariant, il espère piéger une pauvre fille qui se retrouvera coincée toute sa vie avec un petit zizi. Tu l'as échappé belle, Bex !

Elle prend son paquet de Silk Cut et allume une cigarette.

— Éloigne-toi ! Je ne veux pas que mon écharpe pue la cigarette !

— Alors, que fais-tu ce week-end ? demande-t-elle en tirant une bouffée. Veux-tu venir dans ma campagne ?

C'est de cette façon que Suze désigne la résidence secondaire de sa famille dans le Hampshire. Ma campagne. Comme si ses parents possédaient un petit État indépendant ignoré du reste du monde.

— Non, ça ira, dis-je d'un ton morose en prenant le programme télé. Je vais voir mes parents.

— Ah ! bon. Tu diras bien des choses de ma part à ta mère.

— Je n'y manquerai pas. Et embrasse Pepper pour moi.

Pepper est le cheval de Suze. Elle le monte à peu près trois fois par an, et encore, mais chaque fois que ses parents suggèrent de le vendre, elle devient hystérique. Apparemment son entretien coûte quinze mille livres par an. Quinze mille livres. Et que fait-il pour mériter ça ? Il reste dans une écurie à manger des pommes. Cela ne me dérangerait pas d'être un cheval.

— Au fait, on a reçu les impôts locaux. C'est trois cents livres chacune.

— Trois cents livres ? Là, tout de suite ?

— Ouais. Et on est en retard. Si tu peux me faire un chèque.

— Bien, dis-je avec désinvolture, ça marche !

Je prends mon sac et remplis un chèque sur-le-champ. Suze se montre si généreuse pour le loyer que je paye toujours ma quote-part des factures, en ajoutant parfois un petit plus. Quoi qu'il en soit, j'ai des sueurs froides en lui tendant le chèque. Trois cents livres envolées, comme ça. Et il y a encore cette foutue facture de carte Visa. Quel mois !

— Ah ! oui, et quelqu'un a appelé, ajoute Suze en jetant un coup d'œil à un morceau de papier. Erica Charnelle. C'est ça ?

— Erica *Charnelle* ?

Il m'arrive parfois de penser que Suze abuse de certaines drogues.

— Parnell. Erica Parnell de la banque Endwich. Il faut que tu la rappelles.

Je dévisage Suze, horrifiée.

— Elle a appelé ici ? À ce numéro ?

— Oui. Cet après-midi.

Oh ! merde ! Mon cœur cesse de battre.

— As-tu dit que j'avais une mononucléose ?

— Quoi ?

C'est au tour de Suze de me dévisager.

— Bien sûr que non. Pourquoi aurais-je raconté que tu avais une mononucléose ?

— A-t-elle posé des questions sur ma jambe ou pris des nouvelles de ma santé ?

— Mais non ! Elle a juste demandé où tu étais et j'ai répondu : « Au travail ».

— Suze !

Je suis consternée.

— Eh bien, qu'est-ce que tu voulais que je dise ?

— Tu devais dire que j'étais au lit avec une mononucléose et une jambe cassée !

— Merci de m'avoir prévenue.

Elle me regarde en plissant les yeux et se met en position du lotus. Suze a les jambes les plus longues et les plus fines que je connaisse. Quand elle porte un caleçon noir, elle a tout de l'araignée.

— Bon. Quel est le problème ? Tu es à découvert ?

Suis-je à découvert ?

— Juste un chouïa.

Il y a un silence et quand je lève les yeux, je la vois déchirer mon chèque.

— Suze, ne sois pas stupide !

— Tu me paieras quand tu auras de l'argent, déclare-t-elle d'un ton ferme.

— Merci, dis-je en la serrant fort dans mes bras.

Suze est vraiment la meilleure amie que j'aie jamais eue.

Mais un sentiment désagréable me tourmente toute la soirée et, à mon réveil, le lendemain matin, il est toujours là. Un sentiment que je n'arrive même pas à éliminer en pensant à mon écharpe Denny and George. Étendue sur mon lit, je regarde le plafond et, pour la première fois depuis des mois, je calcule combien je dois à tout le monde : la banque, Visa, ma carte Harvey Nichols, ma carte Debenhams, ma carte Fenwicks… Et maintenant, Suze.

Cela fait environ… Voyons voir… Autour de six mille livres.

Un froid glacial m'envahit tandis que je concentre toute mon attention sur cette somme. Comment vais-je trouver six mille livres ? En économisant six livres par semaine pendant mille semaines. Ou douze livres pendant cinq cents semaines. Ou bien encore soixante livres pendant cent semaines. Voilà qui est mieux ! Mais comment diable épargner soixante livres par semaine ?

Je pourrais potasser des bouquins de culture générale et me présenter à un jeu télévisé, inventer quelque chose de vraiment ingénieux, ou… gagner à la loterie. À cette idée, une douce et agréable chaleur s'empare de moi. Je ferme les yeux et me pelotonne dans mon lit. La loterie est de loin la meilleure solution.

Je ne vise pas le jackpot, bien sûr, qui est totalement improbable. Mais l'un de ces lots mineurs comme il en existe des tas. Cent mille livres feraient l'affaire. Je réglerais toutes mes dettes, achèterais une voiture, un appartement…

En fait, deux cent mille livres conviendraient mieux. Ou un quart de million.

Et pourquoi pas un de ces gros lots à partager à plusieurs. « Les cinq gagnants recevront chacun 1,3 million de livres. » (J'adore la façon dont ils disent : « Un virgule trois. » Comme si les trois cent mille livres supplémentaires représentaient une quantité insignifiante et négligeable.)

Un virgule trois million devrait me remettre à flot. Et vouloir partager le gros lot témoigne de votre générosité, n'est-ce pas ? Mon Dieu, faites-moi gagner à la loterie et je promets de partager bien gentiment.

En me rendant chez mes parents, je m'arrête donc à une station-service pour acheter deux billets de loterie. Le choix des nombres m'occupe une bonne demi-heure. Je sais que le 44 marche toujours bien, tout comme le 42. Mais ensuite ? J'écris plusieurs séries de chiffres sur un morceau de papier en essayant de les imaginer à la télé.

1 6 9 16 23 44

Oh ! non ! C'est affreux ! Où ai-je la tête ? Pour commencer, le 1 ne sort jamais. Et 6 et 9 ne sont pas géniaux, non plus.

3 14 21 25 36 44

Je préfère ça. J'inscris les nombres sur le billet.

5 11 18 27 28 42

Cette série m'impressionne assez. Elle *a l'air* d'un numéro gagnant. J'imagine tout à fait Moira Stewart annonçant aux nouvelles : « La détentrice du billet, qui vit vraisemblablement dans le sud-ouest de Londres, a gagné le gros lot d'un montant de dix millions. »

Je me sens au bord de l'évanouissement. Que ferai-je avec dix millions ? Par où commencer ?

D'abord, je donnerai une immense fête, dans un endroit chic, mais décontracté, avec champagne à volonté, musique, danse et un service de taxis pour reconduire les invités. Il y aura aussi des cadeaux à emporter chez soi comme un bain moussant de qualité. (Est-ce que Calvin Klein a une ligne de bain moussant ? Il faudra que je vérifie la prochaine fois que je passe chez Boots.)

Ensuite, bien sûr, j'offrirai des maisons à toute ma famille et à mes amis. Je m'appuie contre le stand de loterie et ferme les yeux afin de me concentrer. Supposons que j'achète vingt maisons à deux cent cinquante mille livres. Il me restera… cinq millions. Moins environ cinquante mille livres pour la fête. Ensuite, j'emmènerai tout le monde en vacances, à la Barbade ou dans un endroit équivalent. Cela coûtera autour de… cent mille livres si on voyage tous en classe club.

Nous arrivons donc à quatre millions huit cent cinquante mille livres. Ah ! oui, j'ai besoin aussi de six mille livres pour régler toutes mes factures de cartes de crédit et combler mon découvert. Plus trois cents pour Suze. Arrondissons à sept mille. Il reste donc... quatre millions huit cent quarante-trois mille livres.

Il est évident que j'aiderai sans compter les œuvres de bienfaisance. Je créerai probablement une fondation. J'apporterai mon soutien à toutes ces institutions démodées et dont tout le monde se fiche qui se consacrent aux maladies de peau et aux aides ménagères pour les personnes âgées. J'adresserai aussi un gros chèque à mon ancienne professeur d'anglais, Mme James, afin qu'elle réapprovisionne la bibliothèque de l'école. Peut-être la rebaptiseront-ils de mon nom : la bibliothèque Bloomwood.

J'allais oublier ! Trois cents livres pour le manteau redingote de chez Whistles que je *dois* acheter avant qu'on se les arrache tous. Il reste donc combien ? Quatre millions huit cent quarante-trois mille, moins...

— Excusez-moi.

Je lève les yeux, hébétée. C'est une femme qui voudrait utiliser le stylo à bille.

— Désolée, dis-je en m'écartant pour la laisser passer.

À cause de cette interruption, j'ai perdu le fil. Où en étais-je ? À quatre ou cinq millions ?

Puis, comme je la vois jeter un œil sur mon bout de papier griffonné de chiffres, une pensée horrible me traverse l'esprit. Et si l'une des séries que j'ai écartées sortait ? Si : 1 6 9 16 23 44 gagnait ce soir ? Je me détesterais et ne me le pardonnerais jamais. Je serais comme ce type qui s'est suicidé parce qu'il avait oublié de faire valider sa grille de loto.

Je remplis rapidement des billets correspondant aux combinaisons inscrites sur mon papier. Cela fait neuf en tout. Neuf livres, ce n'est pas donné et j'hésite presque à les dépenser. Mais cela représente aussi neuf fois plus de chances de gagner, n'est-ce pas ?

Et maintenant j'ai un bon pressentiment pour : 1 6 9 16 23 44. Pourquoi cette série particulière de chiffres a-t-elle surgi dans mon esprit pour y rester ? Peut-être que quelqu'un, quelque part, essaie de me dire quelque chose.

BROMPTON'S STORE
Comptes Clients
1 Brompton Street
Londres SW4 7TH

Mademoiselle Rebecca Bloomwood
Apt 2
4 Burney Road
Londres SW6 8FD

Le 2 mars 2000

Chère Mademoiselle Bloomwood,

Nos dossiers indiquent que nous n'avons pas reçu le paiement de vos derniers achats effectués avec la carte Brompton Gilt. Si vous venez de les régler, nous vous prions de ne pas tenir compte de ce courrier.

Votre facture s'élève à 236,76 £. Le paiement minimum est de 43 £. Vous pouvez régler en liquide, par chèque ou en utilisant le bordereau de virement bancaire ci-joint.

Dans l'attente de votre prompt règlement, nous vous prions d'agréer, Mademoiselle Bloomwood, l'assurance de nos sentiments les meilleurs.

John Hunter
Directeur des Comptes Clients

BROMPTON'S STORE
1 Brompton Street
Londres SW4 7TH

Mademoiselle Rebecca Bloomwood
Apt 2
4 Burney Road
Londres SW6 8FD

Le 2 mars 2000

Chère Mademoiselle Bloomwood,

C'est le moment d'acheter !

Pendant une période limitée, nous offrons des POINTS SUPPLÉMENTAIRES pour tout achat d'un montant supérieur à 50 £ effectué avec la carte Brompton Gilt [1]. Alors, saisissez l'occasion d'augmenter votre total de points et profitez de nos cadeaux.

Ces quelques articles vous donneront un avant-goût des cadeaux fantastiques qui vous attendent :

Un sac en cuir italien .... **1 000 points**
Une caisse de champagne rosé............................ **2 000 points**
Un week-end à Paris pour deux personnes [2].......... **5 000 points**

Votre décompte actuel s'élève à : .... 35 points

Et n'oubliez pas que, durant cette période spéciale, vous gagnez deux points chaque fois que vous dépensez 5 £. Nous espérons vous accueillir bientôt afin de vous faire bénéficier de cette offre exceptionnelle.

Nous vous prions d'agréer, Mademoiselle Bloomwood, l'expression de nos sentiments les meilleurs.

Adrian Smith
Directeur des Services Clients

1. Excepté au restaurant, à la pharmacie, au kiosque à journaux et chez le coiffeur.
2. Offre soumise à conditions, veuillez consulter le prospectus ci-joint.

4

Lorsque j'arrive chez mes parents, ils sont en pleine dispute. Papa, à mi-hauteur d'un escabeau, farfouille dans la gouttière tandis que maman, assise à la table de jardin en fer forgé, feuillette le catalogue de vente par correspondance *Past Times*. Aucun des deux ne lève les yeux quand je franchis la porte du patio.

— Je veux simplement dire qu'ils devraient montrer l'exemple, déclare ma mère.

— Et tu penses que se mettre en danger, c'est donner l'exemple ? Tu crois que cela résoudrait le problème ?

— En danger ! réplique ma mère d'un ton moqueur. Ne sois pas si mélodramatique, Graham. Est-ce le jugement que tu portes sur la société britannique ?

— Salut, maman. Salut, papa.

— Je suis sûre que Becky est d'accord avec moi. N'est-ce pas, chérie ? assure ma mère en me montrant du doigt une page de *Past Times*. Ravissant, ce cardigan. Regarde un peu cette broderie ! ajoute-t-elle à mi-voix.

— Comment veux-tu qu'elle soit d'accord avec toi ? rétorque mon père. C'est l'idée la plus ridicule que j'aie jamais entendue.

— Absolument pas ! s'écrie ma mère, indignée. Becky, toi aussi, tu penses que la famille royale devrait emprunter les transports en commun, n'est-ce pas ?

— Eh bien…, dis-je prudemment. Je n'ai pas…

— Tu penses que la reine devrait se rendre à ses obligations officielles en prenant le bus 93 ? ironise mon père.

— Et pourquoi pas ? Du coup la ligne 93 deviendrait peut-être plus efficace !

— Alors, dis-je en m'asseyant à côté de ma mère. Comment ça va ?

— Est-ce que tu réalises que ce pays est au bord de l'asphyxie ? poursuit-elle en m'ignorant totalement. Si les gens n'utilisent pas les transports publics, le trafic sur nos routes sera paralysé.

Mon père hoche la tête.

— Et tu crois que la reine en utilisant le 93 résoudra le problème ? Que fais-tu de sa sécurité ? Et comment parviendra-t-elle à remplir toutes les fonctions…

— Je ne pensais pas forcément à la reine, l'interrompt ma mère avant de marquer un temps d'arrêt, mais à d'autres membres de la famille. La princesse Michael de Kent, par exemple. Elle pourrait se déplacer en métro de temps en temps. Ces gens ont besoin d'apprendre ce qu'est la réalité.

Ma mère a dû circuler en métro pour la dernière fois en 1983.

— Vous voulez un café ? dis-je d'un ton enjoué.

— Si tu veux mon avis, cette histoire d'asphyxie est complètement absurde, continue mon père. (Il saute de l'escabeau et enlève la terre de ses mains.) Tout ça, c'est de la propagande.

— De la propagande ! s'exclame ma mère, scandalisée.

— Bon. Je vais faire chauffer de l'eau.

Je rentre dans la maison, allume la bouilloire et m'assois à la table de la cuisine dans un doux rayon de soleil. J'ai déjà oublié la raison de leur dispute. La discussion va s'enliser, et à la fin ils concluront d'un commun accord que tout est la faute de Tony Blair. Des sujets plus importants me préoccupent. J'essaie de calculer avec précision combien je devrai donner à Philip, mon patron, quand j'aurai gagné à la loterie. Pas question de l'oublier, bien sûr. Mais de l'argent liquide risque d'être déplacé. Un cadeau serait plus approprié, de très beaux boutons de manchette, par exemple. Ou un panier à pique-nique avec toutes les assiettes à l'intérieur. (Clare Edwards n'aura rien, évidemment.)

Assise seule, dans la cuisine ensoleillée, je me sens détentrice d'un précieux secret. Je suis sur le point de décrocher le jackpot. Ce soir, ma vie va changer. Mon Dieu, je meurs d'impatience ! Dix millions de livres. Quand je pense que demain je pourrai m'acheter tout ce que je veux. Tout !

Le journal est ouvert devant moi, à la rubrique de l'immobilier, et je le prends négligemment pour lire les annonces de propriétés de luxe. Où vivrai-je ? Chelsea ? Notting Hill ? Mayfair ? *Belgravia. « Superbe maison de sept chambres avec dépendances pour le personnel et jardin paysagé. »* Voilà qui est parfait. Sept chambres à Belgravia me suffiraient. Satisfaite, je consulte le prix et mes yeux s'agrandissent de stupéfaction. Six millions de livres virgule cinq. C'est le prix demandé. Six millions et demi.

Je suis à la fois abasourdie et irritée. Sont-ils sérieux ? Je ne dispose pas de six millions et demi, mais d'environ… quatre millions. Peut-être cinq ? En tout cas, ce n'est pas assez. Je fixe la page et je me sens flouée. Les gagnants de la loterie sont censés s'offrir tout ce qu'ils désirent et j'ai déjà le sentiment d'être pauvre et à côté de la plaque.

Je repousse le journal avec humeur et prends une brochure remplie de splendides housses de couette blanches à cent livres. Voilà qui est mieux ! Une fois le gros lot décroché, je n'aurai que des housses de couette blanches impeccables, avec un lit en fonte blanc, des volets de bois peint, un peignoir blanc moelleux…

— Alors, comment va le monde de la finance ?

La voix de ma mère interrompt mes pensées. Elle entre dans la cuisine d'un air affairé, tenant toujours à la main son catalogue *Past Times*.

— Le café est prêt, chérie ? Allez hop, hop, hop !

— J'allais le faire, dis-je en esquissant un geste vers la cuisinière.

Mais, comme d'habitude, ma mère me devance. Elle prend un pot en céramique que je n'ai jamais vu auparavant et verse du café dans une cafetière dorée toute neuve.

Maman est terrible. Elle n'arrête pas d'acheter de nouvelles choses pour la cuisine et elle donne les anciennes à une association caritative. Nouvelles bouilloires, nouveaux grille-pain… Nous avons déjà eu trois poubelles différentes cette année : une vert foncé, une chromée et la dernière en plastique jaune translucide. Quel gaspillage !

— Ta jupe est ravissante, dit-elle en me regardant comme si je venais d'arriver. Où l'as-tu achetée ?

— Chez DKNY.

— Elle est très seyante. Tu l'as payée cher ?

— Pas vraiment. Environ cinquante livres.

Ce n'est pas tout à fait vrai. Le montant exact se rapproche plus de cent cinquante. Mais il est inutile de le dévoiler à ma mère, car elle aurait un infarctus. En fait, elle annoncerait d'abord le prix à mon père, de sorte qu'ils auraient tous les deux un infarctus et que je me retrouverais orpheline.

En général, j'utilise simultanément deux systèmes : les prix réels et les prix pour maman. C'est comme dans un magasin, quand tout est de 20 % moins cher et que vous vous promenez en comptant la réduction. Au bout d'un moment, vous devenez très bonne en calcul mental.

Seule différence : j'applique un système flexible, un peu semblable à celui des impôts. Je commence à – 20 % (si le prix est de vingt livres, j'annonce seize livres) et je vais jusqu'à… – 90 % si c'est nécessaire. Une fois, j'ai acheté des bottes à deux cents livres et j'ai dit à ma mère qu'elles étaient soldées vingt livres. Le plus fort, c'est qu'elle m'a crue !

— Tu cherches un appartement ? demande-t-elle en regardant par-dessus mon épaule la page des annonces immobilières.

— Non, dis-je d'un ton boudeur en feuilletant ma brochure.

Mes parents me poussent à acheter. Est-ce qu'ils savent combien coûte un appartement ? Je ne parle pas d'un logement à Croydon.

— Apparemment, Thomas a trouvé, à Reigate, la maison de ses rêves, déclare ma mère en indiquant d'un signe de tête le pavillon de nos voisins. Il fait la navette.

Elle annonce cela d'un air satisfait comme si Thomas avait gagné le prix Nobel de la paix.

— De toute façon, je ne peux pas m'acheter un appartement, *encore moins* une maison.

Pas encore. Pas jusqu'à vingt heures. Hé ! hé ! hé !

— Des problèmes d'argent ? demande mon père en entrant dans la cuisine. Tu sais, il n'y a que deux solutions pour les résoudre.

Oh ! là, là ! Il ne va pas recommencer. Papa et ses aphorismes !

— Le système D.M. ou G.P., révèle-t-il, les yeux pétillants.

Il marque une pause pour produire son petit effet et je tourne la page de ma brochure, en feignant de l'ignorer.

— Dépenser Moins ou Gagner Plus. L'un ou l'autre. Lequel des deux choisirais-tu, Becky ?

— Les deux, je crois, dis-je avec désinvolture en tournant une autre page.

Il me fait presque pitié. Ce sera un sacré choc pour lui quand sa fille unique deviendra multimillionnaire du jour au lendemain.

Après le déjeuner, ma mère et moi nous rendons à une exposition-vente d'artisanat qui se tient à l'école primaire du quartier. J'y vais pour lui tenir compagnie, sans aucune intention d'acheter, mais une fois là-bas je tombe sur un stand de cartes étonnantes, faites à la main, qui coûtent seulement une livre cinquante ! J'en choisis dix. Après tout, on a toujours besoin de cartes. Il y a aussi une splendide jardinière en céramique bleue, ornée d'une frise de petits éléphants, et ça fait une éternité que j'ai envie d'avoir plus de plantes dans l'appartement. Elle n'est qu'à quinze livres. Une misère ! Dans les foires artisanales, on fait tellement d'affaires ! On pense que ce sera nul, mais on déniche toujours *quelque chose*.

Maman est aussi très heureuse car elle a trouvé deux bougeoirs pour sa collection. Elle collectionne les bougeoirs, les porte-toasts, les pots en céramique, les animaux en verre, les échantillons de broderie et les dés à coudre. (Personnellement, j'estime que les dés ne comptent pas car elle a reçu le tout, les dés et la vitrine de rangement, en répondant à une publicité au dos du magazine *Mail on Sunday*. Mais elle n'en a jamais soufflé mot à personne. Je ne devrais pas en parler.)

Ravies de nos achats, nous décidons d'aller prendre une tasse de thé. En sortant, nous tombons sur un de ces stands sinistres auxquels on jette un bref coup d'œil avant de les dépasser rapidement. Le pauvre type qui s'en occupe est si pitoyable que je m'arrête pour regarder. Pas étonnant qu'il n'y ait personne ! Il vend des coupes en bois de forme bizarre, avec les couverts assortis. À quoi servent des couverts en bois ?

— C'est beau, dis-je enthousiaste, en prenant une des coupes.

— Bois de pommier fait à la main. Ça représente une semaine de travail.

Eh bien, si vous voulez mon avis, c'est une semaine gaspillée. Le résultat est informe, hideux et le bois a une désagréable couleur « marronnasse ». Je suis sur le point de reposer la coupe mais l'air découragé du vendeur me fait pitié. Je la retourne pour voir l'étiquette. Si elle est à cinq livres, je l'achète. Elle coûte quatre-vingts livres ! Je montre le prix à ma mère qui lève les yeux au ciel.

— Le mois dernier, ce modèle figurait dans *Elle Décoration*, déclare le type mélancolique, en produisant un article découpé.

En entendant ça, je me fige. *Elle Décoration* ? Il plaisante ?

Il ne plaisante pas. L'article en question montre la photo d'une pièce vide à l'exception d'un fauteuil en cuir Sacco, d'une table basse et d'une coupe en bois. Je fixe la page, incrédule.

— Est-ce cette coupe-là ? dis-je en essayant de maîtriser mon excitation. Exactement la même ?

Il acquiesce et mes doigts se resserrent sur la coupe. Je n'arrive pas à y croire. J'ai dans la main un objet de *Elle Décoration*. N'est-ce pas génial ? Je me sens terriblement chic et branchée et regrette de ne pas porter un pantalon de lin blanc, avec mes cheveux tirés en arrière, comme Yasmin Le Bon, pour être dans la note.

Cela prouve que j'ai bon goût. N'ai-je pas choisi cette coupe, excusez-moi, cette *pièce unique*, toute seule ? N'ai-je pas repéré sa singularité ? J'imagine déjà notre salon réaménagé autour de cette coupe, dans un style clair et minimaliste. Quatre-vingts livres, ce n'est rien pour le style intemporel de cet objet.

— Je la prends, dis-je d'un ton résolu en cherchant mon chéquier dans mon sac.

Tout bien considéré, choisir des articles bon marché s'avère un mauvais calcul. Il vaut mieux dépenser un peu plus et effectuer un achat sérieux qui durera toute la vie. Cette coupe est un classique, c'est clair. Suze va être *vraiment* épatée.

En arrivant à la maison, ma mère rentre directement tandis que je reste dans l'allée pour transférer avec soin mes achats de sa voiture à la mienne.

— Becky, quelle surprise !

Il ne manquait plus que ça ! C'est Martin Webster, le voisin, appuyé contre la barrière, un râteau à la main. Un large sourire éclaire son visage. Je ne sais pas pourquoi, mais Martin a le chic pour me culpabiliser.

En fait, si, je sais pourquoi : il a toujours espéré qu'en grandissant j'épouserais son fils, Tom. Et cela ne s'est pas fait. Ma relation avec Tom se résume ainsi : quand nous avions seize ans environ, il m'a demandé de sortir avec lui et j'ai refusé car j'étais avec Adam Moore. C'est tout, Dieu merci ! Pour être franche, je préférerais encore épouser le père. (Cela ne signifie pas que j'aie envie d'épouser Martin. Ou que les hommes mûrs m'attirent. C'est juste une façon de parler. De toute manière, Martin est heureux en ménage.)

— Salut ! fais-je en forçant mon enthousiasme. Comment ça va ?

— Nous allons tous bien, répond Martin. Sais-tu que Tom a acheté une maison ?

— Oui, à Reigate. C'est génial !

— Il a deux chambres, une salle de bains avec douche, un salon et une cuisine à l'américaine, énumère-t-il. Les éléments de la cuisine sont en chêne cérusé.

— Dites donc ! C'est super !

— Tom est aux anges. Janice ! crie-t-il. Viens voir qui est là !

Un instant plus tard, Janice apparaît sur le perron, vêtue de son tablier à fleurs.

— Becky ! Ça fait une éternité qu'on ne t'a pas vue.

Je me sens aussitôt coupable de ne pas rendre visite à mes parents plus souvent.

— Vous savez ce que c'est. Je suis très prise par mon travail et tout le reste, dis-je en souriant d'un air dégagé.

— Oh ! oui. Ton travail, répète Janice en hochant la tête respectueusement.

Je ne sais pas pourquoi Janice et Martin se sont mis dans la tête que j'étais une surdouée, évoluant dans les hautes sphères de la finance. J'ai essayé de les détromper, mais, plus je nie, plus ils sont convaincus que j'occupe un poste très élevé. C'est une situation inextricable. Du coup, ils sont persuadés que je suis quelqu'un d'important *et* de modeste.

Finalement, je m'en fiche. C'est plutôt amusant de passer pour un génie de la finance. J'annonce avec aplomb :

— Nous avons été très occupés par la fusion de SBG et Rutland.

— Bien sûr, murmure Janice.

— Au fait, ça me rappelle quelque chose, dit Martin. Becky, ne bouge pas, j'en ai pour une seconde.

Il disparaît avant que j'aie eu le temps d'ouvrir la bouche, et je reste en plan avec Janice.

— Alors comme ça, dis-je bêtement, Tom a des éléments de cuisine en chêne cérusé ?

C'est la seule chose qui me vienne à l'esprit. Je souris et j'attends sa réponse. Mais elle se contente de me regarder avec ravissement. Son visage rayonne de joie et soudain je réalise que je viens de commettre une erreur fatidique Je n'aurais jamais dû parler de cette fichue maison et mentionner les meubles en chêne cérusé. Janice va penser que je rêve de cette cuisine et que je me suis soudain entichée de Tom depuis qu'il est devenu propriétaire.

— C'est du chêne cérusé et un carrelage provençal, annonce-t-elle avec fierté. Il avait le choix entre le style provençal et le style campagnard et il a préféré le provençal.

J'ai envie de dire qu'à sa place j'aurais pris le campagnard. Mais ce serait un peu méchant.

— Formidable ! Et il a deux chambres ?

Pourquoi je n'arrive pas à changer de sujet ?

— Il voulait deux chambres. Après tout, on ne sait jamais.

Elle m'adresse un sourire plein de sous-entendus et je me mets à rougir de façon ridicule. C'est stupide ! Maintenant elle doit vraiment croire que j'en pince pour son fils. Elle nous imagine ensemble dans la maison, préparant le dîner dans la cuisine en chêne cérusé.

Je devrais déclarer quelque chose, comme : « Janice, Tom ne m'attire pas du tout. Il est trop grand et il a mauvaise haleine. » Mais c'est impossible. À la place, je sors :

— Dites-lui bien des choses de ma part.

— Je n'y manquerai pas. A-t-il ton numéro de téléphone à Londres ?

Aarrgh !

— Je crois. Et il peut toujours me joindre ici, s'il le désire.

Tous mes propos semblent chargés de sous-entendus grivois. J'imagine tout à fait comment cette conversation sera rapportée à Tom. « Elle a *tout* voulu savoir sur ta maison. Et elle a demandé que tu l'appelles ! »

La vie serait plus facile si l'on pouvait rembobiner les conversations et les effacer comme les vidéos. Ou si l'on apprenait aux gens à ne tenir aucun compte de ce qu'on vient de dire, comme au tribunal. *Veuillez rayer du procès-verbal toutes les allusions aux maisons et aux cuisines en chêne cérusé.*

Heureusement, Martin réapparaît à ce moment-là, un morceau de papier à la main.

— Pourrais-tu jeter un œil là-dessus ? Depuis quinze ans, nous avons un fonds commun de placement à faible revenu avec la compagnie d'assurance vie Flagstaff Life. Nous envisageons maintenant de le transférer vers leur nouveau fonds à croissance rapide. Qu'en penses-tu ?

Je n'en sais rien. De quoi parle-t-il au juste ? D'une sorte de plan d'épargne ? Je parcours le papier des yeux d'un air expert en hochant la tête à plusieurs reprises.

— Oui, je crois que c'est une bonne idée.

— La compagnie nous a écrit en expliquant qu'une fois à la retraite nous souhaiterions certainement réaliser des bénéfices plus élevés, explique Martin. Et le capital est garanti.

— Ils nous enverront aussi une pendulette, ajoute Janice. Fabriquée en Suisse.

— Mmm, dis-je en fixant l'en-tête de la lettre.

Flagstaff Life. Je suis sûre d'avoir entendu quelque chose à leur sujet. Qui sont-ils ? Ah ! oui ! Ce sont eux qui ont donné cette réception au champagne à Soho. Elly était ivre morte et elle a dit à David Salisbury du *Times* qu'elle l'aimait. C'était une super soirée. L'une des meilleures.

— Est-ce une compagnie sérieuse ? demande Martin.

— Tout à fait. Elle est très réputée dans la profession.

— Bien. Alors, nous allons suivre leur conseil. Tentons le coup !

— Plus on réalise de bénéfices, mieux c'est, dis-je de mon ton le plus professionnel. Mais ce n'est qu'un point de vue.

— Si Becky estime que c'est une bonne idée..., déclare Martin en jetant un coup d'œil à sa femme.

— Je peux me tromper. À votre place...

— Regardez-la ! s'exclame Martin en riant, la vraie spécialiste financière !

— Tu sais, Tom achète parfois ton magazine, remarque Janice. Non qu'il dispose de beaucoup d'argent avec le remboursement de son crédit et les autres frais… Mais il trouve tes articles très bons…

— C'est trop gentil ! Écoutez, il faut que je me sauve. J'ai été ravie de vous voir et toutes mes amitiés à Tom !

Je rentre chez mes parents si précipitamment que je me cogne le genou contre le chambranle de la porte. Ensuite, je m'en veux et regrette de n'avoir pas pris congé avec plus de gentillesse. Mais si j'entends un mot de plus sur ce satané Tom et sa fichue cuisine, je vais devenir folle.

Lorsque je m'installe devant la télé pour assister au tirage de la loterie nationale, j'ai déjà tout oublié. Nous avons fait un agréable dîner : poulet provençal de chez Marks & Spencer arrosé d'une bonne bouteille de pinot Grigio apportée par mes soins. Je sais que le poulet vient de chez Marks & Spencer car j'en ai acheté plusieurs fois. Je reconnais les tomates séchées au soleil, les olives et tout le reste. Néanmoins, maman prétend l'avoir préparé de A à Z, selon une recette à elle.

Je ne sais pas pourquoi elle y accorde autant d'importance, surtout quand il n'y a que mon père et moi. À vrai dire, je n'ai jamais vu d'ingrédients frais dans la cuisine. Elle ne regorge que de boîtes en carton vides et de plats préparés. Rien d'autre. Et pourtant maman n'admettra jamais avoir acheté un repas tout prêt même quand il s'agit d'une quiche dans une barquette en aluminium. Mon père mangera la quiche couverte de champignons synthétiques et de sauce gluante et affirmera avec la plus grande conviction : « C'est délicieux, ma chérie. » Et ma mère lui sourira, satisfaite.

Ce soir, nous n'avons pas eu droit à la barquette en alu, mais au poulet provençal. (Cela ressemble presque à un plat maison, sauf que personne ne couperait un poivron rouge en aussi petits morceaux. Les gens ont des choses beaucoup plus importantes à faire.) Enfin, nous l'avons mangé et nous avons pratiquement terminé la bouteille de pinot. Dans le four il y a un crumble aux pommes et je viens de suggérer, l'air de rien, que nous regardions la télé. En jetant un coup d'œil à l'horloge, j'ai en effet réalisé que le programme de la loterie nationale avait déjà commencé. Je ne tiens plus en place. Dans quelques minutes, ma vie va basculer.

Heureusement, mes parents ne sont pas du genre à discuter politique ou à parler bouquins. Nous avons échangé toutes les nouvelles familiales, je leur ai parlé de mon travail et ils m'ont raconté leurs vacances en Corse. Si bien que maintenant la conversation s'enlise. La télé offrira un bruit de fond bienvenu.

Une fois au salon, mon père met en route le pseudo-feu de cheminée au gaz, puis allume la télé. Nous y voilà ! La loterie nationale en Technicolor. Les lumières brillent et Dale Winton blague avec Tiffany de *EastEnders* [1]. De temps à autre, le public pousse des cris enthousiastes. Mon estomac se noue et mon cœur bat sourdement : boum-boum-boum. Dans quelques minutes, ces boules tomberont et je deviendrai millionnaire.

Je m'enfonce dans le sofa. Quelle sera ma réaction à l'instant même où je gagnerai ? Vais-je crier ? Rester calme ? Peut-être devrais-je me taire pendant vingt-quatre heures ou, mieux encore, ne rien dire *du tout* à personne.

Cette pensée me pétrifie. Pourquoi ne pas garder le secret ? Avoir l'argent et ne subir aucune pression. Si les gens me demandent comment j'arrive à me payer des vêtements de stylistes, je leur répondrai que je prends plein de travail en free-lance. Je transformerai la vie de tous mes

1. Série télévisée anglaise très populaire. *(Toutes les notes sont de la traductrice.)*

amis de façon anonyme comme une bonne fée. Personne ne découvrira jamais la vérité. C'est parfait !

Je suis en train d'imaginer la maison que je pourrai acheter sans éveiller les soupçons quand une voix à l'écran attire mon attention.

— Une question à la candidate numéro 3.

Quoi ?

— Mon animal préféré est le flamant rose à cause de sa couleur, de sa légèreté et de ses longues pattes.

Assise sur un tabouret, la fille, tout excitée, décroise ses jambes lisses et interminables sous les hurlements de joie du public. Je la regarde, médusée. Que se passe-t-il ? Pourquoi regardons-nous *Blind Date* [1] ?

— Au début, cette émission était drôle, mais ça devient de pire en pire, déclare ma mère.

— Tu trouves ces inepties amusantes ? demande mon père, incrédule.

— Écoute, papa, on ne peut pas retourner sur…

— Je n'ai pas dit que c'était drôle, *maintenant*. J'ai dit…

— Papa !

J'essaie de ne pas avoir l'air affolée.

— Tu veux bien remettre BBC 1 ?

Blind Date disparaît et je pousse un soupir de soulagement. L'instant d'après, un homme grave, vêtu d'un costume, occupe tout l'écran.

— La police ne s'est pas rendu compte, dit-il d'une voix nasillarde, que les témoins n'étaient pas assez…

— Papa !

— Où est le programme télé ? demande-t-il impatiemment.

— C'est le tirage de la loterie ! dis-je en hurlant presque. Je veux la regarder !

— Pourquoi ? Tu as joué ?

---

1. Émission du style *Tournez manèges*.

Je reste silencieuse un instant. Si je veux garder le secret, je ne peux révéler à personne que j'ai acheté un billet, pas même à mes parents.

— Mais non ! dis-je en riant. Je veux juste voir Martine McCutcheon.

À mon grand soulagement, mon père repasse sur BBC 1. Tiffany est en train de chanter. Je me détends et jette un coup d'œil à ma montre.

Regarder l'émission n'influera pas sur mes chances de gagner mais il est naturel que je ne veuille pas rater le grand moment. Vous allez penser que je suis folle, toutefois je sens que si j'assiste au tirage, je pourrai d'une certaine façon communiquer avec les boules à travers l'écran. Je ne les quitte pas des yeux tandis qu'elles s'entrechoquent et j'invoque en silence mes numéros gagnants. C'est comme encourager une équipe. L'équipe 1 6 9 16 23 44.

Sauf qu'en général, les chiffres ne sortent jamais en ordre. Équipe 44 1 23 6 9 16. Ou 23 6 1…

Martine McCutcheon termine sa chanson et les applaudissements fusent. Mon Dieu ! Le moment où ma vie va basculer est arrivé.

— La loterie est devenue extrêmement commerciale, tu ne trouves pas ? déclare ma mère alors que Dale Winton conduit Martine devant le bouton rouge. C'est vraiment dommage.

— Que veux-tu dire par *est devenue* ? demande mon père.

— Dans le temps, les gens jouaient à la loterie pour soutenir les œuvres de bienfaisance.

— Qu'est-ce que tu racontes ? Ne sois pas ridicule ! Tout le monde se fiche des œuvres de charité. Tout tourne autour du culte de l'ego, l'ego, l'ego !

Papa gesticule avec la télécommande en direction de l'écran qui s'éteint subitement.

— Papa !

— Alors, comme ça, tu penses que personne n'accorde d'importance aux institutions caritatives ? demande ma mère pendant le silence qui s'est établi.

— Ce n'est pas ce que j'ai dit.

— Papa, rallume la télé !

Je suis sur le point de lui arracher la télécommande quand il rappuie sur le bouton.

Je fixe l'écran avec incrédulité. La première boule est déjà tombée. Il s'agit du 44. Mon chiffre 44.

— … est sorti la dernière fois, il y a trois semaines. Et voilà la deuxième boule… C'est le 1.

Je suis tétanisée. Mon rêve se réalise sous mes yeux. Je gagne à la loterie. Je gagne à cette fichue loterie !

Je me sens étrangement calme. Comme si je l'avais toujours su. Assise là, sur le canapé, j'ai l'impression d'être le sujet d'un documentaire pris sur le vif, commenté par Joanna Lumley : « En son for intérieur, Becky Bloomwood a toujours su qu'elle gagnerait un jour à la loterie. Mais, le jour où cela s'est produit, elle n'avait pas prévu… »

— Et un autre petit chiffre : le numéro 3.

Quoi ? Mes pensées se brisent net. C'est impossible. Ils veulent dire 23.

— Et le 2, le numéro complémentaire de la semaine dernière.

Mon sang se glace. Que se passe-t-il ? D'où *sortent* ces chiffres ?

— Encore un petit chiffre ! le 4. Un numéro familier, car il sort cette année pour la douzième fois. Et enfin… le 5 ! Eh bien, c'est une grande première ! Les voici maintenant dans l'ordre…

Non. Je rêve. Il y a une erreur. Les numéros gagnants de la loterie ne peuvent pas être 1 2 3 4 5 44. Cette combinaison ne ressemble en rien à une série de loterie, il s'agit d'une… d'une blague de mauvais goût.

Je gagnais. Je *gagnais*.

— Regarde ça ! s'exclame ma mère. Incroyable ! 1 2 3 4 5 44.

— Et pourquoi pas ? rétorque mon père. C'est comme n'importe quelle autre série.

— Non !

— Jane, qu'est-ce que tu connais aux lois de la probabilité ?

Je me lève et quitte la pièce sans un mot, tandis que l'air du générique de la loterie nationale retentit. Je vais dans la cuisine, m'assois à la table et enfouis mon visage dans mes mains, bouleversée. J'étais si sûre de gagner. Je vivais dans une grande maison, partais en vacances à la Barbade avec mes amis et j'achetais tout ce que je voulais chez agnès b. Cela paraissait si vrai.

À la place, je suis assise dans la cuisine de mes parents, il n'est pas question de me payer des vacances et je viens de dépenser quatre-vingts livres pour une coupe en bois que je n'aime même pas.

Dépitée, je mets la bouilloire en route, prends un numéro de *Woman's Journal* sur le plan de travail et commence à le feuilleter. Mais cela ne me remonte pas le moral. Tout semble me ramener à l'argent. J'en arrive à penser que mon père a raison. Dépenser Moins est peut-être la solution. Imaginons... imaginons que je réussisse à économiser soixante livres par semaine. En cent semaines, j'aurai amassé six mille livres.

Et soudain mon cerveau s'active. Six mille livres. C'est une somme ! Tout bien réfléchi, ce ne doit pas être si difficile. Soixante livres ne représentent que deux repas au restaurant. On doit à peine s'en rendre compte.

Voilà ! C'est ce que je vais faire. Soixante livres par semaine, chaque semaine. Peut-être devrais-je les verser sur un compte spécial. Ce sera fantastique. Je contrôlerai ma situation financière et, une fois toutes mes factures réglées, je continuerai à épargner. Être économe deviendra une habitude. À la fin de chaque année, je m'offrirai une folie en investissant dans un classique comme un tailleur Armani, par exemple. Ou peut-être Christian Dior. En tout cas, dans un vêtement de très grande classe.

Je commencerai lundi me dis-je enthousiaste, en me versant du chocolat Ovomaltine dans une tasse. Je ne dépenserai plus *rien*. L'argent mis de côté s'accumulera et je deviendrai riche. Ce sera vraiment génial.

BROMPTON'S STORE
Comptes Clients
1 Brompton Street
Londres SW4 7TH

Mademoiselle Rebecca Bloomwood
Apt 2
4 Burney Road
Londres SW6 8FD

Le 6 mars 2000

Chère Mademoiselle Bloomwood,

Nous vous remercions pour votre chèque de 43,00 £ que nous avons reçu aujourd'hui.

Malheureusement, ce chèque n'est pas signé. Il s'agit, sans aucun doute, d'un oubli de votre part. En conséquence, nous vous le renvoyons pour que vous le signiez et nous le retourniez.

Comme vous ne manquez pas de le savoir, ce règlement nous est dû depuis déjà huit jours.

Dans l'attente de recevoir votre chèque signé, nous vous prions d'agréer, chère Mademoiselle, l'expression de nos sentiments les meilleurs.

John Hunter
Directeur des Comptes Clients

5

Austérité. Simplicité. Voilà mes mots d'ordre pour une nouvelle vie zen et ordonnée dans laquelle je ne dépense rien. *Rien*. Quand on y songe, combien d'argent gaspillons-nous chaque jour ? Pas étonnant que je sois un peu endettée. Et vraiment, ce n'est pas ma faute. Je n'ai fait que succomber à la poussée matérialiste occidentale contre laquelle il faut opposer une résistance herculéenne. Du moins, c'est l'explication donnée par mon nouveau livre.

Hier, quand maman et moi sommes allées chez Waterstones acheter ses livres de poche pour la semaine, j'ai furtivement consulté la section des ouvrages consacrés aux conseils pratiques et j'ai trouvé le plus merveilleux des livres. Je l'ai là, avec moi, dans mon sac à main. Il s'intitule *Contrôlez vos dépenses* par David E. Barton et il est fantastique. L'auteur affirme qu'il nous arrive à tous de gaspiller de l'argent sans nous en rendre compte et que nous pourrions facilement réduire nos dépenses de moitié, en une semaine seulement.

En une semaine !

Il suffit par exemple de faire vos propres sandwichs au lieu de manger au restaurant et de circuler à bicyclette au lieu de prendre le métro. Quand vous commencez à vous pencher sur la question, vous réalisez qu'il est possible d'économiser de l'argent dans tous les domaines. Et comme le dit David E. Barton, il existe des tas de plaisirs gratuits que nous oublions – occupés que nous sommes à dépenser de l'argent – comme les jardins publics, les musées ou une promenade à la campagne.

Tout est pourtant si simple et facile. Et le mieux, c'est que vous commencez la méthode en faisant du shopping ! Il faut ensuite détailler tous vos achats de la journée et les porter sur un graphique. David E. Barton souligne que vous devez être honnête et ne pas vous restreindre ou modifier votre façon de dépenser, ce qui tombe bien car je dois trouver un cadeau pour Suze dont on fête l'anniversaire jeudi.

Lundi matin, donc, en allant au travail, je m'arrête chez Lucio et commande, comme d'habitude, un cappuccino avec un muffin au chocolat. Je reconnais qu'en tendant la monnaie, je suis un peu triste, car il s'agit là de mon dernier cappuccino et de mon dernier muffin au chocolat. Je commence ma nouvelle vie d'austérité demain et les cappuccinos ne sont pas autorisés. Selon David E. Barton, si vous buvez du café, vous n'avez qu'à le préparer chez vous et l'emmener au bureau dans une Thermos, et si vous aimez grignoter, vous devez acheter des gâteaux bon marché en grande surface. « Les cafés sont bien cher payés pour ce qui n'est finalement qu'un peu d'eau chaude dans du polystyrène », fait-il remarquer, et je pense qu'il a raison. Mais mon cappuccino du matin va me manquer. Enfin. Je me suis promis de suivre les règles du livre et je m'y tiendrai.

En sortant de la boutique, ma dernière tasse de café serrée dans mes mains, je réalise que je n'ai pas de Thermos. Mais bon, j'en achèterai une. Il y a chez Habitat un modèle en chrome très épuré. Ces temps-ci, les Thermos sont plutôt branchées. Je pense même qu'Alessi en a fait une. Ce sera cool de boire du café dans une Thermos Alessi. Beaucoup plus cool qu'un cappuccino à emporter.

Je me sens donc d'humeur joyeuse en marchant dans la rue. Quand je parviens à la hauteur de Smith, j'y entre rapidement et m'approvisionne en magazines afin de me soutenir. J'achète aussi un joli petit carnet argenté et un stylo pour inscrire toutes mes dépenses. Je vais être très stricte là-dessus, car David E. Barton souligne que le fait même de noter vos achats doit provoquer une réduction de vos dépenses. Aussi, à peine arrivée au bureau, je commence ma liste.

Cappuccino........................	1,50 £
Muffin................................	1,00 £
Carnet...............................	3,99 £
Stylo..................................	1,20 £
Magazines..........................	6,40 £

Soit un total de… 14,09 £

Mince alors ! J'imagine que c'est beaucoup si l'on songe qu'il n'est que 9 h 40 du matin.

Mais le carnet et le stylo ne comptent pas. Ils sont indispensables à la méthode. Comment diable êtes-vous censée noter tous vos achats, sans carnet ni stylo ? Je soustrais donc les deux et j'arrive à un total de… 8,90 £. Ce qui est beaucoup mieux.

De toute façon, je suis au bureau maintenant. Je ne dépenserai probablement rien d'autre de toute la journée.

Mais… d'une certaine façon, ne rien dépenser est impossible. Pour commencer, Guy, de la comptabilité, passe dans les bureaux afin de récolter de l'argent pour un cadeau de départ. Ensuite, je dois sortir déjeuner. J'économise au maximum sur mon sandwich en le choisissant aux œufs et au cresson, le moins cher de chez Boots, bien que je déteste ça.

David E. Barton écrit qu'après un réel effort, en particulier au début, vous devez vous accorder une récompense. J'opte donc pour une huile de bain à la noix de coco de la gamme Natural comme petit plaisir. Puis je remarque des points cadeaux comptant double sur la crème hydratante que j'utilise.

J'*adore* les points cadeaux. N'est-ce pas une merveilleuse invention ? Si vous dépensez suffisamment, vous gagnez de super prix du genre une journée de soins de beauté dans un hôtel. À Noël dernier, j'ai été très maligne. J'ai laissé mes points s'accumuler pour acheter le cadeau de ma grand-mère. Voilà ce qui est arrivé : j'avais déjà mille six cent cinquante-trois points et il en fallait mille huit cents pour un coffret de bigoudis chauffants. Je me suis donc offert une grande bouteille de parfum Samsara, ce qui m'a donné cent cinquante points supplémentaires sur ma carte et j'ai eu le coffret gratuitement ! Le problème, c'est que je n'aime pas trop Samsara, mais je ne m'en suis aperçue qu'une fois rentrée à la maison. Enfin, qu'importe !

La meilleure façon de profiter des points cadeaux, ou de toutes les offres spéciales, est de sauter sur l'occasion car elle risque de ne plus se représenter. Je prends donc trois pots de crème hydratante. Points comptant double ! C'est de l'argent gratuit.

Ensuite, il me faut trouver le cadeau d'anniversaire pour Suze. Je lui ai déjà acheté un assortiment d'huiles essentielles, mais l'autre jour, j'ai vu chez Benetton un superbe cardigan angora rose qu'elle va adorer. Je rapporterai les huiles au magasin ou je les offrirai à une autre personne pour Noël.

Je vais donc chez Benetton prendre ce cardigan et m'apprête à payer quand… je remarque qu'ils l'ont aussi en gris. Le plus parfait, le plus doux des cardigans angora gris perle qui soit, avec de petits boutons de nacre.

Je cherche un joli cardigan gris depuis une éternité. Franchement, c'est vrai. Demandez à Suze, à ma mère, à n'importe qui. Et je ne suis pas *encore* mon nouveau régime d'austérité. Pour l'instant, je ne fais que me surveiller.

Selon David E. Barton, je dois me conduire aussi naturellement que possible. Alors, il me faut suivre mes pulsions et l'acheter. Sinon cela fausserait les données et gâcherait tout le processus.

Il ne coûte que quarante-cinq livres. Et je peux le mettre sur ma carte Visa.

Si l'on y réfléchit, que représentent quarante-cinq livres dans le grand ordre de l'Univers ? Rien.

Donc, je l'achète. C'est vraiment le cardigan idéal. Les gens m'appelleront la fille au cardigan gris. Je ne le quitterai plus. Pas de doute, il s'agit d'un investissement.

Après le déjeuner, je dois me rendre à Image Store pour choisir la photo de couverture du prochain numéro. C'est mon boulot préféré et je n'arrive pas à comprendre que Philip le délègue toujours à quelqu'un d'autre. En gros, cela consiste à rester assis toute la journée, et à regarder des pages et des pages de diapositives en buvant du café.

Parce que, bien sûr, nous n'avons pas le budget pour créer nos propres couvertures. Loin de là. Quand j'ai débuté dans le journalisme, je m'imaginais assister à des séances de photos où je rencontrerais des mannequins. J'allais enfin vivre des moments exceptionnels auprès de stars. Mais nous n'avons même pas de photographe. Tous les magazines de notre genre ont recours à des banques d'images comme Image Store et les mêmes photos ont tendance à circuler en boucle. L'année dernière, celle d'un tigre rugissant a fait la une d'au moins trois magazines de conseil financier. De toute façon, les lecteurs s'en fichent. Ils n'achètent pas ces revues pour voir Kate Moss.

Ce qui est parfait, c'est que le rédacteur d'Elly déteste également choisir les couvertures et qu'il utilise aussi Image Store. Nous essayons toujours d'y aller ensemble afin de bien papoter. Image Store présente un autre avantage majeur : leurs locaux se trouvent au-delà de Notting Hill Gate, et l'aller-retour prend une éternité. En général, je ne repasse pas au bureau après. C'est la façon idéale d'occuper un après-midi. (Un après-midi payé, cela va sans dire. De toute évidence, je penserais différemment s'il s'agissait d'un samedi.)

J'arrive là-bas avant Elly et marmonne « Becky Bloomwood, de *Réussir votre épargne* » à la fille de la réception, tout en souhaitant pouvoir annoncer « Becky Bloomwood, de *Vogue* » ou « Becky Bloomwood, du *Wall Street Journal* ». Je m'installe ensuite dans un confortable fauteuil en cuir noir et feuillette un catalogue de photos de familles réjouies, jusqu'à ce qu'un des jeunes employés branchés arrive pour me conduire vers une table lumineuse.

— Je m'appelle Paul. C'est moi qui m'occuperai de vous aujourd'hui. Avez-vous une idée de ce que vous recherchez ?

— Eh bien…

Je sors mon bloc-notes d'un air important.

Nous avons eu une réunion hier au sujet de la couverture et nous nous sommes finalement décidés pour :

« Gestion de portefeuille :
comment acquérir le bon équilibre. »

Avant que vous ne mouriez d'ennui, laissez-moi vous citer le titre du mois dernier :

« Les comptes d'épargne au banc d'essai. »

Ne serait-il pas possible, juste une *seule fois*, d'écrire à la place :

« Crèmes autobronzantes au banc d'essai ? »

— Je recherche des photos de balances, de cordes raides, de monocycles…, dis-je en lisant ma liste.

— Des images d'équilibre. Pas de problème. Désirez-vous un café ?

— Oui, volontiers.

Mon visage s'épanouit en un large sourire. Détendue, je m'enfonce confortablement dans mon fauteuil. Vous voyez la scène ? C'est si agréable ici. Et je suis *payée* pour rester assise à ne rien faire.

Peu après, Elly arrive accompagnée de Paul. Je la regarde, étonnée. Chaussée de talons hauts et vêtue d'un tailleur prune, elle est d'une suprême élégance.

— Vous avez donc besoin de nageurs, de bateaux et d'images européennes, lui dit Paul.

— Exactement, répond Elly en se laissant tomber dans le fauteuil à côté du mien.

— Laisse-moi deviner. Vous traitez du flottement des monnaies.

— Pas mal. Mais non. Il s'agit de : « L'Europe va-t-elle s'en sortir toute seule ? » annonce-t-elle d'une voix dramatique, et Paul et moi pouffons de rire.

Dès qu'il a quitté la pièce, j'examine Elly de la tête aux pieds.

— Comment se fait-il que tu sois si chic ?

— Je suis toujours chic, tu le sais bien, réplique-t-elle en éludant ma question.

Paul est déjà de retour. Il pousse un chariot rempli de diapositives.

— Ce sont les miennes ou les tiennes ? s'enquiert Elly.

Elle évite le sujet. Que se passe-t-il ?

— Tu as obtenu un entretien ? dis-je dans un éclair de génie.

Elle me regarde, rougit puis retire une feuille de diapos du chariot.

— Des numéros de cirque. Des jongleurs. C'est ce que tu voulais ?

— Elly ! As-tu décroché un entretien ? Dis-moi !

Silence. Elle fixe les diapos puis lève les yeux.

— Oui, mais…

— C'est génial !

Deux filles très comme il faut, installées dans un coin, nous regardent.

— Pour quel journal ? *Cosmo* ?

Nous sommes interrompues par Paul qui vient apporter une tasse de café pour Elly.

— Les nageurs arrivent, annonce-t-il en souriant.

— Alors, le nom du journal ?

Elly sollicite tellement d'emplois que je m'y perds.

— Wetherby, répond-elle en devenant écarlate.

— Les placements Wetherby ?

Elle acquiesce et je fronce les sourcils, perplexe. Pourquoi postule-t-elle chez Wetherby ? Ont-ils un magazine interne ?

— Ce n'est pas pour être journaliste, souffle-t-elle à voix basse, mais gestionnaire de portefeuilles.

— Quoi ? fais-je, consternée.

Je sais qu'entre amis on doit se soutenir dans la vie, mais, désolée, *gestionnaire de portefeuilles* !…

— Ils ne me prendront certainement pas, poursuit-elle en détournant les yeux. Ça n'a pas beaucoup d'importance.

— Mais…

Je reste sans voix. Comment a-t-elle même pu penser à ce job ?

Les gestionnaires de portefeuilles ne sont pas des personnes réelles, mais des personnages dont on se moque lors des voyages de presse.

— C'est juste une idée, affirme-t-elle, sur la défensive. Peut-être ai-je envie de prouver à Carole que je suis capable de faire autre chose. Tu vois ?

— C'est une sorte de… moyen de pression ?

— Oui. C'est ça. Un moyen de pression, confirme-t-elle en haussant les épaules.

Mais elle n'a pas l'air très convaincue et ne bavarde pas comme d'habitude. Que lui est-il arrivé ? Je me le demande encore en rentrant chez moi. Je marche en direction de High Street Kensington et traverse la rue. Arrivée devant Marks & Spencers, j'hésite.

Le métro est à ma droite. Les magasins sont à ma gauche.

Je dois *ignorer* les magasins. Il me faut pratiquer l'austérité, rentrer à la maison et effectuer mon graphique de dépenses. Si j'ai besoin de me divertir, je peux regarder la télévision gratuitement ou me concocter une soupe nourrissante et bon marché.

Mais, ce soir, il n'y a rien à la télé, du moins pas avant *EastEnders*. Et je n'ai pas envie de soupe mais de me remonter le moral. De plus – mon esprit travaille à toute vitesse – demain, je renonce à tout. C'est comme le début du carême. Je vis mon mardi gras du shopping et j'ai besoin de m'en mettre plein la lampe avant le commencement du jeûne.

Remontée à bloc, je me précipite au centre commercial Barkers. Je me promets de ne pas faire de folies. Juste un petit plaisir pour passer le cap. J'ai déjà mon cardigan, donc, pas de vêtements… et l'autre jour j'ai acheté des chaussures à talons plats… donc pas ça non plus… bien qu'il y ait des mules de style Prada chez Hobbs… Hmmm. J'hésite.

J'arrive au rayon des cosmétiques, et soudain je sais. Du maquillage ! Voilà ce dont j'ai besoin. Un nouveau mascara et peut-être aussi un rouge à lèvres.

Je commence à flâner avec bonheur dans la salle claire à l'atmosphère grisante. J'évite les atomiseurs de parfum et applique différentes nuances de rouges sur le dos de ma main. J'en aimerais un très pâle, dans les beiges rosés couleur chair, avec un crayon de contour des lèvres assorti…

Au comptoir Clarins, mon attention est attirée par un grand panneau publicitaire.

Pour l'achat de deux produits de soin pour la peau, recevez une trousse de beauté GRATUITE contenant des doses d'essai de démaquillant, de tonique et de crème hydratante, un rouge à lèvres Autumn Blaze, un mascara très longue tenue et un échantillon d'eau dynamisante. Dans la limite des stocks disponibles.

Super ! Connaissez-vous le prix d'un rouge à lèvres Clarins ? Et là, ils le donnent gratuitement. Je me mets à fouiller avec enthousiasme dans les produits pour en choisir deux. Pourquoi pas un soin pour le cou ? Je n'en ai encore jamais utilisé. Et ce pot de crème revitalisante. Quand je pense que je bénéficierai d'un rouge à lèvres gratuit ! C'est vraiment une affaire.

— Bonjour, dis-je à la vendeuse en uniforme blanc, j'aimerais le soin pour le cou, la crème revitalisante et la trousse de beauté.

Je suis soudain tétanisée à l'idée qu'il est trop tard, que leur stock est épuisé.

Mais non ! Dieu merci. Tandis que ma carte Visa passe dans la machine, la vendeuse me tend ma trousse de beauté d'un rouge brillant (je dois reconnaître qu'elle est plus petite que je ne l'imaginais) et je l'ouvre tout excitée. Comme prévu, il y a mon rouge à lèvres gratuit !

Il est d'un rouge-brun plutôt bizarre. Mais si je le mélange avec un autre et si j'y ajoute une touche de brillant à lèvres, il sera parfait.

J'arrive à la maison, épuisée. J'ai à peine ouvert la porte de l'appartement que Suze se jette sur moi, comme un jeune chien.

— Qu'as-tu acheté ? s'écrie-t-elle.

— Ne regarde pas ! Tu n'as pas le droit ! C'est ton cadeau d'anniversaire.

— Mon cadeau !

Les anniversaires la mettent dans un état de surexcitation pas possible. Pour être honnête, moi aussi.

Je me précipite dans ma chambre et cache le sac Benetton dans la penderie. Ensuite, je déballe le reste de mes courses et prends mon petit carnet argenté pour détailler mes achats. David E. Barton conseille de le faire *tout de suite* avant que l'on oublie des articles.

— Tu veux un verre ? me demande Suze à travers la porte.

— Oui, merci !

Un instant plus tard, elle entre avec un verre de vin.

— *EastEnders* va commencer.

— Merci, dis-je distraitement en continuant à inscrire mes dépenses.

Je ne m'écarte pas des règles du livre et note tous les reçus un par un. Je suis fière de moi. Cela prouve qu'avec un peu d'application n'importe qui peut contrôler ses dépenses.

Finalement, j'ai acheté pas mal de crèmes aujourd'hui. À vrai dire, lorsque je réglais mes produits au comptoir Clarins, j'avais oublié tous les pots de chez Boots. Enfin, ça n'a pas d'importance. On a toujours besoin de crème. C'est un produit de base, comme le pain et le lait, et selon David E. Barton il ne faut jamais lésiner sur les produits de base. En plus, je pense m'en être pas trop mal sortie. Bien sûr, je n'ai pas encore tout additionné, mais…

Bon. Voici ma liste complète et définitive :

Cappuccino	1,50 £
Muffin	1,00 £
Carnet	3,99 £
Stylo	1,05 £
Magazines	6,40 £
Sandwich aux œufs et cresson	99 p
Huile de bain à la noix de coco	2,55 £
Crèmes hydratantes Boots	20,97 £
Deux cardigans	90,00 £
Evening Standard	35 p
Crème pour le cou Clarins	14,50 £
Crème Clarins	32,50 £
Trousse de maquillage	Gratuite !
Milk-shake à la banane ?	2,00 £
Gâteau à la carotte ?	1,20 £

Soit un total de… cent soixante-dix-neuf livres. Ou environ…

Je fixe ce montant, horrifiée.

Non, désolée, c'est impossible. Je ne peux pas avoir dépensé plus de cent soixante-dix livres en une journée.

Ce n'est même pas le week-end. J'étais au bureau. Je n'ai pas eu le *temps* de claquer cette somme. Il doit y avoir un truc qui cloche. Une erreur dans l'addition peut-être. Ou alors, j'ai inscrit deux fois le même article sans m'en rendre compte.

Mes yeux parcourent la liste plus attentivement et s'arrêtent soudain. J'exulte : « Deux cardigans. » Je le savais ! Je n'ai acheté…

Eh oui ! J'en ai bien acheté deux. La barbe ! Dieu, que c'est déprimant. Mieux vaut aller regarder *EastEnders* à la télé.

ENDWICH BANK
Fulham Branch
3 Fulham Road
Londres SW6 9JH

Mademoiselle Rebecca Bloomwood
Apt 2
4 Burney Road
Londres SW6 8FD

Le 6 mars 2000

Chère Mademoiselle Bloomwood,

Je vous remercie pour votre message du dimanche 5 mars que vous avez laissé sur notre répondeur.

Je suis désolé d'apprendre que votre chien est mort.

Cependant, il faut absolument que vous preniez contact avec moi, ou avec mon assistante Erica Parnell, le plus rapidement possible afin que nous discutions de votre situation.

Je vous prie d'agréer, Mademoiselle Bloomwood, l'expression de mes sentiments les meilleurs.

Derek Smeath
Directeur

ENDWICH – PARCE QUE NOUS PRENONS SOIN DE VOUS

6

Tout va bien, me dis-je avec fermeté le lendemain. Il ne faut pas que je pique une crise à cause de mes dépenses d'hier. C'est du passé. L'important, c'est qu'aujourd'hui débute ma nouvelle vie d'austérité. À partir de maintenant, je ne vais plus rien dépenser. D'après David E. Barton, l'objectif de la première semaine consiste à réduire vos dépenses de moitié, mais j'estime pouvoir faire beaucoup mieux. Sans vouloir être mauvaise langue, ces livres de conseils pratiques s'adressent toujours à des personnes n'ayant aucune volonté. Et j'ai arrêté de fumer assez facilement. (Sauf dans les soirées, ce qui ne compte pas.)

Euphorique, je me prépare un sandwich au fromage que j'enveloppe dans du papier alu. Je viens déjà d'économiser deux livres ! Je n'ai pas de Thermos (je dois en acheter une ce week-end), donc impossible d'emporter du café, mais il y a une bouteille d'eau minérale dans le réfrigérateur que je décide de prendre à la place. Ce sera d'ailleurs plus sain.

On se demande pourquoi les gens achètent des sandwichs quand il est si simple et bon marché de les confectionner soi-même. Et c'est pareil avec les currys. David E. Barton explique qu'au lieu de dépenser des fortunes en plats à emporter, nous serions plus avisés d'apprendre à cuisiner nos currys et légumes sautés pour trois fois rien. Je vais m'y mettre ce week-end, après une visite au musée ou bien une marche le long du fleuve, où j'admirerai la vue.

Sur le chemin du métro, je me sens pure et revigorée. Presque austère. Regardez tous ces gens dans la rue qui s'agitent, en ne songeant qu'à l'argent. L'argent, l'argent, l'argent. C'est une obsession. Mais, une fois que vous y avez renoncé, cela cesse d'avoir de l'importance. Ma façon de penser est déjà tout à fait différente. Moins matérialiste, plus philosophique. Plus *spirituelle*. Comme le dit David E. Barton, nous oublions d'apprécier chaque jour tout ce que nous possédons déjà : la lumière, l'air, la liberté, la compagnie de nos amis… Ce sont ces choses-là qui comptent. Et non pas les vêtements, les chaussures et les fanfreluches.

La transformation qui s'opère en moi est effrayante. Par exemple, je passe devant le kiosque à journaux de la station de métro et y jette un coup d'œil distrait, sans ressentir le moindre désir d'acheter un magazine. Dans ma nouvelle vie, les revues n'ont aucune place. (En plus, je les ai déjà presque toutes lues.)

Je prends donc le métro, sereine et détachée, un vrai moine bouddhiste. Au terminus, j'ignore superbement le magasin de chaussures soldées qui se trouve à la sortie. Idem pour Lucio. Aujourd'hui, pas de cappuccino. Pas de muffin. Pas de dépense du tout, je me rends directement au bureau.

C'est la période du mois relax à *Réussir votre épargne*. Nous venons de mettre le dernier numéro sous presse, ce qui signifie que nous pouvons nous la couler douce quelques jours avant d'attaquer la prochaine parution. Bien sûr, nous devrions commencer des recherches pour l'article du mois prochain. Aujourd'hui, je suis censée passer plein de coups de fil à des agents de change afin de leur demander des tuyaux de placement sur les six mois à venir.

Mais, d'une manière ou d'une autre, la matinée passe et je n'ai rien fait, à part changer l'image de veille de mon ordinateur, qui affiche maintenant trois poissons jaunes et une pieuvre, et rédiger une note de frais. Je n'arrive pas à me concentrer sur mon travail. Je crois que la pureté de mon nouvel ego me rend trop euphorique. J'essaie de calculer combien j'aurai économisé à la fin du mois et ce que je pourrai me payer chez Jigsaw.

À l'heure du déjeuner, je prends mon sandwich enveloppé dans de l'aluminium. Pour la première fois de la journée, je me sens un peu déprimée. Le pain est devenu pâteux et des pickles ont coulé sur le papier. Ce n'est vraiment pas appétissant. Je meurs d'envie d'un pain aux noix et d'un petit gâteau au chocolat de Prêt-à-Manger.

Je m'oblige à ne pas y penser et songe plutôt à tout l'argent que j'économise. Je me force donc à manger mon sandwich ramolli et avale d'un trait une gorgée d'eau minérale. Quand j'ai fini, je jette le papier alu et rebouche la bouteille que je range dans le petit frigidaire du bureau. Tout cela n'a pris que... cinq minutes de ma pause déjeuner.

Que vais-je faire après ? Où aller ?

Je m'effondre lamentablement sur mon bureau. Mon Dieu, que cette abstinence est dure ! Découragée, je feuillette quelques dossiers, puis lève la tête et observe par la fenêtre tous les gens occupés à faire des courses dans Oxford Street, les bras chargés de paquets. J'ai si désespérément envie de sortir que je me penche en avant comme une plante se tourne vers la lumière. Je n'aspire qu'à retrouver les éclairages brillants, l'air chaud, les rayonnages de marchandises et le tintement des caisses enregistreuses. Mais c'est impossible. Ce matin, j'ai juré de ne pas m'approcher des magasins de toute la journée. Je me le suis *promis* et je ne peux pas rompre ma promesse. Ou du moins, pas si tôt...

Soudain, une idée géniale me traverse l'esprit. J'ai besoin d'une recette de curry pour confectionner à la maison mes plats à emporter. Selon David E. Barton, acheter un livre de recettes de cuisine est du gaspillage. Il conseille d'utiliser celles figurant sur les emballages ou d'emprunter des livres à la bibliothèque. Moi, j'ai une meilleure idée. Je vais aller chez Smith recopier une recette que je ferai samedi soir. De cette façon, je peux me trouver dans un magasin sans dépenser de l'argent. Je me lève d'un bond et prends mon manteau. Magasins, me voilà !

En entrant chez Smith, j'éprouve un vif soulagement et sens tout mon corps se détendre. Il y a ce frisson d'excitation irrépressible qui me saisit dès que je pénètre dans n'importe quelle boutique. Cela tient à la fois à l'attente, à l'animation, à l'atmosphère accueillante et aussi au fait que tout est merveilleusement *neuf*. Des magazines flambant neufs, des stylos flambant neufs, des rapporteurs flambant neufs. La dernière fois que j'ai utilisé un rapporteur je devais avoir onze ans, mais ne sont-ils pas beaux, intacts et nets dans leur emballage ? Je découvre une nouvelle ligne d'articles de bureau imprimés léopard et, un bref instant, je suis tentée de m'attarder. Mais je m'oblige plutôt à gagner le fond du magasin où sont empilés les livres.

Il y en a toute une rangée sur la cuisine indienne et j'en prends un au hasard. En le feuilletant, je me demande quelle recette je vais choisir. Je n'avais pas réalisé à quel point cette cuisine était compliquée. Peut-être devrais-je en recopier deux pour plus de sûreté.

Après avoir inspecté les environs, je prends mon carnet et mon stylo. Je suis sur mes gardes. En effet, Smith déteste que l'on recopie des passages de leurs livres. Ils ont demandé une fois à Suze de sortir de leur magasin de Victoria car elle notait une page du plan A-Z de Londres qu'elle avait oublié à la maison. Ils lui ont dit de l'acheter ou de s'en aller. (Ce qui est absurde puisqu'ils vous laissent lire les magazines gratuitement.)

Enfin, une fois sûre que personne ne me voit, je commence à copier la recette des gambas biriani. J'en suis à la moitié de la liste des épices quand une fille en uniforme WH Smith débouche au coin de l'allée. Je m'empresse de refermer le livre et déambule comme si de rien n'était. Dès que je m'estime en sécurité, je rouvre le livre, mais avant d'avoir pu écrire quoi que ce soit, une vieille femme vêtue d'un manteau bleu me demande d'une voix forte :

— Est-ce que c'est bien ?

— Quoi ?

— Ce livre !

Elle l'indique de son parapluie.

— Je dois trouver un cadeau pour ma belle-fille qui est indienne. J'ai pensé lui acheter un livre de cuisine de son pays. Selon vous, celui-là est bon ?

— Je n'en sais rien. Je ne l'ai pas encore lu.

— Ah…, dit-elle en s'éloignant.

Je devrais me taire et m'occuper de mes affaires, mais je ne peux m'empêcher de déclarer :

— N'a-t-elle pas déjà plein de recettes ?

— Qui ? interroge la femme en se retournant.

— Votre belle-fille ! Si elle est indienne, elle doit connaître la cuisine locale.

— Oh ! s'exclame-t-elle l'air complètement démontée. Alors, que devrais-je lui prendre, à votre avis ?

Mon Dieu.

— Je ne sais pas. Peut-être un livre sur… un autre sujet ?

— Quelle bonne idée ! s'écrie-t-elle enthousiaste, en se rapprochant. Conseillez-moi, voulez-vous ?

Pourquoi moi ?

— Désolée, mais aujourd'hui, je suis assez pressée.

Je pars à toute vitesse, en me sentant un peu coupable. Arrivée au rayon des CD et des cassettes qui est presque toujours désert, je me cache derrière une étagère de vidéos des Télétubbies. Je vérifie les alentours, puis ouvre de nouveau le livre. Gambas biriani, p. 214. Je viens à peine de terminer la liste des épices quand une voix sévère retentit à mes oreilles :

— Excusez-moi ?

Je sursaute, saisie de stupeur. Mon stylo glisse de mon carnet et, sous mes yeux horrifiés, trace une ligne bleue sur la photo d'un riz basmati, cuit à la perfection. Je déplace aussitôt ma main pour dissimuler la marque et me retourne innocemment. Un homme en chemise blanche, barrée d'un badge indiquant son nom, me regarde d'un air désapprobateur.

— Vous n'êtes pas dans une bibliothèque ici. Pensez-vous que nous assurons un service d'information gratuit ?

— Je ne faisais que feuilleter ce livre, dis-je en m'apprêtant à le refermer, mais, venu de nulle part, son doigt parvient à coincer la page.

Il rouvre le livre lentement et nous fixons tous les deux la ligne bleue tracée par mon stylo à bille.

— Feuilleter est une chose, affirme-t-il avec sévérité, dégrader le stock du magasin en est une autre.

— C'est un accident, vous m'avez fait peur !

— Hmmm, fait-il en me considérant de ses yeux durs. Aviez-vous l'intention d'acheter ce livre, ou un autre livre, d'ailleurs ?

Il y a un bref silence. Puis, honteuse, j'avoue :

— Non.

— Je vois, déclare-t-il les lèvres pincées. Eh bien, je crains que seule notre directrice soit habilitée à régler ce problème. De toute évidence, ce livre est invendable, nous subissons donc une perte sèche. Vous allez m'accompagner et lui expliquer en détail ce que vous faisiez quand l'incident s'est produit…

Parle-t-il sérieusement ? Ne va-t-il pas me dire que ça n'a aucune importance et me proposer une carte de fidélité ? Je suis bouleversée. Que faire ? Mon nouveau régime d'austérité m'interdit d'acheter ce livre. Mais pas question non plus d'aller voir la directrice.

— Llyn ? lance-t-il à un vendeur du rayon des stylos. Veuillez appeler Glenys pour moi, s'il vous plaît.

Il est tout à fait sérieux et semble fier de lui comme s'il venait d'attraper une voleuse à l'étalage. Peuvent-ils vous poursuivre en justice pour avoir fait une marque de stylo à bille dans un livre ? C'est peut-être assimilé à du vandalisme. Zut ! Je vais avoir un casier judiciaire et serai interdite de séjour en Amérique.

— D'accord, je l'achète, dis-je d'une voix étouffée. J'achète ce fichu bouquin.

Le cœur battant, je l'arrache des mains du type et me précipite à la caisse avant qu'il ait le temps de réagir.

Dans la file d'à côté se tient la vieille dame en manteau bleu. J'essaie d'éviter son regard, mais elle m'aperçoit et me crie, triomphante :

— J'ai suivi votre conseil ! Je lui ai pris un ouvrage qu'elle va beaucoup aimer.

— Très bien, dis-je en tendant à la caissière mon livre de recettes.

— Il s'intitule *Le Guide bleu de l'Inde*, annonce la dame âgée en me montrant l'épais livre de poche. Vous le connaissez ?

— Oui. Mais…

— 24,99 £, s'il vous plaît, dit la caissière.

Quoi ? Je la regarde, consternée. Vingt-cinq livres. Pour des recettes ? Pourquoi n'ai-je pas pris un livre de poche ? Merde. *Merde*. Je sors ma carte de crédit à contrecœur.

Faire les magasins est une chose, et acheter contre votre volonté en est une autre. J'aurais pu me payer de la jolie lingerie avec ces vingt-cinq livres.

D'un autre côté, me dis-je en sortant du magasin, cela ajoutera pas mal de points sur ma carte Club. Environ... une cinquantaine ! De plus, je vais cuisiner des tas de currys délicieux et exotiques qui me feront économiser l'argent gaspillé en plats à emporter. Je dois considérer ce livre comme un investissement.

Sans vouloir me vanter, à l'exception de cet achat, je m'en sors drôlement bien les jours suivants. Je n'achète qu'une très belle Thermos pour emporter du café au bureau (avec du café en grains et un moulin électrique, il n'y a aucune raison d'employer de la poudre instantanée immonde) ainsi que des fleurs et du champagne pour l'anniversaire de Suze.

Ces deux derniers achats me sont autorisés car, comme l'écrit David E. Barton, vous devez chouchouter vos amis. D'après lui, le simple geste de rompre le pain avec eux est l'un des plus vieux fondements de l'humanité. « Continuez à offrir des cadeaux à vos amis. Cependant, ces présents n'ont pas besoin d'être somptueux. Utilisez votre créativité et essayez de les réaliser vous-mêmes. »

Voilà ce que j'ai fait : j'ai pris une demi-bouteille de champagne au lieu d'une entière et pour éviter d'acheter des croissants hors de prix à la pâtisserie, je vais les confectionner à partir de cette pâte spéciale que l'on trouve en tube.

Le soir, nous dînerons chez Terrazza avec le cousin et la cousine de Suze, Tarquin et Fenella et, soyons clairs, cette soirée reviendra cher. Mais tout va bien puisque ces dépenses rentrent dans la rubrique « rompre le pain avec des amis ». (Sauf que le pain chez Terrazza se présente sous forme de fougasse à la tomate et qu'il coûte quatre livres cinquante la corbeille.)

Fenella et Tarquin arrivent à six heures pour l'anniversaire de Suze qui, dès qu'elle les voit, se met à pousser des petits cris aigus. Je reste dans ma chambre et termine mon maquillage, différant le moment d'aller les saluer. Fenella et Tarquin ne me plaisent pas beaucoup. À vrai dire, je les trouve un peu bizarres. Pour commencer, ils ont l'air bizarre. Ils sont tous les deux très maigres, mais de façon maladive, avec les mêmes dents légèrement en avant. Fenella fait des efforts, elle se maquille et ne s'habille pas trop mal. Elle arrive presque à s'arranger. Mais Tarquin ! Il ressemble à une hermine. Ou à une fouine. À une petite bête décharnée, en tout cas. Ils se comportent étrangement, aussi. Ils se déplacent en tandem, portent des pulls assortis tricotés par leur vieille nounou et parlent ce stupide langage familial que personne d'autre ne peut comprendre. Par exemple, ils appellent les sandwichs, des « witchies » et un verre un « titchy » (mais si c'est de l'eau, ils disent « ho »). Croyez-moi, cela devient très vite énervant.

Suze, elle, les adore. Enfant, elle a passé tous ses étés avec eux en Écosse et elle ne se rend absolument pas compte de leur étrangeté. Le pire, c'est qu'elle parle de witchies et de titchies dès qu'elle se retrouve en leur présence. Ça me rend folle.

Enfin, ils sont là et il faut les supporter. Je finis d'appliquer mon mascara et je me lève pour me contempler dans la glace. Je suis plutôt contente du résultat. Je porte un haut noir très simple sur un pantalon de même couleur avec, drapée de façon lâche autour de mon cou, ma *splendide* écharpe Denny and George. J'ai vraiment bien fait de l'acheter. Elle est géniale.

Je m'attarde un peu puis, résignée, ouvre la porte de ma chambre.

— Salut, Bex ! s'écrie Suze, les yeux brillants.

Assise par terre en tailleur, elle déchire l'emballage d'un cadeau tandis que Fenella et Tarquin l'observent, debout à ses côtés. Aujourd'hui, ils ne portent pas de pulls assortis, Dieu merci, mais Fenella est vêtue d'une jupe rouge très étrange en tweed épais et le costume croisé de Tarquin semble dater de la Première Guerre mondiale.

— Bonjour, dis-je en les embrassant poliment.

— Waouh ! s'exclame Suze en montrant un tableau dans un vieux cadre doré. Ce n'est pas vrai ! Ce n'est pas *vrai* !

Son regard, rayonnant de bonheur, passe de l'un à l'autre et, intriguée, je contemple la peinture par-dessus son épaule. Franchement, je ne suis pas impressionnée. Les couleurs, dans des tons verdâtres et marronnasses, sont tout à fait sinistres et le sujet se résume à un cheval immobile dans un pré. Ne pourrait-il pas sauter une barrière ou se cabrer ? Ou alors trotter le long de Hyde Park, monté par une cavalière vêtue d'une de ces merveilleuses robes du film *Orgueil et Préjugés* ?

« Mauvais joyeux anniversaire ! » chantent-ils à l'unisson. (C'est un autre de leur truc. Ils souhaitent un mauvais anniversaire, depuis que… mon Dieu. C'est vraiment trop ennuyeux à expliquer.)

— Il est splendide ! Magnifique ! dis-je, enthousiaste.

— N'est-ce pas ? renchérit Tarquin avec le plus grand sérieux. Et ces couleurs…

— Mmm, ravissantes.

— Et la facture. Exquise. Nous étions fous de joie quand nous sommes tombés dessus.

— C'est vraiment un tableau extraordinaire. Il vous donne envie de… galoper sur les collines !

Pourquoi est-ce que je raconte toutes ces bêtises ? Pourquoi ne pas être sincère et avouer que je ne l'aime pas ?

— Tu montes ? me demande Tarquin, en levant vers moi des yeux étonnés.

Je n'ai essayé qu'une fois. Sur le cheval de mon cousin. J'ai fait une chute et me suis juré de ne plus jamais recommencer. Mais pas question de l'admettre devant lui.

— Je montais autrefois.

J'ajoute avec un petit sourire modeste :

— Pas très bien.

— Je suis sûr que tu t'y remettrais facilement. T'est-il déjà arrivé de chasser ? s'enquiert-il en me regardant fixement.

Et quoi encore ? Ai-je l'air d'une campagnarde ?

— Hé ! s'écrie Suze en appuyant son tableau avec amour contre le mur. On prend un titchy avant de partir ?

— Quelle bonne idée ! dis-je en m'éloignant de son cousin.

— Super ! s'exclame Fenella. Tu as du champagne ?

— En principe, oui, répond Suze en se dirigeant vers la cuisine.

À ce moment-là, le téléphone sonne et je vais décrocher.

— Allô ?

— Puis-je parler à Rebecca Bloomwood ? demande une voix de femme inconnue.

— Oui, c'est moi.

J'écoute Suze ouvrir et fermer les portes des placards de la cuisine et je me demande s'il reste du champagne, à part le fond de la demi-bouteille que nous avons bue au petit déjeuner…

— Mademoiselle Bloomwood ? Erica Parnell, de la banque Endwich, à l'appareil.

Mon sang se glace.

Merde ! J'ai reçu cette lettre dont je ne me suis pas occupé.

Que vais-je dire ? Il faut que je trouve quelque chose

— Mademoiselle Bloomwood ?

Du calme. Je vais lui déclarer que je suis tout à fait consciente du montant légèrement élevé de mon découvert et que je suis sur le point d'y remédier le plus vite possible. « Y remédier » sonne tout à fait juste. O.K., allons-y.

Surtout ne pas s'affoler, ces gens sont des êtres humains, après tout. J'inspire à fond. Et puis, sans l'avoir prémédité, ma main raccroche tranquillement le combiné.

Pendant quelques secondes, je fixe le téléphone silencieux, interloquée. Qu'est-ce qui m'a pris ? Erica Parnell savait que c'était moi et elle ne va pas manquer de rappeler d'une minute à l'autre. Elle appuie déjà sans doute sur le « bis » et elle sera furieuse…

Je décroche le téléphone et le cache sous un coussin. Elle ne peut plus me joindre, maintenant. Je suis en sécurité.

— Qui c'était ? demande Suze en entrant dans la pièce.

— Personne. Un faux numéro… Écoute, allons plutôt prendre un verre dehors !

Je suis un peu secouée.

— D'accord.

— Ce sera beaucoup plus drôle, dis-je en essayant de l'éloigner de l'appareil. On pourrait aller dans un bar sympa et boire des cocktails avant de dîner chez Terrazza.

Dans l'avenir, je filtrerai tous mes appels. Ou je répondrai avec un accent étranger. Ou, mieux encore, je changerai de numéro de téléphone et me mettrai sur liste rouge.

— Que se passe-t-il ? s'enquiert Fenella dans l'encadrement de la porte.

— Rien ! Finalement, nous sortons prendre un titchy et ensuite nous irons souper.

Arrgh ! Je n'en crois pas mes oreilles. Je deviens comme eux.

En arrivant chez Terrazza, j'ai recouvré mon sang-froid. Erica Parnell a dû penser que nous avions été coupées à cause d'un problème sur la ligne. Il ne lui sera pas venu à l'idée que je lui ai raccroché au nez. Après tout, nous sommes deux adultes civilisées. Et des adultes ne se conduisent pas de cette façon.

Si un jour je la rencontrais, ce qui, je l'espère de tout mon cœur, n'arrivera jamais, je lui déclarerais, imperturbable : « C'est étrange, ce qui est arrivé quand vous m'avez appelée, vous ne trouvez pas ? » Ou mieux encore, je l'accuserais, *elle*, de m'avoir raccroché au nez. (En plaisantant, bien sûr.)

Enfumé et plein à craquer, le restaurant bourdonne du bruit des conversations. Une fois installée devant l'énorme menu argenté, je me sens encore plus détendue. J'adore manger au restaurant. Et j'estime qu'après avoir été si sobre les jours derniers, je l'ai bien mérité. Il n'a pas été facile de suivre un régime aussi strict, mais j'y suis arrivée. Je m'y tiens scrupuleusement ! Samedi, je vais encore contrôler l'état de mes dépenses et je suis sûre qu'elles auront diminué d'au moins 70 %.

— Que prenons-nous à boire ? Tarquin, tu choisis, dit Suze.

— Regarde ! crie Fenella. C'est Eddie Lazenby ! Je dois aller lui dire bonjour.

Elle se lève d'un bond et se dirige vers un type à la calvitie naissante, vêtu d'un blazer, dix tables plus loin. Je me demande comment elle a bien pu le repérer dans cette foule.

— Suze ! s'écrie une autre voix.

Nous levons tous les yeux.

Une fille blonde en minuscule tailleur rose pastel se dirige vers nous, les bras tendus.

— Et Tarkie !

— Bonjour, Tory, dit-il en se levant. Comment va Mungo ?

— Il est là-bas, répond-elle. Viens le saluer !

Comment se fait-il que Fenella et Tarquin, qui passent le plus clair de leur temps dans le comté de Perth, soient assiégés par de vieux amis dès qu'ils mettent les pieds à Londres ?

— Eddie vous fait ses amitiés, annonce Fenella en se rasseyant. Tory ! Comment vas-tu ? Et Mungo ?

— Il va bien. Au fait, vous êtes au courant ? Caspar est revenu !

— Non ! s'exclament-ils tous en chœur et j'ai presque envie de me joindre à eux.

Personne n'a pris la peine de me présenter à Tory, mais c'est la façon dont fonctionne ce petit monde. Vous intégrez la bande par osmose. Au début, vous ne connaissez personne et, l'instant d'après, vous vous retrouvez à pousser des hurlements avec eux.

— Êtes-vous au courant pour Venetia et Sebastian ?

— Écoute, on *doit* commander. Nous irons ensuite vous voir à votre table, dit Suze.

— D'accord. Ciao, lance Tory en s'éloignant avec grâce.

— Suze ! hurle quelqu'un d'autre.

Une fille en petite robe noire fonce droit sur nous.

— Et Fenny !

— Milla ! crient-elles ensemble. Ça va ? Et comment va Benjy ?

Mon Dieu ! Cela ne s'arrêtera donc jamais. Je suis là, à fixer le menu, en feignant de me passionner pour les hors-d'œuvre, et j'ai l'impression d'être transparente, alors que ces fichus Fenella et Tarquin font sensation. Moi aussi, j'ai envie d'échanger des mondanités. Je veux tomber sur de vieux amis que je fréquente depuis ma petite enfance. (Il n'y a que Tom, le voisin, qui corresponde à ce cas de figure et il se trouve actuellement dans sa cuisine en chêne cérusé de Reigate.)

Mais on ne sait jamais. J'abaisse mon menu et parcours des yeux le restaurant, pleine d'espoir. Mon Dieu, s'il vous plaît, juste une fois, faites-moi rencontrer quelqu'un. Pas forcément un ami, juste une personne vers laquelle je puisse me précipiter en m'écriant : « Waouh, waouh ! » et : « Il faut qu'on déjeune ensemble un de ces jours ! » *N'importe qui* fera l'affaire. Je dis bien n'importe qui…

Et là j'aperçois un visage familier. Incroyable ! Luke Brandon est assis quelques tables plus loin avec un couple de personnes âgées très élégantes.

Bon. Luke n'est pas un vieil ami, mais, au moins, je le connais. De toute façon, je n'ai pas le choix. Et je meurs d'envie d'être comme tout le monde.

— Regardez, c'est Luke ! dis-je à voix basse afin qu'il ne m'entende pas. Il *faut* que j'aille le voir.

Tandis que les autres me considèrent, l'air surpris, je rejette mes cheveux en arrière, me lève d'un bond et, en proie à une soudaine euphorie, marche d'un pas décidé. Moi aussi, je connais du beau linge chez Terrazza ! Je suis une fille dans le coup.

Parvenue à quelques mètres de sa table, je ralentis. Que vais-je trouver à lui dire ?

Eh bien… Je serai polie. Je le saluerai et, idée de génie, je le remercierai encore une fois de m'avoir prêté vingt livres.

Merde ! Je l'ai bien remboursé, au moins ?

Mais oui. Je lui ai envoyé une jolie carte en papier recyclé, décorée de coquelicots, accompagnée d'un chèque. Maintenant, pas d'affolement, sois calme et dans le coup.

— Bonjour ! dis-je dès que je me trouve à portée de voix, mais le tohu-bohu ambiant est si fort qu'il ne m'entend pas.

Pas étonnant que les amis de Fenella aient des voix aussi stridentes. Il faut déployer dans les soixante-cinq décibels pour se faire remarquer.

— Bonjour !

J'ai crié plus fort, mais toujours sans résultat.

Luke discute avec l'homme plus âgé et la femme les écoute avec attention. Ils sont tous absorbés par la conversation.

La situation devient gênante. Je reste plantée là, et la personne avec laquelle je désire m'entretenir m'ignore complètement. Il semblerait que je sois la seule à avoir ce problème. Pourquoi ne se lève-t-il pas en s'exclamant : « Êtes-vous au courant pour les placements Foreland ? » Que faire ? Devrais-je m'éloigner à pas de loup ? Ou feindre de me diriger vers les toilettes ?

Un serveur avec un plateau me bouscule et me voilà inexorablement poussée vers la table de Luke qui, à ce moment précis, lève les yeux. Il me regarde d'un air absent comme s'il ne m'avait jamais vue. À présent, je suis forcée d'aller jusqu'au bout.

— Luke ! Je voulais juste vous dire… bonjour !

— Bonjour, répond-il après un bref silence. Maman, papa, je vous présente Rebecca Bloomwood. Rebecca, mes parents.

Mon Dieu ! Dans quoi me suis-je embarquée ? J'arrive au beau milieu d'une réunion de famille. Courage, fuyons !

— Bonjour ! dis-je en esquissant un piètre sourire. Eh bien, je ne vais pas vous déranger plus…

— Comment avez-vous rencontré Luke ? demande Mme Brandon.

— Rebecca est une journaliste financière de premier plan, déclare son fils en buvant une gorgée de vin.

(Le pense-t-il vraiment ? Mince alors ! Je dois le glisser dans une conversation avec Clare Edwards. Et Philip, tant qu'à faire.)

Je souris d'un air assuré à M. Brandon, toute gonflée de mon importance. Je suis une journaliste financière de premier plan frayant avec un chef d'entreprise de premier plan dans un restaurant londonien branché. N'est-ce pas cool ?

— Une journaliste financière ? grommelle M. Brandon en abaissant ses lunettes sur son nez pour mieux me regarder. Alors, que pensez-vous de la déclaration du ministre des Finances ?

Je ne ferai plus jamais de visite surprise à une table de restaurant. Plus jamais.

— Eh bien…

Et si je faisais semblant d'apercevoir un vieil ami à l'autre bout de la salle ?

— Papa, je suis persuadé que Rebecca n'a pas envie de parler boutique, intervient Luke en fronçant les sourcils.

— C'est tout à fait juste ! s'écrie Mme Brandon en me souriant. Vous avez une ravissante écharpe, Rebecca. Vient-elle de chez Denny and George ?

— Oui, dis-je avec entrain, soulagée d'échapper à la déclaration du ministre des Finances. (Quelle déclaration ?) J'étais si contente, je l'ai achetée la semaine dernière en solde !

Du coin de l'œil, je vois Luke Brandon me dévisager avec une expression bizarre. Pourquoi me regarde-t-il si…

Zut ! Comment puis-je être aussi stupide ? J'enchaîne :

— En solde… pour ma tante. Je l'ai achetée comme cadeau pour ma tante. Mais elle… est morte.

Un silence consterné s'établit et je baisse les yeux. Je n'arrive pas à croire ce que je viens de dire.

— Oh ! mon Dieu ! s'exclame M. Brandon d'un ton bourru.

— Tante Ermintrude est morte ? s'enquiert Luke d'une voix étrange.

— Oui. C'était très triste.

— C'est affreux ! s'écrie Mme Brandon, compatissante.

— Elle était à l'hôpital, non ? dit Luke en se versant un verre d'eau. De quoi souffrait-elle ?

Je reste silencieuse un moment.

— C'était… sa jambe.

— Sa jambe ? Qu'avait-elle à la jambe ? demande Mme Brandon avec anxiété.

— Elle… a gonflé et s'est infectée. Ils ont dû l'amputer et elle est morte.

— Nom d'un chien ! jure M. Brandon en hochant la tête. Fichus docteurs.

Il me lance soudain un regard féroce.

— Était-elle soignée dans le privé ?

— Hmmm…. Je ne sais pas très bien, dis-je en commençant à battre en retraite.

Je n'en peux plus. Pourquoi n'avoir pas simplement raconté qu'elle m'avait *donné* cette foutue écharpe ?

— En tout cas, j'ai été ravie de vous voir, Luke. Je dois filer, mes amis m'attendent.

Je leur adresse un vague signe de la main en fuyant le regard de Luke, puis tourne les talons, le cœur battant et le visage en feu. Quel fiasco !

Heureusement, quand nos plats arrivent, je me suis ressaisie. Et quels plats ! J'ai commandé des coquilles Saint-Jacques grillées et, à la première bouchée, je manque m'évanouir. Après tant de jours atroces passés à avaler des aliments basiques et bon marché, c'est le paradis. Je suis au bord des larmes, comme un prisonnier retrouvant la liberté, ou un enfant découvrant la nourriture à la fin de la guerre. Après les Saint-Jacques, j'ai pris un steak sauce béarnaise avec des frites et, alors que tous les autres ont poliment refusé un dessert, j'ai opté pour une mousse au chocolat. Ce n'est certainement pas demain la veille que je me retrouverai dans un tel restaurant. Pendant des mois, je n'aurai droit qu'à des sandwichs au fromage et du café en Thermos, sans rien pour en rompre la monotonie.

C'est un dur chemin que j'ai choisi. Mais il en vaut la peine.

Pendant que j'attends ma mousse au chocolat, Suze et Fenella décident d'aller parler à Benjy à l'autre bout de la salle. Elles se lèvent en allumant une cigarette ; Tarquin reste avec moi pour me tenir compagnie. Il n'a pas l'air aussi passionné que les autres par les mondanités. Il s'est montré très calme toute la soirée. J'ai aussi remarqué qu'il avait beaucoup bu et cela ne me surprendrait pas qu'il s'effondre sur la table d'une minute à l'autre. Grand bien lui fasse !

Nous restons silencieux un assez long moment. Tarquin est si bizarre que je ne me sens pas obligée de lui parler. Il me demande soudain :

— Tu aimes Wagner ?

— Oui, dis-je immédiatement.

Je ne suis pas sûre d'en avoir entendu, mais je ne veux pas paraître inculte, même devant Tarquin. Et je suis déjà allée à l'opéra, mais ce devait être pour écouter du Mozart.

— Le Liebestod de Tristan, déclare-t-il en hochant la tête. Le Liebestod.

— Hmmm.

J'acquiesce d'une façon que j'espère intelligente. Je me verse du vin, remplis aussi son verre et cherche Suze du regard. C'est bien d'elle de disparaître en me laissant avec son cousin ivre.

— Dah-dah-*dah*-dah, daaaah dah dah…

Mon Dieu, il chante. Pas fort, il faut le reconnaître, mais vraiment de toute son âme et il me dévisage comme s'il espérait que je me joigne à lui.

— Dah-dah-*dah*-dah…

Maintenant, il ferme les yeux et se balance. Cela devient embarrassant.

— Da diddle-idy da-a-da-a daaaah dah…

— Très beau. Rien ne peut surpasser Wagner.

— Tristan und Isolde. Tu ferais une Isolde magnifique, affirme-t-il en ouvrant les yeux.

Unc *quoi* ? Il saisit ma main et commence à la couvrir de baisers. Pendant quelques secondes, je suis trop choquée pour réagir.

— Tarquin, dis-je avec fermeté, en essayant de retirer ma main. Tarquin, s'il te plaît…

Désespérée, je lève les yeux pour scruter la salle dans l'espoir de repérer Suze et rencontre le regard de Luke Brandon qui s'apprête à sortir du restaurant. Il fronce légèrement les sourcils, lève la main en signe d'adieu, puis disparaît par la porte.

— Ta peau a le parfum des roses, murmure Tarquin.

— Oh ! tais-toi !

Exaspérée, j'arrache ma main si violemment de son emprise que la marque de ses dents reste imprimée sur ma peau.

— Laisse-moi tranquille !

J'ai envie de le gifler, mais il risque de prendre cela pour une invitation.

Peu après, Suze et Fenella reviennent et nous abreuvent de nouvelles sur Binky et Minky. Tarquin retombe dans le silence. Durant tout le reste de la soirée et même quand nous nous séparons, il me regarde à peine. Dieu merci, il a dû comprendre le message.

7

Mais apparemment il n'a pas compris le message : samedi, je reçois une carte représentant une fille préraphaélite qui regarde par-dessus son épaule avec un air de sainte-nitouche. Au dos, Tarquin a écrit :

Toutes mes excuses pour mon comportement grossier. J'espère me faire pardonner. Billet pour Bayreuth ou un dîner ?

Tarquin

Dîner avec Tarquin. Vous m'imaginez, assise en face de cette tête de fouine toute la soirée ? Je ne comprends même pas ce qu'il raconte. Je n'ai jamais entendu parler de Bayreuth. Est-ce un nouveau spectacle ? Ou veut-il dire Beyrouth ? Qu'irions-nous faire à Beyrouth, nom d'un chien ?

Mieux vaut oublier Tarquin. Aujourd'hui, des sujets plus graves me préoccupent. J'entame mon sixième jour d'austérité et je vais affronter l'épreuve cruciale du premier week-end. Selon David E. Barton, c'est le moment où le régime bat de l'aile, le travail n'agissant plus comme diversion, et les jours s'étirent, vides, sans le réconfort familier du shopping.

Mais j'ai bien trop de volonté pour craquer. Ma journée est totalement remplie. Je ne *m'approcherai* pas d'un seul magasin. Ce matin, visite d'un musée et, ce soir, au lieu de gaspiller plein d'argent dans un plat à emporter, réalisation d'un curry maison pour Suze et moi. À vrai dire, cette perspective m'excite plutôt.

Mon budget se présente comme suit :

Trajet pour le musée	gratuit	(j'ai une carte d'abonnement)
Musée	gratuit	
Curry	2,50 £	(David E. Barton affirme que l'on peut cuisiner un merveilleux curry pour 4 personnes à moins de 5,00 £ et nous ne sommes que 2)
Total	2,50 £	

C'est parfait. En plus, au lieu de me complaire dans un matérialisme stupide, je vais me cultiver. J'ai choisi le Victoria and Albert Museum, car je n'y suis jamais allée. Je ne sais même pas ce qu'on peut y voir. Des statues de la reine Victoria et du prince Albert ?

Je suis persuadée que ce sera passionnant et stimulant. Et surtout, gratuit !

Le soleil brille quand je sors du métro à South Kensington, et j'avance à grandes enjambées, très contente de moi. En général, je gaspille mes matinées du samedi devant *Live and Kicking* [1] et ensuite je me prépare à faire les magasins. Mais voyez ! Je me sens soudain mûre et citadine comme un personnage de Woody Allen. Il ne me manque plus qu'une longue écharpe en laine et des lunettes de soleil

1. Émission de variétés entrecoupée d'interviews de stars.

pour ressembler à Diane Keaton. (Une Diane Keaton jeune, évidemment, et sans les vêtements soixante-dix.)

Lundi, quand on me demandera comment s'est passé mon week-end, je pourrai lâcher, l'air de rien : « Je suis allée au V & A. » Non, voilà ce que je répondrai : « J'ai fait une expo. » C'est beaucoup plus cool. (Pourquoi les gens disent-ils qu'ils ont *fait* une exposition ? On dirait que ce sont eux qui ont peint ou sculpté les œuvres !) Alors on s'étonnera : « Vraiment ? Je ne savais pas que l'art vous passionnait, Rebecca. » Et je poursuivrai, d'un ton suffisant : « Mais si. Je passe la plupart de mon temps libre dans les musées. » J'aurai droit à un regard impressionné et…

Absorbée par mes pensées, je dépasse l'entrée. Imbécile ! Je réalise alors que je discutais intérieurement avec Luke Brandon. C'est bizarre ! Les mondanités échangées hier en sont peut-être la cause. Enfin. Un peu d'attention. Le musée.

Je retourne sur mes pas et pénètre dans le hall d'entrée à la façon d'une habituée. Pas comme ce groupe de touristes japonais cramponnés à leur guide. Je ne suis pas une touriste, moi, me dis-je avec fierté. Ceci est mon patrimoine. Ma culture. Je prends un plan d'un air dégagé comme si c'était superflu, et consulte une liste de conférences sur des sujets tels que les céramiques de la dynastie Yuan et du début de la dynastie Ming. Puis, avec désinvolture, je me dirige vers la première galerie.

— Mademoiselle ! me crie une femme derrière un bureau. Avez-vous payé ?

Si j'ai quoi ? Les musées sont gratuits ! Oh ! je vois, elle plaisante. Je ris aimablement et poursuis mon chemin.

— Mademoiselle !

Sa voix est cassante et un type de la sécurité surgit de nulle part.

— Avez-vous pris un ticket ?

— Mais, c'est gratuit !

— J'ai bien peur que non, dit-elle en indiquant un panneau derrière moi.

Je me retourne pour le lire et manque m'évanouir.

Entrée : 5,00 £.

Je suis en état de choc. Dans quel monde vivons-nous ? Ils font payer l'entrée des musées. C'est scandaleux ! Tout le monde sait que les musées doivent être gratuits. Sinon, personne ne les visitera. Exclue par une barrière financière dissuasive, une génération entière ignorera son héritage culturel. Le pays sera réduit au silence et la civilisation se retrouvera à deux doigts de l'effondrement. C'est ce que vous cherchez, Tony Blair ?

D'ailleurs, je n'ai pas 5 livres. J'ai fait exprès de sortir sans argent, à l'exception des 2 livres 50 pour les ingrédients du curry. Quelle barbe ! Me voilà prête à me cultiver et à *vouloir* entrer pour regarder les… enfin, tout ce qui se trouve à l'intérieur, et je ne peux pas !

À présent, les touristes japonais me dévisagent comme une criminelle. Partez ! Allez regarder de l'art.

— Nous prenons les cartes de crédit, m'informe la femme. Visa, Switch, American Express.

— Oh ! Eh bien… D'accord.

— La carte d'abonnement est à 15 livres. Elle vous donne un droit d'entrée illimité pendant un an.

Droit d'entrée illimité pour l'année ! Hé, une minute. D'après David E. Barton, vous devez toujours évaluer « le coût d'utilisation » d'un achat, qu'on obtient en divisant le prix par le nombre d'utilisations de l'objet. Admettons qu'à partir d'aujourd'hui je me rende au V & A une fois par mois (ce qui, je pense, est réaliste), la visite me coûtera 1 livre 25 seulement si j'achète un abonnement.

C'est une affaire. À la réflexion, c'est même un très bon investissement.

— D'accord, je la prends, dis-je en tendant ma carte bancaire.

À moi la culture !

Je commence ma visite de façon très consciencieuse. Je consulte mon plan, regarde chaque pièce exposée et lis attentivement tous les petits cartons.

Calice en argent. Pays-Bas. XVIe *siècle.*

Planche représentant la sainte Trinité. Italie. Milieu du XVe *siècle.*

Coupe en faïence bleu et blanc. Début du XVIIe *siècle.*

Cette coupe est magnifique, me dis-je, soudain captivée. Je me demande combien elle peut valoir. Cher, sans doute… Je cherche une étiquette quand je réalise que je suis dans un musée. Bien sûr. Ce n'est pas un magasin. Aucun prix ne figure nulle part.

À mon avis, c'est une erreur car cela supprime le côté amusant. Marcher en ne faisant que regarder devient à la longue ennuyeux. Tandis que si les prix étaient indiqués, les visiteurs seraient beaucoup plus intéressés. Je pense que tous les musées devraient mentionner la valeur des objets exposés. On admirerait un calice en argent, une statue en marbre ou la *Joconde* pour sa beauté, son importance historique et tout et tout, puis on consulterait l'étiquette et on s'exclamerait, le souffle coupé : « Tu as vu le prix de celle-là ! » Voilà qui égaierait vraiment la visite.

Pourquoi ne pas écrire au Victoria and Albert Museum pour leur suggérer cette idée ? Après tout, j'ai une carte d'abonnement. Mon opinion devrait retenir leur attention.

En attendant, allons voir la vitrine suivante.

Verre à pied taillé. Angleterre. Milieu du XVe *siècle.*

Mon Dieu, je meurs d'envie d'une tasse de café. Depuis combien de temps suis-je ici ? Au moins…

Ah ! Seulement quinze minutes.

Quand je parviens à la galerie de l'histoire de la mode, je deviens rigoureuse et m'intéresse au sujet en tant que spécialiste. J'y passe plus de temps que partout ailleurs. Mais, bientôt, les robes et les chaussures cèdent la place à encore plus de statues et de petites choses délicates dans des vitrines. Je regarde ma montre sans arrêt et mes pieds me font souffrir… Finalement, je m'écroule sur un canapé.

Comprenez-moi bien, j'aime les musées. Vraiment. Et l'art coréen me passionne. Seulement, les sols sont durs, je porte des bottes très serrées, il fait une chaleur torride et la veste que j'ai enlevée glisse toutes les cinq minutes de mon bras. Chose étrange, j'entends à intervalles réguliers le son d'une caisse enregistreuse. Ce doit être mon imagination.

Assise là, le regard dans le vide, je me demande comment rassembler mon énergie pour me remettre debout, quand le groupe de touristes japonais pénètre dans la galerie. Je me sens obligée de me lever et de m'intéresser à quelque chose. Je contemple vaguement une toile, puis descends un couloir aux murs recouverts de vieux carreaux indiens. Cela me rappelle que l'on devrait se procurer le catalogue *Fired Earth* et recarreler la salle de bains, lorsque j'aperçois une scène déroutante à travers une grille métallique. Interloquée, je m'arrête.

Est-ce un rêve ? Un mirage ? Je distingue une caisse, des gens faisant la queue et une vitrine avec des étiquettes…

Oh ! mon Dieu, j'avais raison ! C'est une boutique ! Il y a une boutique. Là, juste devant moi !

Tout à coup, mes pieds retrouvent du tonus, mon énergie est revenue comme par miracle. En suivant le son du tiroir-caisse, je tourne le coin et débouche sur l'entrée de la boutique. Sur le seuil, je marque une pause. Surtout, ne te berce pas trop d'illusions, me dis-je, et ne sois pas déçue s'ils n'ont que des marque-pages et des torchons.

Mais ce n'est absolument pas le cas. Bon sang, c'est fantastique ! Pourquoi cet endroit n'est-il pas plus connu ? Il y a tout un rayon de bijoux superbes, des tas de livres d'art passionnants, des poteries incroyables, des cartes de vœux, et…

Aïe ! Je suis censée ne rien dépenser aujourd'hui, non ?

C'est horrible. À quoi sert de découvrir une nouvelle boutique si on ne peut rien y acheter ? Autour de moi, tout le monde fait des emplettes, tout le monde s'amuse. Abattue, je rôde près d'un étalage de tasses, observant une Australienne prendre une pile de livres sur la sculpture. Elle bavarde avec le vendeur et soudain, je l'entends dire quelque chose au sujet de Noël. Et là, j'ai un éclair de pur génie.

Les courses de Noël ! Je peux toutes les effectuer ici ! Je sais qu'en mars, c'est un peu tôt, mais pourquoi ne pas être prévoyante ? Et quand les fêtes arriveront, je n'aurai pas à affronter les foules monstrueuses. Comment n'y ai-je pas songé plus tôt ? De plus, je n'enfreins aucune règle, puisque de toute façon je devrai bien acheter des cadeaux *à un moment ou à un autre*. Je me contente d'avancer un peu le processus. Mon raisonnement tient debout.

C'est ainsi qu'une heure plus tard, je sors, radieuse, avec deux gros sacs. J'ai pris un album de gravures de William Morris, un puzzle en bois d'autrefois, un livre de photos de mode et une superbe théière en céramique. J'adore le shopping de Noël. J'ignore ce que je vais offrir et à qui, mais l'important est d'avoir sélectionné des articles intemporels et exceptionnels qui mettront en valeur n'importe quel intérieur. (C'est du moins le cas de la théière, comme l'indique la notice.) Je pense m'en être bien sortie.

Cette matinée a été une réussite totale. En quittant le musée, je me suis sentie comblée. Cela démontre l'effet positif sur l'âme d'un pur moment de culture. À partir d'aujourd'hui, je passerai tous mes samedis matin dans un musée.

De retour à l'appartement, je trouve la deuxième tournée de la poste sur le paillasson et découvre une enveloppe carrée libellée à mon nom, dont l'écriture m'est inconnue. Je la déchire tout en emportant mes paquets dans ma chambre. Je m'arrête dans mon élan, stupéfaite. C'est une carte de Luke Brandon. Comment s'est-il procuré mon adresse personnelle ?

Chère Rebecca,

Notre rencontre hier me fut très agréable. J'espère que vous avez apprécié cette soirée. Je viens de réaliser que je ne vous avais pas remerciée pour le remboursement de mon prêt. Je vous en suis très reconnaissant.

Cordialement et, bien sûr, toutes mes condoléances pour votre tante Ermintrude. (Si cela peut vous réconforter, je ne peux imaginer personne d'autre que vous avec cette écharpe.)

Luke

Décontenancée, je considère ces quelques lignes en silence. Mince alors ! C'est sympa de sa part. Une jolie carte comme ça écrite à la main, juste pour me remercier de la mienne. Après tout, rien ne l'y obligeait. Il ne s'agit pas que de politesse. En général, on ne remercie pas la personne qui vous rembourse.

À moins que ce ne soit dans les convenances. De nos jours, les gens semblent s'adresser des cartes à tort et à travers. Je n'ai aucune idée de ce qui se fait ou ne se fait pas. (Je savais bien que j'aurais dû lire ce livre sur les bonnes manières, reçu à Noël.) Luke se montre-t-il simplement bien élevé ? Ou veut-il me signifier autre chose ? Si c'est le cas… Quoi ?

Se moquerait-il de moi ?

Mon Dieu, c'est ça ! Il sait que tante Ermintrude n'a jamais existé. Il me fait marcher pour me plonger dans l'embarras.

Mais… Prendrait-il la peine d'acheter une carte, de la rédiger et de l'envoyer, uniquement pour se payer ma tête ?

Oh ! je n'en ai aucune idée et je m'en fiche. De toute façon, il ne me plaît même pas.

Après m'être autant cultivée toute la matinée, je mérite une récompense pour l'après-midi. Munie de *Vogue* et d'un paquet de Minstrels, je m'allonge sur le sofa. Ces petits plaisirs m'ont vraiment manqué. Je n'ai pas lu de magazine depuis… voyons, au moins une semaine, sauf hier quand j'ai feuilleté le numéro de *Harper's and Queen* de Suze. Et je n'arrive pas à me souvenir de la dernière fois que j'ai mangé du chocolat.

Mais j'ai peu de temps à consacrer au farniente car je dois me procurer les ingrédients du curry. La lecture de mon horoscope achevée, je referme *Vogue* et consulte mon nouveau livre de cuisine indienne. Je suis très excitée : ce sera mon premier curry.

J'abandonne l'idée des gambas – c'est trop cher – et je porte mon choix sur le poulet balti aux champignons. La recette a l'air très facile et bon marché. Il ne me reste plus qu'à rédiger ma liste.

Arrivée à la fin, je suis plutôt décontenancée. Elle est beaucoup plus longue que je ne l'imaginais. Je n'avais pas réalisé la quantité d'épices nécessaires. Je viens de regarder dans la cuisine et nous n'avons pas de wok, ni de moulin pour moudre les épices, ni de mixer pour préparer le concentré d'aromates. Pas même une cuillère en bois ou une balance qui marche.

Qu'à cela ne tienne. Je vais passer chez Peter Jones acheter les appareils ménagers dont nous avons besoin, ensuite, je ferai les courses et je reviendrai cuisiner. Il ne faut pas perdre de vue que j'achète ces ustensiles une bonne fois pour toutes et qu'ensuite, je serai équipée pour préparer de délicieux currys. Je dois considérer ces accessoires comme un investissement.

Ce soir-là, lorsque Suze revient du marché Camden, je suis vêtue de mon tablier à rayures flambant neuf, et je mouds des épices grillées dans notre nouveau moulin.

— Pfuit ! Ça pue ! s'exclame-t-elle en entrant dans la cuisine.

— Ce sont les épices aromatiques, dis-je avec humeur en buvant une gorgée de vin.

La recette s'annonce plus difficile que prévu. J'essaie de concocter un *balti masala mix* que nous pourrons garder dans un bocal et utiliser pendant des mois, mais toutes les épices semblent disparaître dans le moulin et refuser de sortir. Où vont-elles ?

— Je meurs de faim, déclare Suze en se versant un verre de vin. Ce sera bientôt prêt ?

— J'en sais rien, dis-je les dents serrées en regardant à l'intérieur du moulin. Si j'arrivais seulement à extraire ces fichues épices du…

— Bon. Je vais faire quelques toasts.

Suze met deux tranches de pain dans le toaster, puis commence à examiner tous mes petits sacs et pots d'épices un par un.

— Quatre-épices ? Ce sont toutes les épices mélangées ? demande-t-elle en élevant le pot avec curiosité.

— Je ne sais pas.

Je tape le moulin contre le plan de travail et il en tombe un minuscule filet de poudre. Je le regarde avec colère. Qu'est-il arrivé au bocal que je devais conserver des mois ? Il va falloir encore griller ces foutus condiments.

— Dans ce cas, tu pourrais peut-être utiliser celles-là et oublier toutes les autres.

— Non ! Je cuisine un mélange frais, à part. D'accord ?

— D'accord, répond Suze en haussant les épaules. C'est toi la spécialiste.

C'est vrai, me dis-je en avalant une autre gorgée de vin. Recommençons. Graines de coriandre, de fenouil, de cumin, de poivre… Arrivée là, je ne mesure plus rien, et me contente de jeter les épices au pif. De toute façon, on dit que la cuisine doit être instinctive.

— Qu'est-ce que c'est ? demande Suze en voyant la carte posée sur la table. Luke Brandon ? Comment se fait-il qu'il t'envoie une carte ?

— Oh ! simple politesse.

Le front plissé, Suze tourne et retourne la carte dans ses mains.

— Tu parles. On n'adresse pas de mot à une personne qui rembourse de l'argent.

— Ah ! bon ? Je croyais que cela se faisait.

Ma voix est plus aiguë que d'habitude, mais cela provient certainement des effluves épicés.

— Pas du tout, réplique Suze avec assurance. La procédure est la suivante : on prête de l'argent, il est remboursé avec quelques phrases de remerciement et on n'en parle plus. Cette carte, ajoute-t-elle en l'agitant devant mon nez, est un plus.

Voilà pourquoi j'adore partager un appartement avec Suze. Elle connaît ce genre de trucs parce qu'elle fréquente les plus hautes sphères de la société. Ce n'est pas pour me vanter, mais savez-vous qu'une fois, elle a dîné avec la duchesse de Kent ?

— Alors, à ton avis, cela signifie quoi ? dis-je en essayant de paraître naturelle.

— Je pense qu'il est aimable, répond-elle en reposant la carte sur la table.

Aimable. Évidemment. C'est ça. Il est aimable. Ce qui est une bonne chose, bien entendu. Alors, pourquoi suis-je déçue ? Je regarde la carte qui représente un visage de Picasso. Faut-il y voir un sens particulier ?

— Au fait, c'est normal si les épices noircissent ? demande Suze, en tartinant du beurre de cacahuètes sur son toast.

— Mon Dieu !

Je retire en vitesse le wok du feu et contemple les graines calcinées. Cela me rend folle. Jetons-les et recommençons. Graines de coriandre, de fenouil, de cumin, de poivre, feuilles de laurier. Ce sont les dernières feuilles de laurier. Cette fois, j'ai intérêt à ne pas me planter.

Miraculeusement, ça marche. Quarante minutes plus tard, un curry mijote à gros bouillons dans mon wok. C'est fantastique ! Il sent très bon et ressemble en tout point à la photo du livre dont je n'ai même pas suivi la recette. Voilà bien la preuve que j'ai une affinité naturelle avec la cuisine indienne. Et plus je cuisinerai, plus je serai douée. Comme le dit David E. Barton, le temps d'appeler un traiteur et j'aurai déjà improvisé un curry rapide et délicieux. Sans parler de l'argent économisé !

Triomphante, j'égoutte mon riz basmati, sors les nans du four et dispose le tout sur des assiettes. Puis je saupoudre les plats de coriandre hachée et, ma parole, on se croirait devant un plat du magazine *Marie-Claire*. Je prends les assiettes et en pose une devant Suze.

— Waouh ! Ça a l'air fantastique !

— Je sais, dis-je avec fierté, en m'asseyant en face d'elle. Génial, non ?

Je la regarde avaler la première bouchée, puis commence à mon tour.

— Mmm ! Délicieux ! s'exclame-t-elle en mangeant de bon appétit. C'est assez épicé, ajoute-t-elle après un moment.

— Il y a de la poudre de piment et aussi des piments frais. Mais c'est quand même bon, non ?

— C'est merveilleux ! Bex, tu es si douée ! Je serais incapable de faire ça !

Mais, tandis qu'elle mâche, une expression bizarre se peint sur son visage. J'éprouve, moi aussi, une sensation d'étouffement. Ce curry est décidément très épicé.

Suze pose son assiette et avale une grande gorgée de vin. Elle redresse la tête et je vois que ses joues sont rouges.

— Ça va ? dis-je en m'obligeant à sourire malgré ma bouche douloureuse.

— Ouais, super ! répond-elle en mordant à pleines dents dans un nan.

Je baisse les yeux sur mon plat et prends résolument une autre cuillère de curry. Aussitôt, mon nez se met à couler. Je remarque que Suze renifle aussi, mais quand je croise son regard, elle m'adresse un grand sourire.

Dieu que c'est fort ! Ma bouche est en feu. Mes joues brûlent et mes yeux commencent à piquer. Combien de piments ai-je mis dans ce satané truc ? Seulement une cuillère à café… ou peut-être deux. J'ai suivi mon instinct et balancé dedans ce qui me semblait être la bonne quantité. Eh bien, chapeau pour mon instinct !

Des larmes se mettent à couler sur mon visage et je fais une énorme grimace.

— Tu vas bien ? demande Suze, alarmée.

— Très bien, dis-je en reposant ma fourchette. Tu vois… c'est juste… un peu épicé.

Mais, en réalité, je me sens mal et le piment n'est pas la seule cause de mes pleurs. J'ai le sentiment d'être nulle. Je n'arrive même pas à réussir un curry facile et rapide. Quand je songe à la somme astronomique dépensée pour cette recette, avec le wok, le tablier, les innombrables épices… Et tout est allé de travers. Je n'ai absolument pas Dépensé Moins. Cette semaine est une catastrophe.

Je réprime un sanglot.

— C'est horrible ! Ne le mange pas, Suze ! Tu vas t'empoisonner.

Un torrent de larmes jaillit.

— Bex ! Ne sois pas stupide !

Elle me regarde, puis se précipite vers moi les bras tendus et me serre contre elle.

— Ne t'en fais pas. C'est un peu pimenté. Sinon, c'est génial ! Les nans sont délicieux ! Vraiment. Ne le prends pas mal.

J'ouvre la bouche pour lui répondre, mais, à la place, je sanglote bruyamment.

— Bex, je t'en prie ! gémit Suze au bord des larmes. C'est excellent ! Je n'ai jamais mangé un curry aussi bon.

— S'il n'y avait que ça ! dis-je en essuyant mes yeux. Je suis censée Dépenser Moins. Ce plat ne devait coûter que 2 livres 50.

— Mais… Pourquoi ? m'interroge Suze, perplexe. Tu as fait une sorte de pari ?

— Non ! C'est parce que j'ai des dettes ! Et mon père m'a conseillé deux systèmes : Dépenser Moins ou Gagner

Plus. Alors, j'ai essayé de Dépenser Moins, mais ça n'a pas marché…

Je fonds en larmes.

— Je suis complètement nulle.

— Bien sûr que non ! s'écrie Suze. Tu es loin d'être nulle. Le problème c'est… Peut-être que…

— Quoi ?

Il y a un silence, puis Suze déclare :

— À mon avis, tu as fait le mauvais choix, Becky. Tu n'es pas le genre de personne à Dépenser Moins.

— Tu crois ?

— Tu devrais plutôt tenter de Gagner Plus.

Elle marque un temps d'arrêt, pensive.

— À la réflexion, je ne vois pas l'intérêt d'essayer de Dépenser Moins. Gagner Plus est une *bien* meilleure option. Si j'avais à choisir, je n'hésiterais pas une seconde.

— Oui, dis-je lentement. Oui, peut-être es-tu dans le vrai.

D'une main tremblante, je prends un morceau de nan chaud. Suze a raison. Sans le curry, c'est délicieux.

— Mais, comment faire ? Comment gagner plus d'argent ?

Pendant un moment, nous mâchons nos nans en silence. Soudain, Suze s'anime.

— Je sais. Attends !

Elle court chercher un magazine et le feuillette pour arriver aux petites annonces.

— Écoute ça. « Vous désirez améliorer vos finances ? Devenez membre de la famille des Beaux Cadres. Gagnez des milliers de livres en travaillant chez vous, pendant vos moments de loisir. Kit complet fourni. » Tu vois ? C'est facile.

Waouh. Malgré moi, je suis très impressionnée. Des milliers de livres. Ce n'est pas si mal.

— Oui, dis-je d'une voix mal assurée. C'est une solution à envisager.

— Ou alors, tu pourrais inventer quelque chose, suggère Suze.

— Comme quoi, par exemple ?

— Oh ! n'importe quoi, réplique-t-elle. Tu es très intelligente. Tu trouveras toujours... Je sais ! Crée un site Internet. Cela vaut des millions !

Elle a raison. Il existe plein de possibilités pour Gagner Plus. Plein ! Il suffit d'appréhender les choses d'un point de vue différent. Je me sens soudain beaucoup mieux. Suze est vraiment une bonne amie. Je la prends dans mes bras et la serre contre moi.

— Merci, Suze, tu es la meilleure.

— Pas de problème, répond-elle en m'étreignant à son tour. Découpe cette annonce et commence à te remplir les poches... Je vais téléphoner pour que l'on nous livre un curry, d'accord ?

— Oui, merci, dis-je d'une petite voix. Ce serait merveilleux.

PROJET DE RÉDUCTION DES DÉPENSES DE REBECCA BLOOMWOOD

CURRY FAIT MAISON SAMEDI 11 MARS

BUDGET PROPOSÉ : 2,50 £

DÉPENSES EXACTES :

Wok	15,00 £
Moulin électrique	14,99 £
Mixer	18,99 £
Cuillère en bois	35 p
Tablier	9,99 £
Deux blancs de poulet	1,98 £
300 g de champignons	79 p
Oignon	29 p
Graines de coriandre	1,29 £
Graines de fenouil	1,29 £
Quatre-épices	1,29 £
Graines de cumin	1,29 £
Clous de girofle	1,39 £
Gingembre moulu	1,95 £
Feuilles de laurier	1,40 £
Piment en poudre	…

Bon, allez, laisse tomber !

PGNI FIRST BANK VISA
7 Camel Square
Liverpool L1 5NP

Mademoiselle Rebecca Bloomwood
Apt 2
4 Burney Road
Londres SW6 8FD

Le 10 mars 2000

Chère Mademoiselle Bloomwood,

PGNI First Bank Carte Visa n° 1475839204847586

Je vous remercie pour votre lettre du 3 mars.

Je peux vous assurer que nos ordinateurs sont régulièrement vérifiés et que la possibilité d'un « pépin », comme vous le dites, est à écarter. Nous n'avons pas non plus été touchés par le bogue de l'an 2000. Tous nos comptes sont d'une rigoureuse exactitude.

Vous pouvez toujours écrire à Anne Robinson de L'Union nationale des consommateurs si vous le désirez, mais je suis convaincu qu'elle reconnaîtra que vos accusations ne sont pas fondées.

Nos dossiers indiquent que la facture de votre carte Visa demeure impayée. Comme vous pouvez le constater d'après votre dernier relevé, le paiement minimum exigé s'élève à 105,40 £. J'espère recevoir ce montant dans les plus brefs délais.

Je vous prie d'agréer, chère Mademoiselle Bloomwood, l'expression de mes sentiments distingués.

Peter Johnson
Directeur des Comptes Clients

8

D'accord. Le choix de Dépenser Moins n'a pas bien tourné. Mais peu importe, c'est du passé. Je voyais les choses de façon négative, et à présent je les envisage de manière positive. Aller de l'avant, toujours plus haut. Croissance et prospérité. À la réflexion, Gagner Plus est la solution évidente. Et vous savez quoi ? Suze a entièrement raison. Ce système me convient beaucoup mieux que l'autre. Je me sens déjà plus heureuse. Le seul fait de ne plus devoir préparer ces sandwichs minables au fromage ou de visiter d'autres musées m'a ôté un grand poids de la poitrine. Par ailleurs, je peux acheter tous les cappuccinos que je veux et me remettre au lèche-vitrines. Ah ! quel soulagement ! J'ai même balancé *Contrôlez vos dépenses* à la poubelle. Je n'ai jamais pensé que c'était un bon livre.

La seule chose, petite remarque en passant, c'est que je ne sais pas comment je vais m'y prendre. Pour Gagner Plus, je veux dire. Enfin, maintenant que j'ai décidé de mettre mon projet à exécution, quelque chose va se produire. J'en suis sûre.

Lundi, quand j'arrive au journal, Clare Edwards est déjà au téléphone.

— Oui, dit-elle à voix basse. Je pense que la seule solution est de s'organiser à l'avance. Oui.

En m'apercevant, elle rougit et se tourne légèrement sur le côté.

— Oui, je comprends, chuchote-t-elle en griffonnant sur son bloc. Et quelle a été… la réaction jusque-là ?

Dieu sait pourquoi elle fait autant de mystère. Comme si sa vie assommante m'intéressait. Je m'assois, j'allume mon ordinateur et ouvre mon agenda. Chic ! j'ai une conférence de presse à la City. Même s'il s'agit d'une présentation ennuyeuse d'assurance retraite, cela signifie une escapade hors du bureau et, avec un peu de chance, un bon verre de champagne. Le travail a parfois des côtés amusants. Et Philip n'étant pas encore là, nous avons tout le loisir de papoter.

— Alors, Clare, lui dis-je dès qu'elle a raccroché, as-tu passé un bon week-end ?

Je l'observe du coin de l'œil, prête à entendre l'habituel compte rendu passionnant de la pose d'une étagère effectuée avec son petit ami, mais elle ne semble même pas avoir entendu ma question.

— Clare ?

Ses joues sont empourprées comme si je la surprenais à voler des stylos dans le placard à fournitures.

— Écoute. Cette conversation que tu viens juste d'entendre… N'en parle pas à Philip.

Je la considère, intriguée. De quoi parle-t-elle ? Waouh, a-t-elle une liaison ? Mais pourquoi Philip serait-il concerné ? C'est son rédacteur en chef, pas son…

Oh ! bon Dieu ! Elle n'a tout de même pas une liaison avec Philip ?

— Clare, que se passe-t-il ? dis-je tout excitée.

Le silence s'étire tandis qu'elle devient écarlate. Pas possible ! Enfin, un scandale au bureau ! Et impliquant Clare Edwards ! Qui aurait pu penser une chose pareille ?

— Allez, Clare, raconte-moi tout. Je ne le dirai à personne... Peut-être pourrais-je t'aider ?

Je me penche vers elle avec bienveillance.

— Oui, reconnaît-elle en se frottant le visage. Oui, c'est vrai. J'ai besoin d'un conseil. Je me fais de la bile.

— Commence par le début, dis-je de la voix posée d'une conseillère de courrier du cœur. Quand cela a-t-il démarré ?

— D'accord. Je vais te raconter, murmure-t-elle en regardant nerveusement autour d'elle. C'était il y a environ... six mois.

— Qu'est-il arrivé ?

— Tout a commencé lors de ce voyage de presse en Écosse. J'étais loin de chez moi... J'ai dit oui sans même réfléchir. Je pense surtout que j'étais flattée.

— C'est toujours la même histoire.

Dieu ce que je m'amuse !

— Si Philip l'apprenait, il deviendrait fou, ajoute-t-elle, désespérée. Mais c'est si facile. Je change de nom, et personne n'est au courant !

— Tu te sers d'un nom différent ? dis-je, impressionnée malgré moi.

— Plusieurs, corrige-t-elle avec un petit rire amer. Tu es certainement tombée sur quelques-uns.

Elle laisse échapper un bref soupir.

— Je sais que je prends des risques mais je ne peux plus m'arrêter. On s'habitue à l'argent.

L'argent ? Elle se prostitue ?

— Clare, que fais... ?

— D'abord, ce n'était qu'un papier sur les emprunts immobiliers dans le *Mail*, continue-t-elle comme si de rien n'était. J'ai pensé pouvoir m'en sortir. Mais ensuite, on m'a demandé une chronique complète sur les assurances vie dans le *Sunday Times*. Puis *Pension and Portfolio* m'a contactée. J'en suis maintenant à trois articles par semaine.

Il me faut agir en secret, essayer de me comporter normalement.

Elle s'interrompt en hochant la tête.

— Parfois, ça me déprime. Mais je n'arrive plus à refuser. Je suis accro.

Je n'y crois pas. Elle parle de travail. De travail ! Seule Clare Edwards peut s'avérer aussi décevante. Persuadée qu'elle vivait une liaison torride, je m'apprêtais à en écouter tous les détails croustillants, quand elle n'évoquait que d'ennuyeux…

Soudain, une de ses remarques me revient à l'esprit.

— Tu dis que c'est bien payé ?

— Oh ! oui ! Environ trois cents livres par article. Sans ça, on n'aurait jamais pu s'offrir notre appartement.

Trois cents livres !

Neuf cents livres par semaine ! Mince alors !

Voilà la solution. Facile ! Je vais devenir une journaliste free-lance de grande envergure, tout comme Clare, et gagner neuf cents livres par semaine. La première chose à faire est de me constituer un réseau et d'établir des contacts lors des conférences, au lieu de passer mon temps assise avec Elly, à rire de nos histoires. Je dois serrer la main à tous les rédacteurs financiers des journaux nationaux avec mon badge bien en évidence, et non pas le ranger directement dans mon sac. Ensuite, de retour au bureau, je leur téléphonerai en catimini pour leur suggérer des idées. Et à moi les neuf cents livres hebdomadaires !

À l'entrée de la conférence, j'épingle donc mon badge solidement, prends une tasse de café (pas de champagne, la barbe !) et me dirige droit sur Moira Chemina du *Daily Herald*.

— Bonjour, dis-je, sérieuse et décidée. Becky Bloomwood, de *Réussir votre épargne*.

— Bonjour, répond-elle sans manifester le moindre intérêt et en se retournant illico vers l'autre femme du groupe. Alors, la deuxième équipe des ouvriers est revenue et on leur a posé un ultimatum.

— Oh ! Moira, ma pauvre, compatit son interlocutrice.

Je jette un coup d'œil sur son badge : Lavinia Bellimore, free-lance. Bon, inutile de l'impressionner, c'est une rivale.

De toute façon, elle ne m'accorde pas un regard. Toutes les deux discutent de travaux d'agrandissement et de frais scolaires en m'ignorant totalement. Au bout d'un moment, je marmonne : « Ravie de vous avoir rencontrées » et m'éloigne à pas de loup. J'avais oublié combien tous ces gens sont froids. Enfin, peu importe. Je n'ai qu'à trouver quelqu'un d'autre.

Peu après, je me faufile jusqu'à un grand type, tout seul, et lui adresse un large sourire.

— Becky Bloomwood, de *Réussir votre épargne*.

— Geoffrey Norris, free-lance, déclare-t-il en mettant son badge bien en vue.

Mon Dieu. Cet endroit grouille de journalistes free-lance !

— Pour qui écrivez-vous ?

J'espère au moins grappiller quelques tuyaux.

— Cela dépend, dit-il d'un air hypocrite.

Il n'arrête pas de jeter des regards furtifs autour de lui et ses yeux fuient obstinément les miens.

— Je travaillais pour *Monetary Matters*. Mais ils m'ont viré.

— Oh !

— Ce sont de vrais salauds, ajoute-t-il en vidant son café. Des salauds ! Évitez-les. C'est un conseil que je vous donne.

— O.K. Je m'en souviendrai. Il faut que j'y aille..., finis-je par balbutier en prenant mes jambes à mon cou.

Pourquoi est-ce que je tombe toujours sur des cinglés ?

À ce moment-là, une sonnerie retentit et tout le monde va s'asseoir. Je choisis de m'installer au deuxième rang, prends la brochure luxueuse qui m'attend sur mon siège et sors mon bloc-notes. J'aimerais porter des lunettes pour avoir l'air encore plus sérieux. J'écris « Présentation d'un programme d'assurance retraite par la gestion de capitaux Sacrum » en majuscules en haut de la page, quand un inconnu se laisse tomber sur la chaise à côté de la mienne. Ses cheveux bruns sont ébouriffés, il pue la cigarette et il parcourt la salle de ses yeux marron pétillants.

— C'est une blague ? murmure-t-il en se tournant vers moi. Tout ce lustre. Tout ce cirque.

Il désigne la pièce d'un vaste geste de la main.

— Vous ne vous faites pas avoir, j'espère ?

Zut ! Encore un cinglé.

— Jamais de la vie !

Je cherche son badge, mais il n'en a pas.

— Tant mieux, déclare-t-il en hochant la tête. Regardez-moi ces gros richards.

Il indique trois hommes, au premier rang, vêtus de costumes élégants, assis derrière une table.

— Ce n'est pas eux qui se contenteraient de cinquante livres par semaine pour vivre.

— Pas vraiment… Non. Ce serait plutôt cinquante livres à la minute.

Il a un rire approbateur.

— Elle est bien bonne. Il faudra que je la ressorte.

Il me tend la main.

— Eric Foreman, du *Daily World*.

Mince alors ! Le *Daily World*. Me voilà tout intimidée. Ici, je dois avouer un petit secret : j'adore le *Daily World*. Ce n'est qu'un journal populaire, je sais, mais il est si facile à lire, surtout dans un train. Et certains articles de la rubrique *Le Monde des Femmes* sont vraiment intéressants. (Je dois manquer de force dans les bras, car tenir le *Times* les ankylose. Résultat : toutes les pages se mélangent. Un vrai cauchemar.)

Mais, attendez, je suis sûre d'avoir déjà rencontré le conseiller financier du *Daily World*. C'est cette femme gnangnan qui s'appelle Marjorie. Alors, qui est ce type ?

— Je ne vous ai jamais vu auparavant. Vous êtes nouveau ?

Il éclate de rire.

— Je travaille au journal depuis dix ans. Mais, en général, je ne m'occupe pas de cette rubrique. Tel que vous me voyez, je suis ici pour semer la panique, ajoute-t-il en baissant la voix. Le rédacteur m'a embarqué pour notre nouvelle campagne : « Pouvons-nous faire confiance aux financiers ? »

Il *parle* même comme un journal à scandales.

— Ça a l'air génial.

— On verra. À condition que j'échappe à tous les trucs techniques. J'ai toujours été fâché avec les chiffres.

— À votre place, je ne m'inquiéterais pas. Vous n'avez pas vraiment besoin de vous y connaître. Vous saisirez très vite l'essentiel.

— Tant mieux. Et vous êtes… ? demande-t-il en jetant un coup d'œil à mon badge.

— Rebecca Bloomwood, de *Réussir votre épargne*, dis-je de ma voix la plus professionnelle.

— Très heureux, Rebecca, déclare-t-il en extirpant une carte de visite de sa poche.

— Merci beaucoup.

Je cherche précipitamment dans mon sac une de mes cartes. Waouh ! Me voilà en relation avec les journaux nationaux ! J'échange des cartes de visite ! me dis-je, triomphante, en lui tendant la mienne.

À cet instant précis, les micros se mettent à grésiller et, sur le podium, une fille brune s'éclaircit la voix. Derrière elle se trouve un écran avec les mots « Gestion de capitaux Sacrum » qui se détachent sur fond de soleil couchant.

Je me souviens de cette fille. Elle m'a snobée lors d'un briefing pour la presse, l'an dernier. Mais Philip l'aime bien car elle lui envoie régulièrement une bouteille de champagne à Noël. Je suis donc obligée de rédiger un compte rendu favorable sur ces nouvelles assurances retraite.

— Mesdames et messieurs, je m'appelle Maria Freeman et je suis ravie de vous accueillir à la présentation du programme d'assurances retraite de la gestion de capitaux Sacrum. Il s'agit d'une gamme originale de produits conçue pour allier la flexibilité et la sécurité aux résultats performants de Sacrum.

Un graphique apparaît sur l'écran, parcouru d'une ligne ondulée rouge montant et descendant au-dessus d'un trait noir plus fin.

— Comme l'indique le graphique 1, déclare Maria Freeman avec assurance en montrant la ligne rouge, notre Fonds d'épargne-entreprise britannique a constamment obtenu les meilleurs résultats de tout son secteur.

— Hmmm, murmure Eric Foreman en consultant la brochure, les sourcils froncés. Je n'y comprends rien. J'ai entendu dire que la Gestion de capitaux Sacrum était en mauvaise posture. Mais regardez ! s'écrie-t-il en pointant le graphique du doigt. La plus performante de tout son secteur.

Sa bouche a un léger rictus.

— Vous croyez qu'ils ont trafiqué leurs chiffres ? chuchote-t-il.

— Pas vraiment. Il leur suffit de se comparer aux plus mauvais pour se proclamer ensuite les meilleurs, dis-je en lui désignant le graphique de la brochure. Lisez attentivement. Ils n'ont pas spécifié en quoi consistait ce soi-disant secteur.

— Ça alors ! s'exclame-t-il en considérant l'équipe de Sacrum, assise à la tribune. Ils sont futés, ces salauds, vous ne trouvez pas ?

S'il savait ! Il me fait presque pitié.

Maria Freeman recommence à discourir d'une voix monotone et j'étouffe un bâillement. Le problème des premiers rangs, c'est que l'on doit simuler de l'intérêt et prendre des notes.

J'écris « Assurances », que je souligne d'une arabesque. Puis je la transforme en vigne vierge et dessine des grappes de raisin et des feuilles tout du long.

— Dans un instant, je vous présenterai Mike Dillon, directeur de l'équipe des placements qui vous entretiendra de leurs méthodes. Entre-temps, si vous avez des questions…

— J'ai une question, déclare Eric Foreman.

Je lève les yeux de ma vigne, légèrement étonnée.

— Oui ? répond Maria Freeman en lui souriant. Et vous êtes…

— Eric Foreman, du *Daily World*. J'aimerais savoir combien vous gagnez tous ?

Il englobe d'un signe de la main les personnes assises à la table du podium.

— Quoi ? s'enquiert-elle en rougissant, puis très vite elle se ressaisit. Ah ! vous voulez parler des intérêts. Eh bien, nous traiterons de ces…

— Je ne parle pas des intérêts. Je demande : combien on vous paie ? Vous, Mike Dillon, dit-il en le montrant du doigt. Qu'est-ce que vous touchez ? Dans les cent mille livres, non ? Si on tient compte des résultats désastreux de la Gestion de capitaux Sacrum de l'année dernière, ne devriez-vous pas être à la rue ?

Je suis complètement sidérée. Je n'ai jamais vu ça à une conférence de presse. Jamais !

Il y a des remous autour de la table, puis Mike Dillon se penche vers son micro.

— Si nous pouvions poursuivre la présentation et… laisser les autres questions pour plus tard, déclare-t-il.

Il a l'air dans ses petits souliers.

— Encore une chose, ajoute Eric Foreman. Que diriez-vous à l'un de nos lecteurs qui a perdu dix mille livres en investissant dans vos placements sécurisés ?

Il me fait un clin d'œil.

— Vous lui présenteriez un beau graphique rassurant comme celui-ci, en lui soutenant que vous êtes « le meilleur du secteur » ?

C'est vraiment génial ! Tous les gens de Sacrum sont morts de honte.

— À l'époque, un dossier de presse a été publié sur les résultats des Placements Sécurisés, réplique Maria en lui adressant un sourire glacial. De toute façon, cette conférence de presse est limitée au nouveau programme d'assurances. Ayez l'amabilité d'attendre la fin de la présentation…

— Ne vous inquiétez pas, rétorque Foreman, très à l'aise. Je ne resterai pas pour écouter ces foutaises. Je pense que j'ai déjà tout ce qu'il me faut.

Il se lève et me sourit.

— Enchanté d'avoir fait votre connaissance, Rebecca. Et merci.

Il me tend la main et je la lui serre sans me rendre vraiment compte de ce que je fais. Puis, tandis que tout le monde se retourne et chuchote, il se faufile le long de la rangée et sort de la pièce.

— Mesdames et messieurs, annonce Maria Freeman, les joues en feu. En raison de cette… perturbation, nous allons faire une pause avant de poursuivre. N'hésitez pas à vous servir en thé et café. Merci.

Elle éteint le micro, descend du podium et se précipite vers les responsables de la Gestion de capitaux Sacrum.

— Vous n'auriez jamais dû le laisser entrer, dit l'un d'eux.

— Je ne savais pas qui c'était, réplique Maria sur la défensive. Il s'est présenté comme le correspondant du *Wall Street Journal* !

Eh bien, voilà qui ne me déplaît pas ! Je n'ai pas vu autant d'excitation depuis le jour où Alan Derring du *Daily Investor* s'est levé à une conférence de presse sur les assurances décès pour annoncer à tout le monde qu'il allait changer de sexe et voulait qu'on l'appelle Andrea.

Je me dirige vers le fond de la salle pour prendre une autre tasse de café et rencontre Elly. Parfait. Je ne l'ai pas vue depuis une éternité.

— Salut. J'ai apprécié ton nouvel ami. Très divertissant, déclare-t-elle en souriant.

— Je sais… Il est cool, non ?

J'attrape un biscuit au chocolat enveloppé de papier doré et tends ma tasse à la serveuse. Puis je prends deux ou trois autres petits gâteaux et les fourre dans mon sac. (Inutile de les gaspiller.)

Autour de nous, la conversation bat son plein. Les gens de Sacrum sont toujours agglutinés au premier rang. Super ! On va pouvoir bavarder pendant des heures.

— Alors, Elly, as-tu posé ta candidature pour des emplois, récemment ? Parce que l'autre jour, dans le *Media Guardian*, je suis tombée sur une annonce pour *New Woman* et j'ai failli t'appeler. Ils exigeaient une expérience dans un journal de consommateur, mais j'ai pensé que tu n'avais…

— Becky, m'interrompt-elle d'une voix étrange. Tu sais bien quel travail j'ai choisi.

— Quoi ? Pas ce boulot de gestionnaire de porte feuilles ? Ce n'était pas sérieux ! Il s'agissait uniquement d'un moyen de pression.

— Je l'ai pris.

Je la dévisage, médusée.

Soudain, une voix nous parvient de l'estrade.

— Mesdames et messieurs, annonce Maria. Veuillez regagner vos places…

Désolée, mais il n'est pas question que j'aille me rasseoir. Je dois connaître la suite.

— Viens, dis-je à Elly. Inutile de rester là. Nous avons nos dossiers de presse. Allons déjeuner.

Il y a un silence. L'espace d'un instant horrible, j'ai l'impression qu'elle va refuser et vouloir écouter le discours sur les assurances retraite. Mais elle me sourit en me prenant le bras et, à la consternation évidente de l'hôtesse d'accueil, nous sortons d'un pas joyeux.

Le Café Rouge se trouve au coin de la rue. Nous nous y rendons directement et commandons une bouteille de vin blanc. À vrai dire, je suis encore sous le choc. Elly Granger va devenir une gestionnaire de portefeuilles Wetherby. Elle m'abandonne. Je n'aurai plus personne avec qui plaisanter. Comment *peut*-elle faire ça ? Elle voulait être rédactrice de la rubrique beauté pour *Marie-Claire*, bon sang !

Nos consommations arrivent et je lui demande avec tact :

— Alors, qu'est-ce qui t'a décidée ?

— Oh ! je ne sais pas, répond-elle en soupirant. Je songeais sans arrêt : « Où vas-tu comme ça ? » Je n'arrêtais pas d'envoyer des candidatures pour des boulots prestigieux dans le journalisme sans jamais obtenir le moindre entretien…

— Tu aurais fini par en décrocher un. J'en suis sûre, dis-je avec ferveur.

— Peut-être. Et, pendant ce temps, j'écrivais sur tous ces produits financiers ennuyeux et soudain, j'ai pensé, pourquoi ne pas faire quelque chose d'assommant dans le domaine de la finance ? Au moins j'aurais un véritable métier.

— Mais tu en avais un !

— Non, j'étais désespérée ! Je pataugeais sans but, sans stratégie, sans perspective d'avenir…

Elle s'arrête en voyant ma tête.

— Je suis différente de toi, ajoute-t-elle précipitamment. Tu es beaucoup plus équilibrée.

Équilibrée ? Elle plaisante ?

— Quand commences-tu ? dis-je pour changer de sujet, car je trouve cette conversation plutôt déroutante.

Je n'ai aucune stratégie, ni perspective d'avenir. Peut-être suis-je désespérée, moi aussi. Ne devrais-je pas repenser ma carrière ? Comme c'est déprimant ! Mon boulot a l'air si prestigieux et excitant quand je le décris à mes voisins Martin et Janice. Maintenant, à cause d'Elly, j'ai le sentiment d'être une ratée.

— Je débute la semaine prochaine. Je serai basée au bureau de Silk Street.

— Ah… C'est bien.

— J'ai dû acheter plein de nouveaux vêtements, poursuit-elle en faisant une petite moue. Ils sont tous très élégants à Wetherby.

Des nouveaux vêtements ? À présent, je suis jalouse.

— Je suis allée chez Karen Millen et j'ai dévalisé la boutique, continue-t-elle en mangeant une olive. J'ai dépensé autour de mille livres.

— Mince alors ! Mille livres, d'un coup ?

— J'étais obligée, réplique-t-elle comme pour s'excuser. Et de toute façon, je vais gagner plus, maintenant.

— Vraiment ?

— Oh ! oui. Beaucoup plus, assure-t-elle avec un petit rire.

— Comme… Combien ? dis-je piquée par la curiosité.

— Je démarre à quarante mille livres, lâche-t-elle en haussant les épaules avec insouciance. Après, qui sait ? Ils expliquent que…

Et elle se met à parler de plan de carrière, de hiérarchie et de primes. Abasourdie, je n'en écoute pas un mot.

Quarante mille livres ?

Quarante mille livres ? Mais je ne suis payée que…

Dois-je vous dévoiler le montant de mon salaire ? N'est-ce pas un sujet à éviter en bonne compagnie, tout comme la religion ? À moins que de nos jours on puisse parler d'argent ? Suze, elle, saurait.

Et puis, zut ! Vous êtes au courant de tout le reste, non ? La vérité est que je gagne vingt et un mille livres. Et moi qui croyais que c'était beaucoup ! Quand j'ai changé de job, je m'en souviens très bien, je suis passée de dix-huit mille à vingt et un mille et j'ai pensé avoir décroché la lune. Débordant d'enthousiasme, je rédigeais d'interminables listes de tout ce que j'achèterais avec ces trois mille livres supplémentaires.

Mais, à présent, ça ne pèse pas lourd. Je devrais gagner quarante mille livres, comme Elly, et acheter tous mes vêtements chez Karen Millen. Ma vie est un vrai désastre.

Je rentre au bureau à pied, d'humeur morose. Peut-être vais-je abandonner le journalisme et devenir gestionnaire de portefeuilles. Ou banquier d'affaires. Ils touchent un bon paquet, si je ne m'abuse ? Je pourrais entrer chez Goldman Sachs. Ils gagnent autour de un million par an. Mon Dieu, ce serait bon ! Un million par an. Je me demande comment on décroche ce genre de job.

À la réflexion… ai-je vraiment envie d'être banquier ? L'aspect vêtements-de-chez-Karen-Millen ne me dérangerait pas. En fait, c'est ce que j'assumerais le mieux. Mais, pour le reste, la partie se-lever-tôt-le-matin-et-travailler-horriblement-dur, je n'en suis pas si sûre. Non que je sois paresseuse, loin de là, mais j'aime passer l'après-midi à Image Store ou feuilleter les journaux en prétendant faire des recherches sans que personne ne vienne y mettre son nez. Dans son nouveau travail, Elly n'aura manifestement pas ce genre d'activités. À vrai dire, son job semble plutôt effrayant.

Si seulement il existait un moyen d'avoir de beaux vêtements sans effectuer un travail angoissant. L'un mais pas l'autre. Si seulement… Je regarde machinalement toutes les vitrines des magasins que je dépasse, et soudain, je m'arrête, coupée dans mon élan.

Un signe de Dieu. Sans aucun doute.

Je me trouve devant Ally Smith qui présente en vitrine de longs manteaux superbes. Sur la porte, un panneau écrit à la main indique : « Recherchons une vendeuse pour le samedi. Renseignez-vous à l'intérieur. »

Je défaille presque en lisant cet écriteau. C'est comme si la foudre avait frappé. Pourquoi diable n'y ai-je pas pensé plus tôt ? Quelle idée de génie ! Je travaillerai le samedi. Dans une boutique de vêtements ! De cette façon, je gagnerai plein d'argent et je profiterai en plus d'une réduction sur tous les articles. Et regardons les choses en face : il est plus facile de bosser dans un magasin que de devenir gestionnaire de portefeuilles. Votre boulot consiste à rester debout et à demander : « Puis-je vous aider ? » Ce sera même amusant car je pourrai choisir mes vêtements tout en m'occupant des clientes. Je vais être *payée* pour faire du shopping !

C'est vraiment génial, me dis-je en entrant dans le magasin, un sourire avenant aux lèvres. Je savais que la chance se manifesterait aujourd'hui. J'en avais le pressentiment.

Une demi-heure plus tard, je ressors avec un sourire béat. J'ai trouvé un job ! Je vais travailler le samedi de 8 h 30 à 17 h 30, au tarif horaire de 4,80 livres, et bénéficier de 10 % de réduction sur tous les vêtements ! Après trois mois, ce sera 20 % ! Mes ennuis d'argent sont terminés.

Dieu merci, c'était un après-midi tranquille. Ils m'ont laissée remplir ma candidature sur place et Danielle, la directrice, m'a fait passer un entretien immédiatement. Au début, elle paraissait dubitative, surtout quand elle a su que j'étais journaliste financière à plein temps, et que je voulais ce poste pour arrondir mes fins de mois et me payer des vêtements. Elle ne cessait pas de répéter : « C'est un travail pénible. Vous en rendez-vous compte ? C'est vraiment très dur. » Mais je pense qu'elle a changé d'avis lorsque nous avons commencé à parler du stock. En tant que fan d'Ally Smith, je connais le prix de chaque article et je sais si l'on en trouve de semblables chez Jigsaw ou French Connection. En définitive, Danielle a déclaré en me lançant un regard bizarre : « Eh bien, pas de doute, vous aimez les vêtements. » Ensuite, elle m'a embauchée ! Je commence ce samedi. J'ai hâte ! N'est-ce pas génial ?

J'arrive au journal, grisée par mon succès. Je parcours la pièce des yeux et, soudain, cette banale vie de bureau m'apparaît très ennuyeuse et limitée pour un esprit créatif comme le mien. Je ne suis pas dans mon élément ici, parmi les ordinateurs et les piles poussiéreuses de dossiers de presse. Ma place est là-bas, sous les spots brillants et au milieu des cardigans en cachemire d'Ally Smith. Peut-être me lancerai-je dans le commerce à temps complet, me dis-je en m'asseyant. Pourquoi ne pas démarrer ma propre chaîne de boutiques de stylistes ? Je serai l'une de ces personnes mentionnées dans les articles sur les entrepreneurs à la réussite éblouissante. « Becky Bloomwood travaillait comme journaliste dans un magazine financier quand elle a imaginé le concept innovateur des boutiques Bloomwood, une chaîne à présent réputée dans tout le pays. L'idée lui vint un jour alors que... »

Le téléphone sonne et je prends la communication.

— Oui ? Rebecca Bloomwood à l'appareil.

Je suis sur le point d'ajouter : des boutiques Bloomwood, mais peut-être est-ce un peu prématuré.

— Mademoiselle Bloomwood, ici Derek Smeath, de la banque Endwich.

Quoi ? Abasourdie, je laisse tomber avec fracas le combiné sur mon bureau. Je le récupère en tâtonnant. Durant toute l'opération, mon cœur bat à cent à l'heure. Comment sait-il où je travaille ? Où a-t-il déniché mon numéro ?

— Ça va ? me demande Clare d'un ton inquisiteur.

— Oui, dis-je la gorge serrée. Très bien.

La voilà maintenant qui m'observe. Impossible de raccrocher et de prétendre qu'il s'agit d'un faux numéro. Je suis obligée de lui parler. D'accord. Je vais me montrer vive et enjouée et me débarrasser de lui au plus vite.

— Bonjour ! Désolée pour cette attente, mais j'étais occupée. Vous savez ce que c'est !

— Mademoiselle Bloomwood, je vous ai écrit de nombreuses lettres. Et aucune d'entre elles n'a reçu de réponse satisfaisante.

Je me sens rougir malgré moi. Bon sang, il a l'air furieux. C'est horrible. De quel droit vient-il gâcher ma journée ?

— J'ai été très prise. Ma tante... ma tante a été très malade. Je devais être auprès d'elle, vous comprenez.

— Je vois, néanmoins...

— Et puis, elle est morte.

— Je suis désolé de l'apprendre, répond-il. (Il n'a pas l'air désolé du tout.) Mais cela ne change rien au fait que votre compte indique un solde de…

Cet homme a-t-il un cœur ? Tandis qu'il parle solde, découverts et contrats, je fais la sourde oreille pour ne pas écouter ses propos contrariants. Je fixe mon bureau en simili bois. Et si le combiné tombait accidentellement par terre ? Mon Dieu, c'est affreux. *Que faire ?*

— Si le problème n'est pas résolu, poursuit-il d'un ton cassant, je me verrai dans l'obligation de…

— Tout va rentrer dans l'ordre, parce que… j'aurai bientôt de l'argent.

En prononçant ces mots, je sens mes joues s'enflammer. La culpabilité, sans doute. Mais comment agir autrement ? Je dois inventer *quelque chose*, sinon il ne me lâchera pas.

— Ah ! oui ?

— Oui. Ma tante… m'a légué une certaine somme dans son testament.

Ce qui est presque vrai. De toute évidence, j'aurais hérité de tante Ermintrude. Après tout, j'étais sa nièce préférée. Qui d'autre lui aurait acheté une écharpe Denny and George ?

— Je la recevrai dans une semaine ou deux : un millier de livres, dis-je pour faire bonne mesure.

J'aurais dû lui annoncer dix mille livres. Il aurait vraiment été impressionné. Tant pis, c'est trop tard.

— Vous me dites que dans deux semaines, votre compte sera crédité d'un chèque de mille livres ?

Il y a un silence.

— Heu… oui. C'est ça.

— Je suis ravi de l'apprendre. Mademoiselle Bloomwood, j'ai pris note de notre conversation et j'attends l'arrivée de mille livres sur votre compte, le lundi 27 mars.

— Parfait, dis-je avec assurance. C'est tout ?

— Pour l'instant, oui. Au revoir, mademoiselle Bloomwood.

— Au revoir.

Je raccroche. Dieu merci. Débarrassée de lui.

BROMPTON'S STORE
Comptes Clients
1 Brompton Street
Londres SW4 7TH

Mademoiselle Rebecca Bloomwood
Apt 2
4 Burney Road
Londres SW6 8FD

Le 10 mars 2000

Chère Mademoiselle Bloomwood,

Merci du prompt retour de votre chèque signé, d'un montant de 43 £.

Malheureusement, bien que signé, ce chèque est daté du 14 février 2200. Il s'agit, sans aucun doute, d'une erreur de votre part.

Brompton ne peut accepter un chèque postdaté et, en conséquence, je vous le renvoie en vous demandant de le dater du jour de la signature.

Par ailleurs, vous pouvez régler en espèces ou par le bordereau de virement bancaire, ci-joint. Une notice explicative est jointe pour votre information.

Dans l'attente de recevoir votre règlement, nous vous prions d'agréer, Mademoiselle Bloomwood, l'expression de nos sentiments les meilleurs.

John Hunter
Directeur des Comptes Clients

9

Ce soir-là, quand je rentre à la maison, une pile de courrier m'attend dans le couloir, mais je l'ignore car mon colis des Beaux Cadres est arrivé ! Cela m'a coûté cent livres, ce qui n'est pas donné, mais il semblerait que vous en retiriez un bénéfice de trois cents livres en quelques heures seulement. À l'intérieur du paquet se trouve un prospectus rempli de photos de personnes qui gagnent des fortunes avec ce procédé. Certaines parmi elles se font cent mille livres par an ! Je me demande pourquoi je suis journaliste !

Après dîner, je m'installe devant *Changing Rooms*[1] et ouvre le kit. Suze est sortie. Je peux donc me concentrer sans problème.

« Bienvenue dans le secret le mieux gardé d'Angleterre…, dit le prospectus. La famille des Beaux Cadres ! Intégrez notre organisation et gagnez un maximum en travaillant tranquillement chez vous. Nos instructions, faciles à suivre, vous aideront à vous embarquer dans

1. Émission de télévision. À votre insu, des amis décorent une pièce de votre maison selon votre goût. Les caméras sont là pour filmer votre surprise quand vous rentrez chez vous.

l'entreprise la plus lucrative qui soit. Peut-être utiliserez-vous vos gains pour acheter une voiture, un bateau ou faire un cadeau à l'homme/la femme de votre vie. Et, n'oubliez pas, la somme que vous gagnez ne dépend que de vous ! »

Je suis totalement mordue. Pourquoi n'ai-je pas fait ça plus tôt ? C'est un procédé *génial* ! Je vais travailler dur pendant deux semaines, régler mes dettes puis partir en vacances et acheter un max de vêtements. J'ai hâte de commencer.

Je déchire l'emballage, et soudain plein de bandes de tissus tombent par terre. Certaines sont unies, d'autres à fleurs. Le motif est plutôt laid, mais je m'en fiche. Mon job consiste à faire les cadres et à empocher l'argent. Je cherche les instructions et les découvre sous un tas de cartons. Effectivement, c'est d'une simplicité enfantine. Vous n'avez qu'à coller le rembourrage sur le cadre en carton, poser le tissu par-dessus pour l'effet et fixer ensuite un galon au dos pour cacher les raccords. Voilà ! C'est très simple et vous gagnez 2 livres par cadre. Il y en a cent cinquante dans le colis, donc, si j'en effectue trente par soirée pendant une semaine, je me ferai trois cents livres en un rien de temps, durant mes loisirs.

Bon. Allons-y ! Cadre, rembourrage, colle, tissu, galon.

Non mais, qui a conçu ces foutus matériaux ? Il n'y a pas assez de tissu pour couvrir le cadre et le rembourrage. Ou alors, vous devez tirer dessus comme une malade, et le tissu est si fin qu'il se déchire. J'ai mis de la colle sur la moquette et j'ai tordu deux cadres en carton. Le seul que j'ai achevé est complètement de traviole. Et ça fait…

Je bâille et regarde l'heure. J'ai un choc. Il est 23 h 30, ce qui signifie que je travaille depuis trois heures. Et pendant tout ce temps, je n'ai réalisé qu'un cadre bancal qu'ils n'accepteront certainement pas et j'en ai détruit deux. La vue de ces fichus machins me rend hystérique. Pourquoi les gens veulent-ils des cadres de photos rembourrés ?

À ce moment-là, la porte s'ouvre sur Suze.

— Salut ! lance-t-elle en pénétrant dans le salon. Tu as passé une bonne soirée ?

— Pas vraiment, dis-je, renfrognée. J'ai monté ces trucs…

— N'y pense plus, réplique-t-elle d'un ton théâtral. Car tu sais quoi ? Tu as un admirateur secret.

— Quoi ?

— Cette personne t'aime beaucoup, poursuit-elle en enlevant son manteau. Je l'ai appris ce soir. Tu ne devineras jamais qui !

Luke Brandon. C'est le nom qui me traverse aussitôt l'esprit. Ridicule. Comment Suze le saurait-elle ? Quelle idée stupide ! Stupidissime. Impossible.

Suze est peut-être tombée sur lui au cinéma, me souffle une petite voix. Après tout, elle le connaît, non ? Et il aurait pu lui parler…

— C'est mon cousin ! s'écrie-t-elle, triomphante. Tarquin. Il t'apprécie *vraiment* beaucoup.

Oh ! mon Dieu.

— Il a le béguin pour toi, continue-t-elle avec entrain. Depuis qu'il t'a vue pour la première fois !

— Ce n'est pas *si* secret…

Je m'interromps en voyant l'expression étonnée de Suze. Après tout, je ne veux pas la blesser.

— Alors, tu étais déjà au courant ?

— Eh bien…

Je ne peux pas lui expliquer que son cousin bien-aimé me donne la chair de poule. Je me mets à jouer avec le tissu du cadre posé devant moi. Un sourire ravi se dessine sur les lèvres de Suze.

— Tu lui plais énormément ! Je lui ai conseillé de t'appeler pour t'inviter. Cela ne t'ennuie pas ?

— Bien sûr que non, dis-je sans grande conviction.

— Ne serait-ce pas merveilleux ? Si vous vous mariiez, je serais demoiselle d'honneur !

— Oui.

Je m'efforce de sourire.

— Formidable.

Le mieux, c'est d'accepter un rendez-vous par politesse, puis d'annuler au dernier moment. Avec un peu de chance, Tarquin devra rentrer en Écosse et nous pourrons tirer un trait sur cette histoire.

Mais je m'en passerais volontiers. À présent, j'ai deux bonnes raisons de redouter la sonnerie du téléphone.

À mon grand soulagement, samedi arrive et je n'ai reçu aucune nouvelle de Tarquin *ni* de Derek Smeath. En fin de compte, tout le monde me laisse vivre ma vie.

Par contre, j'avais projeté d'assembler cent cinquante cadres cette semaine, mais je n'en ai effectué que trois, dont aucun ne ressemble à celui de la photo. Le premier n'a pas assez de rembourrage, les angles du second ne coïncident pas et le troisième a une légère tache de colle sur le devant qui ne part pas. Je ne comprends pas pourquoi j'éprouve autant de difficulté. Certaines personnes en réalisent des centaines par semaine, sans effort. Grâce à ses gains, Mme S. de Ruislip emmène sa famille en croisière chaque année. Comment se fait-il qu'ils y parviennent et pas moi ? C'est très déprimant. Ne suis-je pas intelligente ? J'ai un diplôme universitaire, nom d'un chien !

Enfin, peu importe. Aujourd'hui commence mon nouveau job chez Ally Smith. Là, au moins, je gagnerai de l'argent.

Je suis emballée à cette perspective. Voilà que s'ouvre une nouvelle carrière dans la mode ! Je passe du temps à choisir une tenue branchée pour mon premier jour et me décide enfin : un pantalon noir de chez Jigsaw, un petit T-shirt en cachemire (enfin, moitié cachemire) et un haut portefeuille rose tout droit sorti de chez Ally Smith.

Plutôt satisfaite du résultat, je m'attends à un commentaire approbateur de Danielle, mais elle ne me prête aucune attention particulière et se contente de déclarer :

— Bonjour. Les pantalons et les T-shirts sont dans la réserve. Prenez votre taille et changez-vous dans la cabine.

Maintenant, ça me revient. Toutes les vendeuses de Ally Smith portent la même tenue. Presque comme... un uniforme. Je me change à contrecœur et me regarde dans la glace. Je suis déçue. Ce pantalon gris n'est guère flatteur et le T-shirt uni n'a rien de réjouissant. Je suis tentée de demander à Danielle de choisir autre chose, mais elle a l'air occupée. J'attendrai la semaine prochaine pour lui en toucher un mot.

En dépit de ma tenue, je ressens un frisson d'excitation en me retrouvant dans la boutique. Les spots brillent de mille feux, le parquet ciré étincelle, de la musique joue en sourdine et un sentiment d'attente flotte dans l'air. Un artiste avant la représentation doit éprouver la même sensation. Je me poste devant un miroir et murmure : « Voulez-vous de l'aide ? » Ou vaut-il mieux dire : « Puis-je vous aider ? » Je serai la vendeuse la plus charmante qui soit. Les gens viendront ici uniquement pour que je les serve et mon rapport à la clientèle sera fantastique. Ensuite, je figurerai dans un article de l'*Evening Standard* consacré aux meilleures boutiques de la ville. Peut-être aurai-je même mon émission à la télévision.

Personne ne s'occupe de moi. Décidée à faire preuve d'initiative – un bon point pour toi, Rebecca –, je me dirige vers une femme blonde qui tapote sur les touches de la caisse et lui demande :

— Puis-je faire un essai rapide ?

— Quoi ? dit-elle sans lever les yeux.

— Je ferais mieux d'apprendre le fonctionnement de la caisse avant l'arrivée des clientes, vous ne trouvez pas ?

À ce moment-là, elle relève la tête et, à mon grand étonnement, éclate de rire.

— À la caisse ? Vous croyez que vous allez commencer tout de suite à la caisse ?

— Oh… Eh bien, je pensais…

— Vous êtes une débutante, mon chou. Oubliez la caisse. Allez voir Kelly qui vous indiquera votre travail de la journée.

Plier des pulls. Plier ces foutus pulls. Je suis ici pour ça. Courir en tous sens derrière les clientes qui, après avoir regardé des cardigans, les ont laissés tout chiffonnés, et les replier. À onze heures, je suis crevée. Je ne m'amuse pas beaucoup. Réalisez-vous à quel point il est déprimant de plier un cardigan à la façon Ally Smith, de le remettre sur une étagère, soigneusement aligné, pour voir quelqu'un le prendre avec désinvolture, l'examiner, faire la moue et l'abandonner sur place ? Vous avez envie de hurler : « Ne le touchez pas si vous n'avez pas l'intention de l'acheter ! » J'ai même vu une fille regarder un cardigan *identique* à celui qu'elle portait. Elle a un problème ou quoi ?

Et je ne bavarde pas avec les clientes, non plus. Quand vous êtes vendeuse, c'est comme si vous étiez transparente. Personne ne me pose une seule question intéressante, comme : « Est-ce que ce chemisier va avec ces chaussures ? » Ou encore : « Où puis-je trouver une belle jupe noire à moins de 60 livres ? » *J'adorerais* répondre à ce genre de question. Mais, jusqu'à présent, on m'a demandé :

« Y a-t-il des toilettes ? » et « Où se trouve le distributeur de billets le plus proche ? » Je n'ai pas établi le moindre contact avec la clientèle.

C'est décourageant. La seule chose qui me soutient le moral est un portant de fin de série au fond du magasin. J'y fais de fréquentes incursions, en couvant des yeux un jean imprimé zèbre soldé 90 livres au lieu de 180 livres. Je me souviens de ce pantalon. Je l'avais même essayé. Et le voilà, tombé du ciel, à moitié prix. Je ne le quitte plus des yeux. C'est un 40. Ma taille !

Je ne dois pas dépenser d'argent, je sais, mais une telle occasion ne se représentera pas. Il est vraiment cool. Et 90 livres, c'est *rien* pour un bon jean. Chez Gucci, vous le payeriez au moins 500 livres. Mon Dieu, je le veux. Je le *veux* !

Je rôde autour du portant, reluquant le pantalon pour la énième fois, quand Danielle fond sur moi. Je sursaute d'un air coupable mais elle se contente de déclarer : « Pouvez-vous aller aux cabines d'essayage, maintenant ? Sarah vous mettra au courant. »

Dieu merci ! Plus de pulls à plier !

À mon grand soulagement, cette histoire de cabines est beaucoup plus amusante. Celles d'Ally Smith sont très agréables et spacieuses. Mon job consiste à me tenir à l'entrée et à vérifier le nombre d'articles pris par les clientes. Il est passionnant de voir ce que les gens essaient. Il y a une fille qui achète des *tonnes* de vêtements pour son anniversaire. Elle n'arrête pas d'expliquer que son petit ami lui a dit de dépenser sans compter car il paierait la note.

La veinarde ! Enfin, au moins, je gagne de l'argent. Il est 11 h 30, je me suis donc fait… 14 livres 40. Ce n'est pas si mal. Je pourrai m'offrir de bons produits de maquillage avec ça.

Sauf que je ne gaspillerai pas mon salaire en maquillage. Bien sûr que non ! Ce n'est pas pour cela que je travaille. Je vais me montrer raisonnable et acheter le jean imprimé zèbre parce qu'il serait criminel de laisser passer une occasion pareille, puis déposer le reste sur mon compte en banque. J'ai hâte de le porter. À 14 h 30, pendant ma pause, je me précipiterai sur les fins de série et j'emporterai le pantalon dans la salle du personnel afin de m'assurer qu'il me va, ensuite…

Soudain, je me fige. Attendez !

Qu'est-ce que cette fille porte sur son bras ? Mon jean ! Elle se dirige vers les cabines. Elle veut l'essayer. Mais c'est le mien !

— Bonjour, lance-t-elle gaiement.

— Bonjour ! dis-je la gorge serrée, en m'efforçant de rester calme. Com… Combien d'articles avez-vous ?

— Quatre, répond-elle en me montrant les cintres.

Derrière moi sont pendus les jetons portant les chiffres 1, 2, 3 et 4. La fille attend que je lui donne celui marqué 4 pour rentrer dans la cabine. Mais c'est impossible. Je ne peux pas la laisser essayer mon pantalon.

— Vous n'avez droit qu'à trois articles.

— Vraiment ? demande-t-elle, étonnée. Mais…

Elle indique les jetons d'un geste de la main.

— Je sais. Mais le règlement vient juste de changer. Désolée.

Et je lui adresse mon plus beau sourire de vendeuse peu amène. Le pouvoir, quel pied ! Vous pouvez empêcher les gens d'essayer des vêtements ! Ou encore détruire leur vie !

— Bon, d'accord. Eh bien, je vais laisser de côté…

— Ce pantalon, dis-je en m'emparant du jean.

— Non. Je pense que je…

— Nous devons prendre l'article du dessus. Désolée.

Explication que je lui donne avec le même sourire de circonstance.

Merci mon Dieu, pour les vendeuses désagréables et les règles stupides. Les gens y sont tellement habitués que cette fille ne met pas ma parole en doute. Elle se contente de lever les yeux au ciel, prend le jeton marqué 3 et se dirige vers la cabine en me laissant le précieux jean sur les bras.

Bien. De l'intérieur de la cabine me parviennent le bruit du glissement des fermetures Éclair et le cliquetis des cintres. Essayer ces trois articles ne va pas lui prendre une éternité. Ensuite, elle sortira et demandera le jean. Que faire ? Pendant quelques secondes, l'indécision me paralyse. Puis, le bruit d'un rideau de cabine que l'on tire me pousse à agir. Je cache en vitesse le pantalon derrière ce rideau et reprends ma place, l'air innocent.

Un instant plus tard, Danielle arrive, une écritoire à pince à la main.

— Ça va ? Vous vous en sortez ?

— Très bien.

— J'organise le tableau des pauses. Si vous pouvez attendre quinze heures, vous aurez une heure d'affilée.

— Parfait.

J'ai ma voix positive d'employée du mois, mais je pense : « Quinze heures ? Je crèverai de faim ! »

— O.K., fait Danielle en s'éloignant dans le coin pour remplir sa grille.

À ce moment, une voix me demande :

— C'est possible d'essayer ce jean, maintenant ?

Zut ! La fille est de retour. Comment a-t-elle fait pour se changer si vite ? Est-ce un Houdini au féminin ?

— Vous avez trouvé quelque chose ? Cette jupe noire est superbe. La façon dont les fentes tombent…

— En réalité, seul le jean m'intéresse, m'interrompt-elle en me rendant les vêtements tout froissés et sans les cintres.

Mon cœur s'emballe. Je plisse mon front, l'air concerné.

— Lequel c'était ? Un bleu ? Il y en a là-bas, près de…

— Non ! rétorque-t-elle impatiemment. Le pantalon imprimé zèbre que j'avais il y a une minute.

— Ah... Ah oui. Je ne sais plus où il est. Quelqu'un d'autre a dû le prendre.

— Mais je vous l'ai donné ! Vous étiez censée le garder.

— Je crains que nous ne soyons pas responsables des articles qui nous sont confiés pendant que les clientes se trouvent dans la cabine d'essayage.

— Oh ! pour l'amour du ciel ! s'écrie-t-elle, en me regardant comme si j'étais idiote. C'est ridicule ! Vous l'aviez il y a trente secondes ! Comment avez-vous pu le perdre ?

Merde. Elle est vraiment en colère. Sa voix monte et les gens commencent à nous regarder.

— Un problème ? s'enquiert une voix sirupeuse.

Je lève les yeux, horrifiée. Danielle se dirige vers nous, en affichant un regard mi-bienveillant, mi-menaçant. Bon, le principal est de conserver mon sang-froid. Rien ne peut être prouvé. Et tout le monde sait que le client est toujours un fauteur de troubles.

— J'ai donné à cette vendeuse un jean à garder car j'avais quatre articles, ce qui apparemment n'est pas autorisé, commence à expliquer la fille.

— Quatre articles ? reprend Danielle. Mais vous y avez droit.

Elle se tourne vers moi et me dévisage d'une façon qui n'est pas très amicale.

— Ah ! bon. Excusez-moi. Je suis nouvelle. Je croyais que c'était trois.

— Je savais bien que c'était quatre ! s'écrie la fille. Vous avez ces jetons avec ce foutu « 4 » marqué dessus.

Elle pousse un soupir exaspéré.

— En tout cas, je lui ai confié ce pantalon, j'ai essayé les autres vêtements, puis je suis sortie le lui redemander et il a disparu.

— Disparu ? demande Danielle d'une voix sèche. Disparu où ?

— Je ne sais pas, dis-je d'un air dérouté. Une autre cliente l'a certainement embarqué.

— Mais vous l'aviez à la main ! s'exclame-t-elle. Quelqu'un est arrivé et vous l'a arraché des mains, c'est ça ?

Oh ! ras le bol ! Quel est son problème ? Comment peut-elle être aussi obsédée par un jean ?

— Pourquoi ne pas en prendre un autre ?

— Il n'y en a pas d'autre, réplique-t-elle, glaciale. Il provenait des fins de série.

— Rebecca, réfléchissez ! m'exhorte Danielle. L'avez-vous posé quelque part ?

— Sans doute. Il y a tant d'allées et venues. J'ai dû le remettre sur le portant et une cliente est partie avec.

Je hausse les épaules d'un air contrit comme pour dire : « Vous savez comment sont les clientes, hein ? »

— Attendez ! s'écrie la fille. Qu'est-ce que c'est que ça ?

Je suis son regard et me fige. Le pantalon imprimé zèbre a roulé par terre et dépasse du rideau. Pendant un bref instant, nous le contemplons toutes en silence.

— Mince alors ! Le voilà !

— Et que fait-il là au juste ? demande Danielle.

— Je ne sais pas. Peut-être qu'il…

J'avale ma salive. Une idée, vite !

— Peut-être…

— Vous l'avez pris ! déclare la cliente, incrédule. C'est vous ! Vous ne vouliez pas que je l'essaie et vous l'avez caché !

— C'est ridicule ! dis-je en m'efforçant de paraître convaincante.

Mais je me sens rougir. *Pourquoi* suis-je du genre à rougir ? Pourquoi ?

— Espèce de …

La fille s'interrompt et se tourne vers Danielle.

— Je veux porter plainte.

— Rebecca, dans mon bureau, je vous prie, m'ordonne Danielle.

Hé, une minute. Ne va-t-elle pas me soutenir ? défendre son personnel ? Où est passée la solidarité ?

— Immédiatement ! ajoute-t-elle d'une voix coupante qui me fait sursauter.

En me dirigeant vers son bureau (une sorte de placard à balais), je vois tous les autres membres du personnel me dévisager et se pousser du coude. C'est horrible ! Mais ça va aller. Je m'excuserai et promettrai de ne plus recommencer. Et si je proposais des heures supplémentaires ? Du moment que je ne suis pas…

C'est pas vrai ! Elle m'a renvoyée. Ma première journée de travail n'est pas terminée que je suis déjà virée. Quand elle me l'a annoncé, j'en avais presque les larmes aux yeux car, mis à part l'incident du jean imprimé zèbre, je trouve que je me débrouillais très bien. Mais cacher des articles aux clientes semblerait faire partie des causes automatiques de renvoi. (Ce qui n'est vraiment pas juste car elle ne me l'a pas signalé lors de notre entretien.)

Le cœur gros, j'enlève mon pantalon gris et mon T-shirt. Ma carrière de commerçante s'achève avant même d'avoir commencé. Pour mes heures, je n'ai reçu que vingt livres et Danielle m'a affirmé qu'elle se montrait généreuse. Quand je lui ai demandé si je pouvais rapidement acheter des vêtements en utilisant ma réduction de vendeuse, j'ai cru qu'elle allait me frapper.

Tout a mal tourné. Pas de travail, pas d'argent, pas de réduction, juste ces fichues vingt livres. Abattue, je marche dans la rue, les mains enfoncées dans mes poches. Que voulez-vous que je fasse de vingt livres ?

— Rebecca !

Je relève la tête et me retrouve face à un visage que je connais. Mais qui est-ce ? C'est… C'est… C'est…

— Tom ! dis-je, juste à temps.

Je suis sciée. Tom Webster, à Londres. Que fait-il ici ? Ne devrait-il pas être à Reigate en train de poser ses carreaux de style provençal ?

— Je te présente Lucy, m'annonce-t-il avec fierté en poussant vers moi une fille croulant sous une soixantaine de sacs.

Incroyable ! Il s'agit de la fille qui achetait des tonnes de vêtements chez Ally Smith. Celle dont le petit ami payait. Elle ne parlait sans doute pas de…

— Vous sortez ensemble ? dis-je, bêtement. Elle et toi ?

— Oui, répond Tom en souriant. Depuis un moment déjà.

Il y a quelque chose qui cloche. Pourquoi Janice et Martin n'ont-ils pas évoqué sa copine ? Ils m'ont pourtant assez saoulée avec tous les autres détails de sa vie à la noix.

Tom ! Avec sa petite amie !

— Bonjour, dit Lucy.

— Bonjour. Je suis Rebecca. La voisine. L'amie d'enfance. Tout ça.

— Oh ! c'est vous Rebecca ! s'écrie-t-elle en adressant un rapide coup d'œil à Tom.

Qu'est-ce que cela signifie ? Ont-ils bavardé à mon sujet ? Tom aurait-il toujours le béguin ? La situation est embarrassante. Je confirme en riant :

— C'est moi !

— Vous savez, je suis sûre de vous avoir rencontrée quelque part, ajoute Lucy pensivement. J'y suis ! Vous travaillez chez Ally Smith.

— Non !

— Ah ! Je croyais vous avoir vue…

Il est hors de question que mes parents apprennent que je travaille dans un magasin. Ils penseront que je mens sur toute la ligne, et qu'en réalité je suis fauchée et vis dans une chambre meublée sordide.

— Travail de recherche, dis-je, glaciale. Je suis journaliste.

— Rebecca est une journaliste financière, lui explique Tom. C'est une pro.

— Ah ! bon.

J'adresse à Lucy un sourire dédaigneux.

— Mes parents écoutent toujours Rebecca. Mon père en parlait encore l'autre jour. Il semblerait que tu l'aies beaucoup aidé au sujet d'un problème financier. Une histoire de transfert de fonds, je crois.

— J'ai fait mon possible.

Je lance à Tom un sourire spécial-vieux-copains.

Non que je sois jalouse, mais je ressens un petit pincement au cœur en voyant Tom sourire à cette Lucy, qui, franchement, a des cheveux fadasses, même si elle est bien habillée. Soit dit en passant, Tom est aussi très élégant. Que se passe-t-il ? Tout va de travers. La place de Tom se trouve dans son pavillon de banlieue, pas à se balader, tiré à quatre épingles, dans des boutiques de luxe.

— Il faut qu'on y aille.

— Un train à prendre ? dis-je d'un ton condescendant. Cela doit être dur de vivre aussi loin.

— Pas tant que ça, déclare Lucy. Je me rends tous les matins chez Wetherby et cela ne prend que quarante minutes.

— Vous travaillez chez Wetherby ?

Pourquoi ne suis-je entourée que de yuppies ambitieux ? me dis-je atterrée.

— Oui. Je suis l'un de leurs conseillers en stratégie.

Qu'est-ce que cela sous-entend ? Qu'elle est une tête ? C'est de pis en pis !

— Et nous n'allons pas prendre notre train tout de suite, répond Tom en souriant à sa bien-aimée. Nous allons d'abord chez Tiffany choisir un petit quelque chose pour l'anniversaire de Lucy qui a lieu la semaine prochaine.

Il prend une mèche de cheveux de Lucy qu'il se met à entortiller autour de son doigt.

Je n'en peux plus. Pourquoi n'ai-je pas un fiancé qui m'achète un petit quelque chose chez Tiffany ?

— Eh bien, j'ai été très contente de te rencontrer, dis-je en bafouillant. Mes amitiés à ton père et à ta mère. Bizarre qu'ils n'aient pas mentionné Lucy, ne puis-je m'empêcher d'ajouter, un peu méchamment. Je les ai vus l'autre jour et ils n'en ont pas soufflé un mot.

Je lance un regard innocent à Lucy. Ha ! ha ! Qui a le dessus, maintenant ?

Mais ils échangent de nouveau une série de coups d'œil.

— Ils ne voulaient pas..., commence Tom, puis il s'interrompt.

— Quoi ?

Un long silence embarrassé s'installe.

— Tom, je vais voir ce magasin, déclare Lucy en s'éloignant.

Nous voilà seuls.

Quel cinéma ! Je ne compte manifestement pas pour du beurre dans leur relation. J'éclate de rire.

— Que se passe-t-il ?

Mais c'est évident, n'est-ce pas ? Il rêve toujours de moi et Lucy est au courant.

— Rebecca, ce n'est pas facile pour moi. Mais papa et maman sont conscients de tes... sentiments pour moi. Ils n'ont pas parlé de Lucy parce qu'ils ont pensé que tu serais...

Il laisse échapper un bref soupir.

— ... que tu serais déçue.

Quoi ? Est-ce une plaisanterie ? Je n'en reviens pas. Pendant quelques secondes, j'en ai le souffle coupé.

— Mes sentiments pour *toi* ? Tu plaisantes ? finis-je par bégayer.

— Écoute, c'est évident, répond-il en haussant les épaules. Ils m'ont raconté comment, la dernière fois, tu les avais bombardés de questions sur moi, ma nouvelle maison...

Je lis de la pitié dans son regard. C'est insupportable ! Comment peut-il imaginer...

— Becky, je t'aime beaucoup, poursuit-il. Seulement...

— C'était par pure politesse ! Je ne suis pas amoureuse de toi ! dis-je en hurlant.

— N'en parlons plus, veux-tu ?

— Mais tu ne me plais pas ! C'est la raison pour laquelle j'ai refusé de sortir avec toi quand tu me l'as demandé. Nous avions seize ans, tu t'en souviens ?

Je m'arrête et le regarde, triomphante, pour constater que l'expression de son visage n'a pas changé. Il ne m'écoute pas. Ou alors, le simple fait d'avoir évoqué notre passé d'adolescents lui confirme que je suis obsédée par lui. Et plus j'essaierai d'argumenter, plus il sera convaincu que je suis folle de lui. Quelle horreur !

— Bien, dis-je en tentant de rassembler les lambeaux de ma dignité. De toute évidence, nous ne nous comprenons pas. Je vous laisse.

Je vois Lucy qui regarde une vitrine en feignant de ne pas écouter et lui crie :

— Je ne cours pas après ton petit ami. Et je ne lui ai jamais couru après. Au revoir.

Et je m'éloigne à grands pas, un sourire nonchalant aux lèvres.

Une fois que j'ai tourné le coin de la rue, mon sourire s'efface peu à peu et je me laisse lourdement tomber sur un banc. Malgré moi, je me sens humiliée. Bien sûr, c'est risible, que Tom Webster imagine que je sois amoureuse de lui. Ça m'apprendra à être trop bien élevée et à simuler de l'intérêt pour ses éléments en chêne cérusé. La prochaine fois, je bâillerai bruyamment ou bien je m'en irai. Mieux encore, je présenterai mon petit ami. Cela leur clouera le bec. De toute façon, peu importe !

Je devrais me fiche de ce que pensent Tom Webster et sa copine. Mais… je dois reconnaître que je suis déprimée. Pourquoi n'ai-je pas de fiancé ? En ce moment, je n'ai même personne en vue. Ma dernière relation sérieuse remonte à Robert Hayman et nous avons cassé il y a trois mois. D'ailleurs, je n'en étais pas folle. Il m'appelait « ma jolie », et dans les films, au moment des scènes érotiques, il couvrait mes yeux de ses mains pour plaisanter. J'avais beau lui demander d'arrêter, il continuait. Cela me rendait hystérique. Rien que d'y penser, j'en suis toute hérissée.

Mais c'était quand même un petit ami. Je l'appelais du bureau, nous allions ensemble dans les soirées et il me protégeait des sales types. Pourquoi l'ai-je plaqué ? Il n'était peut-être pas si mal…

Je pousse un grand soupir, me lève et poursuis mon chemin. L'un dans l'autre, cette journée a été désastreuse. J'ai perdu un boulot et Tom Webster m'a traitée avec condescendance. En plus, je n'ai rien de prévu : pensant que je serais épuisée par ma journée de travail, je n'ai pas organisé ma soirée.

Enfin, au moins, j'ai vingt livres.

Vingt livres. Je vais m'offrir un bon cappuccino avec un brownie au chocolat. Et deux ou trois magazines.

Et pourquoi pas un petit truc de chez Accessorize ? Ou des bottes. J'ai vraiment *besoin* de nouvelles bottes. J'en ai vu des parfaites chez Hobbs, à bout carré avec un talon assez plat. J'irai après mon café. Je regarderai aussi les robes. Après une journée pareille, je mérite un petit plaisir. Et il me faut de nouveaux collants pour aller travailler ainsi qu'une lime à ongles. Peut-être également un livre pour lire dans le métro…

Quand je prends la queue à Starbucks, je me sens déjà mieux.

PGNI FIRST BANK VISA
7 Camel Square
Liverpool L1 5NP

Mademoiselle Rebecca Bloomwood
Apt 2
4 Burney Road
Londres SW6 8FD

Le 15 mars 2000

Chère Mademoiselle Bloomwood,

PGNI First Bank Carte Visa n° 1475839204847586

Merci pour votre lettre du 11 mars.

Votre offre d'abonnement gratuit à Réussir votre épargne est très aimable ainsi que votre invitation à dîner au Ivy. Malheureusement, les employés de la banque PGNI First ne sont pas autorisés à accepter de tels cadeaux.

Dans l'attente de recevoir le plus rapidement possible votre règlement demeuré impayé de 105,40 £, je vous prie d'agréer, Mademoiselle Bloomwood, l'expression de mes salutations distinguées.

Peter Johnson
Directeur des Comptes Clients

10

Lundi matin, je me réveille de bonne heure, l'estomac noué. Mes yeux se posent sur les sacs empilés dans le coin de ma chambre. Je les détourne aussitôt. Je sais que j'ai dépensé trop d'argent samedi. Je n'aurais pas dû acheter deux paires de bottes, ni cette robe mauve. En tout, j'ai claqué… Autant ne pas y songer. Pense à autre chose, vite, me dis-je avec fermeté.

Les deux monstres inséparables, la honte et la panique, tambourinent dans ma tête.

Honte, honte, honte.

Panique, panique, panique.

Si je les laisse faire, ils vont s'emparer de mon esprit et prendre le pouvoir. La tristesse et la peur m'anéantiront. Heureusement, j'ai un truc : ne leur prêter aucune attention. Je condamne une partie de mon esprit et plus rien ne m'inquiète. C'est de la légitime défense. Je suis devenue experte en la matière.

Une autre astuce consiste à agir pour divertir mon attention. Du coup, je me lève, allume la radio, prends une douche et m'habille. Le martèlement est encore présent, au fin fond de mon inconscient, mais il s'estompe peu à peu.

Quand j'entre dans la cuisine pour me préparer un café, il a pratiquement disparu. J'éprouve le profond soulagement que procure un calmant vous libérant d'une migraine. Je commence à me détendre : tout va aller pour le mieux.

Avant de sortir, je vérifie mon look dans la glace (haut : River Island ; jupe : French Connection ; collants : Pretty Polly Velvets ; chaussures : Ravel) et prends mon manteau (solde de House of Fraser). À cet instant précis, du courrier glisse sous la porte. Je me baisse afin de le ramasser. Pour Suze, il y a une lettre manuscrite et une carte postale des Maldives. Pour moi, deux enveloppes à fenêtre inquiétantes, l'une émanant de Visa, l'autre de la banque Endwich.

Mon cœur cesse de battre. Pourquoi m'écrivent-ils encore ? Que veulent-ils ? Ne peuvent-ils pas me laisser tranquille ?

Je dépose soigneusement le courrier de Suze dans l'entrée et fourre mes deux lettres dans ma poche. Je les lirai en allant au bureau. Une fois dans le métro, je les ouvrirai et m'obligerai à en prendre connaissance, même si elles sont désagréables.

Telle est mon intention. Sincèrement. Je le jure !

Mais, en m'engageant dans la rue d'à côté, je tombe sur une benne, une énorme benne jaune, à moitié pleine. Les maçons qui vont et viennent y balancent des bouts de bois et de vieux tissus. Des tonnes de détritus, en vrac.

Une pensée insidieuse s'immisce dans mon esprit.

Je ralentis mon allure, puis je m'arrête et regarde la benne comme si les mots inscrits sur les parois me fascinaient. Je reste là, le cœur battant, jusqu'à ce que les ouvriers rentrent dans la maison. Personne en vue. D'un geste vif, je sors les deux lettres de ma poche et les laisse tomber sur le côté.

Pfuit. Envolées.

À ce moment-là, un maçon arrive avec deux sacs de gravats qu'il jette dans le container. Les voilà enterrées ! Personne ne les trouvera jamais.

Elles ont disparu pour de bon.

Je reprends ma route. Ma démarche est déjà plus légère et mon optimisme remonte en flèche.

La culpabilité cède très vite la place à l'innocence. Comment aurais-je pu lire ces lettres puisque je ne les ai jamais reçues ? En route vers la station de métro, je pense dur comme fer qu'elles n'ont jamais existé.

Arrivée au journal, j'allume mon ordinateur, ouvre un nouveau fichier et commence aussitôt mon article sur les retraites. Si je travaille d'arrache-pied, Philip risque de me donner une augmentation. Qui sait ? Je resterai tard tous les soirs, l'impressionnerai par mon dévouement et il réalisera à quel point je suis sous-estimée. Peut-être serai-je promue rédactrice assistante.

J'écris à toute vitesse : « De nos jours, nous ne pouvons pas compter sur le gouvernement pour s'occuper de nous quand nous serons âgés. En conséquence, nous devrions contracter un plan de retraite le plus tôt possible. L'idéal serait de le faire dès que l'on est salarié. »

— Bonjour Clare, lance Philip en pénétrant dans le bureau vêtu de son pardessus. Bonjour Rebecca.

Voilà le moment de l'impressionner.

— Bonjour Philip.

Au lieu de m'enfoncer confortablement dans mon siège en lui demandant des nouvelles de son week-end, je me retourne vers mon ordinateur et poursuis ma tâche. Je tape si vite que l'écran se couvre de fautes. Autant l'admettre, je suis une piètre dactylo.

« La meylleure ootion est soyvent pooposée par vootre sociiétz, mas si ce n'est oas possbile, un grand chhox de plaans de rertaites est dispoonible sur le marhcé, on en rtouve... » Je m'arrête, prends un dépliant sur les retraites et le feuillette comme si je recherchais une information cruciale.

— Vous avez passé un bon week-end, Rebecca ? s'enquiert Philip.

— Excellent, merci.

Je lève mes yeux de la brochure en feignant d'être surprise par cette interruption.

— Samedi, j'étais dans votre coin. Vers Fulham Road.

— Ah...

— C'est vraiment l'endroit à la mode, non ? Ma femme a lu un article là-dessus. Le quartier regorge de filles branchées, vivant de leurs rentes.

— Peut-être.

— C'est comme ça que l'on devrait vous appeler, déclare-t-il en s'esclaffant : « La fille branchée. »

Bon sang, mais qu'est-ce qu'il raconte ?

— C'est vrai, dis-je en lui souriant.

Après tout, c'est le patron. Il peut m'appeler comme bon lui...

Attendez une minute ! ATTENDEZ. Imagine-t-il que je suis riche ? Il ne pense tout de même pas que je touche une rente !

— Rebecca, il y a un appel pour toi. Un dénommé Tarquin, annonce Clare.

Philip m'adresse un sourire entendu, du style : « Vous voyez bien ! », puis il se dirige tranquillement vers son bureau. Je le suis du regard, frustrée. Tout va de travers. S'il me croit rentière, il ne m'accordera jamais d'augmentation.

Mais où a-t-il été chercher tout ça ?

— Becky, insiste Clare, en indiquant mon téléphone qui sonne.

Je décroche.

— Bonjour. Rebecca Bloomwood à l'appareil.

— Becky, dit Tarquin de sa voix haut perchée. (Il a l'air nerveux comme s'il s'était préparé à ce coup de fil depuis une éternité.) C'est si bon de t'entendre. J'ai beaucoup pensé à toi.

— Ah bon ?

Mon ton est peu amène. Je sais bien qu'il s'agit du cousin de Suze et tout et tout, mais franchement…

— Je… j'aimerais beaucoup passer plus de temps avec toi. Si on dînait ensemble ?

Que suis-je censée répondre ? Sa requête est si inoffensive. Ce n'est pas comme s'il me demandait : « Puis-je coucher avec toi ? » ou même « Puis-je t'embrasser ? » Refuser de dîner avec lui revient à déclarer : « Tu es insupportable au point qu'il m'est impossible de rester assise à la même table que toi pendant deux heures. »

Ce qui n'est pas loin de la vérité, mais je ne peux pas le lui *dire*. Et Suze s'est montrée tellement adorable avec moi ces derniers temps que, si je décline l'invitation de son Tarquin chéri, elle se vexera.

— Pourquoi pas ?

Je devrais manifester plus d'enthousiasme, je sais, ou être franche et lui avouer : « Tu ne me plais pas. » Mais je n'en ai pas le courage. Il est plus facile de dîner avec lui. Qu'est-ce que je risque ?

De toute façon, je n'irai pas. J'appellerai au dernier moment pour annuler. Facile.

— Je suis à Londres jusqu'à dimanche, dit Tarquin.

— Voyons-nous donc samedi soir. Juste avant ton départ.

— Dix-neuf heures, c'est bon ?

— Plutôt vingt heures.

— D'accord, vingt heures.

Il raccroche sans avoir fixé un lieu de rendez-vous. Puisque je n'ai pas l'intention de m'y rendre, ce n'est pas grave. Je soupire et recommence à taper.

« Il est préférable de consulter un expert qui vous offrira un conseil personnalisé et vous recommandera un plan de retraite approprié. Cette année, la nouveauté sur le marché… »

Je m'arrête pour prendre un prospectus. N'importe quel vieux dépliant fera l'affaire. « Le plan de retraite *Troisième Âge* de Sun Assurance qui… »

— Alors, ce type t'a demandé de sortir avec lui ?

— Oui.

Je ne peux m'empêcher de ressentir une petite pointe de triomphe car Clare Edwards ne connaît pas Tarquin. Elle doit l'imaginer très séduisant et spirituel.

— Nous nous voyons samedi soir, dis-je d'un ton détaché en poursuivant mon article.

— Je vois, déclare-t-elle en faisant claquer un élastique autour d'une pile de lettres. L'autre jour, Luke Brandon m'a demandé si tu avais un petit ami.

— Vraiment ? Quand… quand ça ?

— Je ne sais plus, il n'y a pas longtemps. J'assistais à un briefing à Brandon Communications.

— Et qu'as-tu répondu ?

— Que tu n'en avais pas. Il te plaît ?

— Bien sûr que non ! dis-je en levant les yeux au ciel.

Je dois cependant reconnaître que je retourne à mon clavier d'humeur plutôt joyeuse. Luke Brandon. Non qu'il m'attire mais tout de même. Luke Brandon. « Ce plan flexible offre les avantages d'une assurance vie ainsi qu'un montant forfaitaire disponible à la retraite. Prenons l'exemple d'une personne d'une trentaine d'années ayant investi cent livres par mois… »

Vous savez quoi ? C'est d'un ennui mortel. Je vaux mieux que ça.

Je mérite mieux que ce bureau merdique et ce boulot qui consiste à transformer un prospectus en article crédible. Je mérite un job plus intéressant. Ou mieux payé. Ou les deux.

Je m'arrête de taper et j'appuie mon menton entre mes mains. Je dois prendre un nouveau départ. Et si Elly avait raison ? Travailler dur ne me fait pas peur. Pourquoi ne pas structurer ma vie, aller voir un chasseur de têtes de la City et décrocher un boulot que tout le monde m'enviera ? Je toucherai un salaire colossal, disposerai d'une voiture de fonction et changerai de tailleur Karen Millen tous les jours. Fini les soucis d'argent !

L'euphorie me gagne. J'ai trouvé la solution. Je serai une…

— Clare, qui gagne le plus à la City ?

— Je ne sais pas, répond-elle en fronçant les sourcils. Peut-être les courtiers en opérations à terme.

Voilà. C'est ce que je vais devenir. Un courtier en opérations à terme. Facile.

C'est si facile que le lendemain matin, à dix heures, je me dirige nerveusement vers les bureaux de William Green, le meilleur chasseur de têtes de la City. En poussant la porte vitrée, j'aperçois mon reflet et ressens un frisson d'excitation. Est-ce bien moi ?

Un peu, oui ! Je porte mon tailleur noir le plus élégant, des collants et des talons hauts sans oublier l'indispensable *FT* glissé sous le bras. J'ai pris aussi mon attaché-case, un cadeau de Noël de ma mère dont je ne me suis jamais servi car il est trop lourd et que j'en ai oublié la combinaison. Depuis, impossible de l'ouvrir. Mais il est parfait pour le rôle et c'est ce qui compte.

Jill Foxton, la femme qui m'a donné rendez-vous, s'est montrée très sympathique au téléphone quand je lui ai expliqué que je voulais changer d'orientation professionnelle. Mon expérience a eu l'air de l'impressionner. J'ai aussitôt tapé un CV que je lui ai adressé par e-mail. Bien entendu, je l'ai enjolivé, mais cela fait partie du jeu, non ? Il faut se vendre. Et ça a marché ! Environ dix minutes après, elle me rappelait pour me demander de passer la voir : elle pensait avoir d'intéressantes perspectives d'avenir pour moi.

D'intéressantes perspectives d'avenir ! J'étais si excitée que j'avais du mal à tenir en place. Je suis allée voir Philip et lui ai déclaré que je voulais prendre un jour de congé pour emmener mon neveu au zoo. Il ne s'est douté de rien. J'aimerais voir sa tête quand il découvrira qu'en l'espace d'une nuit je me suis transformée en un courtier ambitieux.

— Bonjour, dis-je avec assurance à la réceptionniste. J'ai rendez-vous avec Jill Foxton. Mon nom est Rebecca Bloomwood.

— De…

Aïe ! Impossible de mentionner *Réussir votre épargne*, sinon Philip risquerait d'apprendre que je recherche un nouvel emploi.

— De… nulle part, finis-je par avouer en riant. Juste Rebecca Bloomwood. J'ai rendez-vous à dix heures.

— Bien. Asseyez-vous, je vous prie.

Je prends mon attaché-case et me dirige vers les fauteuils en tâchant de cacher ma nervosité. Je m'assois et, pleine d'espoir, parcours des yeux les magazines jonchant la table basse, mais il n'y a rien d'intéressant, seulement des publications dans le genre de *The Economist.* Je m'enfonce dans mon siège et observe les lieux. Avec sa fontaine au centre et son escalier en verre qui monte en spirale, ce hall d'entrée est impressionnant. Au loin, à des kilomètres, il y a plein d'ascenseurs dernier cri. Pas un ascenseur, ni deux, mais une dizaine. Mince alors ! Cet endroit doit être gigantesque.

— Rebecca ?

Une fille blonde en ensemble-pantalon clair surgit soudain devant moi. Bel ensemble. Très bel ensemble.

— Bonjour, Jill !

— Non. Je suis Amy, son assistante, répond-elle en souriant.

Waouh ! C'est cool d'envoyer son assistante chercher ses visiteurs pour montrer qu'on est trop important et occupé pour le faire soi-même. J'agirai de même avec la mienne quand je serai un courtier réputé et qu'Elly viendra déjeuner avec moi. Et pourquoi pas *un* assistant ? Nous tomberons follement amoureux l'un de l'autre ! Ce sera comme dans un film. La femme ambitieuse et le garçon mignon, mais sensible…

— Rebecca ? Vous êtes prête ? demande Amy, intriguée.

Je reviens sur terre.

— Bien sûr !

En lui emboîtant le pas, je regarde subrepticement son tailleur-pantalon et mes yeux tombent sur une discrète étiquette Emporio Armani. Pas possible ! Si les assistantes s'habillent en Armani, que porte Jill ? Du Dior haute couture ? J'adore déjà cet endroit.

Nous montons au sixième étage et empruntons d'interminables couloirs recouverts d'une épaisse moquette.

— Vous voulez donc être courtier en opérations à terme, déclare Amy après un moment.

— Oui. C'est ça.

— Vous avez déjà travaillé dans cette branche ?

— Vous savez, dans mes articles, j'ai traité la plupart des domaines financiers. Je pense donc avoir les compétences nécessaires, dis-je en souriant d'un air modeste.

— C'est très bien. Certaines personnes arrivent ici à court d'idées. Jill leur pose alors les questions de base et…

Elle fait un geste de la main. J'en ignore la signification, mais cela n'augure rien de bon.

— Je vois. Quelles sortes de questions ?

— Oh ! rien de bien inquiétant. Elle vous demandera probablement… Je ne sais pas. Des choses comme :

« Comment négociez-vous un marché fluctuant ? » Ou : « Quelle est la différence entre une mise de fonds ouverte et un OR ? » Ou encore : « Comment calculeriez-vous la date d'expiration d'un titre en opérations à terme ? » Les trucs courants.

Une voix intérieure me conseille de prendre mes jambes à mon cou, mais Amy vient de s'arrêter devant une porte de bois blond.

— Nous y voilà, indique-t-elle en souriant. Vous désirez un thé, ou un café ?

— Un café, merci.

J'ai envie de dire : « Un gin bien tassé. »

Amy frappe à la porte, l'ouvre et m'introduit en annonçant : « Rebecca Bloomwood ».

— Rebecca ! s'écrie une femme brune derrière un bureau.

Elle se lève pour venir me serrer la main.

À mon grand étonnement, Jill est loin d'être aussi bien habillée qu'Amy. Elle est vêtue d'un tailleur bleu plutôt mémère et chaussée de banals escarpins. Peu importe, c'est elle qui commande. Et son bureau est assez incroyable.

— Je suis enchantée de vous rencontrer, déclare-t-elle en me désignant un fauteuil. Autant vous l'avouer sans détours, votre CV m'a extrêmement impressionnée.

— C'est vrai ?

Cela commence bien. *Extrêmement impressionnée.* Du coup, elle ne tiendra peut-être pas compte du fait que je sois incapable de répondre à ses questions.

— Vos aptitudes linguistiques, en particulier, ajoute Jill. Remarquable. Vous semblez faire partie de ces oiseaux rares qui excellent dans toutes les matières.

— Mon français se limite à la conversation courante. « Voici la plume de ma tante », ce genre de chose.

Jill a un rire approbateur.

— Mais le finnois ! s'exclame-t-elle en prenant la tasse de café placée devant elle. Reconnaissez que c'est inhabituel.

Je lui adresse un sourire éblouissant en espérant que nous allons changer de sujet. J'ai marqué « maîtrise parfaite du finnois » car j'ai pensé que « français parlé » faisait un peu perdu tout seul. Après tout, qui parle finnois ? Personne.

— Et vos connaissances financières, poursuit-elle en attirant mon CV vers elle. Au cours de votre carrière de journaliste, vous avez couvert des domaines très variés. Notamment, qu'est-ce qui vous attire dans les produits dérivés ?

De quoi parle-t-elle ? Ah ! oui, les dérivés. Ce sont des opérations à terme, si je ne m'abuse.

— Eh bien…, dis-je avec assurance.

Je suis interrompue par Amy qui entre avec une tasse de café.

— Merci.

Je relève la tête. Pourvu que l'on passe à autre chose. Mais Jill attend toujours ma réponse.

— À mon avis, les opérations à terme *représentent* le futur. Ce secteur offre de nombreux défis et je pense…

Qu'est-ce que je pense, au fait ? Devrais-je mentionner au passage les OR ou les dates d'expiration ? Mieux vaut s'abstenir.

— Je crois que ce secteur me correspondrait parfaitement.

— Je vois, approuve Jill Foxton en se renversant dans son siège. La raison pour laquelle je vous pose ces questions est qu'il y a un poste dans la banque qui pourrait vous convenir tout aussi bien. Qu'en pensez-vous ?

Un poste dans la banque ? Est-elle sérieuse ? M'a-t-elle trouvé un travail ? Ce n'est pas vrai !

— Eh bien, je n'y verrais aucun inconvénient, dis-je en essayant de contrôler mon enthousiasme. Je regretterai les opérations à terme, mais la banque, ce n'est pas mal non plus, n'est-ce pas ?

Jill éclate de rire. Elle croit que je plaisante.

— Le client, une banque étrangère de premier plan, recherche une nouvelle recrue pour la division des créances financières de sa filiale de Londres.

— Oui.

— Maîtrisez-vous les principes européens d'arbitrage direct ?

— Absolument ! J'ai écrit un article sur ce sujet l'an dernier.

Quel était le mot, déjà ? Arbi-quelque chose.

— Je ne veux pas vous forcer la main... si vous désirez un réel changement d'orientation professionnelle, ce poste vous ira comme un gant. Il y aura un entretien, bien sûr, mais il ne devrait poser aucun problème. Et je serai en mesure de vous négocier un contrat très intéressant, ajoute-t-elle d'un air complice.

— Vraiment ?

Voilà soudain que j'ai du mal à respirer. Elle va négocier un contrat très intéressant. Pour moi !

— Mais oui. Vous devez réaliser que vous faites partie des exceptions. Vous savez, hier, quand j'ai reçu votre CV, j'ai vraiment poussé des cris de joie. Rendez-vous compte, *la coïncidence* ! poursuit-elle sur le ton de la confidence.

— En effet, dis-je en levant vers elle un visage rayonnant.

C'est fantastique ! Mon rêve se réalise. Je vais être un banquier. Et pas n'importe lequel. Un banquier de premier plan !

— Alors, déclare Jill d'un air désinvolte, si nous allions rencontrer votre nouvel employeur ?

— Quoi ?

Un sourire se dessine sur ses lèvres.

— Je ne voulais pas vous en parler avant de vous rencontrer. Mais le directeur du recrutement de la banque de

Helsinki se trouve dans nos bureaux pour rencontrer notre P.-D.G. Je suis sûre qu'il va vous adorer. L'affaire peut même être réglée cet après-midi.

— Parfait !

Ha ! ha ! ha ! Je vais être un banquier.

Ce n'est qu'à mi-chemin du couloir que ses paroles commencent à prendre un sens. La banque de Helsinki.

Cela ne signifie pas… Elle n'espère sans doute pas…

— J'ai hâte de vous entendre tous les deux bavarder en finnois, dit Jill, tandis que nous montons un étage. C'est une langue que j'ignore du tout au tout.

Oh ! mon Dieu. Non !

— J'ai toujours été nulle en langues, me confie-t-elle, très à l'aise. Je ne suis pas douée dans ce domaine. Pas comme vous !

Je lui lance un sourire éclatant et continue à marcher sans faire le moindre faux pas, mais mon cœur bat à tout rompre. Bon sang, que faire ?

Nous nous engageons dans un autre couloir. Je ne m'en sors pas mal. Tant que nous continuons à marcher, je suis O.K.

— Le finnois est une langue difficile à apprendre ?

— Pas vraiment. Mon… mon père est à moitié finlandais, dis-je d'une voix éraillée.

— J'imaginais une situation de ce genre. Après tout, ce n'est pas une langue enseignée à l'école, déclare-t-elle avec un petit rire jovial.

Tout baigne pour elle, me dis-je avec colère. On ne lui a pas signé son arrêt de mort. Quelle angoisse ! Les personnes que nous croisons me dévisagent avec curiosité. Elles ont l'air de penser : « Alors, c'est vous qui parlez finnois ! »

Pourquoi ai-je écrit que je le maîtrisais parfaitement ? *Pourquoi ?*

— Ça va ? s'enquiert Jill. Pas trop nerveuse ?

— Absolument pas !

Peut-être est-ce jouable. Ce type ne va tout de même pas mener tout ce fichu entretien en finnois ? Il se contentera de lancer : « Haåll... » et je répondrai : « Haåll... », puis j'enchaînerai aussitôt en déclarant : « Vous savez, mon finnois technique est un peu rouillé, ces temps-ci. Cela ne vous dérangerait pas que l'on poursuive en anglais ? Et...

— Nous sommes presque arrivées.

— Parfait.

Je resserre ma main moite autour de la poignée de mon attaché-case. Mon Dieu. Faites quelque chose. S'il vous plaît...

— C'est ici ! s'écrie-t-elle en s'arrêtant devant une porte indiquant : SALLE DE CONFÉRENCE. Elle tape deux fois puis entre dans la pièce. Un nombre impressionnant de personnes sont assises autour d'une table. Toutes se tournent vers moi et me regardent.

— Jan Virtanen. Je vous présente Rebecca Bloomwood.

Un homme barbu se lève avec un large sourire. Il me tend la main.

— Neiti Bloomwood ! On Oikein hauska tavata. Pitääkö paikkansa että teillä on jonkinlainen yhteys Suomeen ?

Je demeure sans voix, les joues en feu. Tout le monde attend ma réponse.

— Je... heu... heu... Haållø !

Je lève ma main en un petit geste amical et souris à l'assemblée.

Tous les visages restent de marbre.

— Heu... Il faut que..., dis-je en battant en retraite. Que je...

Et je m'enfuis à toutes jambes.

11

J'arrive dans le hall d'entrée, haletante. Vu le véritable marathon que je viens de courir le long d'interminables couloirs pour sortir de cet endroit, rien d'étonnant. Je descends la dernière volée de marches (je ne pouvais pas me risquer dans les ascenseurs par crainte d'y rencontrer la brigade finlandaise), puis m'arrête pour reprendre mon souffle. Je tire sur ma jupe, fais passer mon attaché-case d'une main moite à l'autre et commence à traverser le hall en direction de la porte comme si je sortais d'un rendez-vous ordinaire. Je regarde droit devant moi, en m'interdisant de penser que j'ai anéanti toutes mes chances de devenir l'un des meilleurs banquiers de la City. Mon seul objectif est d'atteindre la porte vitrée et de quitter les lieux avant d'être…

— Rebecca ! s'écrie une voix derrière moi.

Merde ! Ils m'ont eue.

— Haållø, fais-je, la gorge serrée, en me retournant. Haåll… Oh… Hello.

C'est Luke Brandon.

Il se tient devant moi et me contemple de son regard si énigmatique.

— Je ne pensais pas vous rencontrer dans un endroit pareil. Vous cherchez un travail dans la City ?

Et pourquoi pas ? Pense-t-il que je ne suis pas assez intelligente ?

— J'envisage un changement de carrière. Peut-être dans le secteur bancaire. Ou comme courtier d'opérations à terme.

— Vraiment ? C'est dommage.

Que veut-il dire ? Pourquoi est-ce dommage ? Ses yeux noirs rencontrent les miens et je ressens un petit pincement au cœur. Soudain, les paroles de Clare me traversent l'esprit. *Luke Brandon m'a demandé si tu avais un petit ami.*

— Et vous ? Que faites-vous ici ?

— J'effectue des recrutements. Ils sont très efficaces. Inhumains, mais efficaces.

Il hausse les épaules puis regarde mon attaché-case.

— Vous ont-ils trouvé quelque chose ?

— J'ai... Pas mal de possibilités s'offrent à moi. Je réfléchis à ma prochaine démarche.

Qui, pour être franche, consiste à prendre directement la porte.

— Je vois, dit Luke. Êtes-vous en congé ?

— Oui. Bien sûr.

Qu'imagine-t-il ? Que j'ai quitté le journal en prétextant une conférence de presse ?

Après tout, ce n'est pas une mauvaise idée. Je pourrais tenter le coup la prochaine fois.

— Et qu'avez-vous de prévu maintenant ?

Ne dites jamais « rien ».

— Eh bien, j'ai à m'occuper de pas mal de choses. Des coups de fil à passer, des gens à voir...

— Alors, je ne vais pas vous retarder. Bonne chance pour votre boulot.

— Merci, dis-je en lui adressant un sourire professionnel.

Il s'en va et je reste plantée là avec mon vieil attaché-case, un peu dépitée. J'attends qu'il ait disparu pour me diriger à mon tour vers la sortie. Une fois dans la rue, je m'arrête, indécise. J'avais projeté de passer la journée au téléphone pour parler à tout le monde de mon nouvel emploi génial de courtier. À la place… Bon. N'y pensons plus.

Quoi qu'il en soit, je ne peux pas rester devant William Green toute la journée. Les gens vont imaginer que je fais partie d'une installation d'art contemporain. Je finis par me mettre en route. Dès que je tomberai sur une station de métro, j'aviserai. Parvenue à un carrefour, j'attends que le feu passe au rouge quand un taxi s'arrête à ma hauteur.

— Je sais que vous êtes une femme débordée.

Je redresse la tête, stupéfaite. Luke Brandon est penché à la fenêtre du taxi. Une lueur malicieuse éclaire ses yeux noirs.

— Mais si vous avez une demi-heure à perdre, ça vous dirait de faire un peu de shopping ?

Cette journée est irréelle. Tout à fait irréelle.

Je monte dans le taxi, pose mon attaché-case par terre et m'assois en lançant un regard nerveux à Luke. Je regrette déjà ma décision. Et s'il me pose une question sur les taux d'intérêt ? Ou s'il désire s'entretenir de la Bundesbank ou des perspectives de croissance des États-Unis ? Mais il se contente d'indiquer au chauffeur : « Chez Harrods, je vous prie. »

Au moment où nous démarrons en trombe, je ne peux m'empêcher de sourire. C'est si cool. Moi qui croyais rentrer à la maison, seule et misérable, me voilà en route pour Harrods, aux frais de la princesse.

J'observe par la fenêtre les rues bondées. Nous sommes en mars, mais quelques panneaux « Soldes » datant du mois de janvier subsistent encore dans certaines vitrines. Je fouille du regard les étalages à la recherche d'affaires que j'aurais ratées. Le taxi marque un temps d'arrêt devant une filiale de la banque Lloyds. Je jette un coup d'œil vague aux clients qui font la queue à l'intérieur.

— Vous savez quoi ? Les banques devraient organiser des soldes en janvier comme tout le monde.

Je lève les yeux. Luke a l'air de beaucoup s'amuser.

— Les banques ?

— Pourquoi pas ? dis-je sur la défensive. Pendant un mois, ils baisseraient leurs prix. Tout comme les sociétés de crédit immobilier. En vitrine, de grandes affiches indiqueraient : « Prix sacrifiés. »

Je reste pensive un moment.

— Ou alors, ils organiseraient des soldes en avril, à la fin de l'année fiscale. Les organismes d'investissement pourraient s'y mettre aussi. « – 50 % sur un éventail sélectionné de portefeuilles. »

— Des soldes de SICAV, renchérit Luke Brandon. Remises sur tous les droits d'entrée.

— Absolument. Personne ne peut résister à un rabais. Même les gens riches.

Le taxi redémarre et je remarque une femme vêtue d'un splendide manteau blanc. Où l'a-t-elle déniché ? Peut-être chez Harrods. Et si j'en achetais un ? Tout l'hiver, je ne porterais que du blanc. Un manteau blanc comme neige avec une toque de fourrure blanche assortie. Les gens m'appelleront « la fille au manteau blanc ».

Quand je me retourne, je vois Luke noter quelques lignes dans un petit carnet. Il redresse la tête.

— Rebecca, envisagez-vous sérieusement de quitter le journalisme ?

À vrai dire, j'avais oublié ce sujet.

— Je ne sais pas. Peut-être.

— Et vous pensez que le secteur bancaire vous conviendrait mieux ?

— Qui sait ? dis-je, déconcertée par le ton de sa voix.

Il n'a pas à s'en faire, lui, ni à s'inquiéter pour son avenir. Il possède sa propre société évaluée à plusieurs millions de livres. Pour ma part, je ne possède que mon découvert s'élevant à plusieurs milliers de livres !

— Elly Granger quitte *L'Investisseur Hebdo*. Elle entre chez Wetherby comme gestionnaire de portefeuilles.

— Je suis au courant, déclare-t-il. Mais vous n'avez rien à voir avec Elly Granger.

Ce commentaire m'intrigue. Si je ne ressemble pas à Elly, à qui est-ce que je ressemble ? À une personne détendue et raffinée comme Kristin Scott Thomas ?

— Vous avez de l'imagination, ajoute Luke. Elle, non.

Waouh ! Luke Brandon pense que j'ai de l'imagination. Mince alors ! Voilà qui est plutôt flatteur. « Vous avez de l'imagination. » J'aime ça. À moins que…

Une minute. Est-ce une façon polie de dire que je suis stupide ? ou menteuse ? Peut-être essaie-t-il de me faire comprendre que tous mes articles sont bidon ?

Je ne sais plus si je dois me réjouir ou pas.

Pour cacher mon embarras, je regarde par la fenêtre. Nous sommes arrêtés à un feu rouge. Une femme obèse vêtue d'un jogging de velours rose tente de traverser la rue. Elle est surchargée de courses et tient un petit chien ridicule. À intervalles réguliers, elle laisse échapper un de ses paquets, qu'elle rattrape en déposant un autre sac par terre. C'est si énervant que j'ai envie d'aller l'aider. Soudain, elle en fait tomber un. Il s'ouvre et trois énormes pots de glace roulent sur la chaussée.

Ne rigole pas, me dis-je. Sois adulte. Je serre les dents, mais ne peux m'empêcher de glousser.

Du coin de l'œil, je vois Luke s'efforcer aussi de rester sérieux.

La femme se met à descendre la rue en courant pour rattraper ses emplettes, talonnée par son toutou. C'est parti.

J'éclate de rire. Et quand le chien qui a dépassé sa maîtresse essaie d'arracher le couvercle d'un des pots avec ses dents, je crois mourir. Je regarde Luke et n'en reviens pas. Il pleure de rire. J'étais persuadée que Luke Brandon ne riait jamais.

— Je sais qu'on ne doit pas se moquer des gens. Mais…

— Ce chien ! s'étrangle Luke. Ce satané chien !

— Cette tenue !

Le taxi démarre et nous dépassons la femme obèse, penchée sur ses pots de glace, son énorme derrière rose pointé en l'air.

— Les joggings de velours rose devraient être interdits.

— Je suis tout à fait de votre avis, dit Luke le plus sérieusement du monde. Les joggings de velours rose sont dorénavant interdits. Ainsi que les cravates.

— Et les slips, dis-je sans réfléchir.

Je sens mon visage s'empourprer. Comment puis-je parler de slips devant Luke Brandon ? J'enchaîne aussitôt :

— Et le pop-corn au caramel.

— D'accord, déclare Luke. Nous interdisons donc les joggings de velours rose, les cravates, les slips, le pop-corn au caramel…

— Et les clients qui n'ont pas la monnaie, intervient le chauffeur de taxi.

— Très bien, approuve Luke en haussant les épaules. Les clients qui n'ont pas la monnaie.

— Et ceux qui vomissent. Ce sont les pires.

— O.K…

— Ceux aussi qui ne savent pas où ils vont.

Nous échangeons des coups d'œil avec Luke. Mon fou rire me reprend.

— J'allais oublier les clients qui ne sont pas foutus de parler notre langue. Y vous rendent dingue.

— En définitive… la plupart des clients, commente Luke.

— Comprenez-moi bien, explique le chauffeur, je n'ai rien contre les étrangers…

Il s'arrête devant Harrods.

— Nous y voilà. Vous allez faire du shopping ?

— C'est exact, confirme Luke en sortant son portefeuille.

Je lui lance un regard interrogateur. Il n'a pas précisé ce que nous allions acheter. Des vêtements ? Un nouvel après-rasage ? Devrai-je sentir sa joue pour l'aider à choisir ? (Ma foi, je n'y verrais pas d'inconvénient.) Un meuble ? Un nouveau bureau ? (Ce serait barbant !)

— Une valise, répond-il en tendant un billet de dix livres au chauffeur. Gardez la monnaie.

Des valises, des sacs de voyage, des fourre-tout… Déconcertée, je flâne dans le rayon en admirant les bagages Louis Vuitton et les sacs en box. Pourquoi diable ne me suis-je encore jamais intéressée aux bagages ?

Je m'explique. Depuis des années, je fonctionne selon un cycle informel de shopping. Un peu similaire au système de rotation des cultures agricoles. Mais au lieu de blé-maïs-orge-jachère, le mien correspond à vêtements-maquillage-chaussures-vêtements (en général, je fais l'impasse sur la jachère.) Le shopping ressemble beaucoup à l'exploitation d'un champ. Il est indispensable de varier ses achats, sinon l'ennui vous gagne et le plaisir n'est plus au rendez-vous.

Et moi qui croyais pratiquer un shopping diversifié ! J'étais convaincue de couvrir tous les domaines. À vrai dire, j'étais presque blasée. Mais en réalisant ce que j'ai raté, tout ce dont je me suis privée, je suis bouleversée. Toutes ces malles, ces sacoches, ces boîtes à chapeau monogrammées… Les jambes molles, je me dirige dans un coin du rayon et m'assois sur un socle recouvert de moquette près d'un vanity-case en cuir rouge.

Une telle lacune ! J'en suis sidérée. Comment ai-je pu vivre en *ignorant un secteur entier d'articles* ?

— Qu'en pensez-vous ? demande Luke en arrivant vers moi. Vous avez vu quelque chose de bien ?

J'ai l'impression d'être une fumiste. S'il avait voulu une belle chemise blanche, une écharpe en cachemire ou une crème pour les mains, j'aurais été capable de le conseiller et même de lui donner les prix. Mais les bagages ! Je suis une débutante en bagages.

— Eh bien, dis-je pour gagner du temps. Cela dépend. Elles sont toutes magnifiques.

— C'est vrai, approuve-t-il en suivant mon regard. Mais si vous deviez acheter une de ces valises, laquelle choisiriez-vous ?

Impossible de bluffer.

— En fait, ce n'est pas mon rayon.

— Le shopping ? demande Luke, incrédule.

— Les bagages. Je n'y ai jamais consacré beaucoup de temps. J'aurais dû, mais…

— Peu importe ! En tant que profane, laquelle préférez-vous ?

Voilà qui est différent.

— Hmm. Allons les voir de plus près.

Nous nous amusons comme des fous. Nous alignons huit valises et les notons en fonction de leur beauté, de leur poids, de la qualité de leur doublure, de la quantité de poches intérieures et de l'efficacité des roulettes. (Je les ai testées en traversant le rayon. Écœuré, le vendeur nous a alors laissés tranquilles.) Ensuite, nous avons vérifié s'ils avaient des fourre-tout assortis que nous avons aussi notés.

Luke semble n'accorder aucune importance au prix. Tant mieux, car ceux-ci sont astronomiques, et à première vue si effrayants qu'ils m'ont donné envie de partir en courant. Toutefois, il est étonnant de constater que 1 000 livres peuvent finir par sembler une somme très raisonnable pour une valise, surtout quand une malle estampillée Louis Vuitton coûte dix fois plus. Au bout d'un moment, j'envisage sérieusement d'investir dans une valise de qualité pour remplacer mon vieux sac de voyage en toile.

Mais aujourd'hui, c'est le jour de shopping de Luke. Pas le mien. Et, chose étrange, il est presque plus drôle de sélectionner un article quand il n'est pas pour soi. À la fin, nous limitons notre choix à une valise de cuir vert foncé aux merveilleuses roulettes escamotables et à une autre en box beige très pâle, un peu plus lourde, mais qui possède une superbe doublure de soie. Elle est si belle que je n'arrive pas à en détacher mes yeux. Le fourre-tout et le vanity-case assortis sont aussi beaux. À sa place, je…

C'est à Luke de décider. Nous nous asseyons par terre, côte à côte, et les comparons.

— La verte serait plus pratique, argumente Luke.

— Je suppose, dis-je sans m'engager.

— Elle est légère et les roulettes sont plus commodes.

— Mmm.

— La beige s'abîmera très vite. Le vert est une couleur moins délicate.

Je fais un signe de tête affirmatif.

Il me lance un regard interrogateur et déclare :

— Bon. Notre choix est fait.

Toujours assis par terre, il appelle le vendeur.

— Monsieur ?

— Je désire acheter cette valise beige.

— Oh ! Vous prenez celle que je préfère, dis-je, ravie.

— C'est normal. Si l'on se donne la peine de demander un conseil, il faut le suivre ! déclare Luke en se relevant et en époussetant son pantalon.

— Je ne vous ai pourtant pas indiqué laquelle…

— Inutile. Vos « mmm » vous ont trahie, affirme-t-il en me tendant la main pour m'aider à me relever.

Le contact de sa main, d'une fermeté surprenante, est loin d'être désagréable. J'aime aussi son parfum. Un après-rasage que je ne connais pas. Pendant un moment, nous restons silencieux.

— Bon. Je dois aller payer.

— Oui. Oui, bien sûr, dis-je, ridiculement nerveuse.

Il se dirige vers la caisse et parle avec le vendeur. Je vais l'attendre à côté d'un étalage de sacs en cuir, un peu mal à l'aise. Les courses sont terminées. Que va-t-il se passer ensuite ?

Eh bien, nous prendrons congé l'un de l'autre de façon bien élevée. Luke doit sans doute retourner à son bureau. Il ne peut pas passer sa journée à faire du shopping. S'il me demande quel est mon programme, je prétendrai avoir une réunion importante.

— Voilà, c'est fait. Rebecca, je vous suis très reconnaissant pour votre aide.

— Super ! Maintenant, il faut que…

— Je me demandais, m'interrompt Luke, aimeriez-vous déjeuner ?

C'est une journée idéale. Shopping chez Harrods et déjeuner chez Harvey Nichols. Peut-on rêver mieux ? Nous montons directement au restaurant du quinzième étage et Luke commande une bouteille de vin blanc frais. Il lève son verre pour porter un toast.

— Aux bagages, déclare-t-il en souriant.

— Aux bagages !

Je bois une gorgée de vin. Il est sublime. Luke consulte son menu et moi le mien, mais je n'en lis pas un mot. Enveloppée d'une douce torpeur, j'observe avec plaisir toutes les femmes élégantes qui entrent, prenant mentalement note de leur tenue. Où cette fille a-t-elle trouvé ces bottes roses ? Puis je songe à la carte de Luke. Se montrait-il amical ou cherchait-il à me signifier autre chose ?

J'avale une nouvelle gorgée de vin. Une bonne lampée pour être plus exacte. Puis, je repose mon verre, compte jusqu'à cinq et déclare d'un ton détaché :

— Merci pour votre carte.

— Quoi ? demande-t-il en levant les yeux. Ah ! oui. C'était très agréable de vous rencontrer ce soir-là.

— Cet endroit se prête aux rencontres.

À peine ai-je prononcé ces mots que je me sens rougir. Mais Luke se contente de sourire en acquiesçant.

— Qu'avez-vous choisi ?

— Je... Je vais... prendre des croquettes de poisson et une salade, finis-je par dire en lisant le menu à toute vitesse.

Zut. Je m'aperçois qu'ils ont des calmars. J'aurais dû en prendre. Trop tard.

— Merci encore de m'avoir accompagné. Il est toujours bon d'avoir un autre avis.

— Pas de problème ! J'espère que vous serez content de cette valise.

— Oh ! elle n'est pas pour moi. C'est un cadeau pour Sacha, ajoute-t-il après un temps d'arrêt.

— Ah... Qui est Sacha ? Votre sœur ?

— Ma petite amie, répond Luke en se tournant pour faire signe à un serveur.

Je le dévisage, pétrifiée.

Sa petite amie. Je l'ai aidé à choisir une valise pour sa petite amie.

Mon appétit s'est envolé. Je n'ai plus rien à faire ici. L'état de béatitude dans lequel je me trouvais se dissipe peu à peu. Luke Brandon a une fiancée. Bien sûr ! Une fille élégante et belle aux ongles manucurés appelée Sacha qui voyage dans le monde entier avec des valises de luxe. Quelle idiote ! J'aurais dû deviner qu'il existait une Sacha. C'était évident.

À la réflexion, ce n'était pas si évident que ça.

De toute la matinée, Luke ne l'a pas évoquée une seule fois. Pourquoi n'avoir pas dit que cette valise lui était destinée ? Chez Harrods, pourquoi m'a-t-il laissée m'asseoir par terre à côté de lui et a-t-il ri aux éclats quand je marchais de long en large pour tester les roulettes ? Si j'avais su la vérité, je ne me serais pas conduite de cette façon. Et il le savait, bien entendu.

Je sens un froid glacial m'envahir.

— Ça va ? demande Luke en se retournant.

— Non, ça ne va pas. Vous ne m'aviez pas dit que cette valise était pour votre petite amie. Vous n'aviez d'ailleurs pas pris la peine de m'informer que vous en aviez une.

Voilà. C'est sorti. J'ai complètement perdu mon sang-froid, mais ça m'est égal.

— Je vois.

Il prend un morceau de pain qu'il se met à émietter entre ses doigts.

— Sacha et moi sommes ensemble depuis quelque temps déjà. Je suis désolé si j'ai donné… une autre impression.

Il me traite avec condescendance. C'est insupportable.

— Là n'est pas la question, dis-je en devenant rouge comme une pivoine. Tout…. tout est faussé.

— Faussé ? reprend-il en souriant.

— Vous auriez dû me prévenir. Les choses auraient été… différentes.

Luke me regarde comme si j'étais folle.

— Rebecca, vous prenez la situation trop à cœur. Je voulais votre avis sur une valise. Un point, c'est tout.

— Allez-vous raconter à votre petite amie que vous m'avez demandé conseil ?

— Bien sûr ! s'écrie-t-il en riant. Je pense que ça l'amusera beaucoup.

Je suis mortifiée. J'ai la gorge serrée. Un poids énorme pèse douloureusement sur ma poitrine. Amusée ! Sacha sera amusée quand il lui parlera de moi !

On le serait à moins. Qui ne trouverait pas désopilant l'histoire d'une fille qui passe sa matinée à faire les cent pas chez Harrods pour choisir une valise destinée à une autre ? Une fille si stupide qu'elle croyait que Luke Brandon était amoureux d'elle.

J'avale ma salive avec difficulté, humiliée au plus profond de moi-même. Pour la première fois, je réalise comment Luke Brandon me voit. Comment ils me voient tous. Je suis la comique de service. La tête de linotte qui ne pige rien à rien et divertit la galerie. Celle qui ignorait la fusion entre SBG et la banque Rutland, celle que personne ne prend au sérieux. Pourquoi Luke m'aurait-il avertie ? Je n'en vaux pas la peine. Il m'a invitée à déjeuner car il a une heure à perdre. Il espère sans doute que je vais le distraire, en laissant tomber ma fourchette par exemple, facétie dont il se moquera une fois de retour au bureau.

— Désolée, dis-je d'une voix tremblante. Je n'ai pas le temps de déjeuner.

— Rebecca, ne soyez pas stupide ! Je croyais que vous étiez au courant pour ma fiancée. Restons amis, voulez-vous ?

J'ai envie de le gifler.

— Non. C'est impossible. Les amis se témoignent du respect. Et vous ne me respectez pas, Luke. Je suis une sorte de bouffon. Une nullité. Sachez que… que ce n'est pas le cas.

Et avant qu'il puisse répondre, je me lève et me faufile vers la sortie, les yeux noyés de larmes.

PGNI FIRST BANK VISA
7 Camel Square
Liverpool L1 5NP

Mademoiselle Rebecca Bloomwood
Apt 2
4 Burney Road
Londres SW6 8FD

Le 20 mars 2000

Chère Mademoiselle Bloomwood,

PGNI First Bank Carte Visa nº 1475839204847586

Nous accusons réception de votre règlement de 10,00 £.

Comme je vous l'ai signalé à plusieurs reprises, le paiement minimum exigé s'élève à 105,40 £.

En conséquence, votre compte indique un solde débiteur de 95,40 £, montant que je vous prie de m'adresser le plus rapidement possible.

Si ce règlement n'est pas effectué sous huitaine, je me verrai dans l'obligation de prendre les mesures nécessaires.

Veuillez agréer, Mademoiselle Bloomwood, l'expression de mes sentiments distingués.

Peter Johnson
Directeur des Comptes Clients

BANK OF LONDON
London House
Mill Street EC3R 4DW

Mademoiselle Rebecca Bloomwood
Apt 2
4 Burney Road
Londres SW6 8FD

Le 20 mars 2000

Chère Mademoiselle Bloomwood,

Imaginez...

Comment votre vie serait transformée par un prêt personnel.

Vous pourriez vous offrir une nouvelle voiture. Aménager votre intérieur. Acheter un bateau pour profiter pleinement de vos week-ends. Ou simplement avoir la conscience tranquille en sachant que toutes vos factures seront réglées sans que vous ayez à y penser...

La Bank of London vous propose des prêts permettant de réaliser la plupart de vos rêves. Alors n'attendez pas ! Choisissez la vie que vous méritez.

Avec le prêt Easifone de la Bank of London, vous n'avez même pas à remplir de formulaire. Il vous suffit d'appeler un de nos opérateurs disponibles 24 h sur 24 au : 0100 45 46 47 48

Et nous nous occupons du reste.

Imaginez...

En espérant avoir bientôt de vos nouvelles, nous vous prions d'agréer, Mademoiselle Bloomwood, l'expression de nos sentiments distingués.

Sue Skepper
Directrice Marketing

P.-S. : Pourquoi différer ?
Appelez dès maintenant le 0100 45 46 47 48. Rien de plus facile.

12

Je reprends le chemin de la maison, triste et abattue. Les super jobs dans la banque et la virée chez Harrods avec Luke Brandon semblent à des années-lumière. La réalité ne se résume pas à se promener en taxi à Knightsbridge ni à choisir des valises à 1 000 livres. La réalité a la tête d'un minuscule appartement qui sent encore le curry, une pile de lettres désagréables de la banque et aucune solution en vue.

Je tourne la clé dans la serrure. Dès que j'ouvre la porte, j'entends Suze crier :

— Bex ? C'est toi ?

— Oui. Où es-tu ?

— Là.

Le visage tout rouge et les yeux brillants, elle apparaît à l'entrée de ma chambre.

— Tu sais quoi ? J'ai une surprise pour toi !

— Ah ! bon ?

Je pose mon attaché-case par terre. La surprise de Suze ne me dit rien. Elle aura changé mon lit de place ou une bêtise de ce style. Tout ce dont j'ai envie, c'est m'asseoir avec une tasse de thé et grignoter quelque chose. Je n'ai toujours pas déjeuné.

— Viens voir. Non… D'abord, ferme les yeux. Je vais te guider.

— D'accord.

Je la suis à contrecœur. Elle me prend la main. Nous traversons le couloir et, au moment de pénétrer dans ma chambre, je ne peux m'empêcher de frémir d'impatience. C'est plus fort que moi. Je me laisse toujours prendre à ce genre de truc.

— Talala ! Ouvre les yeux maintenant !

Je parcours la pièce du regard. Qu'est-ce que Suze a encore inventé ? En tout cas, elle n'a pas repeint les murs ou changé les rideaux et mon ordinateur est bien éteint. Alors qu'a-t-elle…

Et là, je les vois. Sur mon lit. Des piles et des piles de cadres rembourrés. Tous parfaits, sans coins de travers et avec le galon collé comme il faut. Incroyable ! Il y en a au moins…

— Il y en a cent, annonce Suze avec fierté. Je terminerai le reste demain. Ne sont-ils pas super ?

Je me retourne et la dévisage, médusée.

— C'est… c'est toi qui as fait tout ça ?

— Mais oui ! Une fois que tu prends le rythme, c'est facile. Je les ai assemblés devant *Morning Coffee*[1]. Quel dommage que tu ne l'aies pas regardé ! Ils ont reçu plein de coups de fils passionnants d'hommes aimant s'habiller en femme ! Il y avait ce type…

— Une minute, Suze. Je ne comprends pas. Tu as dû y passer un temps fou. Pourquoi… pourquoi t'es-tu donné la peine…

— Eh bien, tu n'avais pas l'air de t'en sortir. J'ai voulu t'aider, déclare-t-elle gentiment.

— M'aider ?

1. Émission de télévision alternant interviews, reportages et variétés. Les téléspectateurs peuvent poser des questions par téléphone.

— Je finirai le reste demain et ensuite j'appellerai le service de livraison. Tu sais, ce système est vraiment au point. Tu n'as pas à les poster. Ils passent les prendre. Ensuite, ils t'envoient un chèque. Tu toucheras 284 livres. Pas mal, non ?

— Que veux-tu dire par : ils m'enverront un chèque ?

Suze me regarde comme si j'étais stupide.

— Bex, ce sont tes cadres.

— Mais c'est toi qui les as assemblés ! C'est à toi d'empocher l'argent.

— Je les ai faits pour toi ! s'écrie-t-elle. Pour que tu gagnes les trois cents livres qui te manquent.

La gorge serrée, je m'assois lentement sur le lit. Je prends un cadre et passe mon doigt sur le tissu. Il est parfait. Il se vendrait chez Liberty sans problème.

— Suze, c'est ton argent. Pas le mien. Désormais, ce projet t'appartient.

— C'est là que tu te trompes. J'ai mon propre projet, déclare-t-elle, triomphante.

Elle s'approche et plonge sa main derrière le lit. Elle en sort un cadre qui n'a rien à voir avec les autres. En fausse fourrure argentée, il est décoré de petits pompons dans les coins et le mot « Ange » apparaît en lettres roses tout en haut. C'est le summum du kitsch.

— Il te plaît ? demande-t-elle avec nervosité.

— Je l'adore ! dis-je en le lui arrachant des mains pour l'examiner de plus près. Où l'as-tu trouvé ?

— Nulle part. Je l'ai fabriqué.

— Quoi ?

— Oui. En regardant *Neighbours*[1]. C'était horrible : Beth a tout découvert sur Joey et Skye.

Je suis sidérée. Que lui arrive-t-il ? Je ne la savais pas si douée.

---

1. Série australienne s'adressant à un public d'adolescents.

— Qu'en penses tu ? Tu crois que je pourrais le vendre ? s'enquiert-elle en le reprenant et en le tournant entre ses doigts.

Si elle peut le vendre ?

— Suze, tu vas être millionnaire.

Nous passons la soirée à boire en organisant sa future carrière de designer. Notre excitation atteint son comble lorsque nous devons décider si elle rencontrera la reine habillée en Chanel ou en Prada. Au moment d'aller me coucher, j'ai complètement oublié Luke Brandon, la banque de Helsinki et le reste de ma journée catastrophique.

Mais le lendemain, tout défile dans ma tête comme un film d'horreur. Je me réveille blême et nauséeuse en rêvant d'un jour de congé. Je ne veux pas aller travailler. Je ne souhaite qu'une chose : rester à la maison sous la couette, regarder la télé et être un chef d'entreprise millionnaire grâce à Suze.

Malheureusement, il s'agit de la semaine la plus chargée du mois et Philip ne croira jamais que je suis malade.

Je m'extirpe de mon lit à grand-peine, m'habille et me traîne jusqu'au métro. Chez Lucio, je commande un grand cappuccino, un muffin et un brownie au chocolat. Je me moque de grossir. J'ai besoin d'un maximum de sucre, de caféine et de chocolat.

Le bureau est en ébullition, et comme personne n'a le temps de bavarder je n'ai pas à raconter ma journée d'hier. Clare tape sur son clavier à toute vitesse et une pile d'épreuves à vérifier m'attend sur mon bureau. Après avoir consulté mon courrier électronique (je n'ai aucun message), je me tasse dans mon fauteuil, prends la première page et commence à lire.

« Estimer les risques et les bénéfices d'un placement en Bourse risque de s'avérer une entreprise périlleuse pour l'investisseur novice. »

Dieu que c'est ennuyeux.

« Certains secteurs du marché génèrent des bénéfices élevés, mais rien n'est jamais sûr à 100 % et pour un petit investisseur… »

— Rebecca ?

Je lève les yeux. Philip se dirige vers moi, un papier à la main, l'air mécontent. L'espace d'un instant pénible, j'imagine qu'il a parlé avec Jill Foxton de William Green et qu'il m'apporte ma lettre de licenciement. Mais quand il s'approche, je constate qu'il s'agit d'un dossier de presse quelconque.

— Il va falloir que vous me remplaciez vendredi. J'y serais bien allé, mais je serai coincé ici avec le marketing.

— D'accord. De quoi s'agit-il ? dis-je sans grand enthousiasme.

— Du Salon de la finance privée à Olympia. Nous écrivons toujours un papier là-dessus.

J'en bâille déjà d'ennui.

— La Barclay donne une réception au champagne à l'heure du déjeuner, ajoute-t-il.

— Entendu. Ce doit être passionnant.

Je baisse les yeux sur la feuille et manque défaillir en découvrant l'en-tête, c'est le logo de Brandon Communications.

— Il s'agit d'un grand salon, sans plus. Tous les domaines de la finance privée sont représentés. Il y a des débats, des stands, des événements. Faites un compte rendu de ce qui vous semble intéressant. Vous avez carte blanche.

Je me moque bien de Luke Brandon. Si je le croise, je l'ignorerai. Je ferai preuve d'autant de respect que lui. Et s'il essaie de me parler, je m'en irai, la tête haute…

— Ça se passe bien avec les épreuves ?

— Super. J'ai bientôt fini, dis-je en me replongeant dans la première page tandis que Philip s'éloigne.

« Pour un petit investisseur, les risques encourus l'emportent parfois sur les gains éventuels. »

J'en ai assez. Je n'arrive même plus à me concentrer sur le sens des mots.

« En conséquence, de plus en plus d'actionnaires exigent des résultats performants alliés à un haut niveau de sécurité. Une des solutions consiste à investir dans des SICAV qui "traquent" automatiquement les cent meilleures compagnies en suivant l'indice… »

Tiens, cela me donne une idée. Je prends mon Filofax, l'ouvre d'une pichenette et compose le nouveau numéro de la ligne directe d'Elly à Wetherby.

— Eleanor Granger.

Sa voix me parvient de très loin, comme en écho. Sa ligne doit avoir des problèmes.

— Bonjour Elly, c'est Becky. Écoute, qu'est-il arrivé aux barres chocolatées Tracker ? Elles sont délicieuses, non ? Je n'en ai pas mangé depuis…

Il y a une sorte de grésillement. J'entends Elly balbutier : « Je suis désolée, j'arrive dans… »

— Becky ! Mon téléphone était sur haut-parleur et mon chef de service se trouvait dans mon bureau !

— Désolée. Il est encore là ?

— Non, dit-elle en soupirant. Dieu sait ce qu'il va penser de moi maintenant.

— Il manque tant que ça d'humour ?

Elle ne répond pas.

— Es-tu libre pour prendre un verre à l'heure du déjeuner ?

— Pas vraiment. Je regrette, Becky, il faut que j'y aille.

Et elle raccroche.

Plus personne ne m'aime. Déprimée, je me tasse un peu plus sur ma chaise. Quelle journée affreuse ! Tout me dégoûte. Je veux rentrer à la maison.

Vendredi, mon moral est revenu au beau fixe. Les causes essentielles sont les suivantes :

1° C'est vendredi.

2° Je passe toute la journée loin du bureau.

3° Elly a téléphoné hier pour s'excuser d'avoir été aussi sèche, mais quelqu'un était entré dans son bureau pendant notre discussion. Et elle se rend aussi au Salon.

4° J'ai chassé l'épisode Luke Brandon de mon esprit. Pourquoi m'en soucier ?

Débordant d'enthousiasme et d'énergie, je mets mon nouveau cardigan gris sur un chemisier noir court et mes nouvelles bottes Hobbs en daim gris foncé qui me font un look d'enfer. J'adore les vêtements neufs. Si l'on pouvait en porter tous les jours, la dépression nerveuse n'existerait plus.

Je suis sur le point de sortir quand le courrier arrive. La plupart des lettres qui me sont adressées ressemblent à des factures. J'en remarque encore une de la banque Endwich. Mais j'ai trouvé une solution radicale pour toutes ces missives désagréables : je les range dans le tiroir de ma coiffeuse. C'est le seul moyen qui m'empêche de stresser et il est très efficace. Je referme le tiroir d'un coup sec. Lorsque je me dirige vers la porte d'entrée, j'ai déjà tout oublié.

Au moment où j'y pénètre, le Salon bat son plein. À l'énoncé de mon nom, l'attaché de presse de l'accueil me tend un sac brillant marqué du logo HSBC. À l'intérieur, je trouve un énorme dossier de presse comprenant la photo de tous les organisateurs se portant mutuellement un toast au champagne (comme si on allait l'utiliser dans le journal), un bon pour deux verres au stand de la Sun Alliance, un billet de tombola pour gagner 1 000 livres (à investir dans un fonds commun de placement de mon choix), une sucette géante faisant de la publicité pour les assurances Eastgate et un badge à mon nom barré du mot « PRESSE ». Il y a aussi une enveloppe blanche contenant le carton de la réception au champagne de la Barclay que je range soigneusement dans mon sac. Ensuite, j'épingle mon badge bien en vue au revers de ma veste et descends dans l'arène.

En général, la règle est de jeter son badge aux orties. Mais dans un Salon, appartenir à la presse comporte des avantages : tout le monde vous couvre de trucs gratuits. La plupart ne sont que de vieux prospectus sur les plans d'épargne, mais parfois, on reçoit de vrais cadeaux, ou des amuse-gueules. Au bout d'une heure, j'ai récolté deux stylos, un coupe-papier, une mini-boîte de rochers Ferrero, un ballon au nom de Save & Prosper et un T-shirt humoristique sponsorisé par une compagnie de téléphones mobiles. J'ai bénéficié aussi de deux cappuccinos, d'un pain au chocolat, de cidre (de Somerset Savings), d'un petit paquet de Smarties et de mes Pimms de Sun Alliance. (Je n'ai pris aucune note, ni posé de question, mais qu'importe. Je recopierai des passages du dossier de presse.)

J'ai remarqué que certaines personnes avaient de jolies pendulettes de bureau. J'aimerais bien en avoir une et je flâne en essayant de repérer leur provenance quand on m'appelle :

— Becky !

C'est Elly qui me fait signe d'approcher. Elle est dans le stand Wetherby avec deux types en costume.

— Bonjour ! Comment vas-tu ?

— Tout va pour le mieux, répond-elle, le visage rayonnant.

Je dois reconnaître qu'elle joue le jeu à la perfection. Elle porte un tailleur rouge vif (de chez Karen Millen, sans aucun doute), des chaussures à bout carré sublimes, et ses cheveux sont tirés en arrière. La seule chose que je n'aime pas, ce sont ses boucles d'oreilles. Pourquoi porte-t-elle des perles ? Pour ressembler aux autres ?

— Je n'arrive pas à réaliser que tu es gestionnaire de portefeuilles, dis-je à voix basse. Bientôt, tu me donneras une interview.

J'incline la tête et demande avec le plus grand sérieux, comme Martin Bashir de *Panorama* : « Madame Davies, comment définiriez-vous la politique des investissements Wetherby ? »

Elly a un petit rire, puis elle plonge la main dans une boîte placée à côté d'elle.

— C'est pour toi, déclare-t-elle en me tendant une brochure.

— Merci beaucoup, dis-je ironique, en la fourrant dans mon sac.

Je suppose qu'elle doit se surveiller devant ses collègues.

— Chez Wetherby, ça bouge beaucoup, poursuit Elly. Sais-tu que le mois prochain, nous allons lancer toute une gamme de nouveaux placements ? Il y en a cinq : UK Growth, UK Prospects, European Growth, European Prospects et…

Pourquoi me raconte-t-elle tout ça ?

— Elly…

— Et le US Growth, s'exclame-t-elle, triomphante.

Je ne décèle aucune trace d'humour dans ses yeux.

— Eh bien, ça m'a l'air… super !

— Si tu veux, je peux demander à notre attachée de presse de te téléphoner. Elle te tiendra au courant.

Quoi ?

— Non, c'est bon. Que fais-tu après ? Veux-tu prendre un verre ?

— Impossible. Je vais visiter un appartement.

— Tu déménages ?

Elly partage un appartement hyper cool à Camden avec deux musiciens qui l'invitent sans cesse à des concerts et des spectacles gratuits. Je ne vois pas pourquoi elle déménagerait.

— En fait, j'achète. Je cherche dans Streatham, Tooting… J'ai envie de devenir propriétaire.

— Bonne idée !

— Tu devrais y penser, Rebecca. Tu ne peux pas rester toute ta vie dans un appartement d'étudiante. Un jour ou l'autre, on doit regarder la réalité en face.

Elle jette un coup d'œil à l'un de ses collègues qui se met à rire.

Je ne vis pas dans un appartement d'étudiante, me dis-je, indignée. Et qu'est-ce que la « réalité » ? L'accession à la propriété et les boucles d'oreilles hideuses ? Il s'agit de « la réalité chiante à mourir », plutôt.

— Vas-tu à la réception de la Barclay ?

C'est ma dernière cartouche. Une fois là-bas, nous boirons et nous amuserons bien. Mais Elly fait la moue en hochant la tête.

— J'y passerai, mais en coup de vent, car je serai coincée ici.

— O.K. Bon… À bientôt.

Abattue, je m'éloigne du stand et m'achemine vers le lieu de la réception. Et si Elly avait raison ? Peut-être devrais-je parler de placements et d'appartements. Quelque chose cloche chez moi. Il me manque le gène qui rend adulte, celui qui vous pousse à acheter un logement à Streatham et vous entraîne les week-ends dans les magasins de bricolage. Tous les gens souscrivent à un monde qui m'est étranger.

Néanmoins, comme j'approche de la réception, mon moral reprend le dessus. Qui ne serait pas de bonne humeur à la perspective de boire du champagne gratuitement ? L'événement a lieu sous une énorme tente et d'immenses bannières. Un orchestre joue de la musique et une hôtesse d'accueil donne des porte-clés à l'effigie de la Barclay. En voyant mon badge, elle m'adresse un large sourire, me tend un luxueux dossier de presse blanc et me dit : « Veuillez patienter un moment, je vous prie. » Elle se dirige alors vers un petit groupe, glisse quelques mots à l'oreille d'un homme en costume et revient. « Quelqu'un va venir s'occuper de vous. En attendant, laissez-moi vous offrir un verre de champagne. »

Vous comprenez ce que je veux dire au sujet de la presse ? Où que vous alliez, vous avez droit à un régime de faveur. Je prends le verre, fourre le dossier de presse dans le sac du Salon et avale une gorgée de champagne. Il est délicieux. Frappé et pétillant. Je vais m'attarder deux ou trois heures ici et boire jusqu'à épuisement du stock. Ils n'oseront pas me jeter dehors. Je suis de la presse. Si je...

— Rebecca. Je suis ravi de vous voir.

C'est Luke Brandon. Planté devant moi, il me regarde, le visage empreint d'une expression indéchiffrable. J'ai un haut-le-cœur. Tout ce que j'avais prévu, la froideur et l'indifférence s'évanouissent en fumée : en le voyant, je revis l'humiliation cuisante de notre dernière rencontre.

— Bonjour, dis-je d'une voix inaudible, les yeux rivés au sol.

Pourquoi même le saluer ?

— J'espérais vous rencontrer. Je voulais...

— Je... je n'ai pas le temps de bavarder. Je dois me mêler aux invités. Je suis ici pour travailler.

J'essaie d'être digne, mais ma voix tremble et mon visage est en feu. Avant qu'il n'ait le temps de poursuivre, je me sauve dans la direction opposée. Mon objectif est de marcher jusqu'à ce que je rencontre une personne à qui parler.

Léger problème, je n'en vois aucune. Il n'y a que des groupes de banquiers qui s'esclaffent en discutant de golf. Larges d'épaules, ils sont tous très grands et ne font pas attention à moi. J'ai l'impression d'être une petite fille perdue dans une soirée d'adultes. Je repère Moira Channing du *Daily Herald* qui m'adresse un petit signe, mais il n'est pas question que je m'entretienne avec elle. Continue, me dis-je, maintiens ton allure. Ne t'affole pas.

J'aperçois Luke Brandon. En me voyant, il redresse la tête et commence à se diriger vers moi. Vite ! Il faut que je déniche un interlocuteur.

Et pourquoi pas ce couple là-bas ? L'homme dans la cinquantaine et la femme beaucoup plus jeune ne semblent pas connaître grand monde non plus. Dieu merci. Je vais leur demander comment ils trouvent le Salon, s'ils l'estiment utile et feindrai de prendre des notes pour mon article. Quand Luke Brandon arrivera, je serai si absorbée par ma conversation que je ne le remarquerai même pas. Allons-y.

Je prends une gorgée de champagne et m'approche du type en souriant.

— Bonjour. Rebecca Bloomwood, de *Réussir votre épargne*.

— Bonjour, répond-il en me tendant la main. Derek Smeath, de la banque Endwich, et voici Erica, mon assistante.

Aïe !

Je reste sans voix. Médusée, je suis incapable de lui serrer la main ou de partir en courant.

— Bonjour ! lance Erica d'une voix amicale.

Je supplie intérieurement : s'il vous plaît, faites qu'ils ne reconnaissent pas mon nom.

— Vous êtes journaliste ? demande-t-elle en regardant mon badge, les sourcils froncés. Votre nom me dit quelque chose.

— Oui. Vous… vous avez dû tomber sur mes articles.

— Sans doute. Au bureau, nous recevons tous les magazines financiers. Certains sont excellents.

Je reviens peu à peu à la vie. Tout va bien. Ils ignorent qui je suis.

— Vous autres, journalistes, devez être experts dans tous les domaines, poursuit Derek qui, ayant abandonné l'idée de me serrer la main, sirote son champagne.

— Oui. Il nous faut connaître tous les secteurs de la finance privée. De la banque aux assurances vie en passant par les fonds de placement.

— Et comment acquérez-vous tout ce savoir ?

— Nous l'apprenons au fur et à mesure.

À présent que je suis détendue, la situation est plutôt amusante. Ils ne savent pas qui je suis ! ai-je envie de claironner. Et Derek Smeath n'est pas du tout effrayant en chair et en os. Amical et chaleureux, il rappelle les oncles des séries télévisées.

— Je trouve qu'on devrait tourner un documentaire sur les banques, affirme Erica en recherchant mon approbation du regard.

Je m'empresse d'acquiescer.

— Quelle bonne idée ! Ce serait fascinant.

— Vous devriez voir certains de nos clients ! Les gens font n'importe quoi. N'est-ce pas Derek ?

— Vous seriez vraiment étonnée. Ils ne reculent devant rien pour éviter de combler leur découvert, ou même de nous parler.

— Ah bon ?

— Vous n'en croiriez pas vos oreilles ! s'exclame Erica. Je me demande parfois…

— Rebecca ! s'écrie une voix derrière moi.

Je me retourne et découvre Philip, souriant, un verre de champagne à la main. Que fait-il ici ?

— Le marketing a annulé la réunion, alors j'ai pensé faire un saut. Tout se passe bien ?

— Super ! Je vous présente Derek et Erica... Philip Page est mon rédacteur en chef.

— Vous êtes de la banque Endwich ? dit Philip en regardant leur badge. Vous devez connaître Martin Gollinger, alors.

— Nous ne sommes pas au siège social, explique Derek. Je suis le directeur de l'agence de Fulham.

— Fulham ! répète Philip. Le quartier branché par excellence.

Soudain, un signal d'alarme se déclenche dans ma tête. Dong-dong-dong ! Je dois agir, changer de sujet. Mais il est trop tard. C'est comme si j'assistais, impuissante, à la collision de deux trains.

— Rebecca habite à Fulham, reprend Philip. Quelle est votre banque, Rebecca ? Êtes-vous une cliente de Derek ?

Il éclate d'un rire bruyant et Derek l'accompagne en sourdine.

Je ne ris pas. Clouée sur place, j'assiste à la transformation du visage d'Erica Parnell. À présent, elle sait. Ses yeux rencontrent les miens et mon sang se fige dans mes veines.

— Rebecca Bloomwood, déclare-t-elle d'un ton très différent. Je savais bien que je connaissais ce nom. Vivez-vous dans Burney Road ?

— Ça alors ! Comment l'avez-vous deviné ?

Philip, tais-toi, nom d'un chien !

— Je ne me suis donc pas trompée, dit Erica.

— En effet, finis-je par avouer d'une voix étranglée.

— Derek, as-tu réalisé à qui nous parlons ? Rebecca Bloomwood est une cliente. Tu lui as téléphoné l'autre jour, tu t'en souviens ? Celle dont le chien venait de mourir ?

Silence. N'osant pas regarder Derek Smeath en face, je reste les yeux rivés au sol.

— Quelle coïncidence ! Qui reprendra du champagne ? demande Philip.

— Rebecca Bloomwood. Pas possible ! s'exclame Derek Smeath.

— Eh oui ! Le monde est petit. Bon, il faut que j'y aille pour interviewer d'autres…

— Attendez, m'interrompt Erica d'une voix coupante. Nous espérions avoir une petite réunion avec vous, Rebecca.

— Tout à fait, confirme son supérieur.

Je relève la tête et ce que je vois n'indique rien de bon. Derek Smeath ne ressemble plus au tonton chaleureux d'un feuilleton familial, mais plutôt à un surveillant d'examen qui vous prend la main dans le sac.

— En supposant, bien sûr, que vos jambes soient intactes et que vous ne souffriez pas d'une maladie contagieuse.

— De quoi parlez-vous ? s'enquiert Philip.

— Comment va votre jambe, au fait ? dit Erica d'une voix mielleuse.

— Bien, merci.

Quelle imbécile !

— Parfait, déclare Derek. Alors disons lundi à 9 h 30, d'accord ? Cela ne vous dérange pas, Philip, que Rebecca ait un entretien rapide avec nous lundi matin ?

— Absolument pas !

— Et si elle ne se présentait pas, nous saurions où la trouver, poursuit-il en m'adressant un regard pénétrant.

— Rebecca sera au rendez-vous, sinon elle aura des ennuis ! s'écrie Philip sur le ton de la plaisanterie.

Il prend congé en levant son verre et s'éloigne à pas lents. Je le suis des yeux, affolée. Me voilà seule avec eux.

— J'ai hâte de vous revoir. Et si je me souviens bien de notre conversation téléphonique, vous aurez touché votre héritage à ce moment-là.

Merde ! Je pensais qu'il avait oublié.

— Oui. L'argent de ma tante. Vous avez une excellente mémoire.

Je me tourne vers Erica.

— Ma tante m'a légué de l'argent.

Elle n'a pas l'air impressionnée.

— Bien. Je vous attends donc lundi, conclut Derek Smeath.

— Entendu. Je m'en réjouis à l'avance, dis-je en lui souriant d'un air assuré.

OCTAGON
flair... style... vision
Service Financier
8e étage
Tower House
London Road
Winchester SO44 3DR

Mademoiselle Rebecca Bloomwood
Apt 2
4 Burney Road
Londres SW6 8FD

Carte n° 7854 4567

Le 20 mars 2000

Chère Mademoiselle Bloomwood,

DERNIER RAPPEL

Suite à ma lettre du 3 mars, je vous informe que la somme de 245,57 £ demeure impayée sur votre carte Octagon. Si vous n'effectuez pas ce règlement sous huit jours, votre compte sera bloqué et nous serons dans l'obligation de prendre des mesures sans délai.

J'ai été ravi d'apprendre que vous aviez trouvé Dieu et accepté Jésus-Christ comme sauveur, malheureusement, cela n'a aucun rapport avec l'affaire en question.

En espérant recevoir votre règlement dans les plus brefs délais, je vous prie d'agréer, Mademoiselle Bloomwood, l'expression de mes sentiments distingués.

Grant Ellesmore
Directeur du Service Clients

13

Tout va mal. Et je ne suis pas parano. Tout va vraiment mal.

Assise dans le métro sur le chemin du retour, j'observe mon reflet dans la vitre. J'ai l'air calme et détendue, mais, à l'intérieur, c'est la débandade. Mes pensées tournent en rond. Prisonnière d'une gigantesque toile d'araignée, je cherche une issue, je me débats, en vain… Assez ! Il me faut envisager posément les choix qui s'offrent à moi.

1° Aller au rendez-vous et dire la vérité.

Impossible. Je ne peux pas reconnaître que les 1 000 livres de ma tante n'existent pas et n'existeront jamais. Que va-t-il arriver ? Coriaces et intraitables, ils me harcèleront, éplucheront toutes mes dépenses et… Rien que d'y penser, j'en suis malade. Je suis incapable d'affronter cette situation. Point final.

2° Aller au rendez-vous et mentir.

Leur soutenir que les 1 000 livres sont en route et que je recevrai bientôt d'autres fonds. Pourquoi pas ? Le problème, c'est qu'ils ne me croiront pas. Ils seront impitoyables et me feront la morale. Non. Pas question.

3° Ne pas aller au rendez-vous.

Dans ce cas, Derek Smeath téléphonera à Philip. Il découvrira que je ne me suis pas cassé la jambe ou que je n'ai jamais souffert de mononucléose. Après ça, plus question de remettre les pieds au bureau. Je serai au chômage. Ma vie s'achèvera à l'âge de vingt-cinq ans. C'est peut-être le prix à payer.

4° Aller au rendez-vous avec un chèque de 1 000 livres.

Entrer avec désinvolture, tendre le chèque et demander : « Ce sera tout ? » puis ressortir nonchalamment. Parfait.

Mais comment trouver 1 000 livres avant lundi matin ?

5° La fuite.

Solution puérile. Immature. À écarter.

Où aller ? Peut-être à l'étranger. Las Vegas. Je gagnerai une fortune dans les casinos. Un million de livres ou même plus. J'enverrai alors un fax à Derek Smeath lui signifiant que je ferme mon compte parce qu'il n'a pas eu confiance en moi.

Ce serait génial.

« Cher M. Smeath, j'ai été surprise par vos récentes déclarations insinuant que je ne pouvais pas combler mon découvert ainsi que par votre ton sarcastique. Comme le prouve ce chèque d'un montant de 1,2 million de livres, je bénéficie de fonds amplement suffisants. Fonds que je vais m'empresser de placer chez un de vos concurrents. Peut-être me témoigneront-ils plus de respect.

P.-S. : La copie de cette lettre sera adressée à vos supérieurs. »

Enchantée par cette idée, je n'ai de cesse que de modifier ma lettre : « Cher M. Smeath, comme j'ai tenté de vous le faire comprendre discrètement lors de notre dernière rencontre, je suis millionnaire. Si vous m'aviez crue, les choses auraient été différentes. »

Il ne saura plus où se mettre. Cela lui apprendra. Il me téléphonera pour s'excuser et se mettra à plat ventre pour récupérer mon compte en jurant qu'il n'a pas voulu m'offenser. Mais ce sera trop tard. Beaucoup trop tard. Ha ha ha !

La barbe ! J'ai loupé mon arrêt.

De retour à la maison, je trouve Suze assise par terre, entourée de magazines.

— Bonjour. Tu sais quoi ? Je vais être dans *Vogue* !

— Un agent t'a remarquée dans la rue ?

Pourquoi pas ? Suze est très bien faite. Elle pourrait facilement poser comme mannequin. Mais tout de même... *Vogue* !

— Pas moi ! Mes cadres.

— Tes cadres vont paraître dans *Vogue* ?

Je suis sciée.

— Dans le numéro du mois de juin ! Je figurerai dans une rubrique intitulée : « Détendez-vous ! Les designers réintroduisent l'humour dans les intérieurs. » C'est cool, non ? Le problème, c'est que je n'ai fait que deux cadres. Je dois en réaliser plus si les gens veulent les acheter.

— Bien sûr. Mais pourquoi *Vogue* t'a contactée ? Ils ont... entendu parler de toi ?

Comment auraient-ils pu ? Suze confectionne des cadres depuis quatre jours à peine !

— Tu es bête ! s'écrie-t-elle en riant. J'ai téléphoné à Lally. Tu la connais ? Non ? Aucune importance. Elle est rédactrice de la rubrique mode pour *Vogue* et elle a parlé à Perdy qui s'occupe de la décoration. Perdy m'a appelée. Quand je lui ai décrit mes cadres, elle a été emballée.

— Mince alors ! Bravo.

— Elle m'a indiqué ce que je devais dire dans mon interview : « Je désire créer des espaces suscitant le plaisir, pas l'admiration. En chacun de nous se cache un enfant. La vie est trop courte pour le minimalisme », déclame-t-elle d'un ton pénétré.

— Super !

— Attends, ce n'est pas tout.

Elle fronce les sourcils.

— Ah ! oui. Gaudí est mon père spirituel. Il faut que je téléphone à Charlie. Je suis sûre qu'il travaille à *Tatler.*

— Fantastique !

C'est vrai. Je me réjouis pour Suze.

Toutefois, je ne peux m'empêcher de penser : comment se fait-il que tout soit si facile pour elle ? Je parie qu'elle n'a jamais affronté et n'affrontera jamais de banquier désagréable. Démoralisée, je me laisse tomber par terre et feuillette un magazine.

— Au fait, poursuit Suze l'oreille collée au téléphone, Tarquin a appelé il y a une heure environ pour fixer un rendez-vous. Tu es contente ?

— Oui, bien sûr.

Je l'avais complètement oublié, celui-là. Mais c'est O.K. Je le rappellerai demain pour lui annoncer que j'ai des règles douloureuses. Personne ne remet en question ce genre d'excuse, surtout pas les hommes.

— J'allais oublier.

Elle m'indique la revue *Harpers & Queens* ouverte par terre.

— Regarde sur qui je suis tombée en consultant la liste des cent célibataires les plus riches ! Oh ! bonjour Charlie, dit-elle dans le combiné. Suze à l'appareil. Écoute…

Je regarde le magazine. Luke Brandon me dévisage, un sourire décontracté aux lèvres. *Numéro 31*, indique la légende. *32 ans. Fortune estimée : 10 millions de livres. Chef d'entreprise redoutable. Très brillant. Réside à Chelsea. Fréquente Sacha de Bonneville, fille du milliardaire français.*

Je ne veux pas le savoir. Pourquoi serais-je intéressée par la vie sentimentale de Luke Brandon ? Je tourne les pages en arrière et lit la description du numéro 17. Il a l'air bien plus passionnant. *Dave Kington. 28 ans. Fortune estimée : 20 millions de livres. Ancien buteur de l'équipe de Manchester. Gourou du management, entreprises de vêtements de sport. Habite le comté de Hertford. S'est récemment séparé de sa fiancée, le top model Cherisse.*

De plus, Luke Brandon est ennuyeux. Tout le monde le dit. C'est un bourreau de travail. Obsédé par l'argent, sans doute.

Numéro 16. Ernest Flight. 52 ans. Fortune estimée : 22 millions de livres. Président-directeur général et actionnaire majoritaire de la Flight Food Corporation. Demeure dans le comté de Nottingham, récemment divorcé de sa troisième femme Susan.

Je ne le trouve même pas séduisant. Trop grand. Et, pris par ses affaires, il ne pratique certainement aucun sport. Sans ses vêtements, il doit être affreux.

Numéro 15. Tarquin Cleath-Stuart. 26 ans. Fortune estimée : 25 millions de livres. Propriétaire terrien depuis qu'il a hérité de l'énorme domaine familial à l'âge de 19 ans. Déteste la publicité. Réside dans le comté de Perth et à Londres avec sa vieille nounou. Actuellement célibataire.

Et cette idée d'offrir une valise comme cadeau ! Chez Harrods, choisir une valise ! Il pouvait acheter un collier ou des vêtements. Ou un…

Attendez. Ai-je bien lu ?

Non. Impossible. Ce n'est pas…

Ciel !

J'en ai le souffle coupé. Toute mon attention est absorbée par la photo floue du magazine. Tarquin Cleath-Stuart ? Le cousin de Suze ? Tarquin ?

Il… possède… 25… millions… de… livres ?

Je vais m'évanouir ! Il est le quinzième célibataire le plus riche d'Angleterre et je le connais.

Non seulement je le connais, mais il m'a donné rendez-vous.

Je dîne avec lui demain soir.

Je vais devenir millionnaire. Une multimillionnaire. Je le savais. Je l'ai toujours su. Tarquin tombera amoureux de moi et demandera ma main. Nous nous marierons en Écosse dans un château splendide comme dans *Quatre mariages* (mais il n'y aura pas d'enterrement). Et j'aurai 25 millions de livres.

La tête de Derek Smeath ! Il n'en reviendra pas.

— Tu veux un thé ? demande Suze en raccrochant. Charlie est un amour. Il va mentionner mon nom dans un article sur les jeunes talents qui montent.

— Parfait ! Je… je regardais la photo de Tarquin.

Je dois m'assurer qu'il s'agit bien du Tarquin que je connais et non pas d'un autre cousin éloigné. S'il vous plaît, mon Dieu, faites que ce soit le bon.

— Ah ! oui, il figure toujours dans ce genre d'articles.

Elle parcourt le texte et hoche la tête.

— Ils exagèrent toujours. 25 millions de livres !

Mon cœur cesse de battre.

— Il ne les possède pas ?

— Mais non ! s'exclame-t-elle en riant comme si c'était ridicule. La propriété ne vaut pas plus de… je ne sais pas. 18 millions.

Pas mal. Je m'en contenterai.

— Ces magazines ! dis-je en levant les yeux au ciel.

— Tu veux quoi comme thé, un Earl Grey ou un nature ?

— Un Earl Grey.

Je préfère le Typhoo. Mais je dois commencer à me conduire de façon snob si je sors avec Tarquin Cleath-Stuart.

Rebecca Cleath-Stuart.

Becky Cleath-Stuart.

Bonjour, Rebecca Cloath Stuart à l'appareil. La femme de Tarquin, oui. Nous nous sommes rencontrés à… Oui, j'étais en Chanel. Votre mémoire est excellente !

— A-t-il fixé un lieu de rendez-vous ?

— Il passera te chercher.

Évidemment. Le quinzième célibataire le plus riche d'Angleterre ne vous donne pas rendez-vous à une bouche de métro. Il ne dit pas : « Retrouvons-nous sous la grande horloge de Waterloo. »

Ça y est ! Ma nouvelle vie a commencé.

Je n'ai jamais passé autant de temps à me préparer. Jamais. Le processus débute samedi matin à 8 heures lorsque je réalise que je n'ai rien à me mettre et se termine à 19 h 30 quand j'applique une dernière couche de mascara sur mes cils, m'asperge de Coco et me rends dans le salon pour le verdict de Suze.

— Waouh ! Tu es… sensationnelle ! s'écrie-t-elle en levant les yeux d'un cadre qu'elle confectionne avec du denim lacéré.

Je suis habillée en noir, mais d'un noir irrésistible, très chic, soyeux et doux. Je porte une petite robe toute simple sans manches de chez Whistles, les talons les plus vertigineux de Jimmy Choo et, pour seule parure, de superbes boucles d'oreilles en améthyste non taillées. Ne me demandez pas combien j'ai dépensé : c'est hors de propos. Il s'agit d'un investissement. Le plus important de ma vie.

Je suis mince car je n'ai rien mangé de la journée et pour une fois mes cheveux tombent de façon impeccable. Je n'ai jamais été aussi belle.

Mais il n'y a pas que la beauté. Raison pour laquelle j'ai eu la présence d'esprit de m'arrêter chez Waterstone et d'acheter un livre sur Wagner que j'ai lu cet après-midi en faisant sécher mes ongles. J'ai même appris par cœur certains passages que je placerai dans la discussion.

À part Wagner, j'ignore ce qu'aime Tarquin. Enfin, cela devrait suffire pour entretenir la conversation. J'espère surtout qu'il a projeté de m'inviter dans un endroit élégant avec un orchestre de jazz et que nous serons trop occupés à danser joue contre joue pour bavarder.

La sonnette retentit et je sursaute. Je ne suis qu'un paquet de nerfs. Par ailleurs, je me sens étrangement calme. Ma nouvelle vie de multimillionnaire commence. Luke Brandon peut aller se rhabiller !

— J'y vais, dit Suze en souriant.

Elle disparaît dans le couloir. Un instant plus tard, je les entends s'écrier :

— Tarkie !

— Suze !

Je m'observe dans la glace, inspire à fond et me retourne au moment où Tarquin entre dans la pièce. Son visage est toujours aussi osseux et il porte un de ses vieux costumes étranges. Mais tout cela n'a plus d'importance. Je le regarde sans le voir. Je le dévisage, incapable de prononcer un mot, et ne pense qu'à une chose : 25 millions de livres.

C'est le genre de considération qui vous donne le vertige et vous transporte de joie. J'ai envie de courir autour de la pièce, en criant : « 25 millions, 25 millions » et de jeter des billets en l'air comme dans une comédie hollywoodienne.

Bien sûr, je n'en fais rien. Je lui adresse un sourire éblouissant.

— Bonjour Tarquin.

— Bonjour Becky. Tu es superbe.

— Merci, dis-je, les yeux baissés.

— Voulez-vous prendre un titchy ? propose Suze qui nous couve des yeux.

On dirait une mère assistant au départ de sa fille pour son premier bal avec le garçon le plus populaire de l'école.

— Non… Je préférerais y aller, répond Tarquin. Qu'en penses-tu, Becky ?

— O.K. Je te suis.

14

Tarquin m'introduit dans un taxi poussif qui stationne devant l'immeuble. Je suis légèrement déçue : je m'attendais à une limousine avec chauffeur. Mais ce n'est pas mal non plus de se faire enlever en taxi par l'un des meilleurs partis d'Angleterre pour… Qui sait où ? le Savoy ? Claridge ? un dîner dansant chez Annabel ? Tarquin n'en a pas soufflé mot.

J'espère que nous n'atterrirons pas dans un endroit délirant où tout est servi sous une cloche d'argent, avec des millions de fourchettes et de couteaux différents et des serveurs snobs qui vous surveillent pour vous prendre en faute. Il suffit de ne pas s'affoler, de garder son sang-froid et de se conformer aux règles. Voilà tout. Quelles sont ces règles, déjà ? Couverts : toujours commencer par ceux placés à l'extérieur. Pain : ne pas le couper en tranches, mais le rompre en petits bouts que l'on tartine individuellement. Ketchup : ne jamais en demander, quoi qu'il arrive.

Et s'il y a du homard ? Merde ! Je parie que ce sera du homard. Je ne saurai pas comment le décortiquer. Pourquoi n'en ai-je jamais mangé ? C'est la faute de mes parents. Dès mon enfance, ils auraient dû m'emmener dans des restaurants de luxe afin de m'habituer aux plats exigeant un savoir-faire particulier.

— Que penses-tu d'un dîner tranquille ?

— Quelle bonne idée !

Dieu merci, cela signifie sans doute que nous n'aurons ni homard ni cloche d'argent. Nous nous dirigeons vers un endroit secret réservé à une poignée d'initiés. Un club privé auquel on accède après avoir frappé à une porte anonyme au fond d'une ruelle. L'intérieur est bourré de célébrités qui se prélassent sur des sofas et qui se conduisent comme des gens normaux. Et Tarquin les connaît peut-être tous !

Bien sûr qu'il les connaît. Il est multimillionnaire, après tout.

En jetant un coup d'œil par la fenêtre, je remarque que nous dépassons Harrods. Les souvenirs pénibles affluent. Fichues valises. Satané Luke Brandon. J'aimerais tant le croiser ! Je lui adresserais un signe de la main désinvolte, du style « je suis avec le quinzième homme le plus riche d'Angleterre ».

— Vous pouvez nous déposer ici, indique Tarquin au chauffeur.

Il me sourit.

— Nous sommes à deux pas.

— Super !

Je sors du taxi et j'observe les environs. Où m'emmène-t-il ? Nous sommes à Hyde Park Corner. En me retournant, j'aperçois une enseigne et réalise soudain ce qui se passe. Nous nous rendons au Lanesborough !

La super classe ! Dîner au Lanesborough. À la réflexion, c'est évident. Où aller d'autre pour un premier rendez-vous ?

— J'ai pensé qu'on irait d'abord manger un morceau, ensuite… on verra, déclare Tarquin en me rejoignant.

— D'accord.

Parfait ! Ensuite nous irons dans une boîte de nuit chic. Tout se déroule à merveille.

Nous dépassons l'entrée du Lanesborough, mais cela ne me surprend pas. Tout le monde sait que les VIP pénètrent toujours par l'arrière des restaurants pour éviter les paparazzi. Je n'en vois aucun, mais cela devient sans doute une habitude. Nous emprunterons la prochaine petite rue perpendiculaire, traverserons les cuisines tandis que les chefs feindront de nous ignorer et nous arriverons dans le hall d'entrée. C'est vraiment génial.

— Je suis sûr que tu es déjà venue ici. Ce n'est pas un choix très original, déclare Tarquin comme pour s'excuser.

— Ne sois pas idiot ! dis-je alors que nous nous arrêtons devant une double porte vitrée. J'adore…

Mais où sommes-nous ? Cela n'a rien à voir avec l'arrière d'un restaurant. Il s'agit de…

Pizza on the Park.

Ce n'est pas vrai ! Le quinzième homme le plus riche du pays m'invite dans une pizzeria express.

— J'adore la pizza, finis-je par affirmer d'une voix étouffée.

— Génial ! Il me semble que nous serons mieux que dans un endroit tape-à-l'œil.

— Tu as raison !

Je fais une grimace que j'espère convaincante.

— Je déteste moi aussi les endroits branchés. Ce sera beaucoup plus agréable de manger tranquillement une pizza.

— C'est bien mon avis, mais… tu es si élégante.

Il s'interrompt, indécis, en me regardant de la tête aux pieds. Quand je pense que j'ai dépensé une fortune chez Whistles pour atterrir dans une pizzeria !

— Si tu désires passer la soirée dans un restaurant plus chic, le Lanesborough se trouve juste au coin de la rue.

Je suis sur le point de m'écrier : « Oh ! oui ! » quand, dans un éclair de lucidité, je comprends la situation. Il s'agit d'un test. Comme dans un conte lorsqu'il faut choisir entre trois coffrets. Tout le monde connaît la règle. On ne doit jamais jeter son dévolu sur celui en or qui brille de mille feux ni même sur celui en argent. On est censé préférer le petit en fer-blanc qui se transforme ensuite en une montagne de bijoux. Tarquin me met à l'épreuve : il veut savoir si je l'aime pour lui ou pour son argent.

Soit dit en passant, c'est plutôt insultant. Pour qui me prend-il ?

— Non, restons ici. L'atmosphère est plus décontractée, plus… amusante.

C'est vrai. Et j'aime la pizza ainsi que le pain à l'ail. Tout compte fait, ce choix est excellent.

Je lis le menu en diagonale, car je commande toujours la même pizza : une Fiorentina, avec des épinards et un œuf. À première vue, le mélange paraît bizarre, mais le résultat est délicieux.

— Aimeriez-vous un apéritif ? s'enquiert le serveur.

D'habitude, je ne prends qu'une bouteille de vin, mais pour une fois que je dîne avec un multimillionnaire…

— Pour moi, un gin-tonic, dis-je, pensant choquer Tarquin.

Il me sourit et demande :

— À moins que tu ne préfères du champagne ?

— Oh…

— Je trouve que la pizza et le champagne vont très bien ensemble.

Il se tourne vers le serveur.

— Une bouteille de Moët.

Voilà qui est mieux. Champagne et pizza. Et Tarquin se comporte de façon tout à fait normale.

La bouteille arrive. Nous portons un toast et buvons quelques gorgées. Je commence à m'amuser. À ce moment-là, la main décharnée de Tarquin s'approche de la mienne. Instinctivement, je retire mes doigts comme si j'avais à réajuster ma boucle d'oreille. Une lueur de contrariété passe dans ses yeux. Je tousse, gênée, et me perds dans la contemplation d'un tableau sur le mur.

Que m'arrive-t-il ? Si je l'épouse, je n'aurai pas seulement à lui tenir la main.

Je peux réussir à être attirée par lui. C'est une question de maîtrise de soi et aussi d'ivresse. J'avale de grandes gorgées de champagne. Les bulles me montent à la tête et une voix intérieure fredonne : « Je vais devenir une femme de millionnaire, je vais devenir une femme de millionnaire ! » Quand mes yeux se posent de nouveau sur Tarquin, il semble déjà plus séduisant (dans le style fouine, néanmoins). De toute évidence, l'alcool sera la clé de notre bonheur conjugal.

Dans ma tête défilent les images joyeuses de notre mariage. Moi, dans une splendide robe de couturier, sous le regard fier de mes parents. Plus jamais de soucis d'argent. Jamais. Le quinzième homme le plus riche du pays. Une maison à Belgravia. Mme Tarquin Cleath-Stuart. Rien que de l'imaginer, j'en défaille presque.

Tout cela est possible. À portée de main.

Je souris chaleureusement à Tarquin qui hésite, puis sourit à son tour. Ouf ! Je n'ai rien gâché. Nous n'avons plus qu'à découvrir que nous sommes des âmes sœurs partageant des tas de points communs.

— J'adore le...

— Est-ce que...

Nous avons parlé en même temps.

— Désolée, dis-je, continue s'il te plaît.

— Pas question. Vas-y.

— Eh bien… j'allais dire combien j'aimais le tableau que tu as offert à Suze.

Le complimenter sur son goût ne coûte rien. Pour faire bonne mesure, j'ajoute :

— J'adore les chevaux.

— Nous devrions monter ensemble. Je connais un excellent club près de Hyde Park. Ce n'est pas comme à la campagne, bien sûr…

— Quelle merveilleuse idée ! Ce serait si amusant !

Jamais personne ne me fera monter à cheval. Même à Hyde Park. Mais pas de problème, je le laisserai organiser un rendez-vous que je décommanderai à la dernière minute en prétextant une foulure de la cheville.

— Aimes-tu les chiens ?

— Beaucoup.

C'est assez vrai. Toutefois pas au point d'en avoir un. Un chien demande trop de travail et met des poils partout. Mais j'ai du plaisir à voir des labradors courir à travers le parc. Et le chiot de la pub pour le papier toilette Andrex est très mignon aussi.

Nous retombons dans le silence et sirotons notre champagne.

— Tu aimes *EastEnders* ? finis-je par demander. Ou préfères-tu *Coronation Street* [1] ?

— Je suis désolé, mais je n'ai vu aucun des deux. Je suis convaincu que c'est très bien.

— Certains épisodes sont excellents, d'autres… Tu vois ce que je veux dire.

— Tout à fait ! s'écrie-t-il comme si je venais de déclarer une chose passionnante.

Un silence gêné s'installe. Cette conversation devient pénible.

---

1. Série relatant la vie des habitants d'une rue, dans le nord de l'Angleterre.

— Il y a de bons magasins, là où tu habites, en Écosse ?

Tarquin a une petite moue.

— Je n'en ai aucune idée. Dans la mesure du possible, j'évite d'y aller.

— C'est vrai ? Moi aussi, je déteste le shopping !

— Ah ! bon ? Je croyais que toutes les femmes adoraient ça.

— Pas moi ! Je préfère de loin… chevaucher sur la lande, suivie par mes chiens.

— C'est parfait. Nous le ferons ensemble.

Voilà qui est mieux ! Des centres d'intérêt communs. Des objectifs partagés.

Je ne me montre pas très franche dans la mesure où ces passions ne sont pas du tout les miennes, mais elles pourraient le devenir. S'il le faut, j'aimerai les chevaux et les chiens.

— Il y a aussi… la musique de Wagner, bien sûr. Quel génie !

— Aimes-tu vraiment Wagner ? Peu de personnes l'apprécient.

— Je l'adore. C'est mon compositeur favori. (Que racontait ce livre déjà ?) J'aime les enchaînements mélodiques éclatants entrelacés dans le Prélude.

— Lequel ? s'enquiert-il, intéressé.

Merde ! Il y en a plusieurs ? Je gagne du temps en prenant une gorgée de champagne. J'essaie désespérément de me rappeler un autre passage. Mais la seule phrase dont je me souvienne est : « Wagner est né à Leipzig. »

— Tous les préludes. Ils sont tous… super !

— Oui, répond Tarquin, surpris.

Aïe ! Ce n'était pas la chose à dire. Changeons de sujet, vite.

Le serveur crée une heureuse diversion en apportant le pain à l'ail. Nous oublions Wagner. Tarquin commande une autre bouteille de Moët. Je pense que nous en aurons bien besoin.

Quand j'entame la seconde moitié de ma Fiorentina, j'ai presque descendu une bouteille de champagne à moi toute seule. Je suis complètement partie. Mes joues sont brûlantes, mes yeux étincellent et je fais de grands gestes. Mais ce n'est pas grave. Être ivre est même une bonne chose. Vive et spirituelle, j'entretiens la conversation avec brio. Tarquin a aussi beaucoup bu, mais moins que moi. Très calme, il me dévisage, l'air rêveur.

J'avale ma dernière bouchée de pizza et me renverse dans mon siège, comblée. Tarquin ne me quitte pas des yeux, puis il plonge sa main dans sa poche et en retire une petite boîte.

— C'est pour toi.

L'espace d'un instant, je me dis : « Ça y est ! Il me demande en mariage. » (Curieusement, je pense aussitôt : Dieu merci, je pourrai combler mon découvert. Quand il demandera ma main en vrai, il me faudra songer à quelque chose de plus romantique.)

Nous n'en sommes pas encore là, je le sais. C'est juste un petit cadeau.

La boîte est en cuir. Je l'ouvre et découvre une magnifique petite broche en or, en forme de cheval, délicatement ouvragée. Une pierre verte (une émeraude ?) figure l'œil.

Ce n'est pas du tout mon style.

— Elle est splendide. Si… étonnante.

— Je la trouve amusante. J'étais sûr qu'elle te plairait.

— Je l'adore.

Je la retourne dans ma main (les poinçons sont bien là), puis lève sur Tarquin des yeux embués de champagne. Je suis ivre morte.

— C'est si gentil à toi.

Je déteste les broches. Où est-on censé les mettre ? Au beau milieu d'un super haut ? Vous plaisantez ! De plus, elles laissent toujours de grands trous dans les vêtements.

— Elle sera ravissante sur toi.

Je réalise soudain qu'il désire me la voir porter.

Aaargh ! Elle va bousiller ma robe de chez Whistles ! Qui souhaite avoir un cheval galopant sur sa poitrine, hein, qui ?

J'ouvre le fermoir et la fixe avec précaution sur le tissu. En la refermant, je sens qu'elle déforme déjà ma robe. Je dois avoir l'air ridicule.

— C'est superbe. Mais… tu es toujours superbe, déclare Tarquin en se penchant vers moi.

Je parie qu'il va tenter de prendre ma main et de m'embrasser. Je regarde ses lèvres, ouvertes et un peu humides, et ne peux m'empêcher de frissonner. Je ne suis pas prête à affronter ça. Je *veux* embrasser Tarquin, là n'est pas le problème. Même s'il n'est pas séduisant. Mais… je crois que j'ai besoin d'abord d'un autre verre de champagne.

— Cette écharpe que tu portais l'autre soir. Elle était époustouflante. Je t'observais et…

Je vois de nouveau sa main se rapprocher de la mienne.

— Mon écharpe Denny and George ? Elle est sublime. Elle appartenait à ma tante qui vient de mourir. C'était très triste.

Il faut que je parle, sans m'arrêter.

— Elle m'a laissé cette écharpe. Grâce à ce précieux souvenir, je pense souvent à elle. Pauvre tante Ermintrude.

— Je suis désolé, je ne savais pas, dit-il, décontenancé.

— Enfin… Sa mémoire se perpétuera grâce à ses bonnes œuvres. Elle était très charitable. Très… généreuse.

— Existe-t-il une fondation portant son nom ? Quand mon oncle est mort…

— Oui. Il s'agit de… la fondation Ermintrude Bloomwood pour les… violonistes.

J'improvise en apercevant une affiche pour une soirée musicale.

— Les violonistes du Malawi. C'était la cause qu'elle défendait.

— Les violonistes du Malawi ? répète Tarquin.

— Oui. Il y a un manque épouvantable de musiciens classiques, là-bas. Et la culture est si enrichissante, quelles que soient les conditions matérielles.

Comment puis-je inventer des bêtises pareilles ? Je fixe Tarquin avec appréhension et à mon grand étonnement constate qu'il a l'air captivé.

— Quel est le but exact de la fondation ?

Dans quoi me suis-je encore embarquée ?

— C'est de… d'assurer chaque année le financement de six professeurs de violon. Ils auront besoin d'une formation spéciale, ainsi que de violons, bien entendu. Mais les résultats en vaudront la peine. Par ailleurs, ils apprendront aux Malawites à fabriquer les instruments afin qu'ils soient autonomes et ne dépendent pas des Occidentaux.

— Vraiment ?

Il a l'air dubitatif.

Ai-je dit quelque chose d'absurde ? Je ris pour faire diversion.

— Assez parlé de ma famille. As-tu vu des bons films ces derniers temps ?

Nous allons parler cinéma, puis la note arrivera, et…

— Attends. Dis-moi, comment se déroule ce projet ?

— Bien… dans l'ensemble. Mais je n'ai pas suivi les derniers développements. Tu sais, la mise en place prend toujours…

— J'aimerais y apporter ma contribution.

Ai-je bien entendu ?

— Sais-tu à quel ordre je dois établir le chèque ? demande-t-il en plongeant la main dans sa poche. À la fondation Bloomwood ?

Stupéfaite, je le vois sortir un carnet de chèque gris pâle. Le quinzième homme le plus riche du pays.

— Je ne sais pas très bien. J'ignore l'appellation exacte.

— Alors, je le rédige à ton nom. Et tu le leur donneras.

Il écrit sur-le-champ :

Veuillez payer à Rebecca Bloomwood

La somme de

5…

500 livres. Je suppose. Il ne peut pas donner 5 malheureuses livres.

5 000 livres

T.A.J. Cleath-Stuart

Pas possible ! Un chèque de 5 000 livres à mon nom. 5 000 livres pour tante Ermintrude et les professeurs de violon du Malawi.

S'ils existaient.

— Voilà, fait Tarquin en me tendant le chèque.

Comme dans un rêve, je relis le libellé.

Veuillez payer à Rebecca Bloomwood la somme de 5 000 livres.

J'éprouve un soulagement si intense que j'ai envie d'éclater en sanglots. Cette somme, plus élevée que mon découvert et ma facture Visa réunis, résoudrait tous mes problèmes. D'accord, je ne suis pas violoniste au Malawi, mais Tarquin ne découvrira jamais la vérité. Pourquoi vérifierait-il ? Au cas où, je lui raconterai une histoire de mon invention.

Que représentent cinq mille livres pour un multimillionnaire ? Il ne s'apercevra même pas qu'il est débité de ce montant. Cinq milliers de livres par rapport à des millions, c'est risible ! Pour des personnes comme vous et moi, cela équivaut à cinquante pences. Il n'y a pas de quoi hésiter.

— Rebecca ?

Tarquin tient toujours le chèque. Vas-y, me dis-je. Il est à toi. Prends-le et fourre-le au fond de ton sac. Dans un effort surhumain, je rapproche ma main. Plus près… de plus en plus près. J'y suis presque. Mes doigts tremblent.

Je ne peux pas. C'est immoral.

— Tu sais, je ne crois pas que la Fondation soit en mesure d'encaisser de l'argent.

— Je vois.

— Je t'indiquerai à qui adresser un chèque quand j'en saurai plus. Tu ferais mieux de déchirer celui-là.

Il s'exécute lentement. Je préfère ne pas regarder et contemple mon verre de champagne, au bord des larmes. Ces 5 000 livres auraient transformé ma vie. Tarquin prend la boîte d'allumettes posée sur la table et met le feu aux petits bouts de papier dans le cendrier. Ils brûlent en un clin d'œil.

— Excuse-moi. Je reviens dans un instant.

Il se lève et se dirige vers le fond du restaurant. J'appuie ma tête entre mes mains et pousse un profond soupir. Allez, sois philosophe. Peut-être gagnerai-je cinq mille livres à la tombola. Et si l'ordinateur de Derek Smeath se détraquait ? Il serait forcé d'annuler toutes mes dettes et de repartir de zéro. À moins qu'un inconnu paie ma facture de carte Visa par erreur.

Ou que Tarquin me demande en mariage en sortant des toilettes.

Je lève les yeux et remarque qu'il a laissé son carnet de chèques sur la table. Il s'agit du chéquier du quinzième homme le plus riche du pays ! Qu'y a-t-il à l'intérieur ? Des chèques astronomiques, sans aucun doute. Il claque certainement en une journée ce que je dépense en un an.

Prise d'une impulsion soudaine, j'attire le chéquier vers moi et l'ouvre. Je ne cherche rien de particulier, j'espère juste tomber sur des sommes monumentales. Le premier talon s'élève à 30 livres. Navrant ! Je feuillette un peu plus loin et trouve 520 livres à Arundel & Son. Sur la souche suivante figurent 7 515 livres à l'American Express. Voilà qui est mieux sans être passionnant. Ce chéquier n'a rien d'exceptionnel : il ressemble au mien.

Je le referme, le remets à sa place et relève la tête. Mon sang se fige. Tarquin regarde droit dans ma direction.

Il est debout au bar. Un serveur arrive et lui désigne un endroit situé à l'opposé, mais il n'y prête aucune attention. Il continue à me dévisager. Nos yeux se rencontrent et mon cœur se serre.

Merde ! Qu'a-t-il vu ?

Je retire ma main du chéquier et bois une gorgée de champagne. En me redressant, je feins d'apercevoir Tarquin pour la première fois et lui lance un sourire rayonnant. Il me considère un instant puis finit par sourire à son tour. Ensuite il disparaît. Je m'effondre dans mon siège, abattue.

Surtout ne pas s'affoler. Agir de façon naturelle. Il n'a probablement rien vu. Dans le cas contraire, ce n'est pas un crime de feuilleter un carnet de chèques. S'il me demande ce que je faisais, je lui dirai que… je vérifiais s'il avait bien rempli son talon. Voilà.

Mais il ne pose aucune question. Il se contente de rempocher son chéquier.

— As-tu terminé ? s'enquiert-il, poli.

— Oui, merci.

J'essaie de paraître détendue. Mais mon visage est en feu et j'ai conscience d'avoir l'air coupable.

— J'ai réglé l'addition. Nous pouvons y aller.

Point final. La soirée est terminée. Avec une courtoisie irréprochable, Tarquin me reconduit à la porte du restaurant, hèle un taxi et paie le chauffeur pour le trajet jusqu'à Fulham. Je n'ose pas lui proposer de m'accompagner ou de boire un verre ailleurs. Je sens une distance glaciale qui m'interdit de prononcer le moindre mot. Nous nous embrassons sur la joue. Il m'assure avoir passé une très agréable soirée et je le remercie pour ce merveilleux dîner.

Tout le long du trajet, je suis minée par l'anxiété.

Le taxi s'arrête devant l'immeuble. Je souhaite une bonne nuit au chauffeur et cherche mes clés. Je vais prendre un bon bain chaud et réfléchir à ce qui vient de se passer. Si ça se trouve, Tarquin m'a juste vue remettre son chéquier en place et c'est moi qui construis tout un roman.

Mais pour quelle raison est-il soudain devenu si froid et distant ? Il doit avoir aperçu ou doit soupçonner quelque chose. Il n'a pu que remarquer mes joues écarlates et mon regard fuyant. Pourquoi ai-je toujours cet air coupable ? Je ne faisais rien de mal, j'étais curieuse. Est-ce un crime ?

J'aurais dû plaisanter, transformer mon geste en incident amusant. Mais quelle sorte de plaisanterie sort-on à ce sujet ? Quelle imbécile ! Pourquoi ai-je pris ce fichu chéquier ? Je n'avais qu'à rester assise et siroter mon champagne.

À ma décharge… Il l'a laissé sur la table. Il n'en fait donc pas un mystère. Suis-je paranoïaque ?

Au moment où j'introduis ma clé dans la serrure, mon optimisme a repris le dessus. En fin de soirée, Tarquin n'était pas amical, c'est vrai, mais peut-être était-il souffrant ? Il souhaitait certainement ne pas me bousculer. Demain, je lui adresserai un petit mot pour le remercier et lui suggérer d'aller écouter du Wagner ensemble. Excellente idée ! Je bûcherai aussi les préludes afin de pouvoir lui répondre s'il me demande une nouvelle fois lequel je préfère. Je me suis inquiétée pour rien.

J'ouvre la porte, déboutonne mon manteau et reste saisie de stupeur. Suze m'attend dans l'entrée, le visage empreint d'une drôle d'expression.

— Bex, je viens d'avoir Tarquin au téléphone, déclare-t-elle en hochant la tête d'un air réprobateur.

— Ah bon ?

J'essaie de me comporter de façon naturelle, mais ma voix tremble de peur. Je gagne du temps en me retournant pour enlever mon manteau et dénouer mon écharpe.

— Je suppose que tu ne désires pas fournir d'explication.

— Eh bien…

Je me damnerais pour une cigarette.

— Je ne te reproche rien. Mais je trouve que tu aurais pu…

Elle laisse échapper un grand soupir.

— … le traiter avec plus de ménagement. Il avait l'air vexé. Le pauvre chéri est vraiment mordu, tu sais ?

Je ne comprends pas.

— Qu'a-t-il raconté ?

— Il a téléphoné pour dire que tu avais oublié ton parapluie. Un serveur s'est précipité derrière toi pour te le donner. Je lui ai demandé comment s'était déroulé votre rendez-vous…

— Et…

— Il m'a affirmé avoir passé une très agréable soirée, mais que tu lui avais clairement fait comprendre que tu ne voulais plus le revoir.

— Ah…

Je m'assois par terre, bouleversée. Maintenant, c'est sûr. Tarquin m'a vue feuilleter son chéquier. Je n'ai plus aucune chance avec lui.

Cependant il n'a pas dévoilé la vérité à Suze. Il m'a protégée en prétendant que je ne désirais pas poursuivre cette relation. Il s'est conduit en gentleman.

D'ailleurs, il s'est conduit en gentleman toute la soirée. Il s'est montré gentil, charmant et attentionné. Quant à moi, je n'ai pas cessé de lui mentir.

J'ai envie de pleurer.

— Quel dommage ! C'est à toi seule de décider, je sais, mais Tarquin est un chic type. Et il est amoureux de toi depuis une éternité ! Vous iriez si bien ensemble ! Tu ne veux pas lui donner une autre chance ?

— Non, je ne pense pas. Suze, je suis fatiguée. Je vais me coucher.

Je me lève en évitant son regard et traverse le couloir pour aller dans ma chambre.

BANK OF LONDON
London House
Mill Street EC3R 4DW

Mademoiselle Rebecca Bloomwood
Apt 2
4 Burney Road
Londres SW6 8FD

Le 23 mars 2000

Chère Mademoiselle Bloomwood,

Nous avons bien reçu votre demande de prêt Easifone.

Nous sommes au regret de vous informer que la raison invoquée, « l'achat de vêtements et de maquillage », n'a pas été jugée suffisante pour obtenir ce type de prêt. Par conséquent, votre demande a été rejetée par notre équipe de crédit.

Nous vous remercions de nous avoir contactés et vous prions d'agréer, Mademoiselle Bloomwood, l'expression de nos meilleures salutations.

Margaret Hopkins
Conseillère en prêts

ENDWICH BANK
Fulham Branch
3 Fulham Road
Londres SW6 9JH

Mademoiselle Rebecca Bloomwood
Apt 2
4 Burney Road
Londres SW6 8FD

Le 24 mars 2000

Chère Mademoiselle Bloomwood,

Je vous confirme par la présente notre rendez-vous du lundi 27 mars à 9 h 30, à notre agence de Fulham. Veuillez me demander à la réception.

Dans cette attente, je vous prie d'agréer, Mademoiselle Bloomwood, l'expression de mes sentiments distingués.

Derek Smeath
Directeur

ENDWICH – PARCE QUE NOUS PRENONS SOIN DE VOUS

15

Le lendemain, je me réveille dans un état lamentable.

Je ne suis qu'un nœud de souffrance. J'essaie de bouger la tête, d'ouvrir les yeux ou de répondre à des évidences comme : qui suis-je ? quel jour sommes-nous ? Peine perdue ! La douleur est insupportable.

Je m'oblige à rester tranquille, mais le simple fait de respirer m'épuise. Je halète. Mon visage est cuisant et j'ai des palpitations. Je m'efforce de contrôler ma respiration. Inspiration… expiration, inspiration… expiration. Je vais m'en sortir. Tout va rentrer dans l'ordre.

Je m'appelle Rebecca. Rebecca Bloomwood.

Mais encore… J'ai dîné hier soir au restaurant.

J'ai mangé une pizza. Avec qui déjà ?

Tarquin.

Mon Dieu !

J'ai feuilleté son chéquier. Tout est terminé. Et c'est ma faute.

Une vague de désespoir familière me submerge. Je ferme les yeux. Si seulement j'arrivais à calmer cette migraine ! Cela me rappelle que la nuit dernière, en rentrant dans ma chambre, j'ai trouvé sur ma coiffeuse une demi-bouteille de whisky offerte par des assurances. Malgré mon aversion pour le scotch, je l'ai ouverte et j'en ai bu… sans doute plusieurs gorgées. Voilà la raison pour laquelle je suis si malade ce matin !

Je m'assois à grand-peine dans mon lit et dresse l'oreille, espérant entendre Suze s'affairer. L'appartement est vide.

Je me retrouve seule avec mes pensées.

Situation insoutenable. Un violent mal de tête martèle mon crâne et je suis exténuée mais je dois bouger, me distraire. Je vais prendre une tasse de café dans un endroit tranquille et tenter de rassembler mes idées.

Je parviens à m'extirper de mon lit, titube jusqu'à la commode et me regarde dans la glace. J'ai une mine épouvantable : le teint vert, la bouche sèche et des mèches de cheveux collées aux tempes. Le pire, c'est l'expression vide de mes yeux. Je me dégoûte. Hier soir, la chance de ma vie s'est présentée sur un plateau et je l'ai laissée passer. Je suis un désastre ambulant. Je ne mérite pas de vivre.

Tandis que je me dirige vers King's Road pour me perdre dans la foule, la marche dans le froid vif efface presque les événements de la veille.

J'entre chez Aroma et je commande un grand cappuccino que je me force à boire comme si tout allait bien ; ne suis-je pas une fille normale, sortie faire des courses un dimanche ? Mais je n'y arrive pas. Mes pensées me harcèlent. Elles tournent dans ma tête à la façon d'un disque rayé.

Pourquoi ai-je regardé ce chéquier ? Quelle idiote ! Tout se déroulait à merveille. Je lui plaisais énormément. Il projetait d'autres invitations. Je donnerais n'importe quoi pour revenir en arrière et recommencer cette soirée du début…

N'y pense pas. Oublie ce qui aurait pu être. C'est trop pénible. Si j'avais joué le jeu, je serais attablée ici avec Tarquin, en bonne voie pour devenir la quinzième femme la plus riche du pays.

À la place… je suis enfoncée dans les dettes jusqu'au cou et j'ai rendez-vous avec mon banquier lundi matin. Et aucune solution en vue. Aucune.

Triste à mourir, j'avale une gorgée de café et déplie l'emballage de mon chocolat. Je n'en ai pas envie, mais je le mange.

Le pire, c'est que je commençais à bien aimer Tarquin. Côté look, il n'est pas servi, mais il est très gentil et plutôt drôle à sa manière. Cette broche… C'était adorable.

Sans parler de sa discrétion envers Suze. Et la confiance qu'il me témoignait quand je lui assurais adorer les chiens, Wagner et les violonistes du Malawi…

Je suis sur le point d'éclater en sanglots.

D'un geste brusque, j'essuie mes yeux, vide ma tasse et me lève. Une fois dans la rue, j'hésite, puis marche à vive allure. Le vent chassera peut-être mes idées noires.

J'ai beau battre le pavé, je ne note aucune amélioration. Ma migraine comprime toujours ma tête comme un étau et mes yeux me brûlent. Un verre me ferait du bien. Ou une cigarette, une broutille qui me remonterait le moral…

Je m'aperçois que je me trouve devant Octagon, mon magasin préféré. Trois étages de vêtements, d'accessoires, d'ameublement, de cadeaux, de cafétérias, de bars à jus de fruits et un fleuriste qui donne envie d'acheter des tonnes de bouquets pour la maison.

J'ai mon sac.

J'ai *besoin* de m'offrir quelque chose. Juste une babiole. Un T-shirt ou un bain moussant… Je ne dépenserai pas beaucoup.

Je pousse déjà les portes. Quel soulagement ! La chaleur, les lumières. Je retrouve mon élément. C'est mon habitat naturel.

Au rayon des T-shirts, je sens que la magie n'opère pas comme d'habitude. En les regardant, je tente de recréer l'excitation que j'éprouve d'ordinaire en me payant un petit plaisir, mais aujourd'hui, je suis vidée. Je finis par en choisir un avec une étoile argentée au centre et le pose sur mon bras en me persuadant que je vais déjà mieux. Puis je remarque des robes de chambre. J'en aurais bien besoin d'une neuve.

Alors que j'en admire une ravissante en tissu gaufré, j'entends une petite voix intérieure répéter en sourdine : « N'achète rien. Tu es endettée. N'achète rien. »

C'est vrai. Inutile de le nier.

Qu'importe ! Désormais, il est trop tard pour renverser la vapeur. Je suis endettée. Je le serai un peu plus, et toc ! J'arrache presque la robe de chambre de son cintre, puis je prends les pantoufles assorties. Impossible d'acheter l'un sans l'autre.

La caisse est juste à ma gauche, mais je l'ignore. Je n'ai pas encore terminé. J'emprunte l'escalator et me rends à l'étage de l'ameublement. C'est le moment de faire l'acquisition d'une nouvelle housse de couette, blanche de préférence, pour aller avec ma robe de chambre neuve. Je jette aussi mon dévolu sur deux traversins et une descente de lit en fausse fourrure.

Chaque fois que j'ajoute un article, un frisson de plaisir jaillit comme une étincelle. Hélas ! cette sensation ne dure qu'un bref instant pour céder la place aux ténèbres glacées. Je cherche alors fiévreusement autre chose. Une énorme bougie parfumée. Une crème hydratante et un gel douche Jo Malone. Un sachet de pot-pourri. Le même phénomène se reproduit : les étincelles de joie suivies de l'obscurité. L'intensité de mon excitation devient de plus en plus courte. Pourquoi le plaisir s'évanouit-il aussi vite ?

— Puis-je vous aider ?

Un jeune vendeur vêtu de la tenue Octagon – chemise blanche, pantalon de lin – regarde ma pile de marchandises sur le sol.

— Voulez-vous que je garde ces articles pendant que vous poursuivez votre shopping ?

Je considère le tas à mes pieds. Il est énorme.

— Non, merci. Je vais payer.

À nous deux, nous parvenons à traîner toutes mes courses sur le parquet jusqu'à l'élégante caisse centrale de granit. La caissière scanne chaque article. Les traversins sont soldés, ce que je n'avais pas réalisé, et tandis qu'elle calcule le prix exact, une file d'attente gigantesque commence à se former derrière moi.

— Trois cent soixante-dix livres cinquante-six, s'il vous plaît. Comment désirez-vous payer ? demande-t-elle en souriant.

— Avec la carte Switch, dis-je en plongeant la main dans mon sac.

Tandis qu'elle la glisse dans la machine, je contemple tous mes sacs. Comment vais-je les porter jusqu'à l'appartement ?

Je me refuse d'y réfléchir. Je veux oublier la maison, Suze, Tarquin et surtout la soirée d'hier.

— Je suis désolée, mais cette carte n'est probablement plus valable. Avez-vous autre chose ? dit la vendeuse en me la rendant.

— Bien sûr… Tenez, voilà ma carte Visa.

Qu'est-ce qui cloche avec cette carte ? Elle a l'air normale. Je dois le signaler à ma banque.

La banque. Le rendez-vous de demain avec Derek Smeath. N'y songe pas. Concentre-toi sur autre chose. Vite. Derrière moi, la queue s'est allongée de manière importante. Les gens s'impatientent. Ils toussent ou se raclent la gorge. Je croise le regard d'une femme et lui souris, embarrassée.

— Celle-ci ne marche pas non plus

Je me retourne, stupéfaite.

Que se passe-t-il ? Il s'agit de ma carte Visa, nom d'un chien ! Acceptée dans le monde entier. C'est absurde !

Une pensée me traverse soudain l'esprit. Toutes ces lettres. Ces lettres que je mets dans le tiroir de ma coiffeuse. J'espère qu'ils n'ont pas…

Non ! Ne me dites pas qu'ils ont annulé ma carte !

Mon cœur bat à tout rompre. J'ai du retard dans le règlement de mes factures, c'est indéniable, mais j'ai besoin de ma carte Visa. Un besoin vital. Ils ne peuvent pas la bloquer comme ça.

— Les gens attendent. Si vous ne pouvez pas payer…, déclare la caissière.

— Bien sûr que si.

Les mains tremblantes, je fouille dans mon portefeuille et en sors ma carte Octagon. A priori, je ne l'ai pas utilisée depuis longtemps car elle était enterrée sous les autres.

— Encaissez la totalité sur celle-ci.

— Parfait, répond-elle d'un ton sec.

Tout à coup, j'ai un doute. Ai-je réglé ma dernière facture de carte Octagon ? Ils m'ont adressé une lettre très désagréable au sujet d'un impayé. Depuis, j'ai dû régulariser ma situation. Du moins, en partie. J'en suis presque sûre.

— Il faut que je passe un rapide coup de fil, annonce la caissière, les yeux rivés sur sa machine.

Elle décroche son téléphone.

— Bonjour. Si je vous indique un numéro de compte…

Quelqu'un dans la file soupire bruyamment. Je n'ose plus regarder autour de moi, ni bouger.

— Je vois, murmure la vendeuse en raccrochant, le visage fermé.

Son expression n'a plus rien de poli. Elle est carrément hostile.

— Notre département financier souhaiterait que vous le contactiez au plus vite. Voici leurs coordonnées.

— Très bien. C'est ce que je vais faire, dis-je comme si c'était tout à fait naturel.

Je tends la main pour récupérer ma carte. Mes courses ne m'intéressent plus. Je ne désire qu'une chose : sortir d'ici.

— Désolée, mais votre compte a été bloqué. Je dois conserver votre carte, explique-t-elle sans baisser la voix.

Je la dévisage, incrédule. J'entends les gens râler dans mon dos, certains se poussent du coude.

— À moins que vous n'ayez un autre moyen de règlement…, ajoute-t-elle en considérant mes marchandises empilées sur le comptoir.

Ma robe de chambre en tissu gaufré. Ma nouvelle housse de couette. Ma bougie parfumée. Un énorme tas d'articles inutiles que je suis incapable de payer. Le simple fait de les regarder me donne à présent envie de vomir.

Je hoche la tête, hébétée. J'ai le sentiment d'être une voleuse.

— Elsa, appelle-t-elle. Peux-tu t'occuper de ça ? En définitive, la cliente n'effectue pas ses achats.

Elle montre la pile et l'autre vendeuse la pousse un peu plus loin, le visage dépourvu d'expression.

— Au suivant, s'il vous plaît.

La femme derrière moi s'avance, gênée. Je me détourne lentement. Quelle humiliation ! J'ai l'impression que tout le monde m'observe en chuchotant : « Vous avez vu ce qui vient d'arriver ? »

Je marche comme un automate. C'est un cauchemar. Je dois quitter ce magasin, me retrouver dehors et aller…

Où ? À la maison ?

Je ne supporterai pas d'écouter Suze parler sans arrêt de Tarquin et de sa gentillesse. Ou même pis, de tomber sur lui. Rien que d'y penser, j'en suis malade.

Que faire ?

Je déambule au hasard en évitant les vitrines alléchantes. Je me sens vide et au bord du gouffre.

À un croisement, je m'arrête en attendant que le feu passe au rouge, à côté d'un magasin de pulls en cachemire. Un sweat-shirt rouge retient mon attention. Des larmes de soulagement me piquent les yeux. Il existe un endroit où je peux toujours me réfugier.

Chez mon père et ma mère.

16

Quand je débarque chez mes parents à l'improviste en leur demandant de m'héberger quelques jours, ils ne semblent pas choqués ou surpris.

Ils paraissent même trouver ma requête si naturelle qu'ils me donnent l'impression de s'être préparés à cette éventualité depuis mon départ à Londres. Ont-ils attendu chaque semaine que je me présente à leur porte sans bagage et les yeux rouges ? En tout cas, ils se comportent aussi calmement que le service des urgences d'un hôpital rompu à toutes les situations.

Sauf que le service des urgences ne se disputerait pas sur la meilleure façon de réanimer leur patient. Au bout de quelques minutes, j'ai envie de sortir pendant qu'ils décident de leur plan d'action, puis de sonner de nouveau.

— Monte prendre un bon bain chaud. Je suppose que tu es épuisée, déclare ma mère dès que j'ai posé mon sac.

— Qui te dit qu'elle a envie d'un bain ? réplique mon père. Elle préfère peut-être un verre. Tu veux un verre, chérie ?

— Est-ce bien raisonnable ? dit ma mère en lui adressant un regard éloquent que je ne suis pas censée remarquer, du style : « Et si elle était alcoolo ? »

— Non, merci. Mais j'aimerais beaucoup un thé.

— Bien sûr ! s'exclame ma mère. Graham, va mettre la bouilloire en route, ordonne-t-elle à mon père en lui lançant un autre regard lourd de sous-entendus.

À peine a-t-il disparu dans la cuisine qu'elle se rapproche de moi et chuchote :

— Est-ce que tu vas bien, chérie ? S'il y a quelque chose… ?

Rien de tel que la voix compatissante d'une mère pour vous faire craquer quand vous êtes déprimée.

— Ça ne va pas très fort. Je suis… dans une situation un peu difficile. Mais tout va s'arranger, dis-je avec des trémolos dans la voix, en détournant les yeux.

— Parce que…, poursuit-elle à voix encore plus basse, ton père n'est pas aussi vieux jeu qu'il en a l'air. Je t'assure que si nous devions nous occuper d'un… petit, pendant que tu poursuivrais ta carrière…

— Maman, je ne suis pas enceinte ! Ne t'inquiète pas.

— Je n'ai jamais dit ça. Je tenais simplement à t'offrir notre soutien, rétorque-t-elle en rougissant.

Bon sang, qu'arrive-t-il à mes parents ? Ils regardent trop de feuilletons mélos, c'est leur problème. Ils aimeraient sans doute que je sois enceinte. De mon amant cruel et marié qu'ils assassineraient et enterreraient dans le patio.

Et cette histoire « d'offrir notre soutien ». Ma mère ne se serait jamais exprimée de cette façon avant de regarder Ricki Lake à la télé tous les après-midi.

— Viens prendre une tasse de thé.

Je la suis dans la cuisine où nous nous retrouvons tous les trois. Quel plaisir ! Un thé chaud bien fort accompagné d'un biscuit au chocolat. Je ferme les yeux et bois quelques gorgées, puis les rouvre pour voir mes parents me dévisager, dévorés de curiosité. Ma mère transforme aussitôt son expression en un sourire et mon père toussote. Il est évident qu'ils meurent d'envie d'en savoir plus.

— Et vous, vous allez bien ?

Ils redressent la tête en même temps.

— Oui, nous allons bien, répond ma mère.

Un ange passe.

— Becky, dit mon père d'une voix grave, as-tu des problèmes ? Tu n'es pas obligée de nous en parler, ajoute-t-il précipitamment. Mais je veux que tu saches que nous sommes là.

Encore un relent de Ricki Lake. Mes parents devraient sortir plus souvent.

— Que se passe-t-il ? demande ma mère avec douceur.

Elle est si gentille et compréhensive que, malgré moi, je repose ma tasse d'une main tremblante.

— J'ai des ennuis. Comme je ne voulais pas vous inquiéter, je ne vous en ai pas parlé…

Ma voix se brise.

— Tu te drogues, c'est ça ? s'écrie ma mère, alarmée.

— Mais non ! C'est… c'est que… je…

J'avale une autre gorgée de thé. C'est plus dur que je ne l'imaginais. Allez Rebecca, courage. Je resserre ma main autour de ma tasse.

— La vérité…

— Oui ? interrompt ma mère.

— La vérité c'est… que je suis pourchassée. Par un homme du nom de Derek Smeath, finis-je par lâcher.

Le silence qui suit n'est troublé que par une profonde inspiration de mon père reprenant son souffle.

— Je savais que quelque chose n'allait pas ! s'exclame ma mère.

— Moi aussi ! Becky, depuis combien de temps ça dure ? demande mon père en appuyant ses coudes sur la table.

— Heu… des mois. Il s'agit plutôt de… harcèlement. Rien de grave. Mais je n'en peux plus.

— Qui est ce Derek Smeath ? Nous le connaissons ?

— Je ne pense pas. Je l'ai rencontré… à mon travail.

— Évidemment ! Une jeune et jolie jeune fille comme toi, dotée d'une excellente situation… ça devait arriver ! tempête ma mère.

— Est-il journaliste ?

— Non. Il travaille pour la banque Endwich. Il… il téléphone en prétendant s'occuper de mon compte en banque. Il est très convaincant.

Tandis que mes parents digèrent mon histoire, j'attrape un autre biscuit.

— Eh bien… Je crois que nous devrions appeler la police, propose finalement ma mère.

— Pas question ! dis-je en postillonnant des miettes sur toute la table. Il ne m'a jamais menacée. Il ne me suit pas. Il se contente de me harceler. J'ai pensé qu'en disparaissant quelques jours…

— Je vois. Ça se tient, déclare mon père.

— Voilà ce que je vous suggère : s'il téléphone, dites-lui que je suis à l'étranger et que vous ne savez pas où me joindre. Si… si quelqu'un d'autre appelle, racontez la même chose. Idem pour Suze.

— Es-tu sûre ? s'inquiète ma mère. Je préférerais prévenir la police.

— Non ! Cela lui donnerait trop d'importance.

— Bien, approuve mon père. En ce qui nous concerne, tu n'es pas là.

Il tend le bras et me serre la main. En voyant son visage marqué par l'anxiété, je me déteste. Je ressens une telle culpabilité que l'espace d'un instant j'envisage de tout leur raconter. Tout.

Mais… C'est impossible. Je ne peux pas avouer à mes parents si gentils et aimants que leur fille soi-disant brillante avec son prétendu job prestigieux est en réalité une menteuse, paumée et criblée de dettes.

Nous dînons d'une tourte et regardons à la télé l'adaptation d'un livre d'Agatha Christie. Je monte ensuite dans mon ancienne chambre, enfile une vieille chemise de nuit et me couche. Le lendemain, je me réveille sereine et reposée comme je ne l'ai pas été depuis une éternité.

Il me suffit de contempler le plafond de ma chambre pour me sentir en sécurité, à l'abri du monde, protégée dans un cocon. Personne ne viendra me chercher chez mes parents puisque personne ne soupçonne ma présence ici. Fini les lettres désagréables, les coups de fil pénibles et les visiteurs indésirables ! J'ai trouvé mon refuge. Délivrée de mes responsabilités, j'ai l'impression d'avoir quinze ans, âge béni où les devoirs représentent les seuls sujets d'inquiétude. (Et je n'en ai même pas.)

Il est au moins neuf heures quand je sors du lit. À des kilomètres de là, à Londres, Derek Smeath m'attend pour notre rendez-vous fixé dans une demi-heure. Je devrais appeler la banque pour m'excuser. Mais je n'en ferai rien. Je m'interdis d'y penser.

Désormais, la banque, Visa, Octagon n'existent plus. Je les ai expulsés de ma vie.

L'unique appel que je passe est au bureau, car je ne veux pas qu'ils me virent en mon absence. Je téléphone à 9 h 20, avant l'arrivée de Philip, et tombe sur Mavis à la réception.

— Mavis ? Rebecca Bloomwood à l'appareil. Je suis malade. Pouvez-vous avertir Philip ? dis-je d'une voix enrouée.

— Ma pauvre ! Vous avez une bronchite ?

— C'est possible. J'ai rendez-vous chez le médecin. Il faut que j'y aille. Au revoir.

Voilà. Je suis libre. Personne ne se doute de quoi que ce soit. Soulagée, je me sens toute légère. Il est si facile de s'échapper. J'aurais dû y songer depuis longtemps.

Au plus profond de moi-même, je sais que rester ici est impossible. Tôt ou tard, je serai obligée d'affronter les événements.

Mais, pour l'instant, je suis tranquille. Je vais prendre une tasse de thé, m'installer devant *Morning Coffee* et me vider complètement la tête.

Quand j'arrive dans la cuisine, mon père est assis à la table, plongé dans son journal. Comme dans ma jeunesse, une odeur de pain grillé flotte dans l'air et la radio joue en sourdine. La vie était si simple, alors. Pas de factures, ni de réclamations ou de lettres menaçantes. Une bouffée de nostalgie me submerge et je me détourne pour remplir la bouilloire, les yeux brillants.

— Il y a des nouvelles intéressantes, annonce mon père en indiquant le *Daily Telegraph*.

— Ah ! oui ?

— Scottish Prime a racheté Flagstaff Life.

— J'étais plus ou moins au courant.

— Tous les souscripteurs de Flagstaff Life vont bénéficier d'une grosse somme. Apparemment, la plus importante à ce jour.

— Mince alors ! dis-je en feignant de l'intérêt.

Je prends un numéro de *Good Housekeeping* et commence à lire mon horoscope.

Cependant, quelque chose me tracasse. Flagstaff Life. Ce nom m'est familier. Avec qui en parlais-je ?

— Les voisins, Martin et Janice ! Ils sont chez Flagstaff Life depuis quinze ans.

— Eh bien, ils vont toucher un bon paquet, assure mon père. Le montant est proportionnel à l'ancienneté.

Il tourne la page de son journal. Je m'assois avec ma tasse de thé et *Good Housekeeping* ouvert à la page d'un article sur les cakes de Pâques. Je n'ai pas de chance. Pourquoi la banque Endwich n'est-elle pas rachetée ? Ils me verseraient alors une somme rondelette qui me permettrait d'effacer mon découvert et vireraient Derek Smeath par la même occasion.

— Tu as des projets pour aujourd'hui ? demande mon père.

— Non.

Je bois une gorgée de thé.

Et des projets pour l'avenir ? Non plus.

La matinée s'écoule, paisible et agréable. J'aide ma mère à trier des vêtements pour une vente de charité et, à 12 h 30, nous allons dans la cuisine confectionner des sandwichs. En regardant l'horloge, l'idée m'effleure que j'aurais dû me présenter à la banque il y a trois heures. Évanescente et fugitive, cette pensée disparaît aussitôt. Dorénavant, ma vie à Londres paraît lointaine et irréelle. Ma place est ici à me détendre, à la maison avec mes parents, loin des complications et de la foule en délire.

Après le déjeuner, je flâne dans le jardin, puis je m'installe sur le banc près du pommier contre la clôture avec un catalogue de vente par correspondance de ma mère. Peu après, j'entends une voix derrière moi : c'est Martin, le voisin. Je ne me sens pas très bien disposée à son égard.

— Bonjour Becky, tu vas bien ? demande-t-il gentiment.

— Très bien, merci.

Et je ne suis pas amoureuse de votre fils, ai-je envie d'ajouter. Mais cette déclaration lui prouverait que je refuse de l'admettre.

Janice apparaît aux côtés de son mari, un déplantoir à la main.

— Becky, dit-elle, nous sommes au courant pour ton… désaxé, chuchote-t-elle en me lançant un regard terrifié.

— C'est un crime ! Ces gens devraient être enfermés, déclare Martin avec ferveur.

— Si nous pouvons faire quelque chose, n'importe quoi, nous sommes là.

— Ça va aller. Je désire juste me reposer quelque temps. Me mettre au vert.

— Bien entendu. C'est très sage, approuve Martin.

— Je disais à Martin ce matin que tu devrais embaucher un garde du corps.

— De nos jours, on n'est jamais trop prudent, renchérit son mari.

— C'est le prix de la gloire, poursuit Janice en hochant la tête d'un air triste.

— Et vous, comment allez-vous ? dis-je pour changer de sujet.

— Plutôt bien, répond Martin.

Je sens une gaieté forcée dans sa voix. Il y a un silence, puis il jette un coup d'œil à sa femme qui fronce les sourcils.

— Vous devez être ravis au sujet de Flagstaff Life.

De nouveau un silence.

— Pas vraiment.

— Personne n'était au courant, continue Janice en haussant les épaules. Ce sont des choses qui arrivent. C'est une question de chance.

— Que se passe-t-il ? Je croyais que vous alliez recevoir une somme très importante.

— Nous, non.

— Pourquoi ?

— Martin leur a téléphoné ce matin, explique Janice, pour connaître le montant exact. Dans le journal, ils affirmaient que les souscripteurs de longue date toucheraient des milliers de livres. Mais…

— Quoi ?

— Nous n'y avons pas droit car nous avons transféré notre investissement. Notre ancien placement aurait rempli les conditions requises… Nous aurons quelque chose, bien sûr, mais ce ne sera qu'une centaine de livres.

Je le regarde, ébahie.

— Mais vous l'avez transféré…

— Il y a deux semaines à peine. C'est l'ironie du sort. Si nous étions restés un petit peu plus longtemps… Ce qui est fait est fait. Inutile de se plaindre, conclut Martin, résigné.

Je détourne le regard et me mords la lèvre.

Ils ont décidé de transférer leur argent suite à mes conseils. Ils m'ont demandé mon avis et je leur ai dit de foncer. Mais n'avais-je pas entendu une rumeur au sujet de ce rachat ? Aurais-je pu les prévenir ?

— Nous ne pouvions pas prévoir ce qui allait arriver. Ces transactions sont tenues secrètes jusqu'à la dernière minute, n'est-ce pas Becky ?

J'ai la gorge trop serrée pour répondre. À présent, tout me revient. C'est Alicia qui, la première, a évoqué le rachat la veille de ma visite ici. Ensuite, Philip en a parlé au bureau. Il a mentionné les détenteurs de police d'assurance vie qui s'en sortaient bien. Sauf que… je n'écoutais pas. Je crois que je me faisais les ongles.

— 20 000 livres. C'est le montant dont nous aurions bénéficié si nous étions restés. J'en suis malade rien que d'y penser. Mais Janice a raison. Personne n'était au courant.

Quelle imbécile ! Si pour une fois j'avais réfléchi et utilisé mes méninges…

— Becky, tu as l'air bouleversée ! s'écrie Janice. Qui aurait pu deviner…

— J'étais au courant, finis-je par avouer piteusement.

— Quoi ? s'exclame-t-elle.

— Je ne savais rien de sûr, dis-je les yeux baissés. Mais des rumeurs circulaient depuis quelque temps. Quand vous m'avez consultée, j'aurais pu vous conseiller d'attendre. Mais… je ne me suis pas rappelé. Je… je suis désolée. Tout est ma faute.

En redressant la tête, je rencontre le regard stupéfait de Martin.

Je me tasse sous le poids de la culpabilité. Je me déteste. Le téléphone sonne dans la maison et j'entends les pas de la personne qui va répondre.

— Je vois… Ne t'inquiète pas. Ce sont des choses qui arrivent, finit-il par déclarer.

— Ne te reproche rien. C'est nous qui avons pris la décision de transférer nos fonds, pas toi.

— Et n'oublie pas que tu as subi une énorme pression ces temps-ci, poursuit Martin en posant une main bienveillante sur mon bras. Ce type qui te harcèle, c'est affreux !

Cette fois, je vais pleurer pour de bon, car je ne mérite pas leur gentillesse. Ils viennent de perdre 20 000 livres à cause de ma paresse et de mon inaptitude à suivre des événements que je devrais connaître sur le bout des doigts. Je suis journaliste financière, bon sang !

J'ai soudain le moral à zéro. Qu'est-ce que je fais de ma vie ? Rien. Que dalle. Je suis dépensière, incompétente dans mon travail et je n'ai pas de fiancé. J'ai blessé ma meilleure amie, menti à mes parents et voilà maintenant que je ruine mes voisins. Il ne me reste plus qu'à tout laisser tomber et à me réfugier dans un monastère bouddhiste.

— Becky ?

La voix de mon père interrompt mes pensées. Il se dirige vers nous à grandes enjambées, l'air anxieux.

— Ne prends pas peur, mais je viens juste d'avoir ce Derek Smeath au bout du fil.

— Quoi ? dis-je, horrifiée.

— Le désaxé ? s'écrie Janice.

Il acquiesce gravement.

— Un type odieux. Il s'est montré très agressif envers moi, poursuit mon père.

— Mais comment sait-il que Becky est ici ? demande la voisine.

— Le hasard, de toute évidence. Je suis demeuré très poli. Je lui ai dit que tu n'étais pas là et que j'ignorais où on pouvait te joindre.

— Et… et qu'a-t-il répondu ?

— Il a parlé d'un rendez-vous que tu aurais fixé avec lui. Ce type prend ses désirs pour des réalités.

— Vous devriez changer de numéro. Vous mettre sur liste rouge, conseille Martin.

— D'où appelait-il ? Il est peut-être dans les parages, suggère Janice en fouillant le jardin du regard comme si elle s'attendait à le voir surgir d'un buisson.

— C'est vrai ! Allez Becky, tu ferais mieux de rentrer. On ne sait jamais avec ce genre de dingue, déclare mon père.

— D'accord.

En voyant le visage doux et soucieux de mon père, je me maudis. Pourquoi n'avoir pas avoué la vérité à mes parents ? Me voilà dans une position infernale.

— Tu as l'air toute retournée. Une tasse de thé te réconfortera, déclare Janice en me tapotant l'épaule.

— Oui. C'est une bonne idée.

Mon père me reconduit à la maison avec force ménagements telle une infirme.

Cette situation commence à m'échapper. Non seulement je suis nulle, mais de plus ma sécurité est menacée. Finis, le cocon et la tranquillité. Je me sens vulnérable et au bord de la crise de nerfs. Je m'assois sur le divan à côté de ma mère et bois du thé en regardant *Countdown* à la télé. Le moindre bruit me fait sursauter.

Et si Derek Smeath était en route ? Combien de temps lui faudrait-il pour venir de Londres ? Une heure et demie ? deux si la circulation est mauvaise ?

Il doit avoir d'autres chats à fouetter.

Pourtant, cette possibilité existe.

À moins qu'il n'envoie des huissiers, des hommes menaçants en blouson de cuir. La peur me donne des sueurs froides. J'ai le sentiment d'avoir réellement un désaxé à mes trousses.

Pendant les publicités, ma mère consulte un catalogue d'accessoires pour le jardin.

— Regarde comme cette vasque pour oiseaux est belle. Je vais en prendre une.

— Super, dis-je, incapable de fixer mon attention.

— Ils ont aussi de merveilleuses jardinières. Tu pourrais en acheter pour ton appartement.

— Oui. Peut-être.

— Veux-tu en commander ? Elles ne sont pas chères.

— Non, ça va.

— Tu peux régler par chèque ou avec la carte Visa…

— Non, maman. Sans façon.

— Tu n'as qu'à téléphoner pour donner le numéro de ta carte et ils te les livrent…

— Maman, ça suffit ! Je n'en veux pas, d'accord ?

Elle me lance un regard surpris et réprobateur, puis tourne la page de son catalogue. La panique me fait presque suffoquer. Ma carte Visa est bloquée, ma carte Switch aussi. Rien ne marche. Mais elle n'en a aucune idée.

N'y pense pas. Surtout, n'y pense pas. Je prends un numéro du *Radio Times* sur la table basse et le feuillette sans le regarder.

— Pauvres Janice et Martin ! s'exclame ma mère. Quelle malchance ! Transférer leurs fonds deux semaines avant le rachat de la société…

— Je suis au courant.

Et c'est un sujet que je ne désire pas aborder. Merci bien.

— C'est une sacrée coïncidence que la compagnie lance ce nouveau fonds de placement juste avant le rachat. Beaucoup de personnes ont dû agir comme Martin et Janice et tout perdre. C'est horrible. Tiens, ça recommence ! dit-elle en montrant la télévision.

La joyeuse musique de *Countdown* retentit sous les applaudissements. Mais je ne les entends pas et ne prête aucune attention aux voyelles et consonnes. Je réfléchis aux paroles de ma mère. Une sacrée coïncidence. En est-ce vraiment une ? Ça m'étonnerait. L'assurance leur a écrit pour leur suggérer de transférer leur argent. Ils ont même offert un cadeau, une pendulette.

Pourquoi ?

Soudain en alerte, je décide de vérifier la date de la lettre de Flagstaff. Combien de temps avant le rachat l'ont-ils adressée ?

— ISSUE, annonce ma mère en regardant l'écran. Cela fait 5 lettres. Ah, il y a un autre S. ISSUES, alors.

— Je vais faire un saut à côté. J'en ai pour une minute, dis-je en me levant.

Quand Martin ouvre la porte, je constate qu'ils regardent la même émission.

— Bonjour. J'aimerais vous parler un instant. C'est possible ?

— Bien sûr ! Entre. Tu veux un sherry ?

— Heu…

Je suis un peu décontenancée. Je n'ai rien contre l'alcool, mais il est à peine 17 heures.

— Pourquoi pas ?

— Il n'est jamais trop tôt pour un sherry ! s'écrie-t-il.

— Sers-m'en un autre, s'il te plaît, lance Janice du salon.

Par exemple ! Un couple d'alcooliques !

Peut-être est-ce aussi de ma faute : leur mésaventure financière les pousse à chercher le réconfort dans l'alcool et la télévision.

— Puis-je voir la lettre de Flagstaff Life vous suggérant de transférer vos fonds ? Quand l'ont-ils envoyée ?

— Le jour même où on t'a vue, déclare Martin en versant le sherry dans un grand verre. À ta santé, Becky.

— À la vôtre. Je me demandais…

— Viens dans le salon.

Nous traversons le couloir.

— Voilà, ma chérie, dit-il en tendant son verre à Janice. Cul sec !

— C'est les chiffres, je dois me concentrer.

— J'ai pensé mener une petite enquête là-dessus. Je me sens si coupable, dis-je à Martin tandis que l'horloge de *Countdown* fait entendre son tic-tac.

— Cinquante fois quatre font deux cents. Six moins trois égale trois, fois sept, égale vingt et un.

— Bravo, chérie ! s'écrie Martin en fouillant dans un buffet de chêne sculpté. Voici la lettre. Tu as l'intention d'écrire un article ?

— C'est possible. Cela ne vous dérangerait pas ?

— A priori, non.

— Chut. Il va falloir découvrir le mot caché, annonce Janice.

— Bon. Je prends la lettre, d'accord ? dis-je à voix basse.

— *Expliciter* ! hurle-t-elle. Non, *exploiter* !

— Merci pour le sherry.

J'en avale une grande gorgée en frissonnant (il est sirupeux à souhait), repose mon verre et sors sur la pointe des pieds.

Une demi-heure plus tard, dans ma chambre, après avoir lu et relu la lettre de Flagstaff Life, je suis persuadée qu'il y a une histoire louche là-dessous. Combien de souscripteurs en transférant leur placement, alléchés par cette offre ridicule de pendulette, ont vu leur bénéfice s'envoler ? Plus précisément, combien d'argent a économisé Flagstaff Life ? Je veux le savoir. Pour la première fois de ma vie, je me passionne pour un problème financier.

Pas question, en tout cas, d'écrire un article pour *Réussir votre épargne*, ce journal merdique.

La carte d'Eric Foreman se trouve toujours dans mon sac avec son numéro de ligne directe, indiqué tout en haut. Je la sors, la regarde un moment, puis me dirige vers le téléphone et compose le numéro avant de changer d'avis.

— Eric Foreman, *Daily World*.

— Bonjour. Je ne sais pas si vous vous souvenez de moi. Rebecca Bloomwood, de *Réussir votre épargne*. Nous nous sommes rencontrés à la conférence de presse de Sacrum, dis-je nerveusement.

— Tout à fait, répond-il d'un ton jovial. Comment allez-vous, ma belle ?

— Très bien. Je me demandais si vous poursuiviez toujours votre rubrique intitulée « Pouvons-nous faire confiance aux financiers ? ».

— Oui, pourquoi ?

— Je crois... je crois que je tiens un sujet qui pourrait vous intéresser.

17

Je n'ai jamais travaillé aussi dur sur un article.

Remarquez, on ne m'a jamais demandé d'en écrire un aussi vite. Au journal, nous disposons d'un mois entier pour rédiger notre papier et nous râlons. Quand Eric Foreman m'a dit qu'il le lui fallait pour le lendemain, j'ai d'abord pensé qu'il plaisantait. J'ai répondu d'une voix enjouée : « Bien sûr ! » Et j'ai failli ajouter : « Vous l'aurez dans les minutes qui suivent. » Juste à temps, j'ai réalisé qu'il était sérieux. Mince alors !

Le lendemain matin, je me rends à la première heure chez Martin et Janice avec un dictaphone, et note toutes les informations relatives à leur placement en essayant d'obtenir des détails déchirants, comme me l'a conseillé Eric.

— Nous avons besoin d'une dimension humaine. Les rapports financiers ennuyeux ne nous intéressent pas. Il faut que Janice et Martin Webster inspirent la pitié. Faites-nous pleurer. Montrez-nous un couple ordinaire et travailleur, croyant compter sur ses petites économies pour assurer sa vieillesse, spolié par des hommes d'affaires véreux. Où vivent-ils ?

— Dans un pavillon de cinq pièces dans le Surrey.

— Surtout n'en parlez pas ! Je les veux honnêtes, pauvres et fiers. Ils n'ont jamais demandé un penny à l'État, ont économisé pour subvenir à leurs besoins et ont fait confiance à une institution financière respectable. Et cette institution n'a rien trouvé de mieux que de les escroquer. Vous voyez ce que je veux dire ? Vous vous en sortirez ?

— Oui… Bien entendu !

Aïe ! Dans quoi me suis-je encore fourrée ?

Toutefois, il est impossible de revenir en arrière. La prochaine étape consiste à persuader Janice et Martin de paraître dans le *Daily World*. Le problème est qu'il ne s'agit pas du *Financial Times*, ou du *Times* tout court. (Comme je le leur rappelle, il y a pire. Si je bossais pour le *Sun*, ils finiraient en sandwich entre une fille aux seins nus et le cliché flou d'une Spice Girl pris par un paparazzi.)

Heureusement, stupéfaits que je fasse tous ces efforts pour eux, ils ne se préoccupent pas du journal. Et quand ils apprennent qu'un photographe va venir leur tirer le portrait à midi, on dirait qu'ils vont recevoir la reine en personne.

— Mes cheveux ! pleurniche Janice, consternée, en se regardant dans la glace. Est-ce que Maureen a le temps de passer me faire un brushing ?

— Je ne crois pas, mais vous êtes parfaite, dis-je rassurante. Ils désirent que vous soyez très naturels. Un couple honnête et ordinaire.

Je jette un coup d'œil au salon pour relever des détails poignants à caser dans mon article.

Une carte de leur fils trône fièrement sur le manteau astiqué de la cheminée. Mais cette année, Martin et Janice Webster ne fêteront pas leur anniversaire.

— Je dois téléphoner à Phyllis ! s'exclame Janice. Elle n'en reviendra pas.

— Avez-vous été soldat ? Ou… pompier, avant de devenir agent de voyages ?

— Non, ma jolie, répond Martin en fronçant les sourcils. J'ai juste suivi une préparation militaire à l'école en tant que cadet.

— Bon. Ça devrait aller.

Martin Webster tourne et retourne entre ses doigts l'insigne de cadet qu'il était si fier de porter dans sa jeunesse. Il a travaillé dur toute sa vie en se dévouant aux autres. À présent retraité, il devrait profiter de ses économies.

Mais des hommes d'affaires véreux l'ont dépouillé de son pécule. Le Daily World *se demande…*

— J'ai photocopié le dossier pour toi, annonce Martin, toute la paperasserie. Je ne sais pas si ça te sera utile…

— Merci beaucoup. Je le lirai attentivement.

Quand l'honnête Martin Webster a reçu une lettre de Flagstaff Life l'invitant à transférer ses fonds de placement, il a fait confiance aux financiers.

Deux semaines plus tard, il a découvert qu'ils l'avaient escroqué de 20 000 livres.

« Ma femme en est tombée malade. Je suis si inquiet », nous confie-t-il.

— Janice ? Ça va ? Tu n'es pas… souffrante ?

— Un peu nerveuse. Je n'aime pas trop qu'on me prenne en photo.

« J'ai les nerfs en capilotade, confesse Mme Webster d'une voix brisée. Je ne me suis jamais sentie trahie à ce point. »

J'éteins le dictaphone.

— Je crois que j'ai assez de matière. Je risque de m'éloigner un peu de cet enregistrement pour que l'article fonctionne bien. Cela ne vous dérange pas ?

— Absolument pas ! s'écrie Janice. Écris ce que tu veux, Becky. Nous avons confiance.

— Que va-t-il se passer maintenant ? demande Martin.

— Je vais contacter Flagstaff Life. Écouter ce qu'ils ont à raconter pour leur défense.

— Quelle défense ? Rien ne peut justifier leur comportement !

— Je sais, dis-je en lui souriant.

Je remonte dans ma chambre, gonflée à bloc. Il ne me manque plus qu'une citation de Flagstaff Life pour commencer mon article. Le temps presse : tout doit être bouclé à 14 heures pour paraître dans l'édition de demain. Que c'est excitant ! Pourquoi le travail m'a-t-il toujours paru ennuyeux auparavant ?

Je téléphone à Flagstaff sans perdre une minute. La standardiste m'informe que les demandes de renseignement concernant la presse sont traitées à l'extérieur. Elle me donne un numéro qui me semble familier. Je le considère un moment, les sourcils froncés, puis le compose.

— Bonjour, Brandon Communications, annonce une voix suave.

Bien sûr ! Ma belle assurance est ébranlée. Le mot « Brandon » m'a frappée comme un uppercut. J'avais oublié Luke Brandon, chassé de mon esprit ma vie à Londres. Et, sincèrement, je ne souhaite pas me la rappeler.

Du calme. De toute façon, je n'aurai pas à m'entretenir avec Luke.

— Bonjour. Rebecca Bloomwood à l'appareil. J'aimerais des informations sur Flagstaff Life.

— Laissez-moi vérifier. Oui, c'est un client personnel de Luke Brandon. Je vous mets en communication avec son assistante…

Enfer et damnation !

Je ne peux pas parler à Luke Brandon. Mes questions sont griffonnées sur un bout de papier devant moi, mais je les consulte sans les voir. Je revis l'humiliation ressentie chez Harrods, l'effondrement intérieur éprouvé ce jour-là en entendant le ton condescendant de sa voix et en réalisant ce qu'il pensait de moi : je suis la comique de service.

Ressaisis-toi ! Un peu de sang-froid. Il suffit de prendre un ton professionnel…

— Rebecca ! Comment allez-vous ? Alicia à l'appareil.

— Oh ! dis-je, surprise. Je croyais tomber sur Luke. C'est au sujet de Flagstaff Life.

— Luke est très occupé. Mais je suis sûre de pouvoir vous renseigner.

— O.K. Pourtant ce ne sont pas vos clients.

— Cela n'a pas d'importance, répond-elle en riant. Que voulez-vous savoir ?

— Est-ce de façon délibérée que Flagstaff Life a suggéré à ses souscripteurs de transférer leur assurance vie juste avant d'annoncer des bénéfices ? Vous savez, certaines personnes ont perdu beaucoup d'argent.

— Eh bien… Merci, Camilla. Je prendrai du saumon fumé et de la salade.

— Quoi ?

— Désolée, je vous écoute. J'en prends note… Il faudra que je vous rappelle.

— J'ai besoin d'une réponse rapide. Je rends mon papier dans quelques heures.

— Entendu.

Soudain sa voix s'assourdit.

— Non, du saumon fumé. Bon d'accord, un poulet chinois.

Puis redevient normale.

— D'autres questions, Rebecca ? Je vais vous envoyer notre dernier dossier de presse. Vous y trouverez toutes les réponses. Vous pouvez aussi me faxer vos questions, si vous le désirez.

— Parfait, c'est ce que je ferai, dis-je en raccrochant.

Je demeure quelques instants les yeux dans le vague, maussade. Quelle imbécile ! Elle ne me prend même pas au sérieux.

Peu à peu, je réalise que les attachés de presse me traitent toujours de cette façon. Elles ne se donnent jamais la peine de me répondre, me mettent en attente, puis m'assurent qu'elles me recontacteront. Elles s'en fichent éperdument. Avant, je m'en moquais. Attendre au téléphone en écoutant *Greensleeves* (du moins la musique) m'amusait.

Aujourd'hui, c'est différent. Mon article est important et je veux qu'on me prenne au sérieux.

« Je vais leur apprendre, me dis-je avec fougue. Je vais leur montrer à tous de quel bois je me chauffe et leur prouver que, moi, Rebecca Bloomwood, je n'ai rien d'une rigolote. »

Animée d'une détermination farouche, je prends la machine à écrire de mon père, insère une feuille, allume mon dictaphone, respire à fond et commence à taper.

Rebecca BLOOMWOOD
The Pines
43 Elton Road
Oxshott
Surrey

FAX adressé à : Eric Foreman
Daily World

De : Rebecca Bloomwood

Le 28 mars 2000

Cher Eric,

Veuillez trouver, ci-après, mon article sur Flagstaff Life et les bénéfices envolés.

En espérant qu'il vous convienne.

Cordialement,

Rebecca Bloomwood
Journaliste financière

18

Le lendemain, je me réveille à l'aube. C'est navrant, je sais, mais je suis excitée comme un enfant le jour de Noël. (Je dis un enfant, mais, le jour de Noël, je suis encore pas mal dans mon genre.)

« Un peu de tenue ! Sois adulte ! » Je n'y arrive pas. Je ne peux m'empêcher de penser aux piles de journaux envahissant les kiosques aux quatre coins du pays, aux exemplaires du *Daily World* déposés sur les paillassons, à tous les gens qui vont ouvrir leur journal en bâillant pour lire les dernières nouvelles.

Et que vont-ils découvrir ?

Mon nom ! Rebecca Bloomwood imprimée dans le *Daily World* ! Mon premier article national. « Par Rebecca Bloomwood. » N'est-ce pas fantastique ?

Je sais que l'article est publié parce que Eric Foreman m'a téléphoné hier après-midi pour m'annoncer que le rédacteur était enchanté. Il paraîtra sur une page couleur. La photo de Janice et Martin sera d'autant plus mise en valeur. J'ai du mal à y croire. Le *Daily World* !

Je réalise soudain qu'il y en a déjà une pile chez le marchand du coin de la rue. Une pile de numéros tout frais.

Le magasin ouvre à… quelle heure ? 6 heures, il me semble. Et il est 6 h 05. En théorie, je pourrais me lever, me glisser dans mes vêtements et aller en acheter un.

Mais il n'en est pas question. Je ne suis pas désespérée au point de me précipiter à l'ouverture des magasins pour voir mon nom. Pour qui me prenez-vous ? Vers 11 heures ou midi, je flânerai par là-bas, prendrai un exemplaire, le feuilletterai et rentrerai tranquillement à la maison. Pourquoi en acheter ? J'ai déjà vu mon nom imprimé. La belle affaire ! Inutile d'en faire tout un plat.

Je vais me retourner et me rendormir. Pourquoi me suis-je réveillée si tôt ? À cause des oiseaux, peut-être. Je ferme les yeux, tapote mon oreiller et m'oblige à songer à autre chose. Que prendrai-je pour le petit déjeuner ?

Mais c'est la première fois que mon nom apparaît dans le *Daily World*, un journal national, me chuchote une petite voix.

Je craque. Il faut que je le voie.

Je sors du lit d'un bond, enfile mes vêtements à la hâte et descends l'escalier sur la pointe des pieds. En fermant la porte, je me sens comme la fille de la chanson des Beatles qui quitte ses parents. Dehors, l'air vif est tonique, la route très calme. C'est sympa de se lever tôt le matin. Pourquoi ne suis-je pas plus souvent debout à 6 heures ? À partir d'aujourd'hui, je marcherai à l'aube comme le font les New-Yorkais pour brûler des tas de calories et, de retour à la maison, j'avalerai un petit déjeuner reconstituant à base de flocons d'avoine et de jus d'oranges pressées. Ce sera mon nouveau régime.

En approchant du magasin, je ralentis inconsciemment l'allure. La nervosité, sans doute. Je ne suis plus aussi convaincue de vouloir voir mon nom imprimé. Peut-être vais-je me contenter d'acheter un Mars ou une Mint Aero et rentrer à la maison.

Je pousse la porte et tressaille en entendant le « ding » de la sonnette. Pas question d'attirer l'attention sur moi, ce matin. Et si le type derrière le comptoir avait lu mon article et le trouvait nul ? Quelle angoisse ! Pourquoi suis-je journaliste ? Moi qui rêvais d'être esthéticienne… Rien n'est perdu. Je pourrais me recycler, ouvrir ma propre boutique…

— Bonjour, Becky !

Je lève les yeux et sursaute. Martin Webster est au comptoir, un exemplaire du *Daily World*, à la main.

— J'étais réveillé alors je suis venu jeter un coup d'œil…

— Heu… moi aussi. Du moment que j'étais debout…

Mes yeux tombent sur le journal. Je suis au supplice.

— C'est… c'est comment ?

— Le moins qu'on puisse dire, c'est qu'il est impossible de le rater.

Il tourne le journal vers moi et je manque m'évanouir. La photo de Janice et Martin s'étale en pleine page couleur. Ils fixent l'objectif d'un air misérable sous le gros titre :

« UN COUPLE ESCROQUÉ PAR LES FINANCIERS VÉREUX DE FLAGSTAFF LIFE. »

Je prends le journal, les mains tremblantes. Mes yeux parcourent la page à la recherche de la première colonne du texte… Le voici ! « Par Rebecca Bloomwood. » C'est mon nom ! C'est moi !

La sonnette retentit. Nous nous retournons en même temps. Mon père entre dans la boutique en toussotant.

— Ta mère en voulait un exemplaire et comme j'étais réveillé…

— Moi aussi, déclare Martin.

— Idem, dis-je.

— Alors, il est paru ?

— Un peu, oui !

Je lui montre la page.

— Mince alors ! On ne voit que ça !

— La photo est bonne, tu ne trouves pas ? s'écrie Martin, enthousiaste. Elle met bien en valeur les fleurs de nos rideaux.

— Elle est excellente.

Je ne vais pas m'abaisser à lui demander ce qu'il pense de l'article. S'il me félicite, tant mieux, sinon, cela n'a pas d'importance. De toute façon, j'en suis fière.

— Janice est très bien aussi, déclare Martin, toujours absorbé par la photo.

— Oui, approuve mon père. Mais un peu mélancolique.

— Ces professionnels ! Ils savent tirer partie des éclairages. La façon dont la lumière du soleil tombe précisément ici, sur sa…

— Que penses-tu de mon article ? Tu l'as aimé ? finis-je par demander d'un ton pitoyable.

— Il est génial ! Désolé, j'aurais dû t'en parler plus tôt. Je n'ai pas fini de le lire, mais il rend bien compte de la situation. Tu me fais passer pour un véritable héros ! Je n'ai jamais combattu aux Malouines, tu sais, conclut-il, les sourcils froncés.

— Là n'est pas la question.

— Tu as écrit tout ça hier, sur ma machine à écrire ? demande mon père, abasourdi.

— Oui. Tu as vu ma signature ? « Par Rebecca Bloomwood. »

— Janice sera enchantée, affirme Martin. Je vais en acheter deux.

— J'en achète trois. Ta grand-mère sera ravie de voir ça.

— Un seul me suffira, ou peut-être deux.

L'air de rien j'en prends une pleine poignée que je dépose sur le comptoir.

— Six ? Vous en êtes sûre ? s'enquiert le vendeur.

— J'en ai besoin pour mes dossiers, dis-je en rougissant.

Quand nous arrivons à la maison, ma mère et Janice nous attendent sur le perron, mortes d'impatience.

— Mes cheveux ! gémit Janice dès qu'elle découvre la photo. Ils sont affreux ! Qu'ont-ils fait ?

— Mais non, ma chérie ! proteste son mari. Tu es très bien.

— Tes rideaux sont ravissants, affirme ma mère en regardant par-dessus son épaule.

— C'est ce que je viens de dire ! s'exclame Martin.

J'abandonne. Quelle famille ! Les rideaux les intéressent plus qu'un article capital sur un scandale financier. Mais je m'en fiche. Hypnotisée, je contemple ma signature : « Par Rebecca Bloomwood. »

Une fois que tout le monde a admiré la photo en long, en large et en travers, ma mère invite les voisins pour le petit déjeuner. Mon père prépare le café. L'atmosphère est à la fête et nous rions beaucoup. Aucun de nous ne réalise vraiment que Janice et Martin sont dans le *Daily World*. (Et moi aussi, bien entendu. « Par Rebecca Bloomwood. »)

À 10 heures, j'appelle Eric Foreman pour lui annoncer d'un ton désabusé que j'ai vu l'article.

— Il est bien, non ? déclare-t-il, enthousiaste. Le rédacteur a un faible pour cette série. Si vous avez d'autres histoires de ce genre, n'hésitez pas à m'appeler. J'aime votre style. Il est parfait pour le *Daily World*.

Je ne suis pas sûre que ce soit un compliment.

— Ah ! et pendant que j'y suis, donnez-moi vos coordonnées bancaires.

Pourquoi en a-t-il besoin ? Veut-il vérifier ma solvabilité ?

— Nous procédons toujours par virement. Quatre cents livres, ça ira ?

Quoi ?

Il va me payer. Bien entendu !

— Je vous donne mon numéro de compte.

Quatre cents livres ! me dis-je, ahurie, en cherchant mon chéquier.

— C'est noté, déclare Eric. Je vais régler ça avec la comptabilité. Dites-moi, seriez-vous intéressée par la rédaction d'articles de fond ? Des histoires à dimension humaine, ce genre de sujet ?

Il plaisante ?

— Bien sûr. En réalité… je préférerais ça à la finance, dis-je en contrôlant mon excitation.

— O.K. Je vais ouvrir l'œil, et le bon. Dès qu'un sujet approprié se présente, je vous contacte. Je me répète, mais vous avez le ton juste pour notre journal.

— Super, merci.

Je raccroche, un large sourire aux lèvres. J'ai le ton juste pour le *Daily World* ! J'ai enfin trouvé ma voie !

Le téléphone sonne. A-t-il déjà un article à me proposer ? J'annonce d'une voix professionnelle :

— Rebecca Bloomwood à l'appareil.

— Rebecca, répond Luke Brandon d'un ton cassant, pouvez-vous m'expliquer ce qui se passe ?

Il a l'air furieux. Mes mains deviennent moites et ma gorge se dessèche.

Une minute ! Je n'ai rien fait de mal.

— Je ne vois pas de quoi vous parlez.

— Je parle de votre article sordide pour le *Daily World*. Votre petite histoire partiale et diffamatoire.

Choquée, je reste un instant sans voix.

— Il n'est pas sordide ! C'est un bon article. Et certainement pas diffamatoire. Je suis en mesure de prouver tout ce que j'ai écrit.

— Je suppose que vous étiez bien trop occupée à rédiger votre morceau de bravoure pour prendre la peine de contacter Flagstaff Life et leur demander leur version des faits. Vous préfériez tenir une histoire juteuse. Donner une image impartiale l'aurait gâchée.

— J'ai essayé d'avoir leur version des faits ! J'ai téléphoné à vos stupides bureaux hier pour signaler que j'écrivais un papier là-dessus.

Silence.

— À qui avez-vous parlé ?

— À Alicia. Je lui ai posé une question très claire sur la politique de Flagstaff concernant les transferts de fonds. Elle m'a affirmé qu'elle me rappellerait. Je lui ai précisé que j'étais très pressée.

Luke soupire.

— Vous n'auriez pas dû parler à Alicia. Flagstaff est mon client, pas le sien.

— Je sais ! Je le lui ai dit ! Elle m'a répondu que vous étiez très pris et qu'elle pouvait s'en charger.

— L'avez-vous informée que vous travailliez pour le *Daily World* ?

— Non. Je l'aurais fait si elle me l'avait demandé. Mais elle s'en fichait, tant elle était convaincue que je ne pouvais rien écrire d'intéressant.

Le ton de ma voix monte malgré moi.

— Eh bien, elle s'est trompée. Vous vous êtes tous trompés. Cela vous incitera peut-être à traiter les gens avec respect. Pas seulement ceux que vous estimez importants.

Je m'arrête, haletante.

— Rebecca, si vous voulez parler de l'incident de l'autre jour… S'il s'agit d'une sorte de vengeance mesquine…

Je crois que je vais exploser.

— Je ne vous permets pas de m'insulter ! N'essayez pas de ramener cette histoire sur un plan personnel ! Cela n'a rien à voir ! C'est l'incompétence de votre compagnie qui est en cause. J'ai agi de façon professionnelle. Je vous ai donné toutes les chances de défendre votre client. Toutes. Si vous les avez gâchées, c'est votre problème.

Sur ce, je raccroche violemment le téléphone.

Je reviens dans la cuisinc, bouleversée. Quand je pense qu'il me plaisait bien. Il est arrogant, égocentrique, macho…

— Téléphone ! s'écrie ma mère. J'y vais.

Zut ! Ce doit être encore lui, rappelant pour s'excuser. S'il croit que l'on peut m'amadouer aussi facilement ! Je m'en tiendrai à ce que j'ai dit. J'ajouterai même…

— Becky, c'est pour toi.

— O.K.

Je me dirige vers le téléphone, calme et maîtresse de moi-même. J'ai la situation en mains.

— Allô ?

— Rebecca, c'est Eric Foreman.

— Oh ! bonjour !

— J'ai du nouveau.

— Ah ! oui ?

Et si Luke Brandon l'avait contacté ? Une erreur a pu se glisser dans mon article. Zut ! J'ai pourtant vérifié tous les faits.

— Je viens d'avoir *Morning Coffee* au téléphone. Vous savez, l'émission de télé avec Rory et Emma. Votre histoire les intéresse.

— Quoi ?

— Ils ont lancé une nouvelle série intitulée *Vous et votre argent*. Des conseillers financiers viennent chaque semaine expliquer aux téléspectateurs comment garder un œil sur leur fric. Pour être franc, ils sont à court de sujets. Ils ont traité les emprunts logement, les cartes de crédit, les retraites, toutes les bricoles habituelles…

— Je vois.

Je suis lente à réaliser ce dont il parle. Rory et Emma ont lu mon article ? Rory et Emma, en personne ? Je les imagine découvrant l'article ensemble et jouant des coudes pour mieux lire.

C'est ridicule, bien sûr. Ils avaient chacun un exemplaire.

— Bref, ils veulent vous avoir dans l'émission de demain matin. Vous parlerez des bénéfices envolés et conseillerez aux téléspectateurs de faire attention. Vous êtes intéressée ? Sinon, je leur explique que vous êtes débordée, pas de problème.

— Non ! Dites… dites-leur que c'est bon. Ça m'intéresse.

Je raccroche, les jambes en coton. Incroyable ! Je vais passer à la télé.

BANK OF HELSINKI
Helsinki House
124 Lombard St
Londres EC2D 9YF

Rebecca Bloomwood
c/o William Green Recrutement
39 Farringdon Square
Londres EC4 7TD

Le 27 mars 2000

Hyvä Rebecca Bloomwood,

Oli erittäin hauska tavata teidät viime viikolla, vaikka tapaaminen jäikin lyhyeksi. Olitte selväsri hermostunut, mikä on aivan ymmärrettävää. Siitä huolimatta minä ja kollegani ihailimme tavallisuudesta poikkeavaa luonteenlaatuanne. Olemme varmoja, että teistä olisi yhtiöllemme paljon hyötyä, ja mielellämme tapaisimme teidät uudestaan, ehkä lounaan merkeissä.

Haluaisin onnitelle teitä suurenmoisesta artikkelistanne **« Daily World »** – lehdessä. Olette selvästi taitava ilmaisemaan ajatuksianne, ja on suuri ilo päästä pian keskustelemaan kanssanne äidinkielelläni. Toivoisin että ottaisitte minuun yhteyttä yllä mainitulla osoitteella.

Parhain terveisin

Ystävällisesti

Jan Virtanen

19

Le lendemain matin, la voiture qui passe me prendre pour me conduire aux studios de la télévision se présente à 7 h 30 pile. Quand la sonnette retentit, nous sursautons tous. Depuis dix minutes, nous attendons, assis dans le salon, les nerfs à vif.

— Les voilà, déclare mon père d'un ton bourru en regardant sa montre.

Depuis que je lui ai parlé de ce rendez-vous, il a prédit que la voiture n'arriverait pas et qu'il aurait à me conduire lui-même aux studios. Hier soir, il a même concocté un itinéraire et appelé l'oncle Malcolm comme remplaçant en cas de besoin. (Je pense que mon père aurait adoré remplir cette mission.)

— Bonne chance, ma chérie, dit ma mère d'une voix tremblante.

Elle hoche la tête.

— Notre petite Becky à la télévision... Je n'arrive pas à y croire.

Je me lève, mais mon père me retient.

— Es-tu consciente du risque que tu prends ?

Il jette un coup d'œil à ma mère qui se mord les lèvres.

— Tout ira bien. Nous avons fait le tour de la question.

Hier soir, papa a tout à coup pensé que, si je participais à cette émission, mon désaxé saurait où me trouver. Au début, il s'est montré catégorique : je devais tout annuler. J'ai dû déployer des trésors de persuasion pour les convaincre que je serais en sûreté dans les studios. Ils ont même envisagé d'embaucher un garde du corps. Vous m'imaginez, débarquant avec un garde du corps ?

À la réflexion, ce n'était pas une si mauvaise idée. Cela m'aurait conféré une aura de mystère.

La sonnette retentit de nouveau. Je bondis sur mes pieds.

— Sois prudente, recommande mon père.

— Ne t'inquiète pas, dis-je en prenant mon sac.

Je me dirige vers la porte en essayant de cacher mon excitation. Je me sens légère comme une bulle.

J'ai du mal à réaliser tout ce qui m'arrive. Non seulement je vais passer à la télé, mais tout le monde est gentil avec moi. Si gentil. Hier, j'ai eu plusieurs conversations téléphoniques avec une assistante de production de *Morning Coffee*, une fille très sympa appelée Zelda. Nous avons récapitulé ensemble de façon précise tout ce que j'allais dire à l'émission, puis elle a fixé le rendez-vous avec la voiture des studios. Quand je lui ai expliqué que je me trouvais chez mes parents sans mes vêtements à portée de main, elle a réfléchi quelques instants, puis m'a assuré que je pourrais choisir une tenue dans leur garde-robe. N'est-ce pas génial ? J'espère que je la conserverai.

J'ouvre la porte. Un homme corpulent d'une cinquantaine d'années, vêtu d'un blazer bleu marine et coiffé d'une casquette, se tient à côté d'une berline rutilante. Mon chauffeur ! De mieux en mieux.

— Mademoiselle Bloomwood ?

— Oui.

Je lui adresse un grand sourire ravi. Ma main est presque sur la poignée, mais il y parvient avant moi, ouvre la portière d'un geste ample et se met au garde-à-vous en attendant que je pénètre dans la voiture. Une star de cinéma !

Je me retourne. Mon père et ma mère me regardent du perron, sidérés.

— Au revoir, à tout à l'heure !

J'adopte le ton désinvolte de celle qui circule toujours en voiture avec chauffeur.

— Becky, c'est toi ? demande Janice en surgissant de l'autre côté de la haie en robe de chambre.

Les yeux lui sortent de la tête. Elle se tourne vers ma mère qui hausse les épaules comme pour dire : « Je sais, c'est incroyable. »

— Bonjour, Janice, dit mon père.

— Bonjour, Graham. Becky ! Je n'ai jamais vu une chose pareille. Si Tom te voyait… Avez-vous pris des photos ?

— Non ! s'exclame ma mère consternée. Nous n'y avons pas pensé. Graham, vite ! Va chercher l'appareil.

— Prenons plutôt ma caméra, déclare Janice. J'en ai pour une minute. On filmerait la voiture débouchant dans l'allée et Becky allant à sa rencontre… Nous pourrions utiliser *Les Quatre Saisons* comme bande sonore, puis enchaîner directement sur…

— Non ! dis-je très vite, en surprenant le regard amusé du chauffeur.

Moi qui feignais si bien la désinvolture engendrée par une longue habitude.

— Nous n'avons pas le temps. Je dois arriver à l'heure aux studios.

— Bien sûr. Nous ne voulons pas te retarder. Ça démarre bien à 11 heures ? demande-t-elle, angoissée.

Elle consulte sa montre comme si elle craignait que l'émission ait déjà commencé.

— 11 heures précises, confirme mon père. Programmez l'enregistrement à moins 5, c'est ce que j'ai conseillé à tout le monde.

— Nous n'y manquerons pas. Je n'oserai pas aller aux toilettes de peur de rater l'émission.

Je monte en voiture, accompagnée d'un silence respectueux. Le chauffeur ferme la portière avec beaucoup d'élégance, puis fait le tour pour atteindre le côté conducteur. J'appuie sur le bouton pour abaisser ma vitre et souris à mes parents.

— Ma chérie, que feras-tu après ? Tu rentreras ici ou chez toi ?

Aussitôt mon sourire s'altère. Je baisse les yeux en prétendant tripoter les boutons de commande des vitres. Je n'ai pas envie de réfléchir à la suite.

Je ne l'imagine même pas. Je vais passer à la télé… Mes pensées s'arrêtent là. Le reste de ma vie est enfermé hermétiquement au fond de mon inconscient. Je ne veux plus en entendre parler.

— Je… je ne sais pas encore. Je verrai.

— Ils t'inviteront sans doute au restaurant, intervient mon père d'un air entendu. Ces gens du show-biz déjeunent toujours ensemble.

— Des repas bien arrosés, affirme la voisine en riant.

— Vous irez au Ivy. C'est bien là que les acteurs se retrouvent ? demande ma mère.

— Le Ivy, c'est dépassé ! réplique mon père. Ils l'emmèneront au Groucho Club.

— Le Groucho ! N'est-ce pas là où va Kate Moss ? s'exclame Janice en joignant les mains.

Cela devient ridicule.

— Allons-y, dis-je au chauffeur.

— Bonne chance, mon cœur, crie mon père.

Je remonte la vitre et m'appuie contre le siège. La voiture sort de l'allée en ronronnant.

Pendant un moment, nous roulons en silence. Je regarde par la fenêtre pour voir si l'on me jette des regards curieux (les gens pensent peut-être que je suis le nouveau personnage féminin de *EastEnders* ?). Mais, comme nous filons à toute allure sur la route à quatre voies, je ne suis sans doute qu'une masse confuse.

— Vous participez à *Morning Coffee* ? demande le chauffeur.

— C'est ça.

Aussitôt, mon visage s'illumine d'un sourire béat. Je dois contrôler cette réaction stupide. Je parie que Jeremy Paxman ne sourit pas bêtement chaque fois qu'on lui demande s'il passe dans *University Challenge*. Il émet sans doute un ricanement sarcastique signifiant : « Bien sûr que je suis dans *University Challenge*, petit imbécile… »

— Vous y allez pour quoi ?

Je suis sur le point de répondre : « Pour être célèbre et avoir des vêtements gratuits », mais je me ressaisis à temps.

— Un mic-mac financier. J'ai écrit un article dans le *Daily World*, les producteurs l'ont lu et m'ont invitée à l'émission.

— Vous êtes déjà passée à la télé ?

— Non, suis-je obligée d'admettre à contrecœur.

Nous nous arrêtons à un feu et le chauffeur se tourne vers moi pour m'examiner.

— Tant que vous n'aurez pas le trac, tout ira bien.

— Mais je n'ai pas le trac ! J'ai même hâte de me trouver sur le plateau.

— Alors tant mieux. Certaines personnes arrivent calmes et détendues, mais, en voyant la lumière rouge, elles réalisent que deux millions et demi de gens les regardent, et elles se mettent à paniquer. Allez savoir pourquoi.

— Ce ne sera pas mon cas !

— Parfait.

J'ai toujours su contrôler ma nervosité, ce n'est pas maintenant…

Deux millions et demi de téléspectateurs !

Mince alors ! Quand on y réfléchit, c'est beaucoup. Tous ces gens, assis chez eux, devant leur écran de télévision, observant mon visage, attendant mes réponses.

Mieux vaut ne pas y songer. Par ailleurs, j'ai un atout considérable : je suis parée. Hier soir, j'ai répété pendant des heures devant la glace et je connais mes répliques presque par cœur.

Je dois utiliser des mots simples et basiques car, comme me l'a expliqué Zelda, 76 % de l'audience de *Morning Coffee* est constituée de femmes au foyer s'occupant de leur bébé. Leur temps d'attention est très court. Elle n'a pas cessé de s'excuser à propos de ce qu'elle nomme « l'effet de nivellement par le bas », en disant qu'une spécialiste comme moi devait se sentir frustrée, et j'ai bien sûr abondé dans son sens.

Je suis soulagée. En ce qui me concerne, plus ce sera nivelé par le bas, mieux ça vaudra. Si écrire un article pour le *Daily World* avec toutes mes notes à portée de main est une chose, répondre à des questions difficiles en direct à la télé en est une autre. (C'est même une perspective effrayante, mais je n'en ai pas soufflé un mot à Zelda. Je ne veux pas qu'elle me croie stupide.)

J'attaquerai en déclarant : « Que choisiriez-vous entre une pendulette et vingt mille livres ? » Rory et Emma répondront : « Vingt mille livres, bien sûr ! » Et je répéterai : « Vingt mille livres. » Je marquerai ensuite une pause afin que ce chiffre s'inscrive bien dans l'esprit des téléspectateurs. Puis je poursuivrai : « Malheureusement, quand Flagstaff Life a offert à ses clients une pendulette pour les inciter à transférer leurs économies, ils ne les ont pas avertis qu'en agissant ainsi, ils perdraient un bénéfice de vingt mille livres. »

C'est parfait, vous ne trouvez pas ? Rory et Emma poseront quelques questions très basiques, du style : « Que faire pour se protéger ? » et je leur donnerai des réponses simples. Tout à la fin, pour rester sur une note légère, nous parlerons de ce que l'on peut s'offrir avec vingt mille livres.

J'attends ce moment-là avec impatience. J'ai déjà réfléchi à des quantités de choses. Saviez-vous qu'avec cette somme, vous pourriez acheter cinquante-deux montres Gucci et qu'il vous resterait assez d'argent pour un sac ?

Les studios de *Morning Coffee* sont situés à Maida Vale et à l'approche des barrières de l'entrée, familières à cause du générique de l'émission, je frissonne d'excitation. À moi les feux de la rampe !

Le planton nous adresse un signe de la main. Nous stoppons devant une énorme porte à double battant et le chauffeur vient m'ouvrir la portière. Je sors, les jambes tremblantes, mais je m'efforce de monter les marches d'un pas décidé et de maintenir cette belle assurance jusqu'au bureau de la réception.

— Je suis ici pour *Morning Coffee*.

J'étouffe un petit rire en réalisant ce que je viens de dire.

— Je sais, déclare la réceptionniste.

Elle cherche mon nom sur une liste et compose un numéro.

— Jane ? Rebecca Bloomwood est arrivée.

Puis elle m'indique une rangée de fauteuils.

— Une personne va venir vous chercher dans quelques instants.

Je me dirige vers la salle d'attente et m'assois face à une femme d'une cinquantaine d'années. Son abondante chevelure brune part dans tous les sens et sa gorge est ornée d'un gros collier d'ambre. Elle allume une cigarette, et, bien que je ne fume plus, j'en ai soudain envie.

Non que je sois nerveuse. Pas du tout. J'aimerais juste une cigarette.

— Madame, c'est une zone non-fumeur, lance la réceptionniste.

— Merde ! s'écrie la femme d'une voix rauque.

Elle aspire une grande bouffée, écrase la cigarette sur une soucoupe et me sourit d'un air complice.

— Êtes-vous une invitée de l'émission ?

— Oui, et vous ?

Elle acquiesce.

— Je viens promouvoir mon nouveau roman, *Soleil sanglant*. Une histoire d'amour torride, de cupidité et de meurtres dans le monde impitoyable des blanchisseurs d'argent sud-américains.

— Mince alors ! Ça m'a l'air…

— Je vais vous en donner un exemplaire.

Elle fouille dans son sac et en sort un livre cartonné aux couleurs vives.

— Rappelez-moi votre nom.

Lui rappeler ?

— Rebecca. Rebecca Bloomwood.

— « À Becca », déclame-t-elle à voix haute, tandis qu'elle griffonne sur la page de garde : « Avec toute mon affection. »

Elle signe d'un geste ample et me tend le livre.

— Merci… Elizabeth, dis-je en jetant un rapide coup d'œil à la couverture.

Elizabeth Plummer. Jamais entendu parler.

— Vous vous demandez certainement comment j'en suis venue à connaître un monde aussi violent et dangereux.

Elle me fixe de ses grands yeux verts.

— J'ai vécu avec un… blanchisseur trois longs mois. Je l'aimais. Il m'a tout appris… et je l'ai trahi.

Sa voix se réduit à un souffle.

— Je me souviens encore du regard qu'il m'a lancé quand la police l'a emmené. Il savait que j'étais son Judas. Mais, curieusement, je pense qu'il m'a aimée pour ça.

— Waouh, fais-je, impressionnée. Tout cela s'est passé en Amérique latine ?

— Non. À Hove. Vous savez, les blanchisseurs d'argent sont les mêmes partout.

— Rebecca ?

Je relève la tête. Une jeune femme aux cheveux lisses, vêtue d'un jean et d'un col roulé noir, s'avance vers nous.

— Je suis Zelda. Nous nous sommes parlé hier au téléphone.

— Zelda ! s'exclame Elizabeth en se levant, les bras tendus. Comment vas-tu, mon chou ?

— Désolée. Nous sommes-nous… ?

Ses yeux tombent sur mon exemplaire de *Soleil sanglant*.

— Vous êtes Elizabeth Plummer, bien sûr. On vient vous prendre dans une minute. En attendant, n'hésitez pas à vous servir de café.

Elle lui adresse un sourire éblouissant, puis se tourne vers moi.

— Rebecca, vous êtes prête ?

— Oui.

(Je suis flattée que Zelda soit descendue me chercher, car elle n'a pas l'air d'appliquer ce régime de faveur à tout le monde.)

— Ravie de vous rencontrer, dit-elle en me serrant la main. Nous sommes enchantés que vous participiez à l'émission. Comme d'habitude, nous sommes débordés. Alors, si vous êtes d'accord, nous allons nous rendre directement au salon de coiffure et au maquillage, nous discuterons en chemin.

— Excellente idée !

Salon de coiffure et maquillage ! Le rêve !

— Un léger changement de programme est survenu. Rien d'inquiétant... Bella n'a pas rappelé ? demande-t-elle en passant devant le bureau d'accueil.

La réceptionniste hoche la tête de façon négative et Zelda marmonne un truc du style : « Pauvre conne ! »

— Aujourd'hui, c'est encore plus dingue que d'habitude. Une assistante nous a laissés tomber et il y a eu un accident dans la cuisine...

Elle pousse des portes battantes et nous empruntons un vaste couloir couvert d'une moquette verte qui grouille de monde.

— De plus, comme nous avons les Heaven Sent 7 sur le plateau aujourd'hui, le standard croule sous les appels des fans et nous devons trouver l'espace nécessaire, sept loges, pour caser leurs sept ego monumentaux.

— Je vois, dis-je avec désinvolture.

Mais soudain, je réalise. Les Heaven Sent 7 ! Mais ils sont archiconnus ! Et je vais les rencontrer ! Peut-être irons-nous boire un verre et deviendrons-nous de grands amis. Ils sont plus jeunes que moi, mais qu'importe ! Je jouerai le rôle de leur grande sœur.

À moins que je ne sorte avec l'un d'eux. Avec Nathan, par exemple, le brun supermignon. (Ou est-ce Ethan ?) Après le show, il m'invitera à dîner sans les autres dans un petit restaurant. Au début, notre relation sera tenue secrète, mais les journalistes ne tarderont pas à découvrir le pot aux roses. Nous deviendrons l'un de ces couples célèbres courant toutes les premières et je porterai...

— Nous y sommes, annonce Zelda.

Nous nous trouvons à l'entrée d'une pièce tapissée de miroirs et de spots. Assises devant les glaces, trois personnes revêtues de capes sont maquillées par des filles au look branché. Une autre se fait faire un brushing. De la musique passe en arrière-fond, les gens bavardent amicalement et dans l'air flottent des parfums de laque, de poudre de riz et de café.

Voilà comment j'imaginais le paradis. Zelda me conduit vers une fille rousse.

— Chloé va vous maquiller, ensuite nous ferons un saut à la garde-robe. O.K. ?

— D'accord, dis-je, incapable de dissimuler ma joie en découvrant les produits de maquillage.

La table est jonchée de pinceaux, de pots et de tubes, tous de grandes marques comme Chanel et Mac.

Quel boulot génial ! Voilà le métier que je devrais exercer : maquilleuse professionnelle.

— À propos de l'émission, poursuit Zelda. Comme je viens de vous le dire, nous avons changé le format initial…

— Zelda ! Bella au téléphone ! crie une voix masculine.

— Merde ! Rebecca, il faut que je prenne cet appel, mais je reviens aussitôt après, entendu ?

— Super !

Chloé drape une cape autour de moi et tire mes cheveux en arrière à l'aide d'un bandeau en éponge. La radio joue une chanson de Lenny Kravitz. Ma préférée. Tout est parfait.

— Je vais nettoyer, tonifier puis appliquer une base. Veuillez fermer les yeux…

Elle commence à masser mon visage à l'aide d'une crème onctueuse et fraîche. C'est la sensation la plus délicieuse du monde. Je resterais bien ici toute la journée.

— Que faites-vous dans cette émission ? demande Chloé.

— Heu… Une intervention sur la finance.

Je suis si détendue que j'ai du mal à me rappeler la raison de ma présence.

— Ah ! oui. J'en ai entendu parler. Alors vous êtes experte en la matière ? dit-elle en prenant une palette de fards à paupières.

Elle mélange deux couleurs, puis choisit un pinceau.

— Vous savez…

— Je ne comprends rien à ces histoires de finances, déclare Chloé en maquillant mes paupières.

— Moi non plus ! s'écrie une fille brune à l'autre bout de la pièce. Mon comptable a essayé de m'expliquer, mais il a laissé tomber. Dès qu'il prononce le mot « exercice fiscal », je fais un blocage.

Je suis à deux doigts de répondre : « Moi, c'est pareil », quand je réalise que cela risquerait de jeter un froid. Après tout, je suis invitée en qualité d'experte financière.

— Pourtant, c'est plutôt simple, dis-je en souriant avec assurance. Si vous comprenez les trois principes de base…

— Ah bon ! lesquels ? interroge la fille brune en arrêtant son séchoir à cheveux.

— Le premier consiste à…

Mon esprit est complètement vide.

— Désolée de vous interrompre, Rebecca. Pour les lèvres, je suggère un rouge framboise. Qu'en pensez-vous ?

Absorbée par la conversation, je n'ai pas suivi le travail de Chloé. Je me contemple dans la glace et reste bouche bée. Mes yeux sont immenses, mes pommettes spectaculaires… J'ai l'air d'être une autre personne. Je devrais me maquiller comme ça tous les jours.

— C'est fantastique !

— Vous êtes très calme, alors c'est plus facile, fait remarquer Chloé en fouillant dans un vanity-case noir. Certaines personnes tremblent de nervosité. Même des célébrités. Nous avons un mal fou à les maquiller.

— Pas possible !

Je m'enfonce confortablement dans mon siège, prête à écouter des potins captivants, quand surgit Zelda.

— Désolée, Rebecca. Comment ça va ? Bien, à ce que je vois. Le maquillage est super. Et les cheveux ?

— La coupe est bonne, commente Chloé en élevant des mèches qu'elle fait retomber. Un brushing suffira pour leur donner de l'éclat.

— Parfait, dit Zelda en s'installant dans un fauteuil pivotant à côté du mien.

Elle jette un coup d'œil sur son bloc-notes.

— Parlons de votre intervention, Rebecca.

— Je l'ai préparée selon vos instructions. Des phrases très simples et directes.

— Eh bien… Nous avons eu une discussion à ce sujet lors de la réunion d'hier et vous allez être ravie d'apprendre que nous avons changé d'avis. Désormais, vous pouvez employer tous les termes techniques de la profession ! Des graphiques… des chiffres…

— C'est… c'est génial. Mais je maintiendrai le niveau assez bas.

— Nous devons éviter de nous adresser aux téléspectateurs de manière infantile. Ce ne sont pas des crétins !

Zelda poursuit à voix basse :

— En plus, nous avons eu hier les résultats d'un récent audimat. 80 % de nos téléspectateurs trouvent que la plupart des émissions adoptent un ton condescendant à leur égard. Nous devons relever le niveau. Nous avons donc changé l'émission du tout au tout. Au lieu d'une interview, nous avons pensé à un débat de haut niveau, conclut-elle, le visage rayonnant.

— Un débat ? dis-je, alarmée.

— Tout à fait ! Nous voulons une discussion passionnée, des idées qui fusent, le ton qui monte…

Des idées ? Mais je n'en ai aucune.

— Ça ira ? Vous semblez un peu…

— Je vais très bien.

Je me force à sourire.

— J'ai hâte de me lancer dans la bataille. Un débat ! Super ! Et... qui sera mon interlocuteur ?

— Un porte-parole de Flagstaff Life, annonce Zelda, triomphante. Nez à nez avec l'ennemi. Un grand moment de télévision en perspective !

— Zelda ! Bella en ligne !

— Bon Dieu ! Rebecca, je reviens tout de suite.

— Profitons de son absence pour mettre ce rouge à lèvres, dit Chloé avec entrain.

Je suis chacun de ses gestes dans le miroir en m'exhortant au calme. Mais j'ai des palpitations et ma gorge est si serrée que je n'arrive pas à avaler ma salive. Je n'ai jamais eu aussi peur de ma vie.

Comment puis-je participer à un débat de haut niveau ? C'est impossible. Je n'ai aucune opinion et mon ignorance est sans bornes.

Pourquoi ai-je voulu passer à la télé ?

— Rebecca, vos lèvres tremblent. Essayez de rester tranquille, me demande Chloé, les sourcils froncés.

— Excusez-moi.

Elle a raison. Je tremble de la tête aux pieds. C'est affreux. Il faut que je sois zen. Que je pense à des choses gaies.

Afin de me distraire, je concentre mon attention sur les reflets dans la glace. À l'arrière-plan, je vois Zelda téléphoner dans le couloir. Elle a l'air furieuse.

— D'accord. Mais Bella, nous t'avons payé un acompte afin que tu sois disponible. Qu'est-ce que je fais maintenant ? O.K., je comprends que...

Elle lève les yeux. Une femme blonde et deux hommes surgissent dans le couloir. Elle les salue d'un signe de tête. Je ne vois pas leur visage, mais ils sont vêtus d'élégants pardessus et munis d'attachés-cases. L'un des hommes porte un dossier bourré de papiers. Le manteau de la femme est magnifique. Et j'adore son sac Fendi en poulain. Qui cela peut-il bien être ?

— O.K. Si vous êtes en mesure de suggérer un autre sujet d'émission au cours de laquelle les auditeurs interviennent par téléphone..., continue Zelda au téléphone.

La femme blonde se retourne pour regarder une affiche sur le mur. Mon cœur cesse de battre.

C'est Alicia. Alicia, de Brandon Communications. Cinq mètres à peine nous séparent.

La situation est d'une telle absurdité que j'ai envie de rire. Que fait-elle ici, nom d'un chien ?

Un de ses compagnons se retourne vers elle pour lui parler. Je crois le reconnaître. Il travaille aussi pour Brandon C. Son visage est poupin. C'est le type même du jeune loup aux dents longues.

Que se passe-t-il ? Ne me dites pas...

Non !

— Luke ! s'écrie Zelda dans le couloir. Je suis contente que vous ayez pu vous libérer. Nous aimons tant vous avoir à cette émission. J'ignorais que vous représentiez Flagstaff Life jusqu'à ce que Sandy...

Dans la glace, je me vois blêmir.

C'est un cauchemar. Je vais me réveiller.

— La journaliste qui a écrit l'article est déjà arrivée. Je viens de la mettre au courant. Nous tenons là un grand moment de télévision. Vous deux, face à face, argumentant à bâtons rompus !

Elle avance dans le couloir suivie d'Alicia et du jeune loup. Le deuxième homme apparaît enfin et, malgré l'angoisse qui m'oppresse, je ne peux m'empêcher de me retourner.

Nos yeux se rencontrent et pendant quelques secondes, nous nous toisons. Puis, il détourne la tête et s'éloigne à grandes enjambées.

Je reste seule, face à mon reflet dans la glace, désespérée.

Points à retenir pour l'interview de la télévision

Conseils financiers simples

1. Choix entre une pendulette ou 20 000 £ ? Évident.
2. Flagstaff Life a escroqué d'innocents clients. Faites attention. Heu... heu...
3. Soyez toujours prudent avec votre argent.
4. N'investissez pas la totalité au même endroit. Diversifiez.
5. Ne le perdez pas par erreur.
6. ...

Choses que l'on peut acheter avec 20 000 £

1. Une belle voiture, par ex. une petite BMW.
2. Un collier de perles et de diamants de chez Asprey plus une grosse bague en diamant.
3. 3 robes du soir haute couture, par ex. de chez John Galliano.
4. Un piano à queue Steinway.
5. 5 splendides canapés en cuir de chez Conran Shop.
6. 52 montres Gucci et un sac.
7. Des fleurs livrées chaque mois pendant quarante-deux ans.
8. 55 chiots labradors avec pedigree.
9. 80 pulls en cachemire.
10. 666 Wonderbras.
11. 454 pots de crème hydratante Helena Rubinstein.
12. 800 bouteilles de champagne.
13. 2 860 pizzas Fiorentina.
14. 15 384 paquets de chips Pringles.
15. 90 909 paquets de bonbons à la menthe Polos.
16. ...

20

À 11 h 25, je me retrouve dans le foyer des artistes. Je suis vêtue d'un tailleur bleu nuit Jasper Conran, chaussée d'une paire de hauts talons en daim et des collants très fins mettent mes jambes en valeur. Le maquillage et le brushing complètent à la perfection ma tenue. Je n'ai jamais été aussi élégante. Mais je n'en retire aucun plaisir. Une seule pensée accapare mon esprit : dans quinze minutes, je devrai discuter de haute finance avec Luke Brandon, en direct, à la télévision.

Je suis tiraillée entre le rire et les larmes. On dirait une blague de mauvais goût. Luke Brandon, le génie au QI phénoménal et à l'excellente mémoire visuelle, contre… moi. Il va me battre à plates coutures, me massacrer.

— Prenez un croissant, mon chou, me conseille Elizabeth Plummer. Ils sont sublimes. Chaque bouchée est un rayon de soleil.

— Non merci, je n'ai pas faim.

Comment fait-elle pour manger ? J'ai l'impression que je vais vomir d'un moment à l'autre. Pas étonnant que les gens qui passent à la télé tous les jours soient aussi minces !

Nous tournons la tête en même temps vers le téléviseur placé dans un angle de la pièce. Sur l'écran apparaît l'image d'une plage au coucher du soleil.

— Comment peut-on vivre avec un gangster, risquer sa vie puis le trahir ? Notre prochaine invitée a écrit un roman explosif d'après sa propre et dangereuse expérience… Ensuite, nous aborderons une nouvelle série de débats, des débats qui n'auront pas peur d'aller au fond des choses, poursuit Emma.

Une pluie de pièces de monnaie se met à tomber.

— *Morning Coffee* braque les feux de l'actualité sur un scandale financier, en compagnie de deux experts de premier plan qui s'affronteront en direct, sur notre plateau.

Elle parle de moi. Je refuse d'être un expert de premier plan. Je veux rentrer à la maison et boire une tasse de thé.

— Mais, d'abord, retrouvons Scott Robertson dans sa cuisine, annonce Emma avec gaieté.

L'image fait place à un homme souriant coiffé d'une toque de cuisinier et brandissant un chalumeau.

Je le regarde un moment, puis baisse les yeux, en crispant mes mains sur mes genoux. Je n'arrive pas à réaliser que je serai bientôt sur cet écran, assise sur le canapé de *Morning Coffee*, à me creuser la cervelle pour trouver des idées intelligentes.

Je déplie ma feuille de papier A4 pour la millième fois et relis mes notes dérisoires. Pourquoi envisager le pire ? me dis-je, pleine d'espoir tandis que les phrases se bousculent devant mes yeux. Je m'inquiète peut-être pour rien. Nous resterons au niveau de la conversation amicale. Après tout…

— Bonjour Rebecca.

Je redresse la tête. Luke Brandon se tient dans l'embrasure de la porte. Il est vêtu d'un costume sombre impeccable, ses cheveux brillent et son visage maquillé paraît bronzé. Sa mâchoire est contractée et ses yeux durs rencontrent les miens sans ciller. Je peux mettre une croix sur son amabilité.

Je sens mes joues s'enflammer sous le maquillage. Prenant mon courage à deux mains, je déclare d'une voix posée :

— Bonjour Luke.

Un silence suit son entrée dans la pièce. Elizabeth le considère, intriguée.

— Je vous connais. Vous êtes acteur, c'est ça ? Vous jouez Shakespeare. Je vous ai vu dans le *Roi Lear*, il y a trois ans.

— Je ne pense pas, réplique Luke d'un ton sec.

— Vous avez raison ! C'était dans *Hamlet*. Je m'en souviens très bien. La souffrance désespérée, la culpabilité, la tragédie… Je n'oublierai jamais votre voix. Chaque mot tombait comme un coup de poignard.

— J'en suis désolé. Rebecca…

— Luke, voici les chiffres définitifs, crie Alicia en se précipitant dans la pièce, une feuille de papier à la main.

Elle m'adresse un regard narquois.

— Salut Rebecca. En forme ?

— Oui. En très grande forme, dis-je en réduisant ma feuille de papier en boule.

— Ravie de l'entendre. Ce débat s'annonce passionnant.

— Sans aucun doute.

Quelle idiote !

— Je viens d'avoir John, de Flagstaff, au téléphone, ajoute-t-elle à voix basse pour Luke. Il tient beaucoup à ce que vous mentionniez les nouveaux plans d'épargne Foresight. Bien sûr, je lui ai répondu…

— Nous sommes ici pour limiter les dégâts, pas pour faire de la pub. Il devrait déjà s'estimer heureux si…

Il s'interrompt. Je détourne la tête comme si je n'étais pas concernée et jette un coup d'œil à ma montre. Je sursaute. Il ne reste plus que dix minutes.

— Elizabeth, c'est à vous, annonce Zelda en pénétrant dans la pièce.

— Merveilleux ! s'écrie-t-elle en prenant une dernière bouchée de croissant. Comment me trouvez-vous ? demande-t-elle en se levant.

Des tonnes de miettes tombent de sa jupe.

— Vous avez un morceau de croissant dans les cheveux, dit Zelda en le lui enlevant. À part ça…

Nos regards se croisent et j'ai une envie irrésistible de pouffer de rire.

— Luke ! crie le jeune loup au visage poupin en se précipitant, un portable à la main. John Bateson en ligne. Et les plis viennent d'arriver…

— Merci Tim.

Alicia prend les enveloppes et les ouvre. Elle en retire des papiers qu'elle lit rapidement en les annotant. Entre-temps, Tim s'assoit, ouvre un ordinateur portable et commence à taper.

— Oui, John, je comprends ce que vous voulez dire, déclare Luke d'une voix tendue. Mais si vous consentiez à m'écouter ne serait-ce…

— Tim, pouvez-vous vérifier le rendement du fonds de retraite Flagstaff sur les trois, cinq et dix dernières années ? demande Alicia.

— Tout de suite, répond-il en tapant de plus belle.

— Tim, il faudrait m'imprimer l'avant-projet du dossier de presse Flagstaff sur les plans d'épargne Foresight. Merci, dit Luke en retournant à sa conversation téléphonique.

Ma parole ! Ils ont installé un véritable bureau de Brandon Communications dans les locaux de *Morning Coffee* : ordinateur, fax, téléphones… avec pour seul et unique adversaire ma feuille de papier roulée en boule.

Je n'arrive pas à détacher mes yeux des pages qui sortent de l'imprimante. Au fur et à mesure, Alicia les tend à Luke. Regardons les choses en face : je ne fais pas le poids. Mieux vaut laisser tomber tout de suite, leur dire que je suis malade, rentrer à la maison et me cacher sous la couette.

— Tout le monde va bien ? C'est à vous dans sept minutes, annonce Zelda en passant sa tête dans l'embrasure de la porte.

— Parfait, dit Luke

— Rebecca ! J'allais oublier. Il y a un colis pour vous.

Elle me tend une grande boîte carrée.

— Merci.

Le cœur soudain léger, je déchire l'emballage. J'ignore le contenu et la provenance de cet envoi, mais, pas de doute, il va m'être d'une aide précieuse. Eric Foreman m'adresse peut-être une information de dernière minute, un graphique ou une série de chiffres que je sortirai au moment crucial. Ou s'agit-il d'un document secret dont Luke ne soupçonne pas l'existence ?

Du coin de l'œil, je remarque que tous les Brandonites ont stoppé leurs activités pour m'observer. Ça leur apprendra ! Ils ne sont pas les seuls à avoir des ressources et à recevoir des colis dans le foyer des artistes. Je viens à bout du ruban adhésif et écarte les rabats du paquet.

Sous les regards attentifs de l'assemblée, un gros ballon rouge marqué d'un énorme « Bonne chance » s'envole vers le plafond. Une carte est attachée à la ficelle. Je l'ouvre, gênée.

Je le regrette aussitôt.

— « Bonne chance, bonne chance pour tout ce que tu entreprendras », chante une voix électronique.

Je referme la carte d'un geste sec. De l'autre bout de la pièce me parviennent des rires étouffés. Alicia, un sourire narquois aux lèvres, chuchote quelques mots à l'oreille de Luke dont le visage prend une expression amusée.

Il se moque de moi. Ils se moquent tous de Rebecca Bloomwood et de son ballon. Je suis mortifiée. J'ai l'impression d'étouffer. Dans le genre experte-financière-de-premier-plan, on a vu mieux !

J'entends un commentaire malveillant d'Alicia suivi d'un rire étranglé et, tout au fond de moi, quelque chose se dénoue. Qu'ils aillent au diable ! Ils sont jaloux, voilà tout. Eux aussi aimeraient avoir un ballon.

D'un geste de défi, j'ouvre de nouveau la carte pour lire le message.

La petite voix électronique poursuit sa chanson :

« Qu'il pleuve ou qu'il vente, tu t'en sortiras, nous le savons. Garde la tête haute, tu as tenté ta chance, c'est ce qui compte. »

À Becky,

Avec toute notre affection et nos remerciements pour ton aide merveilleuse. Nous sommes fiers de te connaître.

Tes amis Janice et Martin.

Je lis et relis ces quelques lignes, au bord des larmes. Janice et Martin sont des amis depuis des années. Leur fils me tape sur les nerfs, c'est sûr, mais ils m'ont toujours témoigné de l'affection, même quand je leur ai donné des conseils catastrophiques. Je leur dois bien ça. Pas question de les laisser tomber.

Je prends une inspiration profonde et regarde Luke Brandon droit dans les yeux.

— Ce sont des amis qui m'adressent leurs meilleures pensées.

Je pose avec soin la carte sur la table basse en m'assurant qu'elle reste ouverte pour continuer à chanter, puis rattrape le ballon et l'attache au dossier de ma chaise.

— Luke et Rebecca. Vous êtes prêts ? C'est à vous, annonce Zelda.

— Plus prête, tu meurs, dis-je en passant devant Luke.

21

Nous nous dirigeons vers le plateau en silence. Du coin de l'œil, je remarque que le visage de Luke s'est encore durci.

Pas de problème. Moi aussi, je peux la jouer coriace et impitoyable. Je redresse la tête et marche à grandes enjambées comme Alexis Carrington dans *Dynasty*.

— Vous vous connaissez ? demande Zelda.

— Oui, répond Luke d'un ton cassant.

— Dans un cadre strictement professionnel. Luke s'évertue à promouvoir des produits financiers minables et je m'évertue à éviter ses coups de fil, dis-je sur le même ton.

Zelda a un rire approbateur tandis que Luke me foudroie du regard. Je m'en fiche : plus il est en colère, mieux je me sens.

— L'article de Rebecca dans le *Daily World* n'a pas dû vous plaire.

— C'est exact.

— Il m'a téléphoné pour se plaindre, incroyable, non ? Il est difficile d'affronter la vérité et de découvrir ce qui se cache sous le vernis des relations publiques, n'est-ce pas, Luke ? Vous devriez peut-être changer de boulot.

Je me retourne pour le regarder. Il a l'air si furieux que j'ai l'impression qu'il va me battre. Il se ressaisit et déclare d'une voix glaciale :

— Nous allons régler cette mascarade sur le plateau.

Zelda me jette un coup d'œil inquisiteur. Je lui adresse un sourire rayonnant. Je n'ai jamais vu Luke aussi énervé.

— Nous y sommes, déclare Zelda. Veuillez parler à voix basse quand nous entrerons.

Elle pousse la porte et l'espace d'un instant je perds mon sang-froid. La peur me tétanise sur place comme Laura Dern dans *Jurassic Park* quand elle voit les dinosaures pour la première fois. Le voilà. En vrai. Le plateau de *Morning Coffee*, avec le canapé, les plantes vertes et tout le reste, éclairé par des spots éblouissants.

Tout paraît irréel. Combien de fois ai-je regardé cette émission à la télé ? Et, maintenant, je vais y participer. Incroyable !

— Il reste quelques minutes avant les pubs, indique Zelda en nous guidant à travers un plancher couvert de câbles. Rory et Emma sont encore sur le plateau de la bibliothèque avec Elizabeth.

Elle nous installe de part et d'autre d'une table basse. Le canapé est plus dur que je ne l'imaginais et d'une certaine façon… différent. Tout est différent. C'est bizarre. Les lumières trop vives m'aveuglent et je ne sais comment m'asseoir. Une assistante fixe un micro sur le revers de mon chemisier. Mal à l'aise, je lève la main pour rejeter mes cheveux en arrière. Zelda se précipite aussitôt vers moi.

— Essayez de ne pas trop bouger, Rebecca. Il faut éviter les bruissements.

— Désolée.

J'ai perdu ma voix. Un tampon d'ouate semble obstruer ma gorge. Je regarde la caméra la plus proche et découvre, horrifiée, qu'elle zoome dans ma direction.

— Rebecca, une autre règle d'or : ne jamais fixer la caméra, d'accord ? Soyez naturelle.

— Oui.

Fastoche !

— Trente secondes avant le bulletin d'information, annonce Zelda en consultant sa montre. Luke, tout va bien ?

— Très bien, déclare-t-il d'une voix calme.

Il a l'air comme un poisson dans l'eau. C'est normal.

Je remue sur mon siège, tire sur ma jupe et lisse ma veste. Si, comme on le dit, la télévision grossit, mes jambes vont ressembler à des poteaux. Peut-être devrais-je les croiser d'une autre façon. Ou ne pas les croiser du tout ? Mais elles risquent alors de paraître encore plus fortes.

— Bonjour, lance une voix haut perchée.

Je relève la tête. Emma March en chair et en os se dirige droit sur moi ! Elle porte un tailleur rose. Rory, qui la suit de près, a la mâchoire encore plus carrée que d'habitude. C'est étrange de rencontrer des célébrités. Elles ont l'air irréelles.

— Alors, c'est vous les experts financiers, déclare-t-elle d'un ton jovial en s'asseyant. Zut ! J'ai une de ces envies de faire pipi ! Combien de temps dure ce débat, Zelda ?

— Bonjour Roberta, dit Rory en me serrant la main.

— Elle s'appelle Rebecca, corrige Emma. Ce garçon est un cas désespéré. Nom d'un chien, j'ai vraiment besoin d'aller aux toilettes, couine-t-elle en se trémoussant sur le canapé.

— C'est trop tard, l'avertit Rory.

— Mais c'est mauvais de se retenir trop longtemps ! Nous avons traité ce sujet. Tu te souviens de cette auditrice bizarre qui a téléphoné pour raconter qu'elle n'y allait qu'une fois par jour ? Et le docteur James a dit… Qu'a-t-il dit déjà ?

— Je n'en ai aucune idée. Ces coups de fil me passent complètement au-dessus de la tête.

Il se tourne vers moi.

— Rebecca, je vous signale que je ne comprends rien à ces trucs financiers. C'est beaucoup trop pointu pour moi, affirme-t-il avec un grand sourire.

— Plus que dix secondes ! crie Zelda.

La musique du générique de *Morning Coffee* retentit, annonçant la fin des pubs.

— Qui commence ? demande Emma en jetant un coup d'œil sur le téléprompteur. C'est moi.

Cette fois, ça y est. Je suis morte de peur. Je ne sais pas dans quelle direction regarder ni à quel moment je prendrai la parole. Mes mains sont crispées sur mes genoux qui tremblent, les spots m'éblouissent et, sur ma gauche, une caméra fait un zoom que je suis censée ignorer.

— Bienvenue ! lance Emma. Si vous deviez choisir entre une pendulette et vingt mille livres, que décideriez-vous ?

Quoi ? Mais c'est mon texte !

— La réponse est évidente, poursuit-elle allégrement. Nous choisirions tous les vingt mille livres.

— Tout à fait ! intervient Rory, en souriant.

— Mais, lorsque les souscripteurs de Flagstaff Life ont reçu une lettre les invitant à transférer leurs économies, ils ne savaient pas qu'en agissant ainsi ils perdraient un bénéfice de vingt mille livres. Rebecca Bloomwood est la journaliste qui a dévoilé cette affaire. Rebecca, pensez-vous que ce genre d'escroquerie est une pratique courante ?

Tous les regards se tournent vers moi dans l'attente de ma réponse. Les caméras sont braquées sur mon visage, le plateau est silencieux.

Deux millions et demi de téléspectateurs !

J'ai du mal à respirer.

— Pensez-vous que les investisseurs devraient se méfier ? enchaîne Emma.

— Oui, c'est nécessaire, dis-je d'une voix blanche.

— Luke Brandon, vous représentez Flagstaff Life. À votre avis…

Merde ! C'était pitoyable ! Qu'est-il arrivé à ma voix et à toutes les réponses préparées avec soin ?

Il faut que j'écoute Luke. Allez Rebecca ! Du nerf ! Concentre-toi.

— Gardez bien présent à l'esprit que personne n'a *droit* à un bénéfice exceptionnel. Il ne s'agit pas d'un cas d'escroquerie ! Quelques souscripteurs cupides ont eu les yeux plus gros que le ventre, voilà tout. Ils croient avoir été lésés et racontent des horreurs sur la compagnie. Par ailleurs, des milliers de personnes ont reçu des sommes importantes de Flagstaff Life.

De quoi parle-t-il ?

— Je vois, commente Emma. Selon vous…

Je l'interromps.

— Un instant ! M. Brandon, vous venez de qualifier les souscripteurs de « cupides » ?

— Pas tous, mais quelques-uns, oui.

Je le regarde, consternée. Je pense à Janice et Martin, si doux et inoffensifs. La colère me rend muette.

— La vérité, continue Luke, c'est que la plupart des clients de Flagstaff Life ont bénéficié d'excellents rendements sur les cinq dernières années. C'est ça qui est important. Un placement de bonne qualité et non pas des bénéfices qui ne représentent qu'un feu de paille. N'oublions pas qu'au départ Flagstaff Life a été créé pour assurer…

— Luke, corrigez-moi si je me trompe… Au départ, Flagstaff Life était une mutuelle, créée pour assurer le bien-être de tous ses adhérents, n'est-ce pas ? Son but n'était certainement pas d'en privilégier certains au détriment d'autres.

— Tout à fait, répond-il sans ciller. Mais cela ne donne pas droit à chaque souscripteur de recevoir un bénéfice exceptionnel de vingt mille livres.

— Je suis d'accord. Cependant, cela leur donne assurément le droit de penser qu'ils ne seront pas trompés par une compagnie dans laquelle ils ont placé leur argent depuis quinze ans. Janice et Martin Webster ont fait confiance à Flagstaff Life. Ils ont fait confiance au conseil qui leur était donné. Et voyez où cette confiance les a conduits !

— Les placements sont un jeu. Parfois vous gagnez…

— La chance n'a rien à voir là-dedans ! dis-je, furieuse. Êtes-vous en train d'affirmer que c'est par pure coïncidence qu'on leur a conseillé de transférer leurs fonds deux semaines avant l'annonce du bénéfice ?

— Flagstaff leur a proposé ce transfert en pensant que leurs clients augmenteraient de cette façon la valeur de leur portefeuille. Ils m'ont assuré qu'ils avaient agi dans la seule intention d'avantager leurs adhérents. Ils m'ont aussi assuré…

— Si je vous comprends bien, Flagstaff qui a conseillé ses souscripteurs en toute bonne foi s'est planté de façon lamentable. Cette compagnie est donc incompétente.

La lueur de colère qui traverse ses yeux me donne des ailes.

— Je ne vois pas…

— Nous pourrions débattre sans fin sur ce sujet, intervient Emma. Mais nous allons passer à…

— Allez, Luke ! Il faut savoir. Ou bien c'est une société incompétente, ou bien Flagstaff a délibérément essayé d'économiser de l'argent. Dans les deux cas, elle a tort. Les Webster qui étaient des clients fidèles auraient dû recevoir cet argent. À mon avis, Flagstaff leur a conseillé ce transfert afin de les empêcher de recevoir ce bénéfice. C'est évident.

Je cherche des yeux le soutien de Rory qui me regarde d'un air absent.

— Tout cela est très technique pour moi. Un peu compliqué, déclare-t-il en riant.

— Prenons les choses autrement. Imaginez… Imaginez que je suis dans un magasin de vêtements. Je viens de choisir un magnifique manteau en cachemire de Nicole Farhi. Vous me suivez ?

— Oui, acquiesce Rory.

— J'adore Nicole Farhi ! s'écrie Emma, ragaillardie. Sa ligne de tricots est splendide.

— C'est vrai. Bon. Je fais la queue à la caisse quand un vendeur arrive et me dit : « Pourquoi n'achetez-vous pas ce manteau à la place ? Il est de meilleure qualité et je vous offre en prime une bouteille de parfum gratuite. » Je n'ai aucune raison de mettre sa parole en doute. Merveilleux ! me dis-je, et j'achète le manteau qu'il m'a proposé.

— Je vous suis toujours, dit Rory.

— Mais, une fois dehors, je découvre que ce manteau n'est pas un Nicole Farhi et qu'il n'est pas en cachemire, non plus. Je retourne dans le magasin et ils refusent de me rembourser.

— Vous avez été arnaquée ! s'exclame Rory comme s'il venait de découvrir les lois de la pesanteur.

— Absolument. J'ai été arnaquée. Comme l'ont été des milliers de clients de Flagstaff. On les a convaincus d'abandonner leur investissement initial au profit d'un autre fonds de placement, les privant ainsi de vingt mille livres. Peut-être la compagnie Flagstaff n'a-t-elle pas violé la loi. Peut-être n'a-t-elle enfreint aucun règlement. Mais elle a piétiné les principes élémentaires du droit. Ces clients, fidèles à Flagstaff depuis de nombreuses années, méritaient ces bénéfices. Et, si vous êtes honnête, Luke Brandon, vous *savez* que c'est la vérité.

Je termine ma tirade, haletante. Luke m'observe, impassible. Redoutant le pire, j'essaie de détourner mon regard. En vain. Nos yeux sont comme aimantés.

— Luke, qu'avez-vous à répondre ? demande Emma.

Il reste muet et nous continuons ce ballet silencieux.

— Luke ? répète la présentatrice, pensez-vous…

— Je pense… Je pense que vous avez raison, Rebecca, finit-il par lâcher.

Un silence stupéfait suit cette déclaration.

J'ouvre la bouche, mais ne parviens à émettre aucun son.

Rory et Emma s'adressent des coups d'œil perplexes.

— Excusez-moi, Luke, voulez-vous dire…

— Elle a raison. C'est tout.

Il prend son verre, s'appuie contre le dossier de son siège et bois une gorgée d'eau.

— Je suis convaincu que les clients méritaient ce bénéfice. J'aurais vraiment aimé qu'ils touchent cet argent.

Je n'en crois pas mes oreilles ! Luke Brandon est d'accord avec moi.

— Je vois, déclare Emma. Vous avez donc changé d'opinion ?

Luke contemple son verre, pensif. Puis il redresse la tête.

— Ma société est payée par Flagstaff pour assurer sa publicité. Mais cela ne signifie pas que j'approuve ce qu'ils font ou que je sois au courant de tous leurs agissements. À vrai dire, avant de lire l'article de Rebecca dans le *Daily World*, j'ignorais tout de cette affaire. Je tiens d'ailleurs à souligner que cet article est un excellent papier d'investigation. Félicitations !

J'en ai le souffle coupé. Quel coup de théâtre ! Je souhaiterais tout arrêter, enfouir la tête dans mes mains et analyser calmement ce qui vient de se produire. Impossible hélas ! Je passe en direct à la télévision. Deux millions et demi de téléspectateurs me regardent.

J'espère que mes jambes ne sont pas affreuses.

— Si j'étais un adhérent de Flagstaff, je serais furieux, poursuit Luke. Il existe des règles élémentaires de conduite envers les clients telles que la fidélité et la franchise. Et j'ose espérer que mes clients, tous ceux que je représente, respectent ces deux principes.

— Voilà un sacré revirement de situation ! commente Emma en se tournant vers la caméra. Luke Brandon, venu ici représenter la compagnie Flagstaff, affirme désormais qu'elle a tort. Avez-vous quelque chose à ajouter, Luke ?

— Je ne crois pas que je continuerai à représenter Flagstaff.

— Ah bon ! Pourquoi ? demande Rory.

— Franchement, Rory ! s'impatiente Emma.

Soudain, nous éclatons tous de rire de manière un peu hystérique. Luke m'observe d'un drôle d'air et je me sens légère comme une plume. La présentatrice est la première à se ressaisir.

— Bien, déclare-t-elle en souriant à la caméra. Suite à ce débat financier, et juste après la page de publicité, place à la mode avec le retour des minishorts dans les défilés…

— … et aux crèmes contre la cellulite. Sont-elles efficaces ? enchaîne Rory.

— Sans oublier nos invités exceptionnels : les Heaven Sent 7 qui chanteront en direct de nos studios.

La musique de *Morning Coffee* éclate dans les haut-parleurs et Rory et Emma se lèvent d'un bond.

— C'était un débat passionnant, mais, désolée, je dois foncer aux toilettes, dit Emma en se précipitant dehors.

— Je n'ai rien compris, mais nous avons vécu un grand moment de télévision, ajoute Rory.

Il donne une tape dans le dos de Luke, m'adresse un signe d'adieu et disparaît.

Voilà. C'est terminé. Nous restons face à face, Luke et moi, sous les spots éblouissants, les micros toujours fixés au revers de nos vestes. Je suis sonnée.

Est-ce bien réel ?

— Bon…

— Bien joué, dit Luke.

— Merci.

Je suppose qu'il va au-devant de gros problèmes. Pour un homme de relations publiques, attaquer un de ses clients en direct à la télévision doit être l'équivalent pour une vendeuse de dissimuler des vêtements.

Est-ce moi ou mon article qui l'a fait changer d'avis ?

Je n'ose pas aborder le sujet.

Il me faut rompre ce silence qui s'épaissit de plus en plus.

— Avez-vous…

— J'étais…

Nous avons parlé en même temps.

— Continuez, je vous prie. Je n'avais rien de… Allez-y.

— Je voulais vous demander si vous accepteriez de dîner avec moi ce soir ?

Qu'entend-il par là ? Désire-t-il…

— Pour discuter affaires. J'ai beaucoup aimé votre idée de promotions de Sicav pendant les soldes du mois de janvier.

Quelle idée ?

Oh ! Ça ! Il ne s'agissait que d'une de mes remarques stupides n'engageant à rien.

— Je pense que cela ferait une excellente publicité pour l'un de mes clients. Consentiriez-vous à être consultante sur ce projet ? Sur une base de free-lance, bien sûr.

Pas possible ! Il est sérieux.

— Je vois. Je crois… Je crois que je suis libre ce soir.

— Bien. Que diriez-vous du Ritz ?

— Comme vous voulez, dis-je avec désinvolture, comme si j'y allais tout le temps.

— Parfait. Je m'en réjouis d'avance.

— Et Sacha ? Elle n'avait rien de prévu avec vous ce soir ?

À peine ai-je prononcé cette phrase que je me sens rougir jusqu'à la racine des cheveux. Non, mais ! Qu'est-ce qui me prend ? Je voudrais disparaître dans un trou de souris.

— Sacha m'a quitté, il y a une semaine.

— Oh ! Zut !

— Sans prévenir. Elle a fait sa valise et elle est partie. Ç'aurait pu être pire, poursuit-il, pince-sans-rire. Quand je pense que j'ai failli lui offrir le fourre-tout assorti !

Je réprime à grand-peine mon envie de pouffer.

— Je suis désolée.

— Moi pas, déclare-t-il d'une voix grave en me regardant droit dans les yeux.

Mon cœur bondit dans ma poitrine.

— Rebecca ! Luke !

Nous tournons la tête en même temps et voyons Zelda arriver, un bloc-notes à la main.

— C'était fabuleux ! Exactement ce que nous voulions. Luke, vous avez été parfait. Et Rebecca…

Elle s'assoit à côté de moi et tapote mon épaule.

— Nous vous avons trouvée si merveilleuse que nous pensions… Aimeriez-vous répondre aux appels des auditeurs en tant que spécialiste financière pour notre émission ?

— Mais… C'est impossible. Je ne suis pas une spécialiste !

— Elle est bien bonne ! s'exclame Zelda en riant. Rebecca, vous savez vous mettre à la portée des gens et ça n'a pas de prix. Vous connaissez votre sujet à fond, tout en gardant les pieds sur terre. Vous demeurez accessible. Bref, l'expert dont tout le monde rêve. Qu'en pensez-vous, Luke ?

— Rebecca est faite pour ce job. Mais je pense aussi que je dois me sauver, dit-il en me souriant. À plus tard, Rebecca. Au revoir Zelda.

Tandis qu'il se fraie un chemin entre les câbles je le suis des yeux en espérant qu'il se retourne une dernière fois.

— Occupons-nous de vous maintenant, déclare Zelda en me pressant la main.

22

J'étais faite pour la télévision. C'est indéniable.

Nous sommes de nouveau installés sur le canapé, Rory, Emma et moi. Nous avons en ligne Anne, domiciliée à Leeds, qui reconnaît d'une voix mal assurée qu'elle n'a jamais renvoyé sa feuille d'impôts.

Je souris à Emma qui m'adresse un clin d'œil. Je fais partie de l'équipe. Je suis aux anges.

Chose étrange, quand j'étais interviewée, la peur et la nervosité me pétrifiaient ; à présent que je suis passée de l'autre côté, je me retrouve dans mon élément. Je pourrais rester sur ce plateau toute la journée. Les lumières aveuglantes ne me gênent plus, elles me semblent normales. Et, en m'exerçant devant la glace, j'ai trouvé la position la plus flatteuse pour mes jambes (genoux rassemblés, jambes croisées aux chevilles).

— J'ai commencé à travailler comme femme de ménage et je n'y ai plus repensé, poursuit Anne. Aujourd'hui mon employeur me demande si je suis imposable. Cela ne m'avait jamais traversé l'esprit.

— Vous voilà dans une situation délicate, déclare Emma en me lançant un coup d'œil.

— Anne, dis-je d'une voix rassurante, vous devez savoir deux choses : la première est que, selon vos revenus, vous n'êtes peut-être pas imposable. La seconde est qu'il vous reste encore beaucoup de temps pour renvoyer votre feuille d'impôts et régulariser votre situation.

Curieusement, j'arrive à répondre à toutes les questions. Je m'y connais en plans d'épargne, en assurances vie, en retraites… Tout à l'heure, Kenneth, résidant à St. Austell, a demandé quelle était la défiscalisation annuelle maximale pour un ISA et j'ai répondu cinq mille livres sans réfléchir. Une partie de mon esprit semble avoir emmagasiné toutes ces informations avec soin. À présent, je n'ai plus qu'à m'en servir. Demandez-moi n'importe quoi ! Comment fonctionnent les impôts sur les plus-values pour les propriétaires, par exemple. Allez, n'hésitez pas !

— À votre place, Anne, je contacterais votre Centre des impôts et leur demanderais conseil. N'ayez pas peur.

— Merci beaucoup, Rebecca.

— Eh bien, j'espère que cela vous aidera, Anne, enchaîne Emma en souriant à la caméra. Davina va nous présenter les informations et la météo, mais ensuite, comme le standard croule sous les appels, nous nous retrouverons pour *Vous et votre argent*.

— Vous êtes nombreux à vouloir exposer vos problèmes financiers, poursuit Rory.

— Absolument, reprend Emma. Et nous voulons vous aider. Alors n'hésitez pas à appeler Rebecca au 0333 4567.

Elle se fige puis, dès que la lumière s'éteint, s'appuie contre le dossier de son siège pour se détendre.

— Tout se passe à merveille ! Tu ne trouves pas, Zelda ? dit-elle, tandis que la maquilleuse se précipite sur elle pour la repoudrer.

— C'est super ! La dernière fois que le standard a reçu autant d'appels, c'était pour « J'aimerais rencontrer une

Spice Girl ». Rebecca, avez-vous suivi des cours pour être présentatrice ? demande-t-elle, intriguée.

— Non. Mais… J'ai beaucoup regardé la télé.

Elle éclate de rire.

— C'est une bonne réponse ! O.K., retour à l'antenne dans trente secondes.

Emma me sourit et consulte ses papiers devant elle. Rory contemple ses ongles. Ils me traitent d'égal à égal, me dis-je avec joie.

Je n'ai jamais été aussi heureuse. Jamais. Même pas la fois où j'ai trouvé un bustier Vivienne Westwood à soixante livres dans les soldes de Harvey Nichols. (Tiens, je me demande où il est passé. Je devrais le porter un de ces jours.) Ce que je vis en ce moment bat tous les records. C'est parfait !

Détendue et comblée, je parcours des yeux le studio lorsqu'une silhouette familière retient mon attention. Je regarde plus attentivement et sens mes cheveux se dresser sur ma tête. Je dois halluciner, car l'homme qui se tient dans la pénombre du plateau ressemble trait pour trait à…

— Merci de rester avec nous ! lance Rory. Cette matinée est consacrée aux problèmes financiers. Notre invitée, Rebecca Bloomwood, est là comme conseillère pour répondre à vos appels. Notre prochaine auditrice en ligne s'appelle Fran et habite Shrewsbury. Fran ?

— Bonjour Rebecca.

— Bonjour Fran. Quel est votre problème ?

— Je suis dans une situation épouvantable. Je… je ne sais pas quoi faire.

— Êtes-vous endettée, Fran ? demande Emma avec douceur.

— Oui. Je suis à découvert, avoue-t-elle dans un souffle. Je dois de l'argent sur toutes mes cartes de crédit, j'ai emprunté de l'argent à ma sœur… Et je ne peux pas m'empêcher de dépenser. Je… J'adore acheter des choses.

— Quelles sortes de choses ? s'enquiert Rory, intéressé.

— Des vêtements pour moi, pour les enfants, des bricoles pour la maison, des bêtises. Les factures arrivent… Et je les jette.

Emma se tourne vers moi.

— Rebecca, à votre avis, que devrait faire Fran pour s'en sortir ?

— Fran, avant tout, vous devez vous montrer courageuse et affronter votre problème. Appelez votre banque et exposez-leur la situation. Ce ne sont pas des monstres ! Ils vous aideront.

Je plante mes yeux dans la caméra.

— Fuir ne résoudra rien, Fran. Plus vous tarderez, pire ce sera.

— Je sais que vous avez raison. Mais… ce n'est pas facile.

— Je sais. Restez en ligne, Fran.

— Rebecca, reconnaissez-vous là un problème courant ? demande Emma.

— Je crains que oui. Malheureusement, de nombreuses personnes négligent la gestion de leur budget alors qu'il s'agit d'une priorité.

— C'est tout à fait regrettable, commente Emma d'un air consterné.

— Toutefois, il n'est jamais trop tard pour se ressaisir. Il suffit de faire face à ses responsabilités pour qu'une vie nouvelle démarre.

En accompagnant cette phrase d'un geste ample et assuré de la main, je balaie du regard le studio. Et… Je le vois.

Je n'hallucine pas.

C'est bien lui. Appuyé à un pilier, dans l'angle, un gobelet en plastique à la main, Derek Smeath arbore un badge du service de sécurité comme s'il travaillait pour *Morning Coffee*. Une dizaine de mètres à peine nous séparent.

Derek Smeath de la banque Endwich.

Incroyable !

Il est pourtant bien là, en chair et en os.

Bon sang ! Il me regarde, droit dans les yeux.

Mon cœur s'emballe comme un cheval au galop. Je m'efforce de respirer calmement pour garder mon sang-froid.

— Rebecca ?

Je dois concentrer mon attention sur l'émission. Quel était le problème de cette auditrice, déjà ?

— Vous pensez donc que Fran devrait prendre rendez-vous avec son banquier ?

— Je… oui, c'est exact.

Que faire ? Il ne me quitte pas des yeux. Impossible de m'échapper.

— Vous croyez que si Fran regarde la réalité en face, elle reprendra sa vie en main ?

— Sans aucun doute.

Je lance à Emma un sourire éblouissant. Mais, en mon for intérieur, ma joyeuse assurance s'est envolée. Derek Smeath rôde.

Avec lui, tous les événements de ma vie, refoulés avec soin, resurgissent sournoisement. Je voudrais les chasser, mais ils s'échappent comme des serpents visqueux. Ma dispute avec Suze. Mon désastreux dîner avec Tarquin.

— Eh bien, espérons que Fran suivra les excellents conseils de Rebecca. Nous avons à présent en ligne John, de Luton. John ?

— Bonjour Rebecca. Quand j'étais petit, mes parents ont souscrit pour moi une police d'assurance mais j'ai perdu tous les papiers. Maintenant j'aimerais bien toucher l'argent.

Ma carte Visa annulée. Ma carte Octagon confisquée devant tout le monde. Quelle humiliation !

Assez ! Reporte ton attention sur le show.

— Ce cas de figure se présente souvent. Vous souvenez-vous du nom de la compagnie ?

— Non. Aucune idée.

Mon compte en banque. Des milliers de livres de dettes. Le rendez-vous à la banque.

J'ai un haut-le-cœur.

— Vous devriez être capable de retrouver cette compagnie. Pourquoi ne pas vous adresser à un organisme spécialisé dans ce genre de recherche ? Je peux le vérifier pour vous, mais il en existe un qui s'appelle…

Toute ma vie est un désastre et j'y suis empêtrée comme au centre d'une immense toile d'araignée. La dure réalité n'attend que la fin de cette émission pour me sauter à la gorge.

— Le temps presse. Nous allons devoir rendre l'antenne, dit Emma dès la fin de mes explications. Merci à Rebecca Bloomwood, notre experte financière, dont nous ne manquerons pas de suivre les conseils avisés. Après la pub, nous retrouverons les Heaven Sent 7, en direct pour *Morning Coffee*.

La lumière s'éteint et tout le monde se détend.

— Très bon travail, Rebecca, déclare Rory, enthousiaste.

— Zelda ! Il faut que je te parle, lance Emma. Rebecca, tu as été parfaite, ajoute-t-elle en partant. Parfaite !

Voilà. Ils ont tous disparu. Je me retrouve seule sur le plateau, exposée et vulnérable, fuyant désespérément le regard de Derek Smeath.

Et si je m'esquivais par l'arrière ?

À moins que je reste sur ce canapé jusqu'à ce qu'il craque. Il ne va tout de même pas oser venir sur le plateau !

Je pourrais aussi prétendre être quelqu'un d'autre. Pas bête ! D'ailleurs, avec tout ce maquillage, je suis méconnaissable.

Soudain, une idée me traverse l'esprit : sa présence ici n'a rien à voir avec moi. Peut-être participe-t-il à l'émission ?

Je vais passer devant lui de mon pas le plus assuré et tout ira bien.

— Excusez-moi, ma belle. Il faut que je déplace ce canapé, annonce un technicien en jean.

— Je vous en prie, dis-je en sursautant.

À ce moment-là, je rencontre par hasard le regard de Derek Smeath. Il me dévisage. Il m'attend.

Arrrgh.

Du calme. Il suffit de feindre de ne pas le reconnaître.

Je me lève, prends une inspiration profonde et commence à traverser le plateau à grandes enjambées. Les yeux braqués sur la porte à double battant, je maintiens mon allure, le visage impassible. Tout se déroule à merveille. Encore quelques pas...

— Mademoiselle Bloomwood.

Sa voix claque comme un fouet et, l'espace d'un instant, j'envisage de l'ignorer et de foncer vers la sortie. Mais Zelda et Emma qui se tiennent juste à côté ont dû l'entendre m'appeler. Impossible d'y couper.

Je me retourne et lui adresse un regard stupéfait, comme si je le voyais pour la première fois.

— Oh ! C'est vous ! Quelle surprise !

Le preneur de son nous fait signe de baisser la voix et Derek Smeath me conduit d'une main ferme hors du plateau, jusqu'à une loge. Il me considère en silence et je lui souris d'un air assuré. Peut-être en resterons-nous à une discussion courtoise ?

— Mademoiselle Bloomwood...

— Le temps est merveilleux, vous ne trouvez pas ?

— Mademoiselle Bloomwood, notre rendez-vous.

Je pensais qu'il avait oublié.

— Notre rendez-vous... C'est demain, si je ne m'abuse ? dis-je, poussée par une inspiration subite.

J'ai l'impression qu'il va exploser.

— Ce n'est pas demain ! C'était lundi matin.

— Ah ! Vous voulez parler de ce rendez-vous là. Désolée. Je voulais y aller. Mais… mais…

Je ne trouve aucune excuse plausible car je les ai toutes épuisées. Comme une sale gamine, je mords ma lèvre, les yeux baissés.

— Savez-vous depuis combien de temps je vous écris des lettres ? Savez-vous depuis combien de temps je m'évertue à vous faire venir à la banque ?

— Je… je ne sais…

— Six mois ! Six longs mois d'excuses et de faux-fuyants. Je voudrais que vous réfléchissiez à ce que cela signifie pour moi. Cela veut dire un nombre de lettres incalculable, des dizaines de coups de fils, des heures et des heures prises sur mon temps et celui de mon assistante, Erica. Du temps qui, soit dit en passant, serait mieux employé à autre chose.

Il fait un geste brusque avec son gobelet en plastique et quelques gouttes de café tombent par terre.

— J'arrive enfin à vous coincer pour un rendez-vous béton. Je pense que vous prenez votre situation au sérieux… et vous ne vous présentez pas. Vous disparaissez. Je téléphone chez vos parents pour savoir où vous êtes et suis accusé de façon fort désagréable d'être une sorte de désaxé !

— Désolée. C'est mon père. Il est un peu bizarre.

— J'avais perdu tout espoir. Et ce matin, en passant devant un magasin de téléviseurs, qui je vois ? Sur six écrans, Rebecca Bloomwood, la disparue, conseillant le bon peuple. Et le conseillant sur quoi ?

Il se met à rire nerveusement.

— La finance ! Vous ! En conseillère financière !

Je le regarde, vexée. Ce n'est pas si drôle que ça.

— Écoutez. Veuillez m'excuser. Je me trouvais dans une situation difficile à ce moment-là. Mais si vous pouviez fixer un autre rendez-vous…

— Fixer un autre rendez-vous ? répète-t-il comme si je plaisantais.

Il ne me prend pas au sérieux. Je veux un rendez-vous, c'est la vérité, et il n'en croit pas un mot.

Normal ! souffle une voix intérieure. Réfléchis à ton comportement et à la manière dont tu l'as traité. C'est un miracle qu'il soit toujours poli.

Il aurait pu se montrer beaucoup plus méchant à mon égard : bloquer ma carte depuis longtemps, m'envoyer les huissiers, ou me frapper d'interdit bancaire. Il a vraiment été très correct.

— S'il vous plaît, accordez-moi une autre chance. Je désire payer mes dettes et combler mon découvert, mais j'ai besoin de votre aide. Aidez-moi, monsieur Smeath, je vous en prie.

Il cherche un endroit où poser sa tasse. Puis il sort un mouchoir de sa poche et s'éponge le front. En le remettant en place, il me lance un regard pensif.

— Vous êtes sincère ? finit-il par demander.

— Oui.

— Vous allez faire un effort ?

— Oui. Et je vous suis très reconnaissante pour votre patience.

Je suis au bord des larmes. Je veux sincèrement que tout rentre dans l'ordre.

— D'accord. Voyons… Présentez-vous demain à mon bureau à 9 h 30 précises. Nous discuterons de tout ça.

— Merci beaucoup. J'y serai. Je le jure.

— Vous avez intérêt. Fini les excuses bidon. Au fait, vous vous en sortez très bien. Vos conseils sont très judicieux.

— Merci. Je… je me demandais comment vous étiez entré ici ? On m'avait dit que leurs règles de sécurité étaient très strictes.

— C'est exact. Mais ma fille travaille à la télévision. Elle a d'ailleurs participé à cette émission.

Incroyable ! Derek Smeath a une fille. Il a sans doute toute une famille. Et une femme.

— Il faut que j'y aille, dit-il en vidant son gobelet de café. Ce détour était imprévu. Je vous attends demain, conclut-il, le visage sévère.

— À demain. Et merci encore.

Je m'effondre dans un fauteuil. Je n'arrive pas à croire que je viens d'avoir une conversation agréable avec Derek Smeath. Il a l'air adorable. Il s'est montré si gentil avec moi… et sa fille travaille à la télévision. Je risque de la rencontrer. Qui sait ? Je deviendrai amie avec toute la famille. Ne serait-ce pas génial ? J'irai dîner chez eux et sa femme me serrera fort dans ses bras. Je l'aiderai à préparer la salade et…

— Rebecca !

Zelda se dirige vers moi, son éternel bloc-notes à la main.

— Tout va bien ?

— Super.

Elle attire une chaise vers elle et s'assoit.

— Il faut que nous parlions. Nous trouvons que vous vous en êtes extrêmement bien tirée aujourd'hui. J'ai discuté avec Rory, Emma et notre producteur en chef et tous souhaiteraient vous revoir dans l'émission.

— Vous voulez dire…

— Pas chaque semaine. Mais de façon assez régulière. Nous pensions à trois fois par mois. Votre travail vous permettra-t-il de vous libérer ?

— Je… je ne sais pas. Je suppose que oui, dis-je, décontenancée.

— Parfait. On pourrait donner un coup de pouce publicitaire à votre magazine. Cela leur fera plaisir.

Elle griffonne quelques mots sur son bloc.

— Vous n'avez pas d'agent. Je dois donc traiter votre contrat directement avec vous. Les honoraires par émission s'élèvent à…

23

Je mets la clé dans la serrure et ouvre lentement la porte de l'appartement. Avec l'impression de l'avoir quitté depuis une éternité. Je me sens tout à fait différente : j'ai grandi, ou changé. En tout cas, il s'est passé quelque chose.

L'appartement est plongé dans le silence.

— Bonjour. Y a quelqu'un ? dis-je en posant mon sac par terre.

— Bex ! s'écrie Suze en surgissant du salon.

Elle porte un caleçon noir et tient à la main un cadre en jean à moitié terminé.

— Où étais-tu passée ? Que faisais-tu ? Je t'ai vue à *Morning Coffee* et je n'en croyais pas mes yeux ! J'ai essayé de te joindre, mais ils m'ont dit qu'il fallait que j'aie un problème financier à t'exposer. Alors j'ai répondu : « D'accord. Comment dois-je investir un demi-million de livres ? » Là, ils m'ont expliqué que ce n'était pas vraiment…

Elle s'interrompt.

— Bex ? Raconte !

Je ne réponds pas tout de suite. Je regarde les lettres sur la table, des enveloppes blanches administratives ou marron, à fenêtre. Certaines sont barrées d'un menaçant « DERNIER AVERTISSEMENT ». La pile de lettres la plus effrayante qui soit.

Mais elles ne semblent plus aussi redoutables.

— J'étais chez mes parents. Puis à la télévision.

— J'ai téléphoné à tes parents ! Ils m'ont soutenu qu'ils ignoraient où tu étais.

— Je sais. Ils… ils me protégeaient d'un désaxé.

Suze me dévisage, ahurie. Il y a de quoi.

— J'ai laissé un message sur le répondeur te disant de ne pas t'inquiéter, que j'allais bien, dis-je sur la défensive.

— C'est toujours ce qui arrive dans les films, quand les méchants ont attrapé l'héroïne et pointent un pistolet sur sa tempe. J'étais persuadée que tu étais morte ! Découpée en morceaux, quelque part.

Elle ne plaisante pas. Elle s'est fait un sang d'encre. Je n'aurais jamais dû disparaître de cette façon. C'était maladroit, égoïste et irresponsable.

— Je suis désolée, dis-je en me précipitant pour la serrer fort dans mes bras.

— C'est bon, répond-elle en m'étreignant à son tour. Quand je t'ai vue à la télévision, je ne me suis plus affolée. Tu étais super !

— Tu le penses vraiment ?

— Oui. Bien meilleure que cet enfoiré de Luke Brandon. Quelle arrogance !

— C'est vrai, mais il s'est montré très sympa avec moi, après l'émission.

— Grand bien lui fasse. En tout cas, tu as été géniale. Un café ?

— Avec plaisir.

Suze disparaît dans la cuisine. Je parcours mon courrier. Autrefois, ces lettres et ces factures m'auraient plongée dans la panique la plus totale et je les aurais directement jetées à la poubelle. Mais vous savez quoi ? Je n'ai plus peur. Comment ai-je pu me comporter de façon aussi lâche et stupide ? Désormais, j'affronterai mes problèmes financiers. Je vais m'asseoir avec mon carnet de chèques et mes derniers relevés bancaires pour mettre mes comptes à jour.

Je me sens soudain mûre, responsable même. Prévoyante et raisonnable. Dorénavant, je veillerai à ce que mes finances soient en ordre. Mon attitude envers l'argent a changé de manière radicale.

De plus…

Je ne voulais pas en parler. Mais *Morning Coffee* me fait un pont d'or. Vous n'allez pas le croire, mais chaque fois que je participe à une émission, je gagne…

Disons… un maximum !

Depuis qu'ils me l'ont annoncé, je plane, radieuse. Je vais pouvoir régler toutes mes factures, ma carte Visa, ma carte Octagon, l'argent que je dois à Suze, tout !

— Alors, raconte-moi ! Pourquoi t'es-tu évanouie dans la nature ? demande Suze en revenant de la cuisine. Qu'est-ce qui n'allait pas ?

— Rien de précis. Il fallait que je prenne du recul. J'étais désorientée.

— À cause de Tarquin ?

Je me raidis avec appréhension.

— En partie. Pourquoi, il a…

— Je sais que tu n'es pas folle de lui, poursuit-elle, mélancolique. Mais il t'aime toujours beaucoup. Il est passé l'autre soir et a laissé cette lettre pour toi.

Elle indique une enveloppe crème, coincée dans la glace. Je la prends, les mains tremblantes. Que me veut-il ? J'hésite, puis l'ouvre. Un billet tombe par terre.

— C'est pour l'opéra ! s'écrie Suze en le ramassant. Une place pour ce soir. Quelle chance que tu sois rentrée aujourd'hui !

Ma chère Rebecca,

Pardonne-moi de ne pas t'avoir contactée plus tôt.

Mais, plus le temps passe, plus je réalise combien j'ai apprécié la soirée passée ensemble. J'aimerais tant la renouveler !

Je joins un billet pour Die Meistersinger *à l'opéra. De toute façon, j'y serai et si tu peux m'y rejoindre, j'en serai ravi.*

Ton dévoué,

Tarquin Cleath-Stuart.

Je relis la lettre, déconcertée. Tarquin ne m'a peut-être pas vue feuilleter son chéquier. Ou alors, il a décidé de me pardonner. À moins qu'il ne soit schizo.

— Bex, tu dois y aller, sinon tu lui porteras un coup terrible. Il t'adore.

— C'est impossible. Ce soir, j'ai un dîner d'affaires.

— Tu n'as qu'à l'annuler.

— Je… je ne peux pas. C'est très important.

— Zut ! Ce pauvre Tarkie. Il va passer sa soirée à t'attendre, tout excité…

— Vas-y à ma place.

— Tu crois ?

Elle a une petite moue.

— Pourquoi pas ? J'aime bien l'opéra. Avec qui as-tu rendez-vous ?

— Avec… Luke Brandon.

Je fais de mon mieux pour parler d'un ton détaché, mais je sens mes joues s'empourprer.

— Luke Brandon ?… Bex ? Non ! Tu n'es pas…

— Il s'agit d'un dîner d'affaires, un point c'est tout, dis-je en évitant son regard. Un tête-à-tête purement professionnel.

Sur ce, je me précipite dans ma chambre.

Tenue pour un dîner d'affaires… Voyons un peu.

Je sors tous les vêtements de ma penderie et les pose sur le lit. Tailleur bleu, tailleur noir, tailleur rose. Impossible. Le rayé ? Un peu exagéré. Le crème… Il fait trop mariage. Le vert… Je crois que cette couleur porte malheur.

— Comment vas-tu t'habiller ? demande Suze dans l'embrasure de la porte. Vas-tu acheter quelque chose de nouveau ? Si nous allions faire les magasins ?

— Les magasins… Peut-être.

En temps normal, bien sûr, j'aurais sauté sur l'occasion. Mais aujourd'hui… Je me sens trop tendue. Trop surexcitée. Je ne parviendrais pas à y consacrer toute mon attention.

— As-tu entendu, Bex ? Je viens de dire : « Si nous allions faire les magasins ? »

— Je sais. Ce sera pour une autre fois, dis-je en examinant un haut noir d'un œil critique.

— Tu ne veux pas faire de shopping ?

— Non.

Un lourd silence s'établit.

— Je ne comprends pas. Tu es si bizarre, tout à coup !

— Je ne suis pas bizarre ! Je n'ai pas envie, point.

— Tu ne vas pas bien. Je le savais ! Es-tu malade ?

Elle fait un pas dans la chambre et pose une main sur mon front.

— Tu as de la température ? As-tu mal quelque part ?

— Non, dis-je en riant, pas du tout !

— As-tu reçu un coup sur la tête ? Combien de doigts ? s'enquiert-elle en agitant sa main devant mon visage.

— Suze, je vais bien, dis-je en la repoussant avec douceur. Je ne suis pas d'humeur à courir les magasins. Que penses-tu de ce tailleur gris ?

— Tu m'inquiètes, répond-elle en hochant la tête. Tu devrais faire un bilan de santé. Tu es si… différente. C'est effrayant.

— Peut-être ai-je changé, finis-je par déclarer en prenant un chemisier blanc, un grand sourire aux lèvres.

Je passe tout l'après-midi à choisir ma tenue. Après avoir essayé, mélangé, assorti ou redécouvert des vêtements (je dois porter ce jean violet un de ces jours), j'opte pour la simplicité. Mon plus beau tailleur noir (soldes de Jigsaw, il y a deux ans), un T-shirt blanc (M&S) et des bottes montantes en daim noir (Dolce & Gabbana. J'avais dit à ma mère qu'elles venaient de BHS. Erreur fatale ! Car elle voulait les mêmes et j'ai dû raconter qu'il ne leur en restait plus.)

Une fois habillée, je noue mes cheveux en un chignon et me regarde dans la glace.

— Parfait, approuve Suze. Très sexy.

— Sexy ? Ce n'est pas le but ! Je veux avoir l'air professionnelle.

— Tu ne peux pas être les deux en même temps ? Professionnelle et sexy ?

— Non. Surtout pas.

Pour être plus exacte : il n'est pas question que Luke Brandon s'imagine que je me suis habillée pour lui. Cette fois-ci, il n'y aura pas de malentendu. La raison de notre rendez-vous est claire.

Une vague d'humiliation monte tout à coup en moi au souvenir de cet affreux moment chez Harrods. Bon sang ! Pourquoi avoir accepté cette invitation ?

— Je dois paraître très sérieuse, dis-je en fronçant les sourcils.

— Je sais ce qu'il te faut. Tu as besoin d'accessoires, affirme Suze.

— Comme un Filofax ?
— J'ai une idée. Ne bouge pas.

J'arrive au Ritz à 19 h 35, cinq minutes après l'heure convenue. En arrivant devant les portes du restaurant, j'aperçois Luke confortablement installé, sirotant ce qui semble être un gin-tonic. Je remarque qu'il a changé de costume et qu'il porte à présent une chemise vert foncé. Il est… eh bien, très séduisant.

Et pas dans le genre homme d'affaires.

À la réflexion, ce restaurant, avec ses chandeliers, ses guirlandes dorées, ses chaises rose pâle, son plafond merveilleux aux motifs de fleurs et de nuages, ne constitue pas vraiment un cadre professionnel. Tout étincelle de lumière. Cet endroit est…

Le mot qui surgit dans mon esprit est « romantique ».

Les nerfs à vif, je jette un rapide coup d'œil à mon reflet en passant devant une glace. Comme prévu, je porte le tailleur noir de chez Jigsaw, le T-shirt blanc et les bottes en daim. Mais j'ai aussi le *Financial Times* sous le bras, des lunettes à monture d'écaille perchées au sommet de mon crâne, mon vieil attaché-case dans une main et dans l'autre – la pièce de résistance de Suze – un Mac portable.

Peut-être ai-je un peu trop forcé la note.

Je songe à retourner sur mes pas pour laisser l'attaché-case au vestiaire (ou l'abandonner sur une chaise) quand Luke relève la tête, me voit et me sourit. Me voilà obligée d'avancer sur le tapis somptueux, l'air détendue, alors que j'ai un bras complètement crispé pour empêcher le *FT* de tomber par terre.

— Bonjour Rebecca, fait Luke en se levant pour m'accueillir.

Je réalise alors que je suis dans l'impossibilité de lui serrer la main à cause de l'ordinateur. Troublée, je dépose l'attaché-case par terre, fais passer le portable d'une main à l'autre en retenant le *FT* de justesse et, les joues brûlantes, je tends la main à Luke.

Une lueur d'amusement passe dans ses yeux tandis qu'il me serre la main avec gravité. D'un geste, il m'indique un siège et m'observe poser mon ordinateur sur la table.

— C'est une machine impressionnante. Très... high tech.

— Oui. Je l'utilise souvent lors de mes rendez-vous professionnels.

— Je vois. Vous êtes très organisée.

Il attend manifestement que je l'allume. J'appuie donc sur la touche « retour » qui, selon Suze, le met en route. Résultat : néant.

Je réitère l'opération. Toujours rien. Quel fiasco ! Pourquoi j'écoute les conseils de Suze ?

— Il y a un problème ?

— Non ! dis-je en rabattant le couvercle. En définitive, je ne l'utiliserai pas aujourd'hui.

Je fouille dans mon sac à la recherche d'un carnet.

— Je préfère prendre des notes sur mon bloc.

— Bonne idée. Aimeriez-vous du champagne ?

— Heu... D'accord.

— Parfait. Je pensais que cela vous ferait plaisir.

Il lève les yeux et un serveur au visage radieux se précipite avec une bouteille. Mince alors ! Du Krug.

Toutefois, je ne suis pas là pour sourire ou m'amuser. La froideur et le professionnalisme sont de rigueur. Je ne prendrai qu'un verre et ensuite je passerai à l'eau plate afin de garder les idées claires.

Pendant que le serveur remplit ma coupe, j'écris dans mon carnet : « Rendez-vous entre Rebecca Bloomwood et Luke Brandon. » Je considère ce titre d'un air appréciateur puis le souligne d'un double trait. Voilà. Cela fait très sérieux.

— Aux affaires, dis-je en levant mon verre.

— Aux affaires, répète Luke. Ou à ce qu'il en reste.

— Que voulez-vous dire ?

Soudain, je comprends.

— C'est à cause de vos propos à *Morning Coffee* ? Vous avez des ennuis ?

Il acquiesce et j'éprouve un élan de sympathie vers lui. Suze a raison, Luke est arrogant. Mais il a manifesté un sacré courage en déclarant publiquement ce qu'il pensait de Flagstaff Life. Si cette prise de position le mène à la ruine, c'est odieux.

— Avez-vous tout perdu ?

Il sourit.

— Je n'irais pas jusque-là. Mais cet après-midi, nous avons ramé dur pour rassurer nos clients. Je dois reconnaître que débiner l'un des plus importants en direct à la télévision n'est pas une pratique courante pour une agence de relations publiques.

— Au contraire, ils devraient vous respecter pour avoir exprimé le fond de votre pensée. C'est si rare aujourd'hui. Cette attitude pourrait devenir la devise de votre société : « Chez Brandon Communications, priorité à la vérité. »

Je bois une gorgée de champagne. Luke me regarde d'un air étrange.

— Rebecca, vous avez le chic pour faire mouche. C'est exactement ce qu'un de nos clients nous a dit : que nous nous étions donné un label d'intégrité.

— Tant mieux. Vous n'êtes donc pas ruiné.

— Non. J'ai juste un peu de plomb dans l'aile.

Un serveur, surgi de nulle part, remplit de nouveau ma coupe.

— Vous savez, Rebecca, vous êtes très perspicace. Vous avez le don de remarquer ce que les autres ne voient pas.

— Avez-vous entendu Zelda ? Je suis un gourou de la finance sachant me mettre à la portée des gens.

Nous éclatons de rire ensemble.

— Cultivée, mais accessible.

— Spécialiste, mais réaliste.

— Intelligente, charmante, brillante..., poursuit Luke en contemplant son verre.

Il lève les yeux.

— Rebecca, je désirais vous faire des excuses depuis un moment, déjà. Ce déjeuner... Vous aviez raison. Je ne vous ai pas montré tout le respect que vous méritiez.

Je regarde la nappe, furieuse. C'est bien beau de déclarer ça maintenant. C'est bien joli de réserver une table au Ritz et de commander du champagne en espérant que je passe l'éponge. Malgré le ton léger et gai de la conversation, je suis toujours profondément blessée par cet épisode. De plus, mon succès à *Morning Coffee* m'a mise d'humeur combative.

— Mon article dans le *Daily World* n'avait rien à voir avec cet incident. Rien. Et quand vous avez insinué...

— Je sais, m'interrompt Luke en soupirant. C'était idiot. J'étais en colère. Il faut dire que vous nous avez pris au dépourvu.

— À ce point ? dis-je, un sourire fendu jusqu'aux oreilles.

— Vous plaisantez ? Une pleine page dans le *Daily World* sur l'un de nos clients qui tombe de manière totalement imprévisible !

J'aime cette idée. Brandon C. plongé dans le désarroi à cause de Janice et Martin Webster.

— Et Alicia ?

— Elle courait aussi vite que ses Manolo le lui permettaient. Plus vite encore quand j'ai su qu'elle vous avait eue au téléphone la veille.

Ha, ha, ha !

— Parfait.

Je regrette aussitôt cette réaction puérile. Les femmes d'affaires importantes ne jubilent pas en apprenant que leur ennemie s'est fait incendier. J'aurais dû me contenter d'acquiescer ou de prononcer un « ah ! » éloquent.

— Et vous ? Vous ai-je aussi pris au dépourvu ?

Luke me dévisage avec gravité.

— Depuis le début, Rebecca.

Pendant quelques secondes qui paraissent une éternité, ses yeux ne quittent pas les miens, puis il les baisse sur le menu.

— Si on commandait ?

Le dîner semble durer toute la nuit. Nous parlons, mangeons, bavardons, et mangeons encore. La cuisine est si savoureuse que je suis incapable de m'arrêter et le vin si délicieux que j'ai abandonné l'idée de n'en boire qu'un verre pour passer à l'eau. Quand je termine du bout des lèvres un millefeuille au chocolat avec de la glace au miel de lavande et des poires caramélisées, il est presque minuit et ma tête commence à dodeliner.

— C'est bon ? demande Luke en finissant une bouchée de gâteau au fromage blanc.

— Très ! dis-je en poussant l'assiette vers lui. Mais la mousse au citron était meilleure.

J'ai l'impression que je vais exploser. Comme je n'arrivais pas à choisir un dessert, Luke a décidé que nous devions commander ceux qui nous attiraient. Nous les avons donc presque tous goûtés. Mon ventre a la taille d'un pudding de Noël et il est tout aussi lourd.

Comment vais-je arriver à me lever ? Ma chaise est hyper-confortable, je me sens merveilleusement bien, tout ici est ravissant. Ma tête qui tourne un peu ne me donne pas la moindre envie de bouger. De plus… je ne veux pas que la soirée se termine. Je me suis amusée comme une folle. Luke est très drôle. Moi qui l'imaginais sérieux, ennuyeux et intellectuel… Je me trompais complètement. Nous n'avons pas évoqué une seule fois cette histoire de Sicav.

Un serveur débarrasse nos nombreuses assiettes à dessert, puis nous apporte un café. Je m'appuie contre le dossier de mon siège, ferme les yeux et bois à petites gorgées. Je resterais bien ici toute ma vie. Le sommeil m'engourdit peu à peu : la nuit dernière, j'étais si surexcitée à cause de *Morning Coffee* que j'ai à peine dormi.

— Il faut que je rentre, finis-je par dire en m'efforçant d'ouvrir les yeux. Que je rentre à…

Où est-ce que j'habite déjà ?

— À Fulham.

Luke pose sa tasse. Comme il tend le bras pour prendre du lait, sa main effleure la mienne et s'immobilise. Aussitôt, tout mon corps se raidit.

O.K., j'avoue, ma main ne se trouvait pas là par hasard.

Je l'y ai mise pour voir ce qui se passerait. Il peut retirer la sienne s'il le désire, non ?

Mais il n'en fait rien. Très lentement, il la referme sur la mienne.

Son pouce commence à tracer des cercles sur mon poignet et, pour la première fois, je sens la chaleur et la douceur de sa peau. Prisonnière de ses yeux sombres et de son emprise, je suis clouée sur place.

— Ce garçon avec lequel je vous ai vue chez Terrazza, représente-t-il…

— Ce n'est qu'un… un de ces multimillionnaires.

J'essaie de rire de façon désinvolte, mais n'émets qu'un son ridicule tant je suis nerveuse.

Il détourne brusquement son regard.

— Très bien, déclare-t-il comme pour clore le sujet. Je devrais peut-être vous appeler un taxi.

Je dissimule ma déception de mon mieux.

— À moins que…, reprend-il.

Je retiens ma respiration.

— Je connais bien cet hôtel. Si nous voulions… Je pense que nous pourrions rester.

Une décharge électrique traverse mon corps.

— Aimeriez-vous rester ?

Incapable de parler, j'incline la tête en guise d'assentiment. Voilà la chose la plus excitante que j'aie jamais faite !

— Attendez-moi ici. Je vais voir s'ils ont des chambres.

Il se lève et je le suis des yeux, glacée.

Des chambres. Chambres. Au pluriel.

Il n'a pas envie…

Qu'est-ce qui cloche avec moi ?

Dans l'ascenseur manœuvré par un liftier impeccable, nous n'échangeons pas un mot. Je jette des coups d'œil à Luke de temps à autre, mais il regarde droit devant lui, impassible. En fait, depuis qu'il s'est rendu à la réception, il n'est guère loquace. J'espérais presque qu'ils n'auraient pas de chambres libres. Mais il semblerait qu'il y ait eu une annulation ce soir et il s'avère surtout que Luke est un excellent client du Ritz. Quand j'ai dit que je les trouvais adorables avec nous, il a haussé les épaules et déclaré qu'il logeait souvent ses relations d'affaires ici.

Ses relations d'affaires. C'est ce que je suis ? Tout cela est absurde. J'aurais dû rentrer à la maison.

Nous marchons le long d'un couloir somptueux dans le silence le plus complet, puis le garçon d'étage ouvre une porte et nous introduit dans une chambre extraordinairement belle, meublée d'un grand lit double et de fauteuils splendides. Il pose mon attaché-case et mon ordinateur sur le porte-bagages. Luke lui glisse un billet et il s'esquive sans bruit.

Je n'ai jamais été aussi gênée de ma vie.

— Eh bien, voilà.

— Merci pour le dîner. Il était délicieux.

Nous nous conduisons comme de parfaits inconnus.

— Bon, dit Luke en consultant sa montre. Il est tard. Vous avez sans doute envie de…

Il s'interrompt. Un silence pesant s'établit.

Je tords mes mains nerveusement, les yeux baissés.

— Je ferais mieux d'y aller, finit-il par déclarer. Je vous souhaite une bonne…

— Ne partez pas, dis-je en rougissant comme une pivoine. Ne partez pas tout de suite. Nous pourrions… parler un peu.

Je redresse la tête et croise son regard. Ses yeux sombres et décidés me rendent tout à coup craintive. Il me trouble et m'intimide à la fois. Il s'avance vers moi, à pas lents. Maintenant, il me fait face. Je sens le parfum de son after-shave et j'entends le bruissement de sa chemise accompagnant chacun de ses gestes. Je meurs d'envie de le toucher, mais je n'ose pas.

— Nous pourrions parler un peu, répète-t-il en prenant mon visage entre ses mains.

Et il m'embrasse.

Sa bouche ouvre mes lèvres en douceur et je frissonne de la tête aux pieds. Ses mains courent le long de mes reins, puis il m'attire contre lui.

Manifestement, nous n'allons pas beaucoup parler.

24

Bonheur suprême absolu.

Allongée dans le lit le plus confortable du monde, je laisse la lumière du soleil matinal jouer sur mes paupières, j'étire les bras au-dessus de ma tête, puis m'écroule, heureuse, sur un monceau d'oreillers. Je suis si bien. Je me sens… comblée. La nuit dernière était absolument…

Disons qu'elle était…

Allez ! Vous n'avez pas besoin de le savoir. Ne pouvez-vous pas utiliser votre imagination ? Bien sûr que si !

J'ouvre les yeux, je m'assois et tends le bras pour prendre la tasse de café apportée par le garçon d'étage. Luke est sous la douche, je suis donc seule avec mes pensées. Sans vouloir paraître prétentieuse, cette journée est déterminante.

Il y a Luke, et cette nuit… plutôt incroyable. Il sait comment…

Bon, là n'est pas la question. Je ne veux pas non plus parler de mon nouveau job à *Morning Coffee* (même si chaque fois que j'y songe, j'ai envie de sauter de joie).

Non, c'est plus subtil. Je me sens transformée : j'ai l'impression d'avoir grandi, d'avoir mûri. Je démarre une nouvelle étape de ma vie, avec un autre regard sur le monde et des priorités différentes. Quand je repense à la Rebecca d'avant, à sa frivolité, j'ai envie de rire. La nouvelle Rebecca est plus sérieuse, plus pondérée. Beaucoup plus responsable. C'est comme si j'avais soudain recouvré la vue et que je distinguais ce qui est important de ce qui ne l'est pas.

La nuit dernière, nous avons discuté politique, Luke et moi, et je bouillonnais d'idées intéressantes. Pourquoi ne pas envisager une carrière dans cette voie ? Je serais une jeune députée intello donnant son avis à la télévision sur des sujets d'actualité. Je me spécialiserais dans la santé ou l'éducation. Peut-être les affaires étrangères.

Je prends la télécommande et j'allume la télé pour regarder les informations. Je zappe à la recherche de BBC 1, mais le téléviseur semble réglé sur les bêtises du câble. J'abandonne et je laisse une chaîne appelée QVT ou un truc de ce genre. Je m'adosse contre les traversins.

Tout compte fait, je suis très sérieuse, me dis-je en buvant une gorgée de café. C'est sans doute la raison pour laquelle Luke et moi nous entendons si bien.

Luke. Je me demande ce qu'il fabrique.

Je pense aller le surprendre dans la salle de bains quand une voix de femme à la télévision attire mon attention.

« Offre spéciale d'authentiques lunettes de soleil NK Malone. En écaille ou bien à monture noire ou blanche, avec le logo caractéristique NKM en chrome brossé. »

J'ai toujours eu envie de lunettes de soleil NK Malone.

« Achetez les trois paires et payez non pas quatre cents livres, ni trois cents. Mais deux cents livres ! Une économie d'au moins 40 % sur les prix pratiqués habituellement. »

Je regarde l'écran, fascinée.

Pas possible ! Savez-vous combien coûte une paire de lunettes de soleil NK Malone ? Au moins cent quarante livres ! Cela représente donc une économie de…

« N'envoyez pas d'argent maintenant, poursuit la présentatrice. Il vous suffit d'appeler ce numéro… »

Le cœur battant, je cherche à tâtons le bloc-notes sur ma table de chevet et griffonne le numéro de téléphone. C'est le rêve ! Trois paires de lunettes de soleil NK Malone ! Je n'aurai plus jamais besoin d'en acheter. Les gens m'appelleront « la fille aux lunettes de soleil NK Malone ». (Les Armani que j'ai achetées l'an dernier sont complètement démodées.) Cet achat est un véritable investissement.

Les mains tremblantes, je compose le numéro et l'obtiens sur-le-champ. Moi qui pensais que la ligne serait occupée non-stop ! Cette affaire est si exceptionnelle ! Je donne mon nom et mon adresse, remercie beaucoup la femme au bout du fil, puis raccroche, enchantée. Cette journée est parfaite. Et il n'est que 9 heures du matin.

Ravie, je me blottis sous les couvertures et ferme les yeux. Peut-être allons-nous passer toute la journée ici, dans cette chambre sublime. Nous commanderons des huîtres et du champagne. (J'espère que non car je déteste les huîtres.) Nous…

9 heures, interrompt une voix intérieure. Je fronce les sourcils, puis me retourne pour chasser cette pensée. Mais elle persiste, empoisonnant mon esprit.

9 heures.

Je me redresse soudain dans le lit, droite comme un I.

Mon Dieu !

9 h 30.

Derek Smeath.

J'ai promis d'y être. J'ai promis ! Il ne me reste plus qu'une demi-heure et je suis au Ritz, à l'autre bout de la ville. Que faire ?

J'éteins la télé et plonge la tête dans mes mains en m'obligeant à réfléchir calmement. En partant tout de suite, je peux y arriver. Il suffit que je m'habille à toute vitesse et que je coure prendre un taxi. Fulham n'est pas à des kilomètres, et si j'ai un quart d'heure de retard, ce ne sera pas un drame. Le rendez-vous aura lieu comme prévu.

En théorie, c'est possible.

— Bonjour ! lance Luke en passant sa tête par la porte de la salle de bains.

Il est enveloppé dans une serviette blanche. Des gouttes d'eau brillent sur ses épaules. Je ne les ai même pas remarquées la nuit dernière. Elles sont supersexy ! De toute façon, l'un dans l'autre, il est vraiment…

— Rebecca, ça va ?

— Oui. Tout est génial. Et devine quoi ? Je viens d'acheter les plus merveilleuses…

Pour une raison ou une autre, je m'interromps.

— Je prends mon petit déjeuner. Il est délicieux, dis-je à la place, en indiquant le plateau.

Luke me considère, perplexe, puis disparaît dans la salle de bains. Vite. Que vais-je faire ? M'habiller et me rendre au rendez-vous ?

Mais, comme mue par une volonté autonome, ma main se tend pour prendre mon sac, en sort une carte de visite et compose un numéro de téléphone.

Après tout, ce rendez-vous est-il indispensable ?

De toute façon, je n'y arriverai pas. Il est trop tard.

Derek Smeath a probablement des choses beaucoup plus importantes à faire. Si ça se trouve, il ne s'en rendra même pas compte.

— Allô ?

Je ressens un frisson de plaisir tandis que Luke, debout derrière moi, commence à caresser ma nuque.

— Je désire laisser un message pour M. Smeath.

BANK OF HELSINKI
Helsinki House
124 Lombard St
Londres EC2D 9YF

Rebecca Bloomwood
c/o William Green Recrutement
39 Farringdon Square
Londres EC4 7TD

Le 5 avril 2000

Hyvä Rebecca Bloomwood,

Saanen jälleen kerran onnitella teitä hienosta suorituksestanne – tällä kertaa « **Morning Coffee** » – ohjelmassa. Arvostelukykynne ja näkemyksenne tekivät minuun syvän vaikutuksen ja uskon, että teistä olisi suurta hyötyä täällä Helsingin Pankissa.
Olette todennäköisesti saanut lukemattomia työtarjouksia – teidän lahjoillanne voisi hyvin saada minkä tahansa toimen « **Financial Timesista** ». Pyydän teitä kuitenkin vielä kerran harkitsemaan vaatimatonta yhtiötämme.
Parhaiten teille ehkä sopisi viestintävirkailijan paikka, joka meillä on tällä hetkellä avoinna. Toimen edellinen haltija erotettiin hiljattain hänen luettuaan töissä « **Playboyta** ».

Parhain terveisin

Ystävällisesti

Jan Virtanen

FINE FRAMES LTD
The Happy Homeworking Family
230a Burnside Road
Leeds L6 4ST

Mademoiselle Rebecca Bloomwood
Apt 2
4 Burney Road
Londres SW6 8FD

Le 7 avril 2000

Chère Rebecca,

J'accuse réception de cent trente-six cadres (style « Sherborn », bleu). Je vous remercie pour votre excellent travail. Veuillez trouver, ci-joint, un chèque de 272 £ ainsi qu'un formulaire de demande pour l'expédition d'un prochain kit.

Notre directrice de contrôle qualité, Mme Sandra Rowbotham, tient à vous informer qu'elle a été extrêmement impressionnée par ce premier envoi. En effet, les débutants sont rarement à la hauteur des critères de qualité exigés par notre société. De toute évidence, vous avez un don inné pour l'encadrement.

Je vous invite donc à présenter votre technique lors de notre prochain salon des encadreurs qui se tiendra à Wilmslow le 21 juin. C'est l'occasion pour la grande famille des Beaux Cadres de se réunir et d'échanger des tuyaux et des anecdotes sur les encadrements. Croyez-moi ! On s'amuse bien.

Dans l'attente d'avoir de vos nouvelles très rapidement, je vous prie d'agréer, Mademoiselle Bloomwood, l'expression de mes salutations distinguées.

Joyeux encadrement !
Malcolm Headley
Directeur

P.-S. : Êtes-vous la Rebecca Bloomwood qui donne des conseils à Morning Coffee ?

ENDWICH BANK
Fulham Branch
3 Fulham Road
Londres SW6 9JH

Mademoiselle Rebecca Bloomwood
Apt 2
4 Burney Road
Londres SW6 8FD

Le 10 avril 2000

Chère Mademoiselle Bloomwood,

Merci pour le message du 9 avril que vous avez laissé sur mon répondeur.

Je suis désolé d'apprendre que vous souffrez toujours d'agoraphobie aiguë.

Vu l'état relativement sain de votre compte, je suggère que nous repoussions notre rendez-vous.

En tout cas, soyez assurée que je surveille votre situation de près et que je n'hésiterai pas à vous contacter si elle se modifiait d'une façon ou d'une autre.

Cordialement,

Derek Smeath
Directeur

P.-S. : J'ai beaucoup aimé votre intervention à Morning Coffee.

ENDWICH – PARCE QUE NOUS PRENONS SOIN DE VOUS

Remerciements

Je tiens à remercier Patrick Plonkington-Smythe, Linda Evans et l'équipe de Transworld, Celia Hayley, Mark Lucas et tout le personnel de LAW, Nicki Kennedy, Jessica Buckman, Valerie Hoskins, Rebecca Watson et Brian Siberell de CAA.

Merci mille fois à Samantha Wickham, Sarah Manser, Paul Watts, Chantal Rutherford-Brown et à ma merveilleuse famille, en particulier Gemma, qui m'a initiée au shopping.

BECKY À MANHATTAN

SOPHIE KINSELLA

BECKY À MANHATTAN

Traduit de l'anglais
par Christine Barbaste

belfond
12, avenue d'Italie
75013 Paris

Titre original :
SHOPAHOLIC ABROAD
publié par Black Swan Books,
a division of Transworld Publishers Ltd, Londres.

ISBN 978-2-7144-4581-0

Pour Gemma, qui a toujours su la valeur d'une écharpe Denny and George.

ENDWICH BANK
Fulham Branch
3 Fulham Road
Londres SW6 9JH

Mademoiselle Rebecca Bloomwood
Apt 2
4 Burney Road
Londres SW6 8FD

Le 18 juillet 2001

Chère Mademoiselle Bloomwood,

Je vous remercie pour votre lettre du 15 juillet et me réjouis d'apprendre que vous êtes une fidèle cliente de notre banque depuis presque cinq ans.

Malheureusement, nous n'offrons pas à nos clients, ainsi que vous le suggérez, un « bonus fidélité de cinq ans », et ne procédons pas davantage à une opération « Compteur à zéro pour un nouveau départ » en faveur des comptes débiteurs. Je vous accorde cependant que ces idées ne manquent pas d'intérêt.

Je consens néanmoins à étendre votre autorisation de découvert jusqu'à un plafond de 4 000 £ et je vous suggère de venir nous consulter très prochainement afin que nous étudiions ensemble vos besoins financiers actuels.
Cordialement,

Derek Smeath
Directeur

ENDWICH – PARCE QUE NOUS PRENONS SOIN DE VOUS

ENDWICH BANK
Fulham Branch
3 Fulham Road
Londres SW6 9JH

Mademoiselle Rebecca Bloomwood
Apt 2
4 Burney Road
Londres SW6 8FD

Le 23 juillet 2001

Chère Mademoiselle Bloomwood,

Je me réjouis d'apprendre que mon courrier du 18 juillet vous a été d'une grande utilité.

Je vous serais cependant infiniment reconnaissant de cesser de me citer, lors de votre émission télévisée, comme « l'adorable Smeathie » ou encore le « meilleur directeur de banque au monde ».

Si, personnellement, vos sentiments m'agréent, ils inquiètent mes supérieurs, qui, soucieux de l'image de notre banque auprès du public, m'ont prié de vous le signaler.
Très cordialement,

Derek Smeath
Directeur

ENDWICH – PARCE QUE NOUS PRENONS SOIN DE VOUS

ENDWICH BANK
Fulham Branch
3 Fulham Road
Londres SW6 9JH

Mademoiselle Rebecca Bloomwood
Apt 2
4 Burney Road
Londres SW6 8FD

Le 20 août 2001

Chère Mademoiselle Bloomwood,

Je vous remercie pour votre courrier du 18 août et je suis navré d'apprendre qu'il vous est difficile de vous en tenir aux limites de votre nouveau découvert autorisé. Je comprends parfaitement que les soldes d'été de Pied-à-terre n'ont pas lieu toutes les semaines, et je ne vois pas d'objection à augmenter votre découvert autorisé de 63,50 £, si cette somme peut « faire toute la différence » dans votre budget.

Je me permets cependant d'insister sur l'utilité d'un rendez-vous afin de faire le point ensemble sur votre situation financière. Mon assistante, mademoiselle Erica Parnell, se tient à votre disposition pour fixer le jour et l'heure qui vous conviendront.
Cordialement,

Derek Smeath
Directeur

ENDWICH – PARCE QUE NOUS PRENONS SOIN DE VOUS

1

Pas de panique. Surtout pas de panique. Bah ! c'est seulement une question d'organisation et de sang-froid : d'abord, choisir exactement ce dont j'ai besoin, puis tout ranger bien proprement dans la valise. Qu'y a-t-il de compliqué là-dedans ?

Face au fatras étalé sur mon lit, je recule de quelques pas et ferme les yeux, espérant vaguement que si j'en formule le vœu avec assez de conviction, mes vêtements iront d'un coup de baguette magique se ranger tout seuls en piles impeccables. On voit ce genre de photos dans les magazines, pour illustrer des articles sur l'art de faire ses bagages – ces mêmes articles qui vous expliquent comment partir en vacances avec un sarong à cent balles que vous pourrez astucieusement transformer en six tenues différentes. (L'arnaque totale, si vous voulez mon avis : certes, le sarong ne coûte pas plus de dix livres, mais les tonnes de vêtements qu'il faut ajouter valent des mille et des cents – le petit détail qui est censé échapper au lecteur.)

Quand je rouvre les yeux, la pile n'a pas bougé d'un poil. On dirait même qu'elle a gagné en hauteur. À croire que, pendant que j'avais les yeux fermés, d'autres vêtements s'étaient évadés en catimini des tiroirs pour rejoindre leurs copains. Partout où je pose les yeux, je ne vois que monticules enchevêtrés. Chaussures, bottines, tee-shirts, magazines. Sans compter l'assortiment Body Shop qui était en promotion, la méthode audio d'italien que je dois absolument commencer, le sauna facial machin-chose et, trônant sur la coiffeuse, le masque d'escrime et le fleuret achetés hier. Quarante livres seulement dans le magasin d'une association caritative !

Je l'empoigne et esquisse quelques passes à l'adresse de mon reflet dans le miroir. Quelle coïncidence tout de même ! Voilà des siècles que je voulais m'inscrire à des cours d'escrime – depuis que j'avais lu ce papier dans le *Daily World*. Saviez-vous que, de tous les sportifs, ce sont les escrimeurs qui ont les plus belles jambes ? Sans compter que si on est doué on peut devenir doublure muette au cinéma et gagner un argent fou ! Le projet, donc, c'est de me dénicher un cours d'escrime dans le quartier pour devenir superbonne – ce qui, je pense, ne devrait pas me demander trop de temps.

Ensuite (là, je vous dévoile mon petit plan secret), une fois obtenue mon insigne d'or – est-ce vraiment le bon terme ? –, j'écrirai à Catherine Zeta Jones. Elle a forcément besoin d'une doublure, non ? Alors pourquoi pas moi ? Je suis même sûre qu'elle préférera une Britannique. Peut-être me téléphonera-t-elle pour me dire qu'elle ne rate jamais une de mes apparitions sur le câble et qu'elle rêvait justement de faire ma connaissance. Ce serait génial ! Sûr qu'on s'entendra très bien ; on découvrira qu'on a le même sens de l'humour et des tonnes d'autres points en commun. Je sauterai dans un avion pour aller la voir dans sa supervilla, où je rencontrerai aussi Michael Douglas, et puis je jouerai avec le bébé. On sera super à l'aise tous ensemble, comme si on était amis depuis toujours, et quand un magazine fera un reportage sur l'entourage des stars et leurs proches, nous y figurerons, et peut-être même qu'ils me demanderont de…

— Salut, Bex !

Dans un cahot, exit les images idylliques de Michael, Catherine et moi en train de rire. Mon cerveau fait brusquement la mise au point sur Suze, ma coloc, qui vient d'entrer dans la chambre, vêtue d'un vieux pyjama à impression cashmere.

— Qu'est-ce que tu fabriques ? s'enquiert-elle avec curiosité.

— Rien rien. (Je repose précipitamment le fleuret.) Juste… euh… un peu de gym.

— Ah, super, commente-t-elle distraitement. Et tes bagages, ça avance ?

Elle s'approche de la cheminée et commence à se peinturlurer les lèvres avec un tube de rouge qui traîne dessus. Suze fait toujours ça quand elle vient me voir : un petit tour de reconnaissance, et puis elle trouve un truc, l'examine et le repose. Ce qu'elle adore avec ma chambre, c'est qu'on ne sait jamais par avance ce qu'on va y trouver. Un peu comme dans une brocante. Je suis certaine qu'elle dit ça sans aucune méchanceté.

— Ça avance superbien. J'en étais au choix de la valise.

— Pourquoi pas la petite blanc cassé ? suggère Suze qui se retourne, une moitié de bouche rose vif. Ou bien ton fourre-tout rouge ?

— Je pensais prendre celle-ci, dis-je en tirant de sous le lit ma nouvelle valise vert pomme – une pure merveille achetée exprès pour ce week-end.

— Waouh ! s'exclame Suze, les yeux écarquillés. Elle est géniale ! Où tu l'as trouvée ?

— Chez Fenwicks, dis-je avec un immense sourire. Incroyable, non ?

— C'est la plus cool que j'aie jamais vue ! renchérit Suze en caressant la coque d'un doigt admiratif. Et… ça t'en fait combien, maintenant ?

Son regard grimpe jusqu'au sommet de ma penderie où s'empilent, en équilibre instable, une valise en cuir fauve, une malle laquée et trois vanity-cases.

J'esquisse un haussement d'épaules défensif.

— Bah, juste ce dont j'ai besoin.

Ces derniers temps, en fait, j'ai acheté pas mal de bagages, je crois. Mais, voyez-vous, cela faisait des siècles que je n'en avais aucun, excepté un vieux sac en toile usé jusqu'à la corde. Et puis un jour, il y a quelques mois, au beau milieu de chez Harrods, j'ai eu une révélation, un peu comme saint Paul sur la route de Mandalay : des bagages. Alors depuis, je rattrape le temps perdu. En plus, tout le monde sait qu'un bon bagage constitue un investissement.

— J'allais faire du thé. Tu en veux ? propose Suze.

— Oh oui, avec plaisir !

— Et un KitKat ? ajoute-t-elle avec un sourire.

— Absolument.

Récemment, un ami de Suze a dormi pendant quelques jours sur notre canapé. En partant, pour nous remercier de notre hospitalité, il nous a offert cet énorme carton rempli de centaines de KitKat. Un cadeau génial, vraiment, sauf que depuis nous nous nourrissons exclusivement de ça. Mais, ainsi que l'a souligné Suze hier soir, plus vite on les mangera, plus vite le stock sera épuisé. Donc, leur faire un sort aussi rapidement que possible est la meilleure solution…

Dès que Suze est sortie, je retourne à mes moutons. Bon. De la concentration. De la méthode. Ça devrait aller assez vite. Je n'ai besoin que d'une garde-robe basique, le strict nécessaire pour un minibreak dans le Somerset. J'ai même dressé une liste, ce qui devrait me faciliter agréablement la tâche.

Jeans : deux. Un délavé et un moins délavé.

Tee-shirts :

Non, disons plutôt *trois* jeans. Je ne peux pas ne pas prendre mon nouveau Diesel, il est vraiment trop bien, même s'il me serre un peu. Je pourrais le mettre juste pour quelques heures, un soir, par exemple.

Tee-shirts :

Ah oui ! mais il me faut aussi mon Oasis, mon jean court et brodé, parce que celui-là, je ne l'ai pas encore porté. Enfin, lui, il ne compte pas vraiment, c'est quasiment un short. Et puis les jeans, ce n'est pas ça qui tient de la place, hein ?

Pour les jeans, ça doit aller. Je pourrai toujours en ajouter un de plus si besoin est.

Tee-shirts : sélection.

Voyons voir. Des blancs unis, évidemment. Un gris. Un noir court, un noir boutonné (Calvin Klein), un autre noir boutonné (déniché chez Warehouse, tout bêtement, et qui est en fait mieux que le précédent), un rose sans manches, un rose brillant, un rose…

Je m'interromps, la pile dans la main, à mi-chemin de la valise. C'est idiot, cette idée de sélection. Comment prévoir quels tee-shirts j'aurai envie de mettre ? Un tee-shirt – c'est là tout son intérêt –, on le choisit le matin en fonction de son humeur, un peu comme les sels de bain ou les huiles essentielles. Imaginons que je me réveille avec l'envie de mettre mon tee-shirt « Elvis is Groovy » et que je ne l'aie pas ?

Vous savez quoi ? Je crois que je vais tous les emporter. Ce n'est pas quelques tee-shirts qui prendront de la place, non ? Je suis sûre que je remarquerai à peine la différence.

Je les enfourne dans la valise et j'ajoute en prime deux ou trois cache-cœurs. Pour me porter chance.

Excellent ! Cette méthode marche superbien.

Bon, la suite.

Dix minutes plus tard, Suze réapparaît, deux tasses dans une main et trois KitKat à partager dans l'autre (nous avons décidé d'un commun accord que quatre, ce n'était vraiment pas raisonnable).

— Bex, ça va ? s'enquiert-elle avant de me dévisager plus attentivement.

— Très bien. (Je me sens vaguement écarlate.) J'essaie juste de ramener cette doudoune à des proportions plus raisonnables.

J'ai déjà pris un blouson en jean et un autre en cuir, mais nul n'ignore qu'en septembre le temps est capricieux. Un jour il fait chaud et c'est ensoleillé, et le lendemain il peut tout aussi bien neiger. Et si jamais Luke et moi décidions de faire une vraie balade dans la campagne ? En plus, cette fabuleuse doudoune Patagonia, je l'ai depuis des lustres et je ne l'ai mise qu'une fois. Je fais une nouvelle tentative pour la plier, mais elle m'échappe des mains et glisse par terre. Oh ! là là ! Ça me rappelle ces week-ends de camping avec les jeannettes, quand je tentais désespérément de fourrer mon sac de couchage dans son pochon.

— Tu pars pour combien de jours, déjà ?

— Trois.

Je renonce à ratatiner la doudoune ; jamais elle n'atteindra la taille d'une coquille de noix. Elle en profite pour se redéployer d'un coup, heureuse de retrouver sa forme originelle, et je m'effondre sur le lit avec un léger sentiment d'échec. Je bois une gorgée de thé. Quelque chose m'échappe : comment les autres se débrouillent-ils pour voyager léger ? On voit sans arrêt des hommes et des femmes d'affaires monter dans les avions en tirant d'un air suffisant un minuscule bagage, genre de boîte à chaussures montée sur roulettes. Comment font-ils ? Ont-ils des vêtements magiques rétractables ? Une méthode secrète pour faire entrer n'importe quelles fringues dans un dé à coudre ?

— Pourquoi ne prends-tu pas aussi ton fourre-tout ?

— Tu crois ?

Dubitative, je regarde ma valise pleine à ras bord. En y réfléchissant à deux fois, je n'ai peut-être pas besoin de trois paires de bottines. Ni d'une étole en fourrure.

Brusquement, je me souviens que Suze part quasiment tous les week-ends et qu'elle n'emporte jamais qu'un minuscule sac souple.

— Suze ? Comment fais-tu ton sac ? Tu as une astuce ?

— Ch'ais pas… J'ai dû apprendre chez Miss Burton. Tu prévois une tenue pour chaque occasion et tu t'y tiens. Par exemple, poursuit-elle en comptant sur ses doigts, une pour le voyage, une pour le dîner, une pour rester au bord de la piscine, une pour jouer au tennis… Ah oui, et j'oubliais : chaque tenue doit au moins être portée trois fois.

Quand même ! Suze est un petit génie. Elle connaît de ces trucs ! À dix-huit ans, ses parents l'ont expédiée chez Miss Burton, une boîte privée archi-huppée de Londres où on apprend comment s'adresser à un évêque et comment descendre d'un cabriolet sport en minijupe. Autre talent : Suze sait aussi fabriquer un lapin avec du grillage de poulailler.

Je m'empresse de jeter les grandes lignes de mon plan sur une feuille de papier. Voilà qui est mieux. Bien mieux que d'enfourner des fringues au petit bonheur la chance dans sa valise. En suivant cette méthode, je n'emporterai aucun vêtement superflu, juste le strict minimum.

Tenue 1 : farniente au bord de la piscine (si soleil)
Tenue 2 : farniente au bord de la piscine (si nuages)
Tenue 3 : farniente au bord de la piscine (on a toujours l'air d'avoir un cul énorme, le matin)
Tenue 4 : farniente au bord de la piscine (si quelqu'un a le même maillot que moi)
Tenue 5 :

Dans l'entrée, le téléphone sonne mais c'est à peine si je lève les yeux. Suze va répondre ; je l'entends parler avec excitation puis elle réapparaît dans l'embrasure de la porte, le rose aux joues et l'air réjoui.

— Devine !

— Quoi donc ?

— Beaux Cadres a vendu tous mes cadres. Ils m'appelaient pour en commander d'autres.

— Suze ! C'est génial !

— Tu parles !

Elle fond sur moi, et nous nous congratulons longuement en esquissant un genre de danse, jusqu'à ce qu'elle s'aperçoive brusquement qu'elle tient une cigarette et que c'est moins une qu'elle me brûle les cheveux.

Le plus étonnant dans cette histoire, c'est que Suze a commencé à fabriquer ses cadres depuis quelques mois seulement, et déjà elle fournit quatre boutiques à Londres où ils se vendent comme des petits pains. Elle a eu des articles dans plein de magazines et tout et tout. Ça n'a rien de surprenant, parce que ses cadres sont vraiment superbeaux. Sa gamme la plus récente est en tweed violet. Chaque pièce, enveloppée de papier de soie bleu turquoise, est vendue dans une magnifique petite boîte gris nacré. (Soit dit en passant, c'est moi qui l'ai aidée à choisir les bonnes couleurs.) Ç'a fait un tel tabac que Suze n'a même plus besoin de les confectionner elle-même : elle envoie ses dessins dans un petit atelier du Kent qui lui expédie ses modèles tout prêts.

— Bon, tu as fini ta valise ? demande-t-elle en tirant sur sa cigarette.

Je brandis ma liste.

— Oui. J'ai tout noté. Jusqu'à la moindre chaussette.

— Formidable.

J'ajoute d'un ton désinvolte :

— La seule chose qui me manque, c'est une paire de sandales lilas.

— Une paire de sandales lilas ?

— Mmmm... (Je lui jette un regard innocent.) Oui, j'en ai absolument besoin. Juste une petite paire bon marché, tu vois, que je pourrai assortir à plusieurs tenues.

— Je vois...

Suze s'interrompt et plisse imperceptiblement le front.

— Bex ? Tu ne m'as pas parlé, la semaine dernière, d'une paire de sandales lilas, chez LK Bennett, qui coûtaient vraiment cher ?

— Euh... (Je rougis légèrement.)... C'est possible. Je ne me souviens pas. Mais bon...

— Bex ! me coupe Suze en me lançant un regard suspicieux. Dis-moi la vérité. As-tu réellement besoin d'une paire de sandales lilas ? Ou en as-tu juste *envie* ?

— Non, je t'assure ! J'en ai vraiment besoin. Regarde !

Je déplie ma liste et la lui fourre sous le nez. Je dois dire que j'en suis assez fière : un vrai diagramme de flux, avec des encadrés, des flèches et des astérisques rouges.

— Waouh ! Où as-tu appris à faire ça ?

— À la fac, dis-je avec modestie. J'ai suivi un cours de compta et de gestion des affaires pour mon diplôme. C'est incroyable le nombre de fois où ça m'a été utile.

— C'est quoi, cet encadré ?

— Euh…

Avec une grimace de concentration, je scrute le point qu'elle désigne de l'index pour essayer de me souvenir.

— Pour le cas où nous irions dîner dans un restaurant vraiment chic et où j'aurais déjà mis ma robe de chez Whistles le soir précédent.

— Et celui-là ?

— Si jamais nous allons faire de l'escalade. Et c'est là, dis-je en désignant un encadré vide, que j'ai besoin d'une paire de sandales lilas. Sinon, je ne peux rien faire de cette tenue, ni de celle-là… Et tout mon plan tombe à l'eau. Ce n'est même plus la peine que je parte.

Suze ne répond pas tout de suite, et tandis qu'elle examine le plan je me mordille la lèvre d'anxiété, doigts croisés derrière le dos.

Vous devez trouver cette situation pour le moins inhabituelle. La plupart des gens ne soumettent pas chaque projet d'emplette à l'approbation de leur colocataire. Mais voilà : j'ai en quelque sorte laissé à Suze un droit de regard sur mes achats.

N'allez pas vous méprendre. Ce n'est pas que j'ai un problème avec le shopping. Il y a quelques mois, je me suis simplement trouvée dans… euh… disons… un léger mauvais pas financier, c'est tout. Oh, une toute petite fluctuation – rien d'alarmant. Mais Suze a vraiment paniqué quand elle a découvert la situation, et de ce jour elle a décidé, pour mon bien, de contrôler toutes mes dépenses.

Et elle a tenu parole. Elle se montre même très stricte. Parfois, je redoute vraiment son jugement.

— Je vois, finit-elle par dire. Tu n'as pas vraiment le choix, c'est ça ?

J'acquiesce, soulagée :

— Exactement.

Je récupère mon plan, plie la feuille et la glisse dans mon sac.

— Hé, Bex, c'est pas nouveau, ça ? demande-t-elle brusquement en ouvrant grande ma penderie.

À la voir, sourcils froncés, fixer mon beau manteau miel flambant neuf, introduit en douce quelques jours plus tôt dans l'appartement au moment où elle prenait son bain, la nervosité me gagne.

Franchement, j'avais l'intention de lui en parler. C'est juste que l'occasion ne s'est pas encore présentée.

Je prie in petto, de plus en plus inquiète : « Faites qu'elle ne regarde pas l'étiquette. »

— Euh… oui, c'est nouveau, mais tu comprends… j'avais besoin d'un bon manteau, au cas où je devrais faire des extérieurs pour *Morning Coffee*.

— Ça peut se produire ? s'étonne Suze. Je croyais que ton rôle consistait à rester dans le studio pour donner des conseils financiers ?

— Eh bien… On ne sait jamais. C'est toujours mieux de parer à toute éventualité, non ?

— D'accord, admet Suze sans conviction. Et ce haut ? enchaîne-t-elle en saisissant un cintre. Il est nouveau, lui aussi !

— C'est pour l'émission…

— Et cette jupe ?

— Pour l'émission.

— Et ce nouveau pantalon ?

— Pour l'é…

— Bex, m'interrompt Suze en me scrutant, de combien de tenues as-tu besoin pour l'émission ?

— Euh… tu comprends, il en faut quelques-unes de rechange. Tu sais bien que nous parlons de ma carrière, ici. Ma *carrière*, Suze.

— Oui, m'accorde-t-elle finalement, tu as sans doute

raison. Celle-là est jolie, ajoute-t-elle en touchant ma nouvelle veste en soie rouge.

— Je sais, dis-je, rayonnante. Je l'ai achetée pour mon émission spéciale de janvier.

— Tu vas faire une émission spéciale en janvier ? Sur quel thème ?

— Ça s'intitulera « Le b.a.-ba des principes financiers de Becky », dis-je en attrapant mon gloss. Ça devrait être vraiment bien. Cinq séquences de dix minutes, rien qu'avec moi.

— Et quel est le b.a.-ba de tes principes financiers ?

— Euh... pour l'instant, il n'est pas encore bien au point, dis-je en me concentrant sur l'application du gloss. Mais ne t'inquiète pas, tout sera prêt à temps.

Je rebouche le tube et j'attrape ma veste.

— À tout à l'heure.

— D'accord. Mais n'oublie pas : une paire, une seule.

— C'est promis.

Suze est un amour de se faire du souci pour moi. Mais vraiment, c'est inutile. Pour être franche, elle ne mesure absolument pas à quel point j'ai changé. Je reconnais qu'un peu plus tôt dans l'année j'ai traversé une petite crise financière. En fait, à un moment donné, j'étais à découvert de... Enfin, de beaucoup.

Mais ensuite, quand j'ai décroché ce boulot à *Morning Coffee*, tout a changé, et ma vie avec, de fond en comble. J'ai travaillé superdur et j'ai remboursé toutes mes dettes. Absolument toutes ! J'ai signé des chèques à la chaîne, j'ai comblé le déficit de chacune de mes cartes de crédit et de tous mes comptes dans les magasins. J'ai pu déchirer les reconnaissances de dettes que j'avais gribouillées à Suze sur des bouts de papier. Lorsque je lui ai présenté un chèque d'un montant de plusieurs centaines de livres, elle n'en revenait pas. Au début, elle ne voulait pas l'accepter, puis elle s'est ravisée et est allée s'acheter ce manteau vraiment incroyable en peau de chèvre.

Honnêtement, rembourser ces dettes m'a procuré un sentiment merveilleux, étonnamment stimulant. C'était il y a quelques mois, maintenant, mais je suis encore sur mon petit nuage quand j'y pense. Rien ne peut égaler le bonheur d'être solvable, vous ne trouvez pas ?

Et regardez-moi aujourd'hui. Je n'ai plus rien à voir avec l'ancienne Becky. Je suis une femme nouvelle. Je ne suis même pas à découvert !

2

Bon, d'accord. Je suis *un peu* à découvert. Mais pour une simple et bonne raison : ces derniers temps, j'ai commencé à raisonner sur le long terme, je dois concentrer tous mes investissements sur ma carrière. Luke, mon petit ami, est chef d'entreprise ; il a monté sa propre boîte de relations publiques dans le secteur bancaire. Récemment, il a fait une remarque d'une incroyable justesse : « Quand on veut gagner un million, il faut commencer par en emprunter un. »

Ç'a fait tilt dans ma tête. Je dois avoir des dons de chef d'entreprise – ces paroles m'ont immédiatement semblé familières, je me suis même surprise à les répéter à haute voix. Luke a mille fois raison. Comment peut-on espérer gagner un jour de l'argent sans commencer par en dépenser ?

J'ai donc investi dans des tenues pour mon émission – plus quelques coupes chez un bon coiffeur, une ou deux séances de manucure et autant de soins du visage. Des massages, aussi. N'est-ce pas un fait acquis qu'on ne peut pas donner le meilleur de soi devant une caméra si on est stressé ?

Autre investissement : un nouvel ordinateur – une bagatelle de deux mille livres, mais là c'était essentiel, parce que devinez quoi ? J'écris un livre, une sorte de guide financier. Peu de temps après que mes passages à *Morning Coffee* sont devenus réguliers, j'ai rencontré ces éditeurs – des gens absolument adorables. Ils m'ont invitée à déjeuner. D'après eux, j'étais devenue un modèle pour tous les petits épargnants. Sympa, non ? Ils m'ont payée mille livres d'avance sur les droits avant même que j'aie écrit une ligne – et quand le livre sera sorti, je gagnerai encore plus. Le titre sera : *Le Guide de l'argent de Becky Bloomwood.* Ou peut-être : *Gérez votre argent selon la méthode Becky Bloomwood.* J'hésite.

Je n'ai pas encore vraiment eu le temps de m'y mettre, mais je suis convaincue que le plus important c'est de tenir un bon titre. Ensuite, le reste vient tout seul. Et puis je mentirais si je prétendais n'avoir rien fait du tout : j'ai pris des tas de notes sur la tenue à porter pour la photo de la quatrième de couverture.

Donc, avec tout ça, rien de surprenant que je sois un peu à découvert ces temps-ci. Quelle importance ? Tout cet argent travaille pour moi. Par chance, le directeur de ma banque, Derek Smeath, est un homme très sympathique. Charmant, même. Avant nous étions plutôt à couteaux tirés, mais je crois qu'il s'agissait avant tout d'un problème de communication. Maintenant, je suis convaincue qu'il me comprend. Il est vrai aussi que je me montre bien plus raisonnable que par le passé. Par exemple, quand je fais du shopping, mon attitude a totalement changé. Mon nouveau mot d'ordre est : « N'achète que ce dont tu as besoin. » Je sais, l'idée a l'air simpliste, mais ça marche. Avant chaque achat, je me pose la question : « En ai-je besoin ? » et je n'achète que si le réponse est « Oui ». C'est juste une question d'autodiscipline.

Prenons un exemple. Quand j'arrive chez LK Bennett, je fonce droit au but. Pourtant, sitôt passé la porte, une paire de bottines rouges à talons aiguille me fait de l'œil, je détourne immédiatement le regard et file direct vers l'étagère des sandales. Voilà comment je procède aujourd'hui : pas de pause, pas de lèche-vitrines, pas un seul regard oblique. Pas même sur ce nouveau présentoir de sublimes escarpins pailletés. Je vais directement aux sandales que je convoite, sors le modèle du présentoir et demande à la vendeuse :

— Cette paire en 38, s'il vous plaît.

Direct et sans détour. On achète ce dont on a besoin, et rien d'autre. Voilà la clé pour garder le contrôle de ses achats. Même ces merveilleuses baskets roses ne m'arracheront pas un regard, pourtant, Dieu sait que j'en ferais bon usage.

Et je témoigne la même indifférence à une paire de sandales aux talons scintillants.

Qu'est-ce qu'elles sont bien, pourtant ! Je me demande ce qu'elles donnent une fois aux pieds.

Oh ! là, là ! C'est vraiment une épreuve.

Quel est mon problème avec les chaussures ? J'aime la plupart des vêtements, mais montrez-moi une belle paire de chaussures, et là, je fonds littéralement. Parfois, quand je suis seule à la maison, j'ouvre la penderie et je contemple, fascinée, mes paires de chaussures, comme un collectionneur fou. Une fois, je les ai toutes alignées sur le lit et je les ai photographiées. Ça peut sembler un peu bizarre, mais je me suis dit : J'ai des tas de photos de gens dont je n'ai rien à faire, pourquoi n'en prendrais-je pas de ce que j'aime vraiment ?

— Ah, vous êtes là !

Dieu merci, la vendeuse est de retour avec mes sandales lilas dans leur boîte. Au premier coup d'œil, mon cœur bat plus vite. Elles sont sublimes. Tout simplement sublimes. Tout en finesse, avec une lanière, et une minuscule mûre près de l'orteil. C'est le coup de foudre instantané. Elles sont un peu chères mais, encore une fois, tout le monde sait qu'on ne doit jamais lésiner sur le prix des chaussures parce que, sinon, on risque de s'abîmer les pieds.

Je les enfile avec un frisson de ravissement et – oh, bon sang ! elles sont fantastiques. L'élégance même : mes pieds sont transformés, mes jambes paraissent plus longues... Bon, OK, ce n'est pas évident de marcher, mais c'est sûrement parce que le plancher de la boutique est particulièrement glissant. Je regarde la vendeuse avec un sourire béat.

— Je les prends.

Alors, vous la voyez la récompense d'un shopping complètement maîtrisé ? Lorsque vous achetez quelque chose, vous avez vraiment le sentiment de l'avoir gagné.

En marchant vers la caisse, je m'interdis le moindre regard au rayon des accessoires. (De fait, j'ai à peine remarqué ce sac violet avec sa bandoulière brodée de perles.) Je fouille dans mon sac à la recherche de mon portefeuille en me félicitant d'être parvenue à me canaliser, quand la vendeuse glisse d'un ton léger :

— Vous savez, le modèle existe aussi en mandarine.

Mandarine ?

— Ah bon.

Ça ne m'intéresse pas. J'ai ce pour quoi je suis venue, fin de l'histoire. Des sandales lilas. Pas mandarine.

— Nous venons juste de les recevoir, poursuit-elle en commençant à farfouiller par terre. Je crois qu'elles vont avoir encore plus de succès que les lilas.

— Vraiment ? dis-je, en déployant des trésors d'indifférence. Eh bien, je pense que je vais prendre juste celles-ci.

— Ah, les voilà ! Je savais bien qu'elles n'étaient pas loin...

Et elle pose sur le comptoir une exquise paire de sandales : pâles, d'un orange crémeux, avec la même bride que leurs sœurs lilas – mais une minuscule mandarine remplace la mûre, près de l'orteil.

Je suis pétrifiée. C'est l'amour fou au premier regard. Impossible de détourner les yeux.

— Vous voulez les essayer ?

Le désir me vrille le creux de l'estomac.

Regardez-les ! Ne sont-elles pas merveilleuses ? Les chaussures les plus adorables que j'ai jamais vues. Quelle épreuve, mon Dieu !

Mais je n'ai nul besoin d'une paire de chaussures mandarine, n'est-ce pas ? Je-n'en-ai-pas-besoin.

Allez Becky. Dis non. NON.

— En fait... (Je déglutis douloureusement en tentant de contrôler ma voix.) En fait... (Au secours, je n'y arrive pas !) Je prends juste les lilas, finis-je par articuler. Merci.

— OK...

La fille pianote un code sur le clavier de la caisse.

— Ça fait quatre-vingt-neuf livres. Comment souhaitez-vous payer ?

— Euh... par carte, s'il vous plaît.

Je signe le reçu, prends mon sac et sors, légèrement engourdie.

J'ai réussi ! J'ai réussi ! J'ai entièrement contrôlé mes désirs. Je n'avais besoin que d'une paire de chaussures et je n'en ai acheté qu'une ! Je n'ai fait qu'entrer-sortir du magasin, exactement comme prévu. Vous voyez ce dont je suis capable quand je le veux vraiment ? Vous avez devant vous la nouvelle Becky Bloomwood.

Tant de vertu mérite une petite récompense. Un cappuccino que je vais déguster au soleil, en terrasse d'un coffee-shop.

Je veux ces sandales mandarine.

La phrase bondit dans ma tête au moment où je bois la première gorgée.

Arrête. Arrête immédiatement. Pense à… autre chose. À Luke. À ces quelques jours de vacances. Les tout premiers que nous allons passer ensemble. Je bous d'impatience !

Depuis le début de notre relation, je voulais le lui suggérer, et je commençais à me résigner : autant demander au Premier ministre de lâcher les rênes du pays. Sauf qu'à bien y réfléchir c'est tout de même ce qu'il fait chaque été, non ? Alors pourquoi Luke n'y arrive-t-il pas, lui ?

Il est tellement submergé de travail qu'il n'a toujours pas rencontré mes parents, ce qui me contrarie un peu. Il y a quelques semaines, ils l'ont invité à déjeuner, un dimanche ; maman avait consacré un temps infini à cuisiner – plus précisément, elle avait acheté un filet de porc fourré aux abricots chez Sainsbury et un pudding au chocolat meringué vraiment classe. Mais, à la dernière minute, Luke a dû annuler : un de ses clients avait un gros problème – on en parlait même dans les journaux. Je suis donc allée seule chez mes parents et, pour tout vous dire, ç'a été assez terrible. Maman avait beau répéter avec une bonne humeur feinte que ce n'était qu'une invitation informelle, je peux vous assurer qu'elle était vraiment déçue. Le lendemain, Luke (ou du moins Mel, son assistante) lui a envoyé un énorme bouquet de fleurs en guise d'excuses. Ce qui n'est pas tout à fait pareil, hein ?

Le pire, ç'a été quand nos voisins, Janice et Martin, ont débarqué pour boire un verre de sherry et « rencontrer le fameux Luke », comme ils disent. Lorsqu'ils ont découvert qu'il n'était pas là, ils n'ont pas arrêté de me gratifier de ces regards apitoyés et teintés de dédain dont ils ont le secret. Tout ça parce que leur fils Tom se marie la semaine prochaine avec Lucy. Et j'ai l'affreux soupçon qu'ils croient que j'ai le béguin pour Tom. (Ce qui est faux ; en fait, ce serait plutôt l'inverse. Mais, une fois que les gens se sont mis une idée en tête, essayez donc de les convaincre qu'ils se trompent. Quel enfer !)

Quand je me suis énervée, Luke a rétorqué que moi non plus je n'avais jamais rencontré ses parents. Ce qui n'est pas entièrement vrai. J'ai brièvement parlé à son père et à sa belle-mère, une fois, dans un restaurant, même si ce n'était pas là ma prestation la plus éblouissante. Et, de toute façon, ils vivent dans le Devon. Quant à sa mère, elle habite à New York. Pas vraiment la porte à côté…

Enfin, l'orage est passé, et au moins Luke fait l'effort de prendre ces quelques jours de break. C'est Mel, en fait, qui a suggéré l'idée d'un week-end. Luke, m'a-t-elle confié, n'avait pas pris de vraies vacances depuis trois ans, alors peut-être fallait-il tirer un trait là-dessus. J'ai donc banni le mot « vacances » de mon vocabulaire et l'ai remplacé par « week-end ». Et ça a marché ! Sans crier gare, Luke m'a dit de réserver celui-ci. Il a lui-même retenu l'hôtel et tout et tout. Il me tarde tellement ! On ne va rien faire, sinon se détendre et profiter l'un de l'autre, ça changera un peu. Génial.

Je veux ces sandales mandarine.

Chut ! Arrête. Arrête d'y penser.

Je bois une gorgée, me carre dans ma chaise et me force à observer l'agitation de la rue. Les gens discutent, pressés, les bras chargés de sacs. La fille qui traverse porte un pantalon de chez – Nicole Farhi, je pense et… Oh, incroyable !

Ce quadragénaire en costume sombre qui approche, je le reconnais. C'est Derek Smeath, le directeur de ma banque.

Et… Oh ! là, là ! Je crois qu'il m'a vue.

Bon, pas de panique. Je n'ai aucune raison de m'affoler. Autrefois, peut-être, je me serais décomposée à sa vue, j'aurais tenté de me planquer derrière la carte du coffee-shop, peut-être même que j'aurais essayé de prendre le large. Mais tout cela appartient au passé. Dorénavant, l'adorable Smeathie et moi entretenons des relations de franche amitié.

Je m'aperçois néanmoins que je décale imperceptiblement ma chaise pour prendre mes distances du sac LK Bennett, comme si lui et moi n'avions rien à voir l'un avec l'autre.

Dès qu'il arrive à ma hauteur, je lance de ma voix la plus enjouée :

— Bonjour, monsieur Smeath ! Comment allez-vous ?

— Très bien, répond-il avec un sourire. Et vous-même ?

— Je vais bien, merci. Voulez-vous… un café ?

Je ne m'attends pas vraiment qu'il accepte ma proposition. Aussi, quelle n'est pas ma stupéfaction quand je le vois s'asseoir en face de moi sur la chaise libre que je lui avais désignée et consulter la carte.

N'est-ce pas civilisé, ça ? Je bois un café avec mon banquier à une terrasse ! Vous savez, je vais peut-être trouver un moyen de caser l'anecdote dans *Morning Coffee*. « Pour ma part, dirai-je en souriant chaleureusement à la caméra, je préfère une approche informelle de mes finances. Le directeur de ma banque et moi-même nous rencontrons souvent autour d'un cappuccino pour discuter amicalement de mes placements… »

— Il se trouve que je viens juste de vous envoyer un courrier, Rebecca, m'informe Derek Smeath tandis que la serveuse lui apporte son café.

Brusquement, sa voix est empreinte de gravité et une légère panique m'assaille. Oh non ! Qu'est-ce que j'ai encore fait ?

— À vous et à tous mes clients, ajoute-t-il. Pour vous annoncer mon départ.

— Quoi ? (Ma tasse fait un atterrissage brutal sur la table.) Que voulez-vous dire ?

— Je quitte la Endwich Bank. J'ai décidé de prendre une retraite anticipée.

— Mais…

Je le fixe, épouvantée. Derek Smeath ne peut pas me faire ça ! Il ne peut pas me planter là juste au moment où tout se passait si bien ! Certes, nous n'avons pas toujours été d'accord, lui et moi, mais ces derniers temps nous avons développé des rapports cordiaux. Il me comprend. Il comprend mon découvert. Que vais-je devenir sans lui ?

— N'êtes-vous pas trop jeune pour songer à la retraite ? Vous n'avez pas peur de vous ennuyer ?

J'entends bien le désarroi qui perce dans ma voix. Derek Smeath se cale contre le dossier de sa chaise et avale une gorgée de café.

— Je n'ai pas l'intention d'arrêter de travailler. Mais il y a d'autres choses à faire dans la vie que s'occuper de comptes bancaires. Si fascinants que soient certains d'entre eux.

— Euh… Oui. Bien sûr. Je me réjouis pour vous, sincèrement. Mais vous allez me manquer…, dis-je en haussant légèrement les épaules, embarrassée.

— Pensez ce que vous voulez, fait-il avec un imperceptible sourire, je crois que vous allez me manquer aussi, Rebecca. Votre compte a certainement été le plus… captivant de tous ceux dont je me suis occupé.

Il me gratifie d'un regard pénétrant qui me fait légèrement rougir. Quel besoin a-t-il d'évoquer le passé ? Cette époque est révolue. J'ai changé. Pourquoi les autres n'auraient-ils pas le droit de tourner la page et de prendre un nouveau départ ?

— Votre carrière à la télévision semble très bien marcher.

— N'est-ce pas ? C'est formidable, non ? Et vraiment bien payé, j'ajoute, histoire d'insister.

— Vos revenus ont indiscutablement augmenté ces derniers mois, mais…

Il repose sa tasse et j'ai un léger haut-le-cœur.

Je le savais. Pourquoi faut-il toujours qu'il y ait un « mais » ? Pourquoi ne peut-il jamais être satisfait de moi ?

— Mais vos dépenses elles aussi ont augmenté. Dans des proportions substantielles. En fait, votre découvert est encore plus important que du temps de vos… folies, dirons-nous.

Folies ? Ah, non ! Là, il est vraiment vache.

— Vous devez faire un réel effort pour vous cantonner à la limite de votre découvert autorisé. Ou mieux, le combler.

— Je sais, c'est bien mon intention, admets-je d'un ton distrait.

Une fille, sur le trottoir d'en face, vient à l'instant de s'encadrer dans mon champ de vision : elle porte un sac LK Bennett, mais le grand modèle, et dedans on distingue deux boîtes de chaussures.

Si elle a le droit d'acheter deux paires de chaussures, pourquoi pas moi ? Y a-t-il une règle qui dit qu'on ne peut s'acheter qu'une paire de chaussures à la fois ? Enfin quoi, c'est d'un arbitraire, tout ça !

— Et vos autres comptes ? s'informe Derek Smeath. Vous n'avez pas d'ardoises dans des magasins ?

— Non, je réponds avec un soupçon de hauteur. J'ai tout réglé depuis des mois.

— Et vous n'avez rien dépensé depuis ?

— Des bricoles. Trois fois rien.

Franchement, que représentent quatre-vingt-dix livres à l'échelle du monde ?

— Je me permets de vous poser la question parce que je me sens en devoir de vous prévenir. La banque est en pleine restructuration, et mon successeur, John Gavin, pourrait se montrer moins patient que moi. Vous n'avez peut-être pas conscience de mon indulgence à votre égard.

— Vraiment ? fais-je sans réellement écouter.

Supposez que je me mette à fumer. J'aurai vite fait de claquer quatre-vingt-dix livres en cigarettes sans même y penser, vous êtes d'accord ?

Imaginez tout l'argent que j'économise en ne fumant pas. Largement de quoi me payer une petite paire de chaussures.

— C'est un homme compétent, poursuit Derek Smeath. Mais il est aussi très… strict et n'a pas la réputation d'être souple.

— Ah bon, dis-je en hochant la tête – que j'ai ailleurs.

— Si je puis me permettre, je vous conseille de combler votre découvert sans attendre. Et, au fait, ajoute-t-il après une nouvelle gorgée, vous êtes-vous occupée de trouver une caisse de retraite ?

— Euh… J'ai rencontré le conseiller que vous m'aviez recommandé.

— Et vous avez souscrit ?

À contrecœur, je reporte mon attention sur lui.

— Eh bien, j'étudie encore les différentes options. (Je prends mon air avisé d'expert financier.) Il n'y a rien de pire que de se précipiter sur un mauvais investissement, vous savez. Surtout quand il s'agit de quelque chose d'aussi important que la retraite.

— C'est tout à fait vrai. Mais ne soyez pas trop longue à vous décider. Votre argent ne va pas s'économiser tout seul.

— Je sais bien !

Je bois une gorgée de cappuccino, un peu mal à l'aise, à présent. Derek Smeath a sans doute raison. Je devrais peut-être placer ces quatre-vingt-dix livres sur un plan d'épargne-retraite plutôt que de les investir dans une paire de chaussures supplémentaire.

D'un autre côté, à quoi va me servir de mettre de côté quatre-vingt-dix livres ? Vous m'accorderez que ce n'est pas ça qui me nourrira dans mes vieux jours. Quatre-vingt-dix misérables livres. Et puis, d'ici que je sois vieille, le monde aura probablement sauté, ou Dieu sait quoi.

Alors qu'une paire de chaussures, ça c'est du tangible. Du concret.

Oh, et puis zut ! Je vais les acheter.

— Monsieur Smeath, je dois y aller, dis-je abruptement en reposant ma tasse. J'ai quelque chose à... faire.

Maintenant que ma décision est prise, il faut que j'y retourne le plus vite possible. J'empoigne le sac LK Bennett et pose un billet de cinq livres sur la table.

— Ravie de vous avoir rencontré. Et tous mes vœux pour votre retraite.

— Bonne chance à vous aussi, Rebecca, répond-il avec un sourire aimable. N'oubliez pas mon conseil. John Gavin n'aura pas la même indulgence que moi. Alors...

— Soyez sans crainte !

Et, en me retenant à grand-peine de courir, je m'élance dans la rue. Direction : LK Bennett.

Bon, je vous l'accorde : à strictement parler, je n'avais pas vraiment *besoin* des sandales mandarine. Cette paire-là n'avait rien d'essentiel. Mais ce qui m'est apparu tandis que je les essayais, c'est que les acheter ne contrevenait en rien à ma nouvelle ligne de conduite, parce que le truc, voyez-vous, c'est que je *vais* en avoir besoin.

Après tout, à un moment ou un autre, j'aurai besoin d'une nouvelle paire, non ? Personne n'y échappe. Donc, ce n'est que prudence de stocker maintenant, dans un style qui me plaît, plutôt que d'attendre que ma dernière paire rende l'âme pour ensuite ne rien trouver de bien. Cela s'appelle du bon sens, ni plus ni moins.

Quand je sors du magasin les mains crispées de plaisir sur mes deux nouveaux sacs brillants, un petit parfum de bonheur flotte dans l'air. Et si je flânais un peu avant de rentrer ? Je décide de faire un saut sur le trottoir d'en face, chez Beaux Cadres, l'un des points de vente des cadres de Suze. En général, je ne passe jamais devant sans m'arrêter, juste pour voir si quelqu'un en achète.

La porte s'ouvre avec un petit tintement métallique. Je souris à la vendeuse. Cette boutique est trop adorable : chaleureuse, délicieusement parfumée et remplie d'objets sublimes tels que des casiers à vin chromés ou des dessous-de-verre gravés. J'évite de passer trop près d'une étagère où sont exposés des carnets aux couvertures en cuir parme… Ah ! les voilà. Trois cadres en tweed violet, signés Suze. Les voir me procure toujours la même excitation.

Hé ! regardez ! (Mon excitation monte d'un cran.) Une cliente en a un en main.

À dire vrai, je n'avais jamais vu, de mes yeux vu, quelqu'un acheter un des cadres de Suze. Bien sûr, des gens en achètent, puisque la boutique continue à se réapprovisionner, mais jamais je n'ai été témoin de l'acte proprement dit. Comme c'est excitant !

Je m'avance tranquillement vers la cliente, qui juste à ce moment-là retourne le cadre. La vue du prix lui arrache un froncement de sourcils et mon cœur se serre aussitôt.

— Il est vraiment splendide, dis-je d'un ton détaché. Tellement original.

— Oui, convient-elle en le reposant sur l'étagère.

Non ! (L'affolement me gagne.) Reprends-le !

— C'est tellement difficile aujourd'hui de trouver de beaux cadres, vous n'êtes pas de mon avis ? Quand on en voit un, on a tout intérêt à... à l'acheter. Avant que quelqu'un vous le prenne sous le nez.

— Oui, sans doute, acquiesce la cliente en soulevant un presse-papiers – qui suscite, lui aussi, un froncement de sourcils.

Et la voilà qui s'en va. Que puis-je faire ? Je me saisis illico du cadre et je m'exclame :

— Bon, je crois que je vais prendre celui-ci ! Il fera un cadeau idéal, aussi bien pour un homme que pour une femme... Qui n'a pas besoin d'un cadre pour ses photos, hein ?

La cliente semble ne m'accorder aucune attention... peu importe. Quand elle va voir que je l'achète, elle va peut-être y réfléchir à deux fois.

Je fonce vers le comptoir et la fille derrière la caisse m'accueille d'un sourire. Je crois bien que c'est la patronne parce que je l'ai déjà vue faire passer des entretiens d'embauche et discuter avec des fournisseurs. (Non que je vienne ici très souvent, c'est juste une coïncidence.)

— Ah, bonjour, fait-elle. Je vous reconnais, vous les aimez vraiment bien, ces cadres, n'est-ce pas ?

— Oui, réponds-je d'une voix forte. Leur rapport qualité-prix est exceptionnel.

À présent, la cliente examine une carafe à vin et n'écoute même pas.

— Vous en avez acheté combien en tout ? Au moins vingt, non ?

Quoi ? Qu'est-ce qu'elle raconte ?

— Peut-être même trente ?

Je la dévisage d'un air ahuri. Elle a filmé chacune de mes visites ici ou quoi ? Est-ce que c'est légal ?

— Une sacrée collection, ajoute-t-elle aimablement en enveloppant le cadre dans son papier de soie.

Il faut que je réponde quelque chose, sinon elle va s'imaginer que c'est moi qui achète tous les cadres de Suze et non pas des vrais clients. Ridicule ! Je vous demande un peu, trente ! Quatre, oui, à tout casser... peut-être cinq.

Je proteste avec empressement :

— Non, je n'en ai pas acheté autant ! Vous me prenez sans doute pour quelqu'un d'autre. Et d'ailleurs, ce n'est pas seulement pour ce cadre que je suis entrée (j'éclate d'un rire enjoué pour bien lui signifier à quel point sa remarque est loufoque), mais aussi parce que je voulais... ça.

Je pioche au hasard une poignée de grosses lettres en bois sculpté dans un panier posé sur le comptoir et les lui tends. Sans se départir de son sourire, elle commence à envelopper les lettres une par une.

— P... T... R... R.

Elle s'interrompt, l'air perplexe.

— Vous cherchiez à écrire Peter ?

Bon sang ! Faut-il impérativement avoir une raison pour acheter quelque chose ?

— Euh... oui, c'est ça. C'est pour... mon filleul. Il vient d'avoir trois ans.

— Que c'est mignon ! Alors je rajoute deux E, j'enlève un R et le compte est bon.

Elle me regarde gentiment, comme si j'étais à moitié demeurée. Ce que je n'ai pas volé puisque je suis infichue d'épeler correctement le prénom de mon filleul.

— Ça fera... quarante-huit livres, annonce-t-elle et,

tandis que je sors mon porte monnaie, elle ajoute : Vous savez, pour un montant de cinquante livres, nous vous offrons une bougie parfumée.

— Vraiment ?

Je la regarde, alléchée. Une jolie bougie parfumée, c'est assez tentant. Et pour deux malheureuses livres de plus.

— Je vais bien trouver quelque chose, dis-je en regardant alentour.

— Quel est le nom de famille de votre filleul ? Vous pourriez le composer avec ces lettres.

— Euh… Wilson, dis-je sans réfléchir.

Comble d'horreur, elle recommence à farfouiller dans la corbeille.

— W… L… Ah, voici le O.

Je m'empresse de l'interrompre :

— En fait, ce n'est peut-être pas une bonne idée, parce que… euh… ses parents sont en train de divorcer et il est possible qu'il change de nom.

— Vraiment ? s'exclame la femme d'un air compatissant. (Elle lâche les lettres dans la corbeille.) Mais c'est affreux. Ce n'est donc pas une rupture à l'amiable ?

— Non, dis-je en cherchant des yeux ce que je pourrais bien acheter en plus. Pas à l'amiable du tout. Sa… sa mère s'est enfuie avec le jardinier.

— Avec le jardinier ? Vous plaisantez ?

La patronne me fixe d'un air incrédule, et je me rends compte qu'un couple suit notre conversation.

J'improvise en examinant un coffret à bijoux à soixante-quinze livres :

— Il était très bien… euh… doté. C'était plus fort qu'elle. Le mari les a surpris dans la cabane à outils, enfin bref…

— Dieu du ciel ! Je n'en crois pas mes oreilles.

— C'est l'entière vérité, renchérit une voix depuis l'autre extrémité de la boutique.

Quoi ?

Ma tête pivote comme une tourelle de char, et la cliente qui s'intéressait aux cadres de Suze s'avance vers nous.

— Je suppose que vous parlez de Jane et Tim. Quel scandale, hein ? Mais je croyais que le petit garçon s'appelait Toby.

Je la regarde fixement, incapable d'articuler un traître mot.

— Peter est peut-être son nom de baptême, suggère la patronne, qui, me désignant d'un geste, enchaîne : Cette demoiselle est sa marraine.

— Oh ! Ça alors ! s'exclame la cliente. J'ai tellement entendu parler de vous !

Non ! Dites-moi que je rêve.

— Mais alors, poursuit-elle, peut-être allez-vous pouvoir me renseigner...

Elle se rapproche de moi et poursuit, sur le ton feutré de la confidence :

— Tim a-t-il accepté la proposition de Maud ?

Je regarde autour de moi. Dans la boutique, on entend les mouches voler. Tout le monde est suspendu à mes lèvres.

— Oui. Il a accepté.

— Et est-ce que ç'a marché ? insiste la femme en me dévisageant, l'œil brillant d'excitation.

— Euh... non. En fait, lui et Maud ont... ils se sont disputés.

— Non ! s'indigne la femme en portant la main à sa bouche. Disputés ? Mais à quel propos ?

— Oh, vous savez, à propos de tout et de rien, la vaisselle sale, ce genre de choses..., dis-je, en désespoir de cause. Euh, finalement, je vais payer en espèces.

Je farfouille dans mon porte-monnaie et abats un billet de cinquante livres sur le comptoir avant d'ajouter :

— C'est bon, vous pouvez garder la monnaie.

— Et votre bougie ? s'enquiert la patronne. Quel parfum voulez-vous ? Nous avons vanille, santal...

— N'importe, dis-je en me hâtant vers la sortie.

— Attendez ! s'écrie la cliente dans mon dos. Et Ivan ?

— Il... il a émigré en Australie.

Hou ! là, là ! c'était moins une. Je crois que je ferais bien de rentrer.

À l'angle de notre rue, je m'accorde une pause pour réorganiser mes sacs. C'est-à-dire que je les mets tous dans un des sacs LK Bennett en les tassant bien au fond jusqu'à ce que leur présence devienne insoupçonnable.

Non pour les dissimuler, mais bon... Disons que je préfère arriver à la maison avec un seul sac.

J'espère plus ou moins pouvoir me faufiler jusqu'à ma chambre à l'insu de Suze, mais je n'ai pas plus tôt ouvert la porte d'entrée que je tombe sur elle, assise par terre au beau milieu du hall, en train d'emballer un colis.

— Coucou ! Alors, tu as trouvé tes chaussures ?

— Oui, dis-je avec fougue. Dans ma taille et tout et tout.

— Montre.

— Euh, deux secondes... Je vais les déballer.

Sur cette réplique décontractée et tout en essayant de me composer une mine assortie, je file dans ma chambre. Mais j'ai un air coupable, je le sais. Même ma démarche transpire la culpabilité.

— Bex ? lance Suze tout à trac. Il y a quoi d'autre dans ce sac ? Plus d'une paire de chaussures, n'est-ce pas ?

— Quel sac ?

Je me retourne, l'air parfaitement ingénu.

— Oh ! Celui-là ?… Euh, quelques babioles sans importance.

Mon intonation n'était pas juste et ma voix quasi inaudible, je l'ai bien senti.

Suze croise les bras et prend son expression la plus sévère.

— Montre.

— OK, bon, écoute. Je sais pertinemment que j'avais dit une paire, une seule. Mais avant de te mettre en colère, jette un œil à ça.

Je plonge la main dans le second sac LK Bennett, la glisse dans la boîte et en extrais lentement une des sandales mandarine.

— Alors ?

— Oh, mon Dieu ! souffle Suze en la dévorant des yeux. C'est absolument… dément.

Sa main vient la cueillir dans la mienne et caresser délicatement le cuir souple, mais l'instant d'après son visage est redevenu sévère.

— En avais-tu *besoin* ?

— Oui, absolument. Ou du moins, j'en aurai besoin à l'avenir. C'est un genre d'investissement, tu vois ?

— Un investissement ?

— Tout à fait. En un sens, c'est une façon d'économiser, parce que maintenant que je les ai, je n'aurai pas besoin de dépenser d'argent pour des chaussures l'an prochain.

— Vraiment ? s'étonne Suze, une note de suspicion dans la voix.

— Je t'assure. Franchement, Suze, cette paire me suffira amplement. Pendant au moins un an. Sans doute deux, même.

Tandis que Suze se tait, je me mordille la lèvre, persuadée qu'elle va me demander de les rapporter. Mais la voilà qui examine de nouveau la sandale, la caresse.

— Essaie-les, dit-elle brusquement. Je veux voir.

Un petit frisson me parcourt l'échine au moment où je sors l'autre chaussure de sa boîte et où je les enfile. Elles sont divines. Mes divines pantoufles mandarine, comme celles de Cendrillon.

— Oh ! Bex !

Suze n'a rien besoin d'ajouter. Son regard radouci est suffisamment éloquent.

Si vous voulez tout savoir, parfois, j'aimerais bien pouvoir épouser Suze.

Une fois que j'ai paradé et exécuté plusieurs allers-retours devant elle, Suze laisse échapper un soupir béat avant de plonger la main dans le grand sac et d'en extraire celui de Beaux Cadres.

— Qu'est-ce que tu as acheté chez eux ?

Sa curiosité est récompensée : les lettres en bois dégringolent par terre. Elle commence à les assembler les unes à la suite des autres sur la moquette.

— P… E… T… E… R. C'est qui, Peter ?

— Je ne sais pas, dis-je distraitement en récupérant le sac avant qu'elle y découvre son cadre. (Une fois, elle m'a prise en flagrant délit en train d'en acheter un et s'est fâchée tout rouge en me disant qu'elle m'en fabriquerait un si j'en avais envie.) Tu ne connais pas de Peter ?

— Non, je ne crois pas, répond Suze. Mais on peut toujours adopter un chat qu'on baptisera Peter.

— Mouais… pourquoi pas. Bon, je ferais mieux de finir mes préparatifs pour demain.

— Oups, ça me fait penser, se souvient Suze en attrapant un bout de papier, Luke a appelé.

— Ah bon ?

J'essaie de cacher ma joie. Un coup de fil de Luke est toujours une délicieuse surprise parce que, pour être franche, ils sont rares. Bien sûr, il appelle pour convenir de l'heure d'un rendez-vous ou ce genre de chose, mais rarement pour bavarder. De temps à autre il m'envoie un mail, mais là encore ce n'est pas vraiment du bavardage, plutôt… Enfin, disons que le premier que j'ai reçu de lui m'a laissée en état de choc. (Mais maintenant, je les attends.)

— Il passe te prendre au studio demain à midi. Et comme la Mercedes est au garage, vous prendrez la MG.

— C'est vrai ? Waouh ! Cool !

— N'est-ce pas ? renchérit Suze avec un sourire aussi large que le mien. Ah oui, il a ajouté que tu devais voyager léger parce que le coffre n'est pas très grand.

Je braque un regard fixe sur mon amie et je sens bien que mon sourire s'estompe.

— Qu'est-ce que tu viens de dire ?

— Que tu devais voyager léger. Avec peu de bagages, quoi, juste un petit sac ou un fourre-tout…

— Merci, je sais ce que veut dire voyager léger ! Mais… je ne peux pas !

— Bien sûr que si.

— Suze ! Tu as vu tout ce que j'ai à prendre ?

J'ouvre en grand la porte de ma chambre.

— Regarde !

Suze suit mon regard avec hésitation, et ensemble nous contemplons mon lit. La grande valise vert acide est pleine à craquer. Une pile de vêtements patiente à côté. Et je n'ai pas encore traité le cas du maquillage et des menus accessoires.

— C'est impossible. Suze ! Comment je vais faire ?

— Si tu appelais Luke pour lui demander de louer une voiture avec un plus grand coffre ?

Je ne réponds pas tout de suite, essayant d'imaginer la tête de Luke si je lui suggère de louer une autre voiture pour transporter ma garde-robe du week-end.

— Le problème, c'est que je ne suis pas certaine qu'il comprendra.

On sonne.

— J'y vais, Bex. C'est sans doute le coursier de Special Express pour mon paquet. Écoute, ça va s'arranger. Il faut juste que tu élagues un peu.

Elle file ouvrir et m'abandonne à la contemplation de mon fatras.

Élaguer, élaguer. Elle en a de bonnes ! Si encore j'avais rempli ma valise de tonnes de trucs inutiles ! Mais si je commence à éliminer au hasard, tout mon système s'effondre.

Bon, allons-y. Prenons ça sous un autre angle. Il existe forcément une solution.

Et… si j'attelais discrètement une remorque à l'arrière de la voiture pendant que Luke a le dos tourné ?

Ou alors, je pourrais porter tous mes vêtements les uns sur les autres et prétendre que je suis frigorifiée… Bon sang ! C'est vraiment sans espoir. Comment vais-je faire ?

Je ressors de ma chambre, gagnée par la panique. Dans le hall, Suze tend une enveloppe matelassée à un homme en uniforme.

— Parfait, juste une petite signature ici… Bonjour ! me lance-t-il d'un ton jovial.

Je me contente d'un hochement de tête et, perdue dans mes pensées, fixe des yeux son badge, sur lequel est écrit : N'IMPORTE QUOI N'IMPORTE OÙ LE LENDEMAIN MATIN.

— Et voici votre reçu.

Il tourne les talons et s'apprête à passer le seuil quand les mots que je viens de lire arrivent à mon cerveau.

N'importe quoi.

N'importe où.

Le lendemain…

J'ai juste le temps de m'écrier, avant que la porte claque :

— Hé, attendez ! Attendez une minute…

PARADIGM BOOKS LTD
695 Soho Square
London W1 5AS

Mademoiselle Rebecca Bloomwood
Apt 2
4 Burney Road
Londres SW6 8FD

Le 4 septembre 2001

Chère Becky,

Je vous remercie de votre message et je suis heureuse d'apprendre que le livre avance.

Sans doute vous souvenez-vous que, lors de notre dernière conversation il y a deux semaines, vous m'aviez promis une première ébauche sous quelques jours. Je suis certaine que vous l'avez postée – se serait-elle égarée ? Pour plus de sécurité, peut-être pourriez-vous m'en renvoyer un exemplaire.

En ce qui concerne la photo, il n'y a qu'une règle : soyez à l'aise dans vos vêtements. Un haut agnès b. me paraît parfait, les créoles que vous me décrivez aussi.

J'attends avec impatience le manuscrit – et vous répète combien nous sommes ravis de vous compter au nombre de nos auteurs.

Très cordialement,

Pippa Brady
Assistante d'édition

PARADIGM BOOKS : NOUS VOUS AIDONS À TIRER LE MEILLEUR DE VOUS-MÊME

À paraître prochainement : Survivre dans la jungle, par le brigadier Roger Flintwood

3

Le lendemain, à midi moins cinq, je suis toujours sous les spots de *Morning Coffee*, à me demander si ça va encore durer longtemps. En général, mon intervention de conseil financier se termine à onze heures quarante mais, aujourd'hui, tout le monde s'est tellement excité sur l'histoire de cette voyante qui se prétend la réincarnation de Marie Stuart que l'ensemble du programme a pris du retard. Et Luke qui va arriver d'une minute à l'autre ! Sans compter que je dois encore me changer ; je ne vais pas voyager dans ce tailleur collet monté...

— Becky ?

C'est Emma, l'une des présentatrices de l'émission, assise en face de moi sur un canapé bleu.

— On dirait qu'il y a un problème, non ?

— Absolument. (Je ramène mon esprit sur le plateau, jette un coup d'œil sur le téléprompteur en face de moi et souris à la caméra.)

— Récapitulons, Judy. Bill, votre mari, et vous avez hérité d'un peu d'argent. Vous aimeriez l'investir en Bourse, mais Bill s'y oppose.

— C'est comme si je parlais à un mur ! s'indigne Judy.

Il dit que je vais tout perdre, que c'est aussi son argent, et que si j'ai envie de le jouer, alors je ferais mieux d...

— Eh bien, l'interrompt gentiment Emma, voici un problème délicat, Becky. Un couple en désaccord sur la façon d'utiliser son argent...

— Je ne comprends tout simplement pas comment il réfléchit, poursuit Judy. C'est notre seule et unique chance de faire un investissement sérieux. Une opportunité fantastique. Comment ne s'en rend-il pas compte ?

Elle se tait, et un silence tombe sur le studio. Tout le monde attend ma réponse.

— Judy...

Je marque volontairement une pause avant de continuer :

— Puis-je vous poser une question ? Comment Bill est-il habillé aujourd'hui ?

— En costume, répond Judy, désarçonnée. Un costume gris pour aller travailler.

— Et sa cravate ? Comment est-elle ? Unie ou imprimée ?

— Unie. Il n'a que des cravates unies.

— A-t-il jamais porté, disons... une cravate avec des personnages de dessins animés ?

— Jamais !

— Je vois. (Je hausse les sourcils.) Judy, serait-ce lui faire un mauvais procès de dire que Bill n'est pas, en général, du genre aventurier ? Qu'il n'aime pas prendre de risques.

— Euh... non. Maintenant que vous le dites...

— Ah ! lâche alors Rory, assis à l'autre bout du canapé, je crois deviner où vous voulez en venir, Becky !

Rory est l'autre présentateur de *Morning Coffee*. Il cultive un look de baroudeur et n'a pas son pareil pour flirter avec les stars, mais de là à dire qu'il est le plus grand cerveau d'Angleterre...

— Exactement, Rory, intervient alors Emma en me regardant d'un air excédé. Nous devinons tous. Mais alors, Becky, en soulignant que Bill n'aime pas le risque, vous suggérez qu'il a raison d'éviter les investissements en Bourse ?

— Non, non, pas du tout. Simplement, ce que Bill ne voit peut-être pas, c'est qu'il existe toutes sortes de risques. Quand on investit en Bourse, oui, il arrive qu'on perde de l'argent à court terme. Mais à se contenter de laisser dormir son argent à la banque pendant des années et des années, on encourt un risque bien plus grand : au fil du temps, l'inflation peut grignoter le capital.

— Aaaah ! L'inflation ! scande Rory d'un air entendu.

— Et dans vingt ans, ce capital ne vaudra peut-être plus grand-chose – comparé à ce qu'il aurait pu devenir si on l'avait placé en Bourse. Donc, si Bill a moins de quarante ans et qu'il veut faire un investissement à long terme, si risqué que cela lui paraisse, il doit admettre qu'à bien des égards l'acquisition d'un portefeuille d'actions judicieusement équilibré est le plus sûr.

— Vous m'ouvrez des horizons, Becky, déclare Emma avec un regard admiratif.

— Les investissements fructueux résultent souvent d'une façon originale d'aborder le problème, dis-je avec un sourire modeste.

J'adore trouver des solutions et impressionner le monde.

— Judy ? Cette réponse vous a-t-elle aidée ? s'enquiert Emma.

— Oh oui ! J'ai tout enregistré et je montrerai la cassette à Bill quand il rentrera ce soir.

— Très bonne idée, dis-je pour conclure. Mais soyez d'abord attentive à la cravate qu'il porte.

Tout le monde éclate de rire, et j'en fais autant avec une seconde de décalage car je n'avais pas l'intention de faire une bonne blague.

— Nous avons le temps de prendre un autre appel, enchaîne Emma. Nous avons maintenant en ligne Enid, de Northampton, qui voudrait savoir si elle a assez d'argent pour pouvoir prendre sa retraite. C'est bien cela, Enid ?

— Oui. Tony, mon mari, est retraité depuis peu, et la semaine dernière j'étais en vacances. Je suis restée à la maison avec lui, à cuisiner et ainsi de suite et il… enfin, nous en sommes venus à nous demander pourquoi je ne prendrais pas une retraite anticipée, moi aussi. Mais comme je ne suis pas certaine d'avoir économisé assez, je me suis dit que je pourrais appeler.

Je demande :

— À quel type de plan d'épargne-retraite avez-vous souscrit, Enid ?

— J'ai souscrit à un fonds de retraite auquel j'ai cotisé régulièrement, répond-elle d'une voix hésitante, je possède quelques livrets d'épargne et… j'ai fait un héritage, il y a peu, qui devrait me permettre de rembourser la totalité de mon emprunt logement.

— Formidable ! s'exclame Emma d'une voix enjouée. Même moi, je peux me rendre compte que vous êtes à l'abri du besoin, Enid. J'ai envie de vous souhaiter une bonne retraite !

— Bon… Je vois… Je n'ai aucune raison de ne pas prendre ma retraite. C'est exactement ce que m'a dit Tony.

Le silence tombe, mais on entend en ligne une respiration saccadée. J'intercepte un bref coup d'œil d'Emma et je devine que Barry, le producteur, est en train de lui hurler dans l'oreillette de faire du remplissage.

— Alors bonne chance, Enid, reprend-elle avec brio. Becky, à propos des plans de retraite…

— Attendez… attendez un instant, dis-je en plissant légèrement le front. Enid ? Rien, effectivement, ne vous empêche de prendre votre retraite, cependant, le plus important n'est pas la question d'argent, mais plutôt celle-ci : avez-vous vraiment envie d'arrêter de travailler ?

— Eh bien… (La voix d'Enid se voile imperceptiblement.) J'ai cinquante ans passés. Il faut aller de l'avant, non ? Comme dit Tony, ça nous laissera une chance de profiter un peu l'un de l'autre.

— Vous aimez votre travail ?

Un autre silence.

— Oui, beaucoup. Nous formons une bonne équipe. Je suis plus vieille que la plupart de mes collègues, bien sûr. Mais d'une certaine façon, quand on s'amuse, ça ne compte pas…

— Je crains qu'il ne nous faille rendre l'antenne, l'interrompt Emma, ostensiblement attentive à ce qu'on lui dit dans son oreillette. (Elle sourit à la caméra et enchaîne :) Tous nos vœux pour votre retraite, Enid…

— Attendez ! l'interromps-je précipitamment. Enid, restez en ligne si vous voulez continuer à discuter un peu. D'accord ?

— D'accord. Oui, j'aimerais bien.

— Nous allons maintenant parler du temps, déclare Rory, qui se réveille toujours à la fin de la séquence financière, mais auparavant, le mot de la fin, Becky ?

— Le même que d'habitude, dis-je, en souriant à la caméra. Prenez soin de votre argent…

— … votre argent prendra soin de vous, entonnent Rory et Emma.

Suit une pause glaciale puis Zelda, l'assistante de production, déboule sur le plateau.

— Bien joué. Du superboulot. Bon, Becky, on a toujours Enid en ligne sur la quatre : si vous voulez, on peut s'en débarrasser.

— Mais non ! Pas du tout… J'ai vraiment envie de lui parler.

— Comme vous voulez, dit Zelda en cochant un truc sur son bloc-notes. Ah oui, et Luke vous attend à l'accueil.

— Déjà ? (Je regarde ma montre.) Oh, mon Dieu…, pouvez-vous lui dire que je n'en ai pas pour longtemps, s'il vous plaît ?

Honnêtement, je n'avais pas l'intention de rester des heures au téléphone. Mais une fois la discussion lancée, impossible d'arrêter Enid. Tout y est passé : la crainte que lui inspire la retraite, son mari qui veut surtout qu'elle reste à la maison à lui préparer ses repas ; son boulot qu'elle adore vraiment, et les cours d'informatique auxquels elle a envie de s'inscrire, ce qui, selon son mari, équivaut à jeter l'argent par les fenêtres… À la fin, j'étais littéralement ulcérée et je ne me suis pas privée de le lui dire et redire. Je m'apprêtais à demander à Enid si elle se considérait comme une féministe quand Zelda est venue me toucher l'épaule. Brusquement, je me suis rappelé où j'étais.

Il a encore fallu cinq minutes pour m'excuser auprès d'Enid et lui expliquer que je devais absolument partir, vingt minutes pour qu'elle s'excuse, elle, et pour qu'on se dise les : « au revoir », « merci » et « mais de rien » de rigueur. Puis j'ai filé dans ma loge, où j'ai troqué mon costume *Morning Coffee* contre la tenue « voyage en voiture ».

Le résultat que j'admire dans le miroir me satisfait : un haut multicolore dans l'esprit Pucci, un jean délavé et coupé, ma nouvelle paire de sandales, des lunettes de soleil Gucci (en solde chez Harvey Nichols à moitié prix !) et mon écharpe bleu pâle fétiche Denny and George.

Luke a vraiment un truc avec cette écharpe. Quand quelqu'un lui demande comment nous nous sommes rencontrés, il répond toujours : « Nos yeux se sont croisés au-dessus d'une écharpe Denny and George », ce qui n'est pas entièrement faux. Il m'avait prêté une partie de la somme dont j'avais besoin pour l'acheter et il s'obstine à prétendre que je ne la lui ai jamais rendue, que par conséquent cette écharpe lui appartient pour moitié. (Pur mensonge ; je l'ai remboursé immédiatement.)

Quoi qu'il en soit, je la porte souvent quand nous sortons ensemble. Et aussi quand nous ne sortons pas, d'ailleurs. Et même, je vais vous faire une confidence – je la porte même parfois quand…

Non, en fait, je n'ai pas à vous raconter ça. Oubliez.

Lorsque enfin j'arrive à l'accueil, telle une furie, je regarde ma montre. Horreur ! Quarante minutes de retard ! Luke attend, assis sur une chaise pliante, grand, splendide dans le polo que je lui ai acheté aux soldes Ralph Lauren.

— Je suis désolée. Mais j'étais…

— Je sais, me coupe Luke en repliant son journal et en se levant. Tu discutais avec Enid. (Il m'embrasse et me presse le bras.) J'ai vu les derniers appels. Excellent pour toi.

Tandis que nous franchissons la porte tambour pour nous engager sur le parking, je lui explique comment se comporte le mari d'Enid.

— Pas étonnant qu'elle veuille continuer à bosser.

— Je peux l'imaginer.

— Il pense qu'elle n'est là que pour lui faciliter la vie. (Je secoue la tête d'indignation.) Tu te rends compte ! Jamais je ne me contenterai de… rester à la maison pour cuisiner… Jamais ! Même si je devais vivre un million d'années.

Après un bref silence, je lève les yeux vers Luke et distingue un minuscule sourire sur ses lèvres.

J'ajoute précipitamment :

— Enfin… tu comprends ce que je veux dire. Ni pour toi ni pour personne.

— Je suis ravi de te l'entendre dire, fait gentiment Luke. Et particulièrement ravi de savoir que j'échapperai désormais à ton couscous marocain maison.

Je pique un léger fard.

— Tu avais promis de ne jamais plus parler de ça !

Ma fameuse soirée marocaine… Nous sortions ensemble depuis peu et j'étais bien résolue à montrer à Luke mes capacités culinaires. Je venais de voir cette émission à la télé sur la cuisine marocaine ; ç'avait vraiment l'air simple pour un résultat spectaculaire, et en plus ils soldaient de la vaisselle marocaine divine chez Debenhams, bref, ça semblait parti pour être parfait.

Au lieu de quoi, quel désastre ! Cette maudite semoule trop cuite, je n'ai rien vu d'aussi révoltant de ma vie ! Et la passer à la poêle avec du chutney de mangue (une suggestion de Suze) n'a rien arrangé à l'affaire. Le pire, c'est que j'en avais préparé des platées, qui gonflaient dans des saladiers, partout dans la cuisine…

N'y pensons plus. En fin de compte, ce soir-là on a dîné d'une pizza – plutôt bonne.

La décapotable nous attend à un coin du parking. Luke actionne le système d'ouverture des portes à distance.

— Tu as eu mon message, n'est-ce pas ? À propos des bagages.

— Oui, oui, voilà le mien.

Et avec un sourire hautain, je lui tends la plus minuscule valise qui se puisse trouver – un truc en toile blanche imprimée de cœurs rouges que j'ai dégoté dans une boutique de cadeaux pour enfants à Guildford et que j'utilise comme trousse de toilette.

— C'est tout ? articule Luke, estomaqué.

Je réprime un rire. Ha, ha ! on va voir qui, ici, sait voyager léger !

Je suis très très contente de moi. Tout ce que j'ai dans cette minuscule valise, c'est mon maquillage et mon shampooing, mais ça, il n'a pas besoin de le savoir, hein ?

— Oui, c'est tout. (Je fronce légèrement les sourcils.) Tu m'as bien demandé de voyager léger, non ?

— Certes, mais là... – il désigne ma mallette –... je suis impressionné.

Pendant qu'il ouvre le coffre, je m'installe sur le siège du conducteur et le règle à la bonne distance pour atteindre les pédales. J'ai toujours rêvé de conduire une décapotable.

La porte du coffre claque et Luke me rejoint, l'air dubitatif.

— Tu conduis, c'est ça ?

— La moitié du trajet, je pense, dis-je avec désinvolture. Juste pour te laisser le temps de décompresser. Tu sais, les longs voyages en voiture, c'est dangereux.

— Tu es sûre que tu peux conduire avec ces chaussures ?

Il baisse les yeux vers mes sandales mandarine. En effet, le talon est un peu haut pour actionner les pédales, mais pas question de l'admettre.

— Elles sont nouvelles, non ? poursuit-il en les examinant plus attentivement.

Je suis sur le point d'acquiescer, quand je me souviens in extremis qu'à notre dernier rendez-vous j'avais aussi une paire de chaussures neuves, et la fois d'avant itou. C'est vraiment bizarre, mais c'est comme ça. Un pur hasard, sans aucun doute.

— Pas du tout. Je les ai depuis des lustres. En fait... (je m'éclaircis la gorge), ce sont mes chaussures pour conduire.

— Tes chaussures pour conduire, répète Luke, dans un écho sceptique.

— Parfaitement.

Et avant qu'il puisse rien ajouter, je mets le contact. Mon Dieu ! cette voiture est incroyable ! Le moteur produit un ronronnement fantastique – et grince aussi imperceptiblement quand je passe la première.

— Becky...

— Tout va bien !

Je traverse lentement le parking en direction des grilles. C'est génial ! Un moment de pur bonheur. Je me demande si on me regarde. Emma et Rory sont-ils à la fenêtre ? Et ce mec bruyant qui s'y croit, sur sa moto, il n'a pas de décapotable, lui ! Comme par maladresse, ma main glisse sur le klaxon et trois personnes au moins sur le parking tournent la tête. Ah, ah ! Regardez-moi !

— Mon chou, dit Luke, tu provoques un embouteillage.

Je jette un coup d'œil dans le rétroviseur. Effectivement, trois voitures me collent au train. C'est ridicule ! Tout de même, je ne roule pas si lentement !

— Et si tu appuyais un peu sur la pédale ? Tu pourrais monter, disons... jusqu'à quinze kilomètres-heure.

— Mais c'est ce que je fais ! Tu ne veux tout de même pas que je fonce à dix mille à l'heure. Tu n'es peut-être pas au courant, mais les limitations de vitesse, ça existe.

Arrivée à hauteur des grilles, je souris avec nonchalance au portier qui me lance un regard surpris et m'engage dans la rue. Clignotant à gauche, dernier coup d'œil dans le rétro, au cas où quelqu'un de ma connaissance serait sorti entre-temps... J'en profite pour m'accorder un regard admiratif, et comme la voiture que me suit se met à klaxonner je me range avec précaution le long du trottoir.

— Voilà, à ton tour.

— Comment ça ? Déjà ?

— Je voudrais me faire les ongles. Et puis, de toute façon j'imagine bien ce que tu penses : que je ne sais pas conduire. Je n'ai aucune envie de te voir grimacer jusque dans le Somerset.

— Jamais je n'ai pensé que tu ne savais pas conduire ! proteste Luke en réprimant un rire. Quand aurais-je prétendu une chose pareille ?

— Tu n'as pas besoin de le dire. Je vois une bulle au-dessus de ta tête, comme dans les bandes dessinées, avec écrit dedans : « Becky Bloomwood ne sait pas conduire. »

— Eh bien, c'est que tu ne sais pas lire, car il y a écrit : « Becky Bloomwood ne peut pas conduire avec ses nouvelles chaussures orange parce que les talons sont trop hauts et trop pointus. »

Il hausse les sourcils et je rougis imperceptiblement.

Je me glisse du côté passager.

— C'est avec ces chaussures-là que je conduis. Et ça fait des siècles que je les ai.

Tandis que j'attrape mon nécessaire à manucure, Luke s'installe derrière le volant et se penche pour m'embrasser.

— Merci néanmoins d'avoir fait cet effort. Je suis certain qu'il aura minimisé mes risques de fatigue sur l'autoroute.

— Parfait ! dis-je en attaquant un ongle à la lime. Il faut que tu gardes de l'énergie pour les grandes balades que nous allons faire demain.

Luke se tait. Et comme le silence s'éternise, je relève les yeux.

— Oui, fait-il, et je constate qu'il ne sourit plus. Justement, j'allais te parler de demain…

Il s'interrompt. Je ne le quitte pas des yeux et je sens bien que mon sourire fond à son tour comme neige au soleil. À vrai dire j'essaie de contenir ma nervosité.

— Qu'y a-t-il ?

Nouveau silence. Puis Luke lâche un gros soupir.

— L'opportunité de conclure une affaire s'est présentée… Et j'ai vraiment envie d'en profiter. Des Américains qui se trouvent en Angleterre en ce moment. Je dois discuter avec eux. De toute urgence.

— Oh… Bon, il n'y a pas de problème. Tu as ton téléphone…

— Non, pas au téléphone. (Il me regarde.) J'ai rendez-vous avec eux demain.

— Demain ! (Je laisse échapper un petit rire.) Mais comment pourrais-tu assister à une réunion demain ? Nous serons à l'hôtel.

— Ces gens aussi. Je les ai invités.

Je le dévisage, en état de choc.

— Tu as invité des relations de travail à partager nos vacances ?

— Uniquement le temps de cette réunion. Après, nous ne serons que tous les deux.

— Et combien de temps prendra cette réunion ? Non ! Ne me dis pas que ça va durer toute une journée !

Je n'arrive tout bonnement pas à le croire. Ce moment tant attendu, toute cette excitation, tout ce ramdam pour mes bagages…

— Becky, ce n'est pas si terrible que ça…

— Tu m'avais promis de décrocher ! Tu avais dit que ce serait un week-end romantique !

— Ce *sera* un week-end romantique.

— Avec tes potes du boulot ? Avec tous ces horribles hommes d'affaires qui passent leur temps à développer leurs réseaux de relations. Comme des vers à soie !

— Mais nous ne sommes pas concernés, rétorque Luke avec un sourire. Becky…

Il essaie de me prendre la main, mais je la retire.

— Franchement, je ne vois pas d'intérêt à être là si tu dois bosser, dis-je d'une voix accablée. J'aurais aussi bien pu rester chez moi. En fait, je rentre. Tout de suite. J'appellerai un taxi depuis le studio.

Je descends, claque la portière et, martelant le trottoir chaud des talons de mes sandales mandarine, je rebrousse chemin au pas de charge. J'ai pratiquement atteint les grilles du parking quand j'entends Luke crier, si fort que plusieurs personnes tournent la tête :

— Becky ! Attends !

Je m'arrête et pivote lentement : Luke, debout dans la voiture, compose un numéro sur son portable.

Je crie à mon tour, défiante :

— Qu'est-ce que tu fais ?

— J'appelle mon affreux pote du boulot. Pour décommander. Annuler.

Je croise les bras et le fixe, les yeux étrécis.

— Allô ? La chambre 301 s'il vous plaît. M. Michael Ellis. Merci. Il ne me restera plus qu'à prendre l'avion pour aller le voir à Washington, ajoute-t-il à mon intention, pince-sans-rire. Ou attendre que ses associés et lui reviennent en Angleterre. Ce qui, vu leurs agendas démentiels, risque fort de ne pas se produire demain. Mais bon, il ne s'agit que de business, après tout. D'une affaire que je veux conclure depuis…

— Oh… Ça suffit ! Arrête ! Va pour ta réunion à la noix.

— Tu es sûre ? demande-t-il en mettant la main sur le combiné. Vraiment sûre ?

— Presque sûre. Si c'est si important que ça…

— C'est très important, m'assure Luke en me regardant dans les yeux avec une soudaine gravité. Crois-moi. Sinon, je ne me serais pas permis.

Lentement, je regagne la voiture, tandis que Luke range son téléphone.

— Merci, Becky, dit-il au moment où je me rassieds. Merci beaucoup.

Il me caresse doucement la joue et met le contact.

Lorsque nous arrivons à proximité d'un feu, je coule un regard oblique vers Luke et son téléphone qui dépasse de la poche de sa veste.

— Tu appelais vraiment ce type ?

— Tu rentrais vraiment chez toi ? rétorque-t-il sans tourner la tête.

Voilà ce qui est épuisant avec Luke : on ne peut rien lui cacher.

Après une heure de route, nous sommes à la campagne. Nous nous arrêtons dans un pub pour déjeuner et repartons en direction du Somerset. Une heure et demie plus tard, en arrivant à Blakeley Hall, il me semble que je suis quelqu'un d'autre. C'est tellement bon de sortir de Londres – je me sens déjà débordante d'énergie, toute revigorée par l'air pur. Quelle merveille ! Je descends de voiture, m'étire. Sans blague, je me sens plus mince et plus tonique. Si j'allais à la campagne toutes les semaines, je perdrais sans problème une bonne demi-douzaine de kilos – au bas mot.

— Tu en voudras d'autres ? demande Luke en ramassant le reste du paquet de sucreries que j'ai grignotées pendant le voyage. (Il faut que je mange, en voiture, sinon je suis malade.) Et ces magazines ?

Il les ramasse, essaie d'en faire une pile, et ils manquent de lui glisser des mains.

— Non… Je ne vais pas lire de magazines ici. On est à la campagne.

Franchement ! Il m'étonne. N'a-t-il donc pas la moindre idée de ce à quoi ressemble la vie à la campagne ?

Pendant que Luke sort nos affaires du coffre, je fais quelques pas en direction d'une clôture et embrasse d'un regard gorgé de sérénité un champ où pullulent des machins marron-jaune. Vous savez, je crois bien que j'ai des affinités quasi génétiques avec la campagne. On dirait que ce côté nature, cet attachement à la terre nourricière, s'est progressivement épanoui en moi, presque à mon insu. Par exemple, l'autre jour, chez French Connection, je me suis surprise à acheter ce pull Fair Isle. Et je me suis aussi mise au jardinage ! Du moins, j'ai déjà trouvé les pots en terre émaillée supermignons de chez Pier Import, avec « basilic », « coriandre », etc. écrits dessus. Il ne me reste plus qu'à faire l'emplette de quelques petits pieds d'herbes aromatiques au supermarché – ils ne coûtent que cinquante pence pièce, alors même s'ils crèvent, ce n'est pas dramatique – que je disposerai en rang sur l'appui de la fenêtre.

— Prête ? s'enquiert Luke.

— Absolument ! dis-je en rebroussant chemin, et peu s'en faut que je me casse la figure en dérapant sur une flaque de boue.

Dans l'allée, on entend le gravier crisser sous nos pas et je dois reconnaître que je suis drôlement impressionnée. L'hôtel, une immense demeure campagnarde à l'ancienne, est entouré de splendides jardins dans lesquels on a disposé des sculptures contemporaines. Il y a même un cinéma, d'après la brochure. Luke est déjà venu plusieurs fois ici et il dit que c'est son hôtel préféré. Des tas de stars y descendent. Madonna, par exemple – à moins que je ne confonde avec Sporty Spice ? Enfin, quelqu'un de célèbre. Mais, apparemment, les *people* sont toujours discrets, ils restent cantonnés dans une aile séparée et indépendante, et le personnel de l'hôtel n'est pas de reste : totalement incorruptible.

En atteignant la réception, je jette tout de même un coup d'œil alentour, au cas où, et je remarque plusieurs personnes en jean, avec des lunettes branchées, une blonde qui a un look de star, et là, debout…

Oh, mon Dieu ! Je suis tétanisée. C'est lui, non ? Elton John ! En chair et en os, là, juste là, à moins de…

Il se retourne, et finalement ce n'est rien qu'un type qui ressemble à pas grand-chose, avec un anorak et des lunettes. Merde ! Mais bon, on aurait cru Elton John.

Le réceptionniste, sanglé dans une veste très mode, nous accueille avec un sourire.

— Bonjour monsieur Brandon, bonjour mademoiselle Bloomwood. Bienvenue à Blakeley Hall.

Incroyable ! Il connaît nos noms avant même que nous ayons ouvert la bouche. Pas étonnant que les stars descendent ici.

— Je vous ai installés dans la chambre 9, annonce-t-il pendant que Luke remplit le formulaire. Les fenêtres donnent sur la roseraie.

— Parfait. Becky, tu voudras quel journal demain matin ?

— Le *Financial Times*, dis-je de ma voix la plus onctueuse.

— Bien sûr, suis-je bête ! s'exclame Luke en écrivant. Alors, un *FT* pour mademoiselle, et pour moi, un *Daily World.*

Je lui décoche un regard suspicieux, mais son visage reste de marbre.

— Et pour le petit déjeuner, thé ou café ? s'enquiert le réceptionniste en pianotant sur son ordinateur.

— Du café, s'il vous plaît. Pour nous deux, je pense.

Il m'interroge des yeux et j'acquiesce d'un hochement de tête.

— Une bouteille de champagne vous attend dans votre chambre. Avec les compliments de la direction. Et sachez que le service d'étage est à votre disposition vingt-quatre heures sur vingt-quatre.

Cet endroit est vraiment top classe. Ils vous reconnaissent immédiatement, ils vous offrent du champagne – et ils se sont même abstenus de mentionner mon colis Special Express. À l'évidence, ils ont compris que la discrétion s'imposait. Qu'une fille ne tient pas nécessairement à ce que son petit ami soit averti du moindre colis qu'elle reçoit. Ils attendent que Luke ne soit plus à portée de voix pour m'en parler. Ça, c'est du service. Voilà tout l'intérêt de descendre dans de bons hôtels.

— Si vous avez besoin d'autre chose, mademoiselle Bloomwood, n'hésitez pas à me le faire savoir, reprend le réceptionniste avec un regard lourd de sous-entendus.

Tiens, qu'est-ce que je vous disais ? Message codé et tout et tout. Avec un sourire complice, je réponds :

— Je le ferai, soyez sans inquiétude.

En même temps, d'un discret regard coulissant, je lui désigne Luke. Mais le réceptionniste reste de marbre, comme s'il n'avait pas la moindre idée de ce dont je parle. Décidément, ces gens sont des perles !

Enfin, Luke tend le formulaire à l'employé, qui en échange lui remet une énorme clé à l'ancienne avant d'appeler un groom.

— Ce ne sera pas nécessaire, l'informe Luke, en soulevant avec un sourire ma valise de poupée. On ne peut pas dire que nous soyons très chargés.

— Vas-y, monte, je te rejoins, lui dis-je. Il faut que je vérifie juste un truc. Pour demain...

J'attends en souriant, et après un moment, à mon grand soulagement, il se décide enfin.

Dès qu'il ne peut plus entendre, je m'approche du comptoir et murmure :

— Je le prends maintenant.

Le réceptionniste, dos tourné, fouille dans un tiroir. Sa tête pivote et il me considère d'un air surpris.

— Je vous demande pardon, mademoiselle Bloomwood ?

— C'est bon. Vous pouvez me le donner maintenant. Pendant que Luke n'est pas là.

Un éclair d'inquiétude traverse le visage de l'homme.

— De quoi exactement...

— Mon colis, fais-je en baissant d'un ton. Vous pouvez me le donner maintenant. Je vous remercie pour votre discrétion.

— Votre... colis ?

— Oui, mon colis Special Express, dis-je en le fixant, commençant à douter. Mon colis avec tous mes vêtements. Celui dont vous n'avez pas parlé. Celui...

En voyant son expression, la voix me manque. Ce type n'a pas la moindre idée de ce dont je lui parle. Bon, pas de panique. Quelqu'un d'autre doit forcément être au courant.

J'explique :

— Un colis devrait m'attendre. À peu près de cette taille... Il a dû arriver ce matin...

Le réceptionniste secoue la tête.

— Je regrette, mademoiselle Bloomwood, nous n'avons aucun colis pour vous.

Là, je me sens défaillir.

— Mais... c'est impossible. Il est forcément arrivé ! Je l'ai expédié hier par Special Express. Ici, à Blakeley Hall.

Le réceptionniste fronce les sourcils.

— Charlotte ? appelle-t-il. Avons-nous reçu un colis au nom de Rebecca Bloomwood ?

— Non, répond Charlotte en sortant de la pièce située derrière le comptoir. Quand devait-il arriver ?

— Ce matin, dis-je en essayant de ne rien trahir de mon angoisse.

« N'importe quoi, n'importe où le lendemain matin » ! Enfin quoi, on est bien n'importe où, ici, non ?

— Je suis navrée, insiste la prénommée Charlotte, mais nous n'avons rien reçu. Était-ce très important ?

— Rebecca ?

Oh non ! c'est Luke. Je me retourne et l'aperçois ; du haut de l'escalier, il tente de comprendre ce qui se passe.

— Tout va bien ?

— Oui ! dis-je, avec un enjouement forcé. Oui, bien sûr ! Qu'est-ce qui pourrait ne pas aller ?

Sans laisser le temps à Charlotte ou au réceptionniste d'ajouter quoi que ce soit, je m'esquive et grimpe les marches au pas de charge.

— Tout va bien ? insiste Luke quand je le rejoins.

— Tout va très bien. (Ma voix est perchée deux tons plus haut que d'habitude.) Tout va très, très bien.

Dites-moi que je rêve. Je n'ai rien à me mettre, et quand je dis rien...

Je suis en vacances avec Luke, dans un hôtel chic, et je n'ai rien à me mettre. Qu'est-ce que je vais devenir ?

Impossible d'expliquer la vérité à Luke. Je ne peux tout bonnement pas lui avouer que ma valise de poupée ne constituait que la partie émergée d'un iceberg de vêtements. Surtout après l'avoir pris de si haut... Il ne me reste plus qu'à... improviser. Au moment où nous bifurquons pour emprunter un second couloir absolument somptueux, je réfléchis à cent à l'heure. Que faire ? Lui emprunter ses fringues, comme Annie Hall ? Déchirer un rideau, dégoter un nécessaire à couture... et apprendre à m'en servir fissa ?

Quand Luke me redemande si ça va, j'esquisse un sourire anémié.

Je m'efforce de rester calme. Le colis sera forcément là demain matin, donc il n'y a de problème que pour ce soir. Et puis, au moins j'ai ma trousse de toilette et mon maquillage.

— Nous y sommes, annonce Luke en ouvrant une porte. Alors, qu'en penses-tu ?

C'est… Waouh ! L'espace d'un instant, mes soucis sont balayés devant l'immensité de cette pièce. Maintenant, je comprends mieux pourquoi Luke apprécie autant cet hôtel. La chambre est sublimissime – à l'image de son appartement –, un lit blanc, gigantesque, avec une énorme couette en duvet, une chaîne hi-fi design et deux canapés en daim.

— Viens voir la salle de bains.

Ce que je découvre est renversant : un immense jacuzzi pavé de mosaïque, surmonté de la douche la plus colossale que j'aie jamais vue et toute une étagère de produits aromathérapeutiques dans de somptueux flacons.

Et si je passais le week-end dans le jacuzzi ?

— Bon, fait Luke en regagnant la chambre, je ne sais pas ce que tu aimerais faire… (Il ouvre sa valise et je vois des piles parfaitement nettes de chemises impeccablement repassées par les soins de sa femme de ménage.) On pourrait d'abord ranger nos affaires.

— Quelle bonne idée !

Je m'approche de ma mallette, tripote le fermoir, sans l'ouvrir, puis, comme si l'idée venait juste de me traverser l'esprit, je suggère :

— Ou alors… on pourrait descendre prendre un verre. On déballera plus tard.

Quelle idée de génie ! On va boire, on va même se soûler, et demain je ferai mine d'avoir sommeil et je resterai au lit jusqu'à l'arrivée du colis. Ouf ! Pendant un moment, j'ai vraiment…

— Excellente idée, approuve Luke. Un instant, je me change.

Il sort de sa valise un pantalon et une chemise bleue amidonnée.

Je reste sans voix. Puis je finis par articuler :

— Te changer ? Est-ce qu'il y a un code vestimentaire à observer ?

— Oh non, rien de strict. Mais tu n'as sans doute pas envie de descendre avec ce que tu as sur le dos.

En souriant, il pointe mon jean coupé.

Je m'exclame et ris comme s'il s'agissait là d'une idée parfaitement saugrenue.

— Non, bien sûr ! Bon. Bien. Je vais… choisir une autre tenue.

Je retourne à ma valise et contemple la trousse en tissu-éponge.

Que faire ? Luke est déjà en train de déboutonner sa chemise, d'en choisir tranquillement une bleue. Dans une minute, il va relever la tête et demander : « Tu es prête ? »

Je dois trouver d'urgence un plan d'action, et un qui dépote, de préférence. Je rabats le couvercle de la valise.

— Luke… j'ai une autre idée. N'allons pas au bar.

Il me lance un regard surpris, auquel je réponds par mon sourire le plus ravageur.

— Restons plutôt ici, appelons le service d'étage et… (je fais un pas dans sa direction en dénouant mon cache-cœur)… et voyons où la nuit nous mène.

Luke me regarde fixement, la main immobilisée sur la patte de sa chemise à moitié boutonnée. Je lui souffle de ma voix la plus rauque :

— Enlève ça… À quoi bon s'habiller alors qu'on a envie du contraire ?

Un sourire envahit lentement son visage, une lueur s'allume dans ses yeux.

— Tu as entièrement raison, dit-il, venant vers moi et déboutonnant sa chemise.

Qui vole à terre.

— Je me demande bien à quoi je pensais, reprend-il.

Et quand il fait glisser le cache-cœur sur mes épaules, je pense très très fort : Merci, mon Dieu, merci. Tout fonctionne à merveille. C'est exactement ce que…

Hou… Mmmmmm…

Tout est pour le mieux dans le meilleur des mondes.

4

Le lendemain à huit heures et demie, je ne suis toujours pas levée et je refuse de bouger d'un centimètre. Je veux rester dans ce lit merveilleusement confortable, emmitouflée sous cette somptueuse couette blanche.

— Tu comptes passer toute ta journée au lit ? s'informe Luke en souriant.

Pelotonnée contre les oreillers, je fais celle qui n'entend rien. Me lever ? Hors de question. Je suis trop bien au chaud là-dessous.

Sans compter que – bon, c'est un détail – je n'ai toujours pas mes vêtements.

J'ai déjà appelé – oh ! très discrètement – la réception pour m'enquérir de mes bagages : une première fois pendant que Luke prenait une douche ; une deuxième grâce au téléphone de la salle de bains – quel luxe ! – quand je suis allée me laver ; une troisième fois, enfin, après avoir convaincu Luke qu'un chat miaulait dans le couloir et qu'il devait aller voir. Là, il a vraiment fallu que je fasse vite.

Et ils ne sont toujours pas arrivés. Je n'ai rien à me mettre. Nada.

Jusque-là, rien de bien gênant puisque je n'ai fait que paresser au lit. Mais maintenant, je ne peux pas continuer à manger des croissants, à boire du café ou prendre une autre douche, et puis, Luke est déjà à moitié habillé.

Bon sang ! quelle impasse. Je vais devoir remettre mes vêtements d'hier. C'est le cauchemar absolu, mais y a-t-il une autre solution ? Je vais prétendre que c'est sentimental, ou prier pour que Luke ne remarque rien. Parce que bon, les hommes, est-ce qu'ils font vraiment attention à…

Hé, attendez…

Attendez une minute. Où sont mes vêtements ? Je les avais laissés là, par terre, j'en suis certaine.

— Luke ? dis-je avec le maximum de détachement dont je suis capable. Aurais-tu vu les vêtements que je portais hier ?

Penché sur sa valise, il tourne la tête vers moi.

— Je les ai donnés à nettoyer ce matin, en même temps que les miens.

Je le regarde fixement, le souffle coupé.

Mes vêtements, mes seuls et uniques vêtements, sont partis au nettoyage ?

— Ah… Et quand vais-je les récupérer ?

— Demain matin. (Il pivote pour me faire face.) Excuse-moi, Becky, j'aurais dû t'en parler. Mais ce n'est pas grave, non ? Enfin, je veux dire, tu n'as pas à t'inquiéter. Ils sont très soigneux.

— Oh, bien sûr. (Ma voix est haut perchée et cassante.) Je ne me fais aucun souci.

— Parfait, conclut-il en souriant.

— Oui, parfait.

Je souris. Mais, bon sang, qu'est-ce que je vais faire ?

— Tu sais, reprend-il, il reste plein de place dans la penderie. Tu ne veux rien y suspendre ?

Il s'approche de ma mallette et, dans un élan de panique, je m'entends crier : « Nooooooon ! »

Tandis que Luke me dévisage d'un air perplexe, je bafouille :

— C'est inutile..., ce sont... des vêtements en maille.

Oh, mon Dieu, mon Dieu, mon Dieu ! Voilà qu'il enfile ses chaussures. *Qu'est-ce que je vais faire ?*

Allez, Becky, trouve une solution, vite ! Des vêtements. Quelque chose à te mettre. N'importe quoi.

Un des costumes de Luke ?

Non. Il trouverait ça vraiment trop bizarre et, comme ils coûtent tous dans les mille livres, je ne pourrais même pas rouler les manches.

Le peignoir de bain de l'hôtel ? Et si je lui expliquais que les peignoirs et les mules en éponge, c'est la dernière mode. Mais bon, je ne me vois pas me trimbaler en robe de chambre comme si je me croyais dans un institut de beauté. Je serais la risée générale.

Allons, il y a forcément des vêtements dans un hôtel ! Tenez, par exemple... les uniformes des femmes de chambre. Voilà ! Il doit y avoir des portants quelque part, de petites robes toutes simples avec les calottes assorties. Je pourrais dire à Luke que c'est la dernière nouveauté de chez Prada – et prier très fort pour qu'aucun client n'ait l'idée de me demander de faire sa chambre...

— Ah tiens, au fait, tu avais laissé ça chez moi, dit Luke.

Je soulève la tête, étonnée, et il me lance quelque chose depuis l'autre bout de la chambre. C'est mou, en tissu, et quand je l'attrape, j'ai envie de pleurer de soulagement. Un vêtement ! Plus précisément, un immense tee-shirt Calvin Klein. Jamais de ma vie je n'ai été aussi heureuse de voir un vulgaire tee-shirt gris délavé.

— Merci. (Je m'oblige à compter jusqu'à dix avant

d'ajouter, mine de rien :) Tiens, en fait, et si je le mettais aujourd'hui ?

— Ce truc ? s'étonne Luke en me regardant d'un drôle d'air. Mais je croyais que c'était une chemise de nuit.

— C'en est une. Une chemise de nuit qui, d'un coup de baguette magique, se transforme en… robe, dis-je en l'enfilant.

Dieu merci, il m'arrive presque aux genoux ; ce pourrait tout à fait être une robe. Et puis, dans ma trousse de maquillage, j'ai un bandeau noir qui fera une ceinture impeccable.

— Très joli, ironise Luke qui m'observe me tortiller pour enfiler le bandeau. Un peu court peut-être…

— C'est une minirobe, dis-je d'un ton ferme en me retournant pour me regarder dans le miroir.

Et… hou là là, effectivement, c'est un peu court. Mais il est trop tard pour revenir en arrière. J'enfile mes sandales mandarine, rejette mes cheveux vers l'arrière et je m'interdis la moindre pensée vers toutes les supertenues que j'avais prévues pour ce matin.

— Et si tu ajoutais ça ? suggère Luke en venant m'enrouler lentement mon écharpe autour du cou. Une écharpe Denny and George, pas de culotte… Tout ce que j'aime.

Je proteste, indignée :

— Mais je vais mettre une culotte !

Ce qui est l'entière vérité. J'attends juste que Luke ait le dos tourné pour lui emprunter un caleçon.

Je m'empresse de changer de sujet.

— Alors, c'est quoi cette affaire ? Un truc sensationnel ?

— C'est… un assez gros truc, répond-il après réflexion, une cravate dans chaque main. Laquelle va me porter chance ?

Je réfléchis une seconde.

— La rouge.

Je le regarde la nouer autour du col avec des gestes nerveux, précis.

— Allez ! Dis-moi. Il s'agit d'un nouveau client ? Un gros ?

Luke sourit puis secoue la tête.

— Nat West ? Ah non ! Je sais, c'est la Lloyds Bank.

— Disons que… c'est une affaire que j'aimerais vraiment conclure, finit-il par lâcher. Quelque chose qui me tient à cœur depuis longtemps. Bon, que comptes-tu faire aujourd'hui ? poursuit-il en changeant de ton. Ça va aller ?

Là, c'est lui qui prend la tangente. Pourquoi faut-il toujours qu'il fasse des mystères à la noix à propos de son boulot ? Il n'a pas confiance en moi ou quoi ?

— Tu sais que la piscine est fermée ce matin ?

— Oui, dis-je en attrapant mon blush. Mais ce n'est pas grave. Ce ne sont pas les occupations qui manquent.

Un ange passe. Je relève la tête. Luke m'observe d'un air assez peu convaincu.

— Et si je t'appelais un taxi pour aller faire du shopping ? Bath n'est pas très loin…

— Ah non ! Je ne veux pas faire de shopping !

Je suis indignée, sincèrement. Quand Suze a appris le prix des sandales mandarine, elle s'est reproché de n'avoir pas été assez stricte et m'a extorqué une promesse solennelle : pas de shopping ce week-end. Je ne veux pas la décevoir.

Suze a parfaitement raison. Si elle peut tenir une semaine entière, je dois bien pouvoir survivre quarante-huit heures.

— Il y a plein de trucs géniaux à faire à la campagne, dis-je en rabattant le couvercle de mon blush.

— Comme quoi ?

— Admirer le paysage… peut-être m'arrêter dans une ferme et regarder traire les vaches, ou alors…

— Je vois.

Ce que je vois, moi, c'est le minuscule sourire qui étire ses lèvres.

— Qu'est-ce qu'il y a ? Que signifie ce sourire ?

— Tu vas te pointer comme ça, dans une ferme, et demander si tu peux traire les vaches ?

— Je n'ai pas dit que j'allais traire les vaches ! je rétorque, drapée dans ma dignité, mais *regarder* traire les vaches. Et puis la ferme n'est qu'une option parmi toutes les attractions locales… (J'attrape la pile de prospectus touristiques qui traînent sur la coiffeuse.) Tiens, cette exposition de tracteurs, par exemple, ou alors le couvent Sainte-Winifred et son célèbre tryptique de Bevington.

— Un couvent…, murmure Luke en écho.

— Oui, parfaitement, un couvent. Pourquoi ne visiterais-je pas un couvent ? Tu sais, le spirituel constitue une part importante de ma personnalité.

— Je n'en doute pas, mon cœur, répond Luke avec un regard bizarre. Mais peut-être voudras-tu mettre autre chose qu'un tee-shirt pour t'y rendre.

— C'est une robe. (Je tire le tee-shirt sur mes fesses.) Et, de toute façon, les choses de l'esprit n'ont rien à voir avec les vêtements. La vérité n'est-elle pas nue ?

— Bien envoyé, admet-il avec un sourire. Amuse-toi bien. Je suis vraiment navré de devoir t'abandonner, ajoute-t-il en m'embrassant.

— Mouais, c'est bon.

Je le gratifie d'une petite tape sur le torse en ajoutant :

— Débrouille-toi juste pour que ce mystérieux rendez-vous en vaille la peine.

Je m'attends qu'il rie, ou à tout le moins qu'il sourie – mais non, il esquisse un vague hochement de tête, empoigne sa mallette et marche vers la porte. Qu'est-ce qu'il peut prendre le boulot au sérieux, parfois !

Quoi qu'il en soit, je ne lui tiens pas rigueur d'être livrée à moi-même pour la matinée : secrètement, j'ai toujours rêvé de découvrir à quoi ressemblait un couvent. Je sais, je ne vais pas régulièrement à la messe, pourtant, ça crève les yeux qu'il existe une force qui nous dépasse, nous, simples mortels – raison pour laquelle je lis toujours mon horoscope dans le *Daily World*. Et puis, j'adore les plains-chants qu'on entend dans les cours de yoga, et tout cet encens, ces cierges. Et Audrey Hepburn dans *Au risque de se perdre*.

Pour ne rien vous cacher, une part de moi-même a toujours été attirée par la simplicité de la vie monastique. Pas de soucis, pas de décisions à prendre, aucune obligation de travailler. Rien que chanter et se promener toute la journée. Ce doit être génial, non ?

Une fois que je me suis maquillée et que j'ai un peu regardé *Trisha* à la télé, je descends à la réception, et après avoir en vain demandé des nouvelles de mes bagages – franchement, je vais engager des poursuites –, je commande un taxi pour Sainte-Winifred. Tandis qu'il m'emporte sur les chemins de campagne, tout en admirant le paysage, je m'interroge sur l'affaire qui peut bien préoccuper Luke. Qu'est-ce que cette mystérieuse chose qu'il a « toujours désirée » ? Un nouveau client ? Des nouveaux bureaux ? Agrandir sa société, peut-être ?

Mon visage contracté par la concentration, j'essaie de me souvenir : est-ce que dernièrement j'ai entendu Luke parler de quelque chose ? Et, brusquement, je me souviens, Mais oui, il n'y a pas longtemps, au téléphone, il était question d'une agence de pub. Ça m'avait intriguée, sur le moment.

La publicité. Voilà peut-être la réponse. Et si Luke avait rêvé toute sa vie de devenir directeur artistique ou un métier dans le genre.

Bon sang, mais c'est bien sûr ! Maintenant que j'y pense, ça ne peut pas être autre chose. Il veut se diversifier et commencer à tourner des pubs.

Et peut-être que je jouerai dedans !

L'idée m'excite tellement que je manque d'avaler mon chewing-gum. Tourner dans une pub ! Oh ! là, là ! Cool ! Peut-être une de celles pour le rhum Bacardi, où ils sont tous sur un bateau à s'éclater, rire et faire du ski nautique. Je sais bien qu'en général ils prennent plutôt des mannequins – mais je pourrais très bien figurer quelque part en arrière-plan, non ? Ou alors, carrément piloter le bateau ? Ouais ! Ça va être génial ! On partira à la Barbade ou dans un endroit du même genre, un endroit superchaud, superensoleillé, superglamour, le Bacardi coulera à flots, gratis, et on descendra dans un hôtel incroyable... Il va falloir que je m'achète un nouveau maillot, c'est évident, peut-être même deux, des nouvelles tongs aussi.

— Nous y voilà, annonce le chauffeur, et dans un sursaut je redescends sur terre. Je ne suis pas à la Barbade mais dans un trou perdu du Somerset.

À travers la vitre, je regarde avec curiosité la vieille bâtisse couleur de miel devant laquelle la voiture vient de s'arrêter. Voilà donc un couvent... ça n'a rien de spécial à première vue – on dirait une école, ou une grosse maison de campagne. J'hésite toujours – est-ce que ça vaut bien la peine de descendre du taxi ? –, quand j'aperçois quelque chose qui emporte ma décision : une vraie religieuse. En chair et en os. Qui marche, nous dépasse, dans sa robe noire, avec son voile et tout le toutim. Une authentique bonne sœur dans son habitat authentique. Et complètement naturelle ! Elle n'a pas prêté la moindre attention au taxi. On se croirait dans un safari !

Je paie la course et, en me dirigeant vers la porte massive, je sens la curiosité me démanger. Une femme plus âgée que la religieuse entre au même moment que moi. Elle a l'air de connaître le chemin, je lui emboîte donc le pas le long d'un couloir qui mène à la chapelle. Lorsque j'y pénètre, une sensation incroyable, divine, presque euphorique, s'empare de moi. Ça tient peut-être à cette odeur exquise, ou alors à l'orgue… Ce qui est indéniable, en tout cas, c'est que ça me fait de l'effet.

— Merci, ma sœur, dit la femme âgée avant de se diriger vers le fond de la chapelle.

Je ne bouge pas, comme hypnotisée.

« Ma sœur. » Waouh !

Sœur Rebecca.

Dans l'une de ces robes noires flottantes si jolies, et avec ce fantastique teint de nonne douze mois sur douze.

Sœur Rebecca de la sainte…

— Vous m'avez l'air un peu perdue, mon enfant, remarque la bonne sœur derrière moi, ce qui me fait sursauter. Vous vouliez voir le triptyque de Bevington ?

— Oh… Euh… oui. C'est ça.

— Par là, m'indique-t-elle d'un geste.

Je me dirige d'un pas hésitant vers l'avant de la chapelle en espérant enfin savoir ce qu'est ce fameux triptyque de Bevington. De quoi peut-il s'agir ? D'une statue ? D'une tapisserie ?

En approchant de la vieille dame, je la vois, les yeux levés, perdue dans la contemplation d'une immense paroi de verre coloré. Je dois admettre que c'est assez étonnant. Regardez cette grande tache bleue, là, au milieu. Fantastique !

— Le triptyque de Bevington est unique, vous ne trouvez pas ? dit-elle.

J'exhale un souffle plein de déférence, le regard pointé dans la même direction que le sien.

— Waouh ! C'est magnifique.

Renversant, même. Ça en impose. Les œuvres d'art, on ne peut pas les louper, hein ? Quand vous tombez sur celle d'un authentique génie, l'évidence s'abat sur vous. Et je n'ai rien d'un expert.

Je murmure :

— Quelles couleurs !

— Et ces détails, renchérit la femme en joignant les mains, ces détails ! C'est absolument unique.

— Oui, unique…

Et comme je m'apprête à montrer l'arc-en-ciel, que je trouve vraiment réussi, je m'aperçois brusquement que ma voisine et moi ne regardons pas la même chose. Elle a les yeux fixés sur un truc en bois peint que je n'avais même pas remarqué.

Aussi discrètement que possible, je bouge la tête et la déception me serre le cœur. C'est *ça*, le triptyque de Bevington ? Mais c'est moche !

— Alors que cette cochonnerie victorienne, reprend la dame, prise d'une véhémence soudaine, c'est littéralement criminel. Cet arc-en-ciel ! Il ne vous rend pas malade ? fait-elle en désignant mon grand vitrail bleu.

Je déglutis péniblement.

— Oui, bien sûr. C'est choquant. Vraiment… Bon, je crois que je vais aller faire un tour…

Avant de lui laisser le temps d'ajouter quoi que ce soit, je bats précipitamment en retraite le long des rangées de bancs, en me demandant ce que je vais bien pouvoir faire. Je remarque alors une petite chapelle latérale.

RETRAITE SPIRITUELLE, annonce un panneau à l'extérieur. ICI, VOUS POUVEZ VOUS ASSEOIR AU CALME, PRIER ET APPROFONDIR VOS CONNAISSANCES SUR LA FOI CATHOLIQUE.

J'avance prudemment la tête vers l'intérieur de la

chapelle. Une vieille religieuse est assise là, occupée à broder. Elle me sourit, je lui rends son sourire avec nervosité et j'entre.

Je m'assieds sur un banc en bois sombre, essayant de ne pas le faire grincer, et pendant quelques minutes je suis trop ébahie pour parler. C'est tout simplement incroyable. Une atmosphère fabuleuse, un calme, une sérénité ! Je me sens singulièrement purifiée, comme sanctifiée par ce lieu. Je risque un nouveau sourire, timide celui-là, en direction de la religieuse, qui pose son ouvrage et me dévisage. Elle doit attendre que je parle la première.

J'engage la conversation, d'une voix posée et polie.

— J'aime vraiment beaucoup vos bougies. Elles viennent de chez Habitat ?

— Non, répond-elle, l'air un peu déstabilisé. Je ne crois pas.

— Ah, je pensais...

J'étouffe un petit bâillement – toute cette campagne me donne sommeil – et constate au passage qu'un de mes ongles s'est abîmé. Sans une hésitation, j'ouvre mon sac, sors ma lime et entreprends de réparer le mal. La bonne sœur lève les yeux. Désignant mon ongle avec un sourire attristé, je lui montre (sans un mot, bien sûr ; je ne veux pas gâcher l'atmosphère spirituelle). Voilà l'ongle limé mais le bord est encore tout dentelé. Je sors mon flacon de vernis à séchage instantané, et en deux temps, trois mouvements tout est réparé.

Durant toute l'opération, la dame ne m'a pas quittée des yeux, le visage perplexe. Le sauvetage achevé, elle me demande :

— Dites-moi, mon enfant, êtes-vous croyante ?

— Euh... à vrai dire... non.

— Y a-t-il quelque chose dont vous vouliez parler ?

— Euh... non, pas vraiment, fais-je en caressant

tendrement le banc. C'est vraiment beau, ce bois sculpté. Tous vos meubles sont aussi beaux ?

— C'est la chapelle, répond la sœur en me décochant un regard bizarre.

— Oui, bien sûr. Mais vous savez, plein de gens mettent des bancs chez eux, ces temps-ci. C'est même assez tendance. J'ai vu un reportage dans *Harpers*...

— Mon petit..., m'interrompt la sœur en levant la main. Mon petit, ceci est un lieu de retraite spirituelle. De paix.

— Je sais ! C'est pour ça que j'y suis entrée. La paix.

— En ce cas...

Nous retombons toutes les deux dans le silence.

Au loin, une cloche se met à carillonner. La bonne sœur commence à marmonner quelque chose à toute vitesse. Qu'est-ce que ça peut bien être ? Ça me rappelle quand ma mamie tricotait et qu'elle se récitait les indications de son modèle. Peut-être que la sœur a... perdu le fil de sa broderie.

Je reprends la parole d'un ton encourageant.

— Votre ouvrage a l'air de bien avancer. Ce sera quoi ?

Elle semble sur le point de répondre mais repose finalement son travail d'aiguille.

— Mon enfant... (Elle lâche un soupir nerveux, puis un sourire plus chaleureux apparaît sur ses lèvres.) Nous avons des champs de lavande assez réputés. Voudriez-vous les voir ?

— Non, non... (Je bredouille.) Je suis très bien ici, avec vous.

Le sourire de la sœur pâlit.

— Et la crypte ? reprend-elle. Est-ce que cela vous plairait ?

— Non, pas particulièrement. Mais je vous assure que je ne m'ennuie pas du tout. C'est tellement joli ici.

Tellement… paisible. On se croirait dans *La Mélodie du bonheur*.

Elle me dévisage comme si je parlais chinois, et du coup je me rends compte qu'elle est sans doute dans ce couvent depuis des lustres ! Comment pourrait-elle connaître *La Mélodie du bonheur* ?

— C'est un film…

Sait-elle seulement ce qu'est un film ?

— C'est comme… des images qui bougent. On les regarde sur un écran. Et il y avait cette sœur, Maria…

— Nous possédons une boutique, m'interrompt-elle précipitamment. Une boutique, ça ne vous intéresse pas ?

Une boutique ! Je suis sur le point de céder à l'excitation qui m'envahit instantanément et de demander ce qu'on y vend quand je me souviens de ma promesse.

— Non, dis-je, la mort dans l'âme. J'ai promis à ma colocataire que je ne ferais pas de shopping aujourd'hui.

— À votre colocataire ? s'étonne la sœur. Mais qu'est-ce que cela peut lui faire ?

— Eh bien… elle s'inquiète de me voir dépenser tant d'argent…

— Est-ce votre colocataire qui vous dicte votre vie ?

— Non, mais il y a quelque temps, je lui ai fait une promesse sérieuse, une sorte de… vœu, vous voyez…

— Si vous ne le lui dites pas, elle n'en saura rien !

Je considère la sœur avec des yeux ronds, un peu sciée.

— Mais je vais me sentir très mal, si je romps ma promesse ! Non, si vous n'y voyez pas d'inconvénient, je vais juste rester là encore un peu avec vous.

Je soulève une statuette de Marie qui m'avait tapé dans l'œil.

— Elle est jolie. Vous l'avez eue où ?

La nonne me fixe, les yeux étrécis et reprend :

— Ne voyez pas ça comme du shopping, mais comme un don… (Elle se penche vers moi.) Vous nous donnez de l'argent, et nous vous donnons quelque chose en retour. Vous ne pouvez pas considérer ça comme un achat. C'est… un acte de charité.

Je ne réponds pas tout de suite, laissant l'idée cheminer dans mon esprit. En vérité, j'ai toujours voulu m'investir dans le caritatif – c'est peut-être une chance qui m'est donnée.

— Ça serait comme une bonne action, vraiment ?

Je veux être certaine d'avoir bien compris.

— Exactement. Jésus et tous ses anges vous en seront très reconnaissants.

Elle me prend le bras, d'une main plutôt ferme.

— Venez, je vous montre le chemin…

En quittant la chapelle, la religieuse ferme le portillon et pose par terre le panneau qui annonce RETRAITE SPIRITUELLE.

— Vous n'allez pas revenir ?

— Non, me répond-elle en me gratifiant d'un regard bizarre. Je crois que ça suffira pour aujourd'hui.

Vous connaissez le dicton : « La vertu est sa propre récompense. » Eh bien là, c'est exactement pareil. En regagnant l'hôtel, un peu plus tard dans l'après-midi, je rayonne du bonheur que m'a procuré tout ce bien que j'ai fait. J'ai dû leur donner au moins cinquante livres, dans cette boutique, si ce n'est plus ! Et pas pour épater la galerie – pas du tout. À l'évidence, je possède un fonds d'altruisme : quand je commence à donner, impossible de m'arrêter. Chaque fois que je me délestais d'un peu d'argent, je me sentais mieux. Et – même si c'est totalement accessoire – j'ai obtenu de très jolies choses en retour. Plein de miel à la lavande, et aussi de l'huile essentielle de lavande, et du thé à la lavande – je suis sûre que c'est délicieux –, et aussi un oreiller parfumé à la lavande qui m'aidera à mieux dormir.

Le plus étonnant, c'est que jusque-là je n'avais jamais vraiment prêté attention à la lavande. Pour moi, c'était juste une plante que les gens font pousser dans leur jardin. Mais la jeune sœur, derrière son comptoir, parlait d'or : la lavande a des propriétés vitales, elle améliore tellement la vie qu'elle devrait avoir sa place chez tout un chacun. En plus, la lavande de Sainte-Winifred est complètement bio, m'a-t-elle expliqué, d'une qualité largement supérieure aux autres, et pourtant son prix est bien plus compétitif que la plupart de celles qu'on trouve dans les catalogues de VPC. C'est aussi cette sœur qui m'a convaincue d'acheter l'oreiller et de laisser mes coordonnées sur leur liste. Elle a drôlement insisté, pour une sœur.

En arrivant à Blakeley Hall, le chauffeur du taxi propose de m'aider à tout porter à l'intérieur, parce que le carton de pots de miel est plutôt lourd. Je suis au comptoir de la réception, en train de lui donner un généreux pourboire et de penser au bain que je vais pouvoir prendre avec cette huile à la lavande quand, juste en face de moi, la porte d'entrée s'ouvre brusquement. Une fille blonde, avec un sac Vuitton et de longues jambes bronzées, traverse le hall.

Non ! Je n'en crois pas mes yeux. Alicia Billington – dite Alicia la Garce-aux-longues-jambes. Que fait-elle ici ?

Alicia est l'une des responsables clientèle de Brandon Communication – la boîte de relations publiques de Luke –, et nous ne nous sommes jamais vraiment entendues, elle et moi. Tout à fait entre nous, elle est légèrement peau de vache et j'espère secrètement que Luke la virera un jour. Cela a failli arriver il y a quelques mois – j'étais un peu impliquée dans l'histoire, parce que j'étais journaliste financière à l'époque et j'avais écrit ce papier… Bref, une assez longue histoire – mais finalement ça s'est soldé par un avertissement un peu raide, et depuis elle s'est secouée et travaille d'arrache-pied.

Si je suis au courant, c'est grâce à Mel, l'assistante de Luke, avec qui je bavarde de temps en temps. Mel est un amour et elle me tient au courant de tous les ragots. Pas plus tard que l'autre jour, elle me disait justement combien Alicia avait changé. Non pas qu'elle soit plus sympa, mais il est évident qu'elle travaille plus dur. Elle harcèle les journalistes pour qu'ils parlent de ses clients dans leurs articles et souvent elle reste tard le soir au bureau, à pianoter sur son ordinateur. L'autre jour, elle a demandé à Mel de lui fournir la liste complète de toutes les sociétés avec lesquelles l'agence est en affaires, avec le nom de la personne à contacter dans chaque cas, afin qu'ils lui soient plus familiers. Mais tout ça, c'est parce que Alicia veut une promotion, a ajouté tristement Mel – ce en quoi elle a, à mon avis, entièrement raison. Le problème, avec Luke, c'est qu'il ne considère que les efforts fournis et le résultat obtenu. Peu importe si la personne est une totale peau de vache. Donc, Alicia a toutes les chances d'obtenir sa promotion – et de devenir encore plus insupportable.

Quand je la vois entrer, je suis partagée entre l'envie de prendre mes jambes à mon cou et celle de savoir ce qu'elle fabrique ici. Mais avant que j'aie décidé de quel côté allait pencher la balance, Alicia s'avise de ma présence, avec un léger haussement de sourcils – qui me rappelle brusquement que je ne dois pas ressembler à grand-chose, dans cet horrible vieux tee-shirt gris qui, c'est clair, peut difficilement passer pour une robe. Sans compter mes cheveux en bataille et mon visage écarlate d'avoir trimbalé tous ces pots de miel à la lavande. Alicia, elle, arbore un tailleur blanc immaculé.

— Rebecca ! s'exclame-t-elle avant de se couvrir la bouche feignant l'horreur. Vous n'êtes pas censée savoir que je suis ici. Faites comme si vous ne m'aviez pas vue.

— Qu'est-ce que vous voulez dire ? Que faites-vous ici ?

Je dissimule bien ma perplexité.

— Je viens en coup de vent pour faire connaissance avec les nouveaux associés. Vous ne saviez pas que mes parents n'habitent qu'à dix kilomètres d'ici ? Ceci explique cela.

— Ah… non, je l'ignorais.

— Mais Luke nous a donné à tous des consignes très strictes. Nous ne devons pas vous importuner. Après tout, vous êtes en vacances.

Elle dit ça comme si elle s'adressait à un gosse.

— Mais vous ne m'importunez pas, dis-je avec aplomb. Il se passe des choses tellement importantes. En fait, Luke et moi en parlions ce matin au petit déjeuner.

D'accord, je fais exprès d'évoquer le petit déjeuner pour enfoncer le clou et lui rappeler que Luke et moi sortons ensemble. Je sais, c'est minable. Mais chaque fois que je parle avec Alicia, je sens bien qu'il y a une petite compétition larvée, et que si je me laisse marcher sur les pieds elle va croire qu'elle a gagné.

— Vraiment ? C'est tellement chou ! (Elle plisse légèrement les yeux.) Et alors ? Que pensez-vous de ce projet ? Vous devez bien avoir votre opinion.

— C'est formidable, dis-je après un instant de réflexion. Vraiment formidable.

— Ça ne vous contrarie pas ?

Elle me scrute.

— Heu… non, pas vraiment. Certes, on était censés être en vacances, mais quand c'est aussi important…

— Non ! glousse Alicia, je ne parle pas de la réunion, mais du projet. Le projet new-yorkais.

J'ouvre la bouche pour répondre, et puis je la referme, mollement. C'est quoi, cette histoire ?

Tel un charognard sentant sa proie céder, Alicia se penche vers moi, un rictus mauvais aux lèvres.

— Vous savez tout de même que Luke va partir s'installer à New York, non, Rebecca ?

Le choc me cloue sur place. Je suis paralysée. Luke part s'installer à New York ! C'est ça qui l'excite autant. Il part pour New York. Mais… Pourquoi ne m'a-t-il rien dit ?

Le visage me brûle, un poids horrible me tombe sur la poitrine. Luke part s'installer à New York et il ne m'en a rien dit.

— Rebecca ?

Je tressaille et plaque en catastrophe un sourire sur mes lèvres. Pas question de montrer à Alicia que je n'étais au courant de rien.

— Bien sûr que je le sais. (Je parle d'une voix rauque, que j'éclaircis avant de poursuivre :) Je suis parfaitement au courant mais… je ne parle jamais des affaires de Luke en public. Mieux vaut être discret, vous ne pensez pas ?

— Oh, tout à fait, renchérit-elle, pourtant, je vois bien à son air que je ne l'ai pas convaincue. Et… vous allez le suivre ?

Je soutiens son regard, mais j'ai les lèvres qui tremblent. Je suis incapable de trouver le début du commencement d'une réponse. Mon visage vire progressivement au rose crevette, et là – merci mon Dieu ! –, brusquement, une voix annonce dans mon dos :

— Un colis pour Mlle Bloomwood.

La stupeur me fait tourner la tête. Incroyable ! Un homme en uniforme s'avance vers le comptoir, apportant mon énorme colis Special Express – dans quel état ! Franchement, celui-là, je le tenais pour perdu. Mes vêtements ! Enfin. Tous mes vêtements que j'ai mis tant de temps à choisir. Je vais pouvoir m'habiller comme je veux ce soir !

Mais d'une certaine façon je m'en fiche un peu, maintenant. Je n'ai qu'une envie : filer me réfugier quelque part, seule, dans un endroit où je pourrai réfléchir un peu.

— C'est moi, dis-je au livreur en essayant de sourire. Je suis Rebecca Bloomwood.

— Ah, parfait. Si vous voulez bien signer ici…

— Bien, je ne vais pas vous retenir plus longtemps, déclare Alicia en considérant mon colis d'un regard moqueur. Bonne fin de séjour et amusez-vous bien.

— Merci, nous n'y manquerons pas.

Et, mon colis de vêtements serré contre mon cœur, je m'éloigne, un peu sonnée.

ENDWICH BANK
Fulham Branch
3 Fulham Road
Londres SW6 9JH

Mademoiselle Rebecca Bloomwood
Apt 2
4 Burney Road
Londres SW6 8FD

Le 8 septembre 2001

Chère Mademoiselle Bloomwood,

Je vous remercie pour votre lettre du 4 septembre, adressée à « l'adorable Smeathie » auquel vous demandez d'augmenter la limite de votre découvert autorisé « avant que le nouveau n'arrive ».

Le nouveau est arrivé. C'est moi.

Je suis actuellement en train de prendre connaissance de chaque dossier client et je vous contacterai prochainement.
Cordialement,

John Gavin
Directeur du service des découverts

ENDWICH – PARCE QUE NOUS PRENONS SOIN DE VOUS

5

Nous rentrons à Londres le lendemain. Luke n'a toujours rien dit de sa réunion, ni de New York ni de rien du tout. Je sais bien, je devrais lui poser la question tout de go, lui demander d'un ton détaché : « C'est quoi, ce projet à propos de New York dont j'ai entendu parler ? », et attendre sa réponse. Mais impossible de m'y résoudre.

Pour commencer, il m'a bien fait comprendre qu'il ne voulait pas parler de cette réunion. Alors, si je mentionne New York, il va s'imaginer que j'ai fouiné dans son dos. Et puis, Alicia a pu se tromper – voire, pourquoi pas, tout inventer. (Elle en est tout à fait capable, vous pouvez me croire. Une fois, à l'époque où j'étais journaliste financière, elle m'a délibérément – aucun doute là-dessus – envoyée assister à la mauvaise conférence de presse.) Donc, avant d'être sûre et certaine, je préfère me taire.

Voilà ce que je me dis, mais, pour être parfaitement honnête, je crois que mes réticences tiennent à la crainte que Luke ne se tourne vers moi avec un regard gentil et déclare : « Rebecca, nous nous sommes bien amusés ensemble, mais… » L'idée est insoutenable.

Donc, je me tais et souris à qui mieux mieux, même si je me sens de plus en plus tendue et malheureuse. Lorsque nous arrivons au bas de mon immeuble, je n'ai qu'une envie : laisser libre cours à mes larmes et lui demander : « C'est vrai que tu pars pour New York ? Dis, c'est vrai ? »

Au lieu de quoi, je l'embrasse et ajoute d'un ton léger :

— À samedi ?

Il se trouve que demain Luke se rend à Zurich, où il a des tas de rendez-vous avec des financiers. Je sais que c'est important, mais ce même samedi Tom et Lucy se marient, et c'est tout aussi important. Luke doit absolument être là.

— J'y serai. Je te promets, affirme-t-il en pressant ma main dans la sienne.

Il me dit qu'il doit s'en aller ; je descends de voiture, et le voilà parti.

En entrant dans l'appartement, je suis triste à mourir. Presque aussitôt, Suze émerge de sa chambre, remorquant un énorme sac-poubelle noir.

— Ah, salut. T'es rentrée ?

Je m'efforce de prendre une voix enjouée :

— Eh oui !

Suze ouvre la porte de l'appartement et disparaît sur le palier. Je l'entends traîner son sac le long des marches, ouvrir la porte de l'immeuble, remonter l'escalier.

— Alors, c'était comment ? s'enquiert-elle d'une voix essoufflée en refermant derrière elle.

— Bien…, dis-je en allant vers ma chambre. Très agréable.

— Agréable ? s'étonne-t-elle en m'emboîtant le pas. Seulement agréable ?

— Non, non, c'était très bien.

— Bien ? Bex ! Qu'est-ce qui cloche ? Ça ne s'est pas bien passé ?

Je n'avais pas vraiment prévu de raconter quoi que ce soit à Suze, vu que pour l'instant les faits demeurent encore assez flous. En plus, j'ai lu récemment dans un magazine que les couples ont plutôt intérêt à essayer de résoudre leurs problèmes tout seuls. Mais le visage de Suze rayonne de chaleur amicale, alors, c'est plus fort que moi, je m'entends lâcher :

— Luke part s'installer à New York.

— C'est pas vrai ! (À l'entendre, il est évident qu'elle n'a pas pigé.) Mais c'est génial ! J'adore New York. J'y suis allée il y a trois ans et…

— Suze… Le problème, c'est qu'il ne m'en a rien dit.

— Oh ! fait Suze, prise de court. Je vois.

— Et je ne veux pas en parler la première parce que je ne suis pas censée être au courant. Mais je n'arrête pas de me demander pourquoi il ne m'a rien dit. Est-ce qu'il va partir… comme ça ? (Ma voix grimpe d'un cran sur l'échelle de la détresse.) Tu crois que j'aurai juste droit à une carte de l'Empire State Building avec griffonné au dos : « Salut, bons baisers de New York où je vis maintenant, Luke » ?

— Mais non ! se récrie Suze. Bien sûr que non ! Jamais il ne fera une chose pareille.

— Tu crois ?

— J'en suis persuadée. (Suze croise les bras, pensive.) Tu es certaine qu'il ne t'en a pas parlé ? reprend-elle après réflexion. Tu aurais pu être à moitié endormie, ou en train de rêvasser.

Elle me fixe intensément, espérant sans doute qu'elle tient la solution. Du coup, je mobilise toute mon énergie pour fouiller dans ma mémoire. Se pourrait-il qu'elle dise vrai ? En aurait-il parlé dans la voiture, à un moment où je n'écoutais pas ? Ou hier soir, pendant que je regardais ce sac Lulu Guinness, au bar…

— Non, dis-je en secouant la tête et en m'effondrant

sur le lit, accablée. Crois-moi, je m'en souviendrais s'il m'avait parlé de New York. Et il ne le fera pas, pour la simple et bonne raison qu'il va me larguer.

— Mais pas du tout, Bex ! Tu sais bien que les hommes ne disent jamais rien. Ils sont comme ça. (Assise en tailleur sur le lit, elle commence à trier une pile de CD.) Regarde mon frère. C'est par les journaux qu'on a appris qu'il s'était fait arrêter pour usage de drogue. Et mon père ! Une fois, il a acheté une île sans même en parler à ma mère !

— Non !

— Si, et en plus, ça lui était totalement sorti de la tête. Il ne s'en est souvenu que lorsqu'il a reçu une lettre qui l'invitait à faire rouler le cochon dans le tonneau.

— À faire quoi ?

— Oh, une vieille cérémonie, explique Suze d'un ton vague. Mon père doit être le premier à faire rouler le cochon parce que c'est lui le propriétaire de l'île. (Son regard s'allume.) En fait, il cherche chaque année quelqu'un pour le faire à sa place. Je suppose que ça ne t'intéresse pas de le remplacer ? Il faut porter un chapeau bizarre et apprendre par cœur un poème en gaélique, mais en réalité c'est assez facile...

— Suze...

— Bon, peut-être pas, s'empresse-t-elle de rectifier. Excuse-moi.

Elle s'allonge. La tête posée sur l'oreiller, elle se ronge un ongle d'un air pensif puis se redresse brusquement.

— Hé ! attend une minute. Qui t'a parlé de New York, si ce n'est pas Luke ?

— Alicia, dis-je d'un ton sinistre. Elle est au courant de tout le projet.

— Alicia ? répète Suze, ébahie. Alicia la Garce-aux-longues-jambes ? Mais elle a probablement tout inventé. Enfin, Bex ! Ça m'étonne que tu l'aies seulement écoutée.

Suze est si péremptoire que ça me remonte instantanément le moral. Évidemment. Voilà l'explication ! Comment n'y ai-je pas pensé ? Ne vous avais-je pas dit de quoi Alicia était capable ?

Reste toutefois une ombre – minuscule – au tableau : je ne suis pas certaine à cent pour cent que Suze soit totalement objective car il y a un petit passif entre Alicia et elle. Elles ont débuté ensemble chez Brandon Communication, mais Suze s'est fait virer au bout de trois semaines alors qu'Alicia a continué à gravir les échelons. Non que Suze ait jamais eu envie de faire carrière dans la communication, mais quand même.

— Je ne sais pas. Tu crois qu'Alicia ferait une chose pareille ?

— Et toi, tu crois qu'elle se gênerait ? Elle a cherché à te flanquer la frousse. Allons, Bex, à qui fais-tu confiance ? À Alicia ou à Luke ?

— À Luke, bien sûr.

— Tu vois.

Je me sens un peu rassérénée.

— Tu as raison. La seule personne à qui je dois faire confiance, c'est Luke. Je ne dois écouter ni les ragots ni les rumeurs.

— Exactement, renchérit Suze en me tendant un tas d'enveloppes. Tiens, ton courrier. Et tes messages.

— Oh, merci !

Je prends le paquet avec un fourmillement d'espoir dans la main. Sait-on jamais ce qui a pu se passer en mon absence ? L'une de ces enveloppes contient peut-être la lettre d'un ami perdu de vue depuis des années, ou une proposition de boulot géniale, ou encore un courrier qui m'annonce que j'ai gagné un voyage !

Naturellement, je ne trouve rien de tout ça. Seulement une kyrielle de maudites factures. Je passe dédaigneusement en revue lè tas d'enveloppes et, sans même me donner la peine de les ouvrir, je les laisse tomber par terre.

Vous voyez, c'est toujours la même histoire. Chaque fois que je m'absente quelques jours, je m'imagine qu'à mon retour je vais trouver des montagnes de courrier excitant, des colis, des télégrammes et des lettres débordant de nouvelles mirobolantes – mais, au final, c'est toujours la même amère déception. Je suis persuadée que quelqu'un devrait monter une boîte qui s'appellerait courrierdevacances.com. Vous payeriez pour qu'on vous écrive plein de lettres géniales qui vous donneraient une bonne raison de rentrer chez vous.

Je jette un œil sur les messages téléphoniques que Suze a consciencieusement notés.

Ta maman : Comment tu vas t'habiller pour le mariage ?

Ta maman : Ne mets pas de violet parce que ça jurerait avec son chapeau.

Ta maman : Est-ce que Luke a bien compris que c'était en tenue de ville ?

Ta maman : C'est *sûr* que Luke vient ?

David Barrow : peux-tu le rappeler ?

Ta maman :

Hé, minute ! Qui est David Barrow ?

— Suze ! Ce David Barrow, il a dit qui il était ?

— Non. Il a juste dit que tu pouvais le rappeler.

— Ah… Et d'après sa voix, il était comment ?

— Euh… Assez guindé. Du genre mielleux.

Je compose le numéro, très intriguée. David Barrow.

Le nom ne m'est pas inconnu. Peut-être un producteur de cinéma ou quelqu'un comme ça.

— David Barrow, annonce une voix – Suze a raison, il a l'air assez snob.

— Bonjour, Rebecca Bloomwood. Vous m'avez laissé un message.

— Ah, oui, mademoiselle Bloomwood. Je suis le responsable clientèle de La Rosa.

— Oh…

Je grimace, perplexe. La Rosa ? Qu'est-ce que c'est ?… Ah oui ! Cette boutique branchée à Hampstead. Mais je n'y suis allée qu'une seule fois, et il y a des siècles. Pourquoi est-ce qu'ils appellent ?

— Puis-je me permettre de vous dire quel honneur c'est pour nous de compter une personnalité de la télévision de votre importance parmi nos clientes ?

— Euh… merci. Merci beaucoup, dis-je en souriant jusqu'aux oreilles pour le seul bénéfice du combiné. Tout le plaisir est pour moi.

C'est génial ! J'ai compris pourquoi il appelle. Ils vont m'offrir des vêtements. Ou alors… Mais oui, bien sûr ! Ils veulent que je leur dessine une collection. Bon sang ! c'est *trop* génial. Je vais devenir styliste. Je signerai sur leurs étiquettes *Becky Bloomwood pour La Rosa*. Une ligne chic et simplissime, rien que des vêtements faciles à porter, avec peut-être une ou deux robes pour le soir…

— Il s'agit juste d'un appel de courtoisie, reprend David Barrow en interrompant mes pensées. Je voulais m'assurer que vous étiez totalement satisfaite de nos services et vous demander si vous auriez d'autres besoins que nous pourrions satisfaire ?

— Euh… merci. À vrai dire, non. Enfin, je ne suis pas ce qu'on appelle une cliente régulière mais…

— J'appelais aussi pour évoquer ce petit incident de note impayée, poursuit-il en ignorant ma réponse, et vous informer que, si le paiement ne nous est pas parvenu sous huitaine, nous serons malheureusement dans l'obligation d'engager une procédure de recouvrement.

Je fixe le combiné. Mon sourire s'est évanoui. Un appel de courtoisie ? Foutaises, oui ! Il ne m'appelle pas du tout pour que je leur dessine une ligne de vêtements. Tout ce qu'il veut, c'est de l'argent.

Je suis quasiment outrée. Il devrait exister une loi qui interdit aux gens de vous téléphoner chez vous, sans prévenir, pour vous réclamer de l'argent. Enfin, quoi, c'est évident que je vais les payer ! Ce n'est pas parce que je n'ai pas envoyé le chèque à la seconde où la facture est arrivée dans ma boîte…

— La facture vous a été adressée il y a trois mois, poursuit David Barrow. Or, je voulais vous informer : passé ce délai, nos dossiers sont confiés à un cabinet de…

— Écoutez, dis-je d'une voix glaciale, mon comptable s'occupe des factures en ce moment même. Je vais voir ça avec lui.

— En ce cas, c'est parfait. Et, bien entendu, nous espérons vous revoir très vite à La Rosa.

Je grommelle :

— Oui. On verra.

Au moment où je raccroche, Suze repasse près de la porte, remorquant un autre sac-poubelle.

— Mais enfin, Suze, tu fais quoi ?

— Le vide. C'est absolument génial. Ça fait un bien fou. Tu devrais essayer. Alors c'est qui, ce David Barrow ?

— Oh, une ânerie de facture que je n'ai pas payée. Non, franchement, me traquer jusque chez moi !

— Oups ! Ça me fait penser que… Attends.

Elle file dans sa chambre, d'où elle revient avec cette fois une montagne de courrier.

— J'en ai retrouvé une partie sous mon lit en faisant

le ménage, et l'autre était sur ma coiffeuse. Tu as dû les oublier dans ma chambre. Je crois bien que ce sont aussi des factures, ajoute-t-elle en grimaçant.

Je la remercie et jette tout le tas sur le lit.

— Peut-être, reprend Suze d'une voix prudente, que tu devrais en régler une ou deux. Rien qu'une ou deux.

Je lui rétorque avec étonnement :

— Mais je les ai réglées ! Je les ai toutes payées en juin. Tu ne te souviens pas ?

— Si, si, bien sûr que je me souviens... (Elle se mordille la lèvre.) Mais le truc, Bex, c'est...

— C'est quoi ?

— Eh bien, ça fait un petit moment. Depuis, tu as peut-être... euh... contracté d'autres dettes ?

— Depuis juin ? Tu plaisantes ! C'était il y a cinq minutes ! Franchement, Suze, tu n'as pas à t'inquiéter. Tiens ! Prenons celle-là par exemple. (Je pêche une enveloppe au hasard dans le tas.) Qu'est-ce que j'ai acheté ces derniers temps chez Marks & Spencer ? Rien.

— Parfait ! s'exclame Suze, d'une voix soulagée. Alors la facture est forcément égale à zéro.

— Exactement, dis-je en déchirant le bord de l'enveloppe. Zéro, ou au pire dix livres, tu sais, pour cette culotte rigolote.

Je déplie la facture, la parcours et reste muette.

— Combien ? s'enquiert Suze d'une voix blanche.

— C'est... C'est une erreur. (J'essaie de remettre la facture dans l'enveloppe.) C'est forcément une erreur. Je vais leur écrire...

— Montre !

Suze s'empare de la facture et écarquille les yeux.

— Quoi ? Trois cent soixante-cinq livres ? Bex...

— Une erreur, je te dis !

Mais ma voix manque cette fois de conviction : brusquement, je viens de me souvenir de ce pantalon en cuir en solde au Marks & Spencer de Marble Arch. Et de ce peignoir. Et aussi de cette période où j'allais tous les jours acheter des sushis.

Suze me fixe, le visage rongé par l'anxiété.

— Bex… tu crois que toutes les autres factures sont aussi importantes ?

Sans dire un mot, j'ouvre l'enveloppe Selfridges et, ce faisant, je me rappelle ce presse-agrumes chromé qu'il me fallait absolument et dont je ne me suis jamais servie. Et aussi cette robe ourlée de fourrure.

— Combien ?

— Euh… pas mal, dis-je en me détournant pour replier la facture et la ranger dans l'enveloppe avant que Suze puisse constater qu'elle dépasse largement les quatre cents livres.

Au prix de gros efforts, je parviens à garder une apparence de calme, mais à l'intérieur la panique monte. Et la colère, aussi. Tout cela est débile. J'ai réglé toutes les factures de mes cartes de crédit. Je les ai *honorées*. À quoi ça sert de les payer si c'est pour qu'elles recommencent à faire de nouvelles dettes ? Autant abandonner tout de suite.

— Écoute, Bex, ça va aller. Il suffit que je n'encaisse pas ton chèque du loyer ce mois-ci.

Je m'exclame, en voyant sa mine dévorée d'anxiété :

— Ah non ! Pas question. Tu as déjà été assez patiente avec moi. Je ne veux rien te devoir. Je préfère avoir des dettes chez Marks & Spencer. Suze, ne t'inquiète pas. Je peux facilement faire traîner tout ça. (Je tapote la lettre.) Et entre-temps, je me débrouille pour obtenir une autorisation de découvert plus importante. En fait, je viens juste d'en faire la demande à la banque – alors, un peu plus un peu moins… Tiens, je les appelle.

— Là, tout de suite ?

— Pourquoi pas ?

J'empoigne le téléphone, cherche le numéro dans un vieil annuaire et pianote sur le combiné.

— Tu vois, tout va se régler avec un coup de fil. Il n'y a vraiment aucun problème.

« Votre appel est transféré au central de la banque Endwich, m'informe une voix de synthèse. Veuillez mémoriser le numéro suivant pour vos appels ultérieurs : 08 00… »

— Qu'est-ce qui se passe ?

J'explique, tandis qu'un disque commence à diffuser *Les Quatre Saisons* :

— L'appel est transféré vers un central. C'est sans doute plus rapide et plus efficace. Génial, non ? Tout se passe par téléphone.

« Bienvenue à la banque Endwich, annonce une nouvelle voix féminine. Veuillez composer votre numéro de compte. »

Merde ! Comme si je le connaissais par cœur ! Je n'ai pas la moindre idée… Ah si ! Sur un relevé.

« Merci, dit la voix une fois que j'ai pianoté le numéro. Veuillez composer maintenant votre code confidentiel. »

Mon quoi ? J'ignorais totalement que j'avais un code confidentiel. Ils ne m'ont jamais dit…

Ah si ! J'ai un vague souvenir. 73 plus… Ou 37 et…

« Veuillez composer votre code confidentiel. »

— Mais je ne le connais pas, mon putain de code confidentiel ! Vite, Suze, si tu étais à ma place, qu'est-ce que tu choisirais comme numéro de code confidentiel ?

— Euh, je ne sais pas… Un deux trois quatre ?

« Veuillez composer votre code confidentiel », répète la voix, avec agacement cette fois.

Bon sang, ce que c'est stressant !

— Essaie le numéro de l'antivol de mon vélo, propose Suze.

— Suze, ils me demandent *mon* numéro. Pas le tien.

— Tu as peut-être choisi le même. Qui sait ?

« Veuillez composer... »

— La ferme ! je hurle avant de composer le 435.

« Désolée, mais ce code est erroné », me répond la voix.

— Je le savais !

— Ça aurait pu marcher, se défend Suze.

— Bon, de toute façon, ce doit être un code à quatre chiffres, dis-je, la mémoire me revenant tout à coup. Il fallait que je les appelle et que je l'enregistre... J'étais dans la cuisine et... ça y est ! Je me souviens ! Je venais d'acheter des nouvelles chaussures chez Karen Millen et j'étais en train de regarder l'étiquette avec le prix... C'est ça, le numéro.

— Combien elles coûtaient ? demande Suze, tout excitée.

— Euh... cent vingt livres, mais elles étaient soldées à quatre-vingt-quatre livres quatre-vingt-dix-neuf.

— Vas-y, compose le 8499.

Je m'exécute – et à mon grand étonnement la voix annonce : « Merci ! Vous allez être mis en relation avec les services de la banque Endwich – la banque qui prend soin de vous. Si votre appel concerne le contrôle de vos dettes, composez le 1. Pour les arriérés d'hypothèque, composez le 2. Pour tout ce qui concerne votre découvert et des frais bancaires, composez le 3. Pour... »

L'excitation m'arrache un soupir. J'ai l'impression d'être James Bond qui vient de découvrir le numéro qui va sauver le monde.

— Ça y est, c'est bon ! C'est quoi, mon cas ? Le contrôle des dettes ou les découverts et frais bancaires ?

— Le second, tranche Suze avec assurance.

J'enfonce la touche 3 et quelques secondes plus tard j'entends une voix enjouée :

— Bonjour, bienvenue au central de la banque

Endwich. Mon nom est Dawna. Que puis-je pour vous, mademoiselle Bloomwood ?

— Oh… bonjour, dis-je, plutôt sciée. Vous êtes vraie ?

— Mais oui ! répond Dawna en riant. Que puis-je faire pour vous ?

— Eh bien, euh… J'appelais parce que j'ai besoin d'une augmentation de ma limite de découvert. Quelques centaines de livres. Ou plus si c'est possible…

Cette fille a l'air si sympa que je commence à me détendre.

— Voilà, j'ai dû faire pas mal de dépenses pour ma carrière ces derniers temps, et là je viens de recevoir les notes et je suis… comment dire… un peu prise de court.

— Je comprends.

— Ce n'est pas comme si j'avais des problèmes. C'est juste un incident passager.

— Un incident passager, reprend Dawna en écho, tandis que je l'entends pianoter sur son clavier.

— Je crois que j'ai un peu laissé les choses s'accumuler. J'avais honoré toute une série de factures, alors après j'ai cru pouvoir me détendre un peu…

— Oui, je vois.

— Vous comprenez, n'est-ce pas ?

Je regarde Suze, un sourire jusqu'aux oreilles, et en réponse elle lève ses deux pouces.

Mon Dieu, c'est incroyable ! Un simple petit coup de fil, comme dans la pub, pas de lettres déplaisantes, de questions pièges…

— Je comprends tout à fait, renchérit Dawna. Cela nous arrive à tous, non ?

— Oui… alors c'est possible, pour mon découvert ?

— Attendez… Je vois que je ne peux augmenter votre autorisation de découvert que de cinquante livres. Au-delà, il vous faut contacter le responsable du service facilités de trésorerie qui est, dans votre agence… Attendez, je cherche… Agence de Fulham… M. John Gavin.

Je fixe le combiné, totalement déconfite.

— Mais je lui ai déjà écrit !

— En ce cas tout va bien, non ? Y a-t-il autre chose que je puisse faire pour vous ?

— Non, non je ne crois pas. Merci quand même.

Je raccroche, abattue au dernier degré.

— Crétine de banque ! Crétin de central téléphonique !

— Alors ? Ils vont te donner de l'argent ?

— Je ne sais pas. Tout dépend de ce type, John Gavin. Mais c'est sûr qu'il dira oui.

Je me hâte d'ajouter en croisant le regard anxieux de Suze :

— Il vient d'étudier mon dossier. Ça ira.

— Si tu ne dépenses rien pendant un petit moment, tu pourras rapidement te remettre à flot. Tu gagnes plein de fric à la télé, non ? demande-t-elle, la voix emplie d'espoir.

— Oui, fais-je, évasive.

Aucune envie de lui expliquer qu'après le loyer, les déplacements en taxi, les repas au restau et les fringues pour l'émission, il ne me reste en fait pas tant que ça.

— Et puis, il y a aussi ton livre…

— Mon livre ?

Je la dévisage, d'abord interloquée, et puis soudain mon cœur fait un bond. Mais oui, bien sûr ! Mon livre ! Mon guide pour mieux gérer son argent. J'étais censée m'en occuper.

Tout va s'arranger. Je la tiens, la réponse ! Il me suffit de mettre les bouchées doubles pour écrire ce bouquin, et j'encaisse un bon gros chèque. Après quoi, je paierai toutes mes factures et tout ira pour le mieux dans le meilleur des mondes. Même pas besoin de demander une autorisation de découvert à la noix.

Je m'y mets tout de suite. Dès ce soir !

Croyez-moi, je suis impatiente d'écrire ce livre. Il y a tellement de thèmes qui me tiennent à cœur : la pauvreté et la richesse, les religions, voire la philosophie. Je sais bien que l'éditeur attend simplement un bouquin pratique, mais rien ne m'empêche d'aborder des questions plus vastes, non ?

En plus, si le livre marche bien, je pourrai même faire des conférences. Ce serait génial. Je deviendrai un genre de gourou et ferai une tournée mondiale. Les gens viendront en foule me voir et me consulter sur toutes sortes de questions…

— Ça avance ? s'enquiert Suze, drapée dans une serviette de bain, en passant la tête par la porte de ma chambre.

Je sursaute, coupable. Ça fait un bon moment que je suis assise devant mon ordinateur, mais je ne l'ai toujours pas allumé.

— Je réfléchissais, dis-je en me dépêchant d'appuyer sur la touche On, à l'arrière de la machine. Je dois rassembler mes idées… et les laisser s'organiser en un plan cohérent.

— Waouh ! s'exclame Suze avec un regard admiratif. Impressionnant ! C'est difficile ?

Je m'accorde deux secondes de réflexion.

— Pas vraiment. En fait, c'est même plutôt facile.

Une débauche de couleurs et de son jaillit sur l'écran que nous fixons, fascinées.

— Waouh, refait Suze. C'est toi qui as fait ça ?

— Ben… oui.

C'est la vérité, non, puisque c'est moi qui ai appuyé sur le bouton ?

— Qu'est-ce que tu es intelligente, Bex ! Tu crois que tu l'auras fini quand ?

— Bientôt, j'espère. Tu sais, une fois que je suis lancée…

— Alors je ne t'embête pas plus longtemps. Je voulais juste t'emprunter une robe pour ce soir.

— Pas de problème. Tu vas où ?

Elle a piqué ma curiosité.

— À la soirée de Venetia. Tu veux pas venir ? Oh, allez, viens ! Il y aura tout le monde.

J'hésite. La proposition me tente. J'ai rencontré Venetia deux ou trois fois, et je sais qu'elle donne des fêtes étonnantes dans la maison de ses parents à Kensington.

Mais finalement je dis :

— Non. Ce n'est pas raisonnable, j'ai du travail.

— Oh ! Mais je peux quand même t'emprunter une robe ?

— Bien sûr. (Je me concentre.) Pourquoi tu ne mettrais pas ma nouvelle robe Tosca avec tes chaussures rouges et mon châle de chez English Eccentrics ?

— Génial ! approuve-t-elle en se dirigeant vers le placard. Merci, Bex. Et dis-moi… ça t'embêterait de me prêter une culotte et des collants ? Ah, oui, et aussi du maquillage ?

Je pivote sur ma chaise et fixe Suze d'un regard inquisiteur.

— Suze, quand tu as fait le vide… tu n'as rien gardé du tout ?

— Mais bien sûr que si ! se défend-elle. Enfin, quelques trucs. (Nous échangeons un regard.) Bon, j'y suis peut-être allée un peu fort.

— Tu as balancé tous tes sous-vêtements ?

— Ben... oui. Tu comprends, je me sens tellement mieux maintenant et j'ai un regard tellement positif sur ma vie que ça n'a aucune importance. C'est du feng-shui. Tu devrais essayer.

Suze collecte robe et sous-vêtements, fait la razzia dans ma trousse à maquillage, et une fois qu'elle est sortie j'étire les bras loin devant moi et m'assouplis les doigts. Bon. Au boulot.

Je crée un dossier que je baptise « Chapitre un » et je regarde l'écran avec fierté. « Chapitre un ». C'est pas cool, ça ? J'ai commencé pour de vrai. Maintenant, reste à trouver une phrase d'introduction qui en jette.

Je prends mon temps, immobile, concentrée sur l'écran vierge, puis tout à coup je me lance :

La finance est

Je m'interromps pour boire une gorgée de Coca light. Manifestement, la bonne phrase ne tombe pas du ciel toute faite dans votre tête. Il faut l'affiner.

La finance est le plus

Pfff ! Je préférerais écrire un livre sur les fringues. Ou le maquillage. « Le guide du rouge à lèvres de Becky Bloomwood. »

Bon, ce n'est pas le cas. Alors ma fille, concentre-toi.

La finance est quelque chose qui

Je peux vous dire que ma chaise n'a rien de confortable. Ça ne doit pas être très bon pour le dos de rester assise des heures sur un truc aussi mou. Je vais me froisser des muscles, c'est sûr. Franchement, si je dois devenir écrivain, je ferais mieux d'investir dans un de ces sièges ergonomiques pivotants dont on peut régler la hauteur.

La finance est très

On les vend peut-être sur Internet, ces sièges-là ? Pourquoi ne pas jeter un œil ? Puisque l'ordinateur est allumé, autant en profiter. Franchement, ce serait pure irresponsabilité de ma part de négliger ce détail. Il faut prendre soin de soi, non ? C'est quoi déjà, la phrase ? Un esprit sain dans une santé saine ? Non… Enfin bref, peu importe.

Un double clic sur l'icône du navigateur Internet : me voilà lancée dans une recherche « sièges de bureau ». Et en deux temps trois mouvements, je me retrouve en train de consulter allégrement la liste des revendeurs. J'ai déjà repéré un certain nombre de possibilités quand, tout d'un coup, je tombe sur un site incroyable, entièrement consacré aux fournitures de bureau. Et pas question ici d'enveloppes blanches toutes bêtes. Non, non, que des trucs étonnants, super high-tech : d'élégants caissons à dossiers chromés, des porte-crayons sympa comme tout, et des plaques vraiment chouettes pour mettre votre nom sur la porte.

De plus en plus excitée, je passe en revue les photos. D'accord, je suis censée ne pas dépenser d'argent en ce moment – mais là, c'est un cas particulier. Il s'agit d'un investissement professionnel. Après tout, il me faut un bureau bien équipé, non ? Plus j'y pense, plus je m'étonne d'avoir été myope à ce point. Comment ai-je pu m'imaginer écrire un livre sans l'équipement ad hoc ? Autant partir escalader l'Everest sans tente.

Je suis tellement éblouie par cet ahurissant éventail de marchandises que j'ai du mal à choisir. Il y a pourtant quelques basiques indispensables qu'il me faut absolument.

Je clique donc sur une chaise à vis ergonomique recouverte d'un tissu violet assorti à mon iMac, et aussi sur un dictaphone qui transmet directement les infos à l'ordinateur. De fil en aiguille, je craque pour un très joli pupitre en acier (pour tenir les documents pendant qu'on tape), un jeu de classeurs de présentation plastifiés (qui me seront forcément très utiles), et aussi pour un mini-broyeur de documents (absolument indispensable : il est hors de question que le monde entier puisse voir mes brouillons). J'hésite à commander également quelques meubles de réception modulaires (encore que je n'en aie pas vraiment l'usage), quand Suze réapparaît.

— Coucou ! Alors ça marche ?

Je sursaute en étouffant une bouffée de culpabilité et je clique sur Envoyer sans même prendre la peine de vérifier le montant total de la commande. Je ferme précipitamment la fenêtre d'Internet et mon « Chapitre un » refait surface…

— Tu travailles trop, Bex. Tu devrais faire une pause. Tu as écrit combien de pages ?

— Oh… pas mal.

— Je peux lire ?

À ma grande épouvante, elle avance droit vers l'écran. Je m'écrie :

— Non ! Je veux dire… C'est en chantier, tu comprends. C'est… fragile.

Je m'empresse de fermer le document et je me lève.

— Tu es superbe, Suze. Magnifique.

— Merci.

Souriante, rayonnante même, elle tourne sur elle-même. À ce moment-là, on sonne à la porte.

— Oh ! là, là ! c'est sûrement Fenny !

Fenella est l'une des cousines écossaises excentriques et snobs de Suze. Sauf que, pour lui rendre justice, côté excentricité, elle s'est un peu calmée. Avant, elle était aussi spéciale que son frère Tarquin et passait sa vie à faire du cheval, ou à chasser les poissons ou Dieu sait quoi encore. Mais, récemment, elle s'est installée à Londres, elle a trouvé un boulot dans une galerie d'art, et depuis elle sort dans des soirées. Quand Suze va ouvrir la porte, j'entends la voix haut perchée de Fenella dominant les jacassements de tout un troupeau de filles. Fenny est incapable de faire trois pas sans être accompagnée d'une nuée bruyante. Une sorte de version mondaine de la déesse entourée de ses prêtresses.

— Salut, Becky ! lance-t-elle en déboulant dans ma chambre. Tu viens avec nous ?

Elle porte une très jolie jupe en velours rose de chez Whistles – j'ai la même – qu'elle a assortie avec un polo en lurex marron – une catastrophe, ce truc.

— Non, pas ce soir. Faut que je bosse.

— Oh, très bien, lâche-t-elle, l'air contrarié.

Puis son visage s'illumine.

— Dis, je peux t'emprunter tes Jimmy Choos ? On a la même pointure, non ?

— Vas-y. Elles sont dans le placard… (J'hésite, cherchant mes mots pour ne pas la vexer.) Tu ne veux pas que je te prête aussi un haut ? J'ai acheté celui qui est assorti à cette jupe. En cashmere rose avec des petites perles. Superjoli.

— C'est vrai ? En fait, j'ai enfilé ce polo sans trop réfléchir.

Elle est en train de l'ôter quand une fille blonde en fourreau noir apparaît dans l'encadrement de la porte.

— Bonsoir… euh… Milla, dis-je, me souvenant in extremis de son prénom. Ça va ?

— Très bien, fait-elle en me jetant un regard brillant d'espoir. Fenny m'a dit que tu pourrais me prêter ton châle English Eccentrics.

— Désolée, je l'ai passé à Suze. Mais… si tu prenais celui-là, le violet avec des paillettes ?

— Oh, super ! Merci. Et Binky voulait savoir si tu avais toujours cette jupe portefeuille noire…

— Oui. Mais il y en a une autre qui lui irait mieux…

Le temps que chacune fasse son petit marché, une demi-heure passe, puis elles finissent par débarrasser le plancher en hurlant qu'elles me rapporteront tout demain matin. Suze réapparaît, magnifique avec ses cheveux relevés qui cascadent en boucles blondes.

— Bex, tu es sûre que tu ne veux pas venir ? Il y aura Tarquin. Ça lui ferait vraiment plaisir de te voir.

— Ah oui ? (Je m'efforce de ne rien trahir de l'épouvante qui me saisit à cette perspective.) Il est à Londres en ce moment ?

— Pour quelques jours, répond Suze avec un petit air peiné. Tu sais, Bex, s'il n'y avait pas Luke... je dois t'avouer que Tarquin est encore très attaché à toi.

— Penses-tu ! C'est de l'histoire ancienne. Ça remonte à des lustres.

J'essaie très fort de chasser de ma mémoire le souvenir de mon seul et unique rendez-vous avec Tarquin. Définitivement.

— Comme tu veux, fait Suze avec un haussement d'épaules. À plus. Et ne travaille pas trop.

— Non, non. Je vais essayer, dis-je avec le regard accablé de celle qui porte tout le poids du monde sur ses épaules.

La porte d'entrée claque, les taxis qui attendaient devant l'immeuble s'éloignent. Je bois une gorgée de thé et retourne à mes moutons.

CHAPITRE UN

La finance est très

Malheureusement, mes bonnes dispositions se sont envolées. Suze a raison. Je devrais faire une pause. Si je m'obstine à rester vissée des heures à ma chaise, je vais m'étioler et ma créativité tarira. Le plus important, c'est d'avoir un début...

Je me lève, m'étire et pars faire un tour dans le salon, où je ramasse le *Tatler* : *EastEnders* commence dans une minute, et après pourquoi ne pas regarder *Changing Rooms* ou une autre sitcom, ou alors ce documentaire sur les vétos ? Oui, c'est ce que je vais faire, et après re-boulot. J'ai toute la soirée devant moi. Inutile de me mettre la pression.

J'ouvre distraitement le magazine et parcours rapidement le sommaire, au cas où je tomberais sur quelque chose d'intéressant, quand tout à coup la stupéfaction paralyse mon regard : il y a une photo de Luke, dans une vignette, avec la légende : « Tout ce que vous voulez savoir sur Brandon en page 74 ». Pourquoi diable ne m'a-t-il pas dit qu'il était dans *Tatler* ?

Ils ont utilisé sa nouvelle photo officielle, celle pour laquelle je l'ai aidé à choisir ses vêtements (une chemise bleue et une cravate Fendi marine). Il fixe l'objectif d'un air sérieux et très pro – mais, quand on regarde attentivement ses yeux, on y décèle un minuscule sourire. En examinant ce visage, ô combien familier, j'éprouve un élan d'affection pure et je me rends compte que Suze a raison. Je dois lui faire confiance. N'est-il pas acquis que cette garce d'Alicia ne sait rien de rien ?

À la page 74, je découvre un article sur le hit-parade des personnalités les plus dynamiques du pays. En passant rapidement en revue tous les portraits, je ne peux m'empêcher de remarquer que certaines de ces personnalités ont posé avec leur mari, leur femme, ou leur partenaire. Je trouverai peut-être une photo de Luke avec moi, après tout, on nous a déjà photographiés, lors d'une soirée. Un type de l'*Evening Standard* l'a bien fait, une fois, à l'occasion du lancement d'un nouveau magazine – mais la photo n'a jamais paru.

Ah, le voilà ! Trente-quatrième. Mais il est seul, la même photo que dans le sommaire. Pas la moindre trace de moi. J'éprouve tout de même une bouffée de fierté à la vue de sa photo (plus grande que plusieurs autres !) et à la lecture de la légende : « L'ascension sans répit de Brandon a écarté des starting-blocks ses rivaux de moindre envergure. » Puis le portrait commence : *Luke Brandon, dynamique fondateur et P-DG de Brandon Communication*... et tout le bla-bla-bla...

Je lis le texte en diagonale et quand j'arrive à la rubrique « Éléments biographiques » je frétille d'impatience. Voilà où je vais être mentionnée. « Sort actuellement avec Rebecca Bloomwood, personnalité bien connue du petit écran. » Ou peut-être : « Partenaire dans la vie de la célèbre experte financière Rebecca Bloomwood », ou alors...

Luke James Brandon
34 ans
Diplômé de Cambridge
Actuellement célibataire

Célibataire ?

Luke leur a dit qu'il était *célibataire* ?

Tandis que je fixe le regard sûr de lui et arrogant de Luke, je sens monter en moi une colère offensée. C'en est trop ! J'en ai vraiment ras le bol de toute cette histoire. De ce sentiment d'insécurité et de cette paranoïa dans lesquels on me maintient. Ras le bol d'en être réduite à toujours me demander ce qui va se passer. D'une main frémissante, je décroche le téléphone et compose le numéro de Luke.

— Bon, dis-je, dès que le bip sonore a retenti. Si tu es célibataire, Luke, alors moi aussi je le suis. Et si tu vas à New York, eh bien moi je me casse... en Mongolie ! Et si tu... (Merde ! j'ai un blanc... Ça partait si bien pourtant !)... Et puisque tu es trop lâche pour me dire les choses en face, alors c'est peut-être mieux pour nous deux que… (Je me débats pour trouver la suite. J'aurais dû écrire ma tirade avant de me lancer !)… que nous prenions un peu de distance. À moins que, selon toi, ce ne soit déjà fait. »

J'inspire profondément.

— Becky ?

La voix de Luke résonne au creux de mon oreille. Je fais un bond, terrorisée.

— Oui ? dis-je d'un ton que j'espère digne.

— C'est quoi, ce tombereau d'âneries que tu viens de déverser dans mon répondeur ? s'enquiert-il avec calme.

— Ce ne sont pas des âneries ! (Indignation !) C'est la vérité.

— « Si tu es célibataire, alors moi aussi je le suis. » C'est quoi ? Les paroles d'une chanson pop ?

— Je parlais de toi. Et du fait que tu clames sur les toits que tu es célibataire !

— J'ai fait ça ? s'étonne-t-il, une note d'amusement dans la voix. Et où donc ?

— Dans *Tatler* ! Dans le numéro de ce mois-ci ! (Avec colère j'attrape le magazine et cherche fébrilement la page 74.) Là ! « Les personnalités les plus dynamiques du pays. Numéro 34 : Luke Brandon ».

— Oh, ce truc-là ?

— Oui, *ce truc-là* ! Parfaitement. Et il est écrit noir sur blanc que tu es célibataire ! Tu crois que ça me fait quoi, à moi, de lire que tu es célibataire ?

— Ils me citent ?

— Euh… non, il n'y a pas de guillemets… Mais bon, ils ne l'ont pas inventé ! Ils ont dû t'appeler et te poser la question.

— Ils m'ont appelé, ils m'ont posé la question, et j'ai répondu : « Sans commentaire. »

— Oh.

Sa réponse me cloue momentanément le bec et j'essaie de réfléchir. Bon, d'accord, il n'a peut-être pas dit qu'il était célibataire – mais je ne suis pas certaine de mieux aimer le « Sans commentaire ». N'est-ce pas ce qu'on dit quand tout va très mal ?

— Et pourquoi as-tu répondu « Sans commentaire » ? Pourquoi tu ne leur as pas dit que tu sortais avec moi ?

— Ma chérie... (j'entends un soupçon de lassitude dans sa voix)... réfléchis deux secondes. As-tu vraiment envie de voir notre vie privée s'étaler dans les journaux ?

J'acquiesce en me tordant les mains.

— Non, bien sûr. Mais tu as...

J'hésite.

— J'ai quoi ?

Je couine :

— Quand tu sortais avec Sacha, tu l'avais dit à la presse.

Sacha est l'ex-petite amie de Luke.

Je n'arrive pas à croire que je viens de dire ça.

Luke soupire.

— Becky, c'est Sacha qui avait parlé de nous à la presse. Elle aurait laissé *Hello* nous photographier dans notre bain s'ils l'avaient demandé. C'était une fille qui aimait ce genre de choses.

— Oh.

J'enroule et déroule le cordon du téléphone autour de mon doigt.

— En ce qui me concerne, je déteste ça. Mes clients peuvent faire ce qu'ils veulent, mais pour moi je trouve qu'il n'y a rien de pire. D'où le « Sans commentaire ». Mais tu as raison sur un point, reprend-il après une courte pause, j'aurais dû penser à te prévenir. Je suis désolé.

— Non non, c'est bon, dis-je d'un ton bizarre. Je n'aurais sans doute pas dû tirer de conclusions hâtives.

— Bien, nous sommes réconciliés, alors ? s'enquiert-il avec une note d'ironie gentille dans la voix.

— Et New York ? (Là, je me hais !) Est-ce que tu as aussi « oublié » de me prévenir ?

Ma question provoque un silence interminable, terrifiant.

— Qu'as-tu entendu à propos de New York ? demande-t-il enfin.

Sa voix est devenue atrocement distante et professionnelle. Pourquoi, mais pourquoi suis-je incapable de la boucler ?

— Rien, je t'... t'assure. Je... je ne sais pas. C'est juste...

Ma voix s'éteint dans un souffle, et le nouveau silence qui suit semble durer des heures. Nous ne parlons ni l'un ni l'autre. Mon cœur bat à trois cents à l'heure et le combiné me fait mal tant je l'appuie fort contre mon oreille.

— Becky, il faudra qu'on ait une petite conversation, toi et moi, conclut-il. Mais là, ce n'est pas le bon moment.

— Très bien. (En fait je suffoque d'angoisse.) Une conversation de quel genre ?

— Pas maintenant. On en parle quand je rentre, samedi, au mariage. D'accord ?

— D'accord, dis-je en écho, d'une voix pleine d'allant pour dissimuler l'état de mes nerfs. Bon, eh bien à samedi, alors...

Je n'ai rien le temps d'ajouter d'autre. Il a déjà raccroché.

GÉREZ VOTRE ARGENT

LE GUIDE PRATIQUE
DES FINANCES PRIVÉES

PAR REBECCA BLOOMWOOD

COPYRIGHT REBECCA BLOMWOOD
Important **: aucun extrait de ce manuscrit ne peut être reproduit sans l'autorisation expresse de l'auteur.**

PREMIÈRE ÉDITION (ROYAUME-UNI)

(PREMIER JET)

PREMIÈRE PARTIE

CHAPITRE UN

La finance est très

ENDWICH BANK
Fulham Branch
3 Fulham Road
Londres SW6 9JH

Mademoiselle Rebecca Bloomwood
Apt 2
4 Burney Road
Londres SW6 8FD

Le 11 septembre 2001

Chère Mademoiselle Bloomwood,

Suite au courrier que je vous ai adressé le 8 septembre, j'ai entrepris un examen approfondi de votre compte et il s'avère que votre limite actuelle de découvert autorisé excède largement les plafonds tolérés dans notre établissement. Je ne trouve aucun motif pouvant justifier l'importance de cette dette, ni la moindre trace d'effort de votre part pour tenter de la réduire. Cette situation ne peut plus durer.

Quel qu'ait été le statut privilégié dont vous avez pu bénéficier par le passé, sachez qu'il ne saurait être maintenu. Je ne peux envisager d'accéder à votre requête en vous accordant une augmentation de votre plafond de découvert et vous demande instamment de prendre rendez-vous de toute urgence afin que nous discutions de ce problème de vive voix.

Je vous prie de croire, Mademoiselle, à mes sentiments les meilleurs.

John Gavin
Directeur du service des découverts

ENDWICH – PARCE QUE NOUS PRENONS SOIN DE VOUS

6

Quand j'arrive chez mes parents, le samedi à six heures, la rue tout entière est en liesse, il y a des ballons attachés à chaque arbre, notre allée est encombrée de voitures, et dans le jardin des voisins on aperçoit les pans d'une tente flottant au vent. Je descends de voiture, mon sac à l'épaule (je dois passer la nuit chez eux), et m'attarde devant la maison des Webster. Tom Webster se marie. Ça fait sacrément bizarre ! J'ai du mal à le croire. Franchement – et je sais bien que je vais dire une (petite) vacherie – j'ai peine à croire qu'une fille accepte d'épouser ce type. Même si je dois reconnaître qu'il s'est un peu arrangé ces derniers temps. Il est devenu plus classe, s'habille mieux, a une meilleure coupe de cheveux. Mais ses mains n'ont pas changé, toujours les mêmes battoirs moites – et puis bon, soyons claire, il n'a rien de Brad Pitt, hein ?

C'est ça le truc, avec l'amour, me dis-je en claquant la portière. On aime les gens en dépit de leurs points faibles. Manifestement, Lucy se moque pas mal que Tom ait les mains moites – tout comme lui n'en a apparemment rien à fiche qu'elle ait les cheveux plats et une coupe triste. Tout ça est sûrement très romantique.

Je n'ai toujours pas bougé, le regard vrillé sur la maison des Webster, quand une fille en jean, la tête ceinte d'une couronne de fleurs, apparaît sur le perron ; elle me jette un regard bizarre, presque agressif, avant de redisparaître à l'intérieur. Probablement une des filles d'honneur de Lucy que ça rendait nerveuse d'avoir été aperçue en jean.

Tout à coup, je me rends compte que Lucy doit être là, elle aussi, et instinctivement je détourne la tête. Franchement, je ne piaffe pas d'impatience à l'idée de la revoir… Je ne l'ai rencontrée que deux ou trois fois et on n'a jamais vraiment accroché, elle et moi. Sans doute parce qu'elle s'est mis en tête que j'étais amoureuse de Tom. N'importe quoi ! Enfin, quand Luke sera là, ils auront la preuve éclatante qu'ils se trompent tous, et toutes.

À la seule pensée de Luke, une onde d'agacement parcourt mes nerfs et je dois inspirer profondément pour me calmer. Cette fois, j'ai pris la ferme décision de ne pas mettre la charrue avant les bœufs. Je veux garder l'esprit ouvert et l'écouter d'abord. Et s'il me dit qu'il part s'installer à New York, eh bien, je… ferai avec. D'une manière ou d'une autre.

Bon, ce n'est pas le moment de penser à ça. Je file d'un pas vif vers la porte de notre maison et j'entre. Mes parents sont dans la cuisine. Mon père, en gilet, boit du café pendant que maman, harnachée dans un bonnet en nylon par-dessus ses rouleaux, beurre une rangée de sandwiches.

— Je trouve simplement que ce n'est pas bien, est-elle en train de dire au moment où j'arrive. C'est tout. Ils sont supposés gouverner le pays, et regarde-les ! Quel désastre. Des vestes démodées, des cravates sinistres…

— Tu penses vraiment que la compétence d'un gouvernement tient à la façon dont ses membres sont habillés ?

— Salut maman, bonjour papa, dis-je en laissant tomber mon sac par terre.

— Mais c'est une question de principe ! s'indigne maman. S'ils ne sont pas capables de faire des efforts vestimentaires, comment veux-tu qu'ils en fassent pour l'économie ?

— Ça n'a rien à voir !

— Ç'a tout à voir ! Becky, tu penses toi aussi que Gordon Brown devrait s'habiller avec plus d'élégance, non ? Tous ces costumes décontractés, quelle aberration.

— Je ne sais pas… peut-être.

— Tu vois ? Becky est du même avis que moi. Laisse-moi te regarder, ma chérie.

Elle pose son couteau pour m'examiner en détail et je me sens rosir de plaisir. Je sais que ce qu'elle voit est pas mal du tout : une robe rose shocking avec veste assortie, un chapeau Philip Tracy avec une plume, et une sublime paire de chaussures en satin noir, ornées d'un délicat papillon.

— Oh Becky ! Tu es adorable. Tu vas détrôner la mariée. (Elle soulève mon chapeau pour l'examiner de plus près.) Il est tellement original. Tu l'as payé combien ?

— Oh… euh… je ne sais plus, dis-je d'un ton vague. Cinquante livres ?

Ce qui n'est pas exactement vrai. En fait c'était plus près de… Bon enfin, bref, pas mal. Mais il les valait.

— Alors, où est Luke ? s'enquiert ma mère en me reposant le chapeau sur la tête. Il gare la voiture ?

— Ah oui, au fait, où est-il ? renchérit mon père en levant les yeux et en lâchant un rire jovial. On aimerait bien le rencontrer enfin, ce jeune homme.

— Luke vient de son côté – je cille en voyant la déception se peindre sur leur visage.

— De son côté ? répète maman. Mais pourquoi ça ?

— Il rentre de Zurich ce matin. Il a dû aller là-bas pour son travail. Mais je vous promets qu'il va venir.

— Il sait que la cérémonie est à midi ? demande ma mère d'une voix anxieuse. Et lui as-tu expliqué où est l'église ?

— Oui ! Je vous dis qu'il sera là.

Je me rends compte que ma réponse est un peu pète-sec mais j'ai du mal à me contrôler. Je suis stressée parce que je me demande ce qu'il fabrique. Il était censé m'appeler dès sa descente d'avion – il y a déjà une demi-heure. Et mon portable n'a toujours pas sonné.

Mais il m'a promis de venir.

— Je peux vous aider ? dis-je, histoire de changer de sujet.

— Tu serais un amour de monter ça là-haut, fait ma mère en tranchant sans hésitation les sandwiches en triangles. Il faut que j'emballe les coussins du patio.

— Qui y a-t-il là-haut ?

— Maureen, qui est venue faire un brushing à Janice. Elle ne voulait pas rester dans les jambes de Lucy.

— Tu as vu Lucy ? Elle a une jolie robe ?

— Non, je ne l'ai pas vue. Mais il paraît que sa robe a coûté trois mille livres, chuchote ma mère d'un ton de conspiratrice. Sans le voile.

— Waouh !

Je suis sincèrement impressionnée et, l'espace d'une seconde, un peu envieuse. Même si on peut difficilement trouver pire à mes yeux que d'épouser Tom Webster, une robe à trois mille livres, tout de même… Sans compter la réception et les tonnes de cadeaux. Ils ont droit à tout ça, les gens qui se marient.

À l'étage, j'entends le bruit du sèche-cheveux dans la chambre de mes parents, et je trouve Janice installée sur le tabouret devant la coiffeuse, en peignoir, un verre de sherry dans la main, qui se tamponne les yeux avec un mouchoir. Maureen, qui coiffe Janice et maman depuis des années, brandit le séchoir vers elle, et une femme que je ne reconnais pas, le teint acajou et des cheveux bouclés teints en blond, vêtue d'un tailleur en soie parme, fume une cigarette, assise dans l'embrasure de la fenêtre.

— Bonjour Janice, dis-je en m'avançant pour l'embrasser. Comment vous sentez-vous ?

— Très bien, ma chérie, articule-t-elle en reniflant. Un peu émue, tu penses bien. Tu te rends compte ! Tom se marie.

— Eh oui, fais-je avec empathie. Hier encore, on était gosses et on faisait du vélo ensemble !

— Prenez donc encore un peu de sherry, Janice, suggère Maureen, attentive, en versant dans le verre une rasade de liquide brun. Ça vous détendra.

— Oh, Becky ! s'exclame Janice en me serrant la main. Pour toi ce doit être dur, aujourd'hui.

Voilà. Je le savais. Elle est toujours persuadée que j'en pince pour Tom. Pourquoi les mères pensent-elles systématiquement que leurs fils sont irrésistibles ?

— Merci, ça va très bien, dis-je avec un entrain forcé. Je suis ravie pour Tom. Et pour Lucy, bien sûr.

— Becky ? (La femme assise dans l'embrasure de la fenêtre se tourne vers moi et me fixe d'un regard suspicieux.) Alors c'est vous, Becky ?

Il n'y a pas une once de sympathie dans ce regard. Oh, mon Dieu ! Ne me dites pas qu'elle aussi croit que j'en ai après Tom.

— Euh… Oui. Je suis Rebecca Bloomwood. Vous êtes sans doute la mère de Lucy ?

— Oui, répond la femme en vrillant toujours son regard sur moi. Je suis Angela Harrison, la mère de la *mariée*, précise-t-elle en appuyant sur le dernier mot.

Elle s'imagine que je ne comprends pas l'anglais ou quoi ? Histoire de dire quelque chose, je hasarde :

— Vous devez être terriblement contente.

— Oui, naturellement. Tom est en adoration devant Lucy, ajoute-t-elle avec agressivité. Littéralement en adoration. Il ne voit qu'elle, ne regarde qu'elle.

Elle renforce sa phrase d'un regard acéré, auquel je réponds par un sourire forcé.

Franchement, que voulez-vous que je fasse ? Que suis-je supposée répondre ? Déblatérer des horreurs sur Tom ? Lui dire que c'est l'homme le plus moche que j'ai jamais rencontré de ma vie ? Elles viennent juste de se raconter que j'étais jalouse, non ? Elles affirmeraient que je nie l'évidence.

— Au fait, Becky, commence Janice en m'adressant un sourire plein d'espoir, Luke est là ?

Brusquement (et ça fait un effet bizarre), plus personne ne parle. Elles sont toutes trois suspendues à ma réponse.

— Non, pas encore. Je pense qu'il a été retenu.

Le silence perdure, et je peux presque sentir les échanges de regards se déployer dans la chambre.

— Retenu..., répète en écho Angela, d'un ton qui ne me plaît pas trop. Vraiment ? C'est surprenant...

Qu'est-ce qu'elle sous-entend là ? Je me mets en devoir d'expliquer :

— Il revient de Zurich. Son vol a sans doute été retardé.

Je regarde Janice et, à ma grande surprise, elle rougit.

— Oui, Zurich ! dit-elle en opinant avec une emphase exagérée. Oui, oui, je vois... Zurich.

Elle me gratifie d'un regard gêné, presque apitoyé. Qu'est-ce qu'il lui prend ?

— C'est bien de Luke Brandon que nous parlons ?

s'enquiert Angela en tirant sur sa cigarette. Le fameux chef d'entreprise ?

— Euh… oui, c'est bien lui, dis-je, un peu surprise. En fait je ne connais pas d'autre Luke.

— Et c'est votre petit ami…

— Oui.

Un ange passe, et j'ai l'impression que même Maureen me regarde bizarrement. C'est là que j'aperçois, par terre, au pied de la chaise de Janice, le dernier numéro de *Tatler*. Oh, non !

— Cet article dans *Tatler*, en fait, dis-je d'une voix empressée, est entièrement faux. Il ne leur a pas dit qu'il était célibataire. Il a répondu « Sans commentaire ».

— Quel article ? feint de s'étonner Janice sans une once de conviction dans la voix. Je ne vois pas de quoi tu veux parler, mon petit.

— Je… je ne lis jamais les magazines, ajoute Maureen, qui rougit comme une pivoine et détourne les yeux.

— Nous sommes seulement impatientes de le rencontrer, renchérit Angela avant de rejeter un nuage de fumée. N'est-ce pas, Janice ?

Je la dévisage, gênée, avant de me tourner vers Janice, qui fuit mon regard. Quant à Maureen, elle feint de fouiller dans le vanity-case.

Hé, attendez une seconde ! Elles ne pensent tout de même pas que…

— Janice. (Je fais un effort surhumain pour garder un ton posé.) Vous savez bien que Luke va venir. Il vous a même répondu en personne.

— Mais tout à fait, Becky ! réplique-t-elle, les yeux rivés sur le sol. Comme l'a dit Angela, nous sommes tous très impatients de le rencontrer.

Oh, mon Dieu ! Elle ne me croit pas.

Je sens presque l'humiliation me rougir les joues. Qu'est-ce qu'elle s'imagine ? Que j'ai tout inventé ?

— Bon, eh bien, bon appétit, conclus-je, en désignant les sandwiches, espérant que ma voix trahira moins d'embarras que mes joues. Je vais voir si maman a besoin de moi.

Quand je la retrouve sur le palier du dernier étage, maman est occupée à envelopper les coussins du patio de sacs en plastique transparents, dans lesquels elle fait le vide avec l'aspirateur.

— Tiens, à propos, j'en ai commandé quelques-uns pour toi, me crie-t-elle par-dessus le bruit. Et aussi du papier alu, une casserole, et un récipient pour faire des œufs pochés au micro-ondes...

Je crie à mon tour.

— Je ne veux pas de papier alu !

— Ce n'est pas pour toi, me rétorque-t-elle en éteignant l'aspirateur. Ils avaient une offre spéciale – pour toute amie présentée tu recevais un ensemble de pots en terre. J'ai donc donné ton nom. C'est un très bon catalogue, en fait. Je te le montrerai.

— Maman...

— Ils ont d'adorables housses de couette. Je suis sûre que tu pourrais t'en trouver une nouvelle...

— Maman, écoute-moi ! Tu le crois, toi, que je sors avec Luke ?

Elle hésite – une demi-seconde de trop.

— Bien sûr que je le crois, finit-elle par répondre.

Je la regarde, horrifiée.

— Tu mens, n'est-ce pas ? Tu es persuadée que j'ai tout inventé !

— Pas du tout ! (Elle pose l'aspirateur et me fixe droit dans les yeux.) Becky, tu nous as dit que tu sortais avec Luke Brandon, et en ce qui nous concerne, ton père et moi, cela nous suffit.

Elle me lance un regard dégagé puis, avec un soupir, passe au coussin suivant.

— Simplement, ma chérie, tu ne dois pas oublier que tu leur as fait croire un jour que tu étais pourchassée par un déséquilibré. Et il est apparu que… ce n'était pas tout à fait exact, non ?

Le désarroi me glace. OK, peut-être qu'une fois j'ai prétendu avoir un malade à mes trousses et que je n'aurais pas dû. Mais ce n'est tout de même pas parce qu'une fois, une seule, on a inventé un petit désaxé de rien du tout qu'on est mytho pour autant.

— Le problème, c'est que nous ne l'avons… euh… jamais vu avec toi. Tu comprends, ma chérie ? continue ma mère en enfournant le coussin dans son sac transparent. Pas en chair et en os. Et puis, il y a eu cet article où il affirmait être célibataire…

— Il n'a pas dit qu'il était célibataire. (Je crie d'une voix que la frustration propulse dans les aigus.) Il a dit « Sans commentaire ». Maman, as-tu senti que Janice et Martin ne me croyaient pas ?

— Non, crâne maman en relevant le menton. Jamais ils n'oseraient insinuer une chose pareille.

— Mais c'est ce qu'ils disent derrière notre dos…

Nous nous regardons sans un mot et, en voyant l'inquiétude se peindre en filigrane sur la façade réjouie de son visage, je me rends brusquement compte à quel point elle a dû espérer nous voir débarquer ensemble, Luke et moi, dans sa supervoiture. À quel point elle aurait voulu prouver à Janice qu'elle se trompait. Au lieu de quoi, me voilà seule, une fois de plus…

— Il va arriver, dis-je, presque pour me rassurer. Il sera là d'une minute à l'autre.

— Je n'en doute pas ! s'exclame maman avec enjouement. Et alors, les mots vont leur rentrer dans la gorge.

À ce moment-là on sonne à la porte, et toutes les deux nous nous raidissons en échangeant un regard.

— J'y vais, d'accord ?

J'essaie de prendre un ton détendu et maman, une minuscule lueur d'espoir dans la pupille, me répond : « Je t'en prie. »

Je m'efforce en vain de ne pas descendre l'escalier au galop et je fonce en bas, le cœur léger. J'ouvre la porte d'entrée à la volée… devant un type littéralement couvert de fleurs : il en a dans des paniers, en bouquet, et plusieurs boîtes plates reposent à ses pieds.

— Les fleurs du mariage, annonce-t-il. Où dois-je les mettre ?

— Eh bien… (Je m'efforce de dissimuler ma déception.) En fait, vous avez sonné à la mauvaise porte. Ces fleurs sont destinées à la maison voisine. Au 41.

— Ah bon ? fait l'homme en fronçant les sourcils. Attendez, je vais vérifier sur ma liste… Pouvez-vous me tenir ça ?

Il me colle le bouquet de la mariée entre les mains et se met à fouiller dans ses poches.

— Je vous assure que c'est pour les voisins. Regardez, je vais juste…

Je me retourne, tenant le bouquet de Lucy – à deux mains, tellement il est lourd –, et, vision d'horreur, découvre Angela Harrison au pied de l'escalier. Elle me fixe intensément. L'espace d'un instant, j'ai la ferme conviction qu'elle va me faire la peau.

— Qu'est-ce que c'est ? aboie-t-elle. Donnez-moi ça !

Elle m'arrache le bouquet des mains et approche son visage si près du mien que je peux humer son haleine qui sent le gin.

— Écoutez-moi bien, jeune fille, siffle-t-elle. Je ne me laisse pas berner par les sourires. Je sais ce que vous manigancez. Et vous allez vous calmer, d'accord ? Il est hors de question que le mariage de ma fille soit gâché par une espèce de petite cinglée psychopathe.

— Mais je ne suis pas cinglée ! (La fureur m'étrangle.)

Et je n'ai pas l'intention de gâcher quoi que ce soit ! Je ne cours pas après Tom ! J'ai déjà un petit ami !

— Ah oui ! Parlons-en, du fameux petit ami ! lance-t-elle en croisant les bras. Il est arrivé ?

— Non, pas encore. (L'expression de son visage me fait flancher.) Mais... il vient juste d'appeler.

— Il vient juste d'appeler, répète Angela avec un petit reniflement mauvais. Pour s'excuser ?

Pourquoi tous ces gens sont-ils convaincus que Luke ne viendra pas ? Et je m'entends répondre d'un ton de défi :

— En fait, il sera là dans une demi-heure.

— Bien, rétorque Angela avec un sourire malveillant, alors, nous n'allons pas tarder à le voir.

Et merde.

À midi, toujours pas de Luke. Je suis dans tous mes états. Je vis un cauchemar. Où est-il passé ? Je traîne devant l'église jusqu'à la dernière minute, l'appelle avec l'énergie du désespoir, désirant contre toute raison le voir arriver en courant sur la route. Les demoiselles d'honneur sont déjà là, une autre Rolls Royce vient de se garer – et toujours pas de Luke. La portière de la Rolls s'ouvre, et sitôt qu'apparaît un pan de robe de mariée je bats précipitamment en retraite dans l'église. Que personne n'aille s'imaginer que j'attends dehors pour semer la panique dans le cortège nuptial.

Je me faufile discrètement ; les orgues ont commencé à jouer. Angela Harrison me trucide du regard, et dans l'allée où passe Lucy j'entends du mouvement et des murmures. Je m'assieds dans les derniers rangs et m'efforce d'afficher une attitude sereine – mais j'ai parfaitement conscience des regards dérobés dont me bombardent tous les amis de Lucy. Qu'est-ce qu'elle a bien pu leur raconter ?

Je caresse brièvement l'idée de me lever et de sortir. De toute façon, je n'avais pas la moindre envie d'assister à ce mariage débile. Je n'ai accepté que pour ne pas offenser Janice et Martin. Mais, trop tard, la *Marche nuptiale* égrène ses premiers accords et Lucy arrive. Je dois reconnaître qu'elle porte la robe la plus fabuleuse que j'ai jamais vue. Je la détaille avec un peu de vague à l'âme, m'interdisant d'imaginer ce dont j'aurais l'air dans une robe comme celle-là.

La musique cesse et le pasteur prend la parole. Je sais bien que les gens assis près de Lucy s'obstinent à me jeter des regard de biais – mais je rajuste mon chapeau, je relève le menton et je les ignore.

— … pour unir cet homme et cette femme par les liens sacrés du mariage, entonne le pasteur. Qui est un état honorable…

Les demoiselles d'honneur portent de très jolies chaussures. Je me demande d'où elles viennent. Les robes, par contre… aïe ! aïe ! aïe !

— … par conséquent, si quelqu'un connaît une raison qui rende illégale cette union, qu'il parle maintenant ou se taise à jamais.

J'ai toujours adoré cet instant particulier dans les mariages. Tout le monde s'assoit sur ses mains comme pour s'empêcher de faire par inadvertance une enchère pour un Van Gogh. En levant les yeux afin de voir si quelqu'un va parler, j'aperçois – ô horreur – Angela Harrison, tournée dans ma direction, qui me fusille de son regard mauvais. Elle ne va vraiment pas bien !

À présent, des tas de gens l'imitent, de l'autre côté de l'allée centrale – dans les premiers rangs, une femme coiffée d'un large chapeau bleu se retourne même carrément pour me dévisager plus commodément.

Je chuchote avec hargne :

— Quoi ? Quoi ?

— Commeeeent ? bêle le pasteur, une main en cornet derrière l'oreille. Quelqu'un a parlé ?

— Oui ! fait la femme au chapeau bleu en me montrant du doigt. Elle !

Quoi ?

Oh, mon Dieu ! Non, mais je rêve ! L'assistance tout entière se retourne lentement vers moi. C'est un cauchemar. Et Tom qui me fixe en secouant la tête, avec cette affreuse expression apitoyée !

— Je… je… je n'… ai pas prononcé un mot. Je voulais juste…

— Auriez-vous l'obligeance de vous lever, demande le pasteur d'une voix forte. Je suis un peu sourd, et si vous avez quelque chose à dire…

— Non, vraiment, je…

— Levez-vous ! m'intime ma voisine en me tapant énergiquement avec sa feuille de cantique.

Très, très lentement, je me mets debout, incendiée par deux cents paires d'yeux. Je suis incapable de regarder en direction de Tom et de Lucy. Incapable de regarder mes parents. Jamais de toute ma vie je ne me suis sentie aussi gênée.

— Je n'ai rien à dire ! C'est vrai, quoi ! C'est juste que… (en désespoir de cause, je brandis mon portable)… c'était mon téléphone. Je croyais qu'il… Excusez-moi. Continuez.

Je me rassieds, les jambes en coton, dans un silence de mort. Peu à peu, l'assistance se retourne, le calme revient, le pasteur s'éclaircit la voix et commence à prononcer les vœux.

Le reste du service se déroule pour moi dans un brouillard. La cérémonie achevée, Lucy et Tom redescendent l'allée centrale en s'appliquant à m'ignorer, puis tous les invités sortent sur le parvis, les entourent, lancent des confettis. Je m'éclipse discrètement et regagne d'un pas fiévreux la maison des Webster. Luke doit être là maintenant. C'est sûr. Il a dû arriver en retard et décider de sécher l'église pour se rendre directement à la réception. Si vous réfléchissez deux secondes, ça coule de source. C'est ce que ferait toute personne sensée.

La maison des Webster grouille de traiteurs et de serveuses. Je la traverse rapidement et file direct vers la tente, un grand sourire aux lèvres, la tête pleine de Luke. Il me tarde de lui raconter cet épisode affreux, à l'église, et de le voir éclater de rire…

Mais la tente est vide. Pas un chat.

Perplexe, j'hésite un peu et fais demi-tour. Direction, la maison de mes parents : je viens d'y penser, Luke m'attend peut-être chez eux. Peut-être s'est-il trompé d'heure ? Ou alors il devait se changer, ou…

Mais chez mes parents non plus il n'y a personne. Pas plus en bas, dans la cuisine, qu'en haut. Et quand je compose son numéro de portable, l'appel bascule immédiatement sur la messagerie.

Je me traîne jusque dans ma chambre et m'effondre sur le lit, mobilisant toute ma volonté pour barrer le chemin aux mauvaises pensées qui tentent de s'insinuer dans mon cerveau.

Je n'arrête pas de me répéter qu'il arrive, qu'il est en route.

Par la fenêtre, je vois Tom, Lucy et les invités débouler dans le jardin des voisins. Une forêt de chapeaux et de costumes, des serveuses qui circulent avec des plateaux de champagne. Ç'a vraiment l'air joyeux. Je devrais être en bas, avec eux, mais sans Luke à mes côtés, c'est au-dessus de mes forces.

Puis, après un moment de cette réclusion volontaire, il me vient à l'esprit qu'en restant tapie ici je ne fais qu'apporter de l'eau à leur moulin. Ils vont tous croire que, ne pouvant pas supporter la vue de ce couple heureux, je me suis cachée dans un coin pour me taillader les veines. Mon attitude va confirmer tous leurs soupçons. Je dois descendre, me montrer, même une petite demi-heure.

Je me force à me lever, à inspirer profondément, à remettre du rouge à lèvres et à quitter ma retraite. Une fois dans le jardin des Webster, je profite d'un interstice entre deux pans de toile pour me faufiler discrètement sous la tente et j'observe un moment la masse compacte des invités. Le brouhaha est assourdissant et personne ne me prête la moindre attention. À l'entrée de la tente, une file s'est formée et, selon la règle, les invités défilent devant le jeune couple et leurs parents. Pas question que j'approche de cette zone. Je vais plutôt m'asseoir à une table encore déserte. Peu après, une serveuse surgit et me tend une coupe de champagne.

Je le sirote tranquillement et je regarde les gens. Je commence même à me détendre quand un bruissement me fait relever la tête et j'ai un haut-le-cœur en découvrant Lucy plantée pile devant moi dans sa magnifique robe, chaperonnée par une grosse demoiselle d'honneur sanglée dans une robe d'un vert vraiment peu flatteur.

— Bonjour, Rebecca, fait Lucy d'un ton avenant.

Je peux vous dire qu'elle est en train de se féliciter de sa courtoisie à l'égard de la pauvre fille qui a failli gâcher sa cérémonie de mariage.

— Salut. Écoute, je suis vraiment désolée pour tout à l'heure. Je n'avais vraiment pas…

— Ce n'est rien, m'interrompt Lucy avec un sourire crispé. Tom et moi sommes mariés et c'est tout ce qui compte, ajoute-t-elle en contemplant son alliance.

— Absolument ! Félicitations. Est-ce que vous allez…

— Nous nous demandions…, me coupe-t-elle d'un ton toujours plaisant. Luke est arrivé ?

Mon cœur marque un temps d'arrêt.

— Oh, eh bien…

Je ne sais plus quoi faire pour gagner du temps.

— C'est juste parce que tout à l'heure tu as dit à maman qu'il serait là d'ici une demi-heure, alors je m'étonne qu'on ne l'ait toujours pas vu.

Elle hausse un sourcil d'un air de parfaite innocence, tandis que sa demoiselle d'honneur lâche un ricanement disgracieux. Par-dessus l'épaule de Lucy, j'aperçois à quelques pas de là Angela Harrison et Tom. Ils me transpercent du regard avec une expression de triomphe. On voit bien qu'ils s'amusent comme des petits fous.

— Ça fait tout de même deux bonnes heures, reprend Lucy. Au moins ! Ça commence à devenir vraiment bizarre qu'il ne soit pas là. (Elle appuie sa question d'un coup d'œil moqueur.) À moins qu'il n'ait eu un accident ? Ou qu'il n'ait été retenu à… Zurich ? C'est ça ?

Je soutiens son regard, et son expression de raillerie suffisante déclenche dans mon cerveau une réaction violente.

— Il est arrivé.

C'est sorti comme ça, je n'ai pas pu me contrôler.

Un silence interdit suit ma déclaration. Lucy et sa demoiselle d'honneur échangent un regard, et j'en profite pour m'envoyer une bonne rasade de champagne.

— Il est arrivé ! Tu veux dire qu'il est… ici ?

— Tout à fait. Il était à mes côtés il y a un instant.

— Mais où ? Où est-il ?

— Eh bien, il était là (je désigne la chaise à côté de la mienne) il y a deux secondes. Vous ne l'avez pas vu ?

— Non ! s'exclame Lucy en ouvrant des yeux comme des soucoupes. Mais il est où maintenant ? insiste-t-elle en commençant à fouiller la foule du regard.

— Là-bas, dis-je en pointant un index au hasard devant moi. Il porte un manteau.

— Et quoi d'autre ?

— Et… il tient une coupe de champagne.

Dieu merci, dans un mariage tous les hommes se ressemblent.

— C'est lequel ? s'impatiente Lucy.

— Celui en noir, dis-je en buvant une autre gorgée de champagne. Tiens, regarde, il me fait signe. Coucou ! fais-je en agitant le main.

— Mais *où* ? grince Lucy qui scrute la foule. Kate, tu le vois, toi ?

— Non, fait la demoiselle d'honneur, découragée. À quoi il ressemble ?

— Ah… Ah ben tiens, il vient juste de disparaître. Il a dû aller me chercher une coupe.

Lucy se retourne vers moi.

— Alors, comment se fait-il qu'il ne soit pas venu à l'église.

En m'efforçant de sourire avec naturel, je rétorque :

— Il ne voulait pas interrompre la cérémonie. Bien, je ne voudrais pas te retenir. Tu dois vouloir profiter de tous tes invités.

— Oui, acquiesce Lucy après un temps de réflexion. C'est bien mon intention.

Après m'avoir gratifiée d'un dernier regard suspicieux, elle fonce retrouver sa mère, et bientôt, en petit comité, les voilà en train de faire des messes basses sans cesser de jeter des coups d'œil dans ma direction. Et puis, l'un d'eux part rejoindre un autre groupe. J'ai l'impression d'assister à la propagation d'un incendie.

Quelques minutes plus tard, Janice vient vers moi, un chapeau fleuri perché de guingois sur la tête, le teint empourpré et l'œil pleurnichard.

— Becky ! Je viens d'apprendre que Luke est ici !

Mon cœur dégringole de plusieurs étages. Et merde ! Raconter des bobards pour me débarrasser de la mariée, c'est une chose, mais je ne peux pas me résoudre à mentir à Janice. J'avale goulûment une gorgée de champagne et agite mon verre devant elle dans un geste qui peut signifier tout et n'importe quoi.

— Becky ! (Elle frappe dans ses mains.) Becky, je suis tellement… Est-ce que tu l'as présenté à tes parents ? Ta mère doit être sur un petit nuage !

Oh ! nom d'un chien !

J'ai la nausée. Mes parents. Je n'avais pas pensé à ce détail.

— Janice… excusez-moi mais je dois aller… me repoudrer, dis-je en me levant précipitamment. À tout à l'heure.

— Avec Luke !

Je lance avec un petit rire strident :

— Bien entendu !

Je file vers les toilettes de location en évitant tous les regards, m'enferme dans un box et m'assieds sur la cuvette, où je descends les dernières gouttes tièdes de champagne. Bon… Je dois réfléchir calmement aux différentes options.

Option numéro un : dire à tout le monde que Luke n'est pas là, que je me suis trompée.

À condition de bien vouloir être ivre morte et d'accepter de ne jamais plus remettre les pieds à Oxshott.

Option numéro deux : dire à mes parents, en privé, que Luke n'est pas là.

Mais ils vont être cruellement déçus. Mortifiés, même. Leur journée en sera gâchée et ce sera ma faute.

Option numéro trois : y aller au culot – et ne dire la vérité à papa et maman qu'à la fin de la journée. Oui. Ça peut marcher. Ça *doit* marcher. Ça ne doit pas être infaisable de convaincre tout le monde que Luke est là pendant une heure environ – et ensuite, je prétendrai qu'il avait mal à la tête et qu'il est allé s'allonger au calme.

Bon, je tiens mon plan. Allons-y.

Eh bien, je peux vous dire que c'est plus facile que je ne l'aurais cru. Il ne faut pas longtemps avant que tout le monde accepte comme un fait acquis que Luke est bel et bien là, quelque part dans la foule. La grand-mère de Tom vient même me dire qu'elle l'a aperçu. N'est-il pas beau ? Et quand est-ce mon tour ? J'ai répété à un nombre incalculable de gens qu'il était près de moi une minute à peine avant leur arrivée, j'ai garni deux assiettes au buffet, une pour moi, une pour Luke (je me débarrasse de celle-là dans un parterre de fleurs), et j'ai même emprunté le manteau d'un inconnu pour le poser sur la chaise à côté de la mienne. Et personne ne peut prouver qu'il n'est pas là, génial, non ? Il y a tellement de gens sous cette tente, il est impossible de ne pas perdre la trace de quelqu'un. Flûte ! Si seulement j'y avais pensé plus tôt.

— Nous allons faire les photos ! annonce Lucy en venant se dandiner sous mon nez. Il faut rassembler tout le monde. Où est Luke ?

Je réponds sans l'ombre d'une hésitation.

— Il discute du prix de l'immobilier avec un mec. Ils étaient par là-bas, vers le bar.

— Bon, n'oublie pas de me le présenter, reprend Lucy. Je ne l'ai toujours pas vu.

— Pas de problème, dis-je avec un grand sourire. Dès que j'ai retrouvé sa trace.

Je bois une gorgée de champagne et vois maman, dans son tailleur vert acide spécialement acheté pour aujourd'hui, qui vient vers moi.

Zut ! Jusque-là, j'ai réussi à les éviter, papa et elle, en prenant la tangente chaque fois qu'ils se trouvaient dans les parages. D'accord, ce n'est pas sympa de ma part, mais je sais que je n'aurai pas la force de mentir à maman. Je me faufile prestement hors de la tente et marche vers des buissons, esquivant au passage l'assistant du photographe qui est en train de rassembler les enfants. Je m'assieds derrière un arbre et j'achève mon verre, le regard perdu dans le bleu du ciel.

Je reste là pendant des heures, me semble-t-il, jusqu'à ce que mes jambes deviennent douloureuses et que la brise me fasse frissonner. Et, finalement, je rebrousse chemin et me faufile discrètement sous la tente. Je n'ai pas l'intention d'y rester très longtemps. Je veux juste manger une part de gâteau et boire peut-être une autre coupe.

— Ah ! La voilà ! s'exclame une voix dans mon dos.

Je me fige puis pivote lentement sur moi-même. Et là, horreur, je découvre tous les invités bien alignés en rangs d'oignon au centre de la tente, devant le photographe qui règle la hauteur du pied.

— Becky, où est Luke ? s'enquiert Lucy d'une voix cinglante. Nous essayons d'avoir tout le monde pour la photo.

Merde ! Merde ! Merde !

— Euh… (J'avale ma salive et m'efforce de conserver une nonchalance de façade.) Il n'est pas à l'intérieur ?

— Non, dit Kate – la demoiselle d'honneur –, nous venons juste de vérifier.

— Bon… peut-être dans le jardin, alors ?

— Mais tu en viens, remarque Lucy en me scrutant d'un regard suspicieux. Tu l'aurais vu.

— Euh… pas forcément.

Je balaie l'intérieur de la tente d'un regard circulaire et rapide. Est-ce bien raisonnable de faire semblant de l'apercevoir dans les derniers rangs ? Ce n'est plus comme quand la foule est compacte et désordonnée. Pourquoi donc tous ces gens ont-ils arrêté de papillonner ?

— Il est forcément quelque part, souligne une femme enjouée. Qui l'a vu en dernier ?

Silence de mort. Deux cents paires d'yeux me fixent. En croisant le regard anxieux de maman, je détourne rapidement le mien.

— Maintenant que j'y pense… (je m'éclaircis la voix)… il m'a dit qu'il avait un peu mal à la tête. Il est peut-être allé…

— Qui l'a vraiment vu ? me coupe Lucy en ignorant mes explications et en interrogeant l'assemblée du regard. Qui, ici, peut dire qu'il a vraiment vu Luke Brandon en chair et en os ? *Qui ?*

— Moi ! lance une voix chevrotante dans les derniers rangs. Un jeune homme très bien de sa personne…

— Qui, à part la grand-mère de Tom ? s'entête Lucy.

Nouveau silence de mort.

— Moi, commence timidement Janice, j'ai vu son manteau. Mais bon… ce n'était pas vraiment lui en chair et en os, achève-t-elle dans un murmure.

— Je le savais ! Je le savais ! glapit Lucy, triomphante. Il n'a jamais été là, n'est-ce pas ?

— Mais bien sûr que si ! dis-je en essayant d'avoir l'air sûre de moi. Il est certainement allé…

— Et c'est faux, tu ne sors pas avec Luke Brandon, hein ? poursuit-elle d'une voix qui emplit la tente. Tu as tout inventé de A à Z. Tout ça n'existe que dans tes pauvres petits fantasmes !

— Mais pas du tout ! (C'est horrible, j'ai la voix pâteuse, des larmes me picotent les yeux.) Pas du tout ! Luke et moi sommes ensemble !

Quoique... en regardant cette assemblée de visages qui me scrutent – les uns avec hostilité, d'autres avec perplexité, d'autres encore avec amusement –, je ne sois plus certaine de dire vrai. Si on était vraiment en couple, il serait là, non ? Avec moi.

— Je vais... Je vais voir si..., dis-je d'une voix chancelante, et, les yeux au ras de l'herbe, je m'éclipse.

— Cette fille n'est qu'une putain de méga-cinglée ! Franchement, Tom, elle est dangereuse ! clame Lucy, sous la tente.

— C'est vous qui êtes dangereuse, mademoiselle ! riposte maman d'une voix frémissante. Janice, je ne sais pas comment tu peux tolérer autant de grossièreté de la part de ta belle-fille. Becky a toujours été une amie pour vous, depuis des années. Et toi, Tom, qui restes là les bras ballants comme si tu n'étais pour rien dans tout ça ! Tu n'as pas honte de traiter ainsi ma fille ? Viens, Graham, nous partons.

La seconde d'après, je vois maman, son chapeau vert oscillant sur sa tête, émerger telle une furie de la tente, papa en remorque. Ils filent droit vers notre maison ; sans doute rentrent-ils se calmer devant une bonne tasse de thé.

Mais je ne les rejoindrai pas. Je me sens incapable de les affronter – eux ou n'importe qui. Pour l'instant, je n'ai qu'une envie : être seule.

Je marche vite, trébuchant parfois, jusqu'à l'autre bout du jardin et, quand j'estime être assez loin, je m'effondre sur l'herbe. J'enfouis la tête dans les mains et pour la toute première fois sens les larmes jaillir de mes yeux.

Cette journée était si prometteuse ! Le mariage de Tom constituait l'occasion rêvée de présenter Luke à mes parents et à tous nos amis, de danser avec lui au clair de lune… Au lieu de quoi ç'a été un gâchis pour tout le monde. Pour mes parents, pour Janice et Martin… Je me sens même navrée pour Tom et Lucy. Ils n'ont pas mérité tout ce chambardement à leur mariage, non ?

Je suis pétrifiée, les yeux rivés sur le sol. De la tente me parviennent les premiers échos de l'orchestre et la voix de Lucy, qui donne un ordre… Des gamins jouent à la balle dans le jardin, et, de temps en temps, elle vient rouler près de moi. Mais je ne bouge pas d'un poil. Je voudrais seulement pouvoir rester assise ici pour toujours, ne jamais revoir aucune de ces personnes.

Et puis j'entends qu'on me hèle, doucement, depuis l'autre bout de la pelouse.

Je me dis d'abord que Lucy a raison, je suis folle, j'entends des voix. Mais quand je lève les yeux, mon cœur s'envole et un truc tout dur se coince en travers de ma gorge. Je n'arrive pas à le croire.

C'est lui.

Lui, en chair et en os, qui traverse la pelouse dans ma direction, comme dans un rêve. Il est en costume de ville et tient deux coupes de champagne. Jamais je ne l'ai trouvé aussi beau.

— Je suis navré au-delà de toute expression, commence-t-il quand il arrive à ma hauteur. Quatre heures de retard, c'est… impardonnable.

Il secoue la tête.

Je le fixe, étourdie. J'avais presque commencé à croire que Lucy disait vrai et qu'il n'existait que dans mon imagination.

— Tu as été… retenu ?

— Un type qui a eu une crise cardiaque. Le vol a dû être détourné. Mais, poursuit-il en plissant le front, tu n'as pas eu mon message ? Je t'en ai laissé un dès que j'ai pu.

J'attrape mon téléphone, m'apercevant avec un choc que ça fait une éternité que je ne l'ai pas regardé. Et, comme de bien entendu, l'icône des messages clignote gaiement.

— Non, dis-je en fixant l'appareil d'un œil de poisson mort, je ne l'ai pas eu. Je pensais que…

À quoi bon lui dire ? Je secoue la tête. Je ne sais plus ce que je pensais. Ai-je vraiment cru que son absence était délibérée ?

— Ça va ? s'inquiète-t-il en s'accroupissant à côté de moi.

Il me tend une coupe et me caresse le visage du doigt. Je cligne des yeux.

— Non, dis-je en me frottant la joue. Puisque tu veux le savoir, ça ne va pas. Tu m'avais promis d'être là. *Promis*, Luke.

— Et je suis là.

— Tu sais très bien ce que je veux dire. (Je passe les bras autour de mes genoux ; je suis si malheureuse.) Je voulais que tu sois là pour la messe, pas que tu arrives quand tout est pratiquement fini. Je voulais que tout le monde te voie, nous voie ensemble… (Ma voix commence à chevroter.) Ç'a été… monstrueux. Ils ont tous cru que j'en avais après le marié…

— Le marié ? relève Luke avec incrédulité. Tu veux parler de ce machin fadasse prénommé Tom ?

— Exactement.

Luke fait une telle tête que ça m'arrache un demi-rire. Mais alors…

— Tu l'as vu ?

— Oui, on vient juste de me le présenter. En même temps que sa détestable épouse. Ils font la paire, ces deux-là.

Il boit une gorgée de champagne et s'allonge sur l'herbe, en équilibre sur les coudes.

— Le fait est, poursuit-il, qu'elle avait l'air plutôt surprise de me voir. Assez baba, même. Mais c'était le cas de tous les invités. Y a-t-il quelque chose que je devrais savoir ? me demande-t-il avec un regard inquisiteur.

— Euh... (Je m'éclaircis la voix.) Non, rien. Rien d'important.

— C'est bien ce que je pensais. Donc, la mariée qui s'est écriée quand je suis arrivé : « Oh, mon Dieu, mais il existe ! », c'est bien qu'elle est...

J'achève sans remuer la tête.

— ... timbrée.

— Bien. Je voulais juste en être sûr.

Il me prend la main. Je le laisse faire. Nous restons sans rien dire pendant un moment. Un oiseau décrit des cercles à n'en plus finir au-dessus de nos têtes, et au loin l'orchestre joue *Lady in Red.*

— Becky, je suis sincèrement désolé de mon retard, reprend Luke d'une voix brusquement grave. Je ne pouvais vraiment rien faire.

— Je sais, dis-je avec un soupir exaspéré. Ce n'est pas ta faute. Ce sont des choses qui arrivent.

Nous n'ajoutons rien.

— Le champagne est bon, remarque finalement Luke en buvant une gorgée.

— Oui. Il est... très bon. Il est... sec.

Je me frotte le visage, essayant de masquer ma nervosité.

Une partie de moi veut rester assise là, à bavarder le plus longtemps possible, mais l'autre partie est en train de penser : à quoi ça sert de retarder le moment fatidique ? Une seule chose m'intéresse. Mon estomac se noue mais je m'oblige à inspirer profondément et à me tourner vers lui.

— Alors ? Comment se sont passés tes rendez-vous à Zurich ? Comment… se présente cette nouvelle affaire ?

Je fais tout mon possible pour rester calme, mais je sens bien que mes lèvres commencent à trembler. Je me tords les mains frénétiquement.

— Becky… (Il fixe son verre un instant, puis le pose, et me regarde, moi.) Il faut que je te dise quelque chose. Je pars vivre à New York.

Un grand froid m'envahit. Je me sens lourde. Ainsi s'achève une journée désastreuse à tout point de vue. C'est la fin. La fin de tout.

— Bien. (J'articule avec peine en haussant négligemment les épaules.) Je vois. Bon, ben… OK.

— Et j'espère, j'espère de toutes mes forces, poursuit Luke en prenant mes mains dans les siennes et en les serrant fort, que tu vas m'accompagner.

REGAL AIRLINES
Siège social
Preston House
354 Kingsway
Londres WC2 4

Mademoiselle Rebecca Bloomwood
Apt 2
4 Burney Road
Londres SW6 8FD

Londres, le 17 septembre 2001

Chère Rebecca Bloomwood,

Je vous remercie pour votre courrier du 15 septembre.
Je me réjouis de votre impatience à voler sur nos lignes et vous remercie de nous avoir déjà aussi chaudement recommandé auprès de tous vos amis. Il est exact que le bouche-à-oreille constitue pour une compagnie comme la nôtre la meilleure des publicités.
Malheureusement, cela ne saurait justifier, ainsi que vous le suggérez, « un petit geste concernant vos bagages ». Regal Airlines ne peut augmenter le poids des bagages autorisés, qui est de 20 kg. Tout excédent sera sujet à une surtaxe. Je joins à cet envoi une notice explicative.

En vous souhaitant un excellent vol,

Mary Stevens
Responsable clientèle

PGNI First Bank Visa
7 Camel Square
Liverpool L1 5NP

Mademoiselle Rebecca Bloomwood
Apt 2
4 Burney Road
Londres SW6 8FD

Le 19 septembre 2001

UNE BONNE NOUVELLE !
Votre nouveau crédit autorisé est de 10 000 £

Chère Mademoiselle Bloomwood,

Nous avons le plaisir de vous annoncer que nous vous avons attribué une nouvelle limite de crédit. Cette nouvelle limite de 10 000 £ est immédiatement disponible et apparaîtra prochainement sur votre relevé de compte.

Imaginez tout ce que vous allez pouvoir vous offrir avec ce nouveau crédit : des vacances, une voiture... À moins que vous ne préfériez transférer de l'argent sur vos autres comptes.

Nous savons toutefois que certains de nos clients ne souhaitent pas profiter d'une augmentation de leur crédit. Aussi, si vous préférez que la limite de celui-ci demeure inchangée, nous vous prions de contacter l'un de nos responsables clients ou de nous retourner le formulaire ci-dessous.

Avec l'assurance de mes meilleurs sentiments,

Michael Hunt
Directeur clients.

Nom : REBECCA BLOOMWOOD
Numéro de compte : 0003 4572 0990 2765
Je souhaite / je ne souhaite pas profiter de l'offre d'un nouveau crédit de 10 000 £
(Rayez la mention inutile)

7

New York ! Je pars pour New York ! *New York !*

Rien n'est plus pareil. Tout s'est arrangé. C'est pour ça que Luke avait fait autant de mystères. Nous avons eu une longue et merveilleuse discussion durant le mariage. Luke m'a tout expliqué, et brusquement tout s'est éclairé. Il s'avère qu'il ouvre une antenne de Brandon Communication à New York – en partenariat avec un publicitaire installé à Washington – et qu'il va partir la diriger. Il m'a assurée qu'il voulait depuis le début que je l'accompagne, mais qu'il se doutait que jamais je n'accepterais d'abandonner ma carrière juste pour le suivre. Donc – et c'est là le meilleur de l'histoire –, il a pris quelques contacts à la télé, et il pense que je vais pouvoir travailler comme expert financier dans une émission américaine. En fait, il est persuadé que ça va marcher d'enfer parce que les Américains adorent l'accent anglais. Apparemment, un producteur a déjà presque fait une offre juste en se fondant sur une cassette que Luke lui a montrée. Génial, non ?

S'il a tant tardé à me dévoiler ses projets, m'a-t-il expliqué, c'est qu'il ne voulait pas me donner de faux espoirs avant que les choses ne prennent un tour définitif. À présent, il semble que tous les investisseurs sont trouvés, que tout le monde est très confiant et grille d'envie de finaliser l'affaire au plus vite. Luke dit qu'avant même que la société existe officiellement, il a déjà des tonnes de clients potentiels là-bas.

Et devinez quoi ? Nous partons dans trois jours. Luke a rendez-vous avec ses investisseurs, et moi avec des gens de la télé. Et aussi avec la ville ! Que c'est excitant ! Dans soixante-douze heures je serai dans la Grosse Pomme. La ville qui ne dort jamais. La...

— Becky ?

Oh zut ! Je redescends sur terre, sur le plateau de *Morning Coffee* très exactement, où, comme d'habitude, je réponds aux appels des téléspectateurs. Je plaque en hâte un sourire sur mon visage. Jane, de Lincoln, est en ligne et vient d'exposer son problème : elle souhaite devenir propriétaire mais ne sait pas quel type d'hypothèque choisir.

Combien de fois ai-je expliqué la différence entre un crédit à terme et des assurances de recouvrement ! Vous voyez, la plupart du temps, écouter les gens et essayer de les aider, c'est passionnant. Mais, parfois, c'est aussi rasoir qu'écrire dans *Réussir votre épargne*. Encore des histoires d'hypothèque ! J'ai envie de hurler : « Mais nous n'avez donc pas regardé l'émission de la semaine dernière ? »

— Eh bien Jane, dis-je en réprimant un bâillement, il faut toujours être prudent en matière d'hypothèques.

Tandis que je parle, mon esprit se met de nouveau à dériver vers New York. Imaginez : nous aurons un appartement à Manhattan. Dans un de ces immeubles incroyables de l'Upper East Side – ou alors dans un endroit supercool à Greenwich Village. Oh ! là, là ! Ça va être tout simplement génial.

Pour tout vous dire, je n'avais plus songé à l'éventualité

d'habiter avec Luke depuis… des lustres. Et c'est vrai que si nous étions restés à Londres, la question n'aurait pas été abordée de sitôt. Habiter ensemble revient à faire le grand saut, non ? Mais là, justement, c'est différent. Comme a dit Luke, nous tenons la chance de faire notre vie ensemble. C'est un nouveau départ. Les taxis jaunes et les gratte-ciel, Woody Allen et *Diamants sur canapé.*

Et le plus étrange, c'est que, bien que je n'aie jamais mis les pieds à New York, je me sens déjà des tas d'affinités avec cette ville. Par exemple, j'adore les sushis – une invention new-yorkaise, non ? Et je ne manque jamais un épisode de *Friends*, sauf si je ne suis pas à la maison ce soir-là.

Je reprends, l'esprit toujours rêveur… un duplex sur la Cinquième Avenue, ou un appartement dans un petit immeuble de l'East Side.

— Alors vraiment, Jane, quoi que vous achetiez, vous devez maximiser le potentiel de votre dollar. Ce qui signifie…

Je m'interromps en voyant les regards bizarres que me jettent Rory et Emma.

— Becky, intervient cette dernière, Jane envisage d'acheter une maison mitoyenne à Skegness.

— Et en livres, non ? ajoute Rory, quêtant une approbation d'un regard circulaire.

— Oui, naturellement. Je donnais juste un ou deux exemples. New York, Londres, Skegness, où que vous songiez à acheter, les principes demeurent les mêmes, et…

— Eh bien, c'est sur cette note internationale que va s'achever aujourd'hui notre émission, me coupe Emma. Nous espérons que nous vous avons aidée, Jane, et je remercie encore une fois Becky Bloomwood, notre experte financière. Le mot de la fin, Becky ?

— Le même que d'habitude, dis-je avec un sourire chaleureux à la caméra : « Prenez soin de votre argent…

— … et votre argent prendra soin de vous », entonne consciencieusement l'équipe.

— Voilà, conclut Emma, nous devons rendre l'antenne. Rendez-vous demain matin. Nous vous présenterons trois professeurs de Teddington…

— … et l'interview de celui qui s'est lancé dans l'univers du cirque à soixante-cinq ans, poursuit Rory.

— … et vous pourrez participer au tirage de cinq mille livres ! À demain.

Suit une pause glaciale puis, dès que la musique du générique se met en route, tout le monde se détend.

— Dis donc Becky, tu pars à New York ou quoi ? demande Rory.

— Oui. Pour quinze jours.

— C'est génial ! s'exclame Emma. Qu'est-ce qui t'a décidée ?

J'esquisse un haussement d'épaules.

— Rien de particulier. C'est juste comme ça. Une lubie…

À *Morning Coffee*, je n'ai encore mis personne au courant du projet. C'est ce que m'a conseillé Luke. Au cas où… On ne sait jamais.

Zelda, l'assistante de production, déboule sur le plateau, des papiers à la main.

— Becky, il faut que je vous voie deux secondes. Votre nouveau contrat est prêt. Vous n'avez plus qu'à le signer. Mais, avant, je voudrais qu'on le regarde ensemble. Il y a une nouvelle clause qui concerne la représentation que vous donnez de l'image de la chaîne. C'est à cause de tous ces problèmes avec le professeur Jamie, ajoute-t-elle en baissant la voix.

— Ah ! je vois, dis-je en lui souriant avec sympathie.

Le professeur Jamie est le spécialiste de l'éducation de

Morning Coffee. Ou, du moins, était, jusqu'à ce que le *Daily World* publie le mois dernier un portrait de lui, dans sa série « Sont-ils ce qu'ils prétendent être ? ». Là, on apprenait que Jamie n'est pas du tout professeur et qu'en fait il n'a même pas un seul diplôme, excepté un faux, acheté à l'université d'Oxbridge. Toute la presse à sensation s'est emparée de l'info et n'a pas arrêté de montrer des photos de lui au téléthon de l'an passé, vêtu de la toge universitaire. Je suis vraiment navrée pour lui, parce que ses conseils me semblaient judicieux.

Ça m'a un peu étonnée, tant de vice de la part du *Daily World.* J'ai moi-même eu une ou deux occasions d'écrire pour eux, et j'avais toujours trouvé que pour un tabloïd ils s'en tenaient à des limites plutôt raisonnables.

— Il n'y en a que pour cinq minutes, m'assure Zelda. Si vous voulez, nous pouvons aller dans mon bureau…

— Euh…

Me voilà bien embarrassée. Compte tenu de mes projets, le moment est plutôt mal choisi pour signer quoi que ce soit.

— Écoutez, là… je n'ai pas vraiment le temps. (C'est l'exacte vérité : Luke m'attend à son bureau à midi, et ensuite je dois m'occuper de mes valises. Ô joie !) Est-ce que ça peut attendre mon retour ?

— OK, fait Zelda en rangeant le contrat dans l'enveloppe en kraft. Pas de problème. Amusez-vous bien, ajoute-t-elle avec un sourire. Et vous savez, vous devriez vraiment en profiter pour faire du shopping.

Je répète, comme si cela ne m'avait pas traversé l'esprit :

— Du shopping ? Oui, je pense que vous avez raison.

— Bien sûr qu'elle a raison ! renchérit Emma. Impossible d'aller à New York sans faire de shopping. Même si je suppose que Becky va nous dire qu'il vaut mieux mettre son argent sur des livrets d'épargne que de le dépenser.

Elle éclate d'un grand rire, imitée par Zelda. Je me force à leur sourire, mais je me sens dans mes petits souliers. D'une certaine façon, tous les gens de l'équipe sont persuadés que je suis superorganisée avec mon argent – et, sans que ce soit délibéré, je ne les ai pas détrompés. Cela dit, ce n'est pas très grave. Je m'entends énoncer :

— Oui, un compte livret, c'est une bonne idée… Mais, comme je dis toujours, c'est bien de faire du shopping de temps en temps, du moment qu'on s'en tient aux limites de son budget.

— C'est comme ça que tu comptes procéder ? s'étonne Emma, l'air intéressé. Tu vas te fixer un budget ?

— Oui, naturellement. Il n'y a pas d'autre moyen.

C'est la vérité : j'ai la ferme intention de me fixer un budget spécial shopping new-yorkais. Un budget avec des limites réalistes auxquelles je vais me tenir. C'est on ne peut plus simple.

Quoiqu'il soit plus judicieux de me fixer une limite assez ample et flexible. C'est toujours utile d'avoir un peu de marge pour les urgences et les occasions exceptionnelles.

— Tu t'imposes de telles règles de conduite ! s'extasie Emma en secouant la tête. Mais bon, c'est la raison pour laquelle l'experte financière, c'est toi, pas moi. Ah, génial ! s'exclame-t-elle en voyant apparaître le préposé aux sandwiches, son plateau dans les mains. Je meurs de faim. Je vais prendre un… bacon-avocat, s'il vous plaît.

— Un thon-maïs pour moi, annonce Zelda. Et pour vous, Becky ?

— Un pastrami avec du pain de seigle. Sans mayonnaise.

— Je ne pense pas qu'ils en aient, dit Zelda en fronçant les sourcils. Mais ils ont du jambon, de la salade…

— Un bagel alors, avec du fromage fondu. Et un soda.

— Vous voulez dire de l'eau gazeuse ?

— C'est quoi un bagel ? demande Emma, perplexe, et je fais semblant de n'avoir pas entendu.

Je ne sais pas exactement ce qu'est un bagel, mais je sais qu'ils en mangent à New York, alors ce doit être bon, non ?

— De toute façon, je n'en ai pas, intervient le type des sandwiches. Mais j'ai fromage et tomates, et un paquet de chips.

— D'accord, ça ira, dis-je à contrecœur en cherchant mon porte-monnaie.

En le sortant, je fais tomber du courrier que j'ai pris ce matin en partant de la maison. Merde ! Je me hâte de le ramasser et de l'enfourner dans mon sac, espérant que personne n'a eu le temps de voir. Mais c'est raté : ce maudit Rory avait le regard braqué sur moi.

— Hé, Becky ! lance-t-il avec un rire bruyant. Mais c'était une mise en demeure que j'ai vue là !

— Non ! Bien sûr que non. C'est... une carte d'anniversaire. Pour faire une blague. À mon comptable. Bon, faut que j'y aille. Ciao.

D'accord, ce n'était pas une carte d'anniversaire mais bien une mise en demeure. Et, pour tout vous dire, ces derniers jours, j'en ai reçu pas mal. Évidemment, j'ai la ferme intention de payer dès que j'aurai l'argent. Le problème, c'est que je n'y arrive pas. Il y a tout de même des choses plus importantes dans ma vie en ce moment que ces maudites mises en demeure, non ? Dans quelques mois, je vivrai de l'autre côté de l'océan. Et je serai une star de la télévision américaine.

Luke dit qu'aux States je gagnerai très certainement le double de mon salaire actuel. Sinon plus. Alors, à quoi bon me torturer l'esprit pour quelques malheureuses factures de rien du tout, hein ? Ce n'est pas un débit de quelques livres qui va m'empêcher de dormir alors que mon nom sera bientôt sur toutes les lèvres et que je m'apprête à habiter un penthouse sur Park Avenue.

Génial ! Ça va complètement bluffer cet affreux John Gavin. Il en aura les pattes sciées. Imaginez un peu sa tête quand je me présenterai à son bureau pour lui annoncer qu'il a devant lui la nouvelle présentatrice-vedette de CNN, avec un salaire six fois supérieur au sien. Voilà qui lui apprendra à être si mesquin. Je me suis enfin résolue à ouvrir sa dernière lettre ce matin, et elle m'a rendue plutôt malade. Qu'entend-il par « un niveau de dettes excessif » ? Et par « statut spécial » ? Jamais Derek Smeath n'aurait été aussi goujat à mon égard. Jamais.

Lorsque j'arrive chez Brandon Communication, Luke est en rendez-vous ; pas grave, j'aime bien traîner dans les bureaux de l'agence – en fait, je passe ici assez souvent, juste pour profiter de l'atmosphère. C'est un endroit vraiment super : des planchers en bois clair, des spots, des canapés design ; plein de gens superoccupés et très dynamiques qui s'agitent comme dans une ruche. Ils restent travailler tard le soir, même si personne ne les y oblige, et aux alentours de sept heures il y en a toujours un pour déboucher une bouteille de vin qu'il fait circuler.

Mercredi c'était l'anniversaire de Mel, et j'ai pour elle un cadeau, dont je suis assez contente : une paire de coussins sublimes de chez Conran Shop. Quand je lui tends le sac en papier, elle s'exclame :

— Oh, Becky ! vous n'auriez pas dû !

— Ça me fait plaisir, lui dis-je avec un sourire jusqu'aux oreilles. Alors, quelles sont les dernières nouvelles ?

Et pendant qu'elle admire ma trouvaille, je me perche sur son bureau pour faire un brin de causette.

Rien ne vaut quelques bons ragots. Mel repose le sac en papier, sort un sachet de toffees et on commence à papoter. Elle me raconte en détail son rendez-vous catastrophique avec le type atroce auquel sa mère essaie de la fourguer par tous les moyens, et moi je lui fais un débriefing complet du mariage de Tom. Ces questions réglées, elle baisse de plusieurs tons et attaque le chapitre des ragots de l'agence : les deux réceptionnistes qui ne se sont jamais plus adressé la parole depuis qu'elles sont arrivées l'une et l'autre avec la même veste de chez Next – qu'elles ont l'une et l'autre refusé d'enlever ; la fille de la compta qui vient juste de rentrer de son congé maternité et qui vomit tous les matins dans les toilettes mais qui ne veut rien admettre.

— … mais la meilleure de toutes, c'est celle-là, poursuit Mel en me tendant le sachet de toffees. Je pense qu'Alicia a une histoire avec quelqu'un d'ici.

— Non ! Tu plaisantes ! Avec qui ?

— Ben Bridges.

Je grimace en cherchant à mettre un visage sur ce nom.

— Le nouveau qui vient de chez Coupland Foster Bright, précise Mel.

— Lui ? Non !

Je dois dire que ça m'en bouche un coin. Il est adorable, mais plutôt petit et arriviste, avec une tête de gamin. Pas vraiment le genre d'Alicia, à mon avis.

— Je n'arrête pas de les voir ensemble, en train de faire des messes basses. Et l'autre jour, Alicia est partie en disant qu'elle allait chez le dentiste, mais quand je suis arrivée chez Ratchetts, qui je vois, en train de déjeuner…

Elle se tait car Luke vient d'ouvrir la porte de son bureau pour reconduire un type en chemise violette.

— Mel, pouvez-vous appeler un taxi pour M. Mallory, s'il vous plaît ?

— Tout de suite, Luke, répond-elle en retrouvant sa voix de secrétaire efficace.

Elle soulève le combiné et nous échangeons un sourire. Puis, j'entre dans le bureau de Luke. Quel bureau ! Le chic absolu. J'oublie toujours, d'une fois sur l'autre, à quel point il est grandiose. Il a une immense table de travail en érable dessinée par je ne sais plus quel architecte d'intérieur danois ultra-célèbre, et derrière, sur les étagères de l'alcôve, s'accumulent toutes les récompenses que Luke a gagnées au fil des ans.

— Tiens, dit-il en me tendant une liasse de papiers.

La première page est une lettre à en-tête de Howski and Forlano, avocats spécialisés dans l'immigration aux États-Unis. Lorsque je lis « votre projet d'installation aux États-Unis », un frisson d'excitation me parcourt tout entière.

— C'est bien vrai ? Je ne rêve pas ? dis-je en marchant jusqu'à la baie vitrée qui monte du sol au plafond. Nous allons vraiment à New York ?

— Les places sont réservées, me répond Luke avec un sourire.

— Tu sais très bien ce que je veux dire.

— Oui, je sais, et tout ça est vraiment très excitant.

Il me prend dans ses bras et nous restons ainsi, perdus dans la contemplation de la rue pleine d'agitation, en bas. J'ai un mal fou à croire que je vais quitter tout ça et vivre dans un pays étranger. C'est excitant, c'est merveilleux – mais tout de même un petit peu effrayant.

— Tu crois que je trouverai un travail, là-bas ? (Chaque fois que je le vois, ces derniers temps, je lui pose cette question.) Dis-moi franchement ?

— J'en suis convaincu.

Il a l'air si sûr de lui que je me détends entre ses bras.

— Ils vont t'adorer, renchérit-il. Je n'ai aucun souci de ce côté-là.

Il m'embrasse et resserre un instant son étreinte avant de me lâcher pour s'asseoir à son bureau. Là, avec un froncement de sourcils, il ouvre un énorme dossier intitulé NEW YORK. Pas étonnant qu'il soit aussi volumineux : Luke m'a dit l'autre jour qu'il travaillait sur ce projet depuis trois ans. Trois ans !

— Je n'arrive pas à croire que tu prépares ça depuis si longtemps et que tu ne m'en aies jamais parlé, dis-je en le regardant gribouiller quelques mots sur un Post-it.

— Mmmm…

Ma main se crispe sur la liasse de papiers et je prends mon inspiration. Il y a un truc que je veux lui dire depuis un bon bout de temps – et là, c'est le moment ou jamais.

— Luke, tu aurais fait quoi si je n'avais pas voulu partir avec toi ?

Un ange passe. On n'entend plus que le ronronnement de l'ordinateur.

— Je savais que tu viendrais, finit-il par répondre. Il est évident que c'est l'étape suivante de ta carrière.

— Oui, mais… si j'avais refusé ? (Je me mords la lèvre.) Tu serais tout de même parti ?

Luke lâche un soupir.

— Becky… Tu veux partir oui ou non ?

— Oui ! Tu le sais bien !

— Alors, à quoi sert de se demander, et si ceci, et si cela ? Ce qui compte, c'est que tu veuilles y aller. Je veux y aller aussi… donc c'est parfait. (Il me sourit en reposant son stylo et enchaîne :) Comment le prennent tes parents ?

— Euh… bien. Ils commencent à s'habituer à l'idée.

Ce qui est assez exact. Cependant, je dois convenir que la nouvelle leur a fait un drôle de choc. Après réflexion, je me dis que j'aurais peut-être dû le leur annoncer en y mettant plus de formes. Par exemple, j'aurais pu leur présenter Luke avant de leur dire de but en blanc que je partais. En fait, voilà comment ça s'est passé : je me suis précipitée à la maison, ils étaient en train de prendre le thé devant la télé, toujours vêtus de leurs habits de cérémonie. J'ai débarqué dans le salon, éteint la télé et annoncé : « Papa, maman, je pars vivre à New York avec Luke. »

Et là, maman a regardé papa et a juste dit : « Mon Dieu, Graham, elle est partie pour de bon. »

Après, elle a expliqué qu'elle s'était mal exprimée – mais je n'en suis pas si sûre.

Ensuite, ils ont rencontré Luke, qui leur a exposé son projet et expliqué toutes les opportunités qui pourraient se présenter pour moi à la télé américaine, et là j'ai vu le sourire de maman disparaître peu à peu. J'avais l'impression que son visage se ratatinait de minute en minute et se refermait comme une coquille d'huître. Elle s'est levée pour aller refaire du thé. Je l'ai suivie ; j'ai bien vu qu'elle était bouleversée mais qu'elle ne voulait pas le montrer. Elle a préparé le thé, ses mains tremblaient un peu, elle a sorti quelques biscuits, et puis elle s'est tournée vers moi et là, avec un grand sourire, elle a dit : « J'ai toujours pensé que New York était la ville idéale pour toi, Becky. »

Je l'ai regardée avec des yeux ronds et brusquement j'ai pris conscience de ce dont il était vraiment question : partir vivre à des milliers de kilomètres de la maison, d'eux et – exception faite de Luke – de toute ma vie.

— Vous… Vous viendrez nous voir souvent, ai-je dit d'une voix mal assurée.

— Bien sûr, ma chérie ! Souvent !

Elle a serré ma main dans la sienne avant de détourner le regard. Puis nous avons rejoint Luke et papa au salon et n'en avons plus reparlé.

Mais le lendemain matin, quand nous sommes

descendus pour le petit déjeuner, papa et elle examinaient des publicités pour des maisons de vacances en Floride dans le *Sunday Times*. Ils nous ont assuré que c'est un projet qu'ils caressaient de toute façon depuis un certain temps, et dans l'après-midi, quand nous sommes partis, ils débattaient vigoureusement des mérites comparés de DisneyWorld en Floride et de Disneyland en Californie – bien qu'à ma connaissance ils n'aient jamais ni l'un ni l'autre mis les pieds dans aucun des deux.

— Becky, j'ai quelques petites choses à terminer, reprend Luke, interrompant le fil de mes pensées. (Il soulève le combiné et compose un numéro.) On se voit ce soir, d'accord ?

— OK, dis-je en restant devant la baie vitrée. Et puis brusquement, je pense à un truc :

— Hé, tu es au courant pour Alicia ?

Luke fronce les sourcils d'un air interrogateur.

— Mel pense qu'elle a une histoire avec Ben Bridges. C'est incroyable, non ?

— Totalement, répond Luke en pianotant sur son clavier.

— Alors, que crois-tu qui se passe ? dis-je, en me perchant, tout excitée, sur son bureau.

— Mon ange, j'ai vraiment du travail à finir.

— Ça ne t'intéresse pas ?

— Non. Tant qu'ils travaillent.

— Mais on ne peut pas réduire les gens à leur travail !

Peine perdue, il n'écoute plus. Son regard distant et dur est signe de concentration.

Je soupire en levant les yeux au ciel.

— Bon, j'ai compris. À tout à l'heure.

Quand je sors du bureau de Luke, Mel n'est plus dans le sien. En revanche, j'y trouve Alicia, vêtue d'un élégant tailleur noir, penchée attentivement sur des papiers. Il me semble que son visage a plus de couleurs qu'à l'ordinaire, et je me demande en rigolant intérieurement si elle ne sort pas d'une séance de galipettes avec Ben.

— Salut, Alicia, dis-je poliment. Comment allez-vous ?

Elle sursaute et rassemble nerveusement les papiers qu'elle lisait avant de me dévisager d'un air bizarre, comme si elle me voyait pour la première fois.

— Becky, fait-elle lentement. Si je pensais... L'expert financier en chair et en os. Le gourou de l'argent.

Quel est son problème, à cette fille ? Pourquoi, dès qu'elle prononce mon nom, ai-je le sentiment qu'elle manigance quelque chose ?

— Eh oui. En chair et en os. Où est Mel ?

Je m'approche du bureau avec l'impression d'y avoir oublié quelque chose, mais quoi ? Impossible de me souvenir. Une écharpe ? Est-ce que j'avais un parapluie ?

— Elle est descendue déjeuner. Elle m'a montré votre cadeau. Très beau.

— Merci, dis-je sèchement.

— Alors, reprend-elle avec un imperceptible sourire, je suppose que vous vous accrochez à Luke et que vous le suivez à New York. Ce doit être agréable d'avoir un petit ami riche.

Bon sang, mais quelle peau de vache ! Jamais elle ne dirait un truc pareil devant lui.

Je rétorque d'un ton enjoué :

— Détrompez-vous, je ne m'accroche à personne ; j'ai mes propres enjeux, dans ce voyage. Des tas de producteurs télé m'ont déjà donné rendez-vous.

— Mais..., reprend Alicia, plissant le front d'un air songeur, c'est tout de même l'agence qui finance votre billet, non ?

— Pas du tout. Je le paie de ma poche.

— Ah bon... C'était juste une question que je me

posais. Alors, amusez-vous bien, conclut-elle en me tendant la main. Il faut que j'y aille. Ciao.

Elle rassemble quelques dossiers, les glisse dans sa mallette et disparaît.

— À la prochaine, dis-je en la regardant s'éloigner d'un pas vif vers les ascenseurs.

Je reste cinq minutes de plus devant le bureau de Mel, à me demander ce que j'ai bien pu y oublier. Oh, et puis flûte ! Ce ne doit pas être bien important.

Quand j'arrive à la maison, Suze est dans l'entrée, au téléphone. Elle a le visage empourpré, la peau brillante, et la voix qui tremble. Tout à coup je panique. Et si quelque chose d'affreux s'était produit ? Le cœur serré d'angoisse, je l'interroge du regard, et en réponse elle hoche nerveusement la tête, entre deux « Oui », « Je vois, ce serait pour quand ? ».

Je m'effondre dans un fauteuil. De quoi peut-elle bien parler ? D'un enterrement ? D'une opération du cerveau ? Bon sang ! Il suffit que je décide de m'en aller pour qu'il y ait une tuile.

— Devine ? interroge-t-elle d'une voix tremblante sitôt qu'elle a raccroché.

Je bondis vers elle et lui saisis impulsivement les mains.

— Suze, je ne pars pas. Tant pis pour New York. Je reste avec toi, je t'aiderai. Quoi qu'il soit arrivé. Est-ce que… quelqu'un est mort ?

— Non, réplique Suze, l'air sonné.

J'avale ma salive.

— Tu es malade ?

— Non, Bex ! C'est une bonne nouvelle. Mais je n'arrive pas à le croire.

— C'est quoi ?

— On me propose de créer ma propre ligne

d'accessoires chez Hadleys. Tu sais, le grand magasin. (Elle secoue la tête d'incrédulité.) Ils veulent que je leur dessine une ligne complète ! Des cadres, des vases, de la papeterie… Ce que je veux, en fait.

— Ça alors ! (Je porte la main à ma bouche.) Mais c'est génial !

— Ce type a appelé, là, à l'improviste, pour me dire que ses chasseurs de têtes avaient surveillé les ventes de mes cadres, qu'ils n'avaient jamais vu un truc pareil.

— Oh, Suze ! C'est fantastique.

— Je n'imaginais pas que ça marcherait si bien, ajoute Suze, toujours en état de choc. Ce type m'assure que c'est un vrai phénomène. Tout le monde en parle dans le secteur. Apparemment, la seule boutique où ils n'en ont pas vendu autant est la plus excentrée. Finchley, un nom comme ça.

— Ah oui ? dis-je d'un ton vague. Je ne pense pas y être jamais allée.

— Le type croit que ce doit être ponctuel parce que les autres, à Fulham, Notting Hill et Chelsea, ont été dévalisée. Et apparemment, chez Beaux Cadres, je suis en tête des ventes.

— Mais ça n'a rien de surprenant ! Tes cadres sont de loin ce qu'ils ont de mieux dans la boutique. De très loin. Suze ! (Je pose les mains sur ses épaules.) Si tu savais comme je suis fière de toi. J'ai toujours su que tu deviendrais une star.

— Sans toi, je ne me serais jamais lancée dans cette aventure. C'est grâce à toi que j'ai commencé à faire des cadres… Oh, Bex ! (Ses yeux s'emplissent brusquement de larmes.) Tu vas tellement me manquer.

— Je sais, dis-je en me mordant la lèvre. Toi aussi, tu vas me manquer.

Nous restons muettes un bon moment, et franchement

je me retiens de fondre en larmes. Je prends une profonde inspiration et relève la tête.

— Bon, il faut que tu montes une antenne à New York.

— Tu as raison ! (Son visage s'illumine.) C'est exactement ce que je dois faire.

— Oui. Et bientôt tes cadres seront distribués partout dans le monde. (Je la serre dans mes bras.) Si on sortait, ce soir, pour fêter ça ?

— Oh, Bex, j'adorerais, mais je ne peux pas. Je pars en Écosse. En fait… (Elle jette un coup d'œil sur sa montre et grimace.) Quelle horreur ! Je ne m'étais pas imaginé qu'il était si tard. Tarquin va arriver d'un instant à l'autre.

— Tarquin va venir ici ? Là, tout de suite ?

Depuis cette soirée épouvantable que nous avions passée tous les deux, je m'étais débrouillée pour éviter de croiser le cousin de Suze. Je me sens mal rien que d'y repenser. En deux mots, la soirée se passait bien (enfin, pas trop mal, compte tenu du fait qu'il ne me plaît pas et que nous n'avons pas grand-chose en commun), jusqu'à ce que Tarquin me surprenne à feuilleter son chéquier. Enfin, je crois qu'il m'a vue. Je n'en ai jamais eu le cœur net et, franchement, je n'ai pas très envie de savoir.

— Il m'emmène en voiture chez ma tante pour une fête de famille mortelle. Nous serons les deux seuls de moins de soixante-dix ans.

Elle n'a pas plus tôt filé dans sa chambre qu'on sonne à la porte.

— Bex, tu peux y aller ? C'est sûrement lui.

Oh non ! Je ne me sens pas du tout prête à affronter cette épreuve. J'essaie néanmoins de prendre un air assuré, détaché, et j'ouvre la porte d'un geste ample en lançant d'une voix enjouée :

— Tarquin !

— Becky ! s'exclame-t-il en me couvant du regard comme si j'étais le trésor de Toutankhamon.

Oh ! là, là ! il est toujours aussi maigre et étrange, avec son pull vert tricoté main totalement bizarre sous un gilet en tweed... et cette énorme montre à gousset dont la chaîne pendouille de sa poche... Franchement, vous ne croyez pas que la quinzième fortune d'Angleterre, ou à peu près, pourrait s'offrir une jolie Timex neuve ?

— Entre donc, fais-je avec une convivialité exagérée, les mains tendues à la façon d'un patron de restau italien.

Tarquin m'emboîte le pas jusqu'au salon. Il y a un instant de battement bizarre tandis que j'attends qu'il s'assoie. Je commence à m'impatienter à le voir tournicoter au milieu de la pièce quand brusquement je comprends que c'est lui qui attend que je m'assoie. Ni une ni deux, je plonge littéralement dans le canapé.

Je m'enquiers poliment :

— Tu veux un titchy ?

— C'est un peu tôt, réplique Tarquin avec un rire nerveux.

(Ah oui ! au fait, en langage tarquinien, un « titchy », c'est un verre. Un pantalon, c'est un « pant ». Bon, vous voyez le genre.)

Nous nous abîmons dans un silence abyssal. Je ne peux m'empêcher de penser à tous les détails atroces du soir où il m'a invitée à dîner – quand il a tenté de m'embrasser, par exemple, et que je me suis reculée d'un bond. Stooop ! Oublie. Ou-blie.

— Euh... j'ai entendu dire que tu partais vivre à New York, avance Tarquin, les yeux vissés au plancher. C'est vrai ?

— Oui, tout à fait, dis-je avec un sourire impossible à réprimer.

— J'y suis allé une fois. Ça ne m'a pas vraiment plu.

— Non ! Non, je ne peux pas le croire. C'est sûr que ça change de l'Écosse. C'est un peu plus… agité.

— Absolument ! s'exclame-t-il, comme si je venais de faire une réflexion profonde. C'est exactement ça. Trop agité. Et les gens là-bas sont incroyables. Assez fous, à mon avis.

Fous ? Mais en vertu de quoi ? ai-je envie de lui rétorquer. Eux, au moins, ils n'appellent pas un verre d'eau « Ho » et ils ne chantent pas du Wagner à tue-tête dans la rue.

Mais ce ne serait pas gentil. Donc, je me tais, et il se tait aussi – et quand la porte de la chambre de Suze s'ouvre, nous tournons les yeux dans cette direction avec autant de soulagement l'un que l'autre.

— Salut ! Ah, Tarkie, te voilà. Écoute, il faut juste que j'aille chercher la voiture, j'ai été obligée de la garer quelques rues plus loin l'autre soir. Je sonne dès que je suis en bas et on y va, d'accord ?

— D'accord. Je t'attends ici avec Becky.

— Formidable, dis-je en m'efforçant de me composer un sourire de circonstance.

Suze file. Je me trémousse bizarrement sur le canapé. Tarquin étire ses pieds devant lui et les contemple fixement. C'est mortel. Sa seule présence accroît mon malaise, et brusquement je comprends que je dois lui parler maintenant, sinon je vais disparaître à New York et je n'en aurai jamais plus l'occasion.

— Tarquin… (je laisse échapper un soupir nerveux)… il y a quelque chose… que je veux te dire depuis longtemps

Il relève la tête en un mouvement brusque.

— Oui ? C'est quoi ?

Il plante un regard anxieux dans le mien, ce qui me met les nerfs à fleur de peau. Maintenant que j'ai commencé, impossible de reculer. Je rejette mes cheveux en arrière et prends une profonde inspiration.

— Ce pull. Il ne va vraiment pas avec le gilet.

— Oh ! fait Tarquin, interloqué. Tu trouves ?

— Oui. (Vous n'imaginez pas mon soulagement d'avoir réussi à chasser ce poids de ma poitrine.) En fait, c'est... affreux.

— Tu crois que je devrais l'enlever ?

— Oui. Et enlève aussi le gilet.

Docilement, il s'exécute, et je découvre avec étonnement qu'il a finalement beaucoup plus d'allure dans une chemise bleue toute simple. Il paraît presque... normal. Tout à coup, j'ai une nouvelle inspiration.

— Attends, ne bouge pas !

Je file dans ma chambre et, d'un des sacs qui sont sur la chaise, j'extrais un pull noir uni (que j'ai acheté il y a quelques jours pour l'anniversaire de Luke – mais entre-temps j'ai découvert qu'il avait déjà le même, alors je projetais de rapporter celui-là.)

— Regarde ! dis-je en le tendant à Tarquin. Essaie-le. C'est un Paul Smith.

Il obéit et... quelle métamorphose ! Il commence à avoir l'air distingué. Je poursuis mon examen d'un œil critique.

— Tes cheveux. Il faut les arranger.

Dix minutes plus tard, lesdit cheveux ont été mouillés, séchés au séchoir et lissés vers l'arrière avec un peu de gel. Pour une transformation, c'est une transformation !

— Tu es magnifique.

Je suis sincère. Il conserve ce petit côté dégingandé des gens maigres, mais il n'a plus rien du type mal dans sa peau. Il a même l'air... intéressant.

— C'est vrai ?

Il baisse la tête et s'examine, la mine vaguement

choquée. Bon, je lui ai un peu forcé la main, mais c'est évident que sur le long terme il m'en sera reconnaissant.

Un coup de klaxon monte de la rue et nous fait sursauter.

— Amusez-vous bien, dis-je d'une voix maternelle (non mais qu'est-ce qui me prend ?). Demain matin, tu les mouilles, tu les peignes avec les doigts et ça devrait aller.

— Compris, fait-il, avec autant de concentration que si je lui demandais de mémoriser une formule mathématique compliquée. Je vais essayer de m'en souvenir. Tu veux que je renvoie le pull par la poste ?

Je me récrie, horrifiée.

— Non ! Garde-le surtout et mets-le. C'est un cadeau.

— Merci. Je... je te suis très reconnaissant, Becky.

Il fait un pas vers moi et m'embrasse sur la joue. En réponse, je lui tapote bizarrement la main. Et quand il passe la porte, je me surprends à espérer qu'il aura la chance de rencontrer quelqu'un à cette fête. Il le mérite vraiment.

Tandis que je me prépare du thé, je me demande comment je vais pouvoir occuper mon après-midi. J'avais plus ou moins prévu de travailler à mon livre, mais l'alternative, c'est de regarder *Manhattan*, que Suze a enregistré hier soir. Ce pourrait être un travail de documentation utile pour mon voyage. Il faut bien que je le prépare, non ? Le bouquin, il sera toujours temps de m'y mettre à mon retour de New York.

Enchantée de mon choix, je glisse la cassette dans le magnétoscope quand le téléphone sonne. Je vais décrocher.

— Bonjour ! lance une voix féminine. Je suis désolée de vous déranger. Vous êtes Becky Bloomwood ?

— Oui, dis-je en attrapant la télécommande.

— Je suis votre… humm, hum… agent de voyage, explique la fille après s'être éclairci la gorge. Je voudrais juste une confirmation à propos de votre réservation d'hôtel à New York. C'est lequel déjà ?

— Le Four Seasons.

— Et vous serez avec M… Luke Brandon ? C'est ça ?

— Oui

— Combien de nuits ?

— Treize. Ou quatorze. Je ne sais plus, dis-je en scrutant l'écran – je suis sûre que j'ai trop rembobiné. Cette pub de biscuits, je suis sûre qu'elle ne passe plus depuis longtemps.

— Vous avez une suite ou une chambre simple ?

— Une suite, je pense.

— Vous connaissez le tarif pour une nuit ?

— Euh… non. Mais je peux me renseigner…

— Non, non, fait gentiment la fille. Je ne veux pas vous déranger plus longtemps. Je vous souhaite un bon voyage.

— Merci !

Le film commence.

Je m'installe sur le canapé, intriguée. Bizarre que l'agent de voyage ignore le prix de la chambre. C'est son boulot, non ? En y repensant, ce coup de fil était vraiment étrange. À quoi ça rime qu'on vous appelle juste pour vous bombarder de questions aussi nulles ?

À moins que… Oui, ce doit être ça, cette fille est nouvelle. Ou alors, elle voulait juste vérifier, ou encore…

Mais les images de *Manhattan* au son de *Rhapsody in Blue* chassent toutes ces questions de mon esprit. Les yeux rivés sur l'écran, totalement absorbée, je frissonne d'excitation. C'est là que je vais ! Dans trois jours nous y serons. Je piaffe d'impatience.

ENDWICH BANK
Fulham Branch
3 Fulham Road
Londres SW6 9JH

Mademoiselle Rebecca Bloomwood
Apt 2
4 Burney Road
Londres SW6 8FD

Le 21 septembre 2001

Chère Mademoiselle Bloomwood,

Je vous remercie pour votre lettre en date du 19 septembre.
Vous n'avez pas de jambe cassée. Ayez l'obligeance de prendre contact avec moi sans délai afin que nous décidions d'un rendez-vous pour nous pencher sur le problème de votre autorisation de découvert.

Ce courrier vous sera facturé 20 £.

Je vous prie de croire, chère Mademoiselle, à mes sentiments les meilleurs.

John Gavin
Directeur du service des découverts

ENDWICH – PARCE QUE NOUS PRENONS SOIN DE VOUS

REGAL AIRLINES
Siège social
Preston House
454 Kingsway
Londres WC2 4

Mademoiselle Rebecca Bloomwood
Apt 2
4 Burney Road
Londres SW6 8FD

Le 23 juillet 2001

Chère Rebecca Bloomwood,

Je vous remercie pour votre courrier en date du 18 septembre et suis navrée d'apprendre que notre règlement concernant les bagages vous a donné des insomnies et des crises d'angoisse.

Je veux bien croire que vous pesiez considérablement moins qu'un « gros homme d'affaires d'Anvers qui se gave de beignets », malheureusement, nous ne sommes pas en mesure d'augmenter le poids autorisé de vos bagages au-delà de 20 kg.

Il est tout à fait en votre pouvoir de lancer une pétition et d'écrire à Cherie Blair, mais ces démarches resteront sans effet sur notre règlement.

Je vous souhaite un bon voyage.

Mary Stevens
Responsable clientèle.

8

M'y voilà. C'est ici, mon pays, j'étais faite pour vivre en Amérique.

Nous ne sommes là que depuis hier soir, mais je suis déjà raide dingue de cette ville. Pour commencer, notre hôtel est génial – tout en stuc et marbre, avec des plafonds d'une hauteur invraisemblable. Nous avons une immense chambre qui donne sur Central Park, avec un dressing entièrement lambrissé, et la baignoire la plus incroyable que j'aie jamais vue qui se remplit en un temps record. Tout est tellement gigantesque, luxueux et comment dire... *Trop*. Tenez, par exemple, hier soir, après notre arrivée, Luke a suggéré qu'on descende boire un dernier verre au bar et, libre à vous de ne pas me croire, je n'avais jamais vu une telle dose de Martini dans un seul verre. J'ai même eu du mal à le terminer. (Mais finalement, j'y suis arrivée, et ensuite j'en ai bu un autre, parce que ç'aurait été impoli de refuser.)

Sans compter qu'ici les gens sont toujours adorables. Les employés de l'hôtel vous sourient chaque fois que vous les croisez, et quand vous les remerciez ils vous répondent : « Tout le plaisir est pour moi. » Essayez donc de trouver l'équivalent en Angleterre, où vous n'obtiendrez jamais qu'un vague grognement. À mon grand étonnement, j'ai déjà reçu un joli bouquet de fleurs et une invitation à déjeuner de la part d'Elinor, la mère de Luke, qui vit ici, et un autre bouquet envoyé par ces gens de la télé que je vais rencontrer mercredi. J'ai aussi reçu une corbeille de fruits expédiée par quelqu'un dont je n'ai jamais entendu parler mais qui apparemment brûle d'impatience de me rencontrer !

Vous voyez ce que je veux dire ? Quand Zelda, *de Morning Coffee*, m'a-t-elle envoyé une corbeille de fruits pour la dernière fois ?

J'avale une gorgée de café et souris béatement à Luke. Nous terminons notre petit déjeuner dans la salle de restaurant avant qu'il file à un rendez-vous. Comment vais-je occuper ma journée... Je n'ai personne à voir avant quelques jours, alors il ne tient qu'à moi de décider si je vais aller visiter un musée, me balader dans Central Park, ou faire un saut dans un ou deux magasins...

— Reprendrez-vous du café ? s'enquiert une voix près de moi.

Je relève la tête ; le serveur, souriant, tend sa cafetière vers ma tasse. Vous voyez ? Tant que vous restez assis, ils passent vous proposer du café, et quand tout à l'heure j'ai demandé un jus d'orange, on me l'a apporté dans un verre gigantesque généreusement décoré d'écorces glacées. Et ces pancakes que je viens d'engloutir... Des pancakes au petit déjeuner, c'est génial non ?

— Alors, tu vas à ta gym ? s'informe Luke en repliant le *Daily Telegraph*.

Chaque jour il lit toute la presse, américaine et anglaise. Ce qui est bien, parce que comme ça je peux continuer à lire mon horoscope dans le *Daily World*.

Je répète, perplexe :

— Ma gym ?

— Je pensais que tu allais en faire une habitude, reprend-il en attrapant le *Financial Times*. Un peu d'exercice chaque matin

Je suis sur le point de lui rétorquer : « Ne sois pas ridicule ! », quand je songe que c'est peut-être moi qui hier soir ai lancé imprudemment cette idée. Après le second Martini.

Mais bon, pourquoi pas ? Je peux en effet aller à la gym. Ce serait même une très bonne idée. Ensuite, j'aurai toujours le temps d'aller visiter la ville, voir quelques monuments...

Je suis certaine d'avoir lu quelque part que l'immeuble de Bloomingdale présente une remarquable architecture.

— Et ensuite, que comptes-tu faire ?

— Je ne sais pas, dis-je, distraite par le serveur qui dépose une assiette de petits pains grillés sur la table de nos voisins. (Bon sang, ç'a l'air délicieux. Pourquoi n'avons-nous pas des trucs aussi bons en Europe ?) J'irai sans doute me balader, découvrir New York.

— Je me suis renseigné à la réception : il y a une visite à pied qui part d'ici à onze heures. Guidée, en plus. Le concierge m'en a dit le plus grand bien.

— Ah, parfait, dis-je en avalant une gorgée de café. Oui, c'est une option...

— À moins que tu ne préfères faire du shopping au passage, ajoute Luke en prenant le *Times*.

Je le dévisage, les yeux ronds. On ne fait pas du shopping *au passage*. C'est tout le reste qu'on fait *au passage*.

À la réflexion, si je suivais cette visite guidée, je serais débarrassée de tout ce qui concerne l'aspect touristique.

— L'idée de la visite me plaît assez. Ce sera l'occasion idéale de me familiariser avec ma nouvelle ville. (Je promène mon regard dans la salle, peuplée d'hommes d'affaires, de femmes tirées à quatre épingles et de serveurs aussi efficaces que discrets.) Luke, tu imagines ?

Dans quelques semaines nous habiterons ici. Nous serons de vrais New-Yorkais !

— Becky… (il pose son journal et me considère avec gravité)… il faut que je te dise quelque chose. Je voulais t'en parler avant, mais tout a été si vite que je n'ai pas trouvé le temps…

Alarmée, je demande :

— Oui, c'est quoi ?

— Emménager dans une nouvelle ville est un grand pas. Surtout quand elle a un caractère aussi marqué que New York. Je suis souvent venu ici, et pourtant je continue à trouver cette ville déstabilisante.

— D'accord. Alors… Qu'est-ce que tu voulais me dire ?

— De prendre les choses calmement. Ne t'attends pas à t'adapter en cinq minutes. Tu vas voir qu'ici la pression et le rythme n'ont rien à voir avec ce qu'on connaît à Londres.

Je le fixe, déconcertée.

— Tu penses que je serai incapable de tenir le coup ?

— Je ne dis pas ça. Simplement, prends le temps de t'acclimater progressivement. Tâte le pouls de la vie ici. Vois si tu arriveras à t'y faire. Tu pourrais détester ! T'apercevoir que tu es incapable de vivre ici. Bien entendu, j'espère que ce sera tout le contraire, mais c'est important de rester à l'écoute de tes réactions.

— Je vois…

— Alors, note comment ça se passe aujourd'hui et on en reparle ce soir. OK ?

— OK, dis-je en terminant mon café cul sec.

Je vais lui montrer que je peux m'adapter à New York. Lui prouver que je peux devenir une vraie New-Yorkaise. J'irai à la gym, puis je boirai un de ces machins bio aux germes de blé et, qui sait, dans la foulée, je pourrais aussi commettre un ou deux meurtres.

Bon, la gym suffira peut-être.

En fait, l'idée de faire du sport me plaît bien, c'est l'occasion d'étrenner ce justaucorps génial que j'ai trouvé aux soldes de DKNY l'an dernier. J'avais l'intention de m'inscrire dans un club, j'avais même retiré un formulaire d'inscription, quand j'ai lu cet article passionnant qui expliquait comment vous pouviez perdre des tonnes de kilos superflus simplement en gigotant, en vous tordant les doigts, et en exécutant toutes sortes de mouvements du même genre. Du coup, je me suis dit que j'allais plutôt adopter cette méthode, et j'ai consacré l'argent que j'avais économisé à l'achat d'une nouvelle robe.

N'allez surtout pas croire que je n'aime pas la gym. Franchement, j'adore ça. Et si je dois vivre à New York, c'est évident que je devrai y aller tous les jours, non ? C'est presque une loi, ici. Donc, un peu de gym me paraît un excellent moyen de m'acclimater.

En entrant dans la salle de sport, je capte mon reflet et en moi-même je suis bigrement impressionnée. On raconte toujours qu'à New York les gens sont minces comme des fils et en superforme... Sincèrement, je suis bien plus mince que la plupart des gens ici présents. Tenez, regardez ce type dégarni en tee-shirt gris, là-bas, et vous comprendrez ce que je veux dire. On dirait qu'il n'a jamais approché d'une salle de sport de sa vie.

— Bonjour !

Je lève les yeux. Un grand mec musclé, en short de lycra noir, très branché, vient à ma rencontre.

— Je m'appelle Tony. Comment allez-vous ?

— Très bien, merci, dis-je en expérimentant un étirement du tendon (enfin, du moins, je crois que c'est mon tendon). Je viens faire quelques exercices.

Nonchalamment, je change de jambe, réunis mes mains et étire les bras devant moi. Je me vois dans le miroir, sur le mur d'en face, et je peux vous garantir que j'ai vraiment l'air pas mal du tout.

— Vous faites du sport régulièrement ? s'enquiert Tony.

— Pas en salle. (Je me penche avec l'intention de toucher mes pieds, mais à mi-chemin je me ravise et pose les mains sur mes genoux.) Par contre, je marche beaucoup.

— Parfait. Tapis de course ? Cross-country ?

— Non, shopping, principalement.

— Oh..., fait-il, l'air dubitatif.

— Mais je transporte souvent du poids, vous savez. Les sacs avec mes achats et tout ça.

— Je vois, dit Tony sans grande conviction. Voulez-vous que je vous montre comment fonctionnent les machines ?

— Merci, ça ira.

Franchement, je ne vais pas m'enquiquiner à l'écouter me débiter le mode d'emploi de chaque machine. Je ne suis pas débile à ce point. Je pioche une serviette dans la pile, me la glisse autour du cou et me dirige vers un tapis de course. Cette machine-là ne devrait pas être très compliquée. Je grimpe sur le tapis et observe les boutons de commande. Le mot « Temps » défile en clignotant sur le bandeau lumineux, et après deux secondes de réflexion j'entre : « 40 minutes ». À peu près la durée d'une promenade, non ? Le mot « Programme » apparaît ensuite, et après avoir pris connaissance des différentes options je choisis « Everest », parce que ça m'a l'air tout de même plus captivant que « Colline ». Puis apparaît le choix du « Niveau ». Je cherche Tony des yeux, mais il a disparu.

Le type dégarni grimpe sur le tapis voisin et je me penche vers lui.

— Excusez-moi, quel niveau pensez-vous que je dois choisir ?

— Ça dépend de votre entraînement.

— Eh bien…, dis-je avec un sourire modeste.

— Moi, je travaille au niveau cinq, si ça peut vous aider, m'indique-t-il en pianotant d'un doigt rapide sur le clavier.

— Ah, merci beaucoup !

Bon, si lui il travaille au niveau cinq, il me faut au moins le niveau sept – je veux dire, regardez-le et regardez-moi…

J'appuie sur la touche « 7 » et puis sur « Démarrer ». Le tapis se met en route et je commence à marcher. C'est génial ! Je devrais vraiment faire de la gym plus souvent. Et m'inscrire à un club.

En tout cas, la preuve est faite que, même sans exercice, on peut garder naturellement la ligne et la forme. Parce que là, c'est vraiment du gâteau. Trop facile, même, j'aurais dû choisir le niveau…

Hé, minute ! Le tapis s'incline. Et accélère. Je dois accélérer aussi pour tenir le rythme.

Bon, ça va. C'est le but recherché, non ? Un bon petit jogging… On court, on s'essouffle un peu, on vérifie ainsi que son cœur fonctionne. Parfait ! Du moins, tant que ça ne…

Nouvelle inclinaison. Et nouvelle accélération.

C'est trop. Je ne peux pas suivre. Je suis écarlate, une douleur me transperce la poitrine et je halète comme un chien en agrippant les bras de la machine. Ce rythme est trop soutenu pour moi, je dois ralentir un peu.

D'un doigt fiévreux je tapote les touches, mais la machine ne veut rien entendre, elle continue à sa cadence infernale, et brusquement l'inclinaison progresse encore d'un cran. Pitié ! Non !

« Temps restant : 38 minutes » s'inscrit sur le bandeau. Quoi ? *Encore trente-huit minutes ?*

Je jette un coup d'œil à droite. Le type dégarni galope avec autant de décontraction que s'il trottinait à flanc de coteau. Je voudrais lui parler mais je n'ai pas la force d'ouvrir la bouche. Je ne peux rien faire d'autre que continuer à actionner mes jambes aussi vite que je peux.

Tout à coup, le type regarde dans ma direction, et son expression change.

— Mademoiselle ? Ça va ?

Il s'empresse de pianoter sur le clavier de son tapis, qui freine dans un grincement, et d'un bond il vient faire de même sur le mien.

Mon tapis ralentit, puis s'immobilise assez brutalement, ce qui me déstabilise. Je m'effondre sur l'un des bras de la machine, cherchant désespérément mon souffle.

— Buvez un peu, me conseille l'homme en me tendant un gobelet.

— M… merci.

Je descends en titubant, pantelante. J'ai l'impression que mes poumons vont éclater, et quand j'aperçois mon reflet dans le miroir mon visage est couleur de betterave.

— Vous devriez peut-être en rester là pour aujourd'hui, dit le type en me dévisageant d'un regard anxieux.

— Oui, sans doute. (Je bois une gorgée en espérant que ça va aller mieux.) Le problème, en fait, c'est que je ne suis pas habituée aux machines américaines.

— C'est possible, ça peut vous jouer des tours. Encore que celle-ci soit fabriquée en Allemagne, ajoute-t-il en tapotant joyeusement le bras de mon tapis.

— Bien, fais-je après un silence, quoi qu'il en soit, merci de votre aide.

— À votre service, répond-il avant de remonter sur son tapis, un sourire aux lèvres.

Quel épisode embarrassant ! Tandis que, une fois douchée et changée, je traverse le hall de l'hôtel pour rejoindre la visite guidée, je me sens un peu à plat. Et si Luke avait raison ? Peut-être que je ne réussirai pas à suivre le rythme. Et que c'est une mauvaise idée de vouloir venir vivre ici avec lui.

Plusieurs touristes – la plupart plus âgés que moi – sont déjà regroupés et pendus aux lèvres d'un jeune homme à l'enthousiasme exubérant qui est en train de parler de la statue de la Liberté.

— Bonjour ! lance-t-il à mon approche. Vous venez pour la visite ?

— Oui.

— Votre nom, c'est ?

— Rebecca Bloomwood, dis-je en rougissant légèrement alors que tous les regards convergent vers moi. J'ai réglé la visite à la réception, ce matin.

— Oui, c'est parfait, Rebecca, opine le jeune homme en cochant sa liste. Je m'appelle Christopher. Bienvenue dans notre groupe. Vous avez enfilé vos chaussures de marche ? (Il baisse les yeux sur mes boots violet vif à talons bobines – trouvés l'an dernier en solde chez Bertie – et son sourire enjoué faiblit.) Vous savez, nous allons marcher pendant trois heures.

— Mais oui. C'est pour cela que j'ai mis des boots.

— Bien, fait-il après une hésitation. Je crois que tout le monde est là, alors, allons-y !

Il nous précède jusque dans la rue, où l'ensemble du groupe lui emboîte le pas comme un seul homme, sauf moi qui traîne en queue, le nez en l'air. C'est une journée fraîche et particulièrement belle. Réfléchis par les trottoirs et les façades, les rayons du soleil sont presque aveuglants. Je regarde tout autour de moi, stupéfaite. Cette ville est absolument incroyable. Je savais bien, évidemment, que New York était faite de gratte-ciel, mais c'est seulement quand on y est vraiment, dans la rue, les yeux au ciel, qu'on se rend compte à quel point ils sont gigantesques. Je contemple les sommets qui se découpent sur le bleu du ciel jusqu'à me dévisser la nuque et me sentir prise de vertige. Puis lentement mon regard descend le long de l'un d'eux, étage par étage, jusqu'à la vitrine du rez-de-chaussée. Et je me retrouve absorbée dans la contemplation de deux mots : « Prada » et « Chaussures ».

Oh !

Des chaussures Prada. Pile en face de moi.

Je vais juste y jeter un œil.

Et pendant que le groupe s'éloigne au pas de charge, je fonce devant la vitrine où mon regard est happé par une paire d'escarpins marron foncé. Ils sont divins. Combien peuvent-ils coûter ? Vous savez, peut-être que Prada est bon marché, ici. Je devrais entrer et…

— Rebecca ?

Je sursaute et tourne la tête : plus bas dans la rue, le groupe m'attend.

— Désolée, dis-je en m'arrachant à contrecœur à la vitrine. J'arrive.

— Nous aurons du temps pour le shopping tout à l'heure, précise Christopher avec bonne humeur.

— Je sais, dis-je avec un rire détendu. Excusez-moi.

— Ce n'est rien.

Il a raison. J'aurai tout le temps de faire du shopping. Plein de temps. Pour l'instant, concentrons-nous sur la visite.

— Rebecca, commence Christopher d'une voix enjouée quand je les rejoins, je disais à vos compagnons que nous allons descendre la 57e Rue Est jusqu'à la Cinquième Avenue, la plus célèbre artère de New York.

— Formidable !

— La Cinquième Avenue sert de ligne de démarcation entre l'East Side et le West Side. Ceux d'entre vous qui s'intéressent à l'histoire seront heureux d'apprendre que...

Je hoche la tête d'un air entendu pour manifester mon intérêt, mais, tandis que nous marchons, ma tête oscille de droite à gauche comme celle d'un spectateur à un match de tennis. Dior, Hermès, Chanel... Cette rue est pas croyable ! Si seulement on pouvait ralentir un tout petit peu la cadence, histoire que je jette un vrai coup d'œil – mais non, Christopher avance du pas d'un guide de randonnée, et tout le reste du groupe le suit sans moufter, sans accorder un seul regard à tous ces sites somptueux que nous longeons. Où ont-ils donc les yeux ?

— ... où nous prendrons deux points de repère très connus : le Rockefeller Center, que nombre d'entre vous associeront au patinage sur glace...

À ce moment-là, nous passons un carrefour et mon cœur s'emballe : Tiffany's. Là, juste en face de moi ! Il faut absolument que je voie ça de plus près. Quoi de plus représentatif de New York que Tiffany's ? Les petites boîtes bleues, les rubans blancs, et tous ces splendides petits grains d'argent... Je fais une embardée en direction de la vitrine, où je reste éperdue, en contemplation. Waouh ! Ce ras-de-cou est absolument incroyable. Oh ! Et regardez cette montre. Je me demande combien elle peut coûter...

— Halte-là tout le monde ! Attendez ! crie la voix de Christopher.

Je tourne la tête, et de nouveau je constate que le groupe a pris dix kilomètres d'avance. Comment font-ils ?

— Ça va, Rebecca ? lance Christopher, une note de bonne humeur forcée dans la voix. Il va falloir que vous fassiez un effort. Nous avons un périmètre considérable à couvrir.

— Excusez-moi, dis-je en rattrapant le groupe. Je regardais en passant la vitrine de Tiffany's.

Je souris à ma voisine, persuadée qu'elle va me sourire à son tour. Mais non, elle me dévisage avec des yeux de merlan frit et s'abrite davantage sous sa capuche tandis que Christopher réembraye aussitôt :

— Comme je l'expliquais, tout le découpage de Manhattan...

Pendant un petit moment, je fais un réel gros effort pour me concentrer. Mais c'est inutile. Je n'y arrive pas. Enfin ! Vous me comprenez, non ? Je suis sur la Cinquième Avenue ! Partout où mes yeux se posent, je ne vois que des boutiques fabuleuses. Tenez, là, Gucci ! Et là, le plus immense Gap que j'aie jamais vu... Et là encore, cette vitrine ! Mais non, nous venons juste de dépasser la boutique Armani, et personne n'a marqué la moindre pause...

Bon sang, mais qui sont ces gens ? Des philistins ? Des anormaux ?

Nous marchons, marchons, et je fais tout mon possible pour scruter le contenu de cette vitrine remplie de chapeaux excentriques et... oh, mon Dieu ! Regardez ! Là ! C'est Saks. Pile en face, à quelques mètres de moi : Saks ! L'un des grands magasins les plus célèbres au monde. Des étages à n'en plus finir de vêtements, de chaussures, de sacs... Et heureusement, Christopher a retrouvé le sens commun : il s'arrête.

— Et voici l'un des repères les plus célèbres de New York, annonce-t-il en gesticulant. Beaucoup de New-Yorkais se rendent régulièrement dans ce magnifique lieu de culte, une fois par semaine, voire plusieurs, chaque jour pour certains. Nous n'avons le temps que de jeter un coup d'œil à l'intérieur, mais ceux d'entre vous que cela intéresse pourront y revenir.

— De quelle époque date la construction ? veut savoir un vieux monsieur avec un accent scandinave.

— Elle fut achevée en 1879 et le bâtiment est l'œuvre de James Renwick.

Allons, allons ! Je bous intérieurement en entendant que quelqu'un a encore une question concernant l'architecture. Qu'est-ce qu'on s'en fiche de savoir qui a dessiné le bâtiment ! Et le travail de la pierre… Non, mais je vous demande un peu ! C'est ce qu'il y a à l'intérieur qui compte.

— Nous entrons ? propose Christopher.

— Oui ! fais-je avec entrain en me précipitant vers les portes.

Ce n'est que lorsque j'ai déjà la main sur la poignée que je me rends compte que personne ne m'a suivie. Où sont-ils tous passés ? Décontenancée, je me retourne, et là je vois le groupe entrer dans une grosse église en pierre. En façade, un panneau indique : « Cathédrale Saint-Patrick ».

« Un magnifique lieu de culte »… OK, je comprends ce qu'il voulait dire, maintenant. Suis-je bête.

Arrêtée dans mon élan, j'hésite. Je me sens déchirée. Peut-être devrais-je visiter cette cathédrale, consacrer un peu de mon temps à la culture et revenir chez Saks plus tard.

Mais en quoi une vieille cathédrale barbante va-t-elle m'aider à décider si je veux ou non vivre à New York ?

Posons la question autrement : combien de millions de cathédrales avons-nous en Angleterre ? Et combien de succursales de Saks ?

— Vous entrez, oui ou non ? s'impatiente une voix derrière moi.

— OK, dis-je, me décidant soudain. Tout de suite.

Je pousse les lourdes portes en bois et, une fois dans le magasin, je frôle le malaise. Je ne me suis pas sentie dans un état pareil depuis le cocktail au champagne auquel Octagon avait convié les titulaires de leur carte, lorsqu'ils ont relancé leur étage consacré aux créateurs.

Quelle ivresse d'entrer pour la première fois dans un magasin ! J'éprouve toujours le même vertige, cet espoir, cette certitude que je m'apprête à découvrir LA boutique où je trouverai à satisfaire mes rêves, à des prix ridiculement bas. Mais ici, c'est mille fois mieux que tout ce que j'ai vu. Un million de fois mieux. Ce n'est pas n'importe quel vieux magasin, celui-là est célèbre dans le monde entier. Et j'y suis. Je suis chez Saks, sur la Cinquième Avenue, à New York. Et tandis que je m'enfonce lentement dans ses profondeurs, me retenant à grand-peine de ne pas courir, j'ai l'impression d'avoir rendez-vous avec une star de Hollywood.

Je flâne dans le rayon parfumerie, admirant les lambris Arts déco, les hauts plafonds, les plantes vertes omniprésentes. Jamais je n'ai vu un aussi beau magasin. Dans le fond, de vieux ascenseurs évoquent ces films avec Cary Grant. Sur une petite table, j'aperçois des plans. J'en pioche un, histoire de prendre mes repères... Non ! Incroyable ! Ce magasin possède dix étages.

Dix !

Je fixe la liste, ébahie, tel un gosse qui doit choisir un bonbon dans une fabrique de bonbons. Par où vais-je commencer ? Qu'est-ce qui est le mieux ? Le bas ? Le haut ? Et tous ces noms qui me sautent aux yeux, qui m'appellent. Anna Sui. Calvin Klein. Kate Spade. Kiehl's. Je suffoque.

— Puis-je vous aider ?

Je tourne la tête. Une jeune femme arborant le badge du magasin me sourit.

Je réponds, les yeux toujours aimantés par le dépliant :

— Euh... oui. Je me demandais simplement par où commencer.

— Que souhaitez-vous voir ? Les vêtements ? Les chaussures ? Les accessoires ?

— Oui, les deux... enfin, tout, dis-je, le cerveau embrumé. Un sac, tiens... J'ai besoin d'un nouveau sac.

Ce qui est vrai. Certes, j'ai emporté des sacs dans mes bagages, mais un nouveau sac n'est jamais de trop. En plus, il ne m'a pas échappé que toutes les New-Yorkaises arborent de très jolis sacs griffés. Voilà donc une excellente façon de m'acclimater à la ville.

La fille me sourit gentiment.

— Les sacs et accessoires sont par ici, m'indique-t-elle. Vous pourrez monter après.

— Très bonne idée.

J'adore faire du shopping à l'étranger. Entendons-nous bien, c'est toujours génial, le shopping, mais à l'étranger il y a plusieurs avantages :

1. On peut acheter des choses introuvables dans son pays ;

2. On peut frimer en rentrant (« En fait, je l'ai déniché à New York ») ;

3. Les devises, ça ne compte pas, donc on peut dépenser autant qu'on veut.

OK, d'accord, ce dernier argument n'est pas le plus solide. Dans un coin de mon cerveau, je sais pertinemment que les dollars sont de l'argent, du vrai, avec une vraie valeur. Mais regardez ces billets et vous comprendrez : comment voulez-vous les prendre au sérieux ? J'en ai un plein paquet dans mon sac, comme si je trimbalais la banque du Monopoly. Hier, je suis descendue acheter quelques magazines et, quand j'ai tendu un billet de vingt dollars, j'avais vraiment l'impression de jouer à la marchande. C'est comme une autre forme de décalage horaire – vous devez convertir dans une monnaie inconnue, et vous avez brusquement le sentiment de n'avoir rien dépensé du tout.

Tout ça pour vous dire que, tandis que j'explore le rayon des sacs – tous sont plus magnifiques les uns que les autres ! –, je ne prête guère attention aux prix. De temps à autre, je regarde une étiquette et tente, sans me mettre martel en tête, de convertir la somme en vrai argent – mais je dois avouer que je n'arrive pas à retenir le taux de change. Et même si je l'avais retenu, je n'ai jamais été bonne en calcul mental.

De toute façon, ça n'a aucune importance. Pourquoi m'inquiéter ? Je suis en Amérique, et il est de notoriété publique qu'ici rien n'est cher. Donc, pour simplifier, je pars du principe que tout est une affaire. Tenez, ces magnifiques sacs de créateurs, par exemple, je suis prête à parier qu'ils sont moitié moins chers qu'en Angleterre, sinon moins.

Finalement, je jette mon dévolu sur un sac Kate Spade – une splendeur en cuir fauve – et me dirige vers la caisse. Il coûte cinq cents dollars, ce qui à première vue paraît beaucoup – mais un million de lires aussi, ça semblait beaucoup, non ? Et pourtant, ça ne faisait pas grand-chose en pence.

En me tendant mon ticket de caisse, la vendeuse me dit quelques mots, je capte parmi eux « cadeau » et j'acquiesce avec enthousiasme.

— Tout à fait, à ce prix-là c'est un cadeau. À Londres, il coûterait probablement…

— Gina ? Tu montes ? m'interrompt la vendeuse en se tournant vers une collègue. Gina va vous conduire au septième, ajoute-t-elle avec un sourire.

Je bredouille, un peu déroutée.

— Euh… très bien.

Ladite Gina m'adresse un petit signe et après une seconde d'hésitation je la suis. Que se passe-t-il au septième ? Peut-être y a-t-il un salon privé pour les clientes Kate Spade à qui ils offrent du champagne !

Ce n'est qu'en découvrant le rayon Emballage cadeaux que je comprends le quiproquo.

— Nous y voilà ! annonce Gina. La boîte de la maison vous est offerte, sinon vous pouvez choisir parmi ces papiers.

— Très bien ! Merci beaucoup. Mais... en fait, je n'avais pas l'intention de...

Gina a déjà tourné les talons et les deux dames derrière le comptoir m'encouragent d'un sourire.

Quelle situation embarrassante ! Comment vais-je m'en sortir ?

— Vous avez choisi votre papier ? s'enquiert la plus âgée avec un grand sourire. Nous avons aussi des rubans et des décorations.

Oh, et merde ! À quoi bon tergiverser ? Surtout pour sept dollars cinquante... Et puis, avoir un paquet à ouvrir en arrivant à l'hôtel, ce sera sympa.

— Je vais prendre ce papier argenté et ce ruban violet... et aussi une grappe de mûres décorative en argent.

La dame commence à emballer le sac avec une dextérité dont je n'ai pour ma part jamais fait preuve. Finalement, ça m'amuse. Je me demande même si dorénavant je ne ferai pas mieux d'emballer chacun de mes achats.

— À qui est-ce destiné ? demande la dame en dépliant une carte et en saisissant un stylo argenté.

— Euh... Becky, dis-je, distraite par les filles qui font la queue derrière moi au comptoir.

Leur conversation m'intrigue.

« ... à moins cinquante pour cent... »

« ... braderie... »

« ... des jeans Earl... »

— Et c'est de la part de qui ?
— Hein ? Euh… Becky, dis-je sans réfléchir.
La dame me décoche un regard vraiment bizarre ; du coup, je me rappelle ce que j'ai dit.
— Une… une autre Becky.
« … braderie… »
« … Alexander McQueen, moins quatre-vingts pour cent… »
« … braderie… »
« … braderie… »
Ça suffit ! Je veux comprendre !
— Excusez-moi, je n'écoutais pas intentionnellement votre conversation, mais j'ai entendu et je voudrais juste savoir… C'est quoi, une braderie ?
D'un coup, un silence total s'abat sur le rayon Emballage. Tous les regards convergent vers moi, y compris celui de la dame avec le stylo en argent.
— Vous ne savez pas ce qu'est une braderie ? finit par me répondre une fille avec une veste en cuir, comme si j'étais analphabète.
Cramoisie, j'avoue :
— Euh… non. Non, je ne sais pas.
La fille hausse les sourcils, ouvre son sac, farfouille et finalement en extrait un carton.
— Ma chère, voici ce qu'est une braderie.
Je prends le bristol qu'elle me tend et, dès que je commence à lire, je sens l'excitation me gagner.

BRADERIE
Vêtements de créateurs, de – 50 à – 70 %
Ralph Lauren, Comme des Garçons, Gucci
Sacs, chaussures, bas de – 40 à – 60 %
Prada, Fendi, Lagerfeld

— Ça existe vraiment ? dis-je dans un souffle. Vous voulez dire que je peux y aller ?
— Oh que oui, ça existe ! Mais un seul jour.

— Un seul jour ? (Mon cœur s'emballe, gagné par la panique.) Rien qu'un ?

— Rien qu'un, confirme la fille, et toutes les autres opinent.

— Les braderies ont toujours lieu à l'improviste.

— Et elles peuvent se tenir n'importe où. Elles s'installent comme ça, en une nuit.

— Et après, pfuit, terminé.

— Et on n'a plus qu'à attendre la suivante.

Mon regard passe d'un visage à l'autre. Je suis totalement estomaquée. J'ai l'impression d'être un explorateur à qui on vient de révéler l'existence d'une mystérieuse tribu nomade. La fille en veste de cuir tapote du doigt son carton, ce qui me ramène sur terre.

— Donc, conclut-elle, si vous voulez profiter de celle-là, vous avez intérêt à vous dépêcher.

Jamais je ne suis sortie aussi vite d'un endroit que de ce magasin. J'ai attrapé mon sac, j'ai hélé un taxi et, sans reprendre mon souffle, j'ai indiqué l'adresse au chauffeur et me suis effondrée sur la banquette.

Je n'ai pas la moindre idée de l'endroit où nous allons, j'ignore devant quels sites nous passons – et je m'en fiche royalement. Savoir qu'il y aura des vêtements de créateurs bradés me suffit.

Le taxi me dépose. Je paie la course en faisant bien attention de lui laisser cinquante pour cent de pourboire (qu'il n'aille pas s'imaginer que je suis une de ces touristes anglaises radines) et, frémissant d'émotion, je descends. Je dois vous avouer qu'à première vue les choses n'ont pas l'air très prometteuses. Immeubles de bureaux et boutiques peu attirantes ne me disent rien qui vaille… Le carton indique que la vente a lieu au numéro 405, mais le 405 n'est qu'un immeuble de bureaux comme les autres. Me serais-je trompée d'adresse ? Je continue un peu sur le trottoir, scrutant vainement les façades en quête d'un indice. Je ne sais même pas dans quel quartier je me trouve.

Brusquement, mon excitation retombe comme un soufflé et je me sens idiote. J'étais censée suivre une agréable visite guidée, que fais-je à la place ? Je me précipite dans un quartier louche où je vais sans doute me retrouver dévalisée d'une minute à l'autre. À bien y réfléchir, toute cette histoire sentait l'arnaque. Franchement, des vêtements de créateurs à moins soixante-dix pour cent ! J'aurais dû deviner que c'était trop beau pour...

Hé ! Minute !

Un autre taxi vient de s'arrêter et la fille qui en descend porte une robe Miu Miu. Elle vérifie quelque chose sur un papier, traverse le trottoir d'un pas décidé et s'engouffre au numéro 405, imitée une seconde plus tard par deux autres filles.

Finalement, je suis peut-être à la bonne adresse.

Je pousse les portes vitrées, traverse un hall vétuste meublé de chaises en plastique, et gratifie le réceptionniste assis derrière le comptoir d'un hochement de tête poli.

— Euh... excusez-moi, je cherchais...

— Douzième étage, indique-t-il d'une voix lasse. Les ascenseurs sont au fond du hall.

Je m'y rue, appelle une des cabines, qui n'ont pas l'air de prime jeunesse, et appuie sur le 12. L'ascension commence, lentement et dans un concert de grincements, et plus j'approche du but plus je perçois un brouhaha de conversations qui va s'amplifiant. L'ascenseur s'immobilise, les portes s'ouvrent et... Bon sang ! C'est la queue, *ça* ?

Un ruban de filles serpente depuis une porte située au bout du couloir. Elles poussent vers l'avant et ont toutes le regard tendu. Sporadiquement, quelques autres se fraient un passage pour sortir, chargées de sacs, et trois ou quatre entrent. Juste au moment où je prends place au bout de la file, un bruit de ferraille me fait tourner la tête, et je vois une femme ouvrir une autre porte tout près de moi.

— Il y a une autre entrée par ici. Venez ! crie-t-elle.

Devant moi, toute la rangée de têtes pivote d'un seul mouvement. On entend presque une grande inspiration collective, et l'instant d'après une marée humaine déferle dans ma direction. Je m'élance vers la porte, évitant de justesse de me faire piétiner – et brusquement je me retrouve propulsée au milieu de la braderie, encore un peu sous le choc, tandis que la foule se disperse et fonce vers les portants.

Je regarde autour de moi pour tenter de prendre quelques repères. Je ne vois que des portants, et encore des portants, et aussi des tables couvertes de sacs, de chaussures, d'écharpes, et des filles qui fouillent dans les tas. J'avise au passage des pulls Ralph Lauren… un portant de manteaux fabuleux… un monticule de sacs Prada… C'est comme un rêve devenu réalité.

Les voix haut perchées bruissent d'excitation. Je saisis des bribes de conversation.

— Il me le faut, dit une fille en plaquant un manteau contre elle. Il me le faut absolument.

— OK, voilà ce que je vais faire, je vais reporter les quatre cent cinquante dollars que j'ai dépensé aujourd'hui sur mon prochain emprunt, explique une autre à son amie alors qu'elles se dirigent vers la sortie, chargées de sacs. Qu'est-ce que ça représente, quatre cent cinquante dollars sur trente ans, hein ?

— Cent pour cent cashmere ! Tu as vu ça ? Et ça ne coûte que cinquante dollars ! Je vais en prendre trois.

Partout où mes yeux se posent dans cette ruche

bourdonnante aux éclairages crus, je ne vois que des filles agglutinées qui empoignent des marchandises, essaient des écharpes, entassent sur leurs bras des tonnes de fringues brillant de l'éclat du neuf. Et soudain, une bouffée de chaleur m'envahit. Une révélation vient de s'imposer à moi, bouleversante : ces filles sont ma famille. Ce pays est le mien. J'ai trouvé ma patrie !

Plusieurs heures plus tard, j'arrive au Four Seasons dans un état d'excitation indescriptible. Je croule sous les sacs. Vous n'imaginez pas les affaires que j'ai pu faire : un fantastique manteau en cuir beurre frais – qui m'est un peu juste mais je suis sûre de perdre quelques kilos d'ici peu, et, de toute façon, le cuir, ça se détend –, un haut en mousseline imprimée vraiment sublime, une paire de chaussures argentées et un sac. Et le tout pour cinq cents dollars seulement !

En plus, j'ai rencontré une fille vraiment sympa, Jodie, qui m'a parlé d'un site web qui vous tient chaque jour au courant des braderies. Chaque jour ! Vous imaginez ? Les possibilités sont infinies : vous pouvez passer votre vie à aller de braderie en braderie.

Enfin, vous me comprenez... En théorie.

Lorsque j'arrive dans notre chambre, Luke lit les journaux, assis au bureau.

— Salut ! (Hors d'haleine, je laisse tomber mon chargement sur l'immense lit.) Écoute, il faut absolument que j'utilise l'ordinateur.

— Vas-y, répond-il en me tendant l'appareil.

Je m'installe sur le lit, je me connecte et tape l'adresse que Jodie a notée sur un bout de papier.

— Alors, comment s'est passée ta journée ?

— Formidablement bien ! (Je pianote avec fougue sur

le clavier.) Ah oui ! regarde dans ce sac bleu. Je t'ai trouvé des chemises vraiment super.

— Tu commences à t'accoutumer ?

— Oh oui, je crois. Bon, évidemment, c'est encore un peu tôt… Allez, accélère ! dis-je à l'écran.

— Tu ne te sens pas dépassée ?

— Mmmm… ? Non, pas vraiment.

Ah ! Ça y est. Des images viennent brusquement de fleurir sur l'écran. Une rangée de petites pastilles apparaît en haut avec des slogans : *C'est fun, c'est fashion, c'est New York City.* Je suis connectée à la page perso de Candy, mise à jour quotidiennement.

Je clique sur « Inscription » et entre les renseignements demandés. À ce moment-là, Luke se lève et s'approche, l'air soucieux.

— Dis moi, Becky… Je sais bien que tout doit te sembler étrange et intimidant et que tu ne peux pas retomber sur tes pieds dès le premier jour, mais, en te fiant à tes premières impressions, penses-tu que tu arriveras à t'habituer à New York ? Que tu pourrais envisager de vivre ici ?

Je tape la dernière lettre de mon adresse e-mail, je clique sur « Envoyer », je relève la tête et je regarde Luke d'un air songeur.

— Tu sais quoi ? Je crois que oui.

HOWSKI AND FORLANO
Avocats spécialistes de l'immigration
aux États-Unis
568 E 56e Rue
NEW YORK

Mademoiselle Rebecca Bloomwood
Apt 2
4 Burney Road
Londres SW6 8FD

28 septembre 2001

Chère Mademoiselle,

Nous avons bien reçu les formulaires dûment complétés, mais il se trouve que les informations fournies par vos soins ont soulevé un certain nombre de questions.

En réponse à la question B 69 concernant les talents particuliers, vous avez écrit : « Je suis douée en chimie, demandez à n'importe qui à Oxford. » Nous avons contacté le vice-président de l'université d'Oxford, qui s'est révélé incapable de nous renseigner sur vos travaux.

De même pour l'entraîneur de l'équipe olympique britannique de saut en longueur.

Vous trouverez ci-joint un nouveau formulaire vierge que nous vous demandons de bien vouloir remplir.

Avec nos meilleurs sentiments,

Edgar Forlano

9

Les deux jours suivants ressemblent à un tourbillon. Je m'imprègne à fond de New York, de tous les bruits de la ville. Et voyez-vous, il y a vraiment des choses, ici, qui inspirent un respect mêlé de crainte. Par exemple, chez Bloomingdale, ils ont une fabrique de chocolat ! Et il existe un quartier entier de magasins de chaussures.

Tout cela est si excitant que j'en ai presque oublié la raison de ma présence à New York. Mais, aujourd'hui, je me réveille en proie à une anxiété similaire à celle qui précède une visite chez le dentiste. Nous sommes mercredi et j'ai mon premier rendez-vous avec deux décideurs de la chaîne de télé HLBC. C'est assez angoissant.

Luke a dû partir tôt, à cause d'un petit déjeuner de travail. Seule dans le lit, tout en buvant mon café et en grignotant un croissant, je me répète de ne pas céder à la nervosité. Le secret, c'est de ne pas paniquer, de garder son sang-froid, de rester cool. Luke m'a dit et redit, pour me rassurer, que ce rendez-vous n'était pas un entretien d'embauche mais une simple prise de contact. « Un déjeuner pour faire connaissance. »

Pourquoi pas, mais ai-je vraiment envie qu'ils me

connaissent ? Franchement, je ne suis pas persuadée que ce soit une bonne idée. Je suis même convaincue du contraire. Si jamais ils me connaissaient vraiment – si jamais ils étaient capables de s'introduire dans mes pensées, par exemple –, mes chances de me voir proposer un boulot seraient égales à zéro.

Je passe la matinée dans la chambre, à essayer de lire le *Wall Street Journal* et à regarder CNN – ce qui ne fait qu'alimenter mes appréhensions. Vous comprenez, ces présentateurs américains sont tellement brillants et parfaits. Ils ne trébuchent jamais sur aucun mot, ils ne font jamais de blagues et ils savent tout : du nom du secrétaire d'État au Commerce de l'Irak, aux implications, pour le Pérou, du réchauffement de la planète. Et moi, j'imagine pouvoir les imiter… Je dois avoir perdu le sens commun.

Autre souci : je n'ai pas passé d'entretien d'embauche dans les règles depuis des années. *Morning Coffee* ne s'est jamais donné cette peine, les choses se sont simplement faites comme ça. Quant à mon précédent boulot à *Réussir votre épargne*, l'entretien s'était résumé à une conversation informelle avec Philip, le rédacteur en chef, qui me connaissait déjà via les conférences de presse. Vous comprendrez du coup que l'idée de devoir impressionner deux parfaits inconnus à partir de rien me terrifie.

« Sois naturelle », n'a pas cessé de me seriner Luke, mais franchement je trouve le conseil ridicule. Tout le monde sait que le but d'un entretien n'est pas de montrer qui on est, mais de prétendre être la personne recherchée pour le poste. Ce n'est pas pour rien que ça s'appelle un « entretien technique ».

En arrivant au restaurant où a été fixé le rendez-vous, je suis partagée entre le désir d'entrer et celui de prendre mes jambes à mon cou, de tout laisser tomber et de partir m'acheter une jolie paire de chaussures à la place. Mais c'est impossible. Il faut que j'en passe par là.

Et c'est justement ça le pire. Si j'ai un tel creux à l'estomac et que mes mains sont moites à ce point, c'est bien parce que ce rendez-vous est important, à mes yeux. Je ne peux pas me dire, je m'en fiche, c'est de la rigolade, comme je le fais la plupart du temps. Non, cette fois, ce n'est pas de la rigolade. Si je ne suis pas capable de me trouver un boulot dans cette ville, alors je ne serai pas non plus capable d'y vivre… Et tout sera fichu. Seigneur !

Bon, calme-toi. Tu vas y arriver. Et ensuite, tu iras t'offrir une petite récompense.

Ce matin, j'ai reçu un mail de Candy et j'ai fait un tour sur son site. Apparemment, le méga-Sephora de SoHo fait aujourd'hui des promotions exceptionnelles jusqu'à quatre heures. Ils offrent une trousse d'échantillons à chaque cliente et pour cinquante dollars d'achats ils vous donnent un mascara !

À cette seule perspective, je me sens déjà rassérénée. Allez, ma fille. À l'abordage !

Je me force à pousser la porte et je me retrouve dans un restaurant très élégant, tout en laque noire, avec des nappes blanches et des poissons multicolores qui tournent en rond dans des aquariums.

Je m'adresse à un maître d'hôtel vêtu de noir de la tête aux pieds…

— Bonjour. J'ai rendez-vous avec…

Merde. J'ai complètement oublié leurs noms !

Bravo Becky ! Bon début. Quel professionnalisme !

Je bafouille en me retournant, rouge comme une pivoine :

— Attendez une seconde, excusez-moi.

Je farfouille dans mon sac en quête de ce morceau de papier – ah, le voilà : Judd Westbrook et Kent Garland.

Kent ? Il y a vraiment des gens qui s'appellent comme ça ?

Je reprends en fourrant le papier dans mon sac :

— Je suis Rebecca Bloomwood et j'ai rendez-vous avec Judd Westbrook et Kent Garland de HLBC.

Le maître d'hôtel consulte sa liste puis me dit avec un sourire glacé :

— Ah, oui ! Ils vous attendent.

Je prends une profonde inspiration et me laisse guider jusqu'à la table. Les voilà. Une blonde en tailleur-pantalon beige et un homme au visage buriné, en costume noir impeccable et cravate vert sauge. Luttant contre l'envie de prendre mes jambes à mon cou, je m'avance avec un sourire confiant, la main tendue. Ils lèvent la tête, et pendant un moment aucun d'eux ne dit rien – j'ai certainement enfreint une règle fondamentale de l'étiquette. Pourtant, on se serre bien la main, en Amérique, non ? On n'est pas supposé s'embrasser ? Ou faire une courbette ?

Dieu merci, la blonde se lève et me serre chaleureusement la main.

— Becky ! Je suis si heureuse de vous rencontrer. Kent Garland.

— Judd Westbrook, enchaîne son compagnon en me dévisageant de ses yeux profondément enfoncés. Nous brûlions d'impatience de faire votre connaissance.

— Moi aussi. Je tiens à vous remercier pour vos fleurs. Elles sont magnifiques.

— Tout le plaisir est pour nous, m'assure Judd en me présentant une chaise.

— Un immense plaisir, renchérit Kent.

Suit un silence empli d'expectative.

— Eh bien, c'est vraiment pour moi un incroyable plaisir, dis-je en hâte. Un plaisir… euh… extraordinaire.

Jusque-là, tout va bien. Si on se contente de se

congratuler les uns les autres, ça devrait bien se passer. Je pose soigneusement mon sac au pied de la table, en même temps que le *FT* et le *Wall Street Journal.* J'avais aussi pensé acheter le *South China Morning Post*, mais j'ai estimé que ça ferait un peu trop.

— Souhaitez-vous boire quelque chose ? s'enquiert le serveur qui apparaît à mes côtés comme d'un coup de baguette magique.

— Oh oui ! dis-je en jetant un coup d'œil nerveux sur les verres de Kent et Judd. (Ils ont chacun un gobelet rempli de ce qui doit être du gin tonic. À mon avis, le mieux est de les imiter.) Un gin tonic, s'il vous plaît.

Franchement, je crois que j'en ai bien besoin, histoire de me détendre. En ouvrant le menu, je surprends le regard de mes hôtes qui me dévisagent avec un intérêt soutenu que mériterait le spectacle d'un bouton de fleur sur le point d'éclore.

Kent se penche vers moi.

— Nous avons visionné vos enregistrements. Très impressionnant, commente-t-elle.

— Vraiment ? (Aussitôt, je m'enjoins de ne pas prendre cet air étonné.) Vraiment, dis-je, en m'efforçant à plus de nonchalance. Oui, évidemment, je suis fière de cette émission…

— Comme vous le savez, Rebecca, m'interrompt Kent, nous produisons *Consommer aujourd'hui.* Nous n'avons pas, pour l'instant, de rubrique consacrée aux conseils financiers personnalisés, mais nous aimerions beaucoup en créer une, sur le modèle de la vôtre, en Grande-Bretagne, explique-t-elle en se tournant vers Judd, qui opine.

— Votre passion pour la finance privée saute aux yeux, renchérit-il.

— Oh… Eh bien…

— Cela irradie dans tout votre travail, affirme-t-il avec

conviction. Et vous maîtrisez votre sujet, vous l'avez bien en main. Pour ainsi dire, vous le prenez en étau.

Comment ça, en étau ?

— Vous savez, vous êtes unique en votre genre, m'assure-t-il encore. Une jeune femme charmante, accessible, capable d'autant d'expertise et de conviction…

— Vous êtes un modèle pour tous ceux qui rencontrent des problèmes financiers dans le monde.

— Ce que nous admirons le plus, c'est votre patience envers les gens…

— Et l'empathie que vous leur manifestez…

— Quant à cette fausse simplicité qui définit votre style ! s'exclame Kent en me dévisageant avec insistance. Comment faites-vous ?

— Euh… vous savez, ça… ça vient tout seul. Je pense que… (Le serveur dépose un verre devant moi et je m'en empare avec soulagement.) Bon, eh bien, santé ! dis-je en levant mon verre.

— À votre santé ! me répond Kent. Pouvons-nous commander, Rebecca ?

— Euh… oui… (Je consulte rapidement le menu.) Je prendrai… euh… du loup et une salade verte. (J'ajoute, en interrogeant mes hôtes du regard :) Et du pain à l'ail ?

— Merci, je suis un régime sans blé, déclare poliment Judd.

— Ah… Et vous, Kent ?

— Jamais d'hydrates de carbone pendant la semaine, dit-elle avec bonne humeur. Mais je vous en prie, ne vous privez pas pour nous. Je suis certaine qu'il est délicieux.

— Non, non, ça ira. Je prendrai juste le loup.

— Et comme boisson ? s'enquiert le serveur.

— Eh bien…, dis-je en promenant un regard hésitant de l'un à l'autre. Que diriez-vous d'un sauvignon ?

— Bonne idée, approuve Kent avec un sourire amical et, alors que je m'accorde un soupir de soulagement, elle ajoute en désignant son gobelet : Pour moi, ce sera juste un autre San Pellegrino.

— Pour moi aussi, renchérit Judd.

San Pellegrino ? Ils buvaient de l'eau ?

Je m'empresse de rectifier :

— Ce sera parfait pour moi aussi. Je n'ai pas besoin de vin. C'était juste une idée comme ça...

— Mais pas du tout ! proteste Kent. Commandez tout ce qui vous fait plaisir. Une bouteille de sauvignon pour notre invitée, dit-elle en souriant au serveur.

J'insiste, le feu aux joues :

— Non, franchement...

— Rebecca, m'interrompt Kent d'une main levée. Nous voulons avant tout que vous vous sentiez à l'aise.

Bien joué. Maintenant, elle doit penser que je suis complètement alcoolo. Que je ne peux pas survivre à un déjeuner de prise de contact sans picoler.

Tant pis. Ce qui est fait est fait. Tout va bien se passer. Je n'en boirai qu'un verre. Un verre et c'est tout.

Et franchement, telle est bien mon intention. Un verre, et basta.

Le problème, c'est que, dès que je l'ai terminé, un serveur apparaît pour le remplir de nouveau. Du coup, je le bois. Cela dit, il aurait été grossier de commander une bouteille entière et de ne pas la boire.

Résultat, lorsque nous avons fini nos plats, je me sens assez... Comment dire ? Je suppose qu'un des mots adéquats pour désigner mon état serait « ivre ». Un autre, « beurrée ». Mais ce n'est pas un problème, parce que nous passons vraiment un bon moment et que, pour tout dire, je me trouve très spirituelle. Sans doute parce que je me suis un peu détendue. Je leur ai raconté toutes sortes d'anecdotes amusantes sur les coulisses de *Morning*

Coffee, qu'ils ont écoutées attentivement avant de conclure que tout cela était « absolument fascinant ».

— Évidemment, vous, les Anglais, vous êtes tellement différents, remarque Kent, songeuse.

Je viens de leur raconter l'histoire de Dave, le cameraman, qui est arrivé un jour tellement schlass que son mouvement a chaviré au beau milieu d'une prise et qu'il a cadré Emma en train de se curer le nez. C'était tellement tordant qu'en y repensant je ne peux m'empêcher de rire.

— Nous adorons votre sens de l'humour, affirme Judd en me fixant avec insistance, comme s'il quémandait une autre blague.

OK, trouves-en vite une autre. Une franchement drôle, qui fasse honneur au fameux sens de l'humour anglais.

Juste à ce moment-là, les cafés arrivent. Ou, du moins, un café pour moi, car Kent a pris un thé English Breakfast et Judd une tisane bizarre dont il a énoncé les ingrédients au serveur.

— J'adore le thé, me glisse Kent avec un sourire. C'est tellement apaisant. Au fait, Rebecca, en Angleterre la coutume veut qu'on fasse tourner trois fois la théière dans le sens des aiguilles d'une montre pour éloigner le mauvais œil. C'est bien ça ? À moins que ce ne soit dans le sens contraire de celui des aiguilles d'une montre ?

Faire tourner la théière ? Jamais entendu cette histoire abracadabrante !

— Euh… Laissez-moi me souvenir.

Je grimace de concentration, en essayant de me rappeler quand j'ai bu pour la dernière fois du thé préparé dans une théière. Mais la seule image de cette boisson qui me vient est celle de Suze tenant son mug où flotte un sachet tandis qu'elle déchire d'un coup de dents l'emballage d'un KitKat.

J'annonce finalement :

— Il me semble que c'est dans le sens contraire de celui des aiguilles d'une montre. Parce qu'il y a un vieux proverbe qui dit « Le diable avance avec l'horloge mais il ne recule jamais ».

Qu'est-ce que je suis donc en train de raconter ? Et pourquoi est-ce que je prends tout à coup l'accent écossais ? J'ai trop bu, c'est ça !

— Fascinant ! intervient Kent avant d'avaler une nouvelle gorgée de thé. J'adore toutes ces traditions anglaises désuètes. Vous en connaissez d'autres ?

— Bien sûr ! (Je m'anime.) J'en connais des tonnes !

Arrête, Becky. Arrête-toi-tout-de-suite.

— Par exemple, il y a cette très vieille coutume qui consiste à... à... à faire tourner le gâteau.

— Ah bon ? Je n'ai jamais entendu parler de celle-là.

— Mais si ! En fait, on prend un gâteau... (je rafle un petit pain dans une corbeille qui passe justement à portée de ma main)... et on le fait tourner sur sa tête, comme ça..., en récitant une petite comptine... (Des miettes me dégringolent dessus, et comme je suis incapable de trouver un seul mot qui rime avec gâteau je repose le petit pain, bois une gorgée de café et ajoute :) Ils font ça en Cornouailles.

— Ah bon ? s'étonne Judd, l'air soudain intéressé. Ma grand-mère est justement originaire de Cornouailles. Je lui demanderai si elle connaît cette coutume !

— On ne le fait que dans certains endroits de Cornouailles. Fort rares au demeurant.

Judd et Kent échangent un regard perplexe, avant d'éclater de rire.

— Votre célèbre sens de l'humour anglais ! C'est tellement rafraîchissant.

J'hésite une seconde, ne sachant comment réagir, et puis j'éclate de rire à mon tour. C'est vraiment super !

On s'entend comme larrons en foire. Soudain, je vois le regard de Kent s'illuminer.

— Rebecca, avant que j'oublie, j'ai quelque chose d'assez exceptionnel à vous proposer. Je ne sais pas quels étaient vos projets pour cet après-midi mais j'ai ici une invitation pour…

Elle marque une pause, histoire de ménager ses effets, un sourire jusqu'aux oreilles. Je la fixe, déjà tout excitée. Une invitation à une braderie Gucci ! Ça ne peut être que ça !

— … le colloque annuel de l'Association des financiers ! achève-t-elle d'un ton triomphant.

Pendant quelques secondes, je reste sans voix. Puis je finis par articuler, d'une voix légèrement plus aiguë que d'ordinaire :

— Non ? Vous… vous plaisantez ?

Comment vais-je me sortir de ce pétrin ? Comment ?

— Pas du tout ! me rassure Kent avec ravissement. Je pensais bien que ça vous plairait. Donc, si vous êtes libre cet après-midi…

Non, je ne suis pas libre ! ai-je envie de gémir. Je dois aller chez Sephora chercher mon mascara.

Et voilà que Judd ajoute son grain de sel :

— Il y aura quelques intervenants très pointus. Bert Frankel, notamment.

— Bert Frankel… Non !

Je n'ai jamais entendu parler de ce satané bonhomme.

— Je vous donne le carton, reprend Kent en attrapant son sac.

— Quel dommage ! En fait, voyez-vous, je projetais de consacrer mon après-midi à la visite de… du… Guggenheim.

Ouf ! Personne ne peut rien contre un argument culturel.

— Vraiment ? fait Kent, l'air déçu. Le Guggenheim ne peut pas attendre demain ?

— Je crains que non. À cause d'une toile que je veux absolument voir depuis que j'ai six ans.

— Non ! s'ébahit Kent en ouvrant des yeux ronds.

— Si ! Depuis que j'en ai vu la reproduction dans un livre d'art de ma grand-mère, je n'ai qu'une idée en tête : venir à New York pour admirer ce tableau. Alors, maintenant que je suis là, je ne peux pas attendre davantage. J'espère que vous comprenez...

— Bien sûr ! s'exclame Kent. Naturellement ! Quelle histoire édifiante ! ajoute-t-elle, et en surprenant le regard admiratif qu'elle échange avec Judd j'esquisse un sourire modeste. De quelle œuvre s'agit-il ?

Je la fixe, sans me départir de mon sourire. Allez, Becky, active tes méninges. Qu'est-ce qu'il y a au Guggenheim ? De la peinture ? De la sculpture ? En matière de peinture moderne, je ne suis pas très au point. Si seulement je pouvais appeler un ami !

— En fait..., je préfère garder mon jardin secret. C'est tellement intime, les préférences artistiques.

— Oh ! fait Kent, un peu désarçonnée. Bien entendu, je ne voulais pas être indiscrète.

— Kent ? rappelle Judd en regardant sa montre pour la seconde fois. Nous devons vraiment y aller.

— Tout de suite. (Elle avale en vitesse une dernière gorgée de thé et se lève.) Ç'a été un plaisir de vous rencontrer, Rebecca, mais je suis navrée, nous avons une réunion à quatorze heures trente.

— Je vous en prie.

Tant bien que mal, je me lève à mon tour et leur emboîte le pas vers la sortie. Je me rends compte, en passant devant le seau à glace, que j'ai pratiquement descendu la bouteille entière. C'est vraiment gênant. Mais sans doute personne n'y a-t-il prêté attention.

Quand j'arrive sur le trottoir, Judd a déjà hélé un taxi pour moi.

— Enchanté d'avoir fait votre connaissance, Rebecca, déclare-t-il. Nous allons parler de vous au vice-président de la production et… Nous restons en contact. Profitez bien du Guggenheim.

— Merci beaucoup ! Oui, je n'y manquerai pas. Et merci pour tout, dis-je en leur serrant la main.

J'attends qu'ils s'éloignent, mais non, ils ne bougent pas d'un pouce et attendent que je parte la première. Je me résous donc à monter dans le taxi, en chancelant imperceptiblement, puis je me penche vers le chauffeur et indique bien distinctement :

— Au Guggenheim, s'il vous plaît.

Le taxi démarre, et j'adresse un signe de la main à Judd et Kent jusqu'à ce qu'ils soient hors de vue. Finalement, je trouve que ce rendez-vous s'est très bien passé. Bon, sans doute aurais-je pu m'abstenir de raconter l'histoire de Rory et du chien d'aveugle… Et éviter de trébucher en partant aux toilettes. Mais ç'aurait pu arriver à n'importe qui.

Après avoir passé quelques blocs, pour plus de sûreté, je me penche à nouveau vers le chauffeur.

— Excusez-moi. J'ai changé d'avis. Finalement, je vais à SoHo.

L'homme se retourne, le front plissé d'un air réprobateur.

— SoHo ? Et le Guggenheim ?

— Euh… j'irai après.

— Après ? Mais vous ne pouvez pas faire le Guggenheim en coup de vent ! C'est un très beau musée. Avec des Picasso, des Kandinsky… Vous ne pouvez pas rater ça.

— Mais je ne vais pas le rater, je vous promets. Simplement, pouvons-nous aller à SoHo ?

— Comme vous voudrez, obtempère-t-il après un temps de réflexion.

Il fait demi-tour et nous repartons dans la direction d'où nous venions. Je consulte ma montre : quatorze heures quarante. Parfait. J'ai tout mon temps.

Je me laisse aller contre le dossier de la banquette et contemple un morceau de ciel bleu se découper dans la vitre. C'est génial, non ? Filer le long des rues dans un taxi jaune, admirer le soleil se réfléchissant sur les façades des gratte-ciel avec un sourire repu de vin. J'ai vraiment le sentiment de prendre mes marques. Je suis là depuis trois jours à peine mais il me semble que cette ville est la mienne. Je m'habitue à l'accent, à la façon de parler. Par exemple, hier, je me suis surprise à employer machinalement des expressions typiquement new-yorkaises.

Le taxi s'immobilise à un passage piéton, et je passe la tête par la fenêtre pour voir dans quelle rue nous sommes quand, brusquement, je me glace d'horreur.

Judd et Kent ! Qui traversent, juste devant nous. Kent parle avec animation et Judd hoche la tête. Mon Dieu ! Cache-toi ! Vite !

Le cœur battant à cent à l'heure, je m'enfonce dans la banquette en tentant de me planquer derrière le *Wall Street Journal*. Mais, trop tard, Kent m'a vue. Elle reste d'abord bouche bée puis se hâte vers moi, en articulant quelque chose et en gesticulant avec véhémence. Je baisse ma vitre.

— Rebecca ! Vous n'allez pas dans le bon sens ! Le Guggenheim est dans l'autre direction.

Je feins l'étonnement, prenant une intonation choquée :

— Non ! Seigneur ! Mais comment est-ce possible ?

— Dites à votre chauffeur de faire demi-tour ! Ah, les taxis new-yorkais ! Ils ne connaissent rien. (Elle frappe à la vitre.) Le Gug-gen-heim ! martèle-t-elle comme si elle parlait à un môme demeuré. En haut sur la 89e. Et dépêchez-vous, cette jeune fille attend ce moment depuis qu'elle a six ans.

— Vous voulez que je vous conduise au Guggenheim ? demande le chauffeur en me regardant.

Je réponds sans oser croiser son regard :

— Euh… oui. C'est bien ce que j'ai dit.

Le chauffeur jure dans sa barbe et fait demi-tour, pendant que j'agite la main en direction de Kent, qui m'adresse un signe signifiant sans doute « Ce type est un abruti sans cervelle ».

Et nous voilà repartis vers le nord de la ville. Quelques minutes passent sans que je puisse me résoudre à parler. Mais je vois les rues qui défilent. 34e, 35e… Il est bientôt trois heures et chaque minute supplémentaire nous éloigne un peu plus de SoHo, de Sephora, et de mon mascara cadeau…

— Euh… excusez-moi, dis-je en m'éclaircissant timidement la voix. En fait…

— Quoi encore ? me coupe le chauffeur en me fusillant d'un regard noir.

— Je viens juste de me souvenir que j'avais promis à… à ma tante de la retrouver à…

— SoHo. Vous voulez aller à SoHo.

Il croise mon regard dans le rétroviseur, et je hoche faiblement la tête, piteuse. Lorsqu'il fait de nouveau demi-tour, je glisse sur le siège et ma tête vient cogner contre la vitre.

— Hé, vous ! s'exclame une voix désincarnée qui me fait sursauter de terreur. Soyez prudente ! La sécurité c'est important, OK ? Alors, bouclez votre ceinture.

— Tout de suite, dis-je d'une petite voix. Je suis désolée. Vraiment désolée. Je ne recommencerai pas.

Je m'attache d'un geste maladroit et croise une fois de plus le regard du chauffeur dans le rétroviseur.

— C'est une annonce enregistrée, fait-il d'un ton méprisant. Vous parlez à un magnéto.

Je le savais.

Nous voilà enfin devant Sephora, sur Broadway. Je jette une poignée de dollars au chauffeur, avec un pourboire de cent pour cent, qui me semble indiqué compte tenu des circonstances. Quand je descends, le bonhomme me dévisage attentivement.

— Vous avez bu, mademoiselle.

Je m'indigne.

— Non ! Enfin… si. Mais juste un peu de vin pendant le déjeuner…

Le type secoue la tête et redémarre tandis que j'avance d'un pas mal assuré vers l'entrée du magasin. Pour ne rien vous cacher, je me sens un peu étourdie. Et quand je pousse la porte, je me sens encore plus étourdie. Ça alors ! C'est encore mieux que je ne m'y attendais.

Sur des martèlements de musique électronique, des nuées de filles papillonnent sous les spots, pendant que des types en polo noir avec des casques sur la tête distribuent des sacs d'échantillons. Je tournicote sur moi-même, hébétée, en proie au vertige : jamais de ma vie je n'ai vu autant de maquillage réuni en un même lieu. Des rangées et des rangées de rouge à lèvres. De vernis à ongles, de toutes les couleurs de l'arc-en-ciel. Hé, regardez ! Ils ont même des petites chaises où on peut s'installer pour essayer, et on vous fournit des cotons-tiges et tout ce qu'il faut. Cet endroit est vraiment… Comment dire ? Paradisiaque.

Je regarde le sac d'échantillons, sur lequel est imprimé le slogan : *Les promesses de Sephora : la beauté nous rassemble et donne à la vie un doux parfum.*

C'est tellement vrai ! En fait, c'est tellement juste et…

comment dire… tellement émouvant que j'en ai presque les larmes aux yeux.

— Vous allez bien, mademoiselle ? s'enquiert un des types en me scrutant sous son casque.

Je le regarde, encore dans le brouillard.

— Oui, je lisais juste les promesses de Sephora. C'est… c'est tellement beau !

— Ah… Très bien, opine le garçon avec un regard dubitatif. Bonne journée, mademoiselle.

Je lui réponds d'un hochement de tête puis me dirige, moitié marchant, moitié tanguant, vers un présentoir de vernis à ongles, aux noms évocateurs : « Intelligence cosmique », « Rêves éveillés »… Et, tandis que je survole du regard les rangées de flacons, l'émotion me submerge. Ces petites bouteilles me parlent. Leur message est simple : si je me peins les ongles de la bonne couleur, tout se mettra en place et prendra sens dans ma vie.

Pourquoi n'avais-je jamais compris cette vérité auparavant ?

Je choisis un flacon de « Rêves éveillés » que je mets dans mon panier avant de partir vers le fond du magasin, où m'attend un présentoir proclamant « FAITES-VOUS PLAISIR, VOUS LE MÉRITEZ ».

Oui, je le mérite, me dis-je toujours dans le flou. Je les mérite, cet ensemble de bougies parfumées, ce miroir de voyage, et cette pâte à polir même si j'ignore son usage… Et tandis que je suis là, à remplir mon panier, je perçois confusément une sonnerie, un genre de gargouillement… D'un seul coup, je me rends compte que c'est mon téléphone portable.

— Allô ? dis-je en coinçant l'appareil contre l'oreille. Qui est-ce ?

— Salut, c'est moi, répond Luke. Il paraît que ton déjeuner s'est très bien passé.

— Ah bon ? Qui te l'a dit ?

— Je viens de parler avec des gens de HLBC. Apparemment, tu t'en es très bien sortie. Très amusante, ont-ils dit.

— Waouh ! (Je tangue un peu et me raccroche à un présentoir pour ne pas tomber.) C'est vrai ? Tu es sûr ?

— Mais oui. Ils ont dit que tu étais charmante, et cultivée… J'ai même entendu dire qu'ils t'avaient mise ensuite dans un taxi pour le Guggenheim.

Je confirme en attrapant un petit pot de baume à la mandarine pour les lèvres.

— Tout à fait.

— Je t'avoue être assez intrigué par cette histoire de tableau qui te poursuit depuis l'enfance. Ç'a beaucoup impressionné Kent.

— Vraiment ? dis-je d'un ton vague. Alors c'est parfait.

— Oui, ça l'a beaucoup impressionnée, reprend Luke. Je trouve bizarre que tu n'aies pas évoqué le Guggenheim ce matin… Ni même jamais. Pour quelqu'un qui a ça dans la tête depuis l'âge de six ans…

La note amusée dans sa voix éveille mon attention. Il n'appelle donc que pour se payer ma tête ?

— Je ne t'en ai jamais parlé ? dis-je innocemment en mettant le baume à lèvres dans mon panier. C'est curieux.

— N'est-ce pas ? Très curieux. Et tu y es en ce moment ?

Salaud !

Je ne réponds d'abord pas. Comment lui avouer que je suis encore en train de faire du shopping ? Surtout après tout ce qu'il a pu me dire à la suite de ma prétendue visite guidée de la ville. Bon, d'accord, dix minutes sur une visite de trois heures, ce n'est pas beaucoup, mais c'est déjà ça, non ? J'ai tout de même tenu le coup jusque chez Saks.

— Oui, j'y suis, dis-je finalement, un peu méfiante.

Ce n'est pas si éloigné de la vérité, parce que je peux facilement y aller en sortant d'ici.

— Formidable ! Et quelle expo fais-tu ?

Oh ! Mais il va s'acharner longtemps comme ça ?

— Comment ? (J'élève soudain la voix.) Oh, excusez-moi, je ne me suis pas rendu compte. Luke, il faut que je raccroche. Le… gardien se plaint. On se voit tout à l'heure.

— À six heures, au bar du Royalton. Tu vas rencontrer mon nouvel associé, Michael. J'ai hâte de t'entendre raconter ton après-midi.

10

Je range mon téléphone, assez indignée. Ah, c'est comme ça ! Eh bien, il va voir ! Je vais y aller, au Guggenheim, et tout de suite. Dès que j'aurai acheté mon maquillage et récupéré mon cadeau.

Je remplis mon panier de produits de beauté, me hâte vers la caisse, où je signe le reçu de carte bancaire sans le moindre regard, et je sors dans la rue grouillante de monde. Quinze heures trente. Parfait. J'ai plus de temps qu'il n'en faut pour me rendre au Guggenheim et m'immerger dans la culture. Excellente idée, je suis pressée d'y être !

Je suis postée sur le bord du trottoir, la main en l'air pour arrêter un taxi, quand j'avise une boutique magnifique, étincelante, les Papiers de Kate. Presque automatiquement, mon bras retombe et mes pas me portent lentement vers la vitrine. Regardez un peu ! Cet étalage de papiers marbrés. Et cette boîte à découpages. Et cet étonnant ruban perlé.

Bon, voilà ce que je vais faire : je vais jeter un coup d'œil. Cinq minutes, pas plus. Ensuite, je filerai au Guggenheim.

Je pousse la porte et entre d'un pas paisible, émerveillée par l'agencement de splendides papiers d'emballage décorés de fleurs séchées, de raphia et de petits nœuds, les albums photo, les boîtes de papier à lettres exquis… Oh, et ces cartes de vœux !

Vous voyez, tout le truc est là. Voilà pourquoi New York est une ville tellement géniale. Ici, ils n'ont pas de ces vieilles cartes tristounettes qui se contentent de l'inscription « Bon anniversaire ». Non, ils ont des créations artisanales, avec des fleurs scintillantes et des collages rigolos, du genre « Félicitations pour l'adoption des jumeaux ! » ou « J'ai été si triste d'apprendre que vous aviez rompu ! ».

Je vais et viens dans la boutique, totalement prise de vertige face à un tel choix. Il me faut absolument quelques-unes de ces cartes. Par exemple celle-ci, avec un fantastique château qui se déplie, faisant apparaître un drapeau où est écrit : « J'adore les transformations de ta maison. » Je ne connais personne qui fasse transformer sa maison, mais je pourrais toujours la garder en attendant que maman décide de faire retapisser l'entrée. Et celle-là, recouverte d'herbe artificielle, qui dit : « À un entraîneur de tennis percutant, avec mes remerciements. » Elle tombe à pic, parce que je projette de prendre quelques cours de tennis l'été prochain, et j'aurai besoin d'un entraîneur, non ?

J'en choisis quelques-unes puis je passe au présentoir des cartes d'invitation. Et elles sont encore mieux. Au lieu d'annoncer bêtement « Fête », elles disent « Et si nous nous retrouvions au club pour un brunch ? » ou « Rejoignez-nous vite pour une pizza-party sans chichis ».

Vous savez, il me semble avisé d'en acheter un petit stock. Ce serait vraiment avoir la vue courte que de ne pas le faire. Suze et moi pourrions facilement organiser un dîner pizza, vous ne pensez pas ? Et, en Angleterre, on ne trouve pas de cartes comme ça. Elles sont tellement mignonnes, avec leurs petites tranches étincelantes de pizza de chaque côté. Je dépose avec précaution dix boîtes d'invitations dans mon panier, en même temps que de jolies cartes, plus quelques feuilles de papier-cadeau à rayures acidulées – elles sont tellement jolies, impossible de résister – et je passe à la caisse. Pendant que la vendeuse scanne les codes-barres de chaque article, je regarde autour de moi. N'ai-je rien raté ? Ce n'est que lorsque la fille annonce le total que je lève les yeux, un peu sciée. Tant que ça ? Pour quelques cartes ?

J'hésite. En ai-je vraiment besoin d'autant ? Celle-là, par exemple : « Joyeuse Hanoukka, patron ». Est-elle indispensable ?

Mais je me dis qu'elles peuvent se révéler utiles un jour ou l'autre. Et que si je dois habiter ici, il va falloir que je m'habitue à envoyer des cartes chères à tout bout de champ, alors franchement, c'est ni plus ni moins une façon de s'acclimater.

En plus, à quoi bon avoir une jolie carte de crédit toute neuve si on ne s'en sert pas ? Voilà qui est décidé. Dans mon budget, je classerai tout ça en : « Frais professionnels incompressibles ».

Comme je signe mon reçu, une fille en jean et chapeau, qui traîne derrière un présentoir de cartes de visite, attire mon attention ; il me semble la connaître. Je la dévisage, et brusquement je me souviens.

— Bonjour, dis-je avec un sourire amical. Je ne vous ai pas croisée à la braderie, hier ? Vous y avez fait de bonnes affaires ?

Mais, au lieu de me répondre, elle se détourne précipitamment et se hâte vers la sortie, bousculant quelqu'un au passage. Je l'entends marmonner : « Excusez-moi », et, à mon grand étonnement, elle a un accent anglais. Eh bien, voilà qui est carrément antipathique. Ignorer une compatriote sur un sol étranger ! Pas étonnant que les Anglais aient une telle réputation de froideur !

Bon. Cette fois, je vais vraiment au Guggenheim. Mais, en sortant de la papeterie, je m'aperçois que je ne sais pas de quel côté de la rue je dois arrêter le taxi. Je reste un bon moment sur le trottoir à me demander où est le nord. Sur le trottoir d'en face, je perçois un éclair, comme un flash, qui m'arrache une grimace. Va-t-il se mettre à pleuvoir ? Mais non, le ciel est dégagé et personne ne paraît avoir rien remarqué. Peut-être est-ce un de ces phénomènes typiquement new-yorkais comme la vapeur qui jaillit des trottoirs.

Allez, concentre-toi. Le Guggenheim.

— Excusez-moi, savez-vous dans quelle direction se trouve le Guggenheim ?

— Par là, au bas de la rue, m'indique la femme que je viens d'accoster, en lançant son pouce en arrière.

— Ah, très bien, dis-je, confuse. Merci.

Ce n'est pas possible. J'étais sûre que le Guggenheim était à des kilomètres, à côté de Central Park. Comment pourrait-il se trouver au coin de la rue ? Elle ne doit pas être d'ici. Il faut que je demande à quelqu'un d'autre. Le problème, c'est qu'ils marchent tous à une vitesse... Difficile de héler quelqu'un.

Me suspendant quasiment au bras d'un autre passant, je lance :

— Hé ! S'il vous plaît, le Guggenheim ?

— Là, à côté, répond-il avec un mouvement de tête avant de continuer son chemin.

Mais qu'est-ce qu'ils racontent, tous ? Je suis sûre que Kent a dit que le Guggenheim était tout en haut près de... de...

Hé, minute !

Je m'arrête net, en ouvrant des yeux ronds.

Je n'y crois pas. Il est là ! Une enseigne au-dessus de ma tête annonce en lettres géantes : GUGGENHEIM.

C'est quoi, cette histoire ? Le Guggenheim aurait déménagé ? Il n'existe tout de même pas deux Guggenheim ?

Une fois près de l'entrée, je remarque que le bâtiment est plutôt petit pour un musée – c'est peut-être une annexe ? Oui, c'est ça, une annexe à la mode dans SoHo. Évidemment. À Londres, on a bien la Tate Gallery et la Tate Modern, alors pourquoi n'auraient-ils pas le Guggenheim et le Guggenheim SoHo, à New York ?

Le Guggenheim SoHo. C'est vraiment cool.

Prudemment, je pousse la porte et, sans surprise, je découvre un lieu tout blanc, spacieux, avec de l'art moderne sur des consoles, et des fauteuils pour s'asseoir, et des gens qui se promènent et ne communiquent que par chuchotements.

Vous voyez, tous les musées devraient ressembler à celui-ci. Beau et de petite taille, pour commencer, de telle sorte qu'on ne se sente pas épuisé sitôt entré. Ici, on doit pouvoir visiter en une demi-heure. En plus, tout a l'air vraiment intéressant. Ces drôles de cubes rouges dans leur vitrine de verre, par exemple. Et cette fantastique sérigraphie abstraite pendue là, sur le mur.

Je suis en train de l'admirer quand un couple s'approche et m'imite. Puis ils se mettent à murmurer entre eux que c'est beau, et enfin la fille demande d'un ton détaché :

— C'est quoi, le prix ?

J'ai envie de me tourner vers elle avec un gentil sourire et de lui dire : « Moi aussi, c'est toujours ce que je veux savoir », quand, à ma stupéfaction, l'homme tend la main vers la sérigraphie, la retourne et découvre une étiquette collée au dos.

Une étiquette avec un prix dans un musée ! Cet endroit est génial ! Enfin, quelqu'un qui voit plus loin que le bout de son nez a compris que les gens n'ont pas seulement envie de regarder de l'art mais qu'ils veulent aussi en connaître le prix. Je pense que je vais envoyer un courrier aux gens du Victoria and Albert Museum pour leur faire part de cette trouvaille.

Mais figurez-vous que maintenant, en regardant plus attentivement, je vois que toutes les pièces exposées portent une étiquette de prix. Ces cubes rouges, donc, et cette chaise, et aussi cette boîte de crayons…

Bizarre, non, une boîte de crayons dans un musée ? Bon, c'est peut-être une « installation ». Après un examen plus attentif, je remarque que chaque crayon porte une inscription. Sans doute une pensée profonde sur l'art, la vie… Je me penche et je lis : « Boutique du Guggenheim ».

Quoi ?

Je suis dans une…

Je lève la tête et regarde autour de moi, médusée.

Une boutique ?

Du coup, je commence à remarquer des détails qui m'avaient échappé. Comme ces caisses enregistreuses, de l'autre côté de la salle. Et cette personne, qui sort avec des sacs.

Oh, mon Dieu !

Je me sens vraiment idiote. Comment ai-je pu ne pas reconnaître une boutique ? Mais… tout cela est de plus en plus étrange. Une boutique de musée, toute seule, comme ça, sans le musée ? J'avise un jeune homme blond avec un badge.

— Excusez-moi, je peux vous poser une question ? C'est un magasin ?

— Oui, m'dame. C'est la boutique du Guggenheim.

— Et… où se trouve le vrai Guggenheim ?

— Là-haut, vers Central Park.

— Ah ! (Je le regarde, déroutée.) Essayons de voir clair dans tout ça. On peut venir ici et acheter plein de trucs sans que personne sache si on a ou non visité le musée ? Je veux dire, on n'est pas obligé de montrer le ticket d'entrée, par exemple ?

— Non, m'dame.

— Donc, on peut parfaitement se dispenser de la visite ? dis-je, si heureuse que je ne peux maîtriser ma voix, qui monte dans les aigus. Quelle ville ! De mieux en mieux.

En voyant la mine offusquée du garçon, je m'empresse d'ajouter :

— Mais bien sûr que je veux voir le musée, ça tombe sous le sens. Ce que je demandais, c'était juste pour savoir.

— Si vous voulez y aller, je peux vous appeler un taxi.

— Euh...

Réfléchissons. Et gardons-nous de toute décision hâtive. Prudente, je réponds :

— Euh... je ne sais pas encore. Laissez-moi une minute de réflexion.

— Bien sûr, fait le garçon, en me décochant un regard un rien bizarre.

Je m'assieds sur un siège blanc et me concentre. Bon, le problème se résume ainsi : je peux aller au Guggenheim, c'est certain, il suffit de sauter dans un taxi, et je pourrai consacrer le reste de mon après-midi à contempler des œuvres d'art.

Autre option : acheter un livre sur le Guggenheim... et faire du shopping le restant de l'après-midi.

Parce que, en fait, a-t-on réellement besoin de voir une œuvre d'art en chair et en os pour l'apprécier ? Bien sûr que non. Et, dans un sens, feuilleter un livre serait plus pratique qu'arpenter des kilomètres de salles, cela me permettrait de couvrir plus de terrain en moins de temps, et donc d'en apprendre davantage.

D'un autre côté, ce qu'ils ont dans cette boutique, c'est aussi de l'art, non ? Je veux dire, j'ai déjà ingurgité pas mal de culture. Bon, la démonstration est concluante.

Et ce n'est pas comme si je passais ici en coup de vent. Je reste dix bonnes minutes à compulser les bouquins et à m'imprégner de la culture qui baigne ces lieux. Finalement, j'achète un bouquin d'au moins trois tonnes pour Luke, plus un joli mug pour Suze, plus quelques crayons et un calendrier pour ma mère.

Formidable ! Maintenant, je peux vraiment aller faire du shopping. En sortant de la boutique, je me sens aussi libérée et heureuse qu'un gamin à qui son école donne un jour de vacances. Je descends Broadway et tourne dans l'une des rues perpendiculaires. Je dépasse des étals de contrefaçons de sacs et d'accessoires à cheveux multicolores ; il y a aussi un type qui joue de la guitare, plutôt médiocrement. Et, je me retrouve bientôt en train de flâner dans une magnifique petite rue pavée, puis dans une autre, bordée de vieux immeubles rouges avec des échelles à incendie zigzaguant sur la façade ; il y a des arbres plantés sur le trottoir, et l'ambiance est soudain beaucoup plus calme que sur Broadway. Vous savez, je crois que je vais m'adapter sans problème à la vie new-yorkaise.

Et les boutiques, oh, bon sang ! Toutes plus tentantes les unes que les autres. Celle-ci vend des robes en velours présentées sur des meubles anciens ; dans la suivante, aux murs ornés de nuages, se déploient des portants et des portants de robes de cocktail à froufrous, avec des coupes de bonbons dispersées un peu partout ; sa voisine joue sur le noir et blanc, dans le style Arts déco, on se croirait dans un film avec Fred Astaire. Et celle-là ! Regardez !

Je m'arrête net, bouche bée devant un mannequin vêtu en tout et pour tout d'une chemise en plastique transparent, dans la poche de laquelle nage un poisson rouge. C'est vraiment le vêtement le plus incroyable que j'aie jamais vu.

Vous savez, j'ai toujours rêvé de porter un vêtement réellement d'avant-garde. Quel pied ce serait d'avoir une fringue à la pointe de la création et de dire à tout le monde que je l'ai achetée à SoHo. Quoique... Est-ce que je suis toujours à SoHo ? C'est peut-être Nolita. Ou... NoHo ? Pour être franche, je ne sais plus trop où je me trouve, mais je n'ai pas envie de regarder mon plan et de laisser croire à tout le monde que je suis une touriste.

De toute façon, où que je sois, quelle importance ? Allons voir cette boutique de plus près.

Une fois poussée la lourde porte, je pénètre dans un espace complètement vide, résonnant des grondements d'une musique bizarre et où flotte un parfum d'encens. Je me dirige vers un portant, m'efforçant d'adopter un air nonchalant, et commence à regarder. Bon sang ! Ces fringues sont complètement dingues. Il y a un pantalon de plus de trois mètres de long, une chemise toute blanche avec un capuchon plastifié et une jupe en velours côtelé et papier journal plutôt jolie – mais que se passe-t-il quand il pleut ?

— Bonjour !

Un type s'approche, en tee-shirt noir et pantalon supermoulant complètement argenté, à l'exception de l'entrejambe, en jean et très... comment dire ? Proéminent.

— Salut.

Je tâche d'avoir l'air le plus cool possible et surtout de ne pas regarder son entrejambe.

— Comment allez-vous ?

— Très bien, merci.

Je tire une jupe noire – que je lâche en remarquant le pénis rouge brillant qui en orne le devant.

— Vous voulez essayer quelque chose ?

Allez, Becky. Ne te dégonfle pas. Accepte.

— Euh… oui. Ça !

J'attrape un pull violet à col cheminée qui me paraît pas mal et suis le vendeur jusqu'à la cabine d'essayage en tôle, au fond de la boutique.

Ce n'est qu'en ôtant le pull de son cintre que je remarque les deux cols cheminée. Pour le reste, ça me rappelle un tricot que ma grand-mère avait offert une fois à papa pour Noël.

Je passe la tête hors de la cabine.

— Excusez-moi ce pull a… deux cols.

Je laisse échapper un petit rire et le type me dévisage impassible, comme si j'étais demeurée.

— C'est normal. C'est le modèle.

— Oh ! Oui, bien sûr, dis-je avant de replonger dans la cabine.

Je n'ose pas lui demander lequel des deux cols on est censé enfiler et je bataille pour passer la tête dans le premier. Le résultat est catastrophique. Ce n'est pas mieux avec l'autre.

Une voix me parvient.

— Ça va ?

J'ai les joues en feu. Impossible d'avouer que je ne sais pas comment enfiler ce pull. Je réponds d'une voix étranglée :

— Oui, oui.

— Voulez-vous sortir vous voir dans cette glace-ci ?

— OK.

Mes joues sont écarlates et j'ai les cheveux dressés sur la tête. Avec hésitation, j'ouvre la porte et vais me poster devant le grand miroir. Jamais de ma vie je n'ai eu l'air aussi stupide.

— C'est un pull extraordinaire, dit le type en me regardant, bras croisés. Absolument unique.

— Euh... oui, tout à fait... Très intéressant...

Je tire d'un geste maladroit sur une manche, essayant d'ignorer le fait que j'ai, apparemment, une tête en moins.

— C'est incroyable comme ça vous va bien, lance le vendeur.

Son ton est si convaincu que je me regarde de nouveau. Bon, il a peut-être raison. Et si ça ne m'allait pas si mal ?

— Madonna l'a pris en trois couleurs, mais de vous à moi, continue-t-il en baissant la voix, elle peut aller se rhabiller.

Je le fixe, hagarde.

— Madonna a acheté ce pull ? Celui-là exactement ?

— Hum, hum. Mais vous le portez beaucoup mieux. (Il s'adosse à un pilier recouvert de petits miroirs et s'examine un ongle.) Alors, vous le prenez ?

Mon Dieu, j'adore cette ville. Où pouvez-vous, ailleurs qu'ici, trouver dans un même après-midi des cartons d'invitation ornés de parts de pizza scintillantes, des mascaras gratuits et le même pull que celui de Madonna ? J'arrive au Royalton un immense sourire de béatitude aux lèvres. Je n'avais pas fait un si bon shopping depuis... bon, depuis hier.

Je dépose tous mes sacs au vestiaire avant de me diriger vers la petite salle ronde du bar où Luke m'a donné rendez-vous pour rencontrer son associé, Michael Ellis.

Au cours de ces derniers jours, j'ai beaucoup entendu parler de ce Michael Ellis. Apparemment, il possède une énorme agence de pub à Washington et il est très ami avec le Président. À moins que ce ne soit le vice-Président ? Quelqu'un d'important, en tout cas. À l'évidence, il s'agit d'un gros bonnet dont le rôle est absolument crucial dans le projet de Luke. Donc, mieux vaut que je me débrouille pour l'impressionner.

Hyper-branché, cet endroit ! Cuir et chromes, et des clients assortis avec leurs vêtements noirs et leurs coupes de cheveux austères. Dans la pénombre du petit bar, j'aperçois Luke, à une table. À ma grande surprise, il est seul.

— Salut ! dis-je en l'embrassant. Ton ami n'est pas là ?

— Il est allé téléphoner. S'il vous plaît ! fait-il à l'adresse d'un serveur. Un autre gimlet. (Il me jauge du regard tandis que je m'assieds.) Alors ma chérie, le Guggenheim ?

Je déclare avec un grand sourire triomphant (ha, ha ! j'ai fait mes devoirs dans le taxi, figurez-vous) :

— C'est bien. J'ai particulièrement aimé une série d'acryliques absolument fascinantes, qui déclinent de simples formes euclidiennes.

— Vraiment ? fait Luke, l'air plutôt épaté.

— Oui. La façon dont elles absorbent et réfléchissent la lumière pure... C'est hypnotique. Ah, au fait, j'ai un cadeau pour toi – je pose sur ses genoux *L'Art abstrait. Les artistes et leurs œuvres* avant de boire une gorgée du verre qu'on vient de m'apporter, tout cela sans avoir l'air trop hautaine.

— Tu as vraiment été au Guggenheim ! s'exclame-t-il, incrédule, en feuilletant le livre.

— Euh... oui. Bien sûr.

OK, je sais, ce n'est pas bien de mentir à son petit ami. Mais il y a une part de vérité, non ? D'une certaine façon, et au sens le plus large du mot, je suis allée au Guggenheim.

— Vraiment intéressant, commente Luke. Tu as vu cette célèbre sculpture de Brancusi ?

— Euh… Eh bien… (Je louche par-dessus son épaule pour comprendre de quoi il parle.) Disons que je me suis plutôt concentrée sur les… euh… les formes euclidiennes et, bien entendu, sur les incomparables…

— Ah, voilà Michael.

Il referme le livre, que je m'empresse de ranger dans son sac. Merci, mon Dieu, pour cette diversion. Je lève la tête, très curieuse de voir à quoi ressemble le fameux Michael, et là je manque m'étrangler.

Je ne le crois pas. *Lui ?* Michael Ellis est le type dégarni de la salle de gym. La dernière fois qu'il m'a vue, j'étais en train de rendre l'âme à ses pieds.

— Becky, je te présente Michael Ellis, mon nouvel associé.

— Bonjour, comment allez-vous, dis-je avec un sourire de pure composition.

Ça ne devrait pas être permis. Il devrait exister une loi qui interdise de croiser dans la vraie vie les gens qu'on a vus à la gym. C'est trop embarrassant.

— Nous avons déjà eu le plaisir de nous rencontrer, déclare Michael en me serrant la main avec un clin d'œil, avant de s'asseoir en face de moi. Becky et moi étions dans la même salle de sport, hier. Mais je ne vous ai pas vue ce matin.

— Ce matin ? relève Luke en me jetant un regard dérouté. Tu ne m'as pas dit que la salle était fermée, ce matin ?

Merde.

— Oh… Eh bien… (J'avale une grande gorgée de gimlet et me racle la gorge.) Je voulais dire par là que… que…

Ma voix s'éteint misérablement. Et moi qui voulais faire bonne impression.

— Mais où ai-je la tête ! s'exclame brusquement Michael. Je dois devenir fou. Ce n'était pas ce matin. La salle était effectivement fermée aujourd'hui. Des réparations urgentes, je crois, enfin, un truc dans ce goût-là, ajoute-t-il avec un grand sourire.

Je me sens rougir.

— Enfin, aucune importance, conclus-je pour balayer le sujet au plus vite. Alors... Vous allez devenir l'associé de Luke ? C'est formidable. Ça se passe bien ?

Je vous assure que j'ai seulement voulu me montrer polie et détourner l'attention générale de mes activités sportives. Ils vont sûrement tout me raconter par le menu, je pourrai me contenter de hocher la tête de temps à autre en sirotant tranquillement. Mais, à ma grande surprise, rien ne vient.

— Bonne question, finit par déclarer Luke. Qu'a dit Clark ? demande-t-il en regardant Michael.

— Nous avons longuement discuté. Et ce n'est pas entièrement satisfaisant.

Mon regard passe de l'un à l'autre. Je suis totalement déconcertée.

— Quelque chose qui cloche ?

— Ça dépend de quel point de vue on se place, répond Michael.

Et, tandis qu'il me rend compte de sa conversation avec le Clark en question, je m'efforce de prendre un air intelligent. Le problème, c'est que je me sens un peu dans les vapes. Combien de verres ai-je bus aujourd'hui ? Pour être franche, je préfère ne pas compter. Je me laisse aller mollement contre le dossier en cuir, les yeux clos : leurs voix me parviennent de très loin.

« ... une sorte de paranoïa... »

« ... pensent qu'ils peuvent changer les règles du jeu. »

« ... frais généraux... Une réduction des coûts... et avec Alicia Billington à la tête de l'agence de Londres... »

Je m'exclame, me redressant au prix d'un effort acharné.

— Alicia ? Alicia va diriger l'agence de Londres ?

— C'est presque décidé, confirme Luke en s'interrompant au milieu d'une phrase. Pourquoi ?

— Mais…

— Mais quoi ? s'enquiert Michael en me dévisageant très attentivement. Pourquoi ne pourrait-elle pas diriger l'agence de Londres ? Elle est brillante, ambitieuse…

— Oh, non, rien…, fais-je, faiblement.

Je ne peux absolument pas leur dire à quel point c'est une sale garce.

— Vous savez qu'elle vient de se fiancer, au fait ? Avec Ed Collins, de chez Hill Hanson.

— Ah bon ? Mais je croyais qu'elle sortait avec… Comment il s'appelle, déjà ?

— Qui donc ?

— Euh… machin (Je bois une gorgée de gimlet pour m'éclaircir les idées.) Ils avaient des déjeuners clandestins et tout et tout !

Bon sang, mais quel est le nom de ce type ? Je suis vraiment beurrée.

— Becky aime bien se tenir au courant des ragots de l'agence, commente Luke avec un petit rire détaché. Malheureusement, on ne peut jamais vraiment se fier à leur exactitude.

Je lui lance un regard noir. Qu'essaie-t-il d'insinuer ? Que je colporte des rumeurs ?

— Il n'y a pas de mal à s'intéresser un peu aux bruits de couloir, déclare Michael avec un sourire chaleureux. Ça nourrit la conversation.

— Tout à fait ! Je ne pourrais pas mieux dire. Je n'arrête pas de répéter à Luke qu'il devrait s'intéresser aux gens qui travaillent pour lui. C'est exactement comme quand je donne mes conseils financiers à la télé. Je ne peux pas me contenter de regarder les chiffres. Je dois parler aux gens qui appellent. Par exemple… Enid, de

Northampton… (je regarde Michael avant de me rendre compte qu'il ne peut pas savoir qui est Enid)… en théorie, elle était prête à partir à la retraite. Elle avait des fonds de pension, et tout le bazar. Mais en réalité…

— Elle n'était pas prête ?

— Exactement. Elle adorait son travail. C'était son égoïste de mari qui voulait la voir arrêter. Elle n'avait que cinquante-cinq ans ! dis-je en gesticulant, mon verre à la main. N'affirme-t-on pas que la vie commence à cinquante-cinq ans ?

— Je n'en suis pas certain, mais c'est peut-être vrai, admet Michael en souriant. J'aimerais bien voir votre émission un jour. Elle passe aux États-Unis ?

— Malheureusement, non. Mais je vais bientôt faire la même ici, comme ça, vous pourrez la voir.

— Je bous d'impatience. Bon, ajoute-t-il en regardant sa montre et en vidant son verre d'un trait, je suis désolé mais il faut que j'y aille. On se reparle plus tard, Luke. J'ai été très heureux de vous rencontrer, Becky. Et si j'ai besoin d'un conseil financier, je saurai maintenant à qui m'adresser.

Tandis que Michael quitte le bar, je m'enfonce dans mon fauteuil moelleux et me tourne vers Luke. Son air désinvolte s'est évanoui, et, les yeux dans le vide, il réduit méthodiquement en charpie une boîte d'allumettes.

— Michael a l'air adorable, dis-je.

— Oui, fait-il d'un ton distrait.

Je bois une gorgée de gimlet et observe Luke plus attentivement. Il a la même expression que le mois dernier, quand un de ses collaborateurs avait passé un communiqué de presse dans lequel il avait laissé filtrer des chiffres confidentiels. Je me repasse mentalement la conversation, que j'ai écoutée d'une oreille distraite, et en voyant la tête de Luke l'inquiétude me gagne.

Je hasarde au bout d'un moment :

— Luke ? Que se passe-t-il ? Il y a un problème ?

— Non, répond-il sans bouger d'un millimètre.

— Alors, que voulait dire Michael quand il a répondu : « Ça dépend de quel point de vue on se place » ? Et ce truc, là, qu'ils ont changé les règles du jeu ?

Je me penche pour lui prendre la main, mais il ne réagit pas. Je l'observe en silence, de plus en plus préoccupée, tout en prenant graduellement conscience du bruit de fond, musique et bavardages, qui nous environne, sous l'éclairage tamisé. À la table voisine, une femme lâche une exclamation en ouvrant une petite boîte de chez Tiffany's – en temps normal j'aurais aussitôt laissé tomber ma serviette pour pouvoir zieuter le contenu de la boîte en me baissant pour la ramasser. Mais là, je suis trop inquiète pour Luke. Quand un serveur approche de notre table, je secoue la tête.

Je murmure en me rapprochant de lui :

— Luke. Allez, dis-moi. Est-ce qu'il y a un problème ?

— Non, répond-il sèchement avant de porter le verre à ses lèvres. Il n'y a pas de problème. Tout va bien. Viens, on y va.

11

Le lendemain, je me réveille avec un mal de tête atroce. Après le Royalton, nous sommes allés dîner, et là j'ai continué à boire – je ne me souviens même pas du retour à l'hôtel. Coup de chance, je n'ai pas d'entretien aujourd'hui. Franchement, rien ne me conviendrait mieux que de passer la journée au lit avec Luke.

Mais il n'y est déjà plus. Assis près de la fenêtre, il est en pleine conversation téléphonique. Son ton est sévère.

— OK, Michael. Je parlerai à Greg aujourd'hui même. Qui sait ? Je n'en ai aucune idée. (Il se tait et écoute.) Oui, c'est peut-être le cas. Mais je ne veux pas faire chou blanc une nouvelle fois. (Il y a une pause.) Oui, cela nous retarderait de… quoi… six mois ? OK. Oui, j'entends ce que tu dis. Oui, je n'y manquerai pas. À plus tard.

Il raccroche et regarde par la fenêtre d'un air tendu. Je me frotte les yeux en essayant de me souvenir si j'ai pensé à prendre de l'aspirine dans mes bagages.

— Luke ? Qu'est-ce qui cloche ?

— Ah, tu es réveillée, dit-il en se tournant vers moi avec un bref sourire. Tu as bien dormi ?

— Qu'est-ce qui cloche ? dis-je, ignorant sa question.

— Tout va très bien, réplique-t-il sèchement avant de me tourner le dos.

— Tout va très bien, c'est ça ! Luke ! Je ne suis pas aveugle. Ni sourde. Je sais qu'il y a un problème.

— Une petite fluctuation, répond Luke après un moment. Tu n'as pas à t'inquiéter. (Il soulève le téléphone.) Je commande ton petit déjeuner ? Qu'est-ce que tu veux ?

— Arrête ! Luke, je ne suis pas... une étrangère. Nous allons vivre ensemble, bon sang ! Je suis avec toi. Explique-moi seulement ce qui se passe.

Il y a un silence, et l'espace de quelques secondes atroces je crois qu'il va m'envoyer sur les roses. Mais après s'être passé la main dans les cheveux, il soupire et lève les yeux vers moi.

— Tu as raison, commence-t-il. En fait, un de nos investisseurs se montre un peu... nerveux.

— Oh ! fais-je avec une grimace. Pourquoi ?

— À cause d'une putain de rumeur qui dit que nous allons perdre le budget de la Bank of London.

— Ah bon ?

Le désarroi me glace le dos. Même moi, je sais à quel point la Bank of London est importante pour Brandon Communication. C'est l'un des premiers clients de Luke – et c'est avec elle qu'il réalise encore un quart de son chiffre d'affaires annuel.

— Qu'est-ce qui provoque cette rumeur ?

— Le diable m'emporte si je le sais ! (Il rejette ses cheveux en arrière.) La Bank of London nie, évidemment. Mais ils nieraient de toute façon. Et, évidemment, ça n'arrange rien que je sois ici...

— Tu vas repartir à Londres ?

— Non. Ça ne ferait que jeter de l'huile sur le feu. La situation est assez instable comme ça. Si je disparais brusquement...

Il secoue la tête.

— Et… que va-t-il se passer si tes investisseurs se dédisent ?

— Nous en trouverons d'autres.

— Mais si tu n'y arrives pas ? Il faudra que tu renonces à venir à New York ?

Luke se retourne et me fixe avec cette expression impénétrable et effrayante qui me donnait envie de partir en courant lors des conférences de presse.

— Ça n'entre pas dans mes projets.

— Mais tu as une boîte qui marche superbien à Londres. Tu n'as pas besoin d'en monter une ici, si ? Tu pourrais juste…

Son regard me coupe le sifflet.

— D'accord, d'accord. Je suis sûre que tout finira par s'arranger.

Nous ne disons plus rien pendant un moment – puis Luke semble recouvrer ses esprits et lève les yeux.

— Je crains de devoir aller serrer quelques mains aujourd'hui, déclare-t-il brusquement. Je ne pourrai donc pas assister au déjeuner de charité où tu vas avec ma mère.

Oh merde ! Évidemment, il faut que ça tombe aujourd'hui.

— Elle ne pourrait pas s'arranger pour qu'on se voie un autre jour ? Que nous puissions y aller ensemble ?

— Malheureusement, non.

Un bref sourire éclaire son visage, mais je vois qu'il est sincèrement déçu, et tout à coup ma colère se reporte sur sa mère.

— Elle trouvera sûrement le temps.

— Elle a un agenda vraiment chargé. Et ainsi qu'elle me l'a fait remarquer, je ne l'ai pas prévenue très longtemps à l'avance. (Il fronce les sourcils.) Tu sais, ma mère n'est pas simplement une… dame patronnesse qui meuble le temps en s'occupant de bonnes œuvres. Elle a des responsabilités importantes, des obligations.

— Oui, bien sûr… Ne t'inquiète pas, tout se passera bien. J'irai déjeuner avec elle, dis-je, en essayant de ne pas laisser voir à quel point cela me crispe.

— Elle doit d'abord passer à son institut de beauté. Elle a suggéré que tu l'accompagnes.

— Très bien, fais-je avec prudence. Ça pourra être drôle…

— Ce sera l'occasion pour vous de faire connaissance. J'espère vraiment que vous vous entendrez bien.

— Bien sûr, dis-je avec fermeté en sortant du lit pour aller passer mes bras autour de son cou. Ce sera très agréable. (Son visage est toujours tendu et je caresse la ride qui s'est formée entre ses sourcils.) Ne t'inquiète pas. Les gens feront la queue pour te suivre. Il y en aura jusqu'à l'autre bout de la rue.

Luke esquisse un demi-sourire et dépose un baiser sur ma main.

— Espérons-le.

En attendant la mère de Luke à la réception, je me sens partagée entre la nervosité et la curiosité. Pour être honnête, je trouve la famille de Luke un peu bizarre. Il a été élevé en Angleterre avec deux demi-sœurs par son père et sa belle-mère qu'il appelle papa et maman. Sa mère a quitté son père quand Luke était tout petit pour épouser un riche Américain. Qu'elle a quitté pour en épouser un plus riche encore, et puis… Je ne me souviens plus si un troisième a suivi.

Quoi qu'il en soit, Luke n'a quasiment pas vu sa mère de toute son enfance. Elle se contentait de lui envoyer d'énormes cadeaux et de lui rendre visite une fois tous les trois ans. On pourrait s'imaginer que Luke lui en tient rigueur, maintenant. Eh bien, bizarrement, non. Et même, il l'adore et la juge irréprochable. Une immense photo d'elle trône sur son bureau, chez lui – bien plus grande que celle de son père et de sa belle-mère le jour de leur mariage. Parfois, je me demande ce qu'ils en pensent, eux. Mais je ne me sens pas autorisée à poser ce genre de question.

— Rebecca ?

Interrompue dans mes pensées, je sursaute et relève la tête. Une grande femme élégante en tailleur clair, avec de longues jambes juchées sur des chaussures en crocodile, me toise de toute sa hauteur. Elle est exactement comme sur la photo, avec ses pommettes hautes et ses cheveux noirs à la Jackie Kennedy – sauf que sa peau semble plus tendue et que ses yeux sont étranges, comme écarquillés. On dirait qu'elle a du mal à les fermer.

En me levant maladroitement, main tendue, je lance :

— Bonjour ! Comment allez-vous ?

— Elinor Sherman, annonce-t-elle avec un curieux mélange d'accent américain et britannique. (Sa main est froide et osseuse, et les deux diamants qu'elle porte aux doigts s'enfoncent dans ma chair.) Je suis ravie de vous rencontrer.

— Luke est vraiment désolé de ne pouvoir être là, dis-je en lui tendant le cadeau qu'il m'a chargée de lui remettre.

Je ne peux pas m'empêcher de loucher sur la boîte tandis qu'elle l'ouvre. Un carré Hermès !

— Très joli, commente-t-elle distraitement en refermant le couvercle. Ma voiture attend. Vous êtes prête ?

Mince alors ! Une voiture avec chauffeur. Et un Kelly en crocodile – et ces boucles d'oreilles, ce sont de vraies émeraudes ?

Tandis que nous roulons, je ne peux m'empêcher d'observer Elinor à la dérobée. Maintenant que je la vois de près, je me rends compte qu'elle est plus âgée que ce que je croyais à première vue. Elle a probablement la cinquantaine. Et, bien qu'elle soit superbe, c'est un peu comme si on avait ravivé par du maquillage les couleurs passées d'une photo glamour trop longtemps exposée au soleil. Les cils sont alourdis de mascara, les cheveux brillants de laque, et les ongles tellement vernis et revernis qu'on pourrait les croire en porcelaine rouge. Elinor est totalement… artificielle. Jamais je ne lui arriverai à la cheville dans ce domaine, même avec beaucoup d'aide.

Je ne veux pas dire par là que j'en ai besoin, attention. Au contraire, aujourd'hui je suis plutôt satisfaite de mon look. Je me sens tout à fait tendance. Dans ce papier de *Vogue US*, ils disaient que le noir et blanc était le must, en ce moment. J'ai donc assorti une jupe noire droite avec une chemise blanche trouvée l'autre jour à la braderie et des chaussures noires aux talons vertigineux. J'étais très contente de moi ce matin, mais, maintenant qu'Elinor me détaille, je ne vois plus que mon ongle écaillé et ma chaussure éraflée sur le côté et… nom de nom ! c'est bien un fil qui dépasse de l'ourlet de ma jupe ! Si je le tirais, l'air de rien ?

Avec détachement, je pose la main sur mon genou pour dissimuler le fil. Peut-être n'a-t-elle rien remarqué ? Ça ne se voit pas tellement, après tout.

Mais Elinor, sans un mot, plonge la main dans son sac et me tend une paire de petits ciseaux en argent et écaille.

— Oh… euh… merci, dis-je, gênée. (Je coupe l'intrus et lui rends les ciseaux, me sentant comme une écolière prise en faute. Je reprends, avec un petit rire nerveux :) C'est toujours pareil. Quand je vérifie dans le miroir, tout a l'air parfait, mais dès que je mets le pied dehors…

Allons bon, qu'est-ce qui me prend de caqueter ainsi ? Calme-toi, Becky.

— Les Anglais ne sont guère soigneux. Sauf lorsqu'il s'agit de chevaux.

Les commissures de ses lèvres se relèvent d'un demi-millimètre dans un simulacre de sourire, mais le reste de son visage est figé. J'éclate d'un rire flagorneur.

— C'est exactement ça ! Ma colocataire adore les chevaux. Mais vous êtes anglaise, non ? Et vous avez l'air tellement… parfaite.

Je suis ravie d'avoir réussi à placer un petit compliment, mais le pseudo-sourire d'Elinor disparaît brusquement. Elle me lance un regard indéchiffrable, et tout à coup je comprends d'où Luke tient cette expression qui me terrifie.

— Je suis naturalisée américaine.

— Oui… Je sais que vous habitez ici depuis un moment. Mais je voulais dire, dans votre cœur, vous êtes toujours… Diriez-vous que vous êtes… Enfin… Luke est tellement anglais.

— J'ai passé à New York la plus grande partie de ma vie d'adulte, rétorque froidement Elinor. Tout l'attachement que j'ai pu avoir pour l'Angleterre a disparu depuis longtemps. Ce pays a vingt ans de retard.

J'admets en hochant la tête avec ferveur et en feignant d'adhérer à son point de vue :

— C'est vrai.

Qu'est-ce que c'est dur ! Je me sens observée au microscope. Pourquoi Luke n'a-t-il pas pu venir ? Ou pourquoi n'a-t-elle pas pu déplacer le rendez-vous ? Enfin quoi ! Elle n'a pas envie de le voir ?

— Rebecca, qui vous donne cette couleur de cheveux ? s'enquiert Elinor, ex abrupto.

— Euh… c'est la mienne, dis-je nerveusement en touchant une mèche.

— Lamyene ? fait-elle en un écho suspicieux. Je ne connais pas. Dans quel salon travaille-t-elle ?

L'espace de quelques secondes, je reste muette.

— Ah… Eh bien, en fait je ne suis pas certaine que vous en ayez entendu parler, finis-je par articuler. C'est… tout petit.

— Vous devriez changer de coloriste… Cette teinte manque vraiment de subtilité.

— Vous avez raison !

— Guinevere von Landlenburg ne jure que par Julien, sur Bond Street. Vous connaissez Guinevere von Landlenburg ?

J'hésite, comme si je feuilletais mentalement un carnet d'adresses qui recense les nombreuses Guinevere de ma connaissance.

— Ils ont une maison à Southampton, poursuit Elinor en vérifiant sa mise dans un poudrier. Nous avons passé quelque temps là-bas, l'an dernier, avec les Bonneville.

Je me raidis. Les Bonneville. Comme Sacha de Bonneville. L'ancienne petite amie de Luke.

Luke ne m'avait jamais dit que les Bonneville étaient des amis de sa famille.

Bon, je ne vais pas me stresser simplement parce que Elinor manque de tact pour ne pas mentionner la famille de Sacha. Et puis, ce n'est pas exactement comme si elle l'avait mentionnée *elle*.

— Sacha est une jeune fille tellement accomplie, poursuit Elinor en refermant son poudrier. Vous l'avez déjà vue pratiquer le ski nautique ?

— Non

— Ou jouer au polo ?

— Non, dis-je, morose, jamais.

Brusquement, Elinor se penche pour taper avec fureur contre la vitre de séparation.

— Vous avez pris ce virage trop vite, scande-t-elle au chauffeur. Je ne le répéterai pas, je ne veux pas être secouée sur mon siège. Bien, Rebecca, reprend-elle en se rencognant dans la banquette et en me jetant un regard mécontent, quels sont vos hobbies ?

— Euh..., fais-je, avant de refermer la bouche.

Mon esprit est vide. Allons, un effort. Je dois bien avoir des hobbies. Qu'est-ce que je fais le week-end pour me détendre ?

— Eh bien, je...

Tout cela est complètement ridicule. Il doit bien y avoir autre chose dans ma vie que le shopping.

Je me lance avec hésitation :

— Euh... j'aime... retrouver mes amis. Et aussi... me tenir au courant de la mode, consulter les magazines.

— Faites-vous du sport ? demande Elinor avec un regard de glace. Chassez-vous ?

Sous le coup d'une brusque inspiration, j'ajoute :

— En fait, je viens de me mettre à l'escrime. (J'ai déjà la tenue, non ?) Et je joue du piano depuis l'âge de six ans.

Ce qui est entièrement vrai. Nul besoin de préciser que j'ai laissé tomber à neuf ans.

— Vraiment ? relève Elinor avec un sourire glacial. Sacha aussi est très musicienne. Elle a donné un récital de sonates de Beethoven l'an dernier à Londres. Y êtes-vous allée ?

Maudite Sacha ! Avec son maudit ski nautique et ses maudites sonates. Je réponds, sur la défensive :

— Non. Mais je... j'en ai donné un, moi aussi, figurez-vous. Des sonates de... Wagner.

— Des sonates de Wagner ? répète Elinor d'un air plus que suspicieux.

— Euh... oui. (Je m'éclaircis la voix, me creusant la tête pour trouver un moyen de changer de sujet.) Dites-moi, vous devez être très fière de Luke, non ?

J'espère que cette remarque va susciter dix bonnes minutes de commentaires réjouis. Mais Elinor se contente de me regarder sans un mot, comme si je parlais à tort et à travers. Alors j'insiste :

— Avec sa société et tout le reste. Il a tellement bien réussi. Et il est déterminé à réussir de la même façon à New York. Et dans toute l'Amérique.

Cette tirade me vaut un sourire condescendant d'Elinor.

— Personne n'est rien tant qu'il n'a pas réussi ici, en Amérique, lâche-t-elle en regardant par la vitre. Nous y sommes.

Le ciel soit loué !

Je dois rendre justice à Elinor : cet institut de beauté est renversant. La réception ressemble en tout point à une grotte grecque, avec des colonnes, de la musique douce, et un délicat parfum d'huiles essentielles flotte dans l'air. Une femme très élégante, vêtue de lin noir, nous accueille, donnant à Elinor du madame Sherman avec une déférence marquée. Elles discutent un moment à voix basse, et de temps en temps la femme me jette un regard en hochant la tête ; je fais mine de ne pas écouter et me concentre sur le prix des huiles pour le bain. Puis, brusquement, Elinor se retourne et me pousse vers un coin-salon, où des panneaux prient la clientèle de parler à voix basse pour respecter la tranquillité des lieux.

Nous nous asseyons, sans échanger un mot, devant une carafe de thé à la menthe, puis une fille en uniforme blanc vient me chercher pour me conduire dans une cabine de soins où m'attendent, sous cellophane gaufrée, des mules et un peignoir. Je me change, tandis que la fille s'affaire devant un comptoir de produits – je me demande avec curiosité à quoi je vais avoir droit. Elinor a insisté, en dépit de mes protestations, pour m'offrir une séance, et apparemment elle a choisi pour moi le soin

« intégral ». J'espère que celui-ci, quel qu'il soit, inclut un massage relaxant aux huiles essentielles. Mais, en me couchant sur la table, j'avise un pot de cire fumante.

Une sensation désagréable me tord l'estomac. Je n'ai jamais beaucoup aimé l'épilation à la cire. Je n'ai pas peur de la douleur mais…

Bon, d'accord, j'ai un peu peur de la douleur.

— Le soin comprend une épilation ? fais-je, d'une voix aussi dégagée que possible.

— Vous avez choisi l'épilation intégrale, me répond l'esthéticienne d'un air surpris. Des pieds à la tête. Jambes, bras, sourcils et brésilien.

Les bras ? Les sourcils ? Je sens ma gorge se serrer d'angoisse. Je n'ai pas eu aussi peur depuis mes vaccins pour la Thaïlande.

— Brésilien ? C'est… c'est quoi ?

— C'est une forme d'épilation du maillot. Une épilation totale.

Je la regarde, bouche bée, mes cellules grises fonctionnant à toute allure. Ça ne signifie tout de même pas…

— Si vous voulez bien vous allonger…

— Attendez ! (J'essaie de ne pas trahir mon affolement.) Quand vous dites intégral, est-ce que vous voulez dire…

— Hum, hum, réplique l'esthéticienne avec un sourire. Ensuite, si vous voulez, je peux vous incruster un petit cristal sur… sur la zone… Les cœurs ont beaucoup de succès. Mais si vous préférez des initiales…

NON ! Dites-moi que je rêve !

— Si vous voulez bien vous allonger et vous détendre.

Me détendre ? *Me détendre !*

Elle se tourne vers le pot de cire fondue, et soudain je suis terrorisée, purement et simplement. Je comprends exactement ce que ressent Dustin Hoffman sur la chaise du dentiste dans *Marathon Man*.

En pivotant pour descendre, je m'entends dire :

— Je ne le fais pas.

— Le cœur en cristal ?

— Rien.

— Rien ?

La fille s'approche, le pot de cire à la main, et de panique je me cogne contre la table. Dans un geste de défense, je ramène les pans du peignoir devant moi.

— Mais Mme Sherman a payé d'avance pour un soin intégral.

— Je me fiche de ce pour quoi elle a payé, dis-je en reculant. Vous pouvez m'épiler les jambes. Mais pas les bras. Et certainement pas le… reste. Le truc avec le cœur en cristal.

L'esthéticienne prend un air soucieux.

— Mme Sherman est l'une de nos meilleures clientes. Elle a bien précisé que nous devions vous faire un soin intégral.

En désespoir de cause, je me mets à crier :

— Mais elle n'en saura rien ! Comment pourrait-elle le savoir ? Elle ne va pas aller vérifier, non ? Elle ne va tout de même pas demander à son fils si ses initiales sont tatouées sur le… sur la… (impossible de me résoudre à prononcer le mot « zone »)… enfin… de sa petite amie.

Je me tais. Le silence qui suit est tendu, rompu seulement par le gazouillis des flûtes de pan.

Brusquement, la fille éclate de rire. Nos regards se croisent, et je me mets moi aussi à rire, avec toutefois un brin d'hystérie.

— Vous avez raison, dit-elle en s'essuyant les yeux et en s'asseyant. Vous avez tout à fait raison. Elle n'en saura rien.

— Et si on faisait un compromis ? Vous m'épilez les jambes et les sourcils, et on s'en tient là.

— Que dites-vous d'un massage à la place du reste ? Pour meubler ?

J'approuve, soulagée :

— Parfait !

Je m'allonge, un peu épuisée, et d'un geste expert l'esthéticienne me couvre d'une serviette.

— Mme Sherman a donc un fils ? demande-t-elle en me caressant les cheveux.

— Oui, fais-je, surprise. Elle n'en a pas parlé ?

— Pas que je sache. Et pourtant elle vient ici depuis des années. (Elle hausse les épaules.) Sans doute est-ce moi qui ai supposé depuis le début qu'elle n'avait pas d'enfant.

— Oh, dis-je en m'allongeant, sans rien trahir de ma surprise.

Quand j'émerge, une heure et demie plus tard, je me sens merveilleusement bien. J'ai des sourcils flambant neufs, des jambes douces, et le corps satiné par le plus fantastique des massages aromathérapeutiques.

Elinor m'attend à la réception. Elle me toise de haut en bas d'un regard appréciateur, et tout à coup je suis prise d'angoisses : si elle me demandait d'ôter mon cardigan pour vérifier la douceur de mes bras ? Mais non, elle se contente de dire :

— Vos sourcils sont bien mieux ainsi.

Puis elle se tourne vers la sortie et je la suis en courant.

Au moment où nous montons en voiture, je m'enquiers :

— Où allons-nous manger ?

— Nina Heywood donne un déjeuner contre la faim dans le monde, répond-elle en examinant un de ses ongles immaculés. Ce sera tout simple. Vous connaissez les Heywood ? Ou les van Gelders ?

Bien évidemment, je ne connais ni les uns ni les autres. Je m'entends déclarer :

— Non. Mais je connais les Webster.

— Les Webster ? fait-elle en arquant un sourcil. Les Webster de Newport ?

— Non, les Webster d'Oxshott. Janice et Martin. (Je lui décoche un regard innocent.) Vous les connaissez ?

— Non, répond-elle en me gratifiant d'une œillade glaciale. Je ne pense pas.

Le reste du trajet se poursuit sans échanger un mot. Puis, soudain, la voiture s'arrête, et nous en descendons pour entrer dans le plus imposant, le plus immense hall dans lequel j'ai jamais mis les pieds, avec un portier et des miroirs partout. Un ascenseur doré manœuvré par un liftier à casquette galonnée nous emporte des billions d'étages plus haut, directement dans un appartement. Indescriptible !

L'endroit est absolument gigantesque, avec un sol en marbre, un double escalier, et un piano à queue sur une estrade. Les murs tendus de soie pâle sont décorés d'immenses toiles encadrées de dorures, et des arrangements floraux disposés sur des piédestaux cascadent partout dans la pièce. Des femmes minces comme des brindilles habillées de vêtements de luxe discutent avec animation, des serveuses proposent des coupes de champagne, et une fille en robe à froufrous joue de la harpe.

Un déjeuner de charité tout simple, ça ?

Notre hôtesse, Mme Heywood, une minuscule dame en rose, s'apprête à me serrer la main quand l'arrivée d'une femme en turban orné de bijoux la distrait. Elinor me présente à une Mme Parker, une Mme Wunsch, une Mlle Kutomi avant de s'éclipser. Je m'efforce de soutenir la conversation du mieux que je peux, en faisant abstraction de l'amitié que tout le monde me prête avec le prince William.

— Dites-moi, s'enquiert Mme Parker dans un chuchotement pressant, comment ce pauvre jeune homme s'est-il remis d'une… si grande perte ?

— Ce garçon possède une noblesse naturelle, assène Mme Wunsch. Les jeunes gens d'aujourd'hui apprendraient beaucoup en suivant son exemple. Dites-moi, est-ce à l'armée qu'il se destine ?

— Il… il en a parlé, oui, dis-je en désespoir de cause. Si vous voulez bien m'excuser.

Je me sauve aux toilettes – tout aussi immenses et somptueuses que le reste de l'appartement, avec des rayonnages entiers de savons de luxe et de flacons de parfum, et une chaise tout ce qu'il y a de confortable. Ça ne me gênerait pas de passer le reste de la journée ici. Mais je n'ose m'éterniser, au cas où Elinor me chercherait. Donc, après une petite aspersion d'*Eternity*, je me force à revenir dans l'arène. Des serveurs silencieux circulent entre les invités en murmurant : « Le déjeuner est servi. »

Pendant que les gens s'ébranlent vers une imposante double porte à la française, je tente de repérer Elinor. Sans succès. Près de moi, sur une chaise, une vieille dame en robe de dentelle noire essaie de se lever en prenant appui sur sa canne.

— Laissez-moi vous aider, dis-je en me précipitant vers elle. Puis-je vous débarrasser de votre verre ?

— Merci, mon petit ! dit-elle avec un sourire.

Je lui prends le bras et nous cheminons doucement jusqu'à une salle à manger digne d'un palais, où les invités prennent place autour des tables rondes, tandis que les serveurs papillonnent avec des corbeilles de petits pains.

— Ah, Margaret, vous voilà ! s'écrie Mme Heywood en s'avançant à notre rencontre, mains tendues vers la vieille dame. Voyons… où est votre table ?

— Cette jeune personne a eu l'amabilité de m'aider, explique ma compagne en s'installant sur une chaise.

Je souris avec modestie à la maîtresse de maison.

— Merci, ma chère, marmonne celle-ci d'un air absent. Pourriez-vous aussi prendre mon verre et apporter de l'eau à notre table ?

— Bien sûr, dis-je avec un grand sourire.

— Et je prendrais volontiers un gin tonic, ajoute un vieux monsieur en se tortillant sur sa chaise.

— Tout de suite.

Maman a entièrement raison : rien de plus efficace que de se montrer serviable pour se faire des amis. Prêter main-forte à notre hôtesse me donne l'impression d'avoir un statut à part. C'est un peu comme si sa réception était aussi la mienne.

J'ignore où aller, mais, voyant les serveurs se diriger vers l'une des extrémités de la pièce, je les suis, m'engouffre dans une porte battante et me retrouve au seuil d'une cuisine qui ferait damner d'envie maman – tout en granit et marbre, avec un frigo qui ressemble à une fusée spatiale, et même un four à pizza encastré dans le mur. Des serveurs en chemise blanche entrent et sortent avec des plateaux, tandis que deux chefs manipulent des poêles d'un air affairé sur le plan de travail au milieu de la pièce ; quelqu'un crie : « Où sont passées ces putains de serviettes ? »

Je trouve une bouteille d'eau, un verre, et les pose sur un plateau. Reste à dénicher le gin. Comme je me penche pour ouvrir un placard, un type aux cheveux décolorés coupés ras me tape sur l'épaule.

— Hé, vous ! Que faites-vous là ?

— Oh, bonjour. Je cherche du gin. Quelqu'un a demandé un gin tonic.

— Pas le temps de nous occuper de ça ! aboie-t-il. Vous vous rendez compte combien nous sommes ? Nous devons d'abord assurer le service !

Je le regarde sans comprendre, puis mes yeux se posent sur ma jupe noire, et je lâche un petit rire choqué.

— Non, je ne suis pas… Enfin… je ne fais pas partie de…

Comment le lui expliquer sans l'offenser ? Je suis certaine que le métier de serveur est très prenant. Cela dit, ce type-là, je suis certaine aussi qu'il est acteur à ses heures perdues.

Mais pendant que je tergiverse, il me colle un plateau de poisson fumé dans les mains.

— Allez ! On y va !

— Mais je ne suis pas…

— Silence ! Sur les tables !

Avec un frisson de terreur, j'obtempère. Je sais ce que je vais faire, d'abord m'ôter de son chemin, puis poser le plateau dans un coin et filer chercher ma place à table.

Avec précaution, je repars dans la salle à manger où j'erre un instant entre les tables, cherchant où abandonner mon plateau. Mais il semble qu'il ne reste aucune surface libre, ni table ni chaise. Je ne peux tout de même pas l'abandonner par terre ! Quant à le poser sur une des tables, ce serait encore plus curieux.

Tout cela commence à devenir ennuyeux. Le plateau est assez lourd et j'ai mal aux bras. Je passe à côté de M. Wunsch, à qui je souris, mais il ne paraît même pas me voir. On dirait que je suis tout à coup devenue invisible.

Cette situation est ridicule. Il doit bien y avoir un endroit où poser ce fichu plateau !

— Allez-vous servir ? siffle une voix furieuse derrière moi.

Je sursaute.

Je réponds, un peu démontée :

— D'accord. Oui, tout de suite.

Bien sûr ! C'est encore la solution la plus simple.

Au moins, je serai débarrassée et je pourrai m'asseoir. Je m'approche avec hésitation de la première table.

— Euh... Quelqu'un veut-il du poisson fumé ? Je crois que c'est du saumon, et là... ce doit être de la truite...

— Rebecca ?

Une tête élégamment coiffée pivote et j'ai un petit mouvement de recul. Elinor me fixe ; elle pourrait aussi bien avoir des dagues à la place des yeux.

Je lui lance nerveusement :

— Coucou ! Vous voulez un peu de poisson fumé ?

— Que faites-vous là ? siffle-t-elle à voix basse.

— Euh... rien. Je... je donnais juste un coup de main...

— Oui, je prendrais volontiers un peu de poisson fumé, déclare une femme en veste dorée. Auriez-vous de la vinaigrette basses calories ?

— Euh... eh bien, en fait, je ne suis pas...

— Rebecca ! (La voix d'Elinor fuse comme de la mitraille de sa bouche à peine ouverte.) Posez ça ! Posez ça et asseyez-vous !

— Oui, tout de suite, dis-je avec un regard hésitant au plateau. Quoique tant que j'y suis...

— Po-sez-le. Immédiatement.

Je me sens perdue et, juste à ce moment-là, j'avise un serveur qui arrive vers moi, un plateau vide dans les mains. Avant qu'il puisse protester, je me déleste de mon plat de poisson fumé et me hâte, jambes flageolantes, vers ma chaise en me lissant les cheveux.

Lorsque je m'assieds et que je déploie ma serviette sur mes genoux, un silence se fait autour de la table. Je tente un sourire amical, qui demeure sans écho. Puis une vieille dame qui arbore au moins six rangs d'énormes perles et un appareil auditif se penche vers Elinor et murmure, si distinctement que tout le monde l'entend :

— Votre fils fréquente... une serveuse ?

BUDGET NEW-YORKAIS DE BECKY BLOOMWOOD

BUDGET QUOTIDIEN (PRÉVISIONNEL)

Nourriture	$50		
Shopping	~~$50~~	$100	
Dépenses	~~$50~~	~~$60~~	$100
Total	$250		

BUDGET QUOTIDIEN (ACTUALISÉ)

TROISIÈME JOUR

Nourriture	$50
Shopping	$100
Dépenses	$365
Autres dépenses	$229
Braderie exceptionnelle	$597
Autre braderie exceptionnelle	$128
Dépenses incompressibles	$49
Frais professionnels (chaussures)	?

12

Hum… Je ne suis pas entièrement convaincue qu'Elinor et moi ayons vraiment accroché. Elle n'a pas été franchement loquace pendant le trajet du retour – ce qui peut signifier aussi bien une approbation silencieuse que le contraire.

Quand Luke m'a demandé comment s'était passée la journée, j'ai comme qui dirait glissé sur l'incident du plat de poisson. Et sur celui de l'institut de beauté. À la place, je me suis étendue sur le plaisir qu'avait eu sa mère en découvrant son cadeau.

Et bon, c'est vrai, j'ai inventé quelques détails – qu'elle avait dit par exemple que Luke était le meilleur fils du monde en se tapotant les yeux avec son mouchoir. Mais je ne pouvais tout de même pas lui rapporter sa véritable réaction, non ? Lui raconter qu'elle s'était contentée de regarder le foulard comme s'il s'était agi d'une paire de chaussettes de chez Woolworth. Et, de fait, je suis bien contente d'avoir enjolivé un peu la réalité, parce que je n'ai jamais vu Luke si content. Il s'est empressé de lui téléphoner et de lui laisser un message pour lui dire à quel point il était heureux qu'elle l'aime – mais elle n'a jamais rappelé.

Personnellement, j'ai eu mieux à faire ces derniers jours que de me demander si Elinor m'apprécie ou pas. Soudain, je n'ai pas cessé de recevoir des coups de fil de gens qui veulent me rencontrer. Selon Luke, c'est l'effet boule de neige et il comptait là-dessus depuis le début. Hier, j'ai eu trois rendez-vous avec différents décideurs de la télé – et, en ce moment même, je suis en petit déjeuner de travail avec un certain Greg Walters, de Blue River Productions. C'est lui qui m'a envoyé cette corbeille de fruits et qui était si impatient de me rencontrer. Jusque-là, notre entrevue se déroule formidablement bien. Je porte un pantalon que j'ai acheté hier chez Banana Republic et mon nouveau haut de créateur, et je dois dire que Greg semble pour le moins impressionné.

— Vous êtes à la mode, n'arrête-t-il pas de répéter entre deux bouchées de croissant. Vous en êtes consciente ?

— Euh… Eh bien…

— Non ! (Il lève la main.) Ne soyez pas timide. Vous êtes à la mode. Votre nom est sur toutes les lèvres en ville. Les gens se battent pour vous avoir. (Il boit une gorgée de café et me regarde droit dans les yeux.) Je ne vais pas y aller par quatre chemins – je veux vous donner votre propre émission.

Je le regarde fixement, le souffle coupé.

— Vraiment ? Ma propre émission ? Pour y faire quoi ?

— Qu'importe. Nous trouverons la formule gagnante. (Il boit une gorgée de café.) Vous êtes chroniqueuse politique, non ?

— Euh… Pas exactement, dis-je, gênée. Je fais du conseil financier. Vous savez, les crédits, les hypothèques…

— Ah oui, dit-il en hochant la tête. La finance. Bon, alors je pense à… Ce qui me passe par la tête, c'est Wall Street, un mix entre *Wall Street*, *AbFab* et *Oprah*. Vous pourriez faire ça, n'est-ce pas ?

— Euh… oui ! Absolument.

Je n'ai pas la moindre idée de ce dont il me parle mais je rayonne de confiance en mordant dans mon croissant.

— Il faut que j'y aille, conclut-il en terminant son café. Mais je vous appelle demain et j'organise un rendez-vous avec notre directeur du développement. Ça marche ?

— Ce sera parfait, dis-je en m'efforçant de garder un air nonchalant.

Et, tandis qu'il s'en va, je ne peux m'empêcher de sourire béatement. Ma propre émission ! De mieux en mieux. Tous les gens que je rencontre se bousculent pour m'offrir du travail et n'arrêtent pas de m'inviter dans des superrestaurants. Pas plus tard qu'hier, quelqu'un a même dit que je pourrais faire carrière à Hollywood. Hollywood ! Rien que ça !

Imaginez un peu si j'ai mon émission à Hollywood ! Je vivrai dans une de ces maisons incroyables de Beverly Hills et j'irai à des fêtes avec des stars de cinéma. Peut-être que Luke ouvrira une succursale à Los Angeles et commencera à représenter des gens comme Minnie Driver. Bon, je sais, elle n'a rien d'une institution financière mais peut-être que Brandon Communication pourrait se diversifier dans le cinéma. Mais oui ! Et elle deviendrait ma meilleure amie et nous irions faire du shopping toutes les deux… Peut-être même que nous partirions en vacances ensemble.

— Bonjour, Rebecca ! lance une voix enjouée.

Je lève un regard tout ébloui de rêves ensoleillés et découvre Michael Ellis.

— Oh, bonjour ! dis-je en détournant mon esprit d'un sublime coucher de soleil sur la plage de Malibu.

Puis, désignant la chaise en face de moi, je propose :

— Asseyez-vous donc.

— Je ne vous dérange pas ?

— Non. J'avais un rendez-vous, mais il est terminé. (Je regarde alentour d'un air vague.) Luke n'est pas avec vous ? Nous ne faisons plus que nous croiser, depuis quelques jours.

Michael secoue la tête.

— Il a rendez-vous chez JD Slade ce matin. Avec les grands chefs.

Un serveur vient débarrasser l'assiette de Greg Walters, Michael lui commande un cappuccino, et quand le serveur disparaît son regard intrigué s'attarde sur la seconde encolure de mon pull.

— Vous savez sans doute que vous avez un énorme trou de mite dans votre pull. Elle doit avoir une belle vue.

Hahaha. Très drôle.

— En fait, c'est le dernier cri en ce moment… Madonna a le même.

— Ah ! Madonna !

Il boit une gorgée du cappuccino qui vient d'arriver.

Baissant imperceptiblement la voix, je demande :

— Alors… Comment cela avance-t-il ? Luke m'a dit que les investisseurs étaient un peu… nerveux.

— Exact, confirme Michael avec un hochement de tête grave. Je ne comprends rien à ce qui se passe.

— Mais pourquoi avez-vous besoin d'investisseurs ? Luke a des tonnes d'argent…

— Ne jamais investir son propre argent, c'est la première règle des affaires. D'un autre côté, Luke a des projets de grande envergure, qui requièrent un gros capital. Vous savez, poursuit-il en relevant la tête, il est sacrément déterminé, votre ami. Vraiment décidé à réussir ici.

Je confirme en roulant des yeux.

— Oh, je sais. C'est un acharné du travail.

— Aimer le travail, c'est bien, dit Michael en plissant le front. Mais quand ça vire à l'obsession, c'est moins bien. (Il se tait quelques secondes, puis relève la tête et sourit.) Je crois que les choses se passent plutôt bien pour vous, non ?

— Oui, même extraordinairement bien. J'ai rencontré plein de gens formidables, et ils m'assurent tous qu'ils veulent m'embaucher. Je sors d'un rendez-vous avec Greg Walters, de Blue River Productions. Il veut me donner ma propre émission. Et hier, quelqu'un a même parlé d'Hollywood.

— C'est génial. Vraiment génial. (Il me considère d'un regard pensif.) Mais, si je peux me permettre…

— Oui ?

— Ces gens de la télé… Vous ne devez pas forcément prendre chacune de leurs paroles pour argent comptant.

Un peu déconfite, je demande :

— Que voulez-vous dire ?

— Ce sont des grandes gueules, explique Michael en remuant lentement son café. Ils se sentent importants. Et ils croient ce qu'ils disent à la minute où ils le disent. Mais quand arrive le moment de parler argent… (Il s'interrompt et me fixe.) Je ne voudrais pas que vous soyez déçue.

— Mais je ne serai pas déçue ! Greg Walters m'a affirmé que toute la ville se battait pour m'avoir !

— Je n'en doute pas. Et j'espère sincèrement qu'il dit vrai. Pour ma part…

Il s'interrompt de nouveau : un portier en uniforme s'approche de notre table.

— Mademoiselle Bloomwood, j'ai un message pour vous.

Je le remercie, surprise, et j'ouvre l'enveloppe qu'il m'a

tendue. À l'intérieur, il y a un message de Kent Garland de HLBC.

— Eh bien ! fais-je, incapable de contenir un sourire de triomphe. On dirait que les gens de HLBC n'étaient pas juste des grandes gueules mais qu'ils parlaient bien affaires. (J'ajoute en fourrant le message sous les yeux de Michael :) Regardez.

— « Merci d'appeler l'assistant de Kent pour convenir d'un bout d'essai caméra », lit l'associé de Luke à voix haute. Bon, on dirait que j'ai parlé à tort et à travers. (Il lève sa tasse de café à mon intention.) À vos succès à venir. Puis-je me permettre un conseil ?

— Lequel ?

— Votre pull, fait-il avec une grimace rigolote et en secouant la tête.

OK. Qu'est-ce que je vais bien pouvoir mettre demain ? C'est tout de même le moment le plus important de ma vie. Un bout d'essai pour la télé américaine. Ma tenue doit être parfaite, flatteuse, télégénique, impeccable… Mon Dieu, mais je n'ai rien à me mettre ! Rien !

J'ai passé en revue ma garde-robe un million de fois et je suis effondrée sur le lit, vidée. Comment croire que j'ai fait tout ce chemin sans emporter un seul vêtement susceptible de convenir pour un bout d'essai.

C'est sans issue. Il va falloir que j'aille faire les magasins.

Je vérifie si j'ai bien mon portefeuille dans mon sac et, au moment où je prends mon manteau, le téléphone sonne. C'est peut-être Luke !

— Allô ?

— Bex ! s'écrie la voix ténue de Suze, loin à l'autre bout du fil.

— Suze !

— Comment ça va ?

— Très bien. J'ai des tonnes de rendez-vous et tout le monde est vraiment très positif. C'est... génial.

— Formidable, Bex !

— Et toi ? (Je suis légèrement alarmée par un petit quelque chose dans sa voix.) Tout va bien ?

— Oui, très bien. Sauf que... (Elle hésite.) J'ai pensé que je devais te mettre au courant. Un homme a téléphoné ce matin ici à propos d'une somme que tu dois à un magasin. La Rosa, à Hampstead.

Je grimace.

— Ah bon ? Encore eux ?

— Oui. Il m'a demandé quand tu sortais de ton caisson d'isolation ?

— Oh... Et qu'as-tu répondu ?

— Bex ? Pourquoi pensait-il que tu étais dans un caisson d'isolation ?

— Je ne sais pas, dis-je, évasive. Peut-être a-t-il entendu des bruits... Ou alors, c'est à cause de ma petite lettre un peu étrange...

— Bex ! m'interrompt Suze, et sa voix tremble légèrement. Tu m'avais dit que tu t'étais occupée de toutes ces notes. Tu avais promis !

Je proteste, en saisissant ma brosse et en commençant à me la passer dans les cheveux :

— Mais je m'en suis occupée !

— En leur disant que ton parachute ne s'était pas ouvert à temps ? s'écrie Suze. Franchement, Bex...

— Écoute, ne t'inquiète pas. Je règle ça dès mon retour.

— Ce type a dit qu'il allait devoir prendre les mesures qui s'imposent, qu'il était vraiment désolé, mais qu'il avait fait assez de concessions et que...

Je la rassure d'un ton apaisant :

— Ils disent toujours ça. Suze, tu n'as vraiment pas à

t'inquiéter. Je vais gagner des tonnes de fric ici. Des tonnes. Je pourrai tout payer et tout rentrera dans l'ordre.

Il y a un silence et j'imagine Suze assise par terre dans le salon, en train d'enrouler une mèche de cheveux autour de son doigt.

— Vraiment ? finit-elle par dire. Tout se passe bien, alors ?

— Mais oui ! Je fais un bout d'essai caméra demain, il y a un type qui me propose ma propre émission, et on me parle même d'Hollywood !

— Hollywood ! souffle Suze. Mon Dieu ! Incroyable !

— Je sais, dis-je en souriant de toutes mes dents au miroir en face de moi. C'est génial. Il paraît que mon nom est sur toutes les lèvres. Le type de Blue River Productions me l'a affirmé.

— Et que vas-tu mettre pour le bout d'essai ?

— Je partais justement chez Barney's ! dis-je, tout excitée. Pour me choisir une tenue.

— Barney's ? s'exclame Suze, horrifiée. Bex ! Tu avais promis que tu ne ferais pas de folies ! Tiens-t'en strictement à ton budget !

— Mais je m'en tiens à mon budget ! J'ai tout noté. Et, de toute façon, il s'agit d'une dépense professionnelle. J'investis dans ma carrière.

— Mais…

— Suze, il est impossible de gagner de l'argent si on ne commence pas par en dépenser. Tout le monde sait ça ! Même toi, tu as eu besoin de dépenser de l'argent pour tes fournitures au départ, non ?

Il y a un silence.

— Oui…, lâche Suze, visiblement peu convaincue.

— Et puis, c'est à ça que servent les cartes de crédit, non ?

— Oh, Bex…, soupire-t-elle. En fait, c'est drôle, c'est justement ce que disait la fille des impôts.

— Quelle fille des impôts ?

Je grimace à mon reflet tout en attrapant un tube d'eyeliner.

— La fille qui est venue ce matin. Elle avait un bloc-notes et elle a posé des tas de questions, sur moi, l'appartement, la part de loyer que tu me paies… Nous avons un peu bavardé. Elle était très sympa. Je lui ai dit que tu étais en Amérique avec Luke… Et je lui ai parlé de ton job à la télé…

— Bon, fais-je, sans écouter vraiment. Tout a l'air d'aller bien. Écoute, il faut que je file. Mais, franchement, ne t'en fais pas. Et si quelqu'un d'autre appelle pour moi, ne décroche pas, OK ?

— Eh bien… OK. Et bonne chance pour demain.

— Merci !

Hahaha. En route pour chez Barney's.

Je suis déjà passée chez Barney's deux ou trois fois depuis que nous sommes ici, mais toujours en coup de vent. Cette fois… Waouh ! C'est différent. Je peux prendre mon temps, monter et descendre à mon gré, explorer les huit étages et regarder tous les vêtements.

Et quels vêtements ! Les plus beaux, ni plus ni moins, que j'aie jamais vus. Où que mon regard se pose, les formes, les couleurs donnent envie de prendre, toucher, caresser.

Mais je ne peux quand même pas passer la journée à m'extasier. Le travail m'attend ; je dois trouver une tenue pour demain. Je pensais à une veste, qui assiérait mon autorité – mais ce doit être *la* bonne veste. Ni trop souple ni trop raide… Une coupe simple. Et peut-être une jupe. À moins que… Regardez ce pantalon ! Il serait fantastique – à condition que j'aie les bonnes chaussures.

J'explore minutieusement chaque étage, en notant

mentalement tout ce qui m'intéresse – puis je regagne le rez-de-chaussée et commence à faire la synthèse des différentes options. Une veste Calvin Klein et une jupe…

— Excusez-moi ? m'interrompt une voix tandis que j'attrape un haut sans manches.

Je me retourne, surprise. Une femme en pantalon noir me sourit.

— Puis-je vous aider ?

— Oui merci. Si vous vouliez bien me tenir ça…

Comme je lui tends le fruit de ma moisson, je vois son sourire flancher.

— Quand je parlais d'aide… En fait, nous offrons aujourd'hui une promotion exceptionnelle aux clients qui recourent aux services de nos conseillères d'achat. Nous aimerions introduire ce concept auprès du plus grand nombre. Si vous souhaitez profiter de cette offre, il reste quelques créneaux.

— Très bien, dis-je, intéressée. Qu'est-ce exactement que…

— Nos conseillères d'achat sont chargées de trouver ce que vous cherchez. Elles vous aident à déterminer votre style, vous orientent vers les modèles qui vous vont le mieux et vous guident ; notre choix d'articles est si vaste que cela peut parfois décourager les plus endurantes.

Elle lâche un petit rire sec qui me donne à penser que ce n'est pas la première fois qu'elle fait ce speech aujourd'hui.

— Je vois, dis-je, pensive. Mais je ne suis pas certaine d'avoir besoin d'aide. Merci quand même…

— Ce service est gratuit, précise-t-elle. Et aujourd'hui nous offrons également thé, café ou champagne.

Du champagne ? Du champagne gratuit ?

— Oh, en ce cas…

Et, de fait, en la suivant au troisième étage, je me dis que ça va probablement être intéressant. Ces conseillères doivent connaître leur affaire et elles auront un regard différent du mien. Elles me révéleront un aspect de moi-même que j'ignore.

Nous arrivons dans une enfilade de spacieux dressing-rooms où la femme m'introduit avec un sourire.

— C'est Erin qui sera votre conseillère aujourd'hui, annonce-t-elle. Elle vient de rejoindre notre équipe, donc, de temps à autre, elle sera elle-même guidée par une de nos conseillères seniors. Cela vous convient-il ?

— Très bien, dis-je en ôtant mon manteau.

— Désirez-vous du thé ? du café ? du champagne ?

— Du champagne, merci.

— Parfait. Ah, voici Erin.

Je lève les yeux, curieuse, et avise la grande fille mince qui entre dans le dressing. Elle a de longs cheveux blonds et raides et une petite bouche écrasée. On dirait que son visage a été pris en étau entre les portes d'un ascenseur et n'a jamais retrouvé depuis sa forme originelle. Quand elle me dit bonjour en souriant, je regarde sa bouche, fascinée.

— Je m'appelle Erin et je vais vous aider à trouver la tenue qui correspond le mieux à ce que vous cherchez, annonce-t-elle.

— Formidable. Je brûle d'impatience.

Je me demande comment Erin a fait pour décrocher ce job. Certainement pas grâce au goût dont témoignent ses chaussures.

— Voilà, je fais un bout d'essai pour la télé demain et je voudrais une tenue élégante mais qui reste abordable. Peut-être avec une petite fantaisie quelque part.

— Une petite fantaisie..., répète Erin en notant sur son calepin. OK... Vous pensiez à un tailleur ? Une veste ?

— Eh bien...

Je me lance dans une explication détaillée de ce que je

cherche. Erin écoute attentivement, et je remarque qu'une femme brune avec des lunettes en écaille passe de temps à autre la tête dans notre dressing et écoute, elle aussi.

— Bien, déclare Erin quand j'ai terminé mon laïus. Nous avons quelques idées de départ. (Elle pianote sur sa dent.) Nous avons une très jolie veste Moschino avec des roses sur le col...

— Ah oui, je la connais. J'y pensais aussi !

— Que nous pourrions assortir avec une jupe de la nouvelle collection Barney's.

— La noire ? Celle avec des boutons ? Oui, j'y avais pensé, mais elle est un peu courte. Je pensais plutôt à une longueur au genou. Avec un ourlet passepoilé, vous voyez...

— Écoutez... Laissez-moi faire une sélection et nous pourrons mieux nous rendre compte.

Pendant qu'elle part chercher sa sélection de vêtements, je m'assieds et sirote mon champagne. Pas mal, leur système en fait ; bien moins fatigant que d'arpenter soi-même les rayons. J'entends des chuchotements dans la cabine voisine et, brusquement, une voix de femme monte et éclôt en un cri de détresse :

— Il va voir ce qu'il va voir, ce salaud ! Je vais lui montrer, moi !

— Certainement, Marcia, réplique la voix apaisante et posée de la femme aux lunettes d'écaille. Nous allons lui montrer. Mais pas avec un tailleur-pantalon rouge cerise.

— Voilàààààà !

C'est Erin, de retour dans la cabine, poussant un portant. Je passe rapidement les vêtements en revue et remarque quelques pièces qui m'avaient déjà arrêtée. Mais où est la jupe dont nous avions parlé ? Et cet étonnant tailleur pantalon aubergine avec un col en velours ?

— Voici une veste... et la jupe assortie...

Je les prends et regarde la jupe, sceptique. Trop courte,

c'est évident. Mais bon, c'est elle l'expert… Je me change rapidement puis sors me camper devant le miroir, à côté d'Erin.

— Cette veste est fabuleuse. Et elle me va à la perfection. J'adore la coupe.

Je n'ai pas vraiment envie de me prononcer sur la jupe. Je ne veux pas la blesser, mais franchement, ça ne me va pas du tout.

— Voyons, réfléchit Erin en penchant la tête de côté et en examinant mon reflet. Oui, je pense qu'une jupe au genou conviendrait mieux, finalement.

— Comme celle dont je parlais tout à l'heure, dis-je, soulagée. Elle est au septième, juste à côté de…

— Oui, oui…, fait-elle en souriant. Mais je pense aussi à deux ou trois autres…

— Ou alors la Dolce & Gabbana, au troisième. Je l'ai regardée tout à l'heure. Et il y a aussi la DKNY.

— DKNY ? relève Erin en fronçant un sourcil. Non, je ne pense pas que…

— Si, elles viennent d'arriver. Hier, je crois. Elles sont tellement jolies. Vous devriez aller les voir. (Je me retourne et détaille sa tenue.) Vous savez quoi ? Cette jupe mauve DKNY irait superbien avec ce col roulé que vous portez. Et vous pourriez la mettre avec ces nouvelles bottines Stéphane Kelian à talons aiguilles. Vous voyez lesquelles ?

— Oui, très bien, répond Erin, tendue. Celles en croco et daim.

Je la regarde, surprise.

— Non, non, pas celles-là. Les toutes dernières arrivées, avec les surpiqûres sur les talons. Elles sont divines. Et, en fait, elles vont très bien avec les jupes au genou…

— Je vous remercie du conseil, m'interrompt sèchement Erin. J'y penserai.

Non, mais franchement ! Pourquoi est-elle aussi stressée ? Je ne lui donnais jamais que quelques conseils. On aurait pu croire qu'elle serait contente que je m'intéresse à son magasin.

Mais il faut avouer qu'elle n'a pas l'air de le connaître si bien que ça, son magasin.

— Alors, tout se passe bien ? s'enquiert une voix à la porte.

La femme aux lunettes d'écaille passe la tête dans l'embrasure et me détaille avec intérêt.

— Très bien, merci, dis-je avec un grand sourire.

— Vous allez faire essayer à notre cliente des jupes au genou, c'est ça ? reprend-elle en regardant Erin.

— Oui, répond celle-ci avec un sourire forcé. Je vais les chercher.

Sitôt qu'elle s'est éclipsée, je ne peux résister à l'envie de voir le reste de sa sélection. La femme m'observe puis s'approche et me tend la main.

Elle se présente.

— Christina Rowan. Je dirige le service des conseillères d'achat.

— Enchantée, fais-je en regardant un chemisier bleu pâle Jill Sander. Becky Bloomwood.

— J'imagine à votre accent que vous êtes anglaise ?

— Oui, de Londres. Mais je vais m'installer à New York.

— Vraiment ? Dites-moi, Becky, poursuit-elle avec un sourire amical, vous travaillez dans la mode ?

— Oh non ! Dans la finance.

— La finance ? répète-t-elle en haussant les sourcils.

— Oui, je donne des conseils financiers à la télévision. Les fonds de pension et ce genre de trucs... (J'attrape un pantalon en cashmere.) Est-ce qu'ils ne sont pas merveilleux ? Bien mieux que ceux de Ralph Lauren. Et moins chers.

— Oui, ils sont superbes, approuve-t-elle en me gratifiant d'un regard bizarre. C'est agréable de rencontrer un tel enthousiasme chez une cliente. (Elle plonge la main dans la poche de sa veste et en sort une carte.) Revenez donc nous voir.

— Je n'y manquerai pas. Merci beaucoup.

Quand je sors enfin de chez Barney's, il est quatre heures. Je hèle un taxi et regagne le Four Seasons. Et lorsque je pousse la porte de notre chambre et que j'intercepte mon reflet dans le miroir de la coiffeuse, je suis encore sous le coup de mon excitation. Une excitation qui frise l'hystérie à la pensée de ce que je viens de faire. Et de ce que je viens d'acheter.

Je sais que j'étais partie pour acheter une tenue pour mon bout d'essai et rien d'autre. Mais de fil en aiguille… Bon, je suppose que je me suis un peu laissée aller. Parce que, au final, je rapporte :

1. Une veste Moschino ;
2. Une jupe au genou de la collection Barney's ;
3. Des sous-vêtements Calvin Klein ;
4. Une paire de bas
   et…
5. Une robe de cocktail Vera Wang.

Bon, alors avant que vous disiez quoi que ce soit, je précise : je sais pertinemment que je n'étais pas censée acheter une robe de cocktail. Je sais que quand Erin a demandé : « Vous n'avez besoin de rien pour le soir ? », j'aurais dû répondre « Non ».

Mais… mon Dieu ! Cette robe Vera Wang ! D'un violet profond, avec des bretelles brillantes sur le décolleté plongeant du dos. Une vraie robe de star. Toutes les clientes s'étaient rassemblées pour m'admirer, et quand j'ai tiré le rideau de la cabine derrière moi je les ai entendues soupirer.

Je me suis regardée, hypnotisée. Subjuguée par mon image. Par la femme que je pouvais être. La question ne se posait même pas. Il me fallait cette robe. Et quand j'ai signé le reçu de carte bleue, je n'étais plus moi-même. J'étais Grace Kelly. Gwyneth Paltrow. J'étais quelqu'un d'autre, une femme étincelante qui pouvait signer une note de plusieurs milliers de dollars en souriant avec nonchalance et en plaisantant avec la vendeuse comme si ce n'était qu'un petit achat sans importance.

Des milliers de dollars.

Encore que, pour une création Vera Wang, le prix n'était pas si…

Enfin, c'est vraiment très…

Brusquement, je ne me sens pas très bien. Je ne veux même pas penser au prix que ça fait en livres. Tous ces zéros… Allons, je mettrai cette robe pendant des années. Mais oui ! Des années et des années. Et j'ai besoin de vêtements de créateurs si je dois devenir une célébrité de la télévision. Je vais devoir assister à des événements importants où je ne pourrai tout de même pas me pointer en Marks and Spencer. Bien sûr.

Et j'ai une limite de crédit de dix mille livres. Voilà ce qui compte le plus. Ils ne me l'auraient pas accordée s'ils pensaient que c'était au-dessus de mes moyens.

J'entends du bruit à la porte. Le cœur battant, je file jusqu'à la penderie où j'ai entassé tout mon shopping, l'ouvre, y glisse mes nouveaux sacs Barney's, puis je referme et fais volte-face avec un sourire, juste au moment où Luke entre dans la chambre, criant dans son portable.

— Mais putain, oui, j'ai la situation en main ! Pour qui ils se prennent, ces connards ? OK, on fait comme ça, reprend-il après un silence. À demain, Michael. Merci.

Il éteint son téléphone, le pose et me regarde comme s'il avait oublié qui j'étais.

— Salut ! dit-il enfin en laissant tomber sa mallette sur une chaise.

Je réponds d'une voix enjouée en m'éloignant de la penderie.

— Salut, étranger !

— Oui, je sais, fait Luke en se frottant le visage d'un geste las. Je suis désolé. Pour être franc… la situation a viré au cauchemar. J'ai entendu dire que tu allais faire un bout d'essai. C'est formidable.

Il ouvre le minibar et se verse un whisky qu'il avale cul sec. Puis un second et je le regarde anxieusement en boire une gorgée. Son visage est pâle, ses traits sont tirés, ses yeux cernés.

Je demande d'un ton prudent :

— Est-ce que tout avance bien ?

— Ça avance. Bien, pas bien, je ne sais plus.

Il marche jusqu'à la fenêtre, d'où il fixe l'horizon scintillant de Manhattan. Je me mords nerveusement la lèvre.

— Luke ? Quelqu'un d'autre ne pourrait-il pas assister à toutes ces réunions ? Quelqu'un qui viendrait te rejoindre ici et te délesterait d'un peu de ce fardeau ? Alicia, par exemple ?

Prononcer son nom me tue, mais je commence à me faire sérieusement du souci. Petit soulagement, Luke secoue la tête.

— À ce stade, je ne peux pas introduire une nouvelle tête. C'est moi qui ai tout mené depuis le début ; je dois continuer. Je ne pensais pas qu'ils étaient à ce point nerveux. Qu'ils étaient si… (Il s'assoit et boit une gorgée de whisky.) Tu ne peux pas imaginer. Ils posent des tas de questions. Je savais que les Américains étaient pointilleux, mais là… (Il secoue la tête, incrédule.) Ils veulent tout connaître sur le moindre client, réel ou potentiel, sur les employés de la boîte, sur chaque mémo que j'ai envoyé… Y a-t-il des cas de litige ? Qui était votre réceptionniste en 1993 ? Quelle est la marque de votre voiture ? Quel dentifrice utilisez-vous ?

Il se tait et vide son verre d'un trait. Je le regarde, atterrée.

— Ils ont l'air odieux, dis-je, et un soupçon de sourire passe sur ses lèvres.

— Non, ils ne sont pas odieux. Ce sont des investisseurs de l'ancienne école, très conservateurs. Et quelque chose les chiffonne. Mais j'ignore quoi. (Il pousse un soupir excédé.) Je dois simplement essayer de les calmer. Il faut que cette affaire avance.

Sa voix tremble imperceptiblement, et je remarque sa main crispée sur le verre. Franchement, je ne l'ai jamais vu dans un tel état. En général, il semble tout contrôler parfaitement, il est si calme…

— Luke, je pense que tu devrais faire un break d'une soirée. Tu n'as pas de réunion, ce soir ?

— Non, mais je dois examiner des dossiers. On a une réunion importante demain, avec tous les investisseurs. Je dois être prêt.

— Mais tu es prêt ! Ce dont tu as besoin, c'est de te détendre. Si tu travailles toute la nuit, demain tu seras fatigué et tendu. (Je lui retire le verre des mains et commence à lui masser les épaules.) Allez, Luke ! Tu as vraiment besoin d'une bonne soirée. Je parie que Michael m'approuverait.

— C'est vrai qu'il m'a conseillé de prendre les choses plus légèrement.

— Tu vois ! Quelques heures de détente n'ont jamais nui à personne. On va s'habiller vraiment chic et aller dans un endroit très beau ; on dansera, on boira des cocktails… (Je l'embrasse gentiment dans le cou.) À quoi bon venir à New York si c'est pour ne pas en profiter ?

Il ne me répond pas tout de suite, et pendant quelques secondes atroces j'ai peur qu'il ne me rétorque qu'il n'a pas le temps. Mais, brusquement, il se retourne et, miracle ! je peux apercevoir la petite étincelle d'un sourire.
— Tu as raison. Allez, on sort.

C'est la nuit la plus magique, la plus glamour et enchantée de toute mon existence. Je mets ma robe Vera Wang et Luke son costume le plus élégant, et nous allons dans un fabuleux restaurant où on mange de la langouste en écoutant un orchestre de jazz New Orleans, exactement comme dans les films. Luke commande des bellinis et nous portons un toast, et en se détendant il me confie plus de détails sur son affaire. À vrai dire, il se confie bien plus qu'il ne l'a jamais fait.
— Cette ville, dit-il en secouant la tête, ne me laisse pas le droit à l'erreur. C'est comme si… on skiait sur le bord d'un précipice. Un faux mouvement, et hop ! c'est fini. Tu tombes.
— Mais si tu n'en fais aucun ?
— Tu gagnes. Tu rafles la mise.
— Tu vas gagner, dis-je avec confiance. Tu vas tous les enthousiasmer demain.
— Et toi, tu vas tous les épater avec ton bout d'essai, déclare Luke tandis que le serveur apporte nos entrées, d'incroyables sculptures en fruits de mer.
Le serveur remplit nos verres de vin, et Luke lève le sien pour un toast.
— À toi, Becky. À tes fabuleux succès.
Submergée de bonheur, je rétorque :
— À tes fabuleux succès à toi. À nos fabuleux succès à tous les deux.
C'est peut-être le bellini qui me monte à la tête mais là, je me sens exactement dans le même état que chez

Barney's. Je suis une personne nouvelle, qui étincelle de mille feux. Je m'admire à la dérobée dans un miroir et un petit frisson de plaisir me parcourt. Non, mais regardez-moi ! Cette prestance ! Cette élégance ! Je suis là, dans un restaurant new-yorkais, vêtue d'une robe à plusieurs milliers de dollars, en compagnie de mon magnifique et riche petit ami, à la veille de faire un bout d'essai pour la télévision américaine.

Je suis ivre de bonheur. Cet univers luxueux de magazine est celui vers lequel, en fait, je n'ai cessé de tendre. Les limousines et les fleurs, les sourcils épilés à la cire et les vêtements de créateurs de chez Barney's, le portefeuille rempli de cartes professionnelles de grands pontes de la télé... Voilà le monde auquel j'appartiens. Ma vieille vie me semble à des millions d'années-lumière derrière moi, un minuscule point à l'horizon. Maman et papa, Suze... le désordre de ma chambre à Fulham... les soirées passées devant *EastEnders* avec une pizza... Soyons claire. Tout cela, ça n'a jamais été vraiment moi, hein ?

La soirée se prolonge. Nous dansons au son de l'orchestre, nous commandons des sorbets au fruit de la passion et nous parlons de tous les sujets du monde, excepté de travail. Nous regagnons l'hôtel en riant et en trébuchant de temps à autre, et la main de Luke se glisse subrepticement dans le décolleté de ma robe.

— Mademoiselle Bloomwood ? lance le réceptionniste lorsque nous passons devant le comptoir. Mme Susan Cleath-Stuart, de Londres, a laissé un message pour vous. Elle demande que vous la rappeliez, à n'importe quelle heure. Apparemment, c'est urgent.

Je m'exclame en écarquillant les yeux :

— Bon sang ! Elle ne m'appelle tout de même pas

pour me sermonner sur ma nouvelle robe : « Combien ? Oh Bex, tu n'aurais pas dû... » !

— Une robe fantastique, commente Luke en promenant des doigts connaisseurs de haut en bas de mon dos. Bien qu'il y ait encore trop de tissu. Tu pourrais te passer de ce morceau... et de celui-là...

— Vous voulez le numéro ? s'enquiert le réceptionniste en me tendant une feuille de papier.

— Non, merci. Je l'appellerai demain.

— Et, s'il vous plaît, nous ne prenons aucun appel jusqu'à nouvel ordre, ajoute Luke.

— Très bien, dit le réceptionniste avec un clin d'œil. Bonne nuit, m'dame. Bonne nuit, m'sieur.

Dans l'ascenseur, nous jouons à nous sourire niaisement par miroir interposé et, une fois dans la chambre, je me rends compte que je suis très ivre. Ma seule consolation, c'est de constater que Luke est lui aussi complètement beurré.

Quand la porte de la chambre se referme, je déclare :

— C'était la plus belle soirée de ma vie. Vraiment la plus belle.

— Et elle n'est pas encore finie, dit Luke en avançant vers moi, une lueur explicite dans le regard. Je me sens le devoir de vous remercier pour la grande clairvoyance de vos conseils, mademoiselle Bloomwood. Vous aviez raison. Que du travail et pas de jeu...

Il commence à descendre les bretelles de ma robe en murmurant des mots doux contre mes épaules nues...

Nous roulons sur le lit, sa bouche sur la mienne, et ma tête tournoie d'alcool et de plaisir. Tandis qu'il retire sa chemise, je contemple mon reflet intoxiqué et béat dans le miroir et j'entends une voix dans ma tête qui me dit : « Souviens-toi à jamais de ce moment, Becky. Souviens-t'en parce qu'à cet instant précis la vie est parfaite. »

Le reste n'est que brumes d'alcool, vapeurs de plaisir,

plongeon dans l'oubli. La dernière chose dont j'ai conscience, c'est Luke déposant un baiser sur mes paupières en me souhaitant bonne nuit et en me disant : « Je t'aime. » C'est la dernière chose.

Puis ç'a été le crash, comme dans un accident de voiture.

Daily World, **vendredi 5 octobre 2001**

SONT-ILS BIEN CEUX QU'ILS PRÉTENDENT ÊTRE ?

LE GOUROU DE LA FINANCE EST UN PANIER PERCÉ

Sur le plateau de Morning Coffee, *elle prodigue ses conseils d'épargne à des millions de téléspectateurs. Mais le* Daily World *est en mesure de révéler en exclusivité que l'hypocrite Becky Bloomwood est au bord de la faillite personnelle. Becky, dont le leitmotiv est : « Prenez soin de votre argent, et il prendra soin de vous », est sous le coup de poursuites pour des milliers de livres de dettes, et son banquier n'a pas hésité à la qualifier de « fléau ».*

DES POURSUITES

La boutique de vêtements La Rosa a engagé des poursuites à l'encontre de Becky, et sa colocataire, Susan Cleath-Stuart (à droite), reconnaît que Becky ne paie pas régulièrement sa part de loyer. Ce qui n'empêche nullement l'irresponsable Becky de partir sans scrupule mener grand train à New York en compagnie de son petit ami, le chef d'entreprise Luke Brandon (en bas à droite). « Becky est ouvertement intéressée par l'argent de Luke », nous confie une source proche de Brandon Communication. Mlle Cleath-Stuart, de son côté, ne cache pas qu'elle souhaite le départ de Becky : « Il me faudrait davantage de place pour travailler. Je vais peut-être devoir louer un atelier. »

ACCRO À LA DÉPENSE

De sa chambre d'hôtel hors de prix du Four Seasons, notre fantasque présentatrice-vedette avoue ignorer le tarif journalier. Notre reporter l'a vue dépenser sans sourciller plus de cent dollars en cartes de vœux, puis enchaîner avec des achats de vêtements de luxe et de cadeaux divers, pour un total de mille livres, et ce en quelques heures à peine.

ÉTAT DE CHOC

Les téléspectateurs de Morning Coffee *se déclarent choqués en découvrant la vérité sur l'experte financière au style inimitable. « Je suis assez paniquée, nous confie Irene Watson, de Sevenoaks. J'ai appelé Becky il y a quelques semaines pour lui demander conseil sur mes placements bancaires. Maintenant, je préférerais n'avoir pas tenu compte de ses conseils et je vais demander d'autres avis. » Mère de deux enfants, Irène ajoute : « Je suis choquée et écœurée que les producteurs de* Morning Coffee*… »*

Lire la suite page 54

13

En me réveillant, je me sens complètement flagada, mais j'ignore encore tout de la catastrophe. Je vois Luke me tendre une tasse de thé.

— Pourquoi ne consultes-tu pas tes messages ? suggère-t-il en m'embrassant, avant de filer sous la douche.

Quelques gorgées de thé plus tard, je soulève le combiné du téléphone et appuie sur la touche message.

« Vous avez vingt-trois nouveaux messages », m'annonce la voix synthétique, ce qui me laisse bouche bée. Vingt-trois ?

Et si ce n'étaient que des propositions de job ?

Voilà quelle est ma première pensée. C'est peut-être des gens qui appellent d'Hollywood. Oh, oui ! Dans un état d'excitation absolue, j'appuie sur le bouton pour écouter le premier message. Ce n'est pas une proposition de boulot, juste Suze, et à sa voix je peux deviner qu'elle est sacrément embêtée.

« Bex, s'il te plaît, appelle-moi. Dès que tu as ce message. C'est vraiment urgent. Salut. »

La voix synthétique me demande si je veux écouter les

messages suivants. J'hésite. Suze avait un ton tellement désespéré. De plus, je me souviens, avec un soupçon de culpabilité, qu'elle a aussi appelé hier soir. Je compose le numéro et, à ma grande surprise, l'appel bascule sur le répondeur.

— Salut c'est moi, dis-je dès la fin de l'annonce. Bon, tu n'es pas là, je ne sais pas ce que tu voulais mais j'espère que ça s'est arrangé…

— Bex ! (La voix de Suze me transperce quasiment le tympan.) Oh, mon Dieu, Bex. Mais où étais-tu passée ?

— J'étais sortie. Et puis j'ai dormi. Suze ? Est-ce que tout va…

— Bex ! Je n'ai jamais dit ça ! m'interrompt-elle d'une voix désespérée. Tu *dois* me croire. Jamais je n'ai dit des choses pareilles. Ils ont déformé mes paroles. Je l'ai expliqué à ta mère. Je n'avais pas la moindre idée…

— Ma mère ? Attends, Suze, va moins vite. De quoi parles-tu ?

Il y a un silence.

— Bex ! Tu ne l'as donc pas vu ?

— Vu quoi ?

— Le *Daily World*. Je… je pensais que tu recevais tous les journaux anglais.

— Oui, nous les recevons, dis-je en me frictionnant le visage. Mais ils sont encore devant la porte. Est-ce qu'ils… parlent de moi ?

— Non, répond Suze, un peu trop vite. Non, enfin… il y a juste ce petit truc de rien du tout qui ne vaut même pas le coup d'œil. Tu n'as pas à t'inquiéter. En fait, jette le *Daily World* à la poubelle. Ce n'est même pas la peine de l'ouvrir.

— Ils disent du mal de moi, c'est ça ? fais-je, saisie d'une brusque appréhension. C'est quoi ? J'ai de grosses jambes ? Quoi d'autre ?

— Ce n'est vraiment rien. Rien. Et à part ça, tu as été

au Rockefeller Center ? Il paraît que c'est génial. Et à la FAO ? Et à…

— Suze, arrête ! Je vais chercher le *Daily World* et je te rappelle.

— Bon, d'accord. Mais écoute, Bex, n'oublie pas que presque personne ne lit le *Daily World*. Ils ont trois lecteurs à tout casser. Et demain il servira à emballer les *fish and chips*. Et, de toute façon, chacun sait que les journaux inventent des mensonges…

— OK, dis-je en essayant de prendre une voix détendue. Je m'en souviendrai. Et ne t'inquiète pas, Suze. Ces petits trucs débiles ne m'affectent pas.

Cependant, en reposant le combiné, ma main tremble imperceptiblement. Qu'est-ce qu'ils ont bien pu raconter sur moi ? Je me précipite, ouvre la porte, ramasse la pile de journaux et repars les étaler sur le lit. Je m'empare du *Daily World* et commence à le feuilleter fébrilement, page à page, mais je ne vois rien. Je recommence depuis la première page, plus attentivement cette fois, et regarde chaque encadré. Franchement, je ne vois pas la moindre ligne me concernant. Je m'adosse aux oreillers, déconcertée. De quoi Suze pouvait-elle bien parler ? Qu'est-ce que diable…

Mon regard vient de tomber sur la double page centrale, pliée, qui a dû glisser lorsque j'ai attrapé le journal. Très lentement, je la soulève. Je l'ouvre. Et là, je reçois un coup de poing dans le ventre.

Il y a une photo de moi. Une photo que je ne connais pas, guère flatteuse, de surcroît, où je marche, seule, dans une rue. Mon estomac chavire quand je la situe à New York. Je trimballe avec moi des tonnes de sacs. Et dans un cercle, ils ont mis une photo de Luke. Et une plus petite de Suze. Et le titre dit…

Seigneur ! Je suis incapable de vous le répéter. C'est trop… trop… Trop épouvantable.

L'article occupe la totalité de la double page centrale. En le lisant, mon cœur se met à battre de plus en plus vite. Il me semble que ma tête devient brûlante mais qu'en même temps elle est glacée. C'est tellement fielleux. Tellement… personnel. À mi-article, c'est déjà plus que je ne peux en supporter. Le regard fixe et hagard, je referme le journal. J'ai envie de vomir.

Pourtant, presque immédiatement je le rouvre en tremblant. Je dois savoir exactement ce qu'ils disent, lire chaque ligne, si atroce et humiliante soit-elle.

Ma lecture achevée, j'ai presque le vertige. Je n'arrive pas à croire que ce qui m'arrive est réel. Ce journal a été tiré à des millions d'exemplaires. Il est trop tard pour arrêter quoi que ce soit. Et soudain, je prends conscience qu'en Angleterre il est déjà en vente depuis des heures. Mes parents l'auront vu. Tous les gens que je connais l'auront vu. Je ne peux rien faire. Je suis totalement impuissante.

Je sursaute avec effroi à la sonnerie aiguë du téléphone. Après un moment, elle recommence, et là je fixe le combiné, terrorisée. Je ne peux pas répondre. Je suis incapable de parler à qui que ce soit. Même à Suze.

Le téléphone sonne pour la quatrième fois quand Luke sort de la salle de bains, une serviette nouée autour de la taille, les cheveux peignés vers l'arrière.

— Tu ne vas donc pas répondre ? demande-t-il en décrochant Allô ? Oui, lui-même.

Saisie d'angoisse, je me recroqueville sous la couette que je serre contre moi.

— Bien, dit Luke. Très bien. On se voit tout à l'heure.

Il raccroche et griffonne quelque chose sur un bloc-notes. J'essaie de garder une voix posée :

— C'était qui ?

— Une secrétaire de chez JD Slade, répond-il en reposant le crayon. Changement de programme.

Il commence à s'habiller. Je ne dis rien. Ma main est crispée sur le *Daily World*. Je veux le lui montrer… Et en même temps, je ne veux pas. Je ne veux pas qu'il lise ces horreurs à mon sujet. Mais je ne peux pas courir le risque que quelqu'un d'autre le lui montre.

Bon, ça suffit. Je ne peux pas rester là éternellement sans parler. Je ferme les yeux, je prends une profonde inspiration et je me lance :

— Luke, il y a quelque chose sur moi dans le journal.

— Très bien, fait-il distraitement en nouant sa cravate. Je me disais que tu aurais besoin d'un peu de publicité. Dans quel journal ?

— Ce… ce n'est pas bon du tout, dis-je en passant la langue sur mes lèvres sèches. C'est même… épouvantable.

Luke me regarde pour de bon, cette fois, et constate que je fais une drôle de tête.

— Mais non, Becky ! Ce ne peut pas être mauvais à ce point. Allez, montre-moi.

Il tend la main mais je ne réagis pas.

— C'est vraiment… atroce. Et il y a une immense photo…

— Tu avais une sale tête ce jour-là ? me taquine-t-il en enfilant sa veste. Tu sais, Becky, aucune publicité n'est parfaite à cent pour cent. Tu trouveras toujours quelque chose qui cloche, un jour ce sera ta coiffure, un autre jour un mot…

— Luke ! Ce n'est rien de tout ça… Regarde !

Lentement, je déplie le journal et le lui tends. Sa mine réjouie s'efface au fur et à mesure qu'il lit.

— Qu'est-ce que c'est que cette merde ? C'est moi, là ? (Il me fusille du regard et j'avale ma salive sans oser dire un seul mot. Puis je le regarde nerveusement survoler l'ensemble de l'article.) C'est vrai ? lâche-t-il finalement. Est-ce qu'il y a du vrai là-dedans ?

Je bégaye :

— N… non. Enfin… pas… pas tout. Un peu…

— Tu as des dettes ?

Nos regards se croisent. Je dois être écarlate.

— Qu… quelques-unes. Mais pas autant qu'ils disent… Tu vois, je ne suis pas au courant des poursuites…

— Mercredi après-midi ! éructe-t-il en fouettant le journal de la main. Pour l'amour du ciel ! Mais tu étais au Guggenheim ! Retrouve ton ticket ! Nous allons leur prouver que tu étais là-bas. Ils devront se rétracter…

— Je… Luke, en fait… (il relève les yeux et mon estomac se contracte de terreur)… je ne suis pas allée au Guggenheim. Je… je suis allée faire du shopping.

— Tu… quoi ?

Il me dévisage puis, sans un mot, recommence à lire.

Lorsqu'il a terminé, il braque devant lui son regard fixe et impénétrable.

— Je n'arrive pas à le croire, lâche-t-il si doucement que je l'entends à peine.

Il a l'air aussi abattu que moi, et pour la première fois depuis ce matin je sens des larmes me picoter les yeux.

— Je sais, dis-je d'une voix chevrotante. C'est affreux. Ils ont dû me suivre. Ils devaient être là depuis le début, à m'observer, à m'espionner… (Je mendie une réponse, un regard, mais il garde les yeux rivés droit devant lui.) Luke ? Dis-moi quelque chose. Tu te rends compte que…

— Et toi, tu te rends compte ? me coupe-t-il. (Il fait volte-face et son expression me laisse le visage exsangue.) Tu te rends compte à quel point tout cela me cause du tort ?

— Je suis vraiment désolée. Je sais que tu détestes qu'on parle de toi dans les journaux…

— Mais ce n'est pas la question, bon sang ! (Il se tait et reprend, plus posément :) Becky, te rends-tu compte de quoi je vais avoir l'air à cause de cet article ? Aujourd'hui plus que n'importe quel autre jour ?

Je murmure :

— N... non.

— Dans une heure a lieu une réunion où je vais devoir convaincre des banquiers parmi les plus riches et les plus conservateurs de New York que je contrôle totalement ma vie professionnelle et privée. Ils auront tous vu ça. Je vais passer pour un bouffon !

— Mais évidemment que tu contrôles ta vie ! dis-je, affolée. Luke, ils sauront sûrement... Ils ne sauront pas...

— Écoute, fait-il en pivotant vers moi. Sais-tu quelle est mon image, dans cette ville ? Pour une raison que je serais bien en peine de te donner, la perception générale qu'on a de moi, ici, c'est que je suis en train de perdre la partie.

Je répète, horrifiée :

— Perdre la partie ?

— C'est les bruits qui me sont revenus aux oreilles. (Il prend une profonde inspiration.) J'ai consacré tous ces derniers jours à me remuer pour convaincre ces gens qu'ils se trompent. Que j'ai tout bien en main. Que j'ai les médias dans la poche. Et maintenant...

Il fouette le journal avec rage et je sursaute.

— Peut-être... qu'ils ne l'auront pas vu.

— Becky, tout le monde l'aura vu. C'est leur boulot. C'est...

La sonnerie du téléphone l'interrompt. Il marque un temps d'arrêt, puis décroche.

— Ah, salut Michael. Ah ! tu l'as vu ? Oui, je sais. Un fâcheux contretemps. Très bien. À tout de suite.

Il raccroche et empoigne ses affaires sans m'accorder un regard.

Je me sens glacée. Je frissonne. Qu'est-ce que j'ai fait ? J'ai tout gâché. Des phrases de l'article me reviennent en mémoire. J'ai envie de vomir. La fantasque Becky... L'hypocrite Becky... Ah, ils ont raison. Ils ont bien raison.

Je relève les yeux. Luke referme sa mallette avec un bruit sec.

— Je dois y aller. À plus tard.

Au moment de franchir la porte, il hésite et se retourne, l'air brusquement perplexe.

— Mais je ne comprends pas... Si tu n'es pas allée au Guggenheim, où as-tu acheté le catalogue ?

— À la boutique du musée. Sur Broadway. Luke, je suis vraiment désolée...

Ma voix se noie dans un silence atroce. J'entends mon cœur, mon sang, battre à mes tempes. Je ne sais pas quoi dire, comment me racheter.

Luke me dévisage, sans expression, puis, avec un hochement de tête, tourne les talons et pose la main sur la poignée de la porte.

Quand la porte se referme, je reste un moment pétrifiée, le regard fixe. Je ne parviens pas à croire que tout cela est vraiment arrivé. Il y a quelques heures à peine, nous portions des toasts avec nos bellinis. J'avais ma robe Vera Wang, nous dansions sur des airs de Cole Porter, j'étais sur un petit nuage de bonheur. Et maintenant...

Le téléphone se met à sonner mais je ne bouge pas. À la huitième sonnerie, j'étire enfin le bras pour décrocher.

— Allô ?

— Allô ? dit une voix enjouée. Becky Bloomwood ?

— Oui.

— Ici Fionna Taggart, du *Daily Herald*. Je suis contente d'avoir réussi à vous trouver. Becky, nous aimerions beaucoup vous consacrer un reportage en deux parties sur vous et votre… petit problème. On peut dire ça comme ça ?

— Je ne veux pas en parler…

— Vous niez, alors ?

— Sans commentaire.

Et je raccroche d'une main tremblante.

Aussitôt après, ça resonne. Je décroche.

— Sans commentaire, d'accord, sans commentaire ! Sans…

— Becky chérie ?

— Maman ! (Je fonds en larmes.) Oh, maman, je suis tellement désolée. C'est affreux. J'ai tout gâché. Je ne savais… Je n'avais pas pris conscience de…

— Becky ! répond la voix familière et rassurante. Ma chérie ! Tu n'as pas à être désolée. Ce sont ces ordures de journalistes qui devraient l'être. Aller inventer toutes ces horreurs ! Mettre dans la bouche des gens des choses qu'ils n'ont jamais dites ! La pauvre Suze nous a appelés, elle était aux cent coups. Tu te rends compte, elle a offert trois sablés au whisky et un KitKat à cette fille, et voilà ce qu'elle récolte en retour. Un tombereau de sornettes ! En plus, elle a prétendu être des impôts ! Ils devraient la poursuivre.

— Maman… (Je ferme les yeux, presque incapable de le dire.) Ce ne sont pas que des mensonges. Ils… ils n'ont pas tout inventé. (Il y a un bref silence, pendant lequel j'entends la respiration anxieuse de ma mère à l'autre bout du fil.) J'ai… comment dire… quelques dettes.

— Eh bien, reprend-elle après une pause (et je sais qu'elle est en train de faire basculer sa pensée en mode positif), quand bien même ? Est-ce que ça les regarde ? (Elle s'interrompt et j'entends une voix en arrière-fond.) Exactement ! Comme me dit ton père, si l'économie américaine peut survivre avec des millions de dettes, il n'y a pas de raison qu'il en aille différemment pour toi. Il dit aussi de penser à ce qu'a coûté le dôme du Millénium.

J'adore mes parents ! Si je commettais un meurtre, ils trouveraient illico le moyen de justifier mon acte, de démontrer que la victime l'avait bien cherché.

— Tu as sans doute raison. Mais Luke a une réunion importante aujourd'hui, et tous ses investisseurs auront lu l'article.

— Et alors ? Rien ne vaut un peu de publicité. Bon, relève le menton, ma fille. Et continue d'avancer. Suzie nous a dit que tu faisais un bout d'essai aujourd'hui. C'est vrai ?

— Oui. Mais je ne sais pas à quelle heure.

— Allez, garde la tête haute. Prends un bain, prépare-toi une bonne tasse de thé avec trois sucres. Et un peu de cognac, te fait dire ton père. Et si jamais un journaliste appelle, envoie-le au diable.

Paniquée, je demande :

— Des journalistes vous ont embêtés ?

— Un type est venu rôder et poser des questions ce matin, répond maman d'un ton léger. Mais papa l'a accueilli avec le coupe-haie.

Je ne peux me contenir. Un rire nerveux m'échappe.

— Je dois te laisser, maman. Je te rappellerai. Merci…

En raccrochant, je me sens mille fois mieux. Maman a raison. Il faut être positive, aller faire mon bout d'essai du mieux que je pourrai. La réaction de Luke était sans doute excessive. Quand il reviendra, il sera probablement dans de meilleures dispositions.

J'appelle la réception pour leur demander de filtrer tous les appels, sauf celui de HLBC. Puis je fais couler un bain, y vide l'intégralité du flacon de l'huile de bain énergisante Sephora et me prélasse une demi-heure dans la rose, le géranium et la mauve. Pendant que je me sèche, j'allume MTV et danse dans la chambre sur un morceau de Robbie Williams puis, une fois revêtue ma tenue mortelle de Barney's, même si je reste un peu fébrile, je me sens superpositive. Je peux y arriver. Oui, je le peux.

Comme ils n'ont toujours pas appelé pour fixer l'heure du rendez-vous, je décroche le téléphone et compose le numéro de la réception.

— Bonjour. Je voulais juste vérifier que je n'avais pas eu de coup de fil de HLBC ce matin.

— Je ne crois pas, me répond une jeune fille d'un ton enjoué.

— Vous en êtes certaine ? Ils n'ont pas laissé de message ?

— Non, m'dame.

— OK, merci.

Je raccroche et réfléchis. Bon, eh bien, je vais les appeler. Après tout, je dois savoir à quelle heure y aller, non ? Et Kent m'a dit de téléphoner si j'avais besoin de quoi que ce soit. Que je n'hésite pas, a-t-elle insisté.

Je sors la carte de mon sac et pianote attentivement le numéro.

— Bonjour, répond une voix enjouée. Megan, l'assistante de Kent Garland. En quoi puis-je vous aider ?

— Bonjour. Je suis Rebecca Bloomwood. Je voudrais parler à Kent, s'il vous plaît.

— Elle est en réunion. Puis-je prendre un message ?

— Eh bien, j'appelais juste pour savoir à quelle heure était prévu mon bout d'essai.

Prononcer ces mots suscite en moi un regain de confiance. Qui accorde de l'importance à ce torchon de *Daily World* ? Je vais passer à la télévision américaine, devenir supercélèbre.

— Ah oui, fait Megan. Becky, ne quittez pas, je vous prie...

Elle me met en attente et j'entends une version

électronique de *Heard it through the Grapevine*. Quand la chanson se termine, une voix me remercie de mon appel à HLBC et ça repart en boucle… Megan revient en ligne.

— Becky ? Vous êtes toujours là ? Je crains que Kent ne soit obligée d'ajourner le bout d'essai. Elle vous appellera si elle veut le décaler.

— Comment ? fais-je, en regardant fixement mon visage maquillé dans le miroir. Le décaler ? Mais… pourquoi ? Savez-vous quand il sera reprogrammé ?

— Non, pas vraiment. Kent est très occupée en ce moment avec la nouvelle émission : *Consommateurs d'aujourd'hui*.

— Mais c'était justement pour ça, le bout d'essai ! Pour cette émission. (J'inspire à fond, essayant de ne pas trop trahir ma nervosité.) Savez-vous quand elle pourra le reprogrammer ?

— Je ne peux vraiment pas dire. Son agenda est plein en ce moment… et ensuite, elle part deux semaines en vacances…

— Écoutez. (Je fais des efforts pour rester calme.) Je voudrais vraiment parler à Kent aujourd'hui. Pouvez-vous me la passer ? Juste une seconde.

Il y a une pause puis Megan soupire.

— Je vais voir si je la trouve.

J'entends une nouvelle fois la chanson. Enfin, Kent prend la ligne.

— Bonjour, Becky. Comment allez-vous ?

— Bonjour ! dis-je en essayant de paraître détendue. Je voulais juste savoir ce qui allait se passer aujourd'hui. Pour le bout d'essai.

— Ah oui, fait Kent d'un ton pensif. Pour tout vous dire, Becky, nous avons eu quelques imprévus et nous devons réfléchir encore. OK ? On en reparlera quand nous aurons un peu avancé dans nos décisions.

Des imprévus ? De quels imprévus parle-t-elle ? Qu'est-ce qu'elle…

Brusquement, la peur me paralyse. Oh, mon Dieu, non. Non !

Elle a vu le *Daily World*, c'est ça. C'est de ça qu'elle parle. Ma main se crispe sur le combiné, mon cœur bat à se rompre, je dois absolument lui expliquer que ce n'est pas aussi grave que ce qu'ils ont écrit. Que ce n'est qu'à moitié vrai. Que ça ne signifie pas que je ne suis pas bonne dans mon boulot…

Mais je ne parviens pas à m'y résoudre, ni même à y faire allusion.

— On reste en contact, conclut Kent. Et encore désolée de cette annulation de dernière minute. J'allais justement demander à Megan de vous prévenir.

— Ce n'est rien, dis-je en essayant de paraître détendue. Quand pensez-vous pouvoir le reprogrammer ?

— Je ne sais pas trop… Navrée Becky, mais il faut que j'y aille. On a un problème sur le plateau. Merci de votre appel. Et profitez bien de votre séjour.

Elle raccroche, et lentement je raccroche à mon tour.

Je ne ferai donc pas de bout d'essai. Ils ne veulent pas de moi.

Dire que je m'étais acheté une nouvelle tenue et tout et tout.

Oh, zut et archi-zut !

Ma respiration s'accélère ; c'est horrible, je vais pleurer.

Je me force alors à penser à maman – et je m'oblige à relever le menton. Non, je ne vais pas me laisser aller. Je serai forte et positive. HLBC n'est pas le seul poisson de l'océan. Il y a des tas de gens qui veulent m'embaucher. Greg Walters, par exemple. N'a-t-il pas dit qu'il voulait me faire rencontrer le directeur du développement ? On pourrait peut-être arranger un rendez-vous aujourd'hui ?

Mais oui ! Ce soir, je me retrouverai peut-être avec ma propre émission !

J'ai vite fait de retrouver le numéro que je compose fébrilement, et à ma grande joie je tombe directement sur Greg. C'est mieux ainsi. Directement au sommet.

— Greg ? Bonjour, c'est Becky Bloomwood.

— Becky ! Quel plaisir de vous entendre ! s'exclame-t-il d'un ton un peu distrait. Comment allez-vous ?

— Euh… Très bien. J'étais ravie de notre rendez-vous d'hier (ma voix est tendue et haut perchée). Toutes vos idées m'ont beaucoup intéressée.

— Ah, formidable ! Alors… vous êtes contente de votre séjour ?

— Oui. Très. (J'inspire profondément.) Greg, vous disiez hier que je devrais rencontrer votre directeur du développement…

— Tout à fait ! Je sais que Dave serait ravi. Lui et moi sommes convaincus que vous avez un énorme potentiel. Énorme.

Une vague de soulagement me submerge. Merci, mon Dieu. Merci…

Il poursuit :

— La prochaine fois que vous venez à New York, vous m'appelez et on organise quelque chose.

Je fixe le téléphone. Le choc me donne la chair de poule. La prochaine fois ? Mais cela peut être dans des mois ! Ou jamais. Ne veut-il pas…

— Vous me le promettez ?

— Euh… oui. (J'essaie de ne rien trahir de ma profonde déception.) Ce serait formidable.

— Peut-être aussi nous verrons-nous lors de mon prochain séjour à Londres ?

— Avec plaisir. Je l'espère sincèrement. Bon, à bientôt. J'ai été ravie de vous rencontrer.

Mon beau sourire tient jusqu'à ce que je raccroche.

Mais, cette fois, il m'est impossible d'arrêter le flot de larmes qui envahissent mes yeux et dégoulinent lentement le long de mon visage, emportant mon maquillage sur leur passage.

Je demeure assise dans la chambre pendant des heures. Je saute le déjeuner, incapable de manger. La seule chose que je peux faire, c'est écouter les messages du répondeur et les effacer tous, excepté celui de maman, que j'écoute et réécoute. Elle a dû le laisser sitôt après avoir lu le *Daily World*.

« Bon, cet article stupide provoque quelques remous ici. N'en tiens pas compte, Becky. Et souviens-toi que demain ce papier journal servira à tapisser des millions de niches. »

Je ne sais pas pourquoi, ce message me fait rire chaque fois que je l'écoute. Me voilà donc assise là, entre rire et sanglots, tandis qu'une mare de larmes que je n'ai cure d'éponger se forme sur ma jupe. Je veux rentrer à la maison.

Il me semble que je reste assise par terre, à me balancer d'avant en arrière pendant une éternité. Mes pensées tournent en rond dans la tête et reviennent toujours buter sur les mêmes questions : pourquoi ai-je été aussi stupide ? Que vais-je faire maintenant ? Comment pourrais-je encore regarder quelqu'un en face ?

Depuis mon arrivée à New York, j'ai l'impression d'être sur des montagnes russes, et à présent le wagonnet s'est emballé. Ç'a commencé comme une promenade enchantée à Disneyland, sauf qu'au lieu de tournoyer dans l'espace j'ai papillonné de boutique en hôtel, d'interview en déjeuner, dans un halo de lumière, de paillettes, bercée par de douces voix qui m'annonçaient un avenir de star.

Et je n'ai pas songé une seule seconde que ce n'était pas vrai. Je n'ai pas cessé d'y croire.

Quand la porte s'ouvre enfin, je suis presque malade de soulagement. J'ai une envie folle de me jeter dans les bras de Luke, d'éclater en sanglots et de l'entendre me dire que tout va bien. Mais, tandis qu'il avance dans la chambre, mon corps se raidit d'appréhension. Son visage est tendu, ses traits semblent gravés dans la pierre.

Il me faut un moment avant d'oser parler.

— Salut, dis-je. Je… je me demandais où tu étais.

— J'ai déjeuné avec Michael, répond-il sèchement. Après la réunion.

Les yeux pleins d'effroi, je le regarde ôter son manteau et le suspendre méticuleusement à un cintre.

— Alors… (J'ose à peine poser la question.) Ça s'est bien passé ?

— Non, pas particulièrement.

Mon estomac se noue. Que veut-il dire ? Ça ne peut tout de même pas…

— C'est… fichu ?

— Bonne question. Les gens de JD Slade disent qu'il leur faut encore du temps.

Je demande en m'humectant les lèvres :

— Pour quoi faire ?

— Ils ont quelques réserves, répond Luke d'un ton neutre. Ils n'ont pas spécifié de quelle nature.

Il ôte sa cravate sans la dénouer et commence à déboutonner sa chemise. Il ne m'accorde pas un seul regard. Comme si c'était au-dessus de ses forces de s'y résoudre.

— Tu crois… (Je déglutis.) Tu crois qu'ils ont vu l'article ?

— Sans doute, oui, dit-il, avec dans la voix une tension qui me fait frémir. Oui, je suis à peu près certain qu'ils l'ont vu.

Il s'énerve sur le dernier bouton et brusquement, dans un geste d'exaspération, l'arrache.

Je me lance, désespérée :

— Luke… je suis désolée. Je ne sais pas comment réparer. (Je prends une profonde inspiration.) Je ferai tout ce qui est en mon pouvoir.

— Il n'y a rien à faire, répond-il d'un ton sec.

Il part dans la salle de bains, et bientôt j'entends le bruit de la douche. Je ne bouge pas. Je ne peux même plus penser. Je suis paralysée, comme si j'étais cramponnée à une corniche et que j'essayais de ne pas lâcher prise.

Luke ressort et, sans me prêter la moindre attention, enfile un jean et un col roulé noir. Il se sert un verre, sans un mot. Par la fenêtre je distingue l'autre côté de Central Park. Le crépuscule tombe, des lumières s'allument un peu partout. Mais le monde s'est réduit à cette pièce, à ces quatre murs. Je me rends soudain compte que je ne suis pas sortie de la journée.

— Je n'ai pas fait mon bout d'essai, dis-je finalement.

— Ah bon ?

En entendant sa voix atone, indifférente, je ne peux m'empêcher d'éprouver du ressentiment.

Je demande :

— Tu ne veux pas savoir pourquoi ?

Mes doigts s'acharnent à tirailler les franges d'un coussin.

Il ne répond pas tout de suite, puis, comme au prix d'un effort monumental, il se décide.

— Pourquoi ?

— Parce que je n'intéresse plus personne. Tu n'es pas le seul à avoir eu une mauvaise journée. J'ai bousillé toutes mes chances. Plus personne ne me connaît.

Au souvenir des messages, celui-ci pour annuler un rendez-vous, celui-là pour déplacer un déjeuner, l'humiliation me noue la gorge.

— Et je sais que c'est entièrement ma faute. Je le sais bien. Mais quand même... (Ma voix vacille, j'inspire profondément.) Ce n'est pas génial pour moi non plus. (Je relève la tête. Luke n'a pas bougé d'un millimètre.) Tu pourrais... Tu pourrais me manifester un peu de sympathie.

— Te manifester un peu de sympathie, répète-t-il d'une voix atone.

— Je sais que je suis responsable de ce qui m'arrive...

— Comme tu dis ! Oui, tu en es responsable ! explose-t-il en se tournant enfin pour me regarder en face. Personne ne t'a obligée à aller dépenser cet argent ! Je sais que tu aimes le shopping, mais bon Dieu, dépenser autant... C'est de l'irresponsabilité pure et simple. Tu n'aurais pas pu te limiter ?

Je tremble comme une feuille en lui rétorquant :

— Je ne sais pas. Sans doute. Mais comment aurais-je pu deviner que ça deviendrait une... question de vie ou de mort ? J'ignorais qu'on me suivait. Tout ça, je ne l'ai pas fait exprès. (À ma grande consternation, je sens une larme dévaler ma joue.) Je n'ai fait de mal à personne. Je n'ai tué personne. J'ai peut-être été un peu naïve...

— Un peu naïve... C'est l'euphémisme de l'année !

— Bon, d'accord, j'ai été totalement naïve. Mais je n'ai commis aucun crime...

— Parce que tu penses que bousiller toutes les opportunités n'est pas un crime ? s'emporte-t-il. Figure-toi qu'en ce qui me concerne... (Il secoue la tête.) Bon sang, Becky ! Tout était à portée de main. Nous étions sur le point de mettre New York dans notre poche. (Il serre les poings.) Et regarde-nous maintenant ! Tout ça à cause de ta putain d'obsession du shopping...

— Obsession ! (Je hurle, incapable de supporter plus longtemps son regard accusateur.) *Je* suis obsédée ? Et toi, alors ?

— Que veux-tu dire ?

— Tu es obsédé par le travail. Par l'idée de réussir à New York. Ta première pensée quand tu as vu cet article n'a pas été pour moi ou pour ce que je pouvais ressentir mais pour le tort que ça pourrait causer à tes affaires. (Ma voix tremble et grimpe dans les aigus.) Tout ce qui t'importe, c'est ta réussite, moi, je passe toujours après. Tu n'as même pas pris la peine de me parler de tes projets new-yorkais avant que tout soit décidé. Tu t'attendais juste à ce que… je m'intègre dans tes plans, exactement de la façon qui te convenait. Pas étonnant qu'Alicia ait dit que je m'accrochais à toi…

— Tu ne t'accroches pas à moi, rétorque-t-il avec impatience.

— Mais si ! C'est comme ça que tu me vois, avoue-le. Une petite personne insignifiante, qui doit s'adapter à tes magnifiques plans. Et je suis tellement bête que j'ai marché…

— Je n'ai pas de temps pour entendre ces âneries, dit-il en se levant.

— Tu n'as jamais le temps ! Suze en a davantage que toi à me consacrer. Tu n'as pas eu le temps de venir au mariage de Tom, nos vacances se sont transformées en réunions de travail ; tu n'as jamais eu le temps de m'accompagner chez mes parents…

— Eh bien, oui ! se met-il à hurler brusquement, ce qui me cloue le bec. Je n'ai *pas* le temps ! Je n'ai pas le temps de passer des heures à jacasser avec Suze et toi. (Il secoue la tête de frustration.) Est-ce que tu te rends compte à quel point je travaille dur ? As-tu la moindre idée de l'importance de cette affaire que j'essaie de conclure ?

— Pourquoi est-ce si important ? (Je crie à mon tour.) Pourquoi est-ce si important pour toi de réussir en Amérique ? Parce que tu crois impressionner ainsi ta garce de mère ? Laisse-moi te dire que si c'est vraiment là ton but, il vaut mieux abandonner tout de suite. Tu n'y arriveras jamais. Jamais ! Enfin, quoi ! elle n'a même pas trouvé cinq minutes à t'accorder. Tu lui offres un foulard Hermès, et elle, elle n'est pas fichue de bouleverser un tant soit peu son précieux emploi du temps pour te rencontrer.

Je me tais, haletante. Le silence s'abat sur la chambre.

Oh merde. Je n'aurais pas dû sortir tout ça.

Je risque un regard vers Luke, qui me fixe, gris de fureur.

— Qu'as-tu dit de ma mère ? articule-t-il lentement.

— Écoute, je... je ne le pensais pas. (Je déglutis et m'efforce de contrôler ma voix.) Je pensais juste... qu'il faut garder le sens des proportions. Je n'ai rien fait d'autre qu'un peu de shopping...

— Un peu de shopping, répète Luke en un écho méprisant. Un peu de shopping !

Il me gratifie d'un regard appuyé, puis, à ma grande horreur, se dirige vers l'immense dressing en bois de cèdre où j'ai stocké tout mon bazar, l'ouvre sans un mot, et nous contemplons tous les deux l'empilement de sacs. Il y en a jusqu'au plafond.

Cette vision me donne la nausée. Toutes ces choses qui me semblaient vitales quand je les ai achetées, pour lesquelles je me suis tellement enthousiasmée... Maintenant, je les vois comme un tas de sacs-poubelle. Je serais incapable d'énumérer le contenu de ces sacs. De la camelote... Des tonnes et des tonnes de camelote.

Sans rien dire, Luke referme la porte. La honte déferle sur moi en flots brûlants.

Je murmure :

— Je sais. Je sais. Mais j'en paie le prix. Vraiment.

Je me détourne ; brusquement, j'ai besoin de sortir. De me soustraire à son regard, d'échapper à mon reflet dans le miroir, à cette journée atroce.

Je marmonne :

— À plus tard.

Et, sans même me retourner, je quitte la pièce.

Protégée des regards par les lumières tamisées du bar, je m'apaise un peu. Je m'enfonce dans un somptueux fauteuil en cuir, aussi faible et tremblante que si j'étais grippée. Un serveur vient vers moi, je commande un jus d'orange et, au moment où il s'éloigne, je me ravise et demande un cognac à la place. Il m'est servi dans un verre gigantesque. Le liquide est tiède et revigorant. J'en bois quelques gorgées puis lève les yeux en voyant une ombre se profiler sur la table basse. Michael Ellis. J'ai un haut-le-cœur. C'est l'une des dernières personnes à qui j'aie envie de parler.

— Bonjour. Je peux ? demande-t-il en désignant le fauteuil qui me fait face.

J'acquiesce faiblement. Il s'assied et me regarde gentiment vider mon verre. Pendant quelques minutes, nous n'échangeons pas un seul mot.

— Je peux soit être poli et ne parler de rien, dit-il finalement, soit vous dire la vérité, à savoir que je suis vraiment désolé pour vous. Ces journaux anglais sont immondes. Personne ne mérite d'être traité ainsi.

— Merci, dis-je tout bas.

Un serveur apparaît et Michael commande d'autorité deux autres cognacs.

— Tout ce que je peux vous assurer, c'est que les gens ne sont pas idiots. Personne ne retiendra ça contre vous.

— C'est pourtant ce qu'ils ont fait. Mon bout d'essai à HLBC a été annulé.

— Ah, fait Michael au bout d'une minute, navré de l'apprendre.

— Personne ne me connaît plus. Ils ont tous prétendu

avoir « changé d'idée » ou s'être soudain aperçus que « mon profil n'était pas adapté au marché américain », et… Enfin, vous comprenez. En clair, ça signifie : « Allez vous faire voir. »

J'aurais tellement voulu dire tout ça à Luke ! Me délester sur lui de mon chagrin et qu'il me serre dans ses bras, très fort et sans ressentiment. Qu'il me dise que c'était eux qui y perdaient, et pas moi – ce que m'auraient dit mes parents, ou Suze. Au lieu de quoi, il n'a fait que noircir le tableau et l'image que j'ai de moi-même. Mais, après tout, il a eu raison. J'ai tout gâché. Les chances qui s'offraient à moi, n'importe qui aurait tué père et mère pour les avoir, et je les ai bousillées.

Michael hoche la tête d'un air grave.

— Ce sont des choses qui arrivent. J'ai bien peur que ces abrutis ne soient que des moutons. Quand l'un d'entre eux prend peur, la panique gagne tout le troupeau.

— Je suis responsable de cette déroute, dis-je enfin, la gorge nouée. J'allais décrocher ce boulot incroyable, et Luke était sur le point de réussir. Tout s'annonçait parfait. Et j'ai tout fichu en l'air. Tout est ma faute.

À ma grande honte, des torrents de larmes jaillissent de mes yeux. Impossible de les contenir. Puis je laisse échapper un gros sanglot. C'est terriblement gênant.

Je chuchote :

— Excusez-moi. Je suis une catastrophe ambulante.

J'enfouis mon visage dans mes mains en espérant que Michael Ellis aura le tact de s'éclipser et de me laisser seule. Mais je sens une main se poser sur la mienne et un mouchoir glisser entre mes doigts. Avec reconnaissance, je passe sur mon visage le coton frais puis relève la tête et hoquette :

— Merci. Désolée.

— Ce n'est rien, répond-il calmement. Je serais dans le même état à votre place.

— Oui, bien sûr.

— Vous devriez me voir quand je perds un contrat. Je pleure toutes les larmes de mon corps. Ma secrétaire doit courir acheter des kleenex toutes les demi-heures. (Il dit ça d'un ton tellement pince-sans-rire que je ne peux retenir un faible sourire.) Allez, buvez votre cognac et éclaircissons certains points. Avez-vous autorisé le *Daily World* à prendre des photos de vous au téléobjectif ?

— Non.

— Les avez-vous contactés pour leur proposer l'exclusivité d'un reportage sur vos habitudes et leur avez-vous suggéré un choix de titres accrocheurs ?

— Non, dis-je, sans pouvoir retenir un rire.

Michael me jette un regard perplexe.

— Tout cela serait donc votre faute parce que…

— J'ai été naïve. J'aurais dû imaginer… J'aurais dû… le voir venir. J'ai été idiote.

— Vous n'avez pas eu de chance, résume-t-il en haussant les épaules. Vous avez peut-être été un peu légère, mais vous ne pouvez prendre toute la responsabilité sur vos épaules.

Une mélodie électronique monte de sa poche.

— Excusez-moi, dit-il en attrapant son portable et en se détournant.

Il parle avec animation, tandis que je tripote un sous-verre en papier. J'ai envie de lui poser une question mais ne suis pas certaine de vouloir entendre la réponse.

— Excusez-moi, répète-t-il en rangeant le téléphone. Vous vous sentez mieux ? ajoute-t-il en regardant le sous-verre déchiqueté.

Je prends une profonde inspiration.

— Michael ? Est-ce ma faute si l'affaire est tombée à

l'eau ? Je veux dire, l'article du *Daily World* y est-il pour quelque chose ?

Il me lance un regard aiguisé.

— Nous avons décidé d'être francs, n'est-ce pas ?

J'acquiesce la gorge nouée d'appréhension.

— Oui.

— Eh bien, pour être honnête, je dois dire que ça n'a pas aidé. Il y a eu plusieurs remarques là-dessus, ce matin. Quelques blagues qui se voulaient drôles. Et j'ajouterai à la décharge de Luke qu'il a très bien réagi.

Je le regarde fixement. Je me sens glacée.

— Luke ne m'en a pas parlé.

Michael hausse les épaules.

— Ça ne m'étonne pas qu'il n'ait pas eu envie de vous rapporter ces commentaires.

— Donc, c'est bien ma faute.

— Hum, hum..., fait Michael en secouant la tête. Je n'ai pas dit ça. (Il se carre dans son fauteuil.) Becky, si ce projet était si béton que ça, il aurait survécu à un peu de mauvaise publicité. À mon avis, JD Slade utilise votre petit... souci comme excuse. Il y a une autre raison, plus importante, qu'ils ne nous ont pas dévoilée.

— Laquelle ?

— Je l'ignore. La rumeur selon laquelle la Bank of London va nous lâcher ? Un différend en matière d'éthique professionnelle ? Le fait est que nos investisseurs potentiels ont bien l'air de nous avoir retiré leur confiance.

Je le fixe, me souvenant des paroles de Luke.

— Est-ce que les gens croient que Luke n'est plus capable de diriger une entreprise ?

— Luke est très doué, avance prudemment Michael, mais il a été dépassé par les événements, en arrivant ici. Le problème, c'est son acharnement. Je le lui ai dit ce matin. Il doit établir des priorités. Il y a objectivement un problème avec la Bank of London. Il devrait leur parler. Les rassurer. Franchement, s'il perd ce budget, il est mal. (Il se penche vers moi.) Si vous voulez mon avis, il devrait sauter dans un avion pour Londres cet après-midi même.

— Et que compte-t-il faire ?

— Il prend des rendez-vous avec toutes les banques d'investissement de la ville, dit-il en secouant la tête. On dirait que ce garçon a une idée fixe : réussir en Amérique.

— Je crois qu'il a quelque chose à prouver à sa mère, dis-je dans un murmure.

— Alors, Becky, s'enquiert Michael avec un regard plein de bonté, quels sont vos projets ? Essayer de décrocher quelques rendez-vous ?

— Non, pour être franche, c'est sans espoir.

— Restez-vous ici avec Luke ?

Je revois le visage glacial et sens un couteau s'enfoncer dans ma poitrine.

— Je ne crois pas qu'il y ait beaucoup plus d'espoir de ce côté-là. (J'avale une longue gorgée de cognac.) Vous savez quoi ? Je pense que je vais rentrer chez moi.

14

Je descends du taxi, traîne ma valise sur le trottoir et contemple misérablement la grisaille du ciel anglais, incapable de croire que c'est terminé pour de bon.

Jusqu'à la toute dernière minute, j'ai eu l'espoir secret, l'espoir fou, que quelqu'un change d'avis et me propose finalement un boulot. Ou que Luke me supplie de rester. À chaque sonnerie du téléphone, mon estomac se tordait, tant j'espérais qu'un miracle se produirait. Mais il n'y a rien eu. Évidemment.

Quand j'ai dit au revoir à Luke, j'ai eu l'impression de jouer un rôle. Je voulais me jeter dans ses bras, en larmes, le gifler – que sais-je encore ? Mais j'en étais incapable. Je devais conserver un minimum de dignité. J'ai donc réagi avec le sang-froid d'une femme d'affaires : j'ai appelé la compagnie d'aviation, bouclé mes bagages et commandé un taxi. Ne pouvant me résoudre à embrasser Luke sur la bouche en partant, je lui ai planté un baiser sec sur chaque joue et j'ai tourné les talons avant que l'un ou l'autre ait le temps d'ajouter quoi que ce soit.

Et maintenant, douze heures plus tard, je me sens complètement épuisée. Je n'ai pas fermé l'œil de tout le vol, rongée par le chagrin et la déception. Quelques jours auparavant, je faisais ce trajet en sens inverse, convaincue qu'une vie nouvelle et merveilleuse m'attendait en Amérique, et me voilà de retour, ayant laissé pas mal de plumes dans ce voyage. Mais pas seulement. En plus, tout le monde, absolument tout le monde, est au courant de mes histoires. À l'aéroport, deux filles qui m'avaient manifestement reconnue n'ont pas arrêté de chuchoter et de ricaner pendant que j'attendais ma valise.

Oh, je sais que j'aurais fait pareil à leur place. Mais sur le moment, je me suis sentie tellement humiliée que j'ai failli fondre en larmes.

Je remorque mon bagage dans l'escalier et, arrivée dans l'appartement, reste un bon moment immobile à contempler les manteaux, les vieilles lettres et les clés dans le bol. La même vieille entrée. La même vieille vie. Retour à la case départ. Quand je croise mon reflet hagard dans le miroir, je détourne précipitamment les yeux.

— Suze ? Coucou ! Je suis de retour.

Pas de réponse. Quelques secondes plus tard, Suze émerge de sa chambre en peignoir.

— Bex ! Je ne t'attendais pas si tôt ! Ça va ?

Elle s'approche et, tout en ramenant les pans de son peignoir devant elle, scrute mon visage d'un air inquiet.

— Oh, Bex ! fait-elle en se mordant la lèvre. Je ne sais pas quoi dire.

— C'est bon, je t'assure.

— Bex…

— Non, vraiment. (Je détourne les yeux avant que son expression si visiblement inquiète ne me fasse pleurer, et fouillant dans mon sac :) Tiens, je t'ai rapporté la crème Clinique que tu voulais, et celle-là est pour ta mère. (Je lui tends les flacons avant de me remettre à farfouiller.) J'ai encore autre chose pour toi quelque part…

— Bex, laisse. Viens t'asseoir. (Elle serre les flacons de

crème contre elle en m'étudiant d'un air hésitant.) Tu veux boire quelque chose ?

— Non ! (Ce cri me fait sourire.) C'est bon, Suze. J'ai décidé qu'il valait mieux aller de l'avant et tirer un trait sur ce qui s'est passé. En fait… je préférerais que nous n'en parlions plus.

— Tu crois ? Bon… d'accord. Si c'est ce que tu veux.

Je confirme, après avoir inspiré profondément :

— Oui, c'est ce que je veux. Vraiment. Et toi, comment vas-tu ?

— Bien, fait-elle avec un regard anxieux. Bex, tu es vraiment pâle. Tu as mangé ?

— Oui. Le plateau de l'avion.

J'ôte mon manteau et le suspends, les mains tremblantes.

— Tu… As-tu fait bon voyage ?

— Formidable ! dis-je avec un enjouement forcé. Ils nous ont passé le dernier film de Billy Crystal.

— Non ! s'exclame-t-elle en me gratifiant d'un regard incertain, comme si elle avait affaire à une malade mentale qu'elle devait ménager. Et… c'était bien ? J'adore Billy Crystal.

— Oui. Ça m'a beaucoup plu. (Je déglutis douloureusement.) Jusqu'à ce que mes écouteurs tombent en panne, au milieu du film.

— Oh, non !

— Pile au moment crucial. Tous les autres passagers riaient comme des baleines et moi je n'entendais rien. (Ma voix commence à vaciller dangereusement). Alors, je… j'ai demandé à l'hôtesse si elle pouvait m'en donner une nouvelle paire. Mais elle n'a pas compris ce que je voulais, et elle est devenue désagréable parce qu'elle essayait de servir les boissons… Et comme je n'ai pas voulu l'importuner une nouvelle fois… Du coup, je ne sais pas vraiment comment ça se termine. Mais c'est quand même bien... (Un brusque sanglot me secoue.) Je pourrai toujours louer la cassette... pour...

— Bex ! s'écrie Suze, consternée, le visage défait, en lâchant les flacons Clinique. Bex, viens par là.

Elle me prend dans ses bras et j'enfouis ma tête dans son épaule.

— C'est affreux. (Je sanglote.) Tellement humiliant. Luke était dans une rage noire... Et ils ont annulé mon bout d'essai... Comme si j'avais la peste. Je me suis fait jeter de partout. Terminé, New York.

Je relève la tête et m'essuie les yeux. Suze a le visage empourpré et les traits tendus.

— Bex, je me sens tellement mal !

— Toi ? Mais pourquoi ?

— Tout est ma faute. Je me suis conduite comme une conne. J'ai laissé entrer cette fille du journal, et elle a dû en profiter pour fouiller pendant que je préparais le café. Qu'est-ce qui m'a pris de lui offrir du café ? Tout ça est ma faute. Je suis idiote.

— Ne dis pas de bêtises !

— Tu crois que tu pourras me pardonner un jour ?

— Te pardonner un jour ? Suze... ! Mais c'est moi qui devrais te demander pardon. Tu as essayé de me surveiller. Tu as tenté de me mettre en garde. Mais je n'ai même pas pris la peine de te rappeler... Je me suis comportée comme une imbécile écervelée...

— Mais non !

— Oh que si ! (Je proteste, le corps secoué d'un gros sanglot.) Je ne sais pas ce qui m'a pris quand j'étais là-bas. Je suis devenue folle. Toutes ces boutiques, tous ces rendez-vous... Ces perspectives de devenir une star célèbre, de gagner de l'argent à la pelle... J'ai disjoncté. Et puis, tout a basculé.

— Oh, Bex ! s'écrie Suze, au bord des larmes elle aussi. Je me sens tellement mal !

— Mais tu n'y es pour rien, dis-je en attrapant un mouchoir en papier pour me moucher. Ce n'est la faute de personne, sinon du *Daily World*.

— Je les déteste ! déclare Suze dans un élan de haine. On devrait les fouetter et les pendre, comme a dit Tarkie.

— Ah, fais-je après avoir enregistré l'information. Il... il est au courant, lui aussi ?

— Tu sais, Bex... Je pense que la plupart des gens le sont, dit Suze à contrecœur.

J'ai un haut-le-corps douloureux en songeant que ce doit être aussi le cas de Janice et Martin. Et de Tom et Lucie. Et de tous mes anciens camarades de classe et anciens professeurs. Tous les gens que j'ai connus ont appris mes secrets les plus humiliants.

— Écoute Bex, laisse tes affaires comme ça, on va se faire une tasse de thé.

— Oui, c'est une bonne idée.

Je la suis dans la cuisine et m'assieds près de la chaleur apaisante du radiateur.

— Ça va comment avec Luke ? demande-t-elle prudemment en posant la bouilloire sur le feu.

— Pas très bien. Pas bien du tout, même.

— Ah bon ? fait-elle avec un regard attristé. Mais que s'est-il passé ?

— Eh bien, nous avons eu une grosse dispute...

— À cause de l'article ?

— Oui, plus ou moins, dis-je en me mouchant. Il m'a reproché d'avoir fait capoter son plan et d'être obsédée par le shopping. Je lui ai rétorqué que lui était obsédé par le travail, et que sa mère était... une garce finie.

— Tu as traité sa mère de garce ?

Suze est interdite. Je laisse échapper un ricanement nerveux.

— Mais c'en est une ! Elle est atroce. Et elle n'aime pas son fils. Mais il ne le voit pas... Tout ce qu'il veut, c'est conclure la plus grosse affaire du siècle pour lui en mettre plein la vue. Il est infichu de penser à autre chose.

— Que s'est-il passé après ? s'enquiert Suze en me tendant une tasse.

Je me mords la lèvre au souvenir de notre ultime et douloureuse conversation, tandis que j'attendais le taxi qui allait m'emmener à l'aéroport. Nos voix guindées et polies ; nos regards qui évitaient de se croiser.

— Avant de partir, je lui ai expliqué que selon moi il n'avait pas de temps à consacrer à une vraie relation pour le moment.

— Non ? s'exclame Suze en ouvrant de grands yeux. Et tu n'as pas dit ensuite que tu ne le pensais pas ?

— Ce n'était pas mon intention. Je voulais que *lui* me dise qu'il avait le temps. Mais il n'a rien répondu. C'était… atroce.

— Ma pauvre Bex…

— Enfin, ce n'est pas grave, dis-je en feignant de paraître requinquée. C'est sans doute mieux ainsi. (Je bois une gorgée de thé et ferme les yeux.) Bon sang, que c'est bon !

Je ne dis plus rien, le visage baigné de vapeur tiède. Ma tension se relâche. Après deux ou trois gorgées, je rouvre les yeux.

— Ils ne savent pas faire le thé en Amérique. Une fois, ils m'ont apporté une tasse transparente remplie d'eau bouillante, avec un sachet à côté. Une tasse transparente !

— Non ! s'indigne Suze avec une grimace avant de sortir quelques biscuits. Qui a besoin de l'Amérique, de toute façon ? enchaîne-t-elle avec autorité. Tout le monde sait que la télé américaine est nulle. Tu es bien mieux ici.

— Oui, peut-être. (Je fixe ma tasse un instant puis inspire un grand coup et relève la tête.) Tu sais, j'ai beaucoup réfléchi dans l'avion et j'ai décidé que j'allais prendre un vrai virage. Je vais me concentrer sur ma carrière, finir mon livre et ne pas perdre ce but de vue… Et je vais…

— … leur montrer, achève Suze à ma place.

— Exactement. Je vais leur montrer.

C'est étonnant ce qu'un peu de confort domestique peut vous remonter le moral. Une demi-heure et trois tasses de thé plus tard, je me sens un million de fois mieux. J'ai même pris plaisir à raconter mon séjour à Suze. Quand je lui ai dit que j'étais allée dans cet institut de beauté et expliqué où la fille voulait me faire son tatouage, elle a failli s'étrangler de rire.

Soudain, j'ai une fulgurance.

— Hé, tu as fini les KitKat ?

— Non, répond-elle en s'essuyant les yeux. On dirait que le stock descend moins vite quand tu n'es pas là. Et alors, qu'a dit la mère de Luke ? Elle a voulu voir le résultat ?

Elle se remet à rire comme une folle.

— Je vais en chercher quelques-uns dans la chambre, dis-je en me levant.

— Attends ! s'écrie Suze, dont le rire a cessé d'un seul coup. N'entre pas.

— Pourquoi ? Qu'est-ce qu'il y a dans… (Ma voix s'éteint en voyant les joues de Suze virer au pourpre. En reculant, je m'exclame :) Non ! Il y a quelqu'un dans ta chambre ?

Elle resserre les pans de son peignoir, sur la défensive, et ne répond rien.

— Je ne le crois pas ! Je pars cinq minutes et tu en profites pour avoir une aventure torride !

Voilà qui me remonte le moral bien mieux que n'importe quoi. Rien de tel que d'écouter quelques ragots croustillants pour mettre du baume à l'âme.

— Ce n'est pas une aventure torride, se défend-elle. Ni même une aventure du tout.

— Alors c'est qui ? Je le connais ?

Suze me regarde avec une mine de martyr.

— OK, laisse-moi t'expliquer. Avant que… que tu ne sautes à de mauvaises conclusions ou que… Ce n'est pas facile, ajoute-t-elle en fermant les yeux.

— Suze ?

On entend du remue-ménage dans la chambre et nous échangeons un regard.

— Bon, écoute, c'était juste comme ça, lâche-t-elle avec empressement. Un coup de tête stupide, je veux dire…

— Hé, Suze ? Où est le problème ? (Je grimace.) Ce n'est pas Nick, tout de même ?

Nick est son dernier petit ami en date – celui qui était toujours déprimé, qui se soûlait et l'en rendait responsable. Un vrai cauchemar, ce garçon, si vous voulez mon avis. Mais bon, c'était fini depuis des mois.

— Non, ce n'est pas Nick… Oh, bon sang !

— Suze…

— D'accord ! Mais tu dois me promettre…

— Quoi ?

— De ne pas… le prendre mal.

— Pourquoi je le prendrais mal ? Enfin quoi, je ne suis pas prude ! On ne parle que…

Ma voix s'éteint pendant que la porte de sa chambre s'ouvre… sur Tarquin. Il a plutôt fière allure, en pantalon de toile et avec le pull que je lui ai donné.

— Oh ? Je croyais que j'allais voir le nouveau…

Je m'interromps et souris à Suze.

Qui ne me sourit pas en retour. Elle se ronge les ongles en évitant mon regard. Ses joues sont de plus en plus rouges.

Je jette un coup d'œil sur Tarquin, qui lui aussi regarde ailleurs.

Non. Non !

Elle ne veut pas dire...

Non.

Mais...

Non.

Mon cerveau n'arrive plus à traiter les informations. Il a comme un court-circuit.

— Euh... Tarquin ? fait Suze d'une voix haut perchée. Tu ne voudrais pas aller nous chercher des croissants ?

Il acquiesce, un peu désarçonné.

— Bonjour, Becky.

— Bonjour. Ravie de te voir. Joli... Joli pull.

Tandis que Tarquin s'en va, un silence glacial s'abat sur la cuisine et s'éternise jusqu'à ce qu'on entende la porte d'entrée claquer. Alors, lentement, je me tourne vers Suze.

— Suze...

Je ne sais même pas par où commencer.

— Suze... C'était Tarquin.

— Oui, je sais, dit-elle en étudiant minutieusement le comptoir de la cuisine.

— Et toi et Tarquin...

— Non ! se récrie-t-elle comme si on l'avait ébouillantée. Bien sûr que non ! C'est juste... juste que...

Je répète pour l'encourager, en voyant qu'elle cale.

— Juste que ?...

— Une ou deux fois...

Il y a une longue pause.

Je précise, histoire d'être sûre.

— Avec Tarquin ?

— Oui.

— Bon...

Je hoche la tête comme s'il s'agissait là du plus banal des scénarios. Mais ma bouche est crispée et je sens une drôle de pression monter en moi, entre l'état de choc et le rire hystérique. Tarquin, ça alors. Tarquin !

C'est le deuxième qui l'emporte. Vite, je me colle la main sur la bouche.

— Ne rigole pas ! se lamente Suze. Je savais que tu allais rigoler.

— Mais je ne ris pas ! Au contraire, c'est super. (Un autre rire étranglé fuse, que je déguise aussitôt en toux.) Excuse-moi. Excuse-moi. Et… comment c'est arrivé ?

— Quand on est allés à cette fête en Écosse ! pleurniche-t-elle, il n'y avait là qu'une tripotée de vieilles tantes. Tarquin était le seul homme de moins de quatre-vingt-dix ans. Et puis aussi… il avait l'air différent. Il avait mis ce joli pull Paul Smith et il était bien coiffé… C'était un peu comme si je le découvrais. Bon, j'avais aussi pas mal bu, et tu sais dans quel état ça me met… Et il était là… (Elle secoue la tête.) Je ne sais pas. Il avait l'air transformé. Je ne sais pas comment c'est arrivé !

Elle se tait et c'est à mon tour de sentir mes joues s'empourprer. Je suis dans mes petits souliers.

— Tu sais, Suze, je pense que, d'une certaine façon, c'est un peu… ma faute.

— Comment ça ? demande-t-elle en relevant la tête et en me dévisageant.

— C'est moi qui lui ai donné le pull. Et moi aussi qui l'ai coiffé. (En voyant la tête qu'elle fait, je sens ma voix flancher.) Mais je n'imaginais pas que ça aboutirait à… ça. Tout ce que je voulais, c'était le relooker !

— Eh bien, tu as réponse à tout ! s'écrie Suze. J'ai tellement stressé. Je n'ai pas arrêté de me dire que je devais être une perverse finie.

— Pourquoi donc ? (Une lueur d'intérêt dans le regard, je demande :) Qu'est-ce qu'il t'a fait ?

— Rien de spécial, mais nous sommes cousins, quand même !

— Ha ! (Je grimace, avant de m'apercevoir combien ce réflexe est malvenu.) Ce n'est quand même pas hors la loi, non ?

— Merci, Bex ! Tu as vraiment l'art de me remonter le moral !

Elle ramasse nos tasses pour les laver.

— Je n'arrive pas à croire que tu sors avec Tarquin.

— Je ne sors pas avec lui, se lamente Suze. C'est ça le problème. Cette nuit était la dernière. Nous sommes entièrement d'accord là-dessus. Jamais plus nous ne recommencerons. Jamais. Et tu ne dois en parler à personne.

— Tu as ma parole.

— Je suis sérieuse, Bex. À personne. Personne.

— C'est promis ! En fait, dis-je, sous le coup d'une inspiration subite, j'ai encore quelque chose pour toi.

Je file dans l'entrée, ouvre une des valises et cherche le sac Kate's Paperie. Je choisis une carte dans la pile, griffonne dedans : « Pour Suze, avec tendresse, Bex » et repars à la cuisine en collant l'enveloppe.

— C'est pour moi ? s'étonne Suze. C'est quoi ?

— Ouvre !

Elle déchire l'enveloppe, contemple les lèvres brillantes fermées par un zip et lit le message imprimé :

Chère coloc, ton secret est en sécurité avec moi.

— Waouh ! s'exclame-t-elle, les yeux écarquillés. C'est génial ! Tu l'as achetée spécialement pour moi ? Mais... (Elle plisse le front.) Comment savais-tu ?

— Euh... comme ça. Un sixième sens.

— Au fait, ça me fait penser, reprend-elle en tournant et retournant l'enveloppe entre ses doigts, tu as reçu pas mal de courrier.

— Ah, bon.

Je suis tellement abasourdie par cette histoire entre Suze et Tarquin que j'en ai presque oublié le reste. À présent, l'hystérie qui m'avait remonté le moral commence à se dissiper. Et quand Suze m'apporte une pile d'enveloppes qui n'ont, à première vue, rien d'amical, mon estomac se noue cruellement et je regrette d'être rentrée. Au moins, tant que j'étais loin, je n'avais pas à me soucier de ça.

J'essaie de jouer à la fille nonchalante qui sait rester au-dessus des contingences matérielles, et je passe les lettres en revue sans vraiment les regarder.

— Je verrai ça plus tard. Quand je pourrai me concentrer.

— Bex, objecte Suze avec une grimace. Je crois que tu devrais au moins ouvrir celle-là tout de suite.

Et elle extrait de la pile une enveloppe marron barrée de la mention INJONCTION.

Je n'arrive pas à en détacher les yeux, à la fois glacée et brûlante. Une injonction. C'était donc vrai. Quelqu'un a engagé des poursuites. Je prends l'enveloppe, incapable de regarder Suze en face, et l'ouvre d'une main tremblante. J'en parcours le contenu sans rien dire. Le froid gagne tout mon dos. On va vraiment me poursuivre en justice ? Comme les criminels, les dealers, les meurtriers ? Moi, je n'ai pas payé des factures, c'est tout.

Je remets la lettre dans son enveloppe et la pose sur le comptoir. J'ai du mal à respirer.

— Bex ! Que fais-tu ? demande Suze en se mordillant la lèvre. Tu ne peux pas l'ignorer, celle-là.

— Bien sûr. Je vais les payer.

— Tu as l'argent ?

— Je le trouverai.

Le silence est ponctué par le goutte à goutte du robinet de l'évier. Je lève les yeux et vois le visage de Suze, crispé d'angoisse.

— Laisse-moi te prêter de l'argent. Ou alors Tarkie. Il peut facilement se le permettre.

— Non ! (Je proteste, avec plus de véhémence que je

n'en avais l'intention.) Non, pas d'aide. Je vais… Je vais aller voir le type de la banque, dis-je en me frottant le visage. Aujourd'hui. Tout de suite, même.

Dans un élan de détermination, je ramasse le tas de courrier et file dans ma chambre. Je ne me laisserai pas détruire par tout ça. Je vais me rafraîchir le visage, me maquiller et mettre de l'ordre dans ma vie.

— Que lui diras-tu ? demande Suze en me suivant dans le couloir.

— Je lui expliquerai la situation, sans mentir, et je lui demanderai d'augmenter ma limite de découvert… Ce sera un début. Je vais leur montrer que je suis forte et indépendante ; je ne me laisserai pas abattre.

— Parfait ! C'est une décision formidable. Indépendante et forte. C'est vraiment bien.

Elle me regarde ouvrir ma valise de mes mains tremblantes. Et, tandis que j'échoue à manœuvrer le système pour la troisième fois, sa main vient se poser sur mon bras.

— Bex ? Tu veux que je t'accompagne ?

— Oui, si tu veux, dis-je, dans un filet de voix.

Mais avant de m'accompagner où que ce soit, Suze m'oblige à m'asseoir et à avaler quelques remontants pour la route. Puis elle me raconte qu'elle a lu dans un article, l'autre jour, que l'apparence était la botte secrète de toute négociation. Pour aller voir John Gavin, je dois réfléchir très soigneusement à ma tenue. Nous choisissons donc dans ma garde-robe une jupe noire toute simple et un cardigan gris qui, je dois l'admettre, semble clamer : « Cette fille est économe et sûre d'elle. » Ensuite, Suze se concocte la tenue de l'amie fidèle et compatissante – un pantalon de marin et une chemise blanche. Nous sommes quasiment prêtes, quand elle décide que si rien de tout ça ne marche, nous devrons flirter avec John Gavin et que, par conséquent, il faut prévoir des sous-vêtements sexy. Au moment de partir, je me regarde dans la glace et me trouve subitement l'air terne. Du coup, je troque mon cardigan gris contre un autre, rose pâle – je dois donc aussi changer de rouge à lèvres.

Nous partons enfin et arrivons à la banque au moment où Erica Parnell, l'ancienne assistante de Derek Smeath, raccompagne un couple d'un certain âge. Soit dit entre nous, nous n'avons jamais sympathisé, elle et moi. À mon avis, elle n'est pas tout à fait humaine – chaque fois que je la vois, elle porte les mêmes chaussures bleu marine.

— Oh, bonjour, fait-elle en me gratifiant d'un regard peu amène. Que voulez-vous ?

— Voir John Gavin, s'il vous plaît, dis-je, essayant de paraître décontractée. C'est possible ?

— Sans rendez-vous, ça m'étonnerait, répond-elle froidement.

— Si vous pouviez tout de même vous en assurer.

Elle roule des yeux.

— Attendez ici, ordonne-t-elle avant de disparaître derrière une porte marquée PRIVÉ.

— Mais c'est affreux, ici ! s'exclame Suze en s'adossant à une cloison vitrée. Quand je vais voir mon banquier, il m'offre un verre de sherry et il me demande des nouvelles de toute ma famille. Tu sais, Bex, tu devrais transférer ton compte à ma banque.

— Oui, peut-être.

Je feuillette des brochures d'assurance, un peu tendue. Je me souviens de ce que m'a dit Derek Smeath à propos de son successeur : un homme rigoureux et inflexible. Bon sang, ce bon vieux Smeathie me manque.

Luke me manque.

Ce sentiment me tombe dessus avec la violence d'un coup de marteau. Depuis que je suis rentrée, j'ai essayé de l'exclure totalement de mes pensées. Mais, tandis que je poireaute, je n'ai qu'une envie : lui parler. J'aimerais qu'il soit là à me regarder comme il le faisait avant que tout se mette à dérailler. Avec ce petit sourire ironique, blottie au creux de ses bras.

Je me demande ce qu'il fait en ce moment, comment se passent ses réunions.

— Par ici, annonce Erica Parnell dans un aboiement qui me fait sursauter.

Le cœur au bord des lèvres, je lui emboîte le pas le long d'un couloir moquetté de bleu jusqu'à une petite pièce glaciale meublée d'une table et de chaises en plastique. Quand la porte se referme derrière elle, Suze et moi nous nous dévisageons.

— Et si on prenait la poudre d'escampette ? dis-je, en ne plaisantant qu'à moitié.

— Tout se passera bien. Il va sans doute se révéler charmant. Tu sais, une fois, mes parents avaient un jardinier vraiment revêche, et un jour on a appris qu'il avait un lapin domestique. Et, en fait, il était complètement différent de...

Elle s'interrompt en entendant la porte s'ouvrir. Entre un type d'une trentaine d'années, aux cheveux bruns clairsemés, vêtu d'un costume de mauvaise coupe, un gobelet de café à la main.

Rien en lui ne suggère la moindre cordialité. Brusquement, je regrette d'être venue.

— Bon, attaque-t-il avec un froncement de sourcils, je n'ai pas que ça à faire. Laquelle de vous est Rebecca Bloomwood ?

Du ton sur lequel il pose la question, on pourrait croire qu'il demande laquelle de nous deux est la meurtrière.

— Euh... c'est moi, dis-je, hésitante.

— Et elle, c'est qui ?

— Suze est ma...

— … cousine, achève l'intéressée avec autorité. Je suis de sa famille. Vous n'avez pas de sherry ? demande-t-elle en promenant un regard alentour.

— Non, répond John Gavin en lui décochant le genre de regard réservé d'habitude aux malades mentaux. Je n'ai pas de sherry. Bon, c'est à quel sujet ?

— Eh bien, avant tout, dis-je, nerveuse, je vous ai apporté quelque chose, et je sors de mon sac une autre carte de chez Kate's Paperie.

C'est mon idée de lui apporter un petit cadeau pour rompre la glace. Après tout, ça se fait. Et au Japon, toutes les affaires se concluent ainsi.

— Un chèque ? s'informe John Gavin.

— Euh… Pas exactement, dis-je en prenant quelques couleurs. C'est… une œuvre artisanale.

John Gavin me considère puis déchire l'enveloppe d'où il extrait une carte avec des inscriptions argentées et des plumes roses collées à chaque angle.

Maintenant que je la vois entre ses mains, je me dis que j'aurais dû en choisir une moins… féminine.

Ou même carrément m'abstenir de lui en offrir une. Pourtant, celle-ci collait tellement bien aux circonstances.

— « Mon ami, je sais que j'ai fait des erreurs, mais pouvons-nous recommencer à zéro ? » lit John Gavin, l'air incrédule.

Il tourne et retourne la carte entre ses mains, comme s'il craignait que ce ne soit une plaisanterie.

— Vous avez acheté *ça* ?

— Elle est jolie, n'est-ce pas ? intervient Suze. Elle vient de New York.

— Je vois, fait-il en la posant sur la table, où nous la regardons tous les trois. Alors dites-moi, mademoiselle Bloomwood, quel est au juste le but de votre visite ?

— Eh bien, comme le dit cette carte, je suis consciente que j'ai… (Je déglutis.) Que je n'ai pas toujours été une cliente… parfaite, idéale. Cependant, je ne perds pas l'espoir que notre tandem se reforme et que nous puissions travailler ensemble dans les meilleures conditions.

Jusque-là, tout roule. J'ai appris cette tirade par cœur.

— Ce qui signifie ? s'enquiert John Gavin.

Je m'éclaircis la voix.

— Euh… En raison de circonstances dont le contrôle m'a échappé, je me suis retrouvée dans une situation financière un peu… délicate. Donc, je me demandais si vous pourriez temporairement…

— … dans un geste magnanime, complète Suze.

— Dans un geste magnanime, augmenter un peu la limite de mon découvert, sur un court terme…

— C'est un appel à votre bonne volonté, intervient Suze.

— Oui, votre bonne volonté… Temporairement… Et sur un court terme. Bien entendu, je vous rembourserai aussitôt que ce sera humainement possible.

Je me tais pour reprendre mon souffle.

— Vous avez terminé ? demande John Gavin en croisant les bras.

— Euh… oui. (Je regarde Suze pour en avoir confirmation.) Oui, nous avons terminé.

Le silence s'installe. John Gavin martèle la table de son stylo bille. Puis relève la tête et dit :

— Non.

Je tombe des nues.

— Non ?… Non tout court ?

— Non tout court. (Il repousse sa chaise.) Maintenant, si vous voulez bien m'excuser.

— Que voulez-vous dire par « non » ? intervient Suze. Vous ne pouvez pas vous contenter de dire non. Vous devez peser le pour et le contre.

— C'est tout pesé. Il n'y a aucun pour.

— Mais Becky est l'une de vos plus importantes clientes ! s'écrie Suze, que le désarroi fait grimper dans les aigus. C'est Becky Bloomwood, la célèbre présentatrice de la télé, et elle a une immense et brillante carrière devant elle.

— Becky Bloomwood dont on a augmenté la limite de découvert six fois au cours de l'année écoulée, souligne John Gavin d'un ton acerbe. Et qui n'a jamais été capable de s'y tenir. Becky Bloomwood qui nous a abreuvés de mensonges, qui n'a eu de cesse de se défiler lors des rendez-vous, qui n'a montré aucun respect vis-à-vis du personnel de la banque, et qui semble penser que nous ne sommes là que pour satisfaire son appétit de chaussures. J'ai étudié votre dossier, mademoiselle Bloomwood. Je connais la situation.

Il y a un petit passage à vide silencieux. Les joues me brûlent, je suis à deux doigts d'éclater en sanglots.

— Votre méchanceté est assez malvenue, explose Suze. Becky vient de traverser un moment terrible. Vous aimeriez voir votre nom étalé dans la presse à scandale, vous ? Vous aimeriez vous sentir traqué ?

— Oh, je vois, reprend John Gavin d'une voix suintante de sarcasme, vous cherchez à m'apitoyer.

— Oui ! Enfin, non, ce n'est pas ce que je voulais dire. Mais je trouve que vous devriez me laisser une chance.

— Vraiment ? Et qu'avez-vous fait pour la mériter, cette chance ?

Il secoue la tête, avant un nouveau silence.

— Je pensais juste que… si je vous expliquais tout…

Ma voix faiblit et je lance un regard désemparé à Suze pour lui signifier : On laisse tomber.

— Hé, souffle-t-elle alors d'une voix rauque. Il ne fait pas un peu chaud, ici ? (Elle enlève sa veste, rejette ses cheveux en arrière et se caresse la joue.) J'ai vraiment chaud… Vous n'avez pas chaud, John ?

Elle ne récolte qu'un regard excédé.

— Que voulez-vous m'expliquer, exactement, mademoiselle Bloomwood ?

— Je suis décidée à mettre de l'ordre dans mes affaires, dis-je d'une voix mal assurée. Vous voyez, tout remettre en place. Rester debout sur mes deux jambes et…

— Rester debout sur vos deux jambes ? m'interrompt-il avec mépris. En soutirant des subsides à la banque ? Si vous teniez vraiment sur vos deux jambes, vous n'auriez pas de découvert. Plutôt de quoi assurer vos arrières. Vous êtes la dernière à qui on devrait dire ça.

— Je sais… (Ma voix n'est plus qu'un murmure.) Mais le fait est que je suis à découvert et je pensais…

— Que pensiez-vous ? Que vous êtes quelqu'un à part ? Que vous bénéficieriez de mesures exceptionnelles parce que vous passez à la télévision ? Que les règles ordinaires ne s'appliquent pas à vous ? Que c'est la banque qui vous doit de l'argent ?

Sa voix entre dans ma tête comme une vrille, et brusquement je ne peux plus me contrôler et me mets à crier.

— Non ! Je ne pense rien de tout ça. Je sais que j'ai été idiote et que j'ai mal agi. Mais cela peut arriver à tout le monde une fois dans la vie. (Je prends une profonde inspiration.) Si vous regardez dans vos dossiers, vous verrez que j'ai comblé une fois mon découvert. Que j'ai payé mes factures de cartes de crédit. OK, je suis de nouveau dans le rouge. Mais j'essaie d'y remédier, et tout ce dont vous êtes capable, c'est de… m'accabler de sarcasmes. Parfait. Je me débrouillerai sans votre aide. Viens, Suze.

En tremblant légèrement, je me lève. Les yeux me brûlent de plus en plus, mais pas question de pleurer devant lui. Ma détermination ne fait que croître quand je le dévisage.

— « Endwich – parce que nous prenons soin de vous », dis-je.

Suit un long silence tendu. Puis, sans rien ajouter, j'ouvre la porte et je sors.

Tandis que nous regagnons la maison, je me sens dopée. Je vais lui montrer, moi, à ce John Gavin. Et à tous les autres. Au monde entier.

Je rembourserai mes dettes. Je ne sais pas comment, mais j'y arriverai. Peut-être en prenant un job de serveuse en plus. Ou alors en m'attelant pour de bon à mon livre. Je gagnerai le plus d'argent possible et le plus vite possible, puis j'irai à la banque avec un énorme chèque, je l'abattrai devant lui et, d'une voix digne mais incisive, je lui dirai…

— Bex ?

Suze m'agrippe le bras : j'allais dépasser notre immeuble.

— Ça va ? demande-t-elle pendant que nous entrons. Franchement, ce type est un salaud.

— Ça va, dis-je en relevant le menton. Je vais lui montrer. Je vais combler mon découvert. Attends un peu. Ils vont voir, tous autant qu'ils sont !

— Parfait, approuve-t-elle en se baissant pour ramasser une lettre sur le paillasson. Tiens, c'est pour toi. C'est de *Morning Coffee*.

— Ah, super.

J'ouvre l'enveloppe, je sens un sursaut d'espoir m'envahir. Peut-être me proposent-ils un nouveau boulot. Avec un salaire astronomique qui me permettrait de régler mes dettes d'un coup, d'un seul. Peut-être ont-ils viré Emma et me proposent-ils la place d'animatrice principale ? Ou encore…

Mon Dieu mon Dieu mon Dieu.

Non !

MORNING COFFEE
East-West Television
Corner House
London NW8 4DW

Mademoiselle Rebecca Bloomwood
Apt 2
4 Burney Road
Londres SW6 8FD

Londres, le 2 octobre 2001

Chère Becky,

Avant tout, laissez-moi vous dire combien je suis désolée pour cette mauvaise publicité qu'on vous a faite ces derniers temps. Je puis vous assurer que Rory, Emma et toute l'équipe en sont tout aussi navrés.

Comme vous le savez, Morning Coffee est une grande famille qui se montre d'une loyauté à toute épreuve à l'égard des siens. Notre politique consiste à ne pas laisser la calomnie barrer le chemin au talent. Cependant, par le plus grand des hasards, il se trouve que nous avons récemment réétudié les dossiers de tous nos collaborateurs réguliers. Après concertation, nous avons décidé de vous retirer de l'antenne pendant quelque temps.
Je me dois d'insister sur le fait qu'il ne s'agit là que d'une mesure temporaire. Toutefois, je vous serais reconnaissante de nous retourner le badge East-West TV dans cette enveloppe, ainsi que les documents joints dûment signés.

Ayant apprécié à sa juste valeur le travail exceptionnel que vous avez fourni pour notre chaîne, nous savons que vos talents trouveront sans peine où s'épanouir ailleurs. Nous sommes persuadés, connaissant votre dynamisme, que notre décision ne constituera pas un coup d'arrêt à votre carrière.

Bien cordialement,

Zelda Washington
Assistante de production

PARADIGM BOOKS LTD
695 Soho Square
London W1 5AS

Mademoiselle Rebecca Bloomwood
Apt 2
4 Burney Road
Londres SW6 8FD

Le 4 octobre 2001

Chère Becky,

Merci beaucoup pour le premier jet de La méthode Bloomwood pour prendre soin de son argent. Nous apprécions le soin que vous avez apporté à votre travail. Votre style est rythmé et dynamique, et les points que vous abordez sont à l'évidence intéressants.

Malheureusement, cinq cents mots – si bons soient-ils – ne suffisent pas pour un ouvrage de ce type. Et votre suggestion de « faire du remplissage avec des photos » n'est malheureusement pas envisageable.

Nous sommes donc au regret de vous annoncer que ce projet ne nous semble pas réalisable et vous demandons en conséquence de nous rembourser votre avance.

Très cordialement,

Pippa Brady
Éditeur

PARADIGM BOOKS : NOUS VOUS AIDONS À TIRER LE MEILLEUR DE VOUS-MÊME

VIENT DE PARAÎTRE : Survivre dans la jungle, par feu le brigadier Roger Flintwood.

15

Les jours suivants, je ne mets pas le nez dehors. Je ne réponds pas au téléphone et je ne parle à personne. Je me sens à vif, comme si le regard des gens ou leurs questions, ou même l'éclat du soleil pouvaient me blesser. J'ai besoin d'obscurité et de solitude. Suze est partie à Milton Keynes pour des soldes exceptionnels et une conférence sur le marketing avec Hadleys, je suis donc seule dans l'appartement. Je commande de la nourriture par téléphone, descends deux bouteilles de vin blanc et je ne quitte pas mon pyjama.

Quand Suze revient, elle me trouve assise par terre à l'endroit où elle m'a laissée en partant, regardant la télé d'un air absent en engouffrant des KitKat.

— Bex ! Ça va ? s'inquiète-t-elle en laissant tomber son sac. Je n'aurais jamais dû te laisser seule.

— Ça va ! (Je me force à relever la tête et à faire sourire mon visage tendu.) Comment cela s'est-il passé ?

— C'était bien, vraiment, répond Suze, l'air gêné. Les gens n'ont pas arrêté de me féliciter sur le succès de mes cadres. Ils avaient tous entendu parler de moi. On a présenté mes nouveaux modèles ; tout le monde a adoré...

— C'est vraiment formidable, Suze. (Je lui presse la main.) Tu le mérites.

— Oh, ce n'est rien, tu sais...

Elle se mord la lèvre, traverse le salon, ramasse par terre une bouteille vide et la pose sur la table.

— Alors... Est-ce que Luke a appelé ?

Un long moment se passe.

— Non, dis-je. Non, il n'a pas appelé.

Je fixe Suze, qui détourne les yeux.

— Que regardais-tu ? demande-t-elle au moment où une pub pour du Coca light apparaît à l'écran.

— *Morning Coffee.* C'est l'heure de la séquence financière.

— Quoi ? s'écrie Suze. Bex, éteignons ça, ajoute-t-elle en voulant attraper la télécommande.

Mais je suis plus leste qu'elle.

Je proteste, les yeux rivés sur l'écran.

— Non ! Je veux le voir.

Le générique familier de *Morning Coffee* – musique sur une image fixe de tasse de café – s'efface bientôt pour laisser place à une vue du studio.

— Rebonjour à tous ! lance à la caméra une Emma enjouée. Le temps est venu de vous présenter notre nouvel expert financier, Clare Edwards !

— C'est qui, cette fille ? s'enquiert Suze en fixant l'écran d'un air dégoûté.

— On travaillait ensemble à *Réussir votre épargne*, dis-je sans bouger la tête.

La caméra pivote et Clare apparaît, assise sur le canapé en face d'Emma, fixant la caméra avec détermination.

— Elle n'a pas l'air marrante, remarque Suze.

— Elle ne l'est pas.

— Alors, Clare, continue Emma avec bonne humeur.

Dites-nous un peu quelles sont les bases de votre philosophie financière ?

— Avez-vous une formule magique ? ajoute Rory.

— Je ne crois pas aux formules magiques, répond Clare en lui décochant un regard désapprobateur. La finance privée n'est pas un sujet léger.

— Non… Bien sûr que non. Alors, euh… auriez-vous quelques petits secrets pour les épargnants, Clare ?

— Je ne crois pas aux généralisations futiles qui induisent en erreur. Chaque épargnant doit choisir un portefeuille d'investissements adaptés à ses besoins personnels et à sa situation fiscale.

— Absolument, renchérit Emma après une pause. Bon, allons voir ce qui se passe du côté de nos téléspectateurs. Nous avons en ligne Mandy, de Norwich.

Et, tandis que la première téléspectatrice passe en ligne, le téléphone posé sur notre canapé se met à sonner.

— Allô ? dit Suze en décrochant et en coupant le son de la télé. Oh ! Bonjour, madame Bloomwood. Vous voulez parler à Becky ?

Elle hausse les sourcils et je me sens frémir. Je n'ai eu que de brèves conversations avec mes parents depuis mon retour. Ils savent que New York n'est plus à l'ordre du jour mais je ne leur ai pas donné de détails. Je n'arrive pas à me résoudre à leur avouer à quel point tout a mal tourné.

— Ma chérie, j'étais en train de regarder *Morning Coffee* ! Que fait cette fille, à donner des conseils financiers ?

— C'est… Ça va, maman. Ne t'inquiète pas. (Je sens mes ongles s'enfoncer dans mes paumes.) Ils ont juste… pris une remplaçante en mon absence.

— Eh bien, ils auraient pu mieux choisir ! Elle a vraiment une sale tête. (Sa voix s'assourdit.) Que dis-tu, Graham ? Papa dit qu'au moins ça fait ressortir à quel point tu es bonne. Mais maintenant que tu es rentrée, ils vont sans doute la remercier, non ?

— Ce n'est pas aussi simple, dis-je après une hésitation. Des histoires de contrat... et d'autres choses.

— Oui, mais quand recommences-tu ? Parce que, tu comprends, Janice va me poser la question.

— Je ne sais pas, maman, dis-je en désespoir de cause. Écoute, il faut que je te laisse. On sonne à la porte. Mais je te rappelle bientôt, OK ?

Sitôt que j'ai raccroché, j'enfouis ma tête dans mes mains.

— Qu'est-ce que je vais devenir ? Qu'est-ce que je vais faire, Suze ? Je ne peux pas lui dire que j'ai été virée. C'est impossible. (À ma grande contrariété, je sens des larmes couler le long de mes joues.) Ils étaient tellement fiers de moi. Et je n'ai rien trouvé de mieux à faire que de les décevoir.

— Mais tu ne les as pas déçus ! se récrie Suze avec chaleur. Ce n'est pas ta faute si ces débiles de *Morning Coffee* ont eu une réaction aussi disproportionnée. Je parie qu'ils le regrettent déjà. Enfin, regarde-la !

Elle remet le son et la voix morne de Clare emplit la pièce.

— Les gens qui ne sont pas capables de financer leur retraite sont de véritables sangsues pour la société.

— Si je puis me permettre, intervient Rory. N'est-ce pas là un jugement quelque peu expéditif ?

— Non, mais écoute-la ! s'écrie Suze. Elle est atroce !

— Peut-être... Mais même s'ils se débarrassent d'elle, ils ne me demanderont pas de revenir. Ce serait reconnaître qu'ils ont fait une erreur.

— Mais c'est le cas !

Le téléphone se remet à sonner et Suze me regarde.

— Tu es là ?

— Non. Et tu ne sais pas quand je serai de retour.

— OK… Allô ? Non, désolée, Becky est sortie.

— Mandy, vous avez accumulé les erreurs, est en train de déclarer Clare à l'écran. N'avez-vous jamais entendu parler des comptes de dépôt ? Et pour ce qui est de réhypothéquer votre maison pour acheter un bateau…

— Non, je ne sais pas à quelle heure elle sera de retour, fait Suze. Voulez-vous lui laisser un message ? (Elle prend un stylo et commence à noter.) OK… Très bien… Oui. Oui, je lui transmettrai. Merci.

— Alors ? C'était qui ?

D'accord, c'est idiot, mais je ne peux contenir une bouffée brûlante d'espoir. C'était peut-être le producteur d'une autre émission… Ou quelqu'un qui souhaitait me proposer une chronique dans un journal… Ou John Gavin qui voulait s'excuser et m'offrir des facilités de découvert illimitées et sans frais… Peut-être que tout va rentrer dans l'ordre.

— C'était Mel, l'assistante de Luke.

— Oh, dis-je en regardant Suze, pleine d'appréhension. Que voulait-elle ?

— Un colis est arrivé pour toi à l'agence. Des États-Unis. De chez Barnes & Noble.

Je la regarde, interloquée, puis brusquement, dans un flash, je me souviens de cette visite chez Barnes & Noble avec Luke. J'avais acheté une grosse pile de beaux livres et Luke m'avait suggéré de les expédier aux frais de l'agence plutôt que les trimballer dans mes malles. Ça semble à des années-lumière, à présent.

— Ah oui, je sais de quoi il s'agit. (J'hésite, puis poursuis :) Elle a dit quelque chose à propos de Luke ?

— Non, fait Suze avec un air d'excuse. Juste que tu peux passer les chercher quand tu veux. Et qu'elle était désolée de ce qui s'est passé… Et que si tu avais envie de bavarder, que tu n'hésites pas à l'appeler.

— Bien.

J'arrondis le dos, enlace mes genoux et remets le son de la télévision.

Les jours suivants, je me dis que je ne vais pas me donner la peine d'y aller. Je n'ai plus envie de ces livres. Et l'idée de remettre les pieds à l'agence est au-dessus de mes forces – devoir affronter tous ces regards curieux, tenir la tête haute et faire semblant que tout va bien…

Mais, au bout d'un moment, je commence à me dire que ça me ferait plaisir de voir Mel. Elle est la seule qui connaisse vraiment Luke, et ce serait bien de discuter en toute franchise avec elle. En plus, elle peut avoir eu vent de ce qui se passe aux États-Unis. Je sais qu'entre Luke et moi c'est fini pour de bon, et que je n'ai plus rien à voir dans tout ça, mais je ne peux m'empêcher de m'inquiéter pour l'issue de son affaire.

Aussi, quatre jours plus tard, vers dix-huit heures, je me dirige lentement vers l'immeuble de Brandon Communication, le cœur battant. Par chance, c'est le portier sympa qui est de service. Il m'a vue assez souvent pour me faire entrer sans autre formalité, m'évitant le calvaire d'une arrivée avec tambours et trompettes.

Quand je sors de l'ascenseur, au sixième, je suis surprise de ne trouver personne à l'accueil. C'est bizarre. Je patiente quelques minutes, avant de contourner le comptoir et de m'engager le long du couloir principal. Je progresse de plus en plus lentement, les sourcils froncés d'étonnement. Quelque chose ne va pas. Ce n'est pas comme d'habitude.

Il règne un calme inquiétant. On dirait que toute l'agence est morte. Quand je regarde dans le bureau paysager, je constate que la plupart des chaises sont vides. Pas de sonneries de téléphone, pas de va-et-vient, pas de brainstorming en cours.

Que se passe-t-il ? Qu'est devenue l'atmosphère survoltée de l'agence ? Qu'est-il arrivé à la société de Luke ?

Près de la machine à café, deux types que je reconnais plus ou moins sont en train de discuter. L'un des deux profère son mécontentement et l'autre acquiesce – mais je n'arrive pas à entendre de quoi ils parlent. Quand j'approche, ils s'interrompent net, me lancent des regards curieux, se consultent silencieusement puis s'éloignent, avant de se remettre à parler, à voix basse.

J'ai un mal fou à reconnaître l'agence. L'atmosphère n'y est plus la même. On se croirait dans une boîte sur le déclin où plus personne n'en a rien à fiche de rien. Je vais au bureau de Mel, mais, comme tous les autres, elle est déjà partie. Mel qui d'habitude reste au moins jusqu'à sept heures puis boit un verre de vin et se change dans les toilettes en prévision de Dieu sait quelle soirée géniale.

Je farfouille derrière sa chaise jusqu'à ce que j'aie trouvé mon colis et lui laisse un message sur un Post-it. Puis je me relève, serrant contre moi l'énorme paquet et me dis que j'ai eu ce que j'étais venue chercher. Il faut que j'y aille. Rien ne me retient ici.

Mais au lieu de partir, je demeure là, immobile. À fixer la porte close du bureau de Luke.

Son bureau. Il doit y avoir des fax de lui là-dedans. Des messages indiquant la tournure que prennent les événements à New York. Peut-être même des messages me concernant. À regarder le panneau de bois poli, le désir me tenaille d'entrer et de voir ce que je pourrai bien y trouver.

Mais bon, comment procéderai-je ? Je fouillerai dans ses dossiers ? J'écouterai sa messagerie vocale ? Et si quelqu'un me prend sur le fait ?

Je reste là, partagée, peu désireuse de passer à l'acte, mais en même temps incapable de partir quand, brusquement, je me raidis. La poignée de la porte tourne !

Oh, merde. Merde ! Il y a quelqu'un là-dedans. Et ce quelqu'un va sortir.

Mue par un élan de panique pure, je plonge à terre, hors de vue, derrière la chaise de Mel. Je m'enroule sur moi-même, en proie aux mêmes frissons de peur qu'un enfant qui joue à cache-cache. J'entends des murmures, puis la porte s'ouvre d'un coup et quelqu'un sort du bureau. De ma cachette, je vois seulement qu'il s'agit d'une femme et qu'elle porte ces nouvelles chaussures Chanel qui coûtent la peau des fesses. Deux paires de jambes masculines la suivent, et tous trois s'engagent dans le couloir. Je ne peux résister à l'envie de risquer un regard par-dessus la chaise et, je vous le donne en mille, c'est Alicia, la Garce-aux-longues-jambes, accompagnée de Ben Bridges et d'un homme qui m'est familier mais que je n'arrive pas à remettre.

Bon, ce doit être dans l'ordre des choses qu'elle dirige l'agence pendant l'absence de Luke. Mais doit-elle absolument annexer aussi son bureau ? Elle pourrait utiliser la salle de réunion, non ? Puis je l'entends dire :

— Désolée de vous avoir fixé rendez-vous ici. Évidemment, la prochaine fois, ce sera au 17, King Street.

Ils continuent à bavarder jusqu'aux ascenseurs, et je prie intérieurement pour qu'ils le prennent tous et disparaissent. Mais quand les portes s'ouvrent, le seul qui entre est le type dont la tête me dit quelque chose. Alicia et Ben rebroussent chemin.

— Je prends juste ces dossiers, dit Alicia en rentrant dans le bureau de Luke, sans refermer la porte derrière elle.

Pendant ce temps, Ben fait les cent pas devant la fontaine à eau, tout en appuyant sur les boutons de sa montre et en la scrutant avec une extrême attention.

Mais, c'est épouvantable ! Je suis coincée là jusqu'à ce qu'ils partent. Mes genoux commencent à me faire mal et un affreux pressentiment m'envahit : si je bouge d'un millimètre, mes articulations vont craquer. Et si Alicia et Ben comptaient passer la nuit ici ? Et s'ils approchaient du bureau de Mel ? S'ils décidaient de faire l'amour sur le bureau de Mel ?

— OK, annonce Alicia depuis le seuil du bureau. Je crois que c'est bon. Réunion fructueuse, non ?

— Je crois que oui, répond Ben en levant enfin les yeux de sa montre. Tu penses que Frank dit vrai ? Tu crois qu'il pourrait engager des poursuites ?

Frank ! Mais bien sûr ! Ce type avec eux, c'était Frank Harper, le directeur de la communication de la Bank of London. Je le voyais aux conférences de presse.

— Il n'engagera aucune poursuite, lui rétorque posément Alicia. Ça risquerait de lui faire perdre la face.

— Il l'a déjà pas mal perdue, remarque Ben avec un haussement de sourcils. D'ici peu, il va devoir jouer à l'homme invisible.

— Tu as raison, approuve Alicia avec un rictus. (Elle regarde la pile de dossiers dans ses bras.) Bon, j'ai tout ? Oui, je pense. J'y vais, Ed doit m'attendre. À demain.

Ils s'éloignent dans le couloir, et cette fois, Dieu soit loué, ils montent tous les deux dans l'ascenseur. Quand j'ai la quasi-certitude qu'ils sont partis, je m'accroupis sur mes talons avec une grimace de perplexité. Que se passe-t-il ? Pourquoi parlaient-ils de poursuites ? Envers qui ? Et que faisait ici le type de la Bank of London ?

La Bank of London va engager des poursuites contre Luke ?

Je reste assise sans bouger, essayant d'y voir clair. Mais ça ne mène pas bien loin – et, brusquement, je me rends compte que je ferais bien de partir tant que la voie est libre. Je me lève avec une grimace de douleur en sentant la crampe qui me raidit le pied, secoue les jambes pour réactiver ma circulation puis ramasse mon colis et, avec le plus de nonchalance dont je suis capable, me dirige à mon tour vers les ascenseurs. Au moment où j'appuie sur le bouton d'appel, mon portable sonne dans mon sac. Je sursaute. Merde, mon téléphone ! Heureusement qu'il n'a pas sonné pendant que j'étais planquée sous le bureau de Mel !

— Allô ? dis-je en montant dans la cabine.

— Bex !

C'est Suze.

— Suze ! Tu n'as pas idée de la catastrophe que tu as failli provoquer. Si tu avais appelé ne serait-ce qu'il y a cinq minutes, ç'aurait été...

— Bex, écoute, glapit Suze, tout excitée. Tu viens d'avoir un coup de fil.

— Ah oui ? De qui ?

— De Zelda, de *Morning Coffee*. Elle a demandé si tu pouvais te libérer pour déjeuner avec elle demain.

À peine si je dors soixante minutes cette nuit-là. Suze et moi restons debout jusqu'à pas d'heure, à décider de ce que je porterai demain, et une fois au lit je reste éveillée à regarder le plafond, l'esprit alerte. Vont-ils finalement me proposer de réintégrer mon ancien job ? Peut-être qu'ils m'accorderont une promotion ! Ou que j'aurai ma propre émission !

Mais, aux petites heures du matin, tous mes rêves de grandeur se sont évanouis, laissant place à la vérité dans sa nudité la plus totale. Tout ce que je veux, c'est retrouver mon job, pouvoir dire à maman de regarder à nouveau *Morning Coffee* et commencer à rembourser mon découvert... Et aussi recommencer ma vie à zéro. Prendre un nouveau départ. Rien d'autre.

— Tu vois ? me dit Suze pendant que je me prépare. Je le savais qu'ils voudraient que tu reviennes. Cette Clare Edwards est nulle. Totalement et irrémédiablement...

— Suze ? Je suis comment ?

— Très bien, juge-t-elle en me détaillant de la tête aux pieds d'un regard approbateur.

J'ai mis mon pantalon Banana Republic avec une veste pastel cintrée sur une chemise blanche, et j'ai noué un foulard vert foncé autour de mon cou.

J'aurais bien mis mon écharpe Denny and George – en fait, je l'ai prise sur la coiffeuse, mais je l'ai reposée presque aussitôt. Sans savoir vraiment pourquoi.

— Très « C'est moi qui commande », ajoute Suze. Où allez-vous déjeuner ?

— Chez Lorenzo.

— Au San Lorenzo ? fait-elle en ouvrant de grands yeux, impressionnée.

— Non, je ne crois pas. Juste un Lorenzo quelconque. Je n'y suis jamais allée.

— Débrouille-toi pour commander du champagne. Et dis-leur que tu as des propositions à ne plus savoir qu'en faire, alors, s'ils veulent que tu reviennes, il va falloir qu'ils allongent de gros billets. À prendre ou à laisser.

— Compris, fais-je en dévissant mon mascara.

— Et si leurs marges en souffrent, eh bien, elles en souffriront. Pour un produit de qualité, il faut toujours payer le prix. Tu dois conclure l'affaire selon tes conditions.

— Suze… (Je la coupe, la brosse du mascara encore sur mes cils.) D'où sors-tu tout ça ?

— Tout ça quoi ?

— Eh bien, les marges et tous ces trucs…

— Oh, ça ! De la conférence de Hadleys. Nous avons suivi un séminaire avec les meilleurs commerciaux des États-Unis. C'était super ! Tu vois, un produit ne vaut que par la façon dont on le vend.

— Si tu le dis. (Je prends mon sac et vérifie que j'ai bien tout, puis je la regarde et ajoute d'un ton décidé :) Bon, j'y vais !

— Bonne chance. Sauf que tu sais, en affaires, ce n'est pas la chance qui compte. C'est la force de ta détermination et rien d'autre.

— OK, dis-je, dubitative. Je vais essayer de m'en souvenir.

L'adresse qu'on m'a indiquée pour Lorenzo est à Soho, mais, quand j'arrive dans la rue en question, je ne vois rien qui ressemble de près ou de loin à un restaurant. Il n'y a pratiquement que des bureaux dans cette portion de rue, avec quelques rares commerces, du type marchands de journaux, et un coffee-shop et…

Hé ! une seconde. Je m'arrête et lis l'enseigne au-dessus de la vitrine du coffee-shop. CHEZ LORENZO, SANDWICH-BAR.

Mais… Ce n'est tout de même pas là que nous devons nous retrouver ?

— Becky !

Je sursaute et tourne la tête, pour voir arriver Zelda, en jean et doudoune.

— Vous avez trouvé ?

— Oui. (J'essaie de masquer ma déconfiture.) Oui, j'ai trouvé.

— Vous ne voyez pas d'inconvénient à ce qu'on mange un sandwich vite fait, n'est-ce pas ? demande-t-elle en me poussant vers l'intérieur. C'est juste que cet endroit est pratique pour moi.

— Non, non, un sandwich, c'est parfait…

— Très bien. Je vous recommande l'italien, au poulet. (Elle me toise de haut en bas.) Vous êtes très élégante, dites-moi. Vous allez dans un endroit chic, après ?

Je la dévisage, totalement mortifiée. Impossible de reconnaître que j'ai fait des efforts vestimentaires spécialement pour elle.

— Euh… oui. (Je m'éclaircis la voix.) Oui, j'ai… un rendez-vous après.

— Ah, bien. Je ne vais pas vous retarder. Nous voulions juste vous faire une petite proposition, annonce-t-elle avec un sourire fugace. Nous pensions que ce serait plus sympathique d'en parler de vive voix.

Ce n'est pas exactement ainsi que j'imaginais notre déjeuner-bras de fer. Mais, à regarder le préposé à la préparation des sandwiches répartir du poulet sur le pain, ajouter de la salade et découper chaque sandwich en quatre, je commence à me sentir plus positive. OK, ce n'est peut-être pas un grand restaurant, avec nappe et champagne ; on n'est pas parties pour faire la fête, mais ç'a l'air bon. Ça prouve qu'ils me considèrent encore comme faisant partie de l'équipe, non ? Quelqu'un avec qui on grignote un sandwich en toute simplicité en échangeant des idées pour la saison à venir.

Ils veulent sans doute me réintégrer à un poste de consultante. Ou me former à la production.

— Nous sommes tous terriblement désolés de ce qui vous arrive, dit Zelda tandis que nous nous frayons un passage vers une minuscule table en bois, nos plateaux en équilibre dans les mains. Comment les choses se présentent-elles ? Vous avez un job en vue à New York ?

— Euh… rien de précis, dis-je, avant de boire une gorgée d'eau minérale. Tout est plus ou moins… en suspens. (Zelda me gratifie d'un regard appréciateur et je m'empresse d'ajouter :) Mais j'étudie pas mal d'offres. Vous savez, divers projets… des idées en maturation…

— Parfait ! J'en suis ravie pour vous. Nous avons tous été très affectés par votre départ. Et je veux que vous sachiez que la décision ne vient pas de moi. (Elle pose sa main sur la mienne, puis la retire aussitôt pour mordre dans son sandwich.) Bon, venons-en aux affaires qui nous concernent. (Là, mon estomac tressaille de nervosité.) Vous vous souvenez de notre producteur, Barry ?

— Évidemment ! dis-je, un peu étonnée.

Ils croient donc que j'ai déjà oublié le nom du producteur ?

— Voilà, il a eu une idée assez intéressante. (Zelda me fait un grand sourire, et je souris à mon tour.) Il pense que les téléspectateurs de *Morning Coffee* seraient très intéressés de vous entendre parler de votre… petit problème.

Je sens mon sourire se figer.

— Eh bien, c'est… ce n'est pas vraiment…

— Il pense que ce serait bien que vous preniez part à une discussion téléphonique sur ce sujet. (Elle boit une gorgée d'eau.) Qu'en pensez-vous ?

Je la regarde, abasourdie.

— Vous me proposez de reprendre mon job ?

— Oh non ! Vous comprenez, nous ne pouvons pas vraiment vous confier à nouveau les conseils financiers. (Elle lâche un petit rire.) Non, ce serait plutôt une intervention parallèle, thématique. « Comment le shopping a démoli ma vie. » Quelque chose dans le genre. (Elle mord dans son sandwich.) Et dans l'idéal, ce serait… comment dire ? Un moment d'émotion. Vous pourriez y dévoiler un peu de votre moi profond. Parler de vos parents, dire comment cette histoire a détruit leur vie à eux aussi… Évoquer les problèmes de votre enfance… Vos problèmes sentimentaux… Bien entendu, ce ne sont que des propositions. (Elle regarde le plafond.) Et vous voyez, si vous pouviez aussi pleurer…

Je répète, incrédule :

— Pleu… pleurer ?

— Ce n'est en aucune façon une obligation, naturellement, reprend-elle en se penchant vers moi, l'air sérieux. Nous voulons que ce soit une expérience positive pour vous aussi, Becky. Nous voulons vous aider. Et donc, il y aurait là Clare Edwards, qui vous prodiguerait ses conseils…

— Clare Edwards ?

— Oui ! vous avez travaillé ensemble, n'est-ce pas ? C'est ce qui nous a donné l'idée de la contacter. Et vous savez, elle s'en tire plutôt bien. Du coup, on a décidé de la rebaptiser Clare la Terreur et de lui donner un fouet !

Zelda me fait un sourire jusqu'aux oreilles, mais je suis incapable de le lui rendre, cette fois. Le choc et l'humiliation me tétanisent. Jamais de toute ma vie je ne me suis sentie à ce point rabaissée.

— Alors ? Qu'en pensez-vous ? demande-t-elle en aspirant un peu de sa boisson.

Je pose mon sandwich, incapable d'avaler une bouchée de plus.

— Je crains que ma réponse ne soit non.

— Oh ! Mais vous serez rémunérée, évidemment. J'aurais dû le mentionner dès le début.

— Ce n'est pas le problème. Je ne suis pas intéressée.

— Ne me répondez pas tout de suite. Réfléchissez. (Elle me lance un sourire encourageant puis regarde rapidement sa montre.) Malheureusement, je dois filer. Mais c'était sympa de vous revoir, Becky. Et je suis tellement heureuse que les choses se passent bien pour vous.

Après son départ, je m'attarde encore un peu, à siroter mon eau minérale. Extérieurement, je conserve mon calme, mais en dedans je me consume de rage, je suis mortifiée. Ils veulent que j'aille pleurer sur leur plateau. Rien d'autre. Un article dans un torchon de tabloïd – et, du jour au lendemain, je ne suis plus Becky Bloomwood, l'experte financière, mais Becky Bloomwood la ratée et la barjo. Regardez un peu le tableau, et passez-lui les kleenex.

Eh bien, ils peuvent se les garder leurs mouchoirs à la con. Ils peuvent les prendre, leurs cons de… leurs putains de…

— Tout va bien ? s'enquiert un homme, à la table voisine.

Je me rends alors compte, à ma grande honte, que mes marmonnements étaient parfaitement audibles.

— Oui, très bien. Merci.

Je repose mon verre et quitte le restaurant, la tête haute.

Je descends la rue, puis bifurque à un croisement sans même prendre garde à la direction que je prends. Je ne connais pas le quartier et rien ne m'attend nulle part – je me contente donc de marcher, me laissant hypnotiser par le rythme de mes pas, en me disant que je finirai bien par tomber sur une station de métro.

Les yeux commencent à me brûler – le froid, sans doute. Ou le vent. J'enfonce les mains dans mes poches, lève le menton et accélère, m'efforçant de ne penser à rien. Mais à l'intérieur de moi est tapie une terreur sourde, comme la panique creuse son trou, qui s'élargit de minute en minute. Je n'ai pas retrouvé mon ancien travail, aucun boulot en vue. Qu'est-ce que je vais dire à Suze ? Et à maman ?

Qu'est-ce que je vais devenir ?

— Holà ! Attention ! crie quelqu'un derrière moi – et je m'aperçois avec horreur que je suis descendue du trottoir juste devant un cycliste.

— Excusez-moi, dis-je d'une voix rauque, tandis que le cycliste fait une embardée en levant dans ma direction deux doigts en signe de V.

Tout cela est vraiment ridicule. Je dois me ressaisir. Bon, où suis-je, pour commencer ? Je ralentis, lève la tête et regarde les numéros au-dessus des portes vitrées des bureaux, essayant de voir le nom de la rue. Je suis sur le point de m'adresser à un agent de la circulation quand j'avise une plaque. King Street.

Je reste là un moment à la fixer, l'esprit vide. Pourquoi ce nom de rue me dit-il quelque chose ? Brusquement, il me semble recevoir une décharge électrique. Mais oui ! 17, King Street. Alicia !

Le numéro gravé sur la porte la plus proche indique le 23. Je viens juste de dépasser le 17.

À présent, je me consume de curiosité. Que peut-il bien se tramer au 17 de cette rue ? Pourquoi Alicia parlait-elle d'un rendez-vous à cette adresse ? S'y tient-il des réunions secrètes, ou quelque chose dans ce goût-là ? Ça ne me surprendrait pas d'apprendre qu'à ses heures perdues Alicia est une sorcière.

La curiosité me démange, littéralement, pendant que je reviens sur mes pas. L'entrée du 17 est une double porte vitrée tout ce qu'il y a de plus modeste. De toute évidence un immeuble de bureaux qui abrite plusieurs sociétés, mais aucun des noms que je lis sur les plaques alignées en façade ne m'est familier.

— Bonjour ! lance un type en blouson de jean, qui tient une tasse de café. (Il approche de la porte et pianote sur le digicode avant d'ouvrir le battant.) Vous avez l'air perdue. Vous cherchez quelqu'un ?

— Eh bien… (J'ai une voix hésitante.) Je croyais que je connaissais quelqu'un qui travaille ici, mais je n'arrive pas à me souvenir du nom de la société.

— Quel est le nom de la personne ?

— Heu… Alicia, dis-je, et immédiatement je regrette de lui avoir répondu.

Et si jamais ce type la connaît ? Si elle est là-dedans et qu'il va la chercher ?

Mais il se contente de plisser le front.

— Je ne connais pas d'Alicia. Mais, vous savez, il y a pas mal de têtes nouvelles en ce moment… Dans quel type de boîte travaille-t-elle ?

— Les relations publiques, dis-je après réflexion.

— Relations publiques ? La plupart des boîtes ici font du graphisme, du design… (D'un coup, son visage s'éclaire.) Hé, peut-être travaille-t-elle dans cette société qui vient de s'installer. B&B ? BBB ? Un nom comme ça. Ils n'ont pas encore commencé à bosser, donc nous ne les avons pas rencontrés.

Je le regarde fixement boire une gorgée de son cappuccino, l'esprit en ébullition.

— Une nouvelle société de relations publiques ? Installée ici ?

— D'après ce que je sais, oui. Ils ont loué un grand local au deuxième.

Des pensées font la sarabande dans ma tête comme des feux d'artifice.

B&B. Bridges et Billington. Billington et Bridges.

— Est-ce que… (J'essaie de rester calme d'apparence.) Vous savez de quel secteur ils s'occupent, exactement ?

— Ah, ça, oui ! De finance. Apparemment, l'un de leurs plus gros clients est la Bank of London. Et si ce n'est pas encore fait, ça doit représenter un sacré pactole. Mais comme je le disais, on ne les a encore jamais rencontrés, alors… (Il me regarde et son expression change.) Hé ! Vous vous sentez bien ?

— Oui, oui. (J'ai du mal à articuler.) Euh… je… je dois passer un coup de fil.

Trois fois, je compose le numéro du Four Seasons – et chaque fois je raccroche, incapable de me résoudre à demander Luke. Je prends une grande inspiration, je recompose le numéro et demande Michael Ellis.

Quand on me passe sa chambre, j'annonce :

— Michael ? Ici, Becky Bloomwood.

— Becky ! (À sa voix on dirait qu'il est sincèrement content de m'entendre.) Comment allez-vous ?

Je ferme les yeux et m'efforce de rester calme. Le son de sa voix me ramène dans un flash au Four Seasons.

Dans le luxueux hall aux lumières tamisées. Dans le monde de rêve de New York.

— Je… (J'inspire profondément.) Je vais bien. C'est… vous savez, le retour au train-train. Je n'arrête pas !

Je ne vais pas lui avouer que j'ai perdu mon travail, pas question de me faire plaindre.

— Je partais justement au studio, dis-je en croisant les doigts. Mais j'avais quelque chose à vous dire. Je crois savoir sur quoi se fonde cette rumeur selon laquelle Luke est sur le point de perdre le budget de la Bank of London.

Je lui rapporte fidèlement la conversation que j'ai surprise à l'agence, lui raconte que je suis allée à King Street et ce que j'y ai découvert.

Michael ponctue mon récit de « Je vois, je vois » sévères.

— Vous savez qu'il existe une clause dans les contrats des salariés d'une société qui leur interdit d'agir ainsi ? S'ils lui fauchent un client, Luke peut les poursuivre en justice.

— Ils en ont parlé, justement. Ils semblent croire qu'il ne les poursuivra pas parce que ça lui ferait perdre la face.

Il y a un long silence. J'entends presque Michael réfléchir à l'autre bout de la ligne.

— Ils n'ont pas tort, dit-il enfin. Becky, il faut que je parle à Luke. Vous avez fait de l'excellent travail, vous savez.

— Ce n'est pas tout, Michael. Il faut aussi que quelqu'un dise à Luke ce qui se passe à l'agence. J'y suis allée l'autre jour, et c'est complètement mort. Personne ne fiche plus rien, tout le monde part très tôt… L'atmosphère a totalement changé. Ça n'augure rien de bon. (Je me mords la lèvre.) Il faut qu'il rentre.

— Pourquoi ne lui en parlez-vous pas vous-même ?

réplique gentiment Michael. Je suis certain que ça lui ferait plaisir de vous entendre.

Son attention semble tellement sincère que je sens brusquement le bout de mon nez me picoter.

— Je ne peux pas. Si je l'appelle, il va croire que… que j'essaie de prouver quelque chose, ou qu'il ne s'agit encore que de ragots ineptes… (Je m'interromps pour avaler ma salive.) Pour être franche, Michael, je préférerais que vous me laissiez en dehors de tout ça. Faites comme si c'était quelqu'un d'autre qui vous avait prévenu. Il faut juste qu'il soit mis au courant.

— Je le vois dans une demi-heure. Je lui en parlerai. Et… encore bravo, Becky.

16

Au bout d'une semaine, j'ai abandonné tout espoir d'avoir des nouvelles de Michael. Quoi qu'il ait pu dire à Luke, je n'en saurai jamais rien. J'ai l'impression que ce chapitre de ma vie est irrévocablement clos. Luke, l'Amérique, la télévision, tout. Il est temps de repartir de zéro.

J'essaie de rester positive, de me dire que de nombreuses portes me sont encore ouvertes. Mais quelle est la prochaine étape dans la carrière d'une ex-experte financière de la télé ? J'ai appelé un agent spécialisé dans les médias audiovisuels, et à ma grande consternation elle m'a accueillie exactement comme tous ces gens que j'ai vus en Amérique. Elle m'a dit qu'elle était absolument ravie de mon coup de fil, qu'elle n'aurait aucune peine à me trouver du travail – et même, pourquoi pas ? une émission à moi – et qu'elle me rappelait la semaine prochaine avec plein de propositions excitantes. Depuis, *no news*.

Donc, maintenant, j'en suis réduite à consulter les annonces classées du *Guardian*, en quête de jobs que j'ai à peine cinquante pour cent de chances d'obtenir. Jusqu'à présent, j'ai entouré une annonce pour un boulot de rédactrice dans l'équipe de *La Lettre de l'investisseur*, une autre pour un poste d'assistante de rédaction au *Journal des investissements du particulier*, et une autre encore pour un poste de rédactrice à *La Rente viagère aujourd'hui*. Je ne suis pas très calée sur la question, mais je peux toujours combler mon ignorance.

— Comment ça va ? demande Suze en arrivant dans ma chambre, un bol de corn flakes dans les mains.

— Ça va, dis-je en essayant de m'arracher un sourire.

Suze engouffre une cuillerée de corn flakes et me considère d'un air songeur.

— Quels sont tes projets pour aujourd'hui ?

Ma réponse est morose :

— Pas grand-chose. Simplement essayer de trouver un boulot, une issue, dans ce chaos qu'est devenue ma vie.

— Ah, bien, dit Suze, avec un sourire de sympathie. Tu as vu des propositions intéressantes ?

Je pointe une des annonces.

— Je pense que je vais postuler pour ce boulot de rédactrice à *La Rente viagère aujourd'hui*. Ils cherchent quelqu'un qui puisse aussi s'occuper du Supplément annuel spécial réductions d'impôts.

— Vraiment ? fait-elle en laissant échapper un sourire. (Puis elle se hâte d'ajouter :) Je veux dire, ça a l'air bien. Vraiment intéressant !

— Les réductions d'impôts ? Suze, s'il te plaît !

— Oui, enfin… Tout est relatif.

La tête posée sur les genoux, je contemple le tapis du salon. On a coupé le son de la télé, si bien qu'on entend Suze mastiquer ses céréales.

Je demande dans un souffle :

— Suze ? Que va-t-il se passer si je ne retrouve pas de travail ?

— Mais tu vas en trouver ! Ne sois pas idiote ! Tu es une star de la télé !

— J'*étais* une star de la télé. Avant de tout gâcher Avant que ma vie tombe en ruine.

Je ferme les yeux et me laisse glisser sur le tapis, jusqu'a ce que ma tête atteigne le bord du canapé. J'ai l'impression que je pourrais aussi bien rester là indéfiniment.

— Bex, tu m'inquiètes. Ça fait des jours et des jours que tu n'as pas mis le nez dehors pour te distraire. Que comptes-tu faire aujourd'hui ?

J'ouvre brièvement les yeux et la vois qui m'observe d'un air anxieux.

— Ch'ais pas. Regarder *Morning Coffee.*

— Pas question ! riposte-t-elle d'un ton ferme. Allez ! (Elle replie le *Guardian.*) J'ai une idée géniale.

— Laquelle ?

Je suis vaguement méfiante, tandis qu'elle m'entraîne vers ma chambre.

Elle ouvre la porte, me pousse à l'intérieur, et d'un grand mouvement de bras désigne le bazar qui y règne.

— Je pense que tu devrais consacrer la matinée à faire le vide.

Ma réponse est un cri horrifié :

— Quoi ? Mais je n'ai aucune envie de faire le vide.

— Mais tu en as besoin ! Franchement, après, tu te sentiras merveilleusement bien. Quand je l'ai fait, ç'a été génial.

— Oui, et tu n'avais plus rien à te mettre. Tu as dû m'emprunter des culottes pendant trois semaines.

— Bon, d'accord, concède-t-elle, j'y suis peut-être allée un peu fort. Mais ce qu'il faut voir, c'est que ça transforme complètement ta vie.

— C'est faux.

— Mais non. C'est du feng-shui. Tu dois laisser des choses sortir de ta vie pour pouvoir en accueillir de nouvelles.

— Mmmmm...

— Je t'assure ! Je n'ai pas eu sitôt fait le vide que j'ai eu cette proposition de Hadleys. Allez, Bex ! Rien qu'un peu de vide, tu verras le résultat.

Elle ouvre les portes de la penderie et commence à passer les vêtements en revue.

— Tiens, regarde ça, soupire-t-elle en tirant une jupe en daim bleu à franges. Quand l'as-tu mise pour la dernière fois ?

— Il n'y a pas si longtemps, dis-je en croisant les doigts derrière mon dos.

Cette jupe, je l'ai achetée sur Portobello Road sans même l'essayer, et en rentrant à la maison je me suis aperçue qu'elle était trop petite. Mais sait-on jamais, je peux perdre quelques kilos un de ces jours.

— Et ça… Et ça… (Elle fronce les sourcils d'incrédulité.) Nom d'un chien, Bex, mais combien as-tu de pantalons noirs ?

— Un seul ! Bon, deux, peut-être.

— Quatre… cinq… six…, compte-t-elle, prenant d'un air sévère les pantalons pliés sur les cintres.

— Celui-là, c'est juste pour les jours où je me sens grosse, dis-je, sur la défensive, quand je la vois tirer sur mon vieux Benetton droit si confortable. (Je proteste en la regardant s'en prendre aux piles du bas.) Et là, c'est des jeans ! Les jeans, ça ne compte pas comme des pantalons !

— Qui a dit ça ?

— Tout le monde ! C'est une évidence.

— Dix… onze…

— Ouais… Et cette paire, là, c'est pour skier ! Ça n'a rien à voir, Suze, c'est du sportswear.

Elle se retourne et me regarde.

— Bex, tu n'as jamais été au ski.

— Je sais, dis-je après un silence. Mais… au cas où… on m'inviterait. Et ils étaient en solde.

— Et ce truc, c'est quoi ? demande-t-elle en soulevant prudemment le masque d'escrime. Ça pourrait partir directement à la poubelle.

— Je vais commencer l'escrime ! Je compte devenir la doublure de Catherine Zeta Jones.

— Je ne comprends même pas comment tu arrives à caser autant de trucs là-dedans. (Elle prend une paire de chaussures décorées de coquillages.) Tu vois, celles-ci, par exemple. Tu crois que tu les remettras un jour ?

— Euh… non. Mais ce n'est pas le problème. Si je m'en débarrasse et que les coquillages reviennent à la mode la saison prochaine, il faudra que j'en rachète. Donc, c'est comme… une assurance.

— Les coquillages ne reviendront *jamais* à la mode.

— Et pourquoi pas ? C'est comme le temps. On ne peut pas savoir.

Suze secoue la tête, enjambe les monticules qui jonchent le sol pour se frayer un chemin jusqu'à la porte.

— Je te donne deux heures. Quand je reviens, je veux voir une chambre transformée. Chambre transformée, vie transformée. Allez, au boulot !

Et elle disparaît. Je m'assieds sur le lit et contemple d'un air inconsolable le panorama qu'offre ma chambre.

Bon, d'accord, Suze n'a sans doute pas totalement tort. Peut-être devrais-je ranger un peu. Mais par où commencer ? Si je commence à jeter des vêtements sous prétexte que je ne les mets jamais, où cela s'arrêtera-t-il ? Au final, il ne me restera plus rien.

Et c'est tellement dur. Ça demande un tel effort.

J'attrape un pull, le regarde quelques secondes puis le repose. La seule pensée de devoir trier ce que je garde ou non m'épuise.

— Comment ça marche ? demande Suze, derrière la porte.

— Bien ! Très très très bien même !

Allez, il faut passer à l'action. Bon, je pourrais commencer par m'attaquer à un coin précis de la pièce, et continuer petit à petit. Je me fraye un passage jusqu'à un des angles vers la coiffeuse, sur laquelle il y a ce tas. J'essaie d'en déterminer la nature. Je retrouve toutes ces fournitures de bureau que j'ai commandées sur Internet... Et cette coupe en bois que j'ai achetée il y a des lustres parce qu'elle était en photo dans *Elle Décoration* (en fait, après, j'ai vu exactement la même chez Woolworths)... et un kit de teinture... des sels de gommage pour le corps... Et ça, c'est quoi, cette boîte que je n'ai même pas ouverte ?

Je défais l'emballage et vois apparaître un rouleau de cinquante mètres de papier alu. Du papier alu ? Mais pourquoi aurais-je acheté du papier alu ? J'avais l'intention de cuisiner ? Déconcertée, je déplie la lettre glissée dans le colis et lis : « Bienvenue dans le monde de la tradition et du bien-vivre. Nous sommes heureux que notre fidèle cliente, Mme Jane Bloomwood, vous ait recommandé notre catalogue... »

Mais, bien sûr ! C'est ces machins que maman a commandés pour avoir ses cadeaux. Une cocotte, du papier alu... et quelques-uns de ces sacs en plastique dans lesquels elle emballait les coussins du patio... Il y a aussi un gadget bizarre pour mettre dans le...

Hé ! minute !

Attendez une minute. Je laisse tomber le gadget et reprends lentement un des sacs en plastique. Une bonne femme blonde, à la coupe douteuse, me fixe crânement par-dessus une couette ratatinée dans un sac. Une bulle s'échappe de sa bouche, dans laquelle je lis : « Maintenant que je l'ai réduite de 75 %, j'ai plein de place dans mon placard ! »

Avec prudence, je sors de ma chambre et file sur la pointe des pieds vers le placard à balais. En passant devant la porte du salon, je risque un œil et, à ma grande surprise, je vois Suze, installée sur le canapé, en grande discussion avec Tarquin.

— Tarquin ! (À mon cri, je les vois tous les deux sursauter, l'air coupable.) Je ne t'avais pas entendu arriver.

— Bonjour Becky, dit-il en évitant de croiser mon regard.

— Nous avions… un problème à régler, ajoute Suze en me regardant avec embarras. Tu as terminé ?

— Presque. Je me disais que ce serait une bonne idée de passer l'aspirateur. Pour peaufiner.

Je referme la porte de la chambre derrière moi et sors les sacs de leur emballage. Bon. Ça devrait être facile et impeccable. Il suffit de les remplir et de faire le vide. Dix pulls par sac, ils disent – mais personne ne va venir vérifier, hein ?

Je commence à remplir le premier sac avec le maximum de vêtements possible. Une fois qu'il est archiplein, je referme – non sans mal – la fermeture Éclair en plastique puis fixe l'embout de l'aspirateur sur l'ouverture prévue à cet effet. Alors ça, c'est incroyable ! Ça marche. Ça marche ! Devant mes yeux, mes vêtements se ratatinent de manière inimaginable.

Fantastique ! Ça va révolutionner ma vie ! Pourquoi diable faire le vide pour de bon, quand on peut simplement réduire l'encombrement ?

Au total, il y a huit sacs. Une fois qu'ils sont tous remplis, je les tasse dans mon placard et je rabats la porte. C'est un peu limite, là-dedans, et tandis que je force pour bien fermer la porte, j'entends une sorte de sifflement, mais bon, le principal, c'est qu'ils soient rentrés.

Et regardez un peu ma chambre maintenant ! N'est-ce pas incroyable ? Bon, d'accord, ce n'est pas absolument immaculé, mais c'est bien mieux qu'avant. Je m'empresse de planquer quelques articles esseulés sous ma couette, j'arrange un peu les coussins par-dessus et je me recule. En regardant autour de moi, je me sens vraiment fière. Jamais ma chambre n'a eu si belle allure. Et Suze avait raison, je me sens déjà un peu différente.

Finalement, vous savez, le feng-shui, ce n'est peut-être pas idiot. Peut-être que je viens de prendre un tournant. Qu'à partir de maintenant, ma vie va changer.

Après un dernier coup d'œil admiratif, j'ouvre la porte et crie :

— C'est fini !

Quand Suze arrive, je suis perchée avec suffisance sur le lit et savoure son air étonné, souriant jusqu'aux oreilles.

— Bex ! s'écrie-t-elle, totalement incrédule. Mais c'est fantastique ! Et tu as été tellement rapide ! Moi, il m'a fallu des heures et des heures pour tout trier.

— Oh, tu sais, dis-je avec un haussement d'épaules nonchalant, une fois que j'ai décidé quelque chose…

Elle avance dans la pièce et contemple ma coiffeuse avec étonnement.

— Ça alors ! Je n'avais jamais remarqué que cette coiffeuse avait un plateau en marbre.

— Oui, dis-je, fière comme Artaban. Elle est pas mal, non ?

— Mais où sont passés les trucs à jeter ? Où as-tu mis les sacs-poubelle ?

— Je… euh… je les ai descendus.

— Alors, tu en as jeté des tonnes ? s'enquiert-elle, le regard s'attardant sur le manteau de la cheminée, pratiquement vide.

— Eh bien oui, pas mal, dis-je, évasive. À la fin, j'étais assez déchaînée.

— Je suis vraiment impressionnée !

Elle s'arrête devant la penderie et je la fixe nerveusement tout en priant in petto :

N'ouvre pas ! N'ouvre *surtout pas* !

— Tu n'as rien gardé ? demande-t-elle avec un sourire avant d'ouvrir grande la porte.

Et là, nous nous mettons à hurler toutes les deux.

C'est comme l'explosion d'une bombe remplie de clous.

Sauf qu'à la place des clous ce sont des vêtements.

Je ne sais pas ce qui s'est passé. Je ne sais pas ce que j'ai pu faire de travers. Mais l'un des sacs tombe, explose, répandant des pulls partout et entraînant les autres sacs. Un autre éclate à son tour, et encore un autre. Une tornade de vêtements s'abat sur la chambre. Suze disparaît totalement sous les petits hauts. Une jupe à paillettes a échoué sur l'abat-jour. Un soutien-gorge, propulsé à travers la pièce, atterrit contre la fenêtre. Suze hurle et rit tout à la fois ; quant à moi, je bats des bras comme une folle en criant frénétiquement : « Stop ! stop ! »

Et… oh, non !

Non, pitié. Pas ça !

Trop tard. Maintenant, c'est une cascade de sacs de la boutique de cadeaux qui se déverse depuis l'étagère du haut où je les avais planqués. L'un après l'autre, ils déboulent à l'air libre. Suze en reçoit sur la tête, certains atterrissent sur le sol, s'éventrent et révèlent leur contenu, identique pour tous ! des boîtes grises étincelantes, sur le devant desquelles est gravé, en lettres argentées : S C-G. Une quarantaine de boîtes.

— Qu'est-ce que… (Suze se dégage du tee-shirt qu'elle a pris sur la tête et les regarde, bouche bée.) Où diable as-tu…

Elle se débat avec les vêtements qui jonchent le sol, ramasse une des boîtes, l'ouvre et contemple son contenu sans mot dire. À l'intérieur, enveloppé de papier turquoise, repose un cadre à photo en cuir teinté.

Mon Dieu ! pourquoi a-t-il fallu qu'ils tombent ?

Sans rien dire, Suze se penche et ramasse un sac Beaux Cadres. Comme elle l'ouvre, un ticket de caisse volette puis retombe. En silence toujours, elle extrait du sac deux autres boîtes, les ouvre : chacune contient un cadre en tweed violet.

Je vais pour parler – mais aucun son ne sort de ma bouche. Nous restons plantées là toutes les deux, à nous dévisager.

— Bex… Combien en as-tu achetés ? demande-t-elle enfin, d'une voix légèrement étranglée.

— Euh… Pas beaucoup. (Mon visage me brûle.) Juste… Juste quelques-uns.

— Il y en a au moins… cinquante, là !

— Mais non !

— Mais si ! proteste-t-elle en regardant autour d'elle, les joues rosies par la contrariété. Bex, ceux-là coûtent vraiment cher.

— Je n'en ai pas acheté autant ! dis-je en laissant fuser un rire pour faire diversion. Et je ne les ai pas tous achetés d'un coup.

— Tu n'aurais pas dû en acheter un seul ! Je t'avais dit que je t'en ferais un.

— Je sais, dis-je, pas très à l'aise. Je sais que tu me l'avais dit. Mais je voulais en acheter un. Je voulais juste… t'encourager.

Un ange passe, Suze attrape un autre sac Beaux Cadres et regarde les boîtes qu'il contient.

— C'est toi, hein ? dit-elle brusquement. C'est à cause de toi que j'ai si bien vendu…

— Mais non ! Franchement, Suze…

— Tu as dépensé tout ton argent pour acheter mes

cadres. (Sa voix commence à trembler.) Tout ton argent. Et maintenant, tu as des dettes.

— Ce n'est pas vrai !

— Si tu n'avais pas été là, je n'aurais jamais décroché ce contrat.

Je proteste, désemparée :

— Mais bien sûr que si ! Suze, tu fais les plus beaux cadres du monde. Enfin, regarde celui-là ! (Je m'empare de la boîte la plus proche et en sors un cadre en jean délavé.) J'aurais acheté celui-là même si je ne te connaissais pas. Je les aurais tous achetés !

— Tu n'en aurais pas acheté autant, bafouille-t-elle. Tu en aurais acheté… trois, peut-être.

— Je t'assure que non, je les aurais tous achetés. Ils font des cadeaux parfaits, des décorations idéales.

— Tu dis ça pour me faire plaisir, larmoie-t-elle.

J'insiste, me sentant moi aussi à deux doigts de pleurer.

— Mais non ! Suze, tout le monde adore tes cadres. J'ai entendu des gens dans les boutiques dirent qu'ils étaient géniaux.

— C'est faux.

— Mais non ! Encore l'autre jour, il y avait une femme qui les admirait chez Beaux Cadres, et tout le monde dans la boutique était de son avis.

— Ouais ? demande Suze d'une petite voix.

— Oui, c'est vrai. Tu as un talent fou, et du succès… (Je regarde autour de moi la chambre-champ de bataille et sens une vague de désespoir me submerger.) Et moi, je suis une catastrophe. John Gavin avait raison, je devrais avoir assuré mes arrières, maintenant. Ne plus avoir de soucis d'argent. Et à la place… Je ne vaux rien !

— Ce n'est pas vrai ! se récrie Suze, horrifiée. Bien sûr que si, tu vaux quelque chose.

— Rien. (Avec désespoir, je me laisse glisser dans le tapis de vêtements.) Suze, regarde-moi. Je n'ai pas de travail, je n'ai pas de projets, je vais être poursuivie, je dois des milliers et des milliers de livres, et je ne sais même pas comment je vais pouvoir commencer à les rembourser…

On entend une toux gênée. Je relève les yeux et vois Tarquin dans l'embrasure de la porte, les mains encombrées de trois tasses de café.

— Un peu de café ? propose-t-il en avançant tant bien que mal sur le sol encombré.

J'accepte en reniflant.

— Merci. Je suis désolée. C'est… une mauvaise passe.

Il va s'asseoir sur le lit et je le vois échanger un regard avec Suze.

— Tu es à court d'argent ? demande-t-il.

Je bredouille en m'essuyant les yeux :

— Oui.

De nouveau, Tarquin regarde Suze.

— Becky, je ne serais que trop heureux de…

Je l'arrête aussitôt avec un sourire :

— Non, merci. Vraiment.

Nous buvons nos cafés en silence. Un rayon de soleil d'hiver entre par la fenêtre, je ferme les yeux, heureuse de cette caresse sur mon visage.

— Ce sont des choses qui arrivent aux meilleurs d'entre nous, affirme Tarquin avec sympathie. Notre oncle Monty le Fou n'arrêtait pas de faire faillite, tu te souviens, Suze ?

— C'est vrai ! Sans arrêt ! Mais il arrivait toujours à se récupérer, non ?

— Tout à fait…

— Et comment ? dis-je en relevant la tête, intéressée.

— En général, il vendait un Rembrandt, précise Tarquin. Ou un Stubbs. Des trucs comme ça.

Formidable. Ces millionnaires, vous voyez, même Suze, que j'adore, ils n'arrivent pas à comprendre. *Ils ne savent pas ce que c'est de ne pas avoir d'argent.* Tout en essayant de sourire, je reprends :

— Malheureusement, je n'ai pas de Rembrandt planqué en réserve. Tout ce que j'ai… ce sont des millions de paires de pantalons noirs. Et quelques tee-shirts.

— Plus du matériel d'escrime, complète Suze.

Dans la pièce à côté, le téléphone se met à sonner, mais personne ne bouge.

— Plus une coupe en bois que je déteste. (Je lâche un son, mi-gloussement, mi-sanglot.) Et quarante cadres.

— Et un pull de créateur à double encolure.

— Et une robe de cocktail de Vera Wang. (Je regarde autour de moi, l'esprit soudain en alerte.) Et un sac Kate Spade tout neuf… et… et une pleine penderie de trucs que je n'ai même jamais portés… Suze… (Je suis presque trop excitée pour poursuivre.) Suze…

— Quoi ?

— Écoute… Je n'ai rien. Mais je possède plein de choses ! Bon, quelques-unes ont peut-être un peu perdu de leur valeur…

— Que veux-tu dire ? Oh ! s'exclame-t-elle. (Son visage s'éclaire.) Tu as un plan d'épargne que tu avais oublié ?

— Mais non !

— Je ne comprends pas, gémit Suze. Bex, de quoi parles-tu ?

Je m'apprête à répondre quand on entend le répondeur s'enclencher dans la pièce voisine. Une voix masculine aux intonations américaines commence à parler. Je me raidis et tourne la tête.

« Allô, Becky ? Ici Michael Ellis. Je viens d'arriver à Londres et je me demandais si nous pourrions nous rencontrer pour bavarder un peu. »

Ça fait tellement bizarre de voir Michael ici, à Londres. Dans mon esprit, il appartient vraiment à New York, au Four Seasons. Or il est là, plus vrai que nature, dans ce salon du Savoy, un grand sourire aux lèvres. Sitôt que je m'assieds à la table, il hèle un serveur.

— Un gin tonic pour cette jeune dame, s'il vous plaît. C'est bien ça ? s'enquiert-il en m'interrogeant d'un haussement de sourcils.

— Oui, c'est ça.

Je lui souris avec gratitude. Bien que nous ayons beaucoup parlé, lui et moi, à New York, maintenant que je le revois, je me sens un peu timide.

— Bon, commence-t-il tandis qu'on apporte mon verre. Il s'est passé pas mal de choses depuis notre dernière conversation. (Il lève son verre.) À votre santé !

— À la vôtre. (Je bois une gorgée.) Des choses de quel ordre ?

— Alicia Billington et quatre autres personnes ont été virées de chez Brandon Communication.

Je répète, abasourdie :

— Quatre autres personnes ? Ils étaient tous de mèche ?

— Il semblerait. Il s'est avéré qu'Alicia travaillait sur ce projet depuis un certain temps déjà. Et ce n'était pas une action ponctuelle et isolée. Ils avaient tout bien organisé et mûri, y compris leurs arrières. Vous savez que le futur mari d'Alicia est très riche ?

— Non, dis-je, avant de me souvenir de ses chaussures Chanel. Mais ça ne m'étonne pas.

— C'est lui qui a rassemblé les fonds. Et comme vous le suspectiez, ils avaient l'intention de récupérer la Bank of London dans leur portefeuille clients.

Je bois une gorgée de gin et en savoure le goût âcre.

— Que s'est-il passé ?

— Luke a débarqué à l'improviste, les prenant tous par surprise, il a rassemblé tout le monde dans la salle de réunion et a fouillé les bureaux. Et il a trouvé beaucoup de choses.

— Luke a… (Je sens comme un direct à l'estomac.) Vous voulez dire que Luke est… à Londres ?

— Hum, hum…

— Depuis quand ?

— Trois jours, maintenant. (Michael me jette un regard bref.) Je suppose donc qu'il ne vous a pas appelée ?

— Non, dis-je en essayant de dissimuler ma déception.

Je reprends mon verre et avale derechef une bonne gorgée de gin. D'une certaine façon, tant qu'il était encore à New York, je pouvais me dire que si nous ne communiquions pas, Luke et moi, ce pouvait aussi être dû à la distance. Mais s'il est à Londres et qu'il ne m'a même pas appelée, c'est différent. C'est vraiment fini.

— Et… que fait-il à présent ?

— Il essaie de réparer les dégâts, dit Michael, amer. De remonter le moral des troupes. Il est apparu que sitôt qu'il a eu le dos tourné Alicia a fait courir des bruits selon lesquels il allait fermer complètement la branche britannique. Ç'a plombé l'atmosphère, évidemment. Dans l'équipe, les gens ont commencé à négliger les clients, à téléphoner aux cabinets de recrutement… Franchement, c'est un sacré bazar. (Il secoue la tête.) Cette fille est dangereuse.

— Je sais.

— Dites-moi, une question me trotte dans la tête. Comment le saviez-vous ? (Il se penche vers moi, l'air intéressé.) Vous avez percé Alicia à jour comme ni Luke ni moi n'en avons été capables. Votre méfiance était-elle fondée sur quelque chose en particulier ?

Je réponds en toute sincérité :

— Non, pas vraiment. C'est simplement une garce.

Michael rejette la tête en arrière et part d'un grand rire sonore.

Je précise :

— L'intuition féminine. Pourquoi devrait-il y avoir une autre raison ?

Il rit pendant quelques secondes encore puis repose son verre et m'adresse un sourire malicieux.

— À ce propos, j'ai eu des échos de ce que vous avez dit à Luke sur sa mère.

Je suis horrifiée.

— Non ! Il vous a raconté ça ?

— Oui, et il m'a demandé si vous ne m'en aviez pas parlé.

— Oh ! (Je sens le rouge me monter au visage.) Eh bien… j'étais en colère quand je lui ai sorti ça. Je n'avais pas l'intention de lui dire qu'elle était… (Je me racle la gorge.) J'ai parlé sans réfléchir.

— Il en a pourtant tenu compte, dit Michael en haussant les sourcils. Il a appelé sa mère, lui a dit qu'il trouverait fort de café de repartir sans avoir pu la voir et a organisé un rendez-vous.

Je ne le quitte pas des yeux, intriguée.

— Et alors ?

— Elle n'est pas venue. Elle lui a fait transmettre un message expliquant qu'elle avait dû quitter la ville. Luke a été très déçu. (Il secoue la tête.) De vous à moi, je pense que vous avez vu juste à son sujet.

— Merci.

J'ai un mouvement d'épaules gêné et attrape le menu pour dissimuler mon embarras. Je n'arrive pas à croire que Luke a répété à Michael ce que je lui ai dit sur sa mère. Qu'a-t-il bien pu lui confier d'autre ? Ma taille de soutien-gorge ?

Je reste un bon moment à scruter le menu sans rien comprendre de ce que je lis et, quand je relève les yeux, je m'aperçois que Michael me fixe, l'air sérieux.

— Becky, je n'ai pas dit à Luke qui m'avait renseigné sur ce qui se tramait. J'ai prétendu avoir reçu un appel anonyme qui m'avait décidé à y regarder de plus près.

— Ça me semble plausible, dis-je, les yeux rivés sur la nappe.

— C'est tout de même vous qui avez sauvé sa société, reprend doucement Michael. Il vous doit une fière chandelle. Ne pensez-vous pas qu'il devrait le savoir ?

— Non, dis-je en rentrant les épaules. Il croirait que… que j'ai…

Je n'arrive pas à poursuivre. Je ne peux pas croire que Luke soit rentré depuis trois jours et qu'il ne m'ait pas appelée. Je savais que c'était fini, évidemment. Mais, en secret, une minuscule part de moi pensait que…

Apparemment, ce n'est pas le cas.

— Il croirait quoi ?

Je marmonne d'un ton morose :

— Ch'ais pas. En fait, c'est fini entre nous. Donc, je préfère… ne pas être impliquée.

— Je vois ce que vous voulez dire, admet Michael avec un regard plein de bonté. On commande ?

En mangeant, la discussion roule sur de tout autres sujets. Il me parle de son agence de pub à Washington et me fait rire en me racontant des tas d'histoires sur des hommes politiques de sa connaissance et tous les guêpiers dans lesquels ils se sont fourrés. En retour, je lui parle de ma famille, de Suze et de la façon dont j'avais décroché mon job à *Morning Coffee*.

— Ça marche très bien, en fait, dis-je crânement, en plongeant ma cuillère dans la mousse au chocolat. J'ai plein de projets formidables et les producteurs m'apprécient vraiment… Ils songent à prolonger mon temps d'antenne.

— Becky, me coupe Michael, je suis au courant, pour votre travail.

Je le regarde, sans expression, enfiévrée de gêne.

— Ç'a m'a vraiment peiné pour vous. Cela n'aurait jamais dû arriver.

— Est-ce que... Luke est au courant ? dis-je d'une voix rauque.

— Oui, je crois.

Je bois une longue gorgée de vin. Imaginer que Luke ait pitié de moi m'est insupportable.

— Eh bien, il me reste tout de même des tas de possibilités, dis-je, en désespoir de cause. Peut-être pas à la télévision... Mais je postule pour plusieurs emplois dans des journaux financiers...

— Au *Financial Times* ?

— Euh... non au *Bulletin de l'investisseur privé* et à *La Rente viagère aujourd'hui.*

— *La Rente viagère aujourd'hui*, répète Michael, perplexe. (À voir sa tête, je ne peux retenir une espèce de ricanement nerveux.) Becky, ces postes vous excitent vraiment ?

Je suis sur le point de lui servir ma réponse toute faite (en fait, la finance privée est plus intéressante qu'on n'imagine) quand je me rends compte que je n'ai plus de raison de feindre. La finance privée n'est pas plus intéressante que vous ne l'imaginez. C'est exactement aussi barbant que l'idée que vous vous en faites. Même à *Morning Coffee*, ce n'était que quand les interlocuteurs commençaient à parler de leur vie de couple ou de famille que ça me plaisait.

— Qu'en pensez-vous ? dis-je en buvant une autre gorgée de vin.

Michael se carre dans sa chaise et se tapote les lèvres de sa serviette.

— Dans ce cas, pourquoi postulez-vous ?

J'ai un haussement d'épaules désespéré.

— Je ne sais pas quoi faire d'autre. La finance privée est la seule chose que j'aie jamais faite. Je suis comme qui dirait… coincée.

— Quel âge avez-vous, Becky ? Si je puis me permettre…

— Vingt-six ans.

— Coincée à vingt-six ans ? (Il secoue la tête.) Je ne pense pas. (Il boit une gorgée de son café et me jauge d'un air appréciateur.) Si une opportunité se présentait pour vous aux États-Unis, vous sauteriez dessus ?

— Je sauterais sur n'importe quoi, dis-je sans détour. Mais que peut-il se présenter pour moi à présent, aux États-Unis ?

Il y a un silence. Très lentement, Michael attrape un chocolat à la menthe, défait le papier et le pose sur le bord de sa soucoupe.

— Becky, j'ai une proposition à vous faire, reprend-il en relevant les yeux. Nous recrutons quelqu'un, à l'agence, pour diriger la communication de notre entreprise.

Je le regarde fixement, la tasse à mi-chemin de mes lèvres, n'osant espérer qu'il dit bien ce que je crois comprendre.

— Nous avons besoin de quelqu'un qui ait de bonnes bases rédactionnelles et qui soit capable de diriger la lettre d'information mensuelle. Vous seriez la personne idéale. Mais nous voulons aussi quelqu'un qui sache y faire avec les gens. Qui soit capable de sentir l'atmosphère de la maison, de deviner si nos collaborateurs sont satisfaits et d'aller trouver la direction en cas de problème… (Il hausse les épaules.) Franchement, je ne vois pas qui serait mieux à sa place que vous à ce poste.

— Vous… vous me proposez un travail ? (J'ai du mal à le croire et j'essaie d'ignorer les soubresauts d'espoir qui me soulèvent la poitrine, comme autant de coups de fouet.) Mais... et l'histoire du *Daily World* ? Mes problèmes de shopping ?

— Eh bien, quoi ? fait Michael en haussant les épaules. Vous aimez le shopping ? La belle affaire ! Moi, j'aime manger. Personne n'est parfait. Tant que vous n'êtes pas sur la liste des personnes recherchées par les polices internationales...

Je m'empresse de le rassurer :

— Non, non. En fait, je suis sur le point de mettre de l'ordre dans tout ça.

— Et pour le visa ?

— J'ai un avocat. (Je me mords la lèvre.) Mais je ne crois pas qu'il m'adore...

— Je connais des gens à l'immigration, me rassure-t-il. Je suis sûr que nous trouverons une solution. (Il se recule dans sa chaise et boit une gorgée de café.) Washington ne ressemble pas à New York. Mais c'est une ville qui ne manque pas de charme. Le monde politique est une arène fascinante. J'ai le pressentiment que vous vous y adapterez. Quant au salaire... ce n'est peut-être pas celui que vous aurait offert CNN, mais ça tournerait autour de...

Il griffonne un chiffre sur un morceau de papier qu'il pousse vers moi.

Incroyable ! C'est presque le double de ce que j'aurais gagné avec ces boulots minables de journaliste.

À Washington. Dans une agence de pub. Une carrière pour repartir de zéro.

En Amérique. Sans Luke. Par moi-même.

Je n'arrive pas à intégrer tout ça et finis par oser lui demander :

— Pourquoi me faites-vous cette offre ?

— Vous m'avez impressionné, Becky, me répond-il avec le plus grand sérieux. Vous êtes intelligente. Intuitive. Vous allez au fond des choses. (Je le regarde et sens mes joues se colorer d'un fard embarrassant.) Et peut-être que vous méritez de faire un break, ajoute-t-il gentiment. Bon, vous n'êtes pas obligée de vous décider là, tout de suite. Je reste ici quelques jours encore, alors si vous voulez, nous pourrons en reparler. Mais…

— Oui ?

— Je suis tout à fait sérieux. Que vous décidiez ou non d'accepter mon offre, ne tombez pas dans un nouveau piège. (Il secoue la tête.) Ne vous fixez pas encore. Vous êtes trop jeune pour cela. Regardez à l'intérieur de votre cœur – et essayez d'obtenir ce que vous voulez vraiment.

17

Je ne me décide pas tout de suite. Je passe environ deux semaines à tourner en rond dans l'appartement, à boire des tasses de café à longueur de journée, à en discuter avec mes parents, Suze, Michael, mon ancien patron, Philip, ce nouvel agent spécialisé dans la télé, Cassandra… Grosso modo, avec tout le monde. Mais, en fin de compte, je sais. Je sais ce que je veux vraiment.

Luke n'a pas appelé – et, pour être honnête, je dois tirer un trait dessus. Michael me dit qu'il travaille dix-sept heures par jour, tentant simultanément de sauver Brandon Communication et de s'implanter aux États-Unis, et que de toute façon il est à cran. On dirait qu'il ne s'est pas encore remis du choc qu'il a reçu en découvrant ce qu'Alicia avait comploté contre lui – et comment la Bank of London envisageait de lui confier son budget à elle. Ç'a été un coup pour lui de découvrir qu'il n'était pas « vacciné contre la merde », comme l'a si poétiquement formulé Michael.

— C'est le problème, quand le monde entier vous aime, m'a-t-il expliqué l'autre jour. Un beau matin, vous vous réveillez pour le trouver en train de flirter avec votre meilleur ami. Et vous ne savez pas pourquoi vous vous êtes fait jeter.

— Luke s'est fait jeter ? (Je me tords les doigts.)

— Jeter ? s'est exclamé Michael. Oui, de toute la longueur de l'enclos, et piétiner en prime par un troupeau de sangliers.

Plusieurs fois, j'ai soulevé le téléphone, avec une brusque envie de lui parler. Mais, chaque fois, j'ai pris une profonde inspiration et renoncé. C'est sa vie, à présent. Il faut que je m'occupe de la mienne. De ma toute nouvelle vie.

J'entends un bruit à la porte, je tourne les yeux. Suze est là, contemplant ma chambre vide.

— Oh, Bex, fait-elle, l'air malheureux. Je ne l'aime pas comme ça, cette chambre. Remets du désordre.

— Oui, mais au moins, elle est feng-shui, dis-je en essayant de sourire. Ça te portera certainement chance.

Suze entre, traverse le tapis que plus rien n'encombre, marche jusqu'à la fenêtre puis se retourne.

— Elle a l'air plus petite, dit-elle lentement. Ça paraissait plus grand avec tout ton bazar, tu ne trouves pas ? D'une certaine façon, il y a quelque chose qui ne colle pas. On dirait une affreuse petite boîte vide.

Elle se tait et je ne réponds rien, distraite par une minuscule araignée grimpant le long du cadre de la fenêtre.

Je me décide finalement à demander :

— Tu as décidé de ce que tu allais faire ? Tu vas prendre une nouvelle coloc ?

— Je ne pense pas. Il n'y a pas le feu, de toute façon. Tarkie me demandait pourquoi je ne transformerais pas cette chambre en bureau pendant quelque temps.

— Ah oui ? (Je me tourne pour lui faire face et hausse les sourcils.) Ça me fait penser... Ce n'est pas Tarquin que j'ai entendu, la nuit dernière ? Et qui est parti comme un voleur ce matin ?

— Non, dit-elle. Enfin… si. (Elle croise mon regard et rougit.) Mais c'était vraiment la dernière fois. La toute dernière.

— Vous faites un couple tellement charmant, dis-je avec un sourire.

— Ne dis pas ça ! s'écrie-t-elle, horrifiée. Nous ne sommes pas ensemble.

— OK. Comme tu voudras. (Je regarde ma montre.) Tu sais, je crois que nous devrions y aller…

— Oui, tu as raison. Oh, Bex…

Ses yeux se remplissent de larmes.

— Oui, je sais. (Je serre sa main fort dans la mienne et, pendant quelques secondes, nous ne disons rien. Puis j'attrape mon manteau.) Allons-y.

Nous marchons jusqu'au King George, le pub situé au bout de la rue. Nous traversons la salle et montons l'escalier en bois qui conduit à une grande salle privée, avec des rideaux en velours rouge, un bar et des tables à tréteaux alignées de deux côtés. On a aussi installé une estrade et, au milieu de la pièce, plusieurs rangées de chaises en plastique.

— Salut, lance Tarquin qui nous a vues entrer. Venez boire un verre. (Il lève le sien.) Ce rouge n'est pas mal du tout.

— Tu as mis la pancarte derrière le bar ? demande Suze.

— Oui, répond Tarquin. Tout est organisé.

— Bex, c'est pour nous, prévient Suze en arrêtant mon bras alors que je m'apprête à ouvrir mon porte-monnaie. En guise de cadeau d'adieu.

— Suze, vous n'avez pas à…

— Ça me fait plaisir, insiste Suze avec fermeté. Et ça fait aussi plaisir à Tarquin.

— Laissez-moi vous offrir à boire, propose Tarquin avant d'ajouter en baissant la voix : Il y a une bonne affluence, vous ne trouvez pas ?

Et, tandis qu'il s'éloigne, Suze et moi nous retournons pour observer la salle. Des gens se pressent devant les tables et examinent les piles de vêtements impeccablement pliés, les chaussures, les CD et le bric-à-brac regroupé par genre. Sur une des tables repose une pile de photocopies, la liste dactylographiée de la vente sur laquelle les gens font des croix au fil de leur visite.

J'entends une fille en jean de cuir s'exclamer : « Regarde ce manteau ! Oh ! Et ces bottines Hobbs ! Celles-là, c'est sûr que je vais enchérir. » À l'autre bout de la pièce, deux autres filles plaquent devant elles des pantalons alors que leurs petits amis leur tiennent patiemment leurs verres.

Épatée, je demande :

— Mais qui sont ces gens ? Vous les avez tous invités ?

— Eh bien, j'ai fait le tour de mon carnet d'adresses, explique Suze. Et Tarquin aussi. Et Fenny aussi...

— Ah, d'accord ! Je comprends !

— Salut, Becky ! dit une voix enjouée derrière moi.

Je fais volte-face et découvre Milla, l'amie de Fenella, accompagnée de deux filles que je reconnais vaguement.

— Je vais enchérir pour ce cardigan violet, m'annonce-t-elle. Et Tory pour cette robe ourlée de fourrure. Quant à Annabel, elle a vu au moins six mille trucs qui lui font envie. Nous nous demandions s'il y avait un rayon accessoires ?

— Oui, là-bas, les informe Suze en pointant du doigt un coin de la pièce.

— Ah, merci ! À tout à l'heure.

Les trois filles foncent dans la mêlée et j'entends l'une d'elles déclarer : « J'ai vraiment besoin d'une ceinture. »

— Becky, fait Tarquin en arrivant derrière moi. Tiens, voilà du vin. Et laisse-moi te présenter Caspar, mon pote de chez Christie's.

— Bonjour ! dis-je en découvrant un type aux cheveux blonds et tristes, en chemise bleue, une énorme chevalière en or au doigt. Merci beaucoup pour votre aide. Je vous suis vraiment très reconnaissante.

— Mais de rien, de rien, proteste Caspar. J'ai consulté le catalogue et tout m'a l'air parfaitement en ordre. Avez-vous une liste de prix pour les lots en réserve ?

— Non, dis-je sans même réfléchir. Aucune réserve. Tout doit partir.

— Parfait, fait-il avec un sourire. Bon, alors on commence.

Il s'éloigne et je bois une gorgée de vin. Suze étant partie faire un tour à quelques tables, je reste seule un petit moment, observant la foule toujours plus nombreuse. Je vois Fenella arriver et lui fais un geste – mais elle est immédiatement absorbée par un groupe d'amies aux voix stridentes.

J'entends une voix hésitante derrière moi :

— Salut, Becky.

Je pivote, en état de choc, et me retrouve nez à nez avec Tom Webster.

— Tom ! Que fais-tu ici ? Comment es-tu au courant ?

Il boit une gorgée de son verre, un petit sourire aux lèvres.

— Suze a appelé ta maman, qui m'en a parlé. En fait, ta mère et la mienne ont passé quelques commandes. (Il sort une liste de sa poche.) Ta mère veut ton percolateur, s'il est à vendre.

— Oh oui, il est à vendre. Je vais m'assurer que tu l'obtiennes auprès du commissaire-priseur.

— Et ma mère voudrait ce chapeau à plume que tu portais à notre mariage.

— D'accord, pas de problème. (En l'entendant évoquer le mariage, je sens une légère chaleur m'envahir.) Alors, comment se passe la vie conjugale ? dis-je en regardant mes ongles.

— Euh… Bien, fait-il après une pause.

— Est-ce la félicité que tu espérais ?

J'essaie de paraître détachée.

— Oh, tu sais… (Il fixe le contenu de son verre, une imperceptible lueur d'homme traqué dans les pupilles.) Ce serait irréaliste de souhaiter que tout soit parfait dès le début. Tu ne crois pas ?

— Oui, sans doute.

Il y a un silence gêné. À quelques mètres de là, j'entends quelqu'un s'exclamer : « Kate Spade ! Regarde, il est tout neuf ! »

— Becky, fait Tom d'une voix empressée, je suis vraiment navré de la façon dont nous nous sommes comportés envers toi le jour du mariage.

— C'est bon, dis-je avec un peu trop d'enjouement.

— Non, ce n'est pas bon. (Il secoue la tête.) Nous avons blessé ta mère. Tu es une de mes plus vieilles amies. Je n'ai pas arrêté de me sentir mal depuis.

— Franchement, Tom, c'est aussi ma faute. Tu vois, j'aurais tout simplement dû admettre que Luke n'était pas là. (J'ai un sourire désabusé.) Ç'aurait été beaucoup plus simple.

— Mais Lucy te harcelait. Je comprends sincèrement pourquoi tu t'es sentie obligée de… de… (Il s'interrompt pour boire une longue gorgée.) Quoi qu'il en soit, Luke a l'air d'un très chic type. Il va venir ?

— Non, dis-je après une pause, et avec un sourire forcé. Non.

Une demi-heure plus tard, les gens commencent à s'installer dans les rangées de chaises en plastique. Au fond de la pièce j'aperçois cinq ou six amis de Tarquin munis de portables ; Caspar m'explique qu'ils sont en ligne avec des acquéreurs potentiels.

— Ce sont des gens qui ont entendu parler de la vente mais, pour diverses raisons, ils n'ont pas pu se déplacer. Nous avons fait circuler le catalogue assez largement. La robe de Vera Wang à elle seule a pas mal attiré l'attention.

— Oui, dis-je, sentant l'émotion m'envahir. Je m'y attendais.

Je regarde autour de moi les visages animés et tendus par l'attente ; quelques personnes jettent un dernier coup d'œil sur les tables. Une fille passe en revue une pile de jeans ; une autre vérifie que le clip de ma petite mallette de gosse fonctionne bien. J'ai du mal à croire que ce soir toutes ces choses ne m'appartiendront plus. Qu'elles seront dans d'autres penderies. Dans d'autres chambres.

— Ça va ? s'inquiète Caspar en suivant mon regard.

— Mais oui ! Pourquoi cela n'irait-il pas ?

— J'ai fait pas mal de ventes personnelles, me dit-il gentiment. Je sais comment c'est. On est très attaché à ce qu'on possède. Que ce soit un chiffonnier du XVIIIe ou... (il jette un œil au catalogue)... un manteau rose imprimé léopard.

— En fait, je n'ai jamais vraiment aimé ce manteau. (Je lui souris, résolue.) Et, de toute façon, ce n'est pas la question. Je veux prendre un nouveau départ et je pense – je suis même certaine – que c'est la meilleure solution. Allez, si on commençait ?

— C'est parti. (Il frappe sur son pupitre et élève la voix pour poursuivre.) Mesdames et messieurs, tout d'abord, à la demande de Becky Bloomwood, je voudrais vous souhaiter la bienvenue à tous, ici, ce soir. Nous avons pas mal de lots, aussi ne voudrais-je pas vous retarder. Je souhaite toutefois vous rappeler que vingt-cinq pour cent des bénéfices, ainsi que toutes les sommes qui resteront de cette vente une fois les créanciers de Becky payés, iront à une œuvre caritative.

— J'espère qu'ils n'attendent pas après ça pour manger, dit une voix sèche du fond de la salle, ce qui fait rire tout le monde.

Je cherche dans l'assistance celui qui vient de parler, et… non ! C'est Derek Smeath, debout, une pinte de bière dans une main, une liste dans l'autre. Il me sourit et je lui réponds d'un signe de main timide.

Je chuchote à l'oreille de Suze qui vient de me rejoindre sur l'estrade :

— Comment a-t-il été mis au courant de la vente ?

— Je l'ai prévenu, évidemment. Il a dit que c'était une idée merveilleuse. Et que quand tu mettais tes méninges au travail, personne ne t'arrivait à la cheville, question ingéniosité.

— Vraiment ?

Je glisse un regard vers lui et rougis imperceptiblement.

— Donc, dit Caspar, je présente le lot numéro un. Une paire de sandales mandarine en très bon état, à peine portées. (Il les pose devant lui sur le pupitre et Suze serre ma main dans la sienne en un geste de sympathie.) Qui veut enchérir ?

— Quinze mille, annonce Tarquin en levant la main en même temps.

— Quinze mille, répète Caspar, l'air un peu surpris. Nous avons une enchère de quinze mille…

Je m'écrie :

— Non ! Tarquin, tu ne peux pas enchérir à quinze mille !

— Et pourquoi pas ?

— Tu dois donner des prix réalistes, lui dis-je avec un regard sévère. Sinon, tu vas te faire exclure.

— Bon… d'accord. Mille livres.

— Non ! Tu peux enchérir de… dix livres, dis-je, avec fermeté.

— Très bien. Dix livres alors.

Et il baisse le bras d'un air penaud.

— Quinze livres, dit une voix vers le fond.

— Vingt ! crie une fille dans les premiers rangs.

— Vingt-cinq, fait Tarquin.

— Trente !

— Trente et…, continue Tarquin, mais en croisant mon regard il rougit et s'interrompt.

— Trente livres. Il n'y a pas d'autre enchère ? (Caspar promène dans la salle un regard fixe de hibou.) Trente… trente… Adjugé ! À la jeune fille en manteau de velours vert.

Il me sourit, griffonne quelque chose sur un morceau de papier et tend la paire de chaussures à Fenella, qui a pour rôle de distribuer les articles vendus.

— Tes premières trente livres, me murmure Suze dans l'oreille.

— Lot numéro deux, annonce Caspar. Trois cardigans brodés de chez Jigsaw, jamais portés, avec leur étiquette d'origine. Puis-je débuter les enchères à…

— Vingt livres ! s'écrie une fille en rose.

— Vingt-deux, dit une autre.

— J'ai une enchère de trente au téléphone, annonce un type près de la porte en levant la main.

— Trente au téléphone. Qui dit mieux ? Je vous rappelle, mesdames et messieurs, qu'une partie de ces fonds seront reversés à une œuvre caritative.

— Trente-cinq, crie la fille en rose avant de se tourner vers sa voisine : À la boutique, un seul coûterait plus cher, non ? Et ils n'ont jamais été portés.

Mon Dieu, elle a raison. Trente-cinq livres pour trois cardigans, ce n'est rien. Rien !

Je m'entends crier : « Quarante ! » (Tous les regards convergent vers moi, et je me sens furieusement rougir.)

— Non, je veux dire... personne ne monterait à quarante ?

La vente progresse, et je suis épatée par la somme déjà réunie. Ma collection de chaussures a rapporté au moins mille livres, un ensemble de bijoux Dinny Hall est parti pour deux cents livres – et Tom Webster a enchéri six cents livres pour mon ordinateur.

— Tom, dis-je, un peu anxieuse, lorsqu'il vient sur l'estrade chercher son reçu. Tu n'aurais pas dû monter aussi haut.

— Pour un Mac tout neuf ? Mais ça les vaut. Et en plus, Lucy dit depuis un moment qu'elle voudrait son propre ordinateur. (Il me fait un demi-sourire.) J'ai hâte de lui annoncer qu'elle aura tes restes.

— Lot soixante-treize, annonce Caspar. Et je sais que celui-ci intéresse nombre d'entre vous. Une robe de cocktail Vera Wang.

Lentement, il lève devant lui la robe violet foncé ; un murmure admiratif parcourt l'assistance.

En fait, je ne crois pas être capable d'assister à la vente de ce lot-là. C'est trop douloureux ; trop frais. Ma magnifique et scintillante robe de star de cinéma. Rien qu'à la voir, tous les souvenirs remontent à la surface, comme dans une scène de film au ralenti... Moi, à New York, dansant avec Luke, buvant des cocktails, toute cette excitation enivrante, ce bonheur... Et puis le réveil, et le monde qui s'effondre.

Je murmure en me levant :

— Excusez-moi.

Je quitte la salle en courant et descends l'escalier pour aller respirer l'air frais du soir. Adossée au mur du pub, j'écoute les rires et les bavardages à l'intérieur et j'essaie de me concentrer sur les excellentes raisons pour lesquelles je fais ça.

Suze vient me rejoindre.

— Ça va ? demande-t-elle en me tendant un verre de vin. Tiens, bois un peu de ce truc.

— Merci, dis-je, reconnaissante, et je bois une large rasade. Ça va bien, vraiment. C'est juste que... Je suppose que je commence à prendre conscience de ce que je suis en train de faire.

— Bex... (Elle marque une pause et se frictionne le visage d'un geste embarrassé.) Bex, tu peux encore changer d'avis. Tu peux rester. Tu vois, ce soir, avec un peu de chance, toutes tes dettes seront payées. Il t'est encore possible de retrouver du boulot, de continuer à vivre dans l'appart avec moi.

Je la regarde sans rien répondre pendant quelques secondes, et la tentation est si grande que j'en ai presque mal. Ce serait tellement facile de dire oui. De rentrer à la maison avec elle, de boire une tasse de thé et de me réinstaller dans mon ancienne vie.

Mais je secoue la tête.

— Non, je ne retomberai pas là-dedans. J'ai trouvé quelque chose que j'ai vraiment envie de faire, et je vais le faire.

— Rebecca ?

Une voix nous interrompt. Nous levons la tête et voyons Derek Smeath sortir du pub. Il tient la coupe en bois, un des cadres de Suze et un atlas géographique à couverture cartonnée que j'avais acheté un jour où je m'étais dit que je pourrais abandonner ma vie en Occident pour partir voyager.

— Bonjour, dis-je en hochant la tête en direction de son butin. Vous vous êtes bien débrouillé.

— Très bien. (Il lève la coupe.) C'est une belle pièce.

— Elle est passée dans *Elle Décoration.*

— Vraiment ? Je vais le dire à ma fille. (Il la glisse maladroitement sous son bras.) Alors, vous partez demain pour les États-Unis ?

— Oui, demain après-midi. Pas avant d'avoir rendu une petite visite à votre ami John Gavin.

Un sourire narquois passe sur son visage.

— Je suis certain qu'il sera heureux de vous voir. (Il me tend la main du mieux qu'il peut.) Eh bien, bonne chance, Becky. Faites-moi savoir comment ça se passe là-bas.

— Je n'y manquerai pas. Et merci encore pour... Enfin, vous savez. Pour tout.

Il hoche la tête et s'éloigne dans la nuit.

Je reste assez longtemps dehors avec Suze. Les gens s'en vont, à présent, leurs lots dans les mains, en se disant les uns aux autres combien ils les ont payés. Un type passe, cramponné au minidéchiqueteur et à plusieurs pots de miel à la lavande, une fille traîne derrière elle un sac-poubelle rempli de vêtements, quelqu'un d'autre a acheté les cartes d'invitation avec les tranches de pizza... Et, juste au moment où je commence à avoir froid, une voix nous hèle du haut de l'escalier :

— Hé ! appelle Tarquin. On vend le dernier lot. Vous voulez venir ?

— Viens. (Suze écrase sa cigarette.) Tu dois voir partir le dernier lot. C'est quoi ?

— Je ne sais pas, dis-je pendant que nous montons l'escalier. Le masque d'escrime, peut-être ?

Mais en arrivant dans la salle j'ai l'impression de recevoir une décharge électrique. Caspar tient dans les mains mon écharpe Denny and George. Ma précieuse écharpe Denny and George. En velours et soie d'un bleu chatoyant, avec des surimpressions de bleu pâle et un semis de perles irisées.

Je n'arrive pas à en détacher les yeux, la gorge de plus en plus nouée tandis que je me souviens avec une douloureuse acuité du jour où je l'ai achetée. À quel point je la voulais. Comment Luke m'avait prêté les vingt livres qui me manquaient. Comment je lui avais raconté que c'était un cadeau pour ma tante.

Son regard particulier, chaque fois que je la portais.

Les larmes me montent aux yeux et je cligne frénétiquement des paupières pour essayer de garder mon self-control.

— Bex, ne la vends pas, dit Suze, remarquant ma détresse. Garde au moins une chose.

— Lot cent vingt-six, annonce Caspar. Une très belle écharpe en soie et velours.

— Bex, dis-leur que tu as changé d'avis !

— Je n'ai pas changé d'avis, dis-je en regardant droit devant moi. Il n'y a pas de raison que je m'y accroche, maintenant.

— À quel prix vais-je commencer pour cette belle écharpe de créateur Denny and George ?

— Denny and George ? s'exclame la fille en rose en relevant la tête. (C'est elle qui a acheté le plus de vêtements et je me demande comment elle va faire pour les porter.) Je collectionne les Denny and George ! Trente livres !

— Nous avons une enchère à trente livres, annonce Caspar.

Il regarde dans la salle, qui commence à se vider. Les gens font la queue pour récupérer leurs articles, ou commander des boissons au bar, la plupart de ceux qui sont restés assis bavardent.

— Pas d'autre enchère pour cette écharpe ?

— Si, lance une voix au fond, et je vois une fille vêtue de noir lever la main. Trente-cinq livres, ici, au téléphone.

— Quarante, s'empresse de relever la fille en rose.

— Cinquante, riposte la fille en noir.

— Cinquante ? dit la fille en rose en pivotant sur sa chaise. Qui enchérit ? C'est Miggy Sloane ?

— L'enchérisseur souhaite garder l'anonymat, précise la fille en noir après un silence.

Je croise son regard et sens mon cœur manquer un battement.

— Je parie que c'est Miggy, dit l'autre fille en se retournant. Eh bien, elle ne va pas me battre. Soixante.

— Soixante livres ? s'exclame le type assis à côté d'elle, qui n'arrête pas de regarder la pile de fringues à ses pieds d'un œil alarmé. Pour une écharpe ?

— Une écharpe Denny and George, imbécile ! lui rétorque sa voisine avant de boire une gorgée de vin. Elle en coûterait au moins deux cents dans une boutique. Soixante-dix ! Ah, mince, quelle idiote ! Ce n'était pas mon tour, hein ?

La fille en noir parle calmement et à voix basse dans son téléphone. Puis elle regarde Caspar.

— Cent.

— Cent ? fait la fille en rose en pivotant de nouveau sur la chaise. Vraiment ?

— Nous en sommes à cent livres, annonce posément Caspar. Cent livres pour cette écharpe Denny and George. D'autres propositions ?

— Cent vingt, enchérit la fille en rose.

Il y a un silence. Celle en noir recommence à parler

dans le téléphone, toujours calmement, puis relève la tête en disant :

— Cent cinquante.

Un murmure d'intérêt parcourt la salle ; les gens qui discutaient autour du bar prêtent de nouveau attention aux enchères.

— Cent cinquante livres, répète Caspar.

Je chuchote à Suze :

— C'est plus que je l'ai payée.

— Nous en sommes toujours à la proposition de l'enchérisseur au téléphone. Cent cinquante livres, mesdames et messieurs.

Il y a un silence tendu et brusquement je me rends compte que mes ongles sont enfoncés dans mes paumes.

— Deux cents, fait la fille en rose d'un ton de défi, et l'assistance bruit d'un murmure. Et dites à votre enchérisseur soi-disant anonyme, Mlle Miggy Sloane, que ce qu'elle peut enchérir, je le peux aussi.

Tout le monde se retourne pour observer la fille en noir, qui chuchote dans le téléphone avant de hocher la tête.

— Mon enchérisseur se retire, dit-elle en regardant la salle.

Cela me cause une inexplicable déception et je m'empresse de sourire pour la dissimuler.

— Deux cents livres ! dis-je à Suze. C'est plutôt pas mal.

— Deux cents, une fois, deux cents, deux fois... Adjugé, conclut Caspar en frappant de son marteau. À la jeune femme en rose.

Une salve d'applaudissements retentit, et Caspar sourit à l'assistance, l'air ravi. Il va tendre l'écharpe à Fenella quand je l'arrête.

— Attendez, j'aimerais la donner moi-même à l'acheteuse, si vous n'y voyez pas d'inconvénient.

Je lui prends l'écharpe des mains et la dorlote un court instant, savourant sa texture aussi fine qu'une toile d'araignée, y reconnaissant mon parfum. Je peux sentir Luke me l'enrouler autour du cou.

La fille à l'écharpe Denny and George.

Puis j'inspire profondément, descends de l'estrade et me dirige vers la fille en rose. Je lui tends son bien en souriant.

— J'espère que vous l'aimerez. Elle représente beaucoup pour moi.

— Oh, je le sais, répond-elle paisiblement. Je le sais très bien. (Nous restons là à nous regarder et je crois qu'effectivement elle comprend parfaitement. Puis elle se tourne et la lève haut dans un geste de triomphe, comme un trophée.) Va au diable, Miggy !

Je remonte sur l'estrade où Caspar est assis, l'air épuisé.

— Bien joué, lui dis-je en m'asseyant à ses côtés. Et merci encore. Vous vous êtes superbien débrouillé.

— Mais je vous en prie. En fait, ça m'a plu. Ça change un peu des porcelaines allemandes primitives. Et je pense que nous avons fait un bon chiffre, ajoute-t-il en désignant ses notes.

— Tu as été génial, déclare Suze en nous rejoignant et en lui tendant une bière. Franchement, Bex, tu es complètement tirée d'affaire. (Elle lâche un soupir admiratif.) Tu vois, ça prouve que tu avais raison sur toute la ligne. Le shopping est un investissement. Par exemple, combien as-tu fait de marge sur l'écharpe Denny and George ?

— Euh… (Je ferme les yeux en essayant de calculer.) Soixante pour cent.

— Soixante pour cent ? En moins d'un an ? Tu vois ! C'est mille fois mieux que ce qu'on peut obtenir sur le vieux marché boursier. (Elle allume une cigarette.) Tu sais, je crois que je devrais vendre tous mes trucs, moi aussi.

— Mais tu n'as plus rien, tu as fait le vide.

— Ah oui, c'est vrai, se rappelle Suze, la mine assombrie. Bon sang, mais pourquoi j'ai fait ça ?

Je m'appuie sur les coudes et je ferme les yeux. Brusquement, sans raison, je me sens épuisée.

— Alors, vous partez demain après-midi ? s'informe Caspar en buvant une gorgée de bière.

— Oui, demain.

Je regarde le plafond. Demain, je quitte l'Angleterre et je pars vivre aux États-Unis. Je laisse tout derrière moi pour recommencer de zéro. Ça me semble irréel.

— J'espère que ce n'est pas un de ces vols qui décollent aux aurores ? dit-il en regardant sa montre.

— Non, heureusement, mon avion est aux alentours de cinq heures.

— C'est bien, ça vous laisse plein de temps.

— Oh, oui. (Je me lève et coule un regard vers Suze qui me répond d'un sourire.) Plein de temps pour régler encore quelques petites choses.

— Becky ! Je suis tellement contente que vous ayez changé d'avis ! s'écrie Zelda sitôt qu'elle me voit. (Je m'extrais du sofa où j'étais assise à la réception et lui adresse un bref sourire.) Tout le monde se réjouit que vous soyez venue. Qu'est-ce qui vous a décidée ?

— Je ne sais pas trop, dis-je avec bonne humeur.

— Bon, je vous conduis tout de suite au maquillage… C'est la panique, comme d'habitude, donc nous avons légèrement avancé votre passage…

— Pas de problème. Le plus tôt sera le mieux.

— Vous avez l'air en pleine forme, constate Zelda en

m'examinant d'un air légèrement déçu. Vous avez maigri ?

— Un peu, je crois.

— Ah… le stress, sans doute, profère-t-elle d'un ton docte. Le stress, ce tueur silencieux. Nous faisons un sujet là-dessus la semaine prochaine. Voilà ! s'exclame-t-elle en me poussant dans la loge de maquillage. Voici Becky…

— Zelda, nous connaissons Becky, l'interrompt Chloe, qui m'a maquillée depuis mon tout premier passage à *Morning Coffee*.

Elle me fait une grimace par miroir interposé et j'étouffe un rire.

— Mais oui, bien sûr ! Excusez-moi, Becky. Dans ma tête, je vous avais cataloguée comme invitée. Bon, Chloe. Inutile d'en faire trop sur Becky aujourd'hui. Nous ne tenons pas à ce qu'elle ait trop bonne mine, n'est-ce pas ? Utilisez du mascara waterproof, ajoute-t-elle en baissant la voix. Que des produits waterproof, d'ailleurs. À tout à l'heure.

Zelda s'éclipse et Chloe me lance un regard agacé.

— Bon, je vais vous faire un de ces maquillages, vous aurez l'air aussi bien que d'habitude. Superheureuse et superrayonnante.

— Merci Chloe, dis-je avec un sourire en prenant place sur le fauteuil.

— Et, par pitié, ne me dites pas que vous voulez un mascara waterproof, ajoute-t-elle en étalant une serviette sur ma poitrine.

Je la rassure fermement :

— Aucun risque. Ils devront me tuer d'abord.

— Comptez sur eux, lance une fille de l'autre côté de la pièce, et nous nous mettons toutes trois à rire sans pouvoir nous arrêter.

— Tout ce que j'espère, c'est qu'ils vous payent

grassement pour faire ça, glisse Chloe en commençant à étaler le fond de teint.

— Oui. Puisque vous en parlez. Mais ce n'est pas pour cette raison que je suis venue.

Une heure et demie plus tard, Clare Edwards fait son entrée dans la salle verte où je suis assise. Elle porte un tailleur gris qui ne l'avantage pas vraiment et, vu son maquillage – est-ce mon imagination ou quelqu'un l'a-t-il délibérément fait trop pâle ? –, elle aura un teint cireux sous les projecteurs.

Je songe, en réprimant un sourire : Chloe.

— Oh, fait Clare d'un air déconfit en m'apercevant. Salut, Becky.

— Salut, Clare. Ça fait un bail.

— Oui… Hum… (elle se tord les mains)… j'ai été désolée de lire tes petits ennuis dans le journal.

— Merci, dis-je d'un ton léger. Encore que… le vent peut tourner, hein, Clare ?

Immédiatement, elle vire au rouge tomate et détourne le regard. Je me sens un peu honteuse. Ce n'est pas sa faute si j'ai été virée.

J'adoucis le ton :

— Franchement, je suis très heureuse que tu aies pris la relève. Je trouve que tu t'en sors très bien.

— Bon ! lâche Zelda en entrant comme une tornade. Nous sommes prêts. Allons, Becky. (Elle me pose la main sur le bras et nous sortons.) Je sais que ça va être traumatisant pour vous. Nous serons patients, prenez votre temps… Et, encore une fois, si vous craquez, si vous vous mettez à sangloter, ou que sais-je encore… ne vous en faites pas.

— Merci, Zelda. (Je hoche la tête avec gravité.) Je m'en souviendrai.

On entre sur le plateau, où Rory et Emma sont déjà installés sur les canapés. En passant devant le moniteur, je vois qu'ils ont agrandi cette ignoble photo de moi prise à New York et qu'ils l'ont teintée en rouge. Ils l'ont sous-titrée : « *Le tragique secret de Becky* ».

— Bonjour, Becky, me lance Emma quand je m'assieds, avant de me tapoter la main avec sympathie. Ça va ? Tu veux un mouchoir en papier ?

— Euh… Non merci. (Je baisse la voix.) Pas maintenant. Plus tard, peut-être.

— C'est drôlement courageux de ta part, remarque Rory en louchant sur ses notes. C'est vrai que tes parents t'ont déshéritée ?

— Cinq secondes, décompte Zelda. Quatre… trois…

Emma prend la parole, la mine sombre :

— Rebonjour à tous. Aujourd'hui, sur le plateau, nous avons une invitée très particulière. Des milliers d'entre vous ont suivi l'histoire de Becky Bloomwood, notre précédente experte financière, plus encline à prodiguer ses conseils qu'à les suivre, ainsi que l'a révélé le *Daily World*.

Ma photo apparaît alors suivie d'une série de gros titres de tabloïds.

— Alors, Becky, commence Emma tandis que la chanson s'estompe, laissez-moi vous dire combien nous sommes désolés pour vous. Nous compatissons de tout cœur. Dans une minute, nous demanderons à Clare Edwards, notre nouvelle experte financière, ce que vous auriez pu faire pour éviter cette catastrophe. Mais tout d'abord – pour que nos téléspectateurs disposent de tous les éléments –, pourriez-vous nous dire quel est le montant exact de vos dettes ?

— Avec plaisir, Emma. (J'inspire profondément et enchaîne :) À cet instant précis, le montant de mes dettes… (je fais une pause et sens que tout le monde retient son souffle, se préparant au choc)... est égal à zéro.

— Zéro ? répète Emma en regardant Rory, comme pour s'assurer qu'elle a bien entendu. *Zéro ?*

— Le responsable de mon agence bancaire, John Gavin, pourra vous confirmer avec plaisir que ce matin, à neuf heures trente, j'ai comblé la totalité de mon découvert. Toutes mes dettes sont remboursées.

Je m'autorise un minuscule sourire, au souvenir de la tête de John Gavin quand je lui ai tendu des liasses et des liasses de billets. J'avais tellement envie de le mettre mal à l'aise, de le voir se tortiller de gêne sur sa chaise... Mais il faut être honnête : au bout de quelques milliers de livres, un sourire a fleuri sur ses lèvres et il a fait signe aux autres employés de venir voir. Puis, quand ç'a été fini, il m'a serré la main chaleureusement en me disant qu'à présent il comprenait l'opinion de Derek Smeath à mon sujet.

Je me demande ce que ce vieux Smeathie a dit.

J'ajoute :

— Donc, vous voyez, mes soucis sont terminés. En fait, je ne me suis jamais sentie mieux.

— Bien, ponctue Emma. Je vois.

À son regard distrait, je sais que Barry doit hurler quelque chose dans son oreillette.

— Bon, votre situation financière est temporairement assainie. Mais votre vie ? (Elle se penche vers moi avec un regard dégoulinant de sympathie.) Vous avez perdu votre travail, vos amis...

— Pas du tout. J'ai un travail. Cet après-midi même je m'envole pour les États-Unis, où m'attend une nouvelle carrière. C'est un peu un pari pour moi, et ce ne sera sans doute pas facile. Quant à mes amis... (ma voix tremble un peu et je dois reprendre mon souffle)... ils m'ont aidée et soutenue.

Bon sang ! je ne le crois pas. Après tous ces beaux discours, voilà que j'ai les larmes aux yeux. Je les chasse d'un clignement de paupières aussi énergique que possible en souriant de toutes mes dents.

— Donc, en fait, mon histoire n'a rien d'un échec. Oui, j'ai contracté des dettes ; oui, j'ai perdu mon travail. Mais j'ai tiré une leçon de ces épreuves. (Je me tourne vers la caméra.) Et je voudrais dire à tous ceux qui se trouveraient un jour dans une situation identique : Vous pourrez vous aussi vous en sortir. Agir. Vendre vos vêtements. Postuler pour un nouveau travail. Comme je l'ai fait.

Le silence règne sur le plateau. Puis brusquement, du côté des techniciens jaillit un applaudissement. Je regarde, médusée, et vois Dave, le cameraman, qui me sourit et articule silencieusement : « Bien joué. » Gareth, le chef de plateau, l'imite… et puis quelqu'un d'autre… Et c'est bientôt toute l'assistance qui applaudit, à l'exception d'Emma et Rory, qui échangent des regards interloqués, et de Zelda, qui s'époumone dans son micro.

— Bien, reprend Emma en couvrant le bruit des applaudissements. Euh… nous allons faire une pause, mais nous nous retrouvons dans quelques minutes pour la suite de notre dossier d'aujourd'hui : l'histoire… euh… (elle hésite, écoutant son oreillette)… l'histoire tragique de Becky, ou plutôt, le triomphe, euh…

La musique du générique jaillit d'un haut-parleur et Emma regarde la cabine du producteur d'un air irrité.

— J'espère qu'il s'est décidé, celui-là !

— Au plaisir, dis-je alors en me levant. Il faut que j'y aille.

— Comment ? s'exclame Emma. Mais tu ne peux pas partir maintenant.

— Bien sûr que si.

J'attrape mon micro et Eddie, le type du son, se précipite vers moi pour me l'ôter.

— Bien joué, marmonne-t-il en le détachant de ma veste. Ne leur sers pas la merde qu'ils attendent. (Il me sourit.) Barry doit être en train de devenir zinzin.

— Hé, Becky ! crie Emma, horrifiée. Mais où vas-tu ?

— J'ai terminé, dis-je en saisissant mon sac.

— Mais le standard est déjà saturé d'appels, proteste Zelda en me courant après. Les téléspectateurs disent tous que... (Elle me regarde comme si elle me voyait pour la première fois.) Enfin..., nous ne savions pas. Nous n'aurions jamais cru que...

— Je dois y aller, Zelda.

— Attendez ! Becky ! hurle-t-elle, alors que j'ai déjà atteint la porte du studio. Nous... Barry et moi, nous venons d'avoir une petite discussion. Et nous nous demandions si...

Je la coupe doucement :

— Zelda, c'est trop tard, je m'en vais.

Il est presque trois heures lorsque j'arrive à l'aéroport d'Heathrow. Je suis encore un peu étourdie après le déjeuner d'adieu avec Suze, Tarquin et mes parents, au pub. Pour être sincère, j'ai envie d'éclater en sanglots et de courir les rejoindre. Mais, en même temps, je n'ai jamais éprouvé une telle confiance en moi. Jamais je n'ai été à ce point certaine d'avoir fait le bon choix.

Au centre du terminal se trouve un stand de presse où l'on peut prendre les journaux que l'on veut. J'attrape le *Financial Times* au passage. Comme ça, en souvenir du bon vieux temps. En plus, grâce au *FT*, j'ai peut-être une chance de me faire surclasser en classe affaires à l'enregistrement. Au moment où je le plie avec soin pour le glisser bien en vue sous mon bras, j'aperçois un nom, sur la première page, et mon sang se glace.

Brandon tente de sauver sa société (page 27).

Les doigts un peu tremblants, je déplie le journal, trouve la page et lis :

> *À la tête de son entreprise spécialisée dans la communication financière, Luke Brandon se bat pied à pied pour regagner la confiance des investisseurs, sérieusement mise à mal par la récente défection de plusieurs cadres de la société. Le moral est au plus bas dans ce climat de chaos provoqué par des rumeurs de dépôt de bilan. Beaucoup d'employés ont préféré quitter le navire. Au cours des réunions de crise qui se tiendront aujourd'hui, Brandon cherchera à amener ses investisseurs à approuver ses plans radicaux de restructuration, lesquels impliqueraient…*

Je lis l'article jusqu'à la fin et m'attarde sur le portrait de Luke. Il a toujours le même air sûr de lui, mais je me souviens de la remarque de Michael disant qu'il avait été désarçonné. Son monde s'est écroulé autour de lui, tout comme le mien. Et il y a peu de chances que sa mère l'appelle pour le rassurer.

L'espace d'un instant, j'éprouve un peu de pitié à son égard. J'ai presque envie de l'appeler pour lui dire que tout va s'arranger. Mais ce n'est pas la peine. Il est occupé par sa vie – et moi par la mienne. Donc, je replie le journal et me hâte d'un pas décidé vers le comptoir d'enregistrement.

— Pas de bagages ? demande l'hôtesse avec un sourire.

— Non, je voyage léger. Juste mon sac et moi. (L'air de rien, je hausse le *FT* d'un cran pour qu'il se voie mieux.) Je suppose qu'il n'y a pas moyen de se faire surclasser ?

— Non, pas aujourd'hui. Désolée, ajoute-t-elle avec un sourire sympathique. Mais je peux vous installer près de la sortie de secours. Vous aurez plus de place pour les jambes. Je voudrais juste peser votre sac, s'il vous plaît.

— Bien sûr.

Et tandis que je me penche pour déposer ma petite valise sur le tapis, une voix familière derrière moi s'écrie :

— Attendez !

Mon cœur se soulève, comme si je venais de tomber de plusieurs étages. Je me retourne, incrédule. C'est lui.

Luke fonce à travers le hall en direction du comptoir d'enregistrement. Il est toujours aussi élégamment vêtu, mais son visage est pâle, son expression hagarde, et les cernes qu'il a sous les yeux évoquent les nuits blanches et les cafés avalés pour rester éveillé.

— Mais où est-ce que tu vas, putain ? demande-t-il lorsqu'il s'approche. Tu pars t'installer à Washington ?

— Que fais-tu ici ? (Je tremble comme une feuille.) Tu n'es pas en réunion de crise avec tes investisseurs ?

— J'y étais. Jusqu'à ce que Mel arrive pour servir le thé et me dise qu'elle t'avait vue à la télévision ce matin.

— Et tu as quitté la réunion ? Comme ça, en plein milieu ?

— Elle m'a dit que toi, tu quittais le pays. (Son regard sombre scrute mon visage.) C'est vrai ?

— Oui, dis-je en agrippant plus fort la poignée de ma valise. Oui.

— Comme ça ? Sans même m'en parler ?

— Oui, comme ça, dis-je en laissant tomber ma valise sur le tapis. Tout comme tu es revenu en Angleterre sans me faire le moindre signe.

Ma voix a grimpé dans les aigus. Luke cille.

— Becky…

— Aile ou hublot ? interrompt l'hôtesse.

Hublot, s'il vous plaît.

— Becky... (La sonnerie stridente de son téléphone retentit, et il la coupe d'un geste irrité.) Becky, je dois te parler.

— Alors maintenant, tu veux parler ? dis-je d'un ton incrédule. Parfait. Tu as choisi le moment idéal. Juste quand je suis sur le point de partir. (Je frappe le *FT* du revers de la main.) Et cette réunion de crise ?

— Ça peut attendre.

— L'avenir de ta société peut attendre ? (Je hausse les sourcils.) Est-ce que ce n'est pas un peu... irresponsable ?

— Elle n'aurait plus d'avenir si tu n'avais pas été là ! s'emporte-t-il, presque agressif, et, bien malgré moi, je frissonne. Michael m'a dit ce que tu avais fait. Comment tu avais pigé qui était Alicia. Comment tu l'as prévenu, comment tu avais suspecté l'ensemble de la machination. (Il secoue la tête.) Je ne me doutais de rien. Mon Dieu Becky, si tu n'avais pas été là...

Je marmonne, furieuse :

— Il n'aurait pas dû te le dire. Je le lui avais demandé. Il avait promis.

— Eh bien, il m'en a parlé. Et maintenant... Et maintenant, je ne sais plus quoi dire, poursuit-il plus calmement. Merci serait infiniment trop peu en regard de ma dette.

Nous restons là à nous dévisager pendant un petit moment. Puis je lance :

— Tu n'as pas à dire quoi que ce soit. (Je détourne les yeux.) Je l'ai fait parce que je ne peux pas supporter Alicia. C'est la seule raison.

— Bien... Je vous ai placée à la rangée 32, précise la jeune femme d'une voix enjouée. L'embarquement commence à 16 h 30. (Elle jette à nouveau un œil sur mon passeport, et son expression change.) Hé ! Mais c'est vous, à *Morning Coffee*, n'est-ce pas ?

Je rectifie avec un sourire poli :

— C'*était*.

— Oh, fait-elle, l'air confus.

Tout en me rendant mon passeport et en me tendant la carte d'embarquement, elle pose les yeux sur mon *FT* et sur la photo de Luke. Elle relève les yeux, regarde Luke, les rebaisse.

— Attendez… Et là, c'est vous ? fait-elle, bouche bée.

— C'*était*, dit Luke après un temps d'hésitation. Bon, Becky, viens, laisse-moi au moins t'offrir un verre.

Nous nous installons à une petite table devant deux verres de Pernod. Un signal lumineux clignote toutes les cinq secondes sur le téléphone de Luke : on cherche à le joindre. Lui ne semble même pas le remarquer.

— Je voulais t'appeler, reprend-il en regardant fixement son verre. Pas un jour ne passait sans que j'en aie eu envie. Mais je savais ce que tu penserais si je t'appelais et te disais que je ne disposais que de dix minutes pour te parler. Ce que tu m'as dit, le fait que je n'avais pas de temps à consacrer à une vraie relation, ça me poursuit. (Il boit une longue gorgée.) Crois-moi, je n'ai pas disposé de plus de dix minutes de libre, ces derniers temps. Tu ne peux pas savoir quel cauchemar ç'a été !

— Michael m'en a donné une petite idée.

— J'attendais le jour où les choses se tasseraient.

— Et tu as choisi aujourd'hui. (Je ne peux retenir un demi-sourire.) Le jour où tes investisseurs ont traversé l'océan pour te rencontrer.

— J'aurais pu trouver mieux, je te l'accorde. (Une lueur d'amusement éclaire brièvement son visage.) Mais comment aurais-je pu savoir que tu t'apprêtais à partir pour l'étranger ? Michael a été d'une discrétion, le salaud ! (Il fronce les sourcils.) Et je ne pouvais pas te laisser partir sans réagir. (Il déplace son verre sur la table d'un air distrait, comme s'il cherchait quelque chose, et je le regarde faire avec appréhension.) Tu avais raison, poursuit-il brusquement. J'étais obsédé par l'idée de réussir à New York. C'était une sorte de… folie. Je ne voyais plus rien d'autre. Bon sang ! j'ai tout foutu en l'air. Toi… nous… les affaires.

— Allons, Luke, dis-je, mal à l'aise. Tu ne peux pas tout te reprocher. Moi aussi, j'ai fichu en l'air pas mal de choses.

Luke secoue la tête et je me tais. Il vide son verre d'un trait et me regarde avec franchise.

— Il y a quelque chose que tu dois savoir, Becky. Comment crois-tu que le *Daily World* a été mis au courant de tous les détails de ta situation financière ?

Je le regarde, surprise.

— Par… la fille des impôts. La fille qui est venue à l'appartement et qui a fouillé pendant que Suze était…

Mais ma voix s'éteint quand je le vois à nouveau secouer la tête.

— C'était Alicia.

Pendant quelques secondes, je suis trop sonnée pour pouvoir répondre.

J'articule enfin :

— Alicia ? Comment tu… Pourquoi aurait-elle…

— Quand nous avons fouillé son bureau, nous avons trouvé des relevés de comptes bancaires t'appartenant. Des lettres aussi. Dieu seul sait comment elle se les est procurées. (Il pousse un soupir excédé.) Ce matin, j'ai enfin obtenu d'un type du *Daily World* qu'il reconnaisse que c'était bien elle son informateur. Ils se sont contentés de ses renseignements.

Je le regarde fixement et tout en moi se glace au

souvenir du jour où je suis passée le voir à son bureau. Le sac Conran Shop avec toutes mes lettres à l'intérieur. Alicia près du bureau de Mel, tel un chat devant une souris.

Et je *savais* que j'oubliais quelque chose en partant. Quelle andouille ! Comment ai-je pu être aussi bête ?

— Ce n'était pas toi leur vraie cible. Elle n'a fait ça que pour nous discréditer, moi et la société, et détourner mon attention de ses manœuvres. Ils ne le confirmeront pas, au *Daily World*, mais je suis certain qu'elle était la « source proche » qui les a abreuvés de mes prétendues paroles. (Il marque une pause.) Le truc, Becky, c'est que j'ai eu tout faux. Ce n'est pas toi qui as fichu mon contrat à l'eau. (Il me regarde avec sincérité.) Je ne peux pas en dire autant de moi. J'ai tout gâché dans ta vie.

Je ne réagis pas tout de suite, je suis incapable de parler. C'est comme si on m'ôtait lentement un poids. Je ne sais pas quoi penser ou éprouver.

— Je suis profondément désolé de tout ce que tu as traversé, reprend-il.

— Non. (J'inspire profondément.) Luke, ce n'était pas ta faute. Ce n'était même pas celle d'Alicia. Tu vois, si je ne m'étais pas mise dans cette situation, si je n'avais pas eu de découvert, si je n'avais pas disjoncté, à New York, dans les magasins, ils n'auraient pas eu la matière première pour leur article. (Je me frotte le visage.) Ç'a été terrible et très humiliant, mais c'est drôle parce que, d'une certaine façon, cet article m'a fait du bien. Ça m'a aidée à comprendre une ou deux choses sur moi-même.

Je soulève mon verre et le repose en m'apercevant qu'il est vide.

— Tu en veux un autre ?

— Non, merci.

Nous nous taisons. Au loin, une voix demande aux

passagers du vol BA 2340 à destination de San Francisco de se présenter à la porte 29.

— Je sais que Michael t'a offert un travail et je suppose que ceci…, dit Luke en désignant ma valise d'un geste, … prouve que tu as accepté. (Il marque une pause, et je le fixe en tremblant imperceptiblement, muette.) Becky… ne pars pas à Washington. Viens travailler avec moi.

— Travailler avec toi ?

— Viens travailler chez Brandon Communication.

— Tu es devenu fou ?

Il repousse une mèche de cheveux – et tout à coup, il a l'air très jeune, très vulnérable. L'air de quelqu'un qui a besoin de faire une pause.

— Non, je ne suis pas fou. Mon équipe a été décimée. J'ai besoin de quelqu'un comme toi à un poste clé. Tu connais la finance. Tu as été journaliste. Tu as un bon contact avec les gens, tu es familiarisée avec la boîte…

— Luke, tu n'auras aucune difficulté à trouver quelqu'un comme moi. Quelqu'un de mieux ! Qui a de l'expérience dans les relations publiques…

Luke m'interrompt :

— OK, je mens. Je mens. Je n'ai pas juste besoin de quelqu'un *comme* toi. J'ai besoin de toi.

Il plonge son regard dans le mien avec candeur, et je comprends brusquement, dans un frisson, qu'il ne parle pas seulement de Brandon Communication.

— J'ai besoin de toi, Becky. Je dépends de toi. Je n'en avais jamais pris conscience jusqu'à ton absence. Depuis la minute où tu es partie, tes phrases n'ont pas arrêté de me tourner dans la tête. Tes phrases sur mes ambitions, notre relation, ma mère, aussi.

— Ta mère ? (Je le regarde avec appréhension.) J'ai entendu dire que tu avais essayé d'organiser un rendez-vous avec elle…

— Ce n'était pas sa faute. (Il avale une gorgée.) Elle a eu un empêchement et n'a pas pu venir. Mais, tu as raison, je devrais lui consacrer plus de temps. Essayer de mieux la connaître, de forger une relation plus étroite avec elle, comme celle que tu as avec ta mère. (Il relève les yeux, et mon expression sidérée lui arrache un froncement de sourcils.) C'est ce que tu voulais dire, non ?

— Oui ! fais-je précipitamment. Oui, c'est exactement ce que je voulais dire.

— Tu vois, tu es la seule personne capable de me dire ce que j'ai besoin d'entendre, même quand je ne peux pas l'entendre. J'aurais dû te faire plus de confidences depuis le départ. J'ai été... comment dire... arrogant. Idiot.

Le jugement désespéré et dur qu'il porte sur lui-même me fait pitié.

— Luke...

— Becky, je sais que tu as ta propre carrière à mener – et je respecte ce choix. Je ne te le demanderais pas si je ne pensais pas que ça puisse être une étape fructueuse pour toi. Mais... s'il te plaît... (il tend sa main et la pose sur la mienne)... reviens. Prenons un nouveau départ.

— Luke, je ne peux pas travailler pour toi. (Je déglutis en essayant d'empêcher ma voix de dérailler.) Je dois aller aux États-Unis. Je ne peux pas laisser passer cette chance.

— Je sais que ça peut te sembler une occasion formidable, mais moi aussi, je t'en offre une.

— C'est différent, dis-je, les mains crispées autour de mon verre.

— Pas forcément. Quoi que Michael t'ait offert, je m'alignerai sur sa proposition. (Il se penche par-dessus la table.) Je peux même monter davantage. Je peux...

— Luke ! Je n'ai pas accepté le job de Michael.

Son visage tressaille sous l'effet de la surprise.

— Mais alors...

Il regarde ma valise, me regarde, moi. Je le fixe, dans un silence résolu.

— Je comprends, fait-il enfin. Ça ne me regarde pas.

Lui voir l'air si vaincu me transperce comme un coup de couteau en pleine poitrine. Je veux lui expliquer, mais impossible, je n'y arrive pas. Je ne peux pas prendre le risque d'en parler, de m'entendre hésiter sur mes arguments, de me demander si j'ai fait le bon choix. Je ne peux pas prendre le risque de changer d'avis.

— Luke, il faut que j'y aille, dis-je la gorge nouée. Et toi… il faut que tu repartes en réunion.

— Oui, fait-il au bout d'un long moment. Tu as raison, j'y vais. Tout de suite. (Il se lève et plonge la main dans sa poche.) Juste… une dernière chose. Tu ne voudrais pas oublier ça.

Très lentement, il tire de sa poche une longue écharpe en soie et velours bleu pâle semée de perles irisées.

Mon écharpe. Mon écharpe Denny and George.

Mon visage devient exsangue, je le sens.

— Mais comment… (J'avale ma salive.) L'enchérisseur au téléphone, c'était toi ? Mais… Mais tu as retiré ton offre. C'est l'autre qui…

Ma voix s'éteint. Je le regarde, totalement déroutée.

— Les deux enchérisseurs roulaient pour moi.

Il me noue tendrement l'écharpe autour du cou, me contemple quelques secondes puis m'embrasse sur le front avant de tourner le dos et de s'éloigner dans la foule de l'aéroport.

18

Deux mois plus tard

— OK. Résumons : deux présentations, une chez Saatchis, une à la Global Bank, le déjeuner pour la remise du prix avec McKinseys, et le dîner avec Merrill Lynch. Je sais que c'est beaucoup, mais…

— Ça ira, dis-je d'un ton rassurant.

J'inscris quelque chose sur mon calepin, et je le regarde en réfléchissant. Dans mon nouveau travail, c'est le moment que je préfère. Le défi : on me fournit les pièces du puzzle, à charge pour moi de les agencer correctement. Je demeure quelques instants assise sans rien dire, à gribouiller des myriades de petites étoiles à cinq branches, sous le regard anxieux de Lalla, tandis que mon esprit fonctionne à cent à l'heure.

J'annonce finalement :

— Bon, j'ai trouvé. Votre pantalon Helmut Lang fera l'affaire pour les réunions, votre robe Jill Sander pour le déjeuner, et nous allons vous trouver quelque chose pour le dîner. (Je la regarde en clignant des yeux.) Du vert foncé peut-être.

— Le vert ne me va pas, dit Lalla.

— Le vert vous va très bien, dis-je fermement.

— Becky ? m'interrompt Erin en passant la tête à ma porte. Désolée de te déranger, mais j'ai Mme Farlow au téléphone. Elle adore les vestes que tu lui as envoyées mais elle demande si tu n'aurais pas quelque chose de plus léger pour ce soir ?

— D'accord, je la rappelle. (Mon regard revient sur Lalla.) Bon, occupons-nous de vous trouver une robe du soir.

— Que vais-je mettre avec mon tailleur-pantalon ?

— Un chemisier. Ou un tee-shirt en cashmere. Le gris.

— Le gris ? répète Lalla, comme si je lui parlais chinois.

— Celui que vous avez acheté il y a trois semaines chez Armani. Vous vous rappelez ?

— Oh oui. Oui, je pense.

— Ou alors votre bustier bleu.

— Bien, dit-elle en hochant sérieusement la tête. Bien.

Lalla occupe un poste important dans une boîte de conseil informatique qui possède des filiales dans le monde entier. Elle a deux doctorats et un QI phénoménal mais se sent totalement incapable de choisir ses vêtements. Au début, je pensais qu'elle plaisantait.

— Notez-le-moi, demande-t-elle en me poussant devant le nez un volumineux agenda en cuir. Notez-moi toutes les combinaisons.

— D'accord, mais… je pensais que vous essaieriez de composer vous-même quelques tenues.

— Je sais. Je vais le faire. Un jour, je le ferai, je vous promets. Mais… pas cette semaine. Je ne pourrai pas y arriver, avec toute cette pression.

— Pas de problème.

J'étouffe un sourire et commence à écrire dans son carnet en grimaçant, tentant de recenser toute sa garde-robe. Je n'ai pas beaucoup de temps, si je dois aussi lui trouver une robe pour ce soir, rappeler Mme Farlow et dénicher ce tricot que j'ai promis à Janey Van Hassalt.

Chaque jour se passe dans la frénésie. Tout le monde est toujours pressé. Mais, plus je suis occupée, plus on me pose de défis, plus ça me plaît. C'est le cas ici.

— Au fait, dit Lalla. Ma sœur – celle dont vous disiez qu'elle devrait porter de l'orange foncé…

— Ah oui, elle est sympa.

— Elle m'a raconté qu'elle vous avait vue à la télé. En Angleterre. Vous parliez de vêtements.

— Oui, dis-je en sentant un léger fard me monter aux joues. J'ai une petite rubrique dans une émission quotidienne : « Becky de chez Barney's ». Un genre de truc branché sur la mode à New York…

— Bien joué ! s'écrie Lalla, chaleureuse. La télé ! Ce doit être drôlement excitant.

Une veste brodée de perles à la main, je pense à ce que j'étais sur le point d'obtenir il y a quelques mois à la télévision américaine. Et maintenant, je ne dispose que d'un tout petit temps d'antenne dans une émission tout-venant qui fait moitié moins d'audimat que *Morning Coffee*. Mais, ce qui importe, c'est que je suis sur la voie que j'ai choisie.

— Oui, c'est excitant, dis-je en lui souriant. Très excitant.

Il ne me faut pas longtemps pour résoudre le problème de la tenue de soirée de Lalla. Au moment où elle s'en va, serrant dans la main une liste de chaussures possibles, Christina, la chef du département, arrive, la mine avenante.

— Comment vous en sortez-vous ?

– Bien. Très bien.

C'est vrai. Mais même si ça ne l'était pas, même si je vivais la pire de mes journées, jamais je ne le dirais à

Christina. Je lui suis trop reconnaissante de s'être souvenue de moi et de m'avoir donné ma chance.

Je n'arrive toujours pas à croire à quel point elle a été adorable lorsque je lui ai téléphoné, hésitante, à l'improviste. Je lui ai rappelé que nous nous étions rencontrées et je lui ai demandé si, par hasard, je ne pourrais pas venir travailler chez Barney's. Elle m'a répondu qu'elle se souvenait parfaitement bien de moi et m'a demandé si j'aimais toujours ma robe Vera Wang. Du coup, j'ai fini par lui raconter toute l'histoire, que je devais la vendre, cette robe, que ma carrière à la télé était en loques, et que j'adorerais travailler pour elle. Elle n'a pas répondu tout de suite – puis elle a dit qu'à son avis je serais un gros atout pour Barney's. Et quel atout ! L'idée de mon passage à la télé vient aussi d'elle.

— Vous ne vous êtes mis aucun vêtement de côté, aujourd'hui ? demande-t-elle avec un petit clin d'œil, et je me sens rougir.

Jamais je ne revivrais ça, n'est-ce pas ?

C'est au cours de notre premier entretien téléphonique que Christina m'a demandé si je possédais une expérience de vendeuse. Et, comme une idiote, je lui ai raconté cette anecdote. Je me suis fait virer de chez Ally Smith parce que j'avais dissimulé un jean imprimé zèbre à une cliente : je le voulais pour moi. Quand j'ai eu fini, il y a eu un silence à l'autre bout du fil, et je me suis dit que j'avais totalement saboté mes chances. Mais, soudain, j'ai entendu ce rire – ce barrissement, plutôt –, si fort que j'en ai presque lâché le combiné d'effroi. Christina m'a avoué la semaine dernière que c'était à ce moment-là qu'elle avait décidé de m'embaucher.

Elle a raconté cette histoire à toutes nos clientes régulières, ce qui m'embarrasse un peu.

— Bon, fait-elle en me gratifiant d'un regard chaleureux. Prête pour votre rendez-vous de dix heures ?

— Oui, dis-je en rougissant sous son regard insistant. Oui, je pense.

— Vous ne voulez pas vous recoiffer ?

— Oh ! (Je porte la main à ma nuque.) Je suis dépeignée ?

— Pas vraiment. (L'étincelle qui traverse ses yeux m'intrigue.) Mais vous voulez vous montrer sous votre meilleur jour, non ?

Elle quitte le bureau et je m'empresse de sortir mon peigne. J'ai du mal à me gendarmer. Pourtant, je sais qu'il faut être tirée à quatre épingles à Manhattan. Par exemple, je me fais faire une manucure deux fois par semaine dans une onglerie à deux pas de chez moi – mais parfois je me dis que je devrais y aller tous les jours. Vous comprenez, ça ne coûte que neuf dollars.

Je me suis habituée à penser en dollars. Je me suis habituée à des tas de choses ! Mon studio est minuscule, assez minable même, et les premières nuits le bruit de la circulation m'empêchait de dormir. Mais ce qui compte, c'est d'être là, à New York, bien d'aplomb sur mes jambes, et de faire un boulot que j'adore.

Celui que Michael me proposait à Washington semblait formidable. Et, pour des tas de raisons, il aurait été plus raisonnable de l'accepter – d'autant que je sais que maman et papa le souhaitaient. Mais ce que Michael m'a conseillé au cours de ce déjeuner à Londres – ne rien accepter qui ne me plaise vraiment – m'a fait réfléchir. À ma carrière, à ce que j'avais vraiment envie de faire pour gagner ma vie.

Et, pour rendre justice à maman, je dois dire qu'aussitôt que je lui ai expliqué en quoi consistait ce boulot chez Barney's, elle m'a regardée en disant : « Mais, ma chérie, pourquoi diable n'y as-tu pas pensé plus tôt ? »

— Becky ?

Je sursaute et lève les yeux. C'est Erin. Je suis devenue

assez copine avec elle depuis qu'elle m'a invitée chez elle pour voir sa collection de rouges à lèvres et que nous avons fini par regarder des vidéos de James Bond toute la nuit.

— Ton rendez-vous de dix heures est arrivé.

— C'est qui ? (J'attrape un fourreau Richard Tyler.) Je ne vois aucun nom inscrit dans l'agenda.

— Euh... Eh bien... (Son visage brille et, pour une raison que j'ignore, elle a l'air excitée.) Il est là.

— Merci beaucoup, dit alors une voix d'homme, une voix grave.

Une voix d'homme, grave, avec l'accent anglais.

Mon Dieu !

La robe fourreau toujours à la main, je me tétanise en voyant Luke entrer dans le bureau.

— Bonjour, dit-il avec un sourire amusé. Mademoiselle Bloomwood, j'ai entendu dire que vous étiez la meilleure conseillère de toute la ville.

J'ouvre la bouche. Je la referme. Les pensées fusent dans ma tête en un feu d'artifice. J'essaie de paraître surprise, étonnée comme il se devrait. Deux mois sans la moindre nouvelle, et il est là. Je devrais être complètement prise de court.

Mais, sans que je sache pourquoi, il n'en est rien. Inconsciemment, j'ai toujours su qu'il viendrait.

Inconsciemment – je m'en rends compte maintenant –, je l'attendais.

Avec le maximum de détachement dont je suis capable, je demande :

— Que fais-tu ici ?

— Comme je viens de te le dire, j'ai entendu dire que tu étais la meilleure conseillère d'achats de la ville. (Il y a une pointe de moquerie dans son regard.) Alors j'ai pensé que tu pourrais peut-être m'aider à choisir un costume. Celui-ci est un peu fatigué, explique-t-il en désignant son costume de Jermyn Street absolument impeccable, qu'il n'a – je le sais pertinemment – que depuis trois mois.

Je réprime un sourire.

— Tu veux un costume…

— Exactement.

Pour gagner du temps, je replace la robe fourreau sur un cintre, me tourne et la suspends soigneusement au portant.

Luke est ici.

Il est ici. J'ai envie de rire, de danser, de pleurer, de… Que sais-je encore ? Au lieu de quoi, je prends mon bloc-notes et, sans hâte, me retourne.

— En général, je commence par demander à mes clients de me parler un peu d'eux. (Comme j'entends de la nervosité dans ma voix, je marque une pause.) Peut-être pourrais-tu… faire pareil ?

— D'accord. Ça me semble une bonne idée. (Il réfléchit un peu.) Je suis un homme d'affaires anglais. Je suis basé à Londres. (Il cherche mon regard.) Mais j'ai récemment ouvert des bureaux à New York. Et je vais donc passer pas mal de temps ici.

— C'est vrai ? (J'essaie de cacher ma surprise.) Tu as ouvert tes bureaux ici ? C'est… c'est une nouvelle intéressante. Parce que j'avais l'impression qu'il était difficile pour les hommes d'affaires anglais de s'entendre avec les investisseurs new-yorkais. C'est juste… des bruits.

— En effet, reconnaît-il en hochant la tête. C'était difficile. Mais les hommes d'affaires anglais ont revu leurs ambitions à la baisse. Ils ont décidé de se lancer dans un projet moins ambitieux.

— Moins ambitieux ? (Je l'étudie avec insistance.) Et ça ne les gêne pas ?

— Peut-être ont-ils compris, reprend Luke après une pause, que la première fois ils avaient fait montre d'une ambition démesurée. Peut-être ont-ils compris qu'ils avaient sacrifié leur vie à cette obsession. Et qu'ils devaient ravaler leur fierté, garder sous le coude leurs projets grandioses – et y aller plus doucement.

— Ça me paraît... sensé.

— Et donc, ils ont fait une nouvelle proposition, ils ont trouvé un garant avec lequel ils se sont mis d'accord, et cette fois rien ne s'est mis en travers de leur route : ils sont dans la course.

Son visage rayonne de joie contenue et je me rends compte que j'ai moi-même un sourire jusqu'aux oreilles.

— C'est génial ! Enfin... (Je m'éclaircis la gorge.) Bon, je vois. (Je gribouille n'importe quoi sur mon bloc-notes et j'ajoute d'un ton professionnel :) Donc... combien de temps vas-tu passer à New York ? C'est pour mes notes, tu comprends.

— Tout à fait, dit Luke en le prenant sur le même ton. Eh bien, je souhaite que ma présence en Angleterre ne soit pas purement symbolique. Je serai ici quinze jours par mois. Du moins, c'est ce qui est prévu pour l'instant. C'est une moyenne. (Il s'interrompt et demeure silencieux un assez long moment tandis que son regard sombre sonde le mien.) Tout dépend.

— De quoi ?

Je suis à peine capable de respirer.

— De... diverses choses.

Il y a un silence, paisible.

— Tu as l'air de t'être bien acclimatée, Becky. Tu sembles en pleine forme.

— Oui, je me plais ici.

— Tu parais plus épanouie. (Il regarde autour de lui avec un petit sourire.) Cet environnement te convient. Enfin, je suppose que ça n'a rien de surprenant...

— Tu crois que j'ai pris ce boulot simplement parce que j'aime le shopping ? dis-je en écarquillant les yeux. Tu crois que c'est juste... une histoire de chaussures et de beaux vêtements ? Si tu le penses, je crains que tu ne fasses totalement fausse route.

— Ce n'est pas...

— Ça dépasse tout ça. Très largement. (J'écarte les bras dans un geste d'emphase.) Mon boulot est d'aider les gens. De faire preuve de créativité. De...

Un coup frappé à la porte interrompt net ma tirade.

— Excuse-moi de te déranger, Becky. Je voulais juste te dire que je t'ai mis de côté les mules Donna Karan dont tu avais envie. C'étaient bien les gris et noir, hein ?

J'acquiesce d'une voix pressée :

— Euh... oui, oui. Merci, c'est super.

— Oh, et la compta a appelé pour dire qu'avec ça tu atteignais le plafond de ta limite de crédit pour ce mois-ci.

— D'accord, dis-je en évitant le regard amusé de Luke. Parfait. Merci... Je verrai ça plus tard.

J'attends qu'Erin se retire, mais elle reste là à regarder Luke avec une curiosité non dissimulée.

— Alors, comment ça se passe ? lui demande-t-elle, la mine enjouée. Vous avez eu l'occasion de regarder ce que nous avons dans le magasin ?

— Je n'ai pas besoin de regarder, lui répond Luke, pince-sans-rire. Je sais ce que je veux.

Mon estomac se noue légèrement, et je braque les yeux sur mon bloc-notes, où je fais semblant d'écrire. Je griffonne n'importe quoi.

— Ah, très bien ! Et c'est quoi ? insiste Erin.

Il s'ensuit un long silence, et à la fin je craque, je relève la tête. Et quand je vois l'expression de Luke, mon cœur commence à battre la chamade.

— J'ai lu votre topo, dit-il en sortant de sa poche un prospectus intitulé « Le service du conseil d'achats personnalisé : pour les gens débordés qui ont besoin de conseils et n'ont pas droit à l'erreur ».

Il marque une pause. Ma main se crispe sur le stylo.

— J'ai fait des erreurs, reprend-il en plissant légèrement le front. Je veux les rectifier et ne jamais plus les refaire. Je veux écouter les conseils de quelqu'un qui me connaît.

Je demande d'une voix tremblante :

— Pourquoi venir chez Barney's ?

— Je ne peux avoir confiance que dans l'avis d'une seule personne. (Nos regards se croisent et je frémis.) Si elle ne veut pas me le donner, je ne sais pas ce que je ferai.

— Pour le département homme, nous avons Frank Walsh, intervient Erin, secourable. Je suis certaine qu'il…

— Ferme-la Erin, dis-je sans bouger la tête.

— Qu'en penses-tu Becky ? demande Luke en se tournant vers moi. Tu es intéressée ?

Je ne réponds pas tout de suite. J'essaie de rassembler toutes les pensées qui me sont venues ces derniers mois. D'agencer mes mots pour traduire exactement ce que je veux dire.

— Je pense… Je pense que la conseillère et son client ont une relation extrêmement intime.

— Voilà ce que j'espérais entendre.

— Cela nécessite du respect. (Je déglutis.) Une assiduité aux rendez-vous. Ne pas donner la priorité aux réunions de travail.

— Je comprends. Si tu m'acceptes, je puis t'assurer que tu passeras toujours en premier.

— Le client doit comprendre que, parfois, sa conseillère sait mieux que lui ce qui lui convient. Et qu'il ne doit jamais négliger son avis. Même s'il pense que ce sont juste des ragots… Ou des bavardages futiles.

Je remarque la perplexité sur le visage d'Erin et j'ai soudain envie de glousser.

— Tout ça, le client en est déjà conscient, dit Luke. Il est préparé à écouter humblement et à suivre le bon chemin. Dans la plupart des domaines.

Je corrige aussitôt :

— Dans tous les domaines.

— Ne tire pas trop sur la corde, me prévient Luke, une lueur amusée dans la prunelle, et bien malgré moi je sens un sourire s'épanouir sur mes lèvres.

— Bon… (Je griffonne n'importe quoi sur mon bloc-notes pendant un petit moment.) Je pense que « la plupart » demeure acceptable. Au vu des circonstances.

Je croise son regard chaleureux.

— Donc… c'est oui, Becky ? Tu seras ma conseillère privée ?

Il s'avance, tout près. Je sens son odeur familière. Qu'est-ce qu'il m'a manqué !

— Oui, lui dis-je, rayonnante. Oui, je serai ta conseillère privée.

De : Gildenstein, Lalla (L.Gildenstein@anagram.com)
A : Bloomwood, Becky (B.Bloomwood@barneys.com)
Date : lundi 28 janvier 2002, 8 h 22
Objet : AU SECOURS ! URGENT !

Becky,

Au secours ! J'ai perdu votre liste. J'ai un dîner officiel très important ce soir avec des clients japonais. Mon tee-shirt Armani est au pressing. Qu'est-ce que je mets ? S'il vous plaît, répondez-moi dès que possible.
Merci, vous êtes un ange.
Lalla

P-S. J'ai appris la nouvelle. Félicitations !

Remerciements

De très grands mercis à Linda Evans, Patrick Plonkington-Smythe et à toute la fabuleuse équipe de Transworld ; et également, comme toujours, à Araminta Whitley, Celia Hayley, Mark Lucas, Nicki Kennedy, Kim Witherspoon et David Forrer.

Je remercie tout particulièrement Susan Kamil, Nita Taublib et tous ceux qui, chez Dial Press, m'ont réservé un accueil si incroyablement chaleureux à New York – notamment Zoe Rice, pour un merveilleux après-midi de recherches (consacré à faire du shopping et à manger du chocolat). Je remercie également David Stefanou pour les Gimlets, Sharyn Soleimani, chez Barneys, pour sa gentillesse, et tous ceux qui m'ont dispensé idées, conseils et inspiration tout du long, notamment Athena Malpas, Lola Bubbosh, Mark Malley, Ana-Maria Mosley, Harrie Evans ainsi que tous les membres de ma famille. Et naturellement, je remercie Henry, qui a toujours les meilleures idées.

MILLE COMÉDIES

Tout pour être heureuse ? de Maria BEAUMONT, 2008

Dans la veine de Jennifer Weiner et Marian Keyes, une comédie à la fois émouvante et chaleureuse sur les difficultés d'une jeune mère qui trouve un peu trop souvent le réconfort dans le chardonnay.

Mais qui est le père ? de Maria BEAUMONT, 2009

Alors qu'elle est en train de donner naissance à son premier enfant, une jeune femme se remémore la liste de tous ses princes, pas toujours très charmants, et son trajet, souvent mouvementé, sur la route chaotique qui mène au bonheur.
Mariée et mère de deux enfants, Maria Beaumont vit à Londres. Après Tout pour être heureuse ?, Mais qui est le père ? *est son deuxième roman à paraître chez Belfond.*

Cerises givrées d'Emma FORREST, 2007

Une jeune femme rencontre l'homme de ses rêves. Problème, l'homme en question a déjà une femme dans sa vie : sa fille de huit ans. Une comédie très impertinente sur l'amour, la jalousie et le maquillage.
D'origine anglaise, Emma Forrest est à la fois journaliste, scénariste pour la télévision et auteur de romans, dont Cerises givrées, *le premier à paraître en France.*

Chez les anges de Marian KEYES, 2004

Les pérégrinations d'une jeune Irlandaise dans le monde merveilleux de la Cité des Anges. Un endroit magique où la manucure est un art majeur, où toute marque de bronzage est formellement proscrite et où même les palmiers sont sveltissimes…

Réponds, si tu m'entends de Marian KEYES, 2008

Quand il s'agit de reprendre contact avec celui qu'on aime le plus au monde, tous les moyens sont bons, même les plus extravagants…

Un homme trop charmant de Marian KEYES, 2009

Quatre femmes, un homme, un lourd secret qui les relie tous et cette question : Peut-on tout pardonner à un homme trop charmant ?
Née en Irlande en 1963, Marian Keyes vit à Dublin. Après, entre autres, Les Vacances de Rachel *(2000),* Chez les anges *(2004),* Réponds, si tu m'entends *(2008),* Un homme trop charmant *est son sixième roman à paraître chez Belfond.*

L'accro du shopping dit oui de Sophie KINSELLA, 2004

Luke Brandon vient de demander Becky en mariage. Pour une accro du shopping, c'est la consécration… ou le début du cauchemar !

L'accro du shopping a une sœur de Sophie KINSELLA, 2006

De retour d'un très long voyage de noces, Becky Bloomwood-Brandon découvre qu'elle a une demi-sœur. Et quelle sœur !

L'accro du shopping attend un bébé de Sophie KINSELLA, 2008

L'accro du shopping est enceinte ! Neuf mois bénis pendant lesquels elle va pouvoir se livrer à un shopping effréné, pour la bonne cause...

Les Petits Secrets d'Emma de Sophie KINSELLA, 2005

Ce n'est pas qu'Emma soit menteuse, c'est plutôt qu'elle a ses petits secrets. Rien de bien méchant, mais plutôt mourir que de l'avouer...

Samantha, bonne à rien faire de Sophie KINSELLA, 2007

Le nouveau Kinsella est arrivé ! Une comédie follement rafraîchissante qui démontre qu'on peut être une star du droit financier et ne pas savoir faire cuire un œuf...

Lexi Smart a la mémoire qui flanche de Sophie KINSELLA, 2009

Quand Lexi se réveille dans sa chambre d'hôpital, elle ne reconnaît ni ce super beau gosse qui prétend être son mari, ni cette snobinarde qui dit être sa meilleure amie. Trois ans de sa vie viennent de s'effacer tout d'un coup...

Un week-end entre amis de Madeleine WICKHAM *alias* Sophie KINSELLA, 2007

La redécouverte du premier roman d'une jeune romancière plus connue aujourd'hui sous le nom de Sophie Kinsella. Un régal de comédie à l'anglaise, caustique et hilarante, pour une vision décapante des relations au sein de la jeune bourgeoisie britannique.

Une maison de rêve de Madeleine WICKHAM *alias* Sophie KINSELLA, 2007

Entre désordres professionnels et démêlés conjugaux, une comédie aussi féroce que réjouissante sur trois couples au bord de l'explosion.

La Madone des enterrements de Madeleine WICKHAM *alias* Sophie KINSELLA, 2008

Aussi charmante que vénale, Fleur séduit les hommes pour mieux mettre la main sur leur fortune. Mais, à ce petit jeu, telle est prise qui croyait un peu trop prendre…

Drôle de mariage de Madeleine WICKHAM *alias* Sophie KINSELLA, 2008

Quoi de plus naturel que rendre service à un ami dans le besoin ? Sauf quand cela peut ruiner le plus beau jour de votre vie et vous coûter l'homme de vos rêves…
Madeleine Wickham alias *Sophie Kinsella est une romancière anglaise à succès qui a exercé la profession de journaliste financière.*

Sœurs mais pas trop d'Anna MAXTED, 2008

Cassie, la cadette, est mince, vive, charismatique et ambitieuse ; Lizbet, l'aînée, est ronde, un peu paresseuse, souvent gaffeuse et très désordonnée. Malgré leurs différences, les deux sœurs s'adorent… jusqu'au jour où Lizbet annonce qu'elle est enceinte. Une situation explosive !
Mariée et mère de deux garçons, Anna Maxted vit à Londres. Sœurs mais pas trop *est son premier roman traduit en français*

Cul et chemise de Robyn SISMAN, 2002

Comme cul et chemise, Jack et Freya le sont depuis bien longtemps : c'est simple, ils se connaissent par cœur. Du moins le pensent-ils…
Née aux États-Unis, Robyn Sisman vit en Angleterre. Après le succès de Nuits blanches à Manhattan, Cul et chemise *est son deuxième roman publié chez Belfond.*

Le Prochain Truc sur ma liste de Jill SMOLINSKI, 2007

Une comédie chaleureuse et pleine de charme sur une jeune femme qui donne irrésistiblement envie de profiter des petits bonheurs de tous les jours.
Jill Smolinski a été journaliste pour de nombreux magazines féminins, avant de se consacrer à l'écriture. Le Prochain Truc sur ma liste *est son premier roman traduit en français.*

Alors, heureuse ? de Jennifer WEINER, 2002

Comment vivre heureuse quand on a trop de rondeurs et qu'on découvre sa vie sexuelle relatée par le menu dans un grand mensuel féminin ?

Chaussure à son pied de Jennifer WEINER, 2004

Rose et Maggie ont beau être sœurs, elles n'ont rien en commun. Rien, à part l'ADN, leur pointure, un drame familial et une revanche à prendre sur la vie…

Envies de fraises de Jennifer WEINER, 2005

Fous rires, petites contrariétés et envies de fraises… Une tendre comédie, sincère et émouvante, sur trois jeunes femmes lancées dans l'aventure de la maternité.

Crime et couches-culottes de Jennifer WEINER, 2006

Quand une mère de famille mène l'enquête sur la mort mystérieuse de sa voisine… Entre couches et biberons, lessives et goûters, difficile de s'improviser détective !
Jennifer Weiner est née en 1970 en Louisiane. Après Alors, heureuse ? *(2002),* Chaussure à son pied *(2004) – adapté au cinéma en 2005 –, et* Envies de fraises *(2005),* Crime et couches-culottes *est son quatrième roman publié chez Belfond.*

Composition et mise en pages : FACOMPO, LISIEUX

CPI Bussière

Cet ouvrage a été imprimé en France par
CPI Bussière
à Saint-Amand-Montrond (Cher)
en mars 2009
N° d'édition : 4581. - N° d'impression : 090964/4.
Dépôt légal : mai 2009.